愛蔵版

英雄コナン全集 2 征服篇

ロバート・E・ハワード

宇野利泰・中村融 訳

COMPLETE CONAN

COLLECTOR'S EDITION 2

THE CONQUEROR OF WORLDS

BY ROBERT E. HOWARD

新紀元社

愛蔵版

ロバート・E・ハワード

英雄コナン全集 2

征服篇

新紀元社

COMPLETE CONAN

COLLECTOR'S EDITION 2
THE CONQUEROR OF WORLDS

BY ROBERT E. HOWARD

目次

ハ イ ボ リ ア 世 界

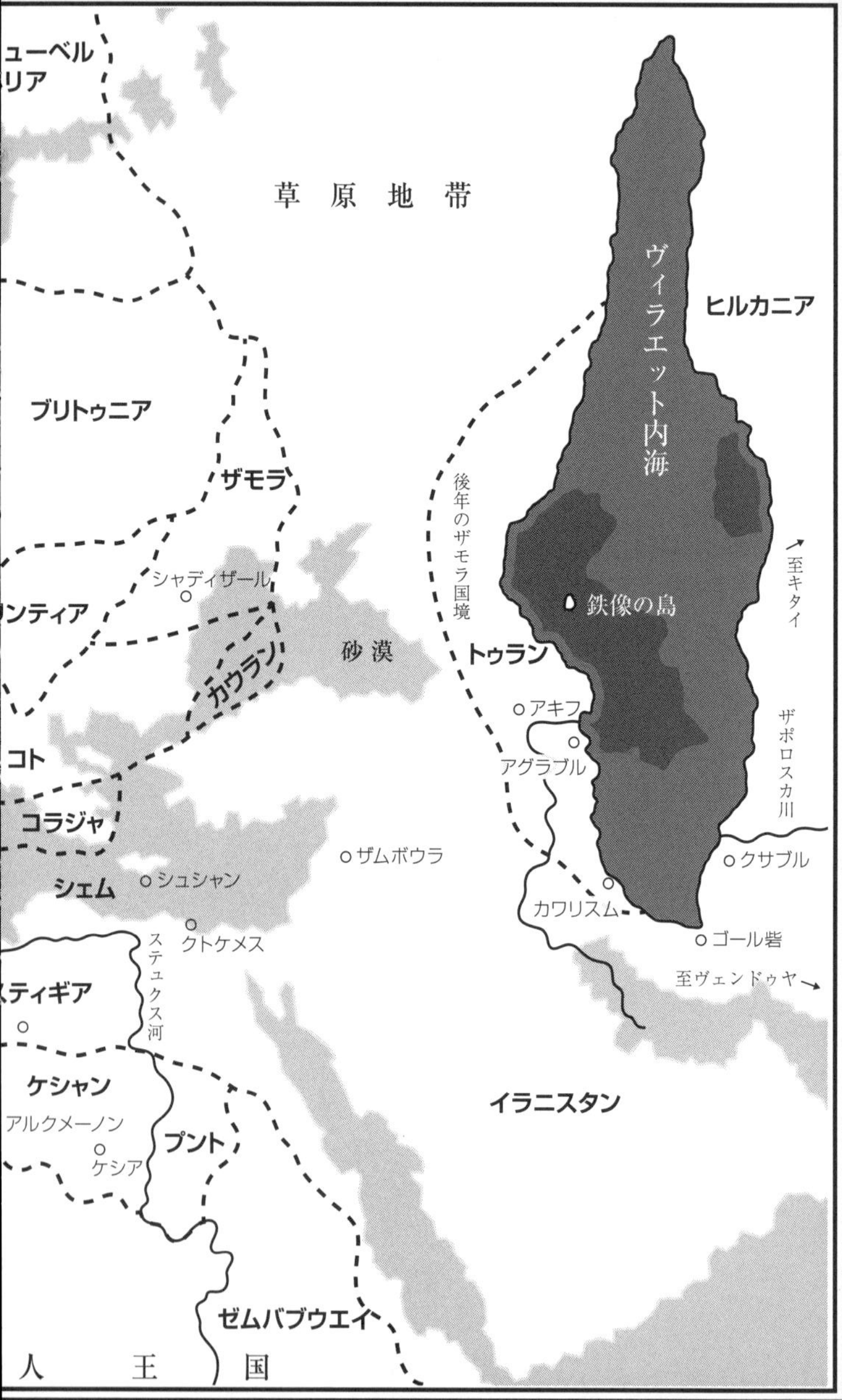

ューベル
リア
草原地帯
ヴィラエット内海
ヒルカニア
ブリトゥニア
ザモラ
後年のザモラ国境
至キタイ
シャディザール
鉄像の島
ンティア
カウラン
砂漠
トゥラン
アキフ
ザポロスカ川
アグラブル
コト
コラジャ
ザムボウラ
クサブル
シェム
シュシャン
カワリスム
ゴール砦
クトケメス
ステュクス河
至ヴェンドゥヤ
スティギア
ケシャン
イラニスタン
アルクメーノン
プント
ケシア
ゼムバブウエイ
人
王
国

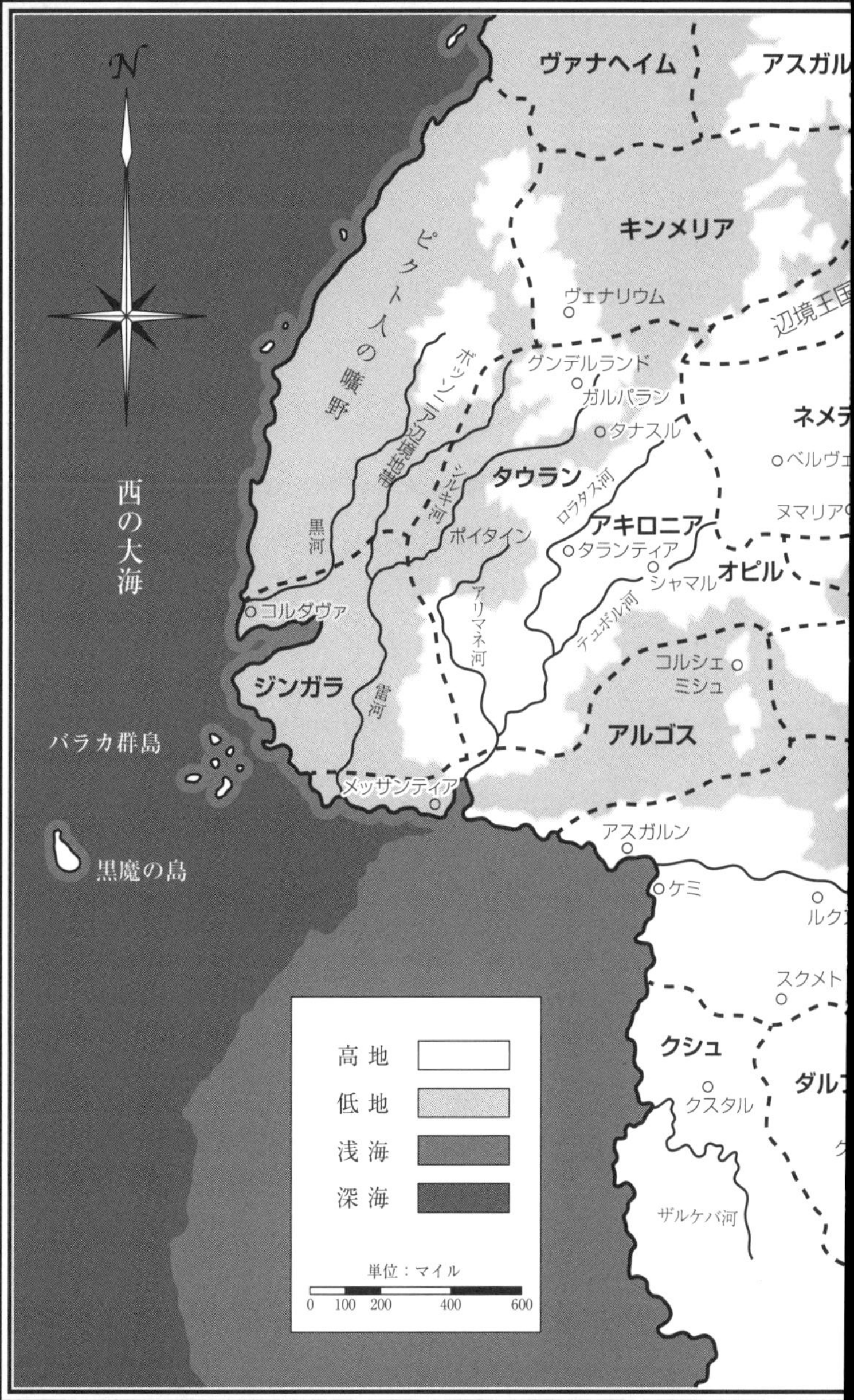
N
西の大海
バラカ群島
黒魔の島
ヴァナヘイム
アスガル
キンメリア
ヴェナリウム
辺境王国
ピクト人の曠野
ボッソニア辺境地帯
グンデルランド
ガルパラン
タナスル
ネメデ
ベルヴェ
シルキ河
タウラン
ロタタス河
アキロニア
ヌマリア
黒河
ポイタイン
タランティア
シャマル
オピル
コルダヴァ
アリマネ河
チュポル河
コルシェミシュ
ジンガラ
雷河
アルゴス
メッサンティア
アスガルン
ケミ
ルクス
スクメト
クシュ
クスタル
ダル
ザルケバ河
高地
低地
浅海
深海
単位：マイル
0 100 200 400 600

ザムボウラの影

Shadows in Zamboula

1　太鼓《たいこ》の音

「アラム・バクシュの家には危険がひそんでいる！」

　相手の男は声まで震わせ、力をこめて警告するとともに、爪の黒い細い指の手でコナンのたくましい腕を押さえた。陽灼《ひや》けした肌とまばらに伸びた黒髭《くろひげ》、粗末な身なりを見ただけで、沙漠《さばく》の遊牧民とわかる男だった。そのうえ痩《や》せて小柄で、さっぱり風采《ふうさい》のあがらぬところが、黒い眉、厚い胸、力強い手足のキンメリア人の威軀《いく》と並んでは、いっそう目立つのだった。ふたりは繁栄の都《みやこ》ザムボウラの刀剣師《とうけんし》市場《バザール》の一隅に立っていた。異国趣味の横溢《おういつ》した華麗と喧騒《けんそう》をきわめたこの街路を、言語がちがい、皮膚の色の異なる男女が群れをなして流動している。

　コナンは、大胆な目とまっ赤な唇《くちびる》を持ったガーナラ女を追いかけていた視線を引きもどした。尊大な一歩ごとに、その短袴《たんこ》のわきの割れ目から茶色の太腿《ふともも》がのぞくのに目を奪われていたのだが、沙漠の男がしつこく話しかけるので、うるさそうに眉を寄せ、

「危険とは、どんなことだ？」と問いただした。

　沙漠の男は答える前に肩越しに周囲へ目を配り、いちだんと声を低めて、

「見当もつかん。でも、アラム・バクシュの家に泊まった沙漠の男や旅人は、二度と姿をあらわさん

し、噂《うわさ》を聞くこともないのだ！　そいつらの身に、いったいなにがあったんだ？　アラム・バクシュに訊いても、起きぬけに出発したというだけだし――おまけに、この都の住人だと、あの家に泊まったところでいなくなることはないのだ。それなのに、旅の者は二度と姿をあらわさない。街の噂だと、旅人たちの積み荷と装備の品々が、その後、市場の店に並べられているそうだ。アラムのやつが、その持ち主を始末したあとで売りに出したとしか考えられんじゃないか」

「おれには荷物なんかひとつもない」キンメリア人は腰に吊《つ》るした広刃の長剣の鮫皮《さめがわ》の柄《つか》に手を触れて、唸《うな》るようにいった。「馬にしたところで売り払ってしまった」

「だけど、夜のあいだにアラム・バクシュの家から消えてしまう異国の男は、金持ちとかぎったわけじゃない！」ズアギル族の男はいいはった。「だいたいあの家に泊まるのは、金のない沙漠の男が多い。ほかの宿屋より泊まり賃が安いからで、これがやはり見えなくなってしまう。一度、ズアギル族の首長のせがれさんが泊まって、同じ災難に遭ったことがある。首長はユンギル汗《カン》太守さまに訴え出た。そこで太守さまは兵隊に命じて、あの家を捜索なさった」

「すると、地下の穴蔵《あなぐら》が死体でいっぱいだったってわけか」コナンは茶化すような口調で嘲《あざけ》りの気持ちを示した。

「それがちがうんだ！　怪《あや》しいところはひとつもなかったんだ！　そこでズアギル族の首長は、悪口を浴びせられて、この都から追い出された。だけど――」と沙漠の男は、コナンのそばへにじりよって、いっそう震えながら、「別のものがみつかったんだよ！　街並みが終わって沙漠に移るところに椰《や》子《し》の林があるんだが、そのなかに深い穴があいていて、黒焦《くろこ》げになった人間の骨が散らばっていた！

しかも、そのとき一度だけでなく、何回もくり返してなんだ！」

「ということは？」キンメリア人は話の先をうながした。

「アラム・バクシュは悪霊だったのだ！　とにかく、この呪われた都はスティギア人が作りあげたものので、その後ヒルカニア人が治めてきた。そんな関係から、白、黒、茶と、いろんな肌の色の人間が混ざりあって、神を怖《おそ》れぬ雑種の男女を生みだした。そんなわけで、だれが人間で、だれが人間に化けた悪霊なのかさっぱりわからん。アラム・バクシュは人間に成りすました悪霊だったのだ！　夜になるとほんとうの姿にもどって、泊まり客を沙漠へ連れ出す。そこでは、曠野《こうや》のあちこちから集まってきた悪霊仲間が、会合を開いてるってわけだ」

「他国者《よそもの》にかぎって連れ出すのは、どういうわけだ？」コナンは信じきれぬような顔つきで質問した。

「この都の人間だと、隣の男が殺されるのを黙って見てはいない。しかし、犠牲者が異国人だったら、問題にもしないで放っておく。コナン、おまえは西の国の人間だから、この古い土地の秘密を知らんのも無理はない。だが、そもそもの始まりから、沙漠の悪霊たちは、火を燃やして、空虚な曠野の主ヨグを崇《あが》め祀《まつ》るのだ。そしてその火が、人間の生贄《いけにえ》を必要とするのだ！

気をつけるんだぞ！　おぬしは長いあいだズアギル族の天幕に住んだことがあるから、いわばおれたちの兄弟だ！　アラム・バクシュの家には近づくんじゃないぞ！」

「おい、早く隠れろ！」コナンが急にいった。「向こうに、この都の守備兵の一隊の姿が見えるぞ。やつら、太守の厩舎《きゅうしゃ》から馬を盗んだ男を忘れたわけじゃない。おまえの顔を見たら――」

ズアギル族の男はぎくっとした様子で、反射的に動きだした。露店と石のかいば桶《おけ》のあいだに潜り

こみ、「気をつけるんだぜ、兄弟！　アラム・バクシュの家には悪霊がいるんだ！」といいおいて、狭い横丁を駆けだし、姿を消した。

コナンは幅広の剣帯を好みの位置にまで引き揚げ、守備兵の一隊が通り過ぎるにあたって、うさんくさそうな視線を向けるのを冷静に見返していた。兵士たちは、珍しいものに出遭《であ》ったように彼を眺めた。ザムボウラの都の曲がりくねった街路に群がるさまざまな肌の色の男たちのうちでも、特別目立っていたからである。その青い目と異国風の顔立ちが、東方の種族とはまったく異質なものを示し、腰に吊るした直刀が人種の相違をいっそうきわだたせていた。

しかし、守備隊の兵士たちは彼に声をかけることもせず、群衆が道をあけるのを当然のことのように肩をそびやかして歩み去った。この兵士たちはみなペリシュティアの出身者で、小造りな体軀で鉤《かぎ》鼻《ばな》の持ち主、蒼黒い顎鬚《あごひげ》を鎧《よろい》を着けた胸になびかせている――統治者のトゥラン人によって雇われているのだが、戦闘にかけては雇い主の国家を上まわるものと考えているだけに、傍若無人の振る舞いが多く、住民である混血種の人々から蛇蠍《だかつ》のように嫌われていた。

折から太陽が、市場の西側に並ぶ平屋根の家々の背後に沈みかけていたが、コナンはそれをちらっと見やり、もう一度剣帯をずりあげてから、アラム・バクシュの宿の方向へ歩きだした。

山嶽《さんがく》地帯育ちの男の足どりで街路を進むにつれて、周囲の色彩がさまざまに変化する。哀訴《あいそ》をくり返している物乞いのぼろ着物が、白貂《しろてん》の毛皮で縁どりした大商人の長衣《カーラート》や、真珠を縫いつけた高級娼婦の繻子《しゅす》服とこすれあう。大柄な黒人奴隷《どれい》、青鬚を生やしたシェム国からの流れ者、周囲の沙漠からやってきたぼろをまとった遊牧民、東方のあらゆる土地から来た隊商と冒険者――雑多な種族の男女が肩を押しあうようにして歩いている。

この都の住民そのものが混血で成り立っていた。何世紀か昔、スティギア王国がその版図《はんと》を東方の沙漠地帯にまで拡張するために、軍隊をこの地に派遣した。当時のザムボウラは、交易のために開かれた小さな聚落《しゅうらく》で、オアシスに囲まれ、遊牧民族の子孫が住んでいた。スティギア人がこれを都邑《とゆう》に仕立てあげ、シェム人とクシュ人の奴隷を連れて、この地に定住した。沙漠を東から西へ、西から東へと絶える間もなく往来する隊商たちが、富をもたらすと同時に、住民たちの混血をうながした。そこにトゥラン国軍の侵寇《しんこう》が開始された。東方から騎馬で押しよせ、スティギア国から故地を奪還し、いまは一世代にわたって、このザムボウラがトゥラン国の最西端に位置する前進基地となり、トゥラン人の太守が統治するところとなっていた。

ザムボウラの街路の絶え間ない人の流れが周囲でうねるにつれ、雑多な人種がわめきたてる世界各地の言語が、キンメリア人の耳を打った。ときどき群衆の流れが切れて、騎馬武者の一隊が通りすぎる。長身柔軟な体軀《たいく》のトゥランの戦士で、色浅黒く、鷹《たか》のように鋭い容貌、甲冑《かっちゅう》の音を立て、半月刀を腰に吊るしている。群衆が馬の蹄《ひづめ》にかけられるのを怖れて、あわてふためき四散した。いまや彼らがザムボウラの支配者であったからだ。しかし、長身で暗鬱《あんうつ》な顔をしたスティギア人たちは、影のなかに引き退《さ》がり、それとなく眉をひそめながら、古き日の栄光に思いを馳《は》せていた。混血の住民たちは、彼らの運命を左右する統治者が、スティギアの暗黒都市ケミから派遣されようが、光り輝くアグラプルの都からさし向けられた男であろうが、いささかも意に介さなかった。現在このザムボウラを治めるのは、トゥラン国の太守ユンギル汗。そして街の風評によると、太守はその寵姫《ちょうき》ナフェルタリの意のままになっている。だが、この都の住民の暮らしにいささかの変化もなく、数世紀にわたってそうしてきたように、カラムン沙漠の砂の上に高塔と尖塔《せんとう》を築きあげ、繁華な街頭を雑多な肌の色で彩《いろど》り、取り引きをし、口論をし、賭博《とばく》をし、酒を飲み、女と戯《たわむ》れて毎日を過ごしているのであった。

　コナンがアラム・バクシュの宿に到着したのは、横目で睨む竜の彫刻をほどこした街燈に明かりの灯《とも》る時刻だった。この宿舎は、西へ向かって走る街路のいちばん端にあたる家で、塀に囲まれた広い庭に棗椰子《なつめやし》が林立して、東側の家々とのあいだを隔てていた。塀の西側も椰子の木立《こだち》で、そこから先は沙漠に通じる隊商路となっている。道路を挟んだ向こう側には、やはり椰子の木がそびえ立ち、いまは住む人もいないのか、コウモリとジャッカルの棲処《すみか》と変わった貧しい小屋が、その陰に列をなして並んでいた。コナンはそれを見て、ザムボウラに掃いて捨てるほどいる物乞いたちが、なぜこれらの空《あ》き家《や》を寝場所にしないのかと怪訝《けげん》な気持ちで考えていた。街燈はかなり前から途絶《とだ》えていて、このあたりには燈火《とうか》がまったくなく、ひとつだけ見えるのが、アラム・バクシュの家の門に吊り下げてある角燈であった。しかし、夜空に星がきらめきだし、足もとの土は軟らかく、沙漠からの微風《そよかぜ》に椰子の葉がさらさらと鳴っていた。

　アラムの家の門は、道路に面しているわけでなく、棗椰子の庭と家とのあいだの路地に向かっていた。門の角燈のそばに鈴を鳴らす紐《ひも》が垂れているのを見て、コナンはそれを力強く引っ張り、さらに加えて、チーク材を鉄枠で締めた門扉《もんぴ》を剣の柄で音高く叩いた。すると門扉のわきの潜《くぐ》り戸が開いて、黒い顔がのぞいた。

「早くあけんか」コナンが大声でいった。「おれは客だぞ。クロムの神の名にかけて、宿賃もアラムに支払って、部屋を用意しておくようにいってある！」

黒人は首を伸ばして、コナンの背後の道を星明かりで見まわしていたが、何もいわずに門扉を開いた。キンメリア人がなかに通ると、その扉を閉めて鍵をかけ、かんぬきを下ろした。塀が異常なほど高いのは、ザムボウラには盗賊が多く、沙漠と境を接する家には、遊牧民の夜襲にもそなえが必要だからであろう。大輪の花が星明かりに青白くうなずいている庭を横切り、コナンは酒場へはいっていった。そこでは学者風に頭を剃《そ》ったスティギア人が酒卓を前にして、何やら神秘的な瞑想《めいそう》に耽《ふけ》り、片隅では、どこの種族かわからぬ男の何人かが、骰子《さいころ》賭博にからんだ口論の最中だった。

アラム・バクシュが近づいてきた。足音を立てぬ物静かな歩きぶりだが、恰幅《かっぷく》のいい男で、黒い顎鬚を胸まで垂らし、鉤鼻が突き出し、小さな黒い眸《ひとみ》を絶えず動かしている。

「食事がお望みかね？」彼は訊いた。「それとも酒を？」

「市場《スク》で骨つきの肉とパンを一本食ってきた」コナンは大声でいった。「大杯《たいはい》にガザン酒をいっぱいにして持ってこい――その代金だけは残っている」と銅貨を一枚、酒染《じ》みのできた卓の上に投げ出した。

「賭博場で勝ってこなかったんですか？」

「勝ってこれるわけがあるか。元手の金が、ひとつかみの銀しかなかったんだ。けさ宿賃を払っておいたのも、負けそうな気がしたからだ。今夜はなんとしてでも屋根の下で眠りたかった。ザムボウラでは、往来で寝ているやつを見かけたことがない。物乞いまでが、暗くならんうちから身を守る場所を捜している。この都は、血に飢えた盗賊の群れが横行《おうこう》しているにちがいない」

そして彼は、安い酒をさもうまそうに飲みほしてから、アラムに従って酒場を出た。その背後では、骰子を転がしていた男たちが勝負の手を休めて、謎めいた目でふたりを見送った。この連中は何もいわなかったが、スティギア人だけは人間離れした皮肉と嘲りのこもった身の毛もよだつ笑い声をあげた。そのほかの男たちは落ち着きを失った様子で顔を伏せ、たがいに目を見あわせるのを避けていた。秘法を学びとったスティギアの学者というものは、正常な人間感情とは無縁になるものだ。

コナンはアラムに導かれて、銅製のランプに照らされた廊下を進んでいったが、この宿の主人の足音を立てぬ歩きぶりが気に入らなかった。足音が立たないのは、柔らかな上履《うわば》きを履いているのと、トゥラン産の厚い絨毯《じゅうたん》のせいもあるが、それにしてもこのザムボウラ男の人目をはばかる様子に、疑惑を感じずにはいられなかった。曲がりくねった廊下の端まで行きつくと、そこの扉の前でアラム・バクシュは足を止めた。頑丈な金属製の腕木《うでぎ》に重そうな鉄のかんぬきを差した扉だった。アラムはかんぬきをはずして、キンメリア人を招じ入れた。なかは設備のととのった客室で、コナンがすぐに気づいたことだが、窓がいたって小さく、しかも、美しい形にねじって趣味よく鍍金《めっき》してあるものの、鉄の格子がはめこんである。床には絨毯を敷きつめ、東方風の寝椅子のほか、彫刻をほどこした床几《しょうぎ》がひとつ据えてあった。都の中心部の宿屋で、これだけの部屋を借りるとしたら、彼の支払った料金の何倍かを請求されることであろう――その朝、ここ数日間の放蕩三昧《ほうとうざんまい》で財布が薄くなっていることに気づいたとき、コナンの注意をまっ先に惹いたのがその点だった。彼が沙漠からザムボウラに到着したのが、一週間前のことである。

アラムは青銅製のランプに灯《ひ》をともして、ふたつの扉をコナンに示した。ふたつとも、太いかんぬきが差してある。

「今夜は安心して休めますぜ、キンメリアのお人」出入口のアラムは、濃い顎鬚の上で目をぱちぱちさせながらいった。コナンは唸り声をあげて、抜き身の長剣を寝椅子の上へ投げやり、「かんぬきも窓の鉄格子もしっかりしたものだが、おれは眠るとき、この長剣を手もとから離さんことにしておる」と応じた。

アラムはなにもいわずに、しばらくは長い髭を指でしごきながら物騒な武器をみつめていた。そのあと彼が無言のまま出ていき、扉を閉めた。コナンはその扉にかんぬきを差し、部屋を横切って反対側の扉をあけ、外をのぞいた。この部屋のある翼《よく》は、都から西方へ向かう街道に面しているのだが、扉の外は小さな庭で、それを高い塀が囲み、建物のほかの部分から遮断し、出入口も見られない。しかし、街道に面したところの塀は低く、そこの木戸には錠《じょう》が下ろしてなかった。

コナンは戸口に立って、しばらくは背後の青銅ランプの光で、椰子の木立のあいだに消えている街道を眺めていた。椰子の葉が微風に鳴っている。その向こうには空虚な沙漠が拡《ひろ》がっているのだ。街道の反対方向は都の中心部で、街の灯がきらめき、騒音がかすかに流れてくる。しかしこの付近だけは、星明かりと椰子の葉ずれの音、低い塀の外の街道の土埃《つちぼこり》と、低い星々を背に平屋根《ひら》をくっつきあわせて並ぶ無住《むじゅう》の小屋しかない。やがて椰子の木立の先のあたりで、太鼓が鳴りはじめた。

ズアギル族の男の憶測半分の警告が思い出されたが、ここではそれが、陽光のあふれ、群衆が雑踏する街なかで聞いたときほど荒唐無稽《こうとうむけい》な話とも思えなかった。彼はまたしても無人の小屋の謎を怪しく思った。なぜ物乞いたちはあれを避けるのだろう？　彼は屋内にもどって、扉を閉め、かんぬきを下ろした。

ランプの火がまたたきだしたので、あらためてみると、燃料の椰子油がほとんど尽きかけていた。彼は舌打ちをして、アラムを呼ぼうとしたが思い直し、肩を揺すって燈火を吹き消した。室内は柔らかな闇に包まれた。着たままの姿で寝椅子に躰を伸ばしたが、たくましい手が本能的に広刃の剣の柄を探り、身近に引きよせた。鉄格子のはまった窓に縁どられた夜空の星を気だるげに眺め、椰子の葉を揺する微風の囁《ささや》きを耳にしていると、いつか眠けをもよおしてきた。しかし、そのあいだも、夢うつつのうちに沙漠から遠く低く響いてくる太鼓の音を聞いていた——皮を張った太鼓を、開いた黒い手が律動的に打ちつづける柔らかな響きを……。

2　忍び歩く夜の影

こっそりと扉をあける音が、キンメリア人を目醒《めざ》めさせた。彼の目醒めは文明人のように頭の鈍いぼんやりした状態でなく、たちまち冴《さ》えた心で、眠りを破った音の正体に気づいた。闇のなかに身を引きしめ、横たわった姿勢でいると、街道側の扉が徐々に開くのが目に映った。星空をのぞかせている隙間が拡がると、そこにまっ黒い巨躰《きょたい》があらわれ——かがみ加減の大きな肩と不恰好な頭が、星明かりをさえぎった。

コナンは両肩のあいだに鳥肌が立つのを感じた。扉のかんぬきはしっかり差しておいた。超自然の力の持ち主ならいざ知らず、どうして開くことができたのか？　星明かりに縁どられた頭だが、あんな無気味な形が人間のものであろうか？　ズアギル族の天幕で聞いた悪魔や悪鬼《あっき》の話が思い出されて、全身に玉の汗が噴き出した。いま、怪物が音も立てずに室内にすべりこみ、前かがみの姿勢で、足を引きずるようにして近づいてくる。なじみのある臭いがキンメリア人の鼻をついた。しかし、この臭いで安心するわけにいかなかった。ズアギル族のいい伝えによれば、悪霊はみな、このような臭気を放つとのことだからだ。

コナンは音を立てぬように、その長い脚を折り曲げ、右手に抜き身の長剣を握りしめた。そして、いきなりそれを一閃《いっせん》させた。闇から飛びかかる猛虎《もうこ》のそれに似た必殺の一撃で、たとえ悪霊であろうと、避けることのできないものだ。長剣は狙いたがわず肉と骨とを斬《き》り裂き、怪物は押し殺したような叫びとともに、床へどさりと倒れこんだ。コナンは血のしたたる剣を手に、そのかたわらで暗闇のなかに身をかがめた。悪魔か怪獣か、それとも人か、とにかくそれは床の上にこと切れていた。野獣の感覚を持つコナンは相手の死を嗅ぎとって、半ば開いた扉の隙間《すきま》から星明かりに輝く庭を眺めた。木戸はあけ放したままだったが、庭に人影はなかった。

コナンは扉を閉めた。しかし、かんぬきは下ろさずに、闇のなかに青銅ランプを探って、それに火をともした。少しの間ならば、燃えるだけの油が残っているはずだ。直後、床に身をかがめ、血の海のなかに倒れている物をあらためていた。

それは腰布一枚身に着けただけの黒人の巨漢《きょかん》で、片手に先端の太い棍棒《こんぼう》を握りしめたままだった。ちぢれた頭髪を角《つの》状に結《ゆ》いあげて、それに小枝を挿《さ》し、泥をこすりつけて乾かしてある。この蛮人風の髪の結い方が、星明かりの下で怪物めいた外見をあたえていたのだ。謎を解く手がかりを得て、コナンは男の厚く赤い唇を開いて、唸《うな》り声を洩らした。その歯の先が鑢《やすり》で尖《とが》らせてあったのだ。

アラム・バクシュの家から他国者《よそもの》の姿が消える秘密が、ようやく解き明かされた。椰子《やし》の木立の彼方《かなた》から響いてくる黒人の太鼓《たいこ》と、焼け焦《こ》げた骨の散らばる沙漠《さばく》の穴の謎も解けた——星空の下、沙漠の穴で風変わりな肉が焼かれ、その間、野獣のような黒人の群れが穴をとり巻き、おぞましい飢えを満たしている。いま床に倒れている男は、ダルファルの国から来た食人種の黒人奴隷《どれい》なのだ。

市中にはこの男の同族が多数はいりこんでいる。もちろん、ザムボウラで食人の風習が公に許されているわけでない。だが、住民たちが夜間、戸じまりを厳重にする理由、物乞いでさえ往来や戸のない荒れ小屋では寝ようとしない理由が、いまようやくコナンにも呑みこめた。人肉を求めて夜の街路を忍び歩く野獣に似た黒い影――そして彼らのために門を開いてやるアラム・バクシュのような男を思い浮かべて、コナンは嫌悪の声を洩らした。この宿の主人は悪霊ではなかったが、それよりさらに悪辣《あくらつ》な男だった。ダルファルから連れて来られた黒人奴隷たちは、盗人として悪名を馳せている。彼らの獲物《えもの》のあるものが、アラム・バクシュの手に流れているのは疑うべくもない。その見返りに、アラムは彼らに人肉を売っていたのだ。

コナンはランプの火を吹き消して、街道に面した戸口に歩みより、扉を開いた。そして外側の扉板飾りに指を走らせてみると、そのひとつが動くようになっていて、内側のかんぬきに作用する。この部屋そのものが、犠牲者を兎のように捕える罠《わな》とわかった。それがこんどばかりは兎の代わりに、サーベルのような牙《きば》を持つ猛虎を捕えてしまったのだ。

コナンは廊下に面した扉にとって返し、かんぬきを引きぬいて、扉を押してみた。こちらは動く様子もない。それで彼は思い出したのだが、廊下の側からかんぬきが差してあった。アラムは犠牲者にも、取り引きの相手にも、出しぬかれないようにしているのだ。キンメリア人は剣を吊《つ》るした腰帯をしめ直して、大股に庭へ歩み出ると、背後の扉を閉めた。悪徳漢アラム・バクシュに一刻の猶予もあたえず、天誅《てんちゅう》を加える考えだった。いったい何人の哀れな他国者が、眠っているうちに殴り殺され、この部屋から引きずり出され、椰子の木蔭をぬける道を焼肉用の穴まで運ばれていったことであろうか。

彼は庭で足を止めた。太鼓の音がいまだに低く鳴り響いており、木立の向こうに赤い焔《ほのお》が躍っているのが見てとれる。ダルファルの黒人にとって、人肉の嗜好《しこう》は倒錯《とうさく》した食習慣にとどまるものではない。その忌まわしい宗教の絶対不可欠な構成要素なのだ。黒い禿鷹《はげたか》どもはすでに密儀を開始している。だが、その夜の彼らの胃袋を満たす肉がなんであれ、コナンのそれでないことはたしかであった。

アラム・バクシュの居室にはいりこむには、母屋《おもや》と付属建物のあいだを仕切る塀をよじ登る必要があった。それは食人種を近づけぬために、見あげるほどの高さを持っていた。しかし、沼沢地《しょうたくち》に育った黒人たちとちがって、コナンの筋肉は子供のころに、故郷の山嶽《さんがく》地帯の断崖絶壁で鋼鉄の強靭《きょうじん》さに鍛《きた》えあげられている。彼が近くの塀の下に立っていたとき、木々の茂みのあいだから、けたたましい叫び声が響いてきた。

コナンはすばやく門の陰に身をひそめて、街道の方向へ視線を走らせた。悲鳴は道路の向こう側に建ち並ぶ小屋のあたりから聞こえてくる。つづいてそれが、喉が詰まって喘《あえ》いでいる声に変わった。おそらく犠牲者は黒い手に捕えられ、必死に救《たす》けを呼ぶものの、声が声にならぬように口を押さえられてしまったのだろう。つぎの瞬間、もつれあった何人かの影が、小屋の向こうの暗がりからあらわれ出て、街道を歩きだすのが見えた――三人の黒い大男が、ほっそりした姿の捕虜をあいだに挟んで、沙漠へ連れていくところだった。激しく身もだえする犠牲者の手足が、星明かりに青白く光っていた。捕虜は残忍な黒人の手をふりほどき、引きずられていった道を逃げもどってきた。それはしなやかな躰つきの年若い女で、生まれたままの裸身だった。彼女はふたたび街道を離れて、小屋のあいだの暗がりに逃げこんだ。コナンにはそれがはっきりと見えた。黒人たちはそのあとを追って、双方の影はまたしてもつれあい、聞くに堪えない苦痛と絶望の悲鳴が甲高く響いた。

食人鬼の凶手《きょうしゅ》がまたしても犠牲者を苦しめているのを知って、コナンは火のような怒りを燃えあがらせ、道を横切って走りよった。

犠牲者も掠奪者《りゃくだつ》も、コナンの出現に気づかなかった。それと知ったときは、土埃《つちぼこり》を蹴立《けた》て、丘陵から吹き下ろす疾風《しっぷう》の激しさで、キンメリア人が襲いかかっていた。黒人たちのうちふたりが向き直り、棍棒をふりあげて迎え撃とうとしたが、コナンの攻撃速度の測定を誤って、立ち向かう間もあらばこそ、ひとりは腹を斬り裂かれ、臓腑《ぞうふ》をさらけ出し、猫のようにぐるぐるまわりながら倒れた。コナンはもうひとりの男の棍棒をかいくぐり、剣を唸らせて斬り返した。黒人の頭がすっ飛び、胴体だけが三歩よろめいて血をほとばしらせ、おぞましくも手で空《くう》をつかんでから、土埃のなかにくずおれた。

残ったひとりの食人種は押し殺した悲鳴をあげ、捕虜を投げだした。女がつまずいて、土埃のなかに転がるうちに、恐怖に駆られたその黒人は、街の方向めざして逃げだした。コナンはすぐさまそのあとを追った。恐怖が黒い足に翼を生じさせたかのようだったが、黒人は小屋の列の東端に達する前に、背後に迫る死の手を感知し、食肉処理場に連れこまれた牛さながらの絶叫をあげた。

「地獄の黒犬め！」復讐《ふくしゅう》の火を燃えあがらせたコナンは、長剣を黒い肩めがけて突き出した。幅広の刀身の半ばが黒い胸を貫いた。黒人は詰まった叫び声をあげ、たたらを踏んで、つんのめった。コナンは足を踏みしめ、倒れかかった犠牲者から長剣を引きぬいた。

いまや微風が椰子の葉をそよがせているだけとなった。コナンはライオンがたてがみをふるうように首を動かして、血の飢えを満たしきらぬ思いでうめき声をあげた。しかし、暗がりからあらわれ出てくる人影はそれきりで、小屋の前には星明かりを浴びた街道が空っぽのまま延びていた。そのとき背後に小走りに近づく足音がして、くるっとふりむいたが、それはさっきの女にすぎず、走りよると必死に彼の首にしがみついた。怖《おそ》ろしい運命をかろうじて免《まぬか》れた興奮から半狂乱の状態であった。

「落ち着くがいい」コナンはいって聞かせた。「もう大丈夫だ。しかしなんでこいつらにつかまった?」

女は言葉にならぬ言葉を口走るだけで、すすり泣きをつづけた。いまはコナンもアラム・バクシュのことなど念頭になく、星明かりの下でも美しさの目立つ彼女をみつめていた。小麦色の肌をしているが、西方の白人の血が流れていて、まぎれもなくザムボウラの都に多い混血種族のひとりである。そのすらっと背が高く、しなやかな肢体を見るのに、コナンは絶好の位置にあった。恐怖と興奮にいまなお激しく震えている胸の高まりと柔軟な手足を見るうちに、コナンの獰猛《どうもう》な目に感嘆の光がきらめきだした。弾力性のあるその腰に腕をまわして、安心させるようにいった。

「震えることはない。おまえの身は安全なんだ」

彼の手が触れたことで、女は正気をとりもどしたかに見えた。艶《つや》のある黒髪を払いのけるようにして、怯《おび》えた視線を肩越しに走らせる一方、そうすることで安心感を得ようというかのように、いっそう強く躰をキンメリア人に押しつけた。

「あの黒人たち、街なかの通りで待ち伏せしていたの」彼女は身を震わせながら呟《つぶや》いた。「拱門《アーチ》の下の暗がりに――いやらしい大猿みたいに！　セトの神よ、お慈悲を！　いつまでも夢に見るにちがいないわ！」

「こんな夜晩《おそ》い時刻に、なんで通りに出ていた？」コナンは探るような自分の指の下にある、なめらかな彼女の肌の感触に魅せられながら、そう訊いてみた。

彼女は黒髪を掻きあげて、コナンの顔をぼんやりみつめた。その愛撫《あいぶ》にも気づいていない様子である。

「あたしの好きな人。その人のせいで通りへ出る羽目になったの。あの人、頭がおかしくなって、あたしを殺そうとしたのよ。で、その手を逃れたと思ったら、あのけだものたちにつかまってしまったんだわ」

「おまえみたいに美しい女は、とかく男を狂わせるものだ」コナンは女のつややかな髪に指を走らせてみながら、どこかで聞いたような言葉を吐いた。

女は夢から醒めたように首をふった。もはや震えてはいないし、声もしっかりしたものにもどっていた。

「それがみんな、祭司のひとりの企《たくら》みなの。トトラスメクといって、猿神《ハヌマン》の最高僧で、あたしを手に入れようと狙っているの――犬みたいないやなやつよ！」

「そんなに悪くいうことはないぜ」コナンはにやにや笑ってみせて、「その老いぼれハイエナめ、おまえに目をつけるとは、案外、いい好みじゃないか」

そのぶしつけな誉《ほ》め言葉を彼女は無視した。早くも平静をとりもどしつつあったのだ。

「あたしの好きな人は――トゥランの若い兵士なの。トトラスメクのやつ、あたしがいうことを聞かないと見ると、その仕返しにあの人に薬を嚥《の》ませて、頭をおかしくさせてしまったの。今夜、あの人は剣を引きぬいて、あたしを殺すと暴《あば》れだしたので、あたしは通りへ逃げだした。そうしたら黒人たちにつかまって、こんな場所まで連れてこられたんだわ――あら、なにかしら？」

コナンはすでに行動を起こしていた。影のように音を立てずに、女を導いて、微風にそよぐ椰子の木の下、いちばん近い小屋のうしろに身を隠した。ふたりが身をこわばらせてじっとしているあいだに、その耳に届く低い音がしだいに大きくなって、人の声であることがはっきりした。九人か十人ほどの黒人の一団が、街の方向から街道に沿って近づいてきているのだ。女がコナンの腕を握りしめるので、彼女のしなやかな躰《からだ》が恐怖に震えているのが感じとれた。

いまや喉音《こうおん》の多い黒人の言葉の内容が理解できるようになった。

「兄弟たちは、もう穴のまわりに集まっているぞ」そのひとりがしゃべっている。「ここしばらく、例のものにありついていねえが、おれたちにまわってくるほどたっぷりあってくれればいいが」

「アラムが約束してるんだ。男の獲物《えもの》があるってな」別の者が応じた。それを聞いたコナンは、アラムのやつに思い知らせてやらねばならぬと、心に誓った。

「アラムは約束を守る男だ」もうひとりがいった。「あの宿屋からは、ずいぶんたくさんの人間を手に入れることができた。だけど、それだけのものも支払ってある。このおれにしたところで、主人の店から絹《きぬ》を十梱《こり》も盗み出して、あいつに渡してやった。セトの神に誓っていえるが、とびきり上等の絹だったぜ」

黒人たちはがに股の足で、土埃を蹴あげるようにして過ぎていった。全部の男が裸足《はだし》だった。やがて彼らの話し声が街道の先へ消えていった。

「ここで斬り倒したやつらの死骸が小屋のうしろに転がっているのが、おれたちの運のいいところだ」とコナンは小声でいった。「それに、あの連中がアラムの宿の死の部屋をのぞきこんでいたら、やつらの仲間の死骸がみつかって、騒ぎが大きくなったところだ。いまのうちにずらかろう」

「そうよ。急いだほうがいいわ！」またしても女の声がヒステリックになってきた。「あたしのあの人が、街路のどこかをひとりでさまよっているのよ。黒人たちにみつかったら連れていかれるに決まっているわ」

「人の肉を焼いて食うとは、悪鬼みたいなやつらだ！」コナンは唸り声でいうと、街道と並行して走っている道をとって街の方向へ急いだ。しかし、小屋の列と点在する椰子の木の裏からは離れないようにした。「この都の住民たちは、なんで黒犬どもを追い払ってしまわんのだ？」

「黒人は価値のある奴隷だからよ」女は低い声で説明した。「その人数もとても多くて、好きな人肉を封じられたら、叛乱《はんらん》を起こしかねないの。ザムボウラの人たちはあの連中が夜の街をうろつくのを知っているので、扉に鍵をかけて、今夜のあたしみたいに、よくよくのことがないかぎり外へ出ようとしないのよ。黒人はつかまえた人間をみんな餌食《えじき》にしてしまうけど、他国者以外は狙わないようにしているわ。都を通り過ぎるだけの他国者なら、ザムボウラの人たちも見て見ないふりをするから。

だからアラム・バクシュみたいな男が、他国者を黒人に売りわたすわけ。でも、都の人間には手を出さないようにしているんだわ」

コナンは胸がむかつく思いで唾《つば》を吐いた。その後まもなく、ふたりは街道にもどって、両側に燈火《とうか》を消した家並みがつづく街路に出た。暗がりをこそこそ歩くのは、このキンメリア人の気性《きしょう》に合わないのだ。

「どこへ行きたい?」彼は質問した。女の腰に腕をまわしたままだが、女はいやがる様子も見せずに、

「あたしの家へもどるわ」と答えた。「召使いたちを起こして、あの人を捜させるの。頭がおかしくなっているのを街の人たちに——祭司たちばかりでなく、だれにも——知られたくないからよ。あの人——将来を約束された若い戦士ですもの。みつけ出すことができたら、あたしたちの力で狂気を癒《いや》せるかもしれない」

「あたしたちだと? おれが手伝うのか?」コナンは怒ったようにいった。「つまらんことをいわんでくれ。なんで狂人を捜し出すのに、夜の街を駆けまわらなければならぬ義理が、このおれにあるんだ?」

そういうキンメリア人の顔に、女はちらっと視線を走らせた。そして青く煙《けぶ》る彼の目のきらめきの意味を正確に読みとった。どんな女であろうと、いまのコナンが——少なくとも、しばらくのあいだは——どこへでもついてくるのがわかっただろう。しかし、女であるだけに、彼女はそれを見てとったという事実を知られないようにした。

「お願いするわ——」彼女はことさらに涙声になって、「あなたのほか、救けてもらう人がいないんですもの——あなたの優しいお気持ちは——」

「わかったわかった!」彼は大声でいった。「で、その厄介《やっかい》な若いやつ、何という名だ?」

「アラフダルというの。あたしはザビビ、舞姫よ。太守のユンギル汗と寵姫《ちょうき》のナフェルタリ、そのほかザムボウラの身分の高い人たちの前で踊りを見せている女よ。そのあたしをトトラスメクのやつが

欲しがって、あたしが撥《は》ねつけてやったから、なにも知らないあたしを道具に使って、アラフダルに仕返しを企《くわだ》てたの。あたしはあいつがそんなに腹ぐろいやつだとも、そうまであの人を憎んでいると も知らずに、惚《ほ》れ薬をもらいに行ったの。するとあいつ、薬を一服よこして、これを酒に混ぜて嚥《の》ませたら、アラフダルはあたしを夢中で愛しだし、あたしの願いを何でも聞くようになるというのよ。あたしはその薬をこっそりあの人のお酒に混ぜたわ。でも、それを嚥んだとたんに、あの人の頭はすっかりおかしくなってしまって、そのあげく、さっき話したことが起きてしまったんだわ。みんなトトラスメクの企みよ。あの混血の蛇め――あっ、あそこに!」

彼女が急にコナンの腕をつかみ、ふたりはぴたりと足を止めた。ふたりは店舗や露店の並んでいる地域に歩み入っていた。夜が更《ふ》けているので、人通りは途絶《とだ》え、燈火もまったく消えていた。とある横丁を通りかかっていたところで、そこの路地の入口に、ものもいわずに突っ立っている男がいた。頭《こうべ》を垂れているが、まばたきもせずにふたりをみつめる無気味な目に異様な光がきらめくのを、コナンは見逃さなかった。彼は総毛立《そうけだ》つ気持ちに襲われた。男の手にある剣を怖《おそ》れたわけではない。その姿勢と沈黙に無気味なものを感じとったからだ。それは狂気をほのめかすものだった。コナンは女をわきへ押しのけ、長剣を引きぬいた。

「殺さないで!」女は哀訴した。「セトの神の名にかけて、お願い、殺さないで! あなたは強いわ――あの人、かなうわけがないわ!」

「やってみんことにはわからんよ」彼は低い声でいって、右手に剣を握りしめ、木槌《きづち》のような左拳《こぶし》を固めた。

そして路地のほうへ用心深い一歩を踏みだすと、トゥランの兵士はぞっとするような笑い声をあげて突進してきた。爪先立ちになって剣をふりかぶったかと見ると、全身の力をこめて斬りかかってきた。コナンの剣がそれを撥ねかえし、青い火花が飛んだ。つぎの瞬間、コナンの左拳が雷《かみなり》のような音を立て、狂人は土埃のなかに意識を失って倒れた。

女はあわてて走りよった。

「まあ、ひどいことを――死にでもしたら――」

コナンは急いでかがみこむと、男を仰向《あおむ》けにして、その躰に指を走らせていたが、

「たいした怪我《けが》じゃない」といった。「鼻血を出しているが、顎《あご》を殴りつけられると、だれだってこんなふうになる。少し経《た》てば気がつくはずだ。そのときは正気にもどっているだろう。それまでのあいだ、剣を吊るした腰帯で両の手首を縛っておこう――ところで、こいつをどこへ運んだらいいんだ?」

「待って!」女は意識を失った男のわきに跪《ひざまず》いて、縛られた手首をつかみ、熱心にあらためていたが、強い失望をあらわすように首をふりながら立ちあがった。そしてキンメリア人の巨漢の前に近づくと、ほっそりした両手を男の厚い胸においた。星明かりにきらめく黒い宝石のような濡れた眸《ひとみ》でコナンの目をみつめ、

「あなたは男のなかの男ね。あたしに手を貸して! トトラスメクのやつを殺してやりたいの。あたしのために、あいつを斬り殺して!」

「そしておれを、トゥラン兵の手で縛り首にさせる算段か?」

「まさか!」ほっそりした両腕を、弾力性のある鋼鉄のような強さで男の筋くれだった首にまわした。

柔軟な躰が激しく息づいて、心臓の鼓動が男の胸に伝わってくる。「ヒルカニア人だって、トトラスメクのやつを愛してなんかいないわ。セトの神の祭司たちも怖れているだけ。恐怖と迷信の力で人々を支配している混血の犬よ。あたしが崇拝するのはセトの神、トゥラン人のはエルリクの神。でも、トトラスメクは呪われた猿神ハヌマンに生贄《いけにえ》を捧げるのよ！　トゥランの貴族たちも怖れる黒魔術の力で、混血の人たちを支配しているの。その人たちだって、あいつを憎んでいるわ。太守のユンギル汗も寵姫のナフェルタリも、あいつを怖れ、憎んでいる。あいつが夜中に寺院のなかで殺されたと聞いても、殺した者を血眼《ちまなこ》で捜索するようなことはしないわ」

「やつの黒魔術とは、どんなものだ？」キンメリア人は唸り声で訊いた。

「あなたは戦士よ」彼女は答えた。「命を危険にさらすのも、あなたの仕事のうちなんでしょう？」

「代償しだいでね」と彼はうなずいた。

「報酬ならあるわ！」彼女は囁《ささや》くようにいって、爪先立ちになり、男の目をのぞきこんだ。激しく脈打つ彼女の躰が寄り添うことで、彼の血管に焰が燃えあがり、彼女の息の匂いが頭に染《し》み入った。しかし、そのしなやかな躰を抱きしめようとすると、彼女は避けるように少し動いて、こういった。「待って！　先にあたしの頼みをかなえて」

「報酬はなんだ」ぎごちない調子で、彼はいった。

「この人を担《かつ》ぎあげて」彼女の命令に、キンメリア人はかがみこんで、長身の男の躰をそのたくましい肩に軽々と載せた。そのときの彼は、ユンギル汗の館でさえ同じようにやすやすと押し倒せそうな気がした。女は意識を失っている男の耳もとに愛の言葉を囁いていた。コナンの手前をつくろう様子もなく、心の底からアラフダルを愛しているのが明瞭だった。コナンとのあいだでどんな約束をしたところで、アラフダルとの関係に影響するところはないのだ。このような問題となると、女は男よりはるかに実際的なものらしい。知らなければ、アラフダルが傷つくことはない、というわけだ。

「あたしのあとについてきて!」彼女は街路を走りだした。一方キンメリア人は背中の荷物に妨《さまた》げられることなく、大股に彼女のあとを追った。拱門《アーチ》の下をくぐるたびに、そこの暗闇に怪《あや》しいものがひそんでいないかと視線を走らせたが、疑わしい気配はまったくなかった。ダルファルから来た黒人たちは、揃って肉焼き穴に集まっているにちがいなかった。女は狭い路地に曲がって、じきにその奥の家の拱門《アーチ》状の扉を用心深く叩いた。

間髪を容れず扉板の上部に窓が開いて、黒い顔がのぞいた。彼女がその開口部に顔を寄せて何か口早に囁くと、かんぬきがきしんで扉が開いた。その戸口に、銅ランプの柔らかな光を背中に受けて、黒人の大男が立っていた。ひと目見ただけで、ダルファル族の男でないことはわかった。歯は尖らせてなく、ちぢれた髪を頂《いただき》近くまで刈りあげている。コナンは男をワダイの出身者と見た。

ザビビの言葉どおりに、コナンはぐったりしたままの若い戦士の躰を黒人の腕に預けた。それはビロード張りの寝椅子に横たえられたが、意識をとりもどす様子はなかった。彼を昏倒《こんとう》させた一撃は、牡《お》牛《うし》を打ち倒せるほど強烈なものであったのだ。ザビビは少しのあいだ男の上にかがみこんで、指を神経質にねじったり、からみあわせたりしていた。やがて身を起こすと、キンメリア人に目配せした。

ふたりの背後で扉が音もなく閉まり、鍵がカチリと鳴った。のぞき窓も閉まって、屋内のランプの光をさえぎった。ザビビは星明かりの街路上に立つと、コナンの手をとった。彼女自身の手は少し震えていた。

「あたしを見捨てないでしょうね」

コナンの総髪《そうはつ》の頭が、星空の下でうなずき、肯定の意を示した。

「だったら、あたしといっしょに、猿神《ハヌマン》の寺院へ行って！　神々が、あたしたちの魂《たましい》を守ってくださるわ！」

寝静まった街を行くふたりの姿は、古代の幽鬼《ゆうき》を連想させるものがあった。ふたりとも無言だった。おそらく彼女は、銅ランプの下、寝椅子の上に意識もなく横たわる恋人に思いを馳せているのであろう。でなければ、魔物の出没するハヌマンの寺院にはいりこむとき、どんな妖《あや》しのものに誘《いざな》われるかと震えおののいているのか。未開人の頭には、かたわらを並んで歩いている女のしなやかな肉体のほか何もなかった。彼女の髪の匂いが鼻孔《びこう》をくすぐり、彼女の肢体を包む官能的な香気が頭脳を満たし、彼女以外のことはまったく思い浮かばなかった。

一度だけ真鍮《しんちゅう》の踵《かかと》をつけた靴音が響いたので、拱門《アーチ》の暗い影に身をひそめた。そのあいだにペリシュティア人の警備兵の一隊が足早に通り過ぎていった。総勢十五名で、密集隊形を組み、矛槍《ほこやり》を手にし、最後列の何人かは、背後からの短剣による攻撃にそなえて幅広の真鍮楯《たて》を背負っていた。武装した兵士たちでさえ、夜の巷《ちまた》に蠢動《しゅんどう》する黒い食人種の群れには、脅威を感じずにはいられないのだ。

靴音が家並みの向こうに遠去かるや否や、コナンと女は隠れ場所を出て、ふたたび道を急いだ。それからまもなく、ふたりの行く手に、目的地である平屋根のどっしりした建物が浮かびあがった。

大きな広場の中央にハヌマン猿神を祀《まつ》る寺院がそびえ立っている。星空の下、広場に人影はなく、静寂が支配している。寺院の周囲を囲む大理石の塀は、街路に面したところが切れているのだが、そこに門扉その他出入りを妨げるものはなく、まっすぐ柱廊玄関《ちゅうろうげんかん》に通じている。

「黒いけもののやつら、ここで獲物を求めたらいいじゃないか」コナンが低い声でいった。「寺院にはいりこむのに、妨げるものは何もない」

するとザビビがいっそう躰をすりよせてきて、激しく震えているのが感じとれた。

「トトラスメクが怖いのよ。ザムボウラに住む者は、みんなあの男を怖れているの。太守のユンギルでも、ナフェルタリでも、その点、同じことだわ。さあ、早く行きましょう。あたしの勇気が、水みたいに流れ去ってしまわないうちに」

女の恐怖心は隠しようもなかったが、それでも彼女は躊躇《ちゅうちょ》しなかった。コナンは剣をぬき放ち、女の先に立って開いた入口から進んでいった。彼は東方の国の祭司たちの奇怪な習慣を知っていたので、ハヌマンの寺院に侵入するとあれば、夢魔《むま》に襲われるような恐怖に遭遇するものと覚悟していた。彼にしろザビビにしろ、生きてこの寺院を出られる見込みは小さいと見てよい。しかし、これまで自分の命を危険にさらすのが日常茶飯であった彼にしてみれば、そのような考えにいつまでもとらわれてはいなかった。

中庭に踏み入ると、そこも大理石が敷きつめられていて、星明かりに白く輝いていた。短く幅広い大理石の階段をのぼったところが柱廊玄関で、巨大な青銅の扉が、ここ何世紀かのあいだそうであったように、あけ放たれたままになっている。しかし、内部には香を焚《た》く礼拝者の姿は見られなかった。昼のあいだは、信徒の男女がおずおずとはいってきて、黒い祭壇に祀られた猿神の像に捧げ物を供《そな》えていく。だが、夜ともなると、人々がこの寺院に近づくまいとするのは、野兎が蛇のねぐらを避けるのと変わりなかった。

香炉《こうろ》からの煙が立ちのぼり、内部を気味の悪い柔らかな光に浸《ひた》し、非現実的な世界を作りだしている。後方の壁に近く、黒い石の祭壇のうしろにハヌマンの神像が据えてあって、開かれた扉に永遠に目を向けている。その戸口からは、過去数世紀にわたって、薔薇《ばら》の鎖に繋《つな》がれた生贄たちが連れこまれたのだ。戸口と祭壇のあいだに浅い溝が走っている。コナンはそれに足が触れると、蛇でも踏んづけたように、すばやく飛びのいた。この溝こそ、邪悪な祭壇の上に悲鳴をあげて死んでいった多くの人たちが、そのためらいがちな足ですり減らしたものなのだ。

朦朧《もうろう》とした光のなかに見る獣神の顔は、悪意のこもったうすら笑いを浮かべていた。姿勢はというと、猿のようにうずくまっているわけでなく、人間と同じに足を組んで坐《すわ》っているのだが、それでいて、まぎれもない猿の姿だった。像は黒大理石を刻んだものだが、目には紅玉《こうぎょく》がはめてあり、地獄の深淵に燃える劫火《ごうか》のように、赤く淫《みだ》らな光輝を放っている。大きな両手を膝の上におき、掌《たなごころ》を上に向け、鉤爪《かぎづめ》の生えた指を大きく拡《ひろ》げて、何かにつかみかかる恰好である。誇張された猿族の属性と、半獣神の顔にあらわれた冷笑とが、これを神と崇《あが》める邪教の頽廃《たいはい》ぶりを余すところなく反映している。

女は神像の背後にまわって、奥の壁に近づいていった。そのとき彼女のなめらかな横腹が偶像の膝をこすると、彼女は躰をちぢめて飛びのいた。大蛇か何かに触れたように身を震わせている。幅の広い偶像の背中と、黄金の葉の帯状装飾をつけた大理石の壁とのあいだは数フィートの広さがあった。偶像の左右の壁面には、黄金の拱門《アーチ》の下に象牙《ぞうげ》の扉がはめこんであった。

「この扉の向こうは髪ピンの形をした廊下になっていて」と彼女は早口に説明した。「一度だけなかへはいったことがあるの——一度だけ！」怖ろしくもまた淫らなそのときの経験を思い出したものか、彼女は身を震わせ、細い肩をよじって、「廊下は馬蹄《ばてい》形で、その両端がこのふたつの扉なの。トトラスメクの部屋は廊下に囲まれた位置にあって、入口は廊下に向かってついているの。だけど、奥の部屋に直接はいれる秘密の扉が、この壁に仕込んであって——」

彼女は、なめらかな壁面に両手を走らせはじめた。しかし、そこには隙間らしいものはまったく見られなかった。コナンは長剣を手に彼女のそばに突っ立ち、油断のない目を周囲に配っていた。しばらくのあいだ沈黙がつづいた。寺院内の空虚さが、壁のうしろにひそむ奇怪なものを想像させ、彼をして、罠の所在を嗅ぎつけようとする野獣さながらの気持ちにさせるのだった。

「あったわ！」女はついに隠し発条《ばね》を発見した。そして壁に四角い出入口が黒く口をあけた。その瞬間、彼女は「セトの神よ！」と悲鳴をあげ、コナンが走るより早く、大きな不恰好な手に髪をつかまれていた。彼女は引きずり倒され、頭から先に暗い闇のなかへ引きずりこまれていった。コナンは彼女の足をつかんだものの、裸の足は指のあいだをすべりぬけて、たちまち彼女の躰は消えてしまった。壁はまた元の状態にもどって、何の跡も残していない。ただその向こうに争う音と悲鳴がかすかに響いて、そのあと低く聞こえた笑い声が、コナンの血管内の血を凍りつかせた。

3　襲いかかる黒い手

呪詛《じゅそ》の叫びをあげながら、キンメリア人は剣の柄《つか》がしらで壁面を叩きつづけた。大理石がひび割れて飛んだが、隠し戸は開こうともしなかった。そして彼の理性が、壁の向こう側からかんぬきがかけられているのだと教えた。彼はふり返って部屋を横切り、象牙《ぞうげ》の扉のひとつに駆けよった。

扉板を打ち破ろうと長剣をふりあげたが、まずは試しに左手で押してみた。それはやすやすと開いて、弧を描く長い廊下があらわれた。そこも祭壇の部屋にあったのとよく似た香炉《こうろ》が放つ無気味な光に、ぼんやり照らし出されている。戸柱にどっしりした金色のかんぬきがあるのを見て、指の先で軽く触れてみた。狼に劣らず鋭い彼の感覚が、まだそこにかすかながら温かみが残っているのを感じとった。ほんの少し前、かんぬきに触れた者があるのは明らかで、だからこそ引きぬいてあるのだ。してみると、これが仕掛けた罠《わな》であるという公算がますます高くなってくる。寺院内にはいりこむ者があれば、トトラスメクに気づかれると思って当然だったのだ。

廊下に足を踏み入れれば、まちがいなく怪祭司が仕掛けた罠に落ちこむことになる。だが、コナンは少しもためらわなかった。薄暗い内部のどこかに、ザビビが捕虜になっているのだ。彼の知り得たハヌマン教の祭司たちの性格からして、ザビビの身に危険が迫っていることは疑いない。コナンは豹《ひょう》のように足音を立てずに廊下に歩み入ったが、左右どちらに向かうべきか思いまどった。

左手には、拱門《アーチ》形の象牙の扉がいくつか並んでいる。つぎつぎと押してみたが、どれにも鍵がかかっていた。七十五フィートほど進むと、廊下が左手に鋭い曲線を描いた。女の言葉どおり馬蹄形になっているのだ。そこにもひとつ扉があって、押してみると造作なく開いた。

内部はかなりの広さのまま四角な部屋で、廊下より照明が幾分明るかった。白い大理石の壁、象牙の床、銀の格天井《ごうてんじょう》。繻子《しゅす》張りの豪奢《ごうしゃ》な長椅子がいくつか。その前に金細工をほどこした象牙の足台を据え、円形の大きな卓は何かの金属で作られていた。長椅子のひとつに男がひとり腰を下ろして、扉に顔を向けていた。キンメリア人がぎょっとして凝視すると、男は声をあげて笑った。

この男は、腰布と紐《ひも》を編みあげる形式のサンダルのほか、何も身に着けていなかった。褐色の皮膚をして、黒い頭髪を短く刈りこみ、高慢そうな大きな顔に黒い眸《ひとみ》が休むことなく動いている。稀《まれ》に見る巨漢《きょかん》で、大きな手足に筋肉が盛りあがり、ちょっと躰《からだ》を動かしても筋肉にさざ波が立つ。手にしても、これだけの大きさを持つのはコナンもはじめて見るものだった。偉大な肉体の力への確信が、彼の行動と声を華やかに彩《いろど》っていた。

「さっさとはいってこい、野蛮人め！」相手は嘲《あざけ》るようにいって、招きこむ動作を大げさに示した。

コナンの青く煙《けぶ》る目に、怒りの火が燃えあがった。しかし、剣をかまえて歩み入る足どりは用心深いものであった。

「きさまはいったい何者だ？」とコナンは荒々しい声で訊いた。

「おれはバール・プテオルだ」相手は答えた。「かつて遠い昔、別の土地では、ちがう名を持っていた。

しかし、バール・プテオルの名は気に入っている。この名をトトラスメクがくれた理由は、この寺院に出入りする女どもに聞けばわかる」

「するときさまは、あの男の犬なんだな！」コナンはわめきたてた。「なるほど、きさまの茶色の肌に誓っていいえ、バール・プテオル、壁の穴から引きずりこんだ女をどこへやった？」

「おれの主人がもてなしている最中だ！」バール・プテオルは笑って、「ほら、聞こえるだろう！」

コナンが足を踏み入れた扉と向かいあった位置にある扉の奥、かなり遠くのあたりに、押し殺したような女の悲鳴がかすかに聞こえている。

「畜生！」コナンはその扉へ駆けよろうとしたが、そのとき異様な気配を感じてふり返った。バール・プテオルが笑っている。その笑い声にはコナンの首筋の毛を逆立たせるものがあり、それに応えて、殺《さつ》戮《りく》への意欲がまっ赤な波となって、コナンの目の前で躍った。

コナンは指関節に血の気がなくなるほどきつく長剣を握りしめ、バール・プテオルめがけて突進した。その瞬間、褐色の肌の男はすばやい動作で何かを投げつけた――無気味な光を放つ水晶の珠《たま》だ。

コナンは本能的に身をかわした。しかし、不思議なことに、その珠は彼の顔の前数フィートのところ、空中にぴたっと静止して、床に落ちてこなかった。目に見えぬ糸に吊《つ》るされたように、床から五フィートほど上のところに浮いている。驚いて見守るうちに、ぐるぐる回転しだして、しだいにその速度を増していく。そして回転するにつれて大きくなり、どんどん膨らんで、朦朧《もうろう》としてきた。それは部屋いっぱいに拡《ひろ》がり、コナンの躰を包んだ。家具も壁も、嘲笑《あざわら》っているバール・プテオルの顔も覆い隠された。凄まじい速度で回転する青い渦のなかに、コナンは動きがとれなくなった。強烈な風が起きてコナンの足を引きずり、眼前に狂ったような旋回《せんかい》をつづける渦の中心に引き入れようとする。

声にならぬ叫びをあげて、コナンはよろめきながらあとに退《さ》がると、背中に固い壁を感じた。その感触と同時に幻影が消えた。旋回する巨大な球体が、水の泡の破裂するようにはぜて飛んだ。コナンは足を踏みしめて、まっすぐ立った。いまは銀の格天井もはっきり見てとれるが、足もとにはなお灰色の霧が渦を巻いている。バール・プテオルは長椅子の上で、声のない笑いに身をよじらせて転げまわっていた。

「犬め!」コナンは彼に斬《き》りかかった。だが、霧が床から舞いあがり、褐色の肌をした巨漢の姿を包み隠した。旋回する霧の雲にとり巻かれて視界がきかず、手探りするコナンは奈落《ならく》の底に引きこまれる思いを味わった——と、つぎの瞬間、部屋も霧も褐色の巨漢も全部いっしょにかき消えて、コナンはひとり、葦《あし》の生《お》い茂る沼地のほとりに立っていた。そこに、頭《こうべ》を低く垂れた水牛が、彼をめがけて突進してきた。彼はすばやく飛びのいて、半月刀のように曲がった角《つの》を避けると同時に、前脚から肋《ろっ》骨《こつ》と心臓へかけて、剣の刃先《はさき》を突き刺した。すると、泥土の上に倒れて死んだのは水牛でなく、褐色の肌を持つバール・プテオルだった。コナンはひと声わめいて、その首を叩き斬った。すると、その頭が地面から飛びあがり、けもののような牙《きば》をむき出して、コナンの喉に嚙《か》みついてきた。全身の力をふり絞っても払い落とすことができず——喉が詰まり——息が苦しくなった。そのとき急に突風が起こり、轟音《ごうおん》とともにその場を吹きぬけていった。その凄まじい衝撃に、よろめく足を踏みしめたせつな、彼はふたたびバール・プテオルの部屋にもどっていた。怪漢の頭は以前のまま、両肩のあいだにしっかり載っていていて、長椅子の上から声を立てぬ笑顔で彼をみつめている。

「催眠の妖術だな」低い声でいうと、コナンは腰を落として、爪先を大理石に強く押しあてた。彼の目に怒りの火が燃えあがった。この茶色の犬め、おれをからかって、面白がっているな！　だが、こんな子供芝居で霧や幻影を出現させたところで、おれを傷つけることができようか。躍りかかって、ひと太刀《たち》揮《ふる》えば、トトラスメクに仕えるこの褐色の侍者《じしゃ》は、手足を断ち切られた死体となって、おれの足もとに転がるのだ。こんどこそ、くだらぬ幻影にあざむかれるものか——だが、コナンは相手の術中におちいることになった。

　血を凍らせる吠え声が背後に響いた。ふり返ると、金属色の円卓の上に豹がうずくまって、飛びかかろうと身がまえている。だが、コナンの剣がひらめくと、幻影はとたんに消えて、剣はむなしく鉄石の卓の上を叩いて、耳をつんざく音を立てたにとどまった。そのとき異様なことに彼は気づいた。たしかに刃《やいば》は卓を打った！　力をこめて、引き離そうとしたが、動こうともしない。こんどは人目をくらます妖術でなく、円卓が巨大な磁石なのだ。両手で柄を握りしめたとき、肩のあたりに声がした。ふりむくと、そこに茶色の肌の男が立っていた。ようやくこの男、長椅子から立ちあがったのだ。

　背はわずかに高いだけだが、目方はコナンをはるかに上まわるバール・プテオルが、盛りあがった筋肉でおびやかすような姿を見せていた。力強い腕が不自然なほど長く、大きな手をぴくぴくと開いたり閉じたりしている。コナンは吸いつけられた剣の柄から手を離し、無言のまま、険《けわ》しい目で敵をみつめた。

「やあ、キンメリア人！」とバール・プテオルは嘲弄《ちょうろう》の言葉を浴びせかけた。「きさまの頭を素手でもぎとってやる。鳥の首をねじるように、その肩から引き離してみせるぞ。これがコサラの子孫がヤジュールの神に生贄《いけにえ》を捧げるやり方だ！　わかったか、野蛮人。きさまの目の前に立っておるのが、ヨタ・ポングの絞首人さまだ！　おれは生まれ落ちると、ヤジュール神の祭司たちに選ばれて、幼児、少年、若者の各年齢を通じて、素手で人を殺す技術を仕込まれてきた——この方法だけが、生贄を役立たせることができるからだ。ヤジュールの神は血がお好きで、犠牲者の血管から一滴の血も無駄に流すわけにいかんのだ。おれは子供のころ、この首を絞めてみろと赤ん坊をあたえられた。少年時代には、若い娘の首を絞め、青年になると、女、老人、少年を、そして、一人前の男になってはじめて、ヨタ・ポングの祭壇前で、強い男を殺すのを許された。

それからは何年ものあいだ、おれのこの手でヤジュールの神に生贄を捧げてきた。何百という首が、おれのこの指のあいだでへし折られた——」とキンメリア人の怒りに燃える目の前で指を動かしてみせ、「ところで、なぜおれがヨタ・ポングの神殿を去って、トトラスメク祭司に仕えることになったかだが、そこまできさまに話してやることもあるまい。どうせきさまは、まもなく死んでいく身だ。コサラの神官たち、ヤジュール神の絞首人は、人間どもには察しもつかんくらい強い。そのなかでも、とりわけおれは腕がいいので知られている。わかったか、野蛮人、これからこの手できさまの首をへし折ってやる」

二匹のコブラが襲いかかるように、大きな手がコナンの喉に迫ってきた。キンメリア人は身をかわすこともせず、防御態勢をとる代わりに、コサラの男の牡牛《おうし》のように太い首めがけて、その力強い手を突き出した。バール・プテオルの手はコナンの喉をつかんだが、そこを守る筋肉の厚さに驚いたのか、黒い目を大きく見開いた。そしてうめき声をあげ、太い腕の筋肉を縄の結び目のように盛りあがらせ、人間のものならぬ凄まじい力で絞めつけてきた。そのときコナンの指も相手の喉にかかり、コサラの男は息が詰まったような喘《あえ》ぎを洩らした。一瞬ふたりは彫像のように突っ立っていた。必死の力くらべに顔が歪《ゆが》み、こめかみの血管が紫色に膨れあがってきた。コナンの薄い唇《くちびる》がまくれあがって、歯がむき出しになり、バール・プテオルの目は膨れあがった。その目に、相手の力に対する驚きと恐怖がきらめきはじめた。ふたつの彫像は静止したままだが、硬直した腕と踏みしめた脚に筋肉の盛りあがりがいよいよ高まり、人間には考えられぬほどの力が闘いあっているのが明らかだった——大樹を根こぎにし、牡牛の頭も粉砕したであろう力だ。

急にバール・プテオルの唇が開いて、歯のあいだに激しい息が音を立てた。顔が紫色に変わり、恐怖の色が目にみなぎった。腕と肩との筋肉ははちきれる寸前にあったが、キンメリア人の太い首のそれは、びくともする様子がない。コサラの男が死にもの狂いで絞めあげても、指の下には鋼索《こうさく》を縒《よ》りあわせたものがあるように感じられた。しかし、彼自身の喉もとは、いよいよ深く食いこんでくるキンメリア人の鉄の指に、頸《けい》静脈と喉笛が押しつぶされるところだった。

彫像のように突っ立っていたふたりの躰に、突如、凶暴な動きが見られた。コサラの男が身もだえをはじめ、背後に飛びのこうと焦《あせ》ったのだ。それもかなわぬと知ると、コナンの喉にあてがっていた手を離し、代わりに手首をつかみ、仮借《かしゃく》なくしめつけてくる指を押しのけようとした。

コナンは一挙に攻勢に出た。敵はじりじり退がって、腰のくびれを磁石の卓に激突させた。コナンはその機を逃さず、さらに力を加え、相手の躰を円卓の上に反《そ》りかえらせ、背骨の折れる一歩手前まで押しつけた。

コナンは低く笑い声をあげた。それは鋼鉄の輪のように非情なものであった。

「ばかめ！」その声は囁《ささや》き声と変わらなかった。「きさま、西の国から来た男と闘ったことがないのだろう。腐った糸みたいな筋肉の弱虫どもの首をねじ切れるというだけで、世界でいちばん強い人間だとうぬぼれていたのか。ばかなやつだ！　キンメリアの野生牛の首をへし折ってから、そう名乗るんだったな。おれがそれをやってのけたのは、一人前の男に成長する以前のことだった――こんな具合にだ！」

そして彼は、荒々しい動作でバール・プテオルの頭をぐるっとねじった。見るも怖ろしい顔が左の肩までまわって、脊椎《せきつい》が枯枝のへし折れるような音を立てた。

コナンはぐたっとなった死骸を床に投げ捨て、剣に向き直ると、両の手に柄《つか》をつかんで、床の上で足を踏みしめた。バール・プテオルの爪が皮膚を破った首筋の傷口から広い胸へかけて、血がしたたっている。黒い髪は汗に濡れ、その汗が顔を流れ、胸が大きく上下している。バール・プテオルの強さに罵言《ばげん》を浴びせはしたものの、人間離れしたこのコサラの男は、彼に匹敵する腕力の持ち主だったのだ。しかし、息をととのえる間も惜しんで、全身の力を両の手にこめ、磁石に吸いつけられた愛剣を引き離そうと努めた。つぎの瞬間、コナンは奥の扉を押しあけていた。その向こうから悲鳴が聞こえてきたからで、あけ放した扉の外には、左右に象牙の戸口が並んだ長い廊下がまっすぐに延びていた。その突き当たりにビロードの垂れ幕が垂れ、垂れ幕の奥から、悪夢のなかでも聞いたことがない悪魔めいた楽《がく》の音《ね》が聞こえてくる。短い毛が首筋に逆立った。ヒステリックに喘ぎ、すすり泣く女の声が楽の音に混じっている。彼は長剣を握りしめ、廊下をすべるように進んでいった。

4　垂れ幕から突き出された剣

ザビビが偶像のうしろの壁に開いた開口部に頭から先に引きずりこまれたとき、その混乱した頭にまっ先に浮かんだものは、いよいよ最後の時が来たとの考えだった。本能的に目を閉じて、ふり下ろされる打撃を覚悟した。しかし、事実はなめらかな大理石の床に無造作に投げだされただけのことで、その代わり膝と腰とをしたたか打った。目を開いて、おそるおそる周囲を見まわすと、壁の向こうから叩きつける音が、押し殺したように聞こえてきた。彼女の前には褐色の肌の男が腰布ひとつの姿で立っていた。そして部屋の奥に据えた寝椅子の上に、黒ビロードの豪奢《ごうしゃ》な垂れ幕を背にして、まるまる肥《こ》えた白い手と蛇のような目を持つ肉づきのいい大男が坐《すわ》っている。その男を見た瞬間、彼女の躰《からだ》が総毛立《そうけだ》った。これこそ猿神《ハヌマン》の祭司、長年にわたってザムボウラの都のいたる個所に、権力の蜘蛛の巣を張りめぐらしているトトラスメクなのだ。

「野蛮人め、壁を打ち破って、はいりこもうとしておるな」トトラスメクは嘲笑《あざわら》うようにいった。「あいにく、ここのかんぬきはしっかりしたものだ」

壁のこちら側からは秘密の扉がはっきり見てとれて、彼の言葉どおり太い黄金のかんぬきが差してある。このかんぬきと受口なら、巨象の突進にも耐えられるはずである。

「おい、バール・プテオル、扉をひとつあけてやれ」トトラスメクが命じた。「廊下の向こう端の四角い部屋へ連れこんで、殺してしまうがいい」

コサラの男は、右手を額にあてて腰を折る東方風の礼をして、横手の扉から出ていった。ザビビは起きあがって、怯《おび》えた目で祭司を見た。相手も貪欲《どんよく》な目で彼女の豊満な躰を眺めている。これはしかし、気にならなかった。ザムボウラの舞姫は、裸身を注視されるのに慣れている。ただ、その目にみなぎる残忍さが、彼女の手足を震わせた。

「またわしの隠所へきてくれたな、麗しき者よ」祭司は猫撫《な》で声でいったが、それにも鋭い皮肉がこもっている。「予想もしなかった光栄だ。この前来てくれたときは、愉快そうな顔も見せなかったので、再度のご光来を賜《たま》わるとは考えてもいなかった。しかし、これでもわしは、面白い経験をしてもらうために、できるだけの努力をしたつもりなんだ」

ザムボウラの舞姫が顔を赤らめるとはありえないことだが、いまザビビの大きく見開いた目に、恐怖とくすぶった怒りが混ざりあった。

「この肥《ふと》った白豚！　好きだから来たわけじゃないわ。それくらいわかっているでしょう」

「そうそう」とトトラスメクは笑って、「あのまぬけな野蛮人と、この深夜にばかみたいに忍びこんだのは、わしの喉をかっ切るためだったな！　なんでわしの命を狙うのだ？」

「それもわかっているでしょう！」隠したところで意味のないことと知って、彼女は叫んだ。

「おまえの男のことをいっておるんだな」彼はさらに笑って、「わしの命を狙ってきた事実が、例の薬をその男に嚥《の》ませたことを語っている。だが、あれはおまえが頼んだのじゃなかったかな？　わしは頼まれたものを届けてやった。それもおまえへの愛情からだ」

「あたしが頼んだのは、二、三時間、あの人をぐっすり眠らせる無害な薬よ」彼女は激しい口調でいった。「それがあんたの――あんたが召使いに持たせてよこしたのは、あの人の気を狂わせる薬じゃないの！　あんたを信用したあたしがばかだったわ。友情めかしてうまいことをいって、みんな嘘！　なぜ前もってわからなかったのかしら。みんな、憎しみと復讐《ふくしゅう》心を隠すための嘘だったんだわ！」

「恋人を眠らそうとしたのは、何のためだ？」トトラスメクはいいかえした。「いくらおまえが欲しがってもよこそうとしない品を盗みとるためだ。人々が〈コララの星〉と呼んでおる宝玉のはまった指輪。あれはオピルの国の女王の手もとから盗みとられたもので、とりもどした者に、黄金ひと部屋分の懸賞がかかっておる。あの男が進んでおまえにあたえるわけがない。なぜかというに、あの品には、適当に用《もち》いるときは、どんな異性の心でも意のままにできる魔力がそなわっておるからだ。おまえがあれを盗みとろうと考えたのは、あの男の魔術師どもが魔力の鍵を発見して、あやつが全世界の女王たちを征服し、おまえのことなど忘れてしまうのではないかと怖《おそ》れたからだ。おまえがオピルの国の女王に売りもどせば、女王はその魔力を心得ておるので、それを使って男どもを支配するだろう。盗みとられる以前に、そうしておったようにな」

「じゃあ、どうしてあんたはあの品が欲しいの？」彼女は拗《す》ねたように問いただした。

「その魔力を知っておるからだ。あれが手にはいれば、わしの術の力を数倍にすることができる」

「わかったわ！」彼女は噛みつくような勢いでいった。「あんた、手に入れたのね」

「わしが〈コララの星〉を持っておるだと？　いや、ちがう。おまえの思いすごしだ」

「まだ嘘をつく気？」彼女は激しく詰めよった。「あの人があたしを夜の街へ追いだしたとき指にはめていたのに、そのあとでみつけたときはもう身に着けていなかったわ。あんたの召使いが家を見張っていて、あたしが逃げだしたあとで奪いとったにちがいないわ。あんな品、悪魔にでもくれてやる！　あたしはただ、あの人を正気にもどしたいだけ。あんたは指輪を手に入れたし、あたしたちふたりに復讐をしたのだから、あの人の心を元にもどしてもいいと思うわ。あんたにはその力があるはずよ！」

「その力はもちろんある」自信をもっていいながら、祭司が彼女の悲嘆を愉《たの》しんでいるのは明らかだった。長衣の下から小さな壜《びん》をとり出して、「これに黄金の蓮《ロートス》の汁がはいっておる。おまえの男に飲ませれば、正気にもどるだろう。さよう、わしは慈悲深い男だ。おまえたちふたりは、一度ならず二度三度とわしの邪魔をし、愚弄《ぐろう》した。あの男は終始変わらず、わしの計画を妨《さまた》げてきた。しかし、わしはこれほど慈悲深い。さあ、この小壜を受けとるがよい」

　受けとりたい気持ちにはやりながらも、これがやはり残酷な悪ふざけであるのを怖れて、彼女はトトラスメクをみつめていた。やがては彼女も片手を伸ばして、おずおずと歩みよった。すると祭司は冷ややかな笑い声をあげて、彼女の手の届かぬ場所まであとずさった。彼女は罵《ののし》りかけたが、何かの本能にうながされて、上を見あげると、鍍金《めっき》細工をほどこした天井《てんじょう》から、翡翠《ひすい》色をした四個の容器が落下してくるところだった。身をかわしたので容器は彼女にあたらなかったが、けたたましい音を立てて床に落ち、彼女を囲む四角形を形作った。と、彼女は悲鳴をあげた。そして二度目の悲鳴をあげた。なぜかというに、壊れた容器それぞれからコブラが大きな鎌首をもたげているからだ。その一匹が彼女の裸の足に飛びかかってきた。本能的な動きで、かろうじて避けはしたが、それもけっきょく反対側のコブラの近くに移動しただけのことで、凶悪な第二の鎌首の襲撃を避けるのに、電光のようなすばやさで飛びのかねばならなかった。

　怖ろしい罠にとらえられたのだ。四匹のコブラが躰を揺すりながら彼女の足、足首、ふくらはぎ、膝、腿《もも》、腰を狙って飛びかかってくる。豊満な肉体のどこが近づいても襲ってくるのだ。飛び越えることも、あいだをすりぬけることも不可能で、彼女にできるのは、ぐるぐるまわり、わきに飛びのき、身をよじって攻撃を避けることだけである。一匹を避けようと動くたびに、もう一匹の牙《きば》の届くところへ躰を移すことになるので、電光のすばやさで動きつづけねばならない。しかも、どちらの方向にも動ける余地はわずかしかなく、絶えず怖ろしい鎌首におびやかされていた。無気味なこの四角形のなかで生き延びるのは、ザムボウラの舞姫《まいひめ》だけがよくすることであろう。

　たしかに彼女は、見る者を驚かすに足るすばやさで動きまわった。コブラの頭が迫っても間一髪で逃れているのは、すべてみなひらめくような手足の動きと、敵が虚空《こくう》から魔力で呼び出した鱗《うろこ》をきらめかして動きまわる怪物たちの目もくらむ速さに負けない視力の賜《たまもの》だった。

　どこかですすり泣きに似た楽《がく》の音《ね》が、細く、低く響き、コブラの洩らすひゅうひゅうという音と混ざりあって、髑髏《どくろ》の眼窩《がんか》を吹きぬける不吉な夜風を思わせていた。逃げまわりながらも彼女は悟った。四匹のコブラはもはや勝手気ままに襲ってくるのではない。この無気味な笛の調べに操《あやつ》られているのだ。その蛇が奇怪な律動で追い迫るとともに、彼女自身もその躰を同じ調子でよじり、くねり、回転させる。その必死の動作が、そのまま踊りの曲の拍子に乗っている。この光景にくらべたら、ザモラの国に流行しているときくタランテラ踊りの淫《みだ》らさも、まだしも正気で控え目だといえるのではなかろうか。恥ずかしさと恐怖心から胸をむかむかさせ、ザビビは非情な拷問者の憎悪に満ちた笑い声を聞いていた。「これがコブラの踊りというものだ、麗しき者よ！」哄笑《こうしょう》とともにトトラスメクがいった。「何世紀も昔のことだが、ハヌマン神の生贄《いけにえ》になる処女たちがこの踊りを踊った――しかし、これほどみごとに、これほどしなやかには踊らなかったであろう。踊れ、舞姫！　もっと踊れ！　いつまで毒蛇の牙を避けておられることかな？　数分か？　数時間か？　いずれにせよ、おまえは疲れてくる。その迅速確実に動きまわる足も、やがてはよろめきだし、脚がもつれ、腰の回転も鈍くなる。そのときは毒蛇の牙が、おまえの象牙《ぞうげ》色の肉に食いこむことになる――」

その瞬間、背後の垂れ幕が疾風《しっぷう》に煽《あお》られたように揺れ動いて、トトラスメク祭司がけたたましい叫び声をあげた。目をかっと見開き、突如胸から突き出た刀身《とうしん》を痙攣《けいれん》的に両手でつかんだ。

楽の調べがぴたりとやんだ。女は死の毒牙がきらめきながら襲いかかるのを予想して、泣きわめきつつ、ふらふらと踊りをつづけていた――しかし、いまは四匹の毒蛇も無害な青い煙と変わって、周囲の床から立ちのぼっているだけであった。そしてトトラスメクは、頭を先に寝椅子から転げ落ちた。

垂れ幕のうしろから、長剣の刃をぬぐいながら、コナンが姿をあらわした。彼は垂れ布の隙間から、ゆらめきながら立ちのぼる四つの煙のあいだに、彼女が必死の踊りを踊っているのを目にした。その煙が彼女の目にはまったく別個のものと映っているのを察して、まずもってトトラスメクを殺したのである。

ザビビは喘ぎながら、床にくずおれた。しかし、コナンが近よろうとすると、疲労のために震える脚を踏みしめて、またも立ちあがった。

「あの小壜を！」彼女は喘いだ。「小壜よ！」

いまだにトトラスメクは、硬直しかけた手に小壜を握りしめていた。その指のあいだから彼女は容赦なく小壜をもぎとると、彼の長衣を無我夢中で探りはじめた。

「いったい何を捜している？」とコナンが訊くと、

「指輪よ——この男がアラフダルから盗みとった品。あたしの恋人が、気がふれて街をさまよい歩いているあいだに奪いとったにちがいないのよ。悪いやつだわ！」

トトラスメクがそれを身に着けていないのを確かめると、彼女は部屋のなかに注意を移して、寝椅子の覆いや垂れ布を引き裂き、容器をひっくり返しはじめた。

しばらくして捜査の手を休め、汗に濡れた髪が目の上にかぶさるのを払いのけて、

「忘れていたわ、バール・プテオルのことを！」

「あいつなら、首の骨をねじ折ってやったので、いまは地獄にいる」コナンが請けあった。

彼女はそれを聞いて、復讐を果たした満足感を示したが、そのすぐあと心配そうな顔つきに変わって、

「あたしたち、ぐずぐずしているわけにいかないのよ。夜が明けるまでに、あと幾時間もないわ。下級の祭司たちが、夜中のうちにこの寺院へやってくるかもしれないし。もしもトトラスメクの死骸といっしょのところを見られたら、八つ裂きにされるわ。トゥランの兵士たちが駆けつけたって、助かる見こみはないのよ」

彼女が秘密の扉のかんぬきをはずし、ややあってふたりは深夜の街に出て、ハヌマン神の寺院の年

を経《へ》た建物がそびえ立つ、静まりかえった広場から足早に遠去かろうとしていた。

曲がりくねった街筋をわずかに進むと、コナンは足を止め、連れの女の裸の肩に大きな手をおいて、

「約束の代償のことを忘れてはいないな」

「忘れてなんかいないわ！」彼女は身をよじって手を払いのけ、「でも、その前に――アラフダルのところへ行かなくては！」

その数分あと、さっきの黒人奴隷《どれい》が彼女の家のくぐり戸をあけて、ふたりをなかへ通した。トゥランの若者は寝椅子の上に身を横たえ、ビロードの太い紐《ひも》で腕と脚とを縛りつけられていた。目を見開いているが、狂犬のそれと同様で、唇に泡を噴いている。ザビビはそれを見て身震いした。

「顎《あご》を引っ張って、口をあけてやって！」女の頼みに、コナンは鉄の指で口を開かせた。ザビビは小壜の中身を狂人の喉に流しこんだ。その効果は魔術のようで、一瞬のうちに若者は平静をとりもどした。ぎらぎらする目の光が薄らいで、不思議そうに女を見あげたが、そこには知性と認識力がもどっていた。そのあとまた眠りに落ちたが、それは正常人の眠りだった。

「こんど目醒《めざ》めたら、完全な正気にもどっているわ」彼女は小声でいって、黙って立っている奴隷を身振りで呼んだ。奴隷はうやうやしくお辞儀をして、小さな革袋を彼女の手に渡し、絹《きぬ》の外套《がいとう》を肩にかけた。彼女がコナンをさし招き、いっしょに部屋の外へ出るようにうながしたとき、その態度には微妙な変化があらわれていた。

街路に通じる拱門《アーチ》の下まで来ると、彼女はコナンをふりむき、新たに王者の威厳を示して、「真実を告げる時が来ました」といった。「わたしはザビビではありません。太守に連れ添うナフェル

タリです。そして彼は貧しい警備隊長のアラフダルではありません。このザムボウラの都《みやこ》を治めるユンギル汗太守です」

コナンは何もいわなかった。傷痕のある浅黒い顔は表情ひとつ変わらなかった。

「おまえに嘘をついたのは、だれにも真相を知られたくなかったからです。ユンギル汗の気がふれたとき、わたししかそばにいなかった。わたしのほか、この事実を知っている者はいないのです。もしもザムボウラの太守の気がふれたと知ったら、たちまち暴動が起きたにちがいありません。それをトラスメクが狙っていた。彼はわたしたちの滅亡を計画していたのです。

おまえの望む報酬をあげるわけにいかぬ理由がわかってくれたでしょう。太守の想い者が、おまえに身を許すことはできませぬ。しかし、無報酬で帰すとはいいませぬ。ここに黄金を入れた袋があります」

彼女は奴隷から受けとった革袋をコナンに手渡して、

「ここはひとまず引き取って、太陽が昇ったら宮殿へ出頭するがよい。わたしがユンギル汗にお願いして、おまえを親衛隊長に任命してもらいます。でも、おまえの任務はわたしが命令します――内々で。まず最初に兵を率いてハヌマン神の寺院に向かう。表向きの理由は、祭司殺しの手がかりを捜すため。しかし実際の仕事は、〈コララの星〉を発見することにあります。あの宝は、寺院内のどこかに隠されているにちがいないのです。みつけだしたら、わたしの手もとに届けなさい。わかったら、行くがよい」

コナンはうなずいて、無言のまま大股に歩み去った。広い肩を揺すって遠去かっていく男の後ろ姿を見送って、彼女は誇りを傷つけられた気持ちを味わった。男の態度には、彼女の肉体を手に入れそこねて心残りに思うわけではなく、彼女の身分を知っても恥じ入る様子もないからであった。

一方コナンは角を曲がると、すばやい視線を背後に投げてから、方向を転じて足を速めた。数分後には、馬匹《ばひつ》市場のある地域に達していた。そこの一軒の戸口を叩いて、窓が開き、顎鬚《あごひげ》を生やした男の首が突き出て、こんな夜中に何の用だと問いただすまで、叩きやめようともしなかった。

「馬が入用《いりよう》だ」コナンはいった。「おまえの馬のうち、いちばん速いのが欲しい」

「真夜中にあけてやる門は持たねえ」馬商人はずけずけといった。

コナンは金貨をジャラジャラと鳴らし、

「犬め！　目をあけて、よく見ろ。おれは黒人でないぞ。そしてひとりきりだ。降りてこい。ぐずぐずしてると、この扉板をぶち破るぞ！」

まもなくコナンは栗毛の駿馬《しゅんめ》に乗って、アラム・バクシュの家へ向かった。

街道からそれて、宿と棗椰子《なつめやし》の庭とのあいだを走る路地へ曲がったが、門のところで立ち止まりはしなかった。そのまま北東の角《かど》に向かい、そこで左手に折れると、北側の塀に沿って進み、北西の角から数歩手前のところで馬を止めた。塀の近くには木立《こだち》がなく、灌木《かんぼく》が低く茂っているだけである。そのひとつに馬を繋《つな》いで、鞍《くら》の上によじ登ろうとしていると、塀の角の向こうに低い話し声を聞いた。鐙《あぶみ》から足をはずし、塀の角まで忍び足で進んで、その先の様子をうかがった。街道から椰子の木立に向かって、三人の男が歩いてくる。前かがみの歩き方で、三人とも黒人であるのがわかる。コナンが低く声をかけると、彼らはひとかたまりになって足を止めた。コナンは剣を手に、大股に近づいていった。星明かりの下に彼らの目が白く光っている。黒檀《こくたん》のような黒い顔に、けものじみた欲望の色が浮かんだが、三人それぞれの棍棒《こんぼう》も、コナンが手にした長剣には対抗できぬと悟ったようだ。それがコナンの狙いでもあった。

「どこへ行く？」彼は挑戦的に訊いた。

「木立の向こうの穴の火を消すように、わしらの仲間に頼みに行くところだ」喉音《こうおん》の多い無愛想な声の返事だった。「アラム・バクシュが、男をひとりよこすと約束した。だけど、それが嘘だった。ここの罠の部屋で、わしらの仲間のひとりが死んでいたんだ。おかげで今夜は腹がぺこぺこだ」

「そんなことはない」コナンは笑いながらいった。「アラム・バクシュはまちがいなく男をひとりよこすはずだ。あの扉が見えるか？」

彼は西側の塀の中央にある鉄枠をはめた木戸を指さした。

「あそこで待っておれ。アラム・バクシュが男をひとりよこすだろう」

コナンは、棍棒の打撃の届かぬ場所に達するまで気を配ってあとずさりし、そこで向きを変え、塀の北西角の向こうへ姿を消した。繋《つな》いでおいた馬のそばへもどると、黒人たちがあとをつけていないのを確かめておいて、落ち着きのない馬を低い声でなだめながら、鞍にまたがり、その上に立ちあがった。そして伸びあがって塀の笠石《かさいし》に手をかけ、おのれの躰を引き揚げた。一瞬、塀のなかの敷地を見おろすことができた。宿屋の建物は南西の隅にあって、残りの空間は木立と庭が占めていた。敷地内に人影はなく、建物は燈火《とうか》が消えて、静まりかえっている。どこの扉も窓も鍵をかけ、かんぬきが差してあるのはいうまでもないことだ。

これもコナンの知識のうちにあることだが、アラム・バクシュが寝ている部屋は、糸杉の並木に縁どられた小径《こみち》に面していて、この小径が西側の塀の木戸に通じている。コナンは影のように木々のあいだにすべりこみ、ややあって問題の部屋の扉を軽く叩いていた。

「なんだ?」内部で眠そうな声が訊いた。

「アラム・バクシュ!」コナンが声を殺していった。「黒人たちが塀を乗り越えようとしてるぞ!」

つぎの瞬間、扉が開いて、宿屋の主人の姿があらわれた。シャツひとつの半裸体で、短剣を手にしている。

首を伸ばして、キンメリア人の顔をみつめ、

「いったい何の話だ?――おや、おまえは!」

コナンの復讐心をこめた指が、その叫びを喉もとで絞め殺した。ふたりは床に転がり、コナンの手が敵の手から短剣をもぎとった。刃が星明かりにきらめき、血がほとばしった。アラム・バクシュは喘いだが、血が喉に詰まり、口にあふれ、ぞっとするような音を立てた。その躰をコナンが引きずり立たせ、ふたたび短剣を揮《ふる》うと、ちぎれた顎鬚の大部分が床に散った。

なおも捕虜の喉をつかんだまま――人間というものは、舌を切り裂かれたところで、支離滅裂な悲鳴ならあげられるからだ――コナンは相手を暗い部屋から引っ張り出し、糸杉の並ぶ小径をたどり、外側の塀の鉄枠をはめた木戸へと引きずっていった。片手でかんぬきをはずし、扉を押しあけると、その外に三つの人影が黒い禿鷹《はげたか》のように待機していた。コナンは待ちきれぬ様子の彼らの腕に、宿屋の主人の躰を投げてやった。

ザムボウラの男の血で詰まった喉から、怖ろしい悲鳴があがったが、静まりかえった建物から応《こた》える声はなかった。この宿に住む人々は、塀の外での悲鳴に慣れきっている。アラム・バクシュは蛮人さながらに闘いながら、いっぱいに見開いた目を必死にキンメリア人の顔に向けた。そこには慈悲のかけらもなかった。コナンの頭にあったのは、この男の貪欲の犠牲となって非業の死をとげた何十人という気の毒な人々のことだった。

黒人たちは歓《よろこ》び勇んで、わけのわからぬ言葉を口走る獲物《えもの》を嘲《あざけ》りながら、街道へ引きずっていった。血に染まった半裸体で、顎鬚をおかしな恰好に切りとられ、言葉にならぬわめき声をあげつづけるこの男を、宿の主人アラム・バクシュと知るわけもないのだ。コナンは木戸のそばを離れなかった。黒人たちの影が、椰子の木立のあいだに消えていってからも、争いあう音が風に乗って聞こえてくるのだった。

木戸の扉を閉めると、コナンは馬のところへもどって、それにまたがると、馬首を西へ向けた。そこには不吉な帯を思わせる椰子の並木に縁どられて、沙漠地帯が拡《ひろ》がっている。コナンは馬を駆りながら、剣を吊るした腰帯から宝石入りの指輪をとり出した。それは星明かりを吸って、虹色に光り輝いた。彼はさらに高くかかげ、心ゆくまで賞美するかのように、右に左に動かしてみた。鞍の前輪《まえわ》で、革袋にぎっしり詰まった金貨が、富貴の身分を約束するかのように快い音を立てている。

「あの女、おれが最初に彼らと顔をあわせたとき、女はナフェルタリ、男はユンギル汗と見破っていたと知ったら、なんというだろうな。〈コララの星〉のことも、やはりおれは知っていた。そしてあの男を剣帯で縛《しば》りあげるあいだに、その指から指輪をぬきとっておいたのだが、見とがめられたら、ひと騒動もちあがったことだろうよ。だが、いまとなっては、おれをつかまえるわけにもいくまい。逃げだしてしまったんだからな」

影の深い椰子の並木をふり返ると、そのあいだに赤い焰《ほのお》の燃えあがっているのが見えた。歌声が夜の闇のなかに起きて、凶暴な歓喜の叫びへ高まっていく。それに別の声が混ざりあった。わけのわからぬ叫び、支離滅裂なたわごとが。そしてこの騒音が、薄れゆく星明かりの下に、西へ向かって馬を進めるコナンのあとを追うように、いつまでもつづいているのだった。

鋼鉄の悪魔

The Devil in Iron

I

漁師《りょうし》の男は、短剣の鞘《さや》を払う用意をととのえた。その動作は本能的なものだった。短剣を揮《ふる》ったところで、斬《き》り斃《たお》せる相手とも思えなかったからだ。なるほど、彼が腰に帯びた匕首《あいくち》はユエチ族特有の鋭利な武器で、半月なりの刀身《とうしん》が鋸歯《きょし》状の刃をそなえ、撥《は》ねあげる一撃をもって、人間ひとりの臓腑《ぞうふ》を切り裂くのに充分であった。しかし、城郭《じょうかく》づくりのザプルの島を覆い包む静寂《せいじゃく》のうちに、漁師の男を怖《おそ》れおののかせている相手は、人間でも獣類でもないのだった。

彼は断崖をよじ登り、崖ぎわを縁《ふち》どる密林をぬけて、いまは滅び去った都市国家の残骸のなかに立っていた。頭の落ちた円柱の列が木々のあいだにきらめき、崩壊した石壁のでこぼこした線が影の奥に消え、彼の足もとには、幅広く敷きつめた敷石がひび割れを見せ、木の根によって持ちあげられているのであった。

この漁夫《ぎょふ》は、その種族の典型的な男といえた。その風変わりな人々の起原は、遠い昔の灰色の時代に没し去って、太古からこのかた、ヴィラエット内海の南岸に粗末な小屋を作り、漁《すなど》りを稼業にして住みついているのだった。彼は頑強な躰《からだ》つきで、胸幅は厚く、猿のように長い腕を持っているが、腰が細く、貧弱な脚ががに股だった。顔は大ぶりだが、額が狭く、後退しており、髪が濃くもつれている。腰に巻いた布切れと、短剣を差した腰帯のほか何ひとつ身に着けていないのである。

この孤島を訪れた事実で、彼がほかの村人ほどものぐさでなく、その心に、ある程度の好奇の気持ちが残っているのがわかる。ザプルの島を訪れる者はほとんどない。それは大きな内海に散在する無数の島々のひとつで、いまは忘れられたに近く、もちろん人は住んでいない。ザプルという呼び名は砦《とりで》の島の意味で、侵略民族のハイボリア人が南下してくる以前に失われ、忘却の淵に沈んだ先史時代の王国の廃墟《はいきょ》が残存しているからである。先史時代のどのような種族が、これほどの巨石文化を築きあげていたものか、突きとめる手立てはまったくなかった。ただユエチ族のあいだに残るあいまいな伝説のうちに、漁りで貧しく暮らす村人たちと、太古に栄えた未知の島王国のあいだを結ぶ一本の糸が、悠久《ゆうきゅう》の世代を通じて繋《つな》がっているように想像されるのだった。

しかし、ユエチ族のだれもが、彼らの語り伝える古代物語の含む意味を理解しなくなってから、すでに千年の歳月が過ぎ去っていて、村人たちはただの伝説として、習慣的に唇《くちびる》にのせているにすぎなかった。事実、ここ百年ほどのあいだ、ザプルの島の土を踏んだユエチ族の男はひとりもいなかった。島に面した本土の沿岸は、葦ばかりが生《お》い茂《しげ》った無人の沼地で、凶悪な野獣の群れが彷徨《ほうこう》するだけなのだ。そしてこの漁夫の住居のある聚落《しゅうらく》は、本土の岸辺から少し南にはいった地点を占めていた。嵐が巻き起こって、彼の脆弱《ぜいじゃく》な小舟をいつもの漁場から沖合遠く運び去ったのは、その前日のことである。稲妻がひらめき、怒濤《どとう》が咆哮《ほうこう》し、嵐は夜通し吹き荒れて、けっきょく彼の舟は、廃墟の島のそそり立つ断崖に打ちつけられた。夜が明けると、空は青く澄みわたって、太陽が昇るにつれて、木《こ》の葉《は》のしたたらす水滴が宝玉のようにきらめいた。男がよじ登ってきた断崖は、昨夜の避難所であった。嵐のさなか、そこの窪《くぼ》みにしがみついていなければならなかったのだ。漆黒《しっこく》の空から刺叉《さすまた》状の光の槍《やり》が降り注ぎ、一度は轟音《ごうおん》とともに島全体が揺れ動いたからである。落雷の仕業《しわざ》とはわかっていたが、大樹のひとつを打ち倒したぐらいで、あれだけの地鳴りと震動を引き起こすであろうか。

　漁夫は鈍い好奇心に突き動かされて、調べてみる気になった。そしていま見たいと思っていたものをみつけだし、けものめいた不安に襲われた。そこに危険がひそんでいるという気がしてならないのだ。

　木々のあいだに、かつては円《まる》屋根を持っていたと思われる建物の廃墟が眺められる。構築材料は鋼鉄のように強固な緑色岩の大きなかたまりで、これはヴィラエット内海の島々に特有のものである。しかし、これほど巨大な岩塊《がんかい》を人間の手がこのような高所に運びあげ、構造物に仕上げたとは、とうてい考えられることでなかった。そして彼らが築きあげたこの構造物を崩壊させることも、人力をはるかに超えるものであるのがたしかだった。しかし、昨夜の雷撃は、数トンにもおよぶ重量の巨岩をガラスのように打ち崩して、緑色の石埃《いしぼこり》に変えたうえに、円屋根の部分を完全に粉砕しているのだった。

　漁師の男は残骸の上によじ登って、なかをのぞきこんだ。そこに見いだしたものが、思わず彼の喉にうめき声を洩らさせた。崩壊した円屋根のなか、石埃と破岩に囲まれた黄金の壇の上に、男がひとり横たわっているのだ。短袴《たんこ》状のものを穿《は》いて、鮫皮《さめがわ》の腰帯を巻き、たくましい肩に黒い総髪《そうはつ》を垂らし、額に細い金の輪をはめている。裸の胸が盛りあがっている上に、奇妙な形の短剣が載せてある。鮫皮を巻いて宝石を鏤《ちりば》めた柄《つか》、三日月なりの広幅の刀身。それは漁夫が腰帯に差した匕首《あいくち》に似た形だが、刃は鋸歯状ではなく、比類なき技術で鍛《きた》えあげられていた。

漁夫はその品が欲しくなった。男はもちろん死んでいる。何世紀ものあいだ、死んでいたにちがいない。ここはあの男の墓所であったのだ。どのような古代人の技術が、死体をこのように生きたままの姿で保存することができたのか。たくましい手足は生気に満ちて、皺《しわ》ひとつ見られず、浅黒い皮膚も生きた人間のものであった。しかし、ユエチの漁夫はその不思議に疑念を持つことがなく、くすんだ光輝《こうき》を放つ刀身の微妙な線に目を惹《ひ》きつけられ、短剣を手に入れたい欲望で、その鈍い頭脳の全部が占められていた。

漁夫は円屋根のなかに降り立って、男の胸から短剣をとりあげた。そのとき、なんとも異様な怖《おそ》ろしいことが起きた。色浅黒くたくましい手の筋肉が痙攣《けいれん》的に盛りあがり、まぶたが大きく開き、磁石のような力を持つ黒い眸《ひとみ》があらわれた。それにみつめられた瞬間、漁夫の男は殴りつけられた感じを受けた。狼狽《ろうばい》のあまり、宝石入りの短剣をとり落として、思わずうしろへ退《さ》がった。壇上の男は上体を起こした。漁夫はこうして明らかになった男の巨躰《きょたい》の全貌を見て息を呑《の》んだ。男は目をせばめて、ユエチの漁夫をみつめている。その眸には友好的な光も感謝の色も見てとることができず、猛虎《もうこ》の目に燃える異質な敵意のきらめきがあるだけであった。

男は急に立ちあがって、真上から漁夫を見おろした。その動作のすべてに威嚇《いかく》の色がみなぎっている。大自然の根本法則を否定する現象を目にしたばかりの男なら、少なくとも恐怖を感じて当然であるのに、漁夫の鈍い頭脳には、恐怖を感じる余地などまったくなかった。そして相手の巨大な手に肩をつかまれたとき、漁夫は鋸歯状の刃を持つ匕首を引きぬいて、同じ動作から相手の腹を撥ねあげた。だが、鋼鉄の柱にぶつかったかのように、刃は異人の筋くれだった腹部からむなしくはじけとんで、つぎの瞬間、漁夫の太い首は、巨人の手によって枯枝《かれえだ》さながらにへし折られていた。

2

カワリズムの都《みやこ》を中心に、ヴィラエット内海の沿岸地帯の守護にあたる太守イエフンギル公《アガ》は、孔《く》雀《じゃく》の印璽《いんじ》を捺《お》した装飾入りの羊皮紙の巻き物にいまいちど目を通すと、皮肉のこもった笑い声を短くあげた。

「いかがなされました？」顧問のガズナヴィがさっそく問いただした。

太守は肩を揺すった。その凜々《りり》しい容貌には、生まれと育ちのよさからくる自負心が、非情といえるほどあらわれている。

「王はとうとう忍耐の極限に達したようだな」イエフンギル太守はいった。「自筆の書翰《しょかん》をよこして、前線地域の守護にあたるおれの失敗を責めておられる。タリムの神にかけて、早いところ、草原地帯に巣食う無法者の一団に痛撃をあたえんことには、カワリズムの太守に後任者を送るつもりだとしてある」

ガズナヴィ顧問役は、白いものの混じりだした顎鬚《あごひげ》をしごきながら考えこんだ。トゥランの国王エズディゲルドは、世界で最強の専制君主だった。大港都アグラプルの宮殿には、世界各地からの掠奪《りゃくだつ》品が積みあげてあった。紫の帆をかかげるガレー軍船団が、ヴィラエット内海をヒルカニアの湖にしていた。浅黒い肌を持つザモラの国人が貢物《みつぎもの》を献上すると、コト王国東部の領主たちも負けじと進貢《しんこう》の使者を送った。シェムの各部族は、はるか極西のシュシャン地方にいたるまで、エズディゲルド王の支配下に立った。王の軍隊は侵寇《しんこう》を開始し、南はスティギア国の国境地帯を襲い、北は雪に覆われたヒューペルボリアの国土を荒らした。松明《たいまつ》と剣を手にした騎馬隊が、西方の諸王国ブリトゥニア、オピル、コリンティアをはじめとして、ネメディア国の東辺にまで進出した。鍍金冑《めっきかぶと》の剣士たちが、彼の命令一下《いっか》、敵の大軍を馬蹄《ばてい》にかけ、石壁に囲まれた城都《じょうと》を炎上させた。アグラプル、スルタナプル、カワリズム、シャープル、コルスンなどの各都市では奴隷《どれい》市場に奴隷が満ちあふれ、女はすべて銀三枚で売られていた――金髪のブリトゥニア女、小麦色の肌をしたスティギア女、黒い髪のザモラ女、黒《こく》檀《たん》のように黒いクシュの女、オリーブ色に輝く皮膚のシェム族の女がそれである。

だが、王の騎馬隊が、疾風《しっぷう》のような凄まじさで遠く他国の領土を席巻《せっけん》しているあいだに、自国の国境付近に大胆不敵な敵が出没して、血がしたたり、煙にくすんだ手でエズディゲルド王の顎鬚を引っ張りはじめていたのだ。

ヴィラエット内海と、ハイボリア諸王国のうち極東を占める国家の国境のあいだに、広漠たる草原地帯が拡《ひろ》がっている。この半世紀のあいだに、そこに新しい勢力が出現していた。元来は脱走した罪人、ならず者、逃亡奴隷、戦闘に敗れた兵士など、世界各地のさまざまな犯罪者が寄り集まったもので、ある者はこの草原地帯で生まれ、またある者は遠く西方の王国から逃《のが》れてきたのだった。この集団はコザックと呼ばれていた。ならず者の仲間という意味である。

荒涼たる草原地帯に住み、彼ら独特の掟《おきて》のほか法なるものを知らぬこの男たちの集団は、いつか強大な専制君主にさえ公然と叛旗《はんき》をひるがえすほどの勢力を築きあげていた。絶えずトゥラン王国の国境付近に侵略して、撃退されると草原の奥深く逃げこんでしまう。さらにヴィラエット内海の海賊という存在があった。その多くは草原の無法者集団と同じ種族であり、沿岸地域の村落を襲い、ヒルカニアの港を往復する商船を餌食《えじき》にしているのだった。

「あの狼どもを打ち砕くには、どんな手段を講ずべきかな?」イエフンギル太守が答えをうながした。

「やつらを追って、草原地帯の奥まではいりこめば、ふたつの危険を冒すことになる。退路を断たれて全滅させられるか、やつらをとり逃がして、おれの留守のあいだにこの都を焼かれるかだ。このところ、やつらは以前にも増して大胆不敵になりおった」

「それは、彼らのあいだに新しい首領があらわれたからです」顧問役のガズナヴィが答えた。「だれのことを申しておるか、おわかりでありましょう」

「いうまでもないことだ!」イエフンギルは力をこめて叫んだ。「コナンの悪魔め。あの男たるや、どのコザックよりも野蛮でありながら、山のライオンのような知恵をそなえておる」

「あれは知恵というより、野獣の本能から来るものと見るべきでしょう」ガズナヴィがいった。「ほかのコザックどもは、少なくとも文明人の血を引いております。コナンときたら、まったくの蛮人です。しかし、あの男さえ片づければ、コザックの集団は壊滅したも同様であります」

「だが、その手段は?」イエフンギルは答えを急《せ》きたてた。「これまでにも幾度となくあの男を死地におとしいれたが、そのつど、最後のところでとり逃がした。知恵か本能か知らぬが、どんな罠《わな》を仕掛けたところで、なんとか避ける方法を知っておるようだ」

「けものにしろ、人間にしろ、けっして逃げおおせぬ罠があるものです」顧問役のガズナヴィは賢《さか》しらにいった。「捕虜の身代金《みのしろきん》の件でコザックどもと折衝《せっしょう》したさい、コナンと呼ばれる男の人柄を観察しておきました。彼の弱点は女と酒にあって、このふたつには目のない男と見ました。太守さまが捕虜になさった女オクタヴィアをお呼び願えんでしょうか」

イエフンギル太守が手を叩くと、クシュ人の宦官《かんがん》が無表情の顔であらわれた。絹《きぬ》の長袴《ちょうこ》を穿《は》いて、黒檀のような肌が黒光りしている。太守の面前でうやうやしく敬礼して、命令を聞くと静かに出ていった。宦官は、いくらも経《た》たぬうちに若い娘の手を引いてもどってきた。それは絶世の美女で、背が高く、金色の髪を持ち、澄んだ眸《ひとみ》、乳白色の肌が、その種族のうちでも純粋の血を引いていることを語っていた。絹の短上衣《チュニック》がわずかに肌を隠し、細い腰を帯で締めあげたその肢体《したい》は、言語《ごんご》に絶してみごとな曲線を描いているのだが、美しい目に憎悪の光がきらめき、赤い唇《くちびる》が憂愁に歪《ゆが》んでいる。だが、幽囚《ゆうしゅう》のあいだに、屈従のやむなきを教えこまれているのであろう。頭《こうべ》を垂れて太守の前に立った。やがて太守が、そばの長椅子に腰かけるよう身振りでうながした。それからイエフンギルは問いただすような目をガズナヴィに向けた。

「コナンをコザックどものあいだからおびき出すことが肝要です」顧問役はいきなり意見を述べはじめた。「現在彼らは、ザポロスカ河の下流のどこかに野営《やえい》しておるにちがいありません。ご承知のとおり、あの地帯は葦《あし》の生《お》い茂った沼沢地《しょうたくち》で、先ごろの追撃戦では、味方の大軍があの場所に誘いこまれ、四分五裂の状態で、首領もいない雑兵《ぞうひょう》どもに斬《き》り伏せられました」

「忘れろといわれても忘れられることでない」イエフンギルは苦々しげにいった。

「本土の近くに、人の住まぬ孤島があります」ガズナヴィがつづけた。「ザプルと呼ばれていますが、砦《とりで》の島の意味で、古代の遺跡が残っているからです。この島には、われわれの目的を完全に果たすに足る特徴があります。つまり海岸線というものがなく、海中から高さ百五十フィートの断崖がいきなり盛りあがっているのです。その険《けわ》しさは、猿でもよじ登ることができず、人間に登り降りのできる唯一の地点は、西側にある狭い小径《こみち》で、断崖の堅い岩に刻んですり減った階段のように見えるのがそれです。

もしもわれわれの策略で、コナンひとりをあの島におびきよせさえすれば、都合のよい時をみはからって、弓矢をもってライオンを狙うように狩り立てることができましょう」

「月の神に願《がん》をかけるようにか」太守はいらだつようにいった。「使者を送って、孤島の崖を登ってわれわれの到着を待てといったところで、話に乗ってくるわけがあるまい」

「ところが、あるのです!」イエフンギルの驚く顔をみつめて、ガズナヴィはつづけた。「コザックどもに捕虜に関する交渉を申しこみます。会談の場所はゴーリ砦に近い草原のはずれに定めます。いつものとおり、われわれは軍勢を率いて、城砦《じょうさい》の外に野営します。彼らも同人数の兵で到着し、会議は例によって、猜疑《さいぎ》と不信のうちに進行することになりましょう。しかし、今回のわが方は、何気ない様子で、あなたさまの美しい捕虜を同行します」顧問役がオクタヴィアを顎で示すと、彼女は顔色を変えて、一心に耳を澄ましました。「この娘に、コナンの注意を惹《ひ》くため、手管《てくだ》のかぎりを尽くさせます。

それはさして難しい仕事ではありますまい。この娘はあの蛮族の盗賊の目に、まばゆいばかりの美の象徴と映るにちがいありません。しかも、さいわいなことにこの姿態たるや、後宮の女たちの人形に似た美しさとちがって、生気に満ちたものであるだけに、あの野蛮人の心に強く訴えるのが目に見えております」

オクタヴィアは飛びあがった。白い拳《こぶし》を握りしめ、眸をぎらぎらさせ、その全身を憤《いきどお》りで震わせた。

「わたしに野蛮人相手の街の女同様な真似をさせようというの?」彼女は叫びたてた。「お断わりします! 草原に住む盗賊に色目をつかう役は、市場の売女《ばいた》にいいつけたらいいでしょう。わたしはこれでも、ネメディア国の貴族の娘で――」

「たしかにおまえは、ネメディアの貴族の娘だった」イエフンギル太守は冷笑をこめた口調で言葉を返した。「しかしそれは、おれの騎馬隊の兵士がさらってくる以前のこと。いまは命令どおりに動かねばならぬ奴隷女にすぎぬのだ」

「なんといわれても、いやなものはいやです!」彼女は猛《たけ》り狂った。

「その反対に」イエフンギルは故意に残酷さをこめていい返した。「命令どおり動くことになる。ガズナヴィの計略は気に入った。つづけるがいい、さすがは顧問役のなかで随一の知恵者よ」

「おそらくコナンは、この娘を買いとりたいと申し出ます。もちろん当方は売却を拒絶し、ヒルカニアの捕虜との交換も承知しませぬ。そこでコナンが盗みだそうとするか、腕ずくで手に入れようとするかもしれませぬが——折衝を決裂させてまで、そのような挙に出ることもありますまい。とにかく、あやつがどう動いてもいいように用心しておる必要はありますな。

いずれにせよ、会談が終了したあと、彼がこの娘のことを忘れてしまわぬうちに、白旗をかかげた使者を派遣して、娘を盗みとったといって非難し、返還を要求します。使者は彼の手で殺されるかもしれませぬ。しかし、少なくともそれで、彼は娘が逃亡したものと思いこむでしょう。

その後、コザックどもの宿営地に密偵を送りこみます。この役には、ユエチ族の漁夫《ぎょふ》が適任でありましょう。そしてこの男に、オクタヴィアはザプルの島に隠れていると告げさせます。わたしの観察に誤りがなければ、コナンはすぐさまあの孤島に向かうにちがいありません」

「しかし、彼ひとりでおもむくとはかぎらんぞ」イエフンギル太守がもっともな意見を述べた。

「好きな女に会いにいくのに、戦士の一隊を引き連れるでしょうか」ガズナヴィは冷静にいい返した。「彼がひとりで行くことは絶対にまちがいありませぬ。しかし、ほかにひとつ、心すべきことがあります。わが軍があの島でコナンを待ち受けるときは、われわれ自身が思わぬ罠におちいる怖《おそ》れがないともいえませぬ。そこで当方は、岬《みさき》状に突き出ている沼沢地の葦の茂みに身をひそめます。あの場所はザプルの島から千ヤードと離れていませぬから、コナンが大軍を率いて渡島《ととう》したときは、いったん退いて、新しい計略を考え出します。彼が単独、もしくはわずかの手勢で島へ渡るならば、逮捕はまちがいありません。要は情況しだいですが、いずれにせよ、あなたさまの見目麗《みめうるわ》しき奴隷の笑みと、意味ありげな眸を忘れかねて、彼があの孤島へあらわれることは火を見るよりも明らかです」

「いやです！　そんな恥知らずなことをするわたしじゃありません！」オクタヴィアは怒りと屈辱の

思いで狂ったように叫びたてた。「そんなことをするくらいなら死にます！」

「死なすわけにいかぬさ、聞き分けのない娘だな」イエフンギル太守がいった。「では、考えが変わるように、苦痛と恥辱《ちじょく》に満ちた経験をさせてやろう」

太守は手を鳴らした。とたんにオクタヴィアの顔面が蒼白《そうはく》になった。こんどはいってきたのはクシュ人の宦官でなく、中背であるが筋骨たくましいシェム人で、青黒く渦巻いた短い顎鬚の持ち主だった。

「やあ、ギルザン。きさまの仕事があるぞ」とイエフンギル太守がいった。「このばか娘を連れていって、しばらく遊んでやれ。ただし、顔の美しさを損ねんように注意しろよ」

わけのわからぬ呟《つぶや》きを洩らして、シェム人はオクタヴィアの手首をつかんだ。その鋼鉄のような指の力に、彼女の反抗心は残らず消え失せた。哀れな悲鳴をあげて、シェム人の指をふりほどくと、彼女は冷酷非情な太守の前に跪《ひざまず》いて、すすり泣きとともに、とりとめのない言葉で慈悲を願うのだった。

イエフンギル太守は、失望した表情の拷問吏を身振りで退出させると、顧問役のガズナヴィに、「おまえの計略が成功したら、その膝を黄金で埋《うず》めてやるぞ」といった。

3

夜明け前の暗闇のなかに、葦《あし》の生《お》い茂る沼池と靄《もや》の立ちこめる水ぎわを包む静寂《せいじゃく》を破って、聞き慣れぬ音が響いた。その物音の主は、寝惚《ぼ》けまなこの水鳥でなく、夜間さまよい歩くけものでもなかった。

男の背丈よりも高い葦が密生しているのを分けて、動いている人影があったのだ。

その人影は女だった。仮にその場に居合わせた者があったとしたら、長身金髪の若い女が、みごとな手足に着衣がからむのに悩みながら、沼地を徒歩渉《かちわた》っていくのを見てとったであろう。いうまでもなくオクタヴィアである。囚《とら》われの身の経験が恥ずかしめの極限に達したことから、前後の見さかいなく、無我夢中で逃げだしてきたのだ。

イエフンギル太守の仕打ちは当初から残酷なものであった。だが、このたびの行為は故意に非道なものだった。この頽廃《たいはい》の都《みやこ》カワリズムにあっても、とりわけ淫虐《いんぎゃく》で知られる貴族の手に彼女の躰《からだ》を引きわたすといいだしたのだ。

太守の言葉を思い出しただけで、オクタヴィアは肌が総毛立《そうけだ》つ気持ちになり、全身が震えてきた。しかし、絶望感が勇気をあたえてくれて、淫虐な貴族ヤラル汗の館《やかた》から、壁飾りの垂れ布を引き裂いて作った綱を頼りに脱け出すことができた。そして運よく、杭《くい》に繋《つな》がれた馬を見いだした。かくてオクタヴィアは夜どおし馬を走らせ、暁方《あけがた》ごろに疲れきった馬が内海の岸辺の沼地にたどりついたのを知った。ヤラル汗の館に連れもどされ、ふたたび凌辱《りょうじょく》の運命に出遭《であ》うのを怖《おそ》れるあまり、追跡者の目から免《まぬか》れる場所を求めて、沼沢地《しょうたくち》の奥へ奥へとはいりこんでいった。いまは周囲の葦もまばらになり、内海の水が腿《もも》のあたりを洗っていた。ふと気がつくと、目の前に島影がおぼろにかすんでいた。島とのあいだはかなりの広さの水域が隔てていたが、彼女にはためらう様子もなかった。勢いづいて徒渉《としょう》をはじめ、低い波が腰に打ちつけるのを知ると思いきりよく身を躍らせ、なみなみならぬ持久力を約束する力強さで島影めざして泳ぎはじめた。

島に近づくにつれて、城砦《じょうさい》のような断崖が海中からいきなりそそり立っているのがわかった。ようやくにして崖下まで泳ぎついたが、水面の上にも下にも、手がかり足がかりになる岩棚をみつけ出すことができなかった。彼女は泳ぎつづけ、断崖の曲線に沿って島をまわりこんだ。長いあいだ泳ぎつづけた疲労で、手足が重く感じられはじめた。切り立った岩壁を手で叩くのをやめずにいると、不意に窪《くぼ》みがみつかった。安堵《あんど》のあまり、すすり泣きに似た吐息《といき》を洩らして、彼女は水中の躰《からだ》を引き揚げ、その窪みにすがりついた。その姿がほの暗い星明かりに照らされて、水滴をしたたらす白い裸身の女神を思わせた。

彼女が立ったところは、岩壁に刻まれた階段らしいものの上であった。それを登りだしたが、遠くかすかに水面を切る櫂《かい》の音を聞いて、急いで石に貼りついた。目を凝《こ》らすと、あとにしてきたばかりの葦の生い茂る岬《みさき》に向かって、大きな物の影が動いている気がした。しかし、かなりの隔たりがあるうえに、夜が明けはなれていないこともあって、はっきりとは見てとれない。そうこうするうちに櫂の音も途絶《とだ》えたので、彼女はふたたび登攀《とうはん》を開始した。もしあれが追手であれば、この島に身を隠すことのほかに、安全な方法があるとも考えられなかった。沼沢地の沖に散在する島々の大部分が無人であるのは彼女も知っていた。この島は、ひょっとしたら海賊の根拠地かもしれない。しかし、海賊にしたところで、彼女が逃れてきた野獣同然の男にくらべたら、まだしもましといえるであろう。

断崖をよじ登っている彼女の脳裡《のうり》を、漠然とした考えがよぎっていた。心のなかで前の主人である太守と、コザックの首領を比較していたのだ。彼女はゴーリ砦に近い宿営地の幕舎《ばくしゃ》のなかで——強制されたとはいえ——その男に恥知らずにも秋波《しゅうは》を送ってしまったのだ。ヒルカニアの貴族たちが、草原地帯の戦士たちと交渉に臨んでいる席上であった。そのとき首領の灼《や》きつくような眸《ひとみ》が、彼女を怯《おび》えさせ、屈辱を感じさせた。しかし、それと同時に、あの男の全身にみなぎる火のような峻烈《しゅんれつ》さが、爛熟《らんじゅく》した文明にしか産みだせないヤラル汗のごとき怪物よりは上位にある壮漢《そうかん》と思わせたことも事実であった。

オクタヴィアはようやく崖上の端に登りついて、目の前にある濃密な影をおずおずと見やった。崖の端に沿ってそびえ立つ木々が、夜の闇をいっそう黒くしている。頭上を旋回《せんかい》するものがあって、それがコウモリにすぎないと知っても、身をちぢめずにはいられなかった。

黒檀《こくたん》のような影の深さが、彼女には気に入らなかった。しかし、歯を食いしばって、そのなかに歩み入った。蛇のことは考えないように努めた。木々の下は粘着力のある土壌で、彼女の素足は音を立てなかった。

一度そこに足を踏み入れると、闇が完全に彼女を包みきって、十歩と歩かぬうちに、ふり返っても崖ぎわが見えるわけでなく、その先の海面はまったく視界の外にあった。さらに数歩進むと、方向感覚を失って行く手がわからなくなった。木々の枝はからみあって、星影ひとつ洩れてこない。彼女はつまずきながらも、手探りで盲目的な行進をつづけた。そして不意に足を止めた。

前方のどこかで、律動的な太鼓《たいこ》の音が鳴りだしたのだ。このような時、このような場所で耳にするとは思ってもみなかった音である。しかし、それもすぐに忘れた。身近に何かがいるのだ。見ることはできなかったが、彼女のかたわら、暗闇のなかに何かが立っているのがわかるのだった。

押し殺した叫びをあげて、彼女は身をちぢめた。そうするあいだに、人間の腕と思われるものが腰にまわされるのが、恐怖のうちに感じられた。彼女は悲鳴をあげて、その若い躰の力を残らず注いで、自由になろうともがきぬいた。しかし、相手は子供のように軽々と彼女を抱いて、狂ったような抵抗をやすやすと押さえつけた。沈黙が垂れこめているだけに、彼女の哀願と抗議の声がいやがうえにも大きく響いて、恐怖を募らせるばかりである。そして彼女の躰は、いまもかすかに聞こえる遠い太鼓の音の方向に向かって、闇のなかを運ばれていくのだった。

4

暁《あかつき》の光がはじめて海面を赤く染めるころ、一隻の軽舟《けいしゅう》が断崖に近づいてきた。乗っているのは男ひとりで、絵に描いたようにきらびやかな色彩の服装である。緋色《ひいろ》の布で頭を包み、焔《ほのお》のような色のゆったりした絹地《きぬ》の袴《はかま》をたくしあげ、幅広の腰帯に鮫鞘《さめざや》の半月刀を吊るしている。金鍍金《きんめっき》をほどこした革靴を履《は》いているところを見ると、水夫ではなく騎馬武者《むしゃ》だと思われるが、みごとな手ぎわで軽舟を操《あやつ》っている。白絹のシャツの前をはだけ、筋肉質の分厚い褐色の胸を朝陽に燃えあがらせている。

赤銅色の太い腕の筋肉も、猫を思わせるなめらかな動きで櫂《かい》を操るのに合わせて波打つ。その姿かたちと動きに激しい活力が見てとれて、並みの人間とはかけ離れた男と思わせるが、その表情は凶悪なものでなく、青く煙《けぶ》った鋭い目に、ひとたび怒りに燃えたときの行動の凄まじさがうかがわれるものの、明朗闊達《かったつ》な性格であるのは疑いない。これがコナン。機略と剣のほか何も持たずに、武装したならず者の徒党であるコザック軍団にはいりこみ、その首領の地位を占めるにいたった男であった。

そのコナンが、まるでこの孤島の地理を知りぬいているかのように、岩にうがった階段のある地点に小舟を漕《こ》ぎよせ、突き出ている岩に繋《つな》ぎとめた。それからはためらうことなく、すり減った階段を登りはじめた。周囲の気配に鋭く目を配っているのは、そこに隠された危険があるのを意識するからでなく、持って生まれた油断のなさが、命を賭けて生きぬいてきた体験によって、いやがうえにも研《と》ぎすまされていたからであった。

ガズナヴィが動物的直感ないしはある種の第六感と見ていたのは、未開人にそなわる剃刀《かみそり》の刃のように鋭い能力、野生の知恵にすぎないのだ。従って、本土の沼地の葦《あし》のあいだにひそんで彼の行動を見張っている者があるのを、コナンは本能的に感じとることはできなかった。

コナンが崖上に達すると、沼沢地《しょうたくち》にひそむ何人かの男のひとりが、太い息を吐いて、ひそかに弓をとりあげた。イエフンギル太守がその手首を押さえて、耳もとで囁《ささや》いた。

「ばかめ！　狙いをだいなしにする気か？　やつのいる場所が、弓矢の射程外にあるのがわからんのか？　あいつを島にあがらせろ。女を捜しにかかるはずだ。そのあいだ、ここで待つとしよう。やつめ、こちらの存在を感じとっておるかもしれんし、こちらの計略に勘づいておらんともかぎらん。どこかに戦士を隠しているかもしれんしな。しばらくは様子を見る。あと半刻のあいだに怪《あや》しいことが起こらぬようなら、あの階段の下まで漕ぎよせて、やつのもどりを待つことにする。いつまで待っても姿を見せんようなら、こちらも上陸して、やつの行く方を突きとめる。しかし、それはやむをえぬ場合で、できれば避けたい。あいつのあとを追って、藪《やぶ》だたみにはいりこめば、何人かの命が失われるのがわかっているからだ。おれの狙いは、やつが階段をくだってくるのをとらえて、安全な距離から矢を射かけることにあるのだ」

　そのあいだにも、何も知らぬコザックの首領は、森のなかへ突き進んでいった。柔らかな革の長靴を履いているので、足音は響かなかった。彼の目は、どのような影も見逃すまいと熱心に周囲に注がれていた。ゴーリ砦《とりで》に近いイエフンギル公《アガ》の幕舎《ばくしゃ》で見初《みそ》めてからこちら、夢寐《むび》にも金色に輝く頭髪を持つ美女が忘れられなかった。たとえ彼女が嫌悪の情を示そうと、自分のものとしないではいられぬ気持ちだった。そしてその微笑と眸《ひとみ》に謎めいたものの見てとれることが、彼の血をいっそう沸きたぎらせた。要するに彼の心にあふれている奔放な激情のすべてをもって、白い肌と金色の髪を持つ文明国の女性を求めているのだった。

　コナンにとって、このザプルの島ははじめて踏む土地でなかった。まだ一カ月と経《た》たぬ前に、ここで海賊仲間と秘密の会合を開いたことがある。従って、この孤島の名称となったゆえんの不思議な廃《はい》墟《きょ》の所在地点を知っていて、そこにめざす女性が隠れているのではないかと考え、その方向へ足を向けているのだった。それでいて、思わぬものを見て、愕然《がくぜん》として立ち止まった。

　目の前の木々のあいだに、理性では考えられぬものがそびえ立っているのだ。それは暗緑色の巨大な城壁で、狭間胸壁の向こうにいくつかの塔が眺められる。

　コナンは全身が麻痺《まひ》したように立ちすくんだ。あり得ない事態に遭遇して、五官の力を失ったのか、正気が否定されたのか。視力も理性も狂っているとは思われぬだけに、何か異常な現象が生じたと考えなければならぬ。この木々のあいだに崩れ落ちた廃墟を見てから、まだひと月と経っていない。それからの数週間のうちに、どんな人間の手が、いま目の前にある巨大な構造物を積みあげることができたのか。おまけに、ヴィラエット内海のこの付近は、海賊団が絶えず動きまわっている。これほどの大規模な工事が行なわれていたとしたら、コザックの集団に知らさぬはずがないのである。

この現象を説明するものは何もないが、まちがいなくそれが存在する。彼はいまザプルの島の土を踏んでいる。そして夢の世界に見るような高塔のそびえ立つ石造構築物が、このザプルの島上に完成している。すべてが狂気と矛盾《むじゅん》そのものであるが、現実であることに疑いはない。

コナンは身をひるがえして密林のあいだを駆けぬけ、岩にうがった階段を走り降り、青い海を越えて、遠くザポロスカ河口にある宿営地に逃げもどろうと考えた。非条理な恐怖のうちにも、内海の近くに身をおくことを考えただけでも、総毛立《そうけだ》つ思いに襲われた。一刻も早くこの島をあとにし、戦備怠《おこた》りない宿営地も草原地帯も捨てて、彼の想像の埒外《らちがい》にある魔法の力で、自然のもっとも根本的な法則が無に帰《き》せられている神秘の東方の土地から、数千マイルの距離のところに身をおきたい気持ちだった。

その瞬間、きらびやかな服に身を包んだ未開人の胸三寸にかかっている諸王国の未来の運命は、不安定な均衡を保った。その天秤《てんびん》を傾けたのは、いたって小さな品——落ち着きを失った彼の目がとらえた、灌木《かんぼく》に引っかかっている絹の切れ端だった。それに頭を近づけ、鼻孔《びこう》を拡《ひろ》げて匂いを嗅ぐと、微妙な刺戟《しげき》的な香りが彼の神経を震わせた。引きちぎられた絹布《けんぷ》の一片に心覚えのある匂いが、あるかないかの程度にただよっているのを嗅ぎとったのは、嗅覚の力というよりも、何か漠然とした本能的な直感と見るべきであろう。彼は胸をくすぐるその香りを、イエフンギルの幕舎で見た女の引きしまった甘美《かんび》な肉体と結びつけることができた。漁夫《ぎょふ》の報告は嘘でなかった。彼女はこの島にいるのだ！ それから彼は、粘土《ねんど》質の土の上に裸足《はだし》の跡が一本つづいているのを見た。ほっそりと長い足跡だが、女でなく男のもので、異常なほど深く土に食いこんでいる。その結論は明白だった。この足跡をつけた男は荷物を運んでいた。その荷物たるや、コナンが捜し求めている女以外の何物であろうか。

コナンは木々を透《すか》して浮かびあがった暗緑色の塔と向かいあって、切れ長の目にかがり火のような光を青く燃えあがらせ、無言のまま突っ立っていた。金色の髪の女を求める欲望と、彼女を運び去ったのが何者であれ、その男への原初的な暗い怒りが激しさを競いあっているのだった。そして人間としての情熱が、超人的な恐怖心を圧倒して、獲物《えもの》を狙う豹《ひょう》のように身を沈め、忍び足に城壁めざして進みだした。そのあいだにも、狭間《はざま》胸壁からの目を避けるために、生《お》い茂った葉叢《はむら》を利用するのを忘れなかった。

近づくにつれて、城壁を築きあげている材料が、廃墟を形作っていたのと同じ暗緑色の石であるのがわかった。それと同時に、漠然とだが見慣れた感じがしてならなかった。現実に目の前にしたのはいまがはじめてだが、いつか夢に見たか、心に描いたことがあるといった気持ちなのだ。ようやくその感じの生じる原因に気がついた。城壁と高塔は、廃墟の跡をそのままに写して構築されていて、いわば崩れ落ちた残骸が、当初どおりの構造物に復帰したと見てよいのだった。

コナンが忍び足に、繁茂《はんも》した藪からそそり立っている城壁の下までたどりつくあいだ、朝の静寂《せいじゃく》を破る物音は何ひとつ聞こえてこなかった。内海の最南端にあたるこの地域では、植物は熱帯のものに近いといってよい。胸壁の上に人影はなく、その内部から聞こえる物音もなかった。左手の少し先に巨大な城門が見えているが、鍵を下ろし、見張りがついているものと考えなければならぬ。しかし、彼はその求める女が、城壁のなかのどこかに捕えられていると固く信じていた。そこで彼のとった方法は、いかにも彼らしく大胆不敵なものであった。

頭上につる草のからんだ大樹の枝が、胸壁に向かって伸びている。彼はその巨木に猫のようによじ登り、胸壁上に覆いかぶさる先端にたどりつくと、両手で太い枝にぶら下がり、腕の長さいっぱいに躰《からだ》を前後に揺すりだした。そしてその惰性を利用して手を離すと、彼の躰は宙を飛んで、猫のように胸壁の上に降り立つことができた。そこにうずくまって、彼は城邑《じょうゆう》内の街路を見おろした。

城壁はそれほどの長さでないが、その内部に存在する緑色の石の建物の数は驚くべきものがあった。その全部が三層ないし四層のもので、ほとんどが平屋根であり、華麗な建築様式を反映していた。街路は車輪の輻《や》のように城市の中心にある八角形の広場に集まっていて、この広場に面したところに尖《せん》塔《とう》と円《まる》屋根をそなえた宏壮《こうそう》な建物が、全都を威圧するようにそびえ立っている。すでに太陽が空高く昇っているのに、街路を行く者もなければ、窓から外をのぞいている顔も見えない。完全な沈黙が支配して、ここは無人の死の城都だった。すぐそばの個所から狭い石段が通じているのを見て、コナンはそれを降りていった。

石段を半ば降りかけたところで、城壁にくっつきあうようにして建っている家並みのひとつに、手の届くばかりの近くに窓を見いだして、部屋のなかをのぞきこんでみた。その窓には仕切りがなくて、絹地の窓掛けが繻子《しゅす》の紐《ひも》で一方の端にくくってある。壁面は黒ビロードの垂れ布で覆い、厚い絨毯《じゅうたん》を敷きつめた床に、磨きあげた黒檀《こくたん》の長椅子と象牙《ぞうげ》の壇を据え、後者の上には毛皮がうずたかく積みあげてあった。

コナンはふたたび石段を降りはじめた。そのとき下の街路を近づいてくる足音を聞いた。だれとも知れぬその人物が角を曲がって、石段上の彼の姿に気づく前にと、コナンはすばやく空間を飛び越え、身軽に部屋のなかに降り立ち、半月刀をぬいた。しばらくは彫像のように突っ立っていたが、何事も起こらなかったので、厚い絨毯を踏んで部屋を横切り、拱門《アーチ》状の戸口に向かった。そのとき垂れ布のひとつがわきに引きよせられて、奥の小部屋があらわれた。そこに敷いたクッションの上から、ほっそりした姿の黒髪の娘が、ものうげな光をたたえた目で彼をみつめていた。

コナンも鋭い目で彼女を見返した。女がいまにも悲鳴をあげるのではないかと怖《おそ》れたからだ。しかし、彼女は細い手で口もとを押さえ、あくびを隠しただけで、立ちあがって奥の部屋から出てくると、垂れ布に片手でつかまった。

肌は濃い小麦色だが、明らかに白人種の娘である。四角に刈りそろえた頭髪は、深夜の闇のように漆黒《しっこく》で、身にまとっているものは、しなやかな腰に巻いた絹地の布ひとつであった。

やがて彼女が口を切ったが、はじめて聞く言語なので、コナンは首を左右にふった。娘はもう一度あくびをして、けだるそうな伸びをしてから、何の恐怖も驚きも示さずに、彼にも理解できる言葉に変えて話しだした。それはユエチ族の方言で、奇妙なほど古風なものに響いた。

「おまえ、だれかを捜しているの?」彼女は平然として訊いた。長剣を引っ提《さ》げた屈強の男が部屋に闖入《ちんにゅう》してきたことも、日常茶飯事であるかのように。

「おまえはだれだ?」コナンは訊き返した。

「あたしはヤテリ」彼女はものうげに答えた。「ゆうべ、おそくまで飲んでいたので、眠いのよ。おまえはだれ？」

「コナンといって、コザックの首領だ」と彼女を鋭い目でみつめながら、コナンは答えた。彼女の平然とした態度が、そのじつ見せかけで、隙《すき》があれば逃げ出すか、大声で叫んで家内の者を呼び集める狙いと睨《にら》んでいたからだ。しかし、人を呼ぶためのものと思われるビロードの紐がそばに垂れているのに、彼女は手を伸ばさなかった。

「コナン？」と、あいかわらずものうげな調子で彼女はいった。「おまえ、ダゴニア人ではないね。傭兵のひとりと見たけど、ユエチ族の首をいくつ斬《き》った？」

「おれは水辺の鼠《ねずみ》どもを相手に闘うような男ではない！」彼は鼻を鳴らした。

「そうはいうけど、あの男たちは怖ろしい人種だよ」女は呟《つぶや》くようにしゃべりだした。「元はあたしたちの奴隷だった。でも、叛乱《はんらん》を起こして、家に火をつけ、人を殺した。城壁のなかにはいりこめないでいるのは、ひとえにコサトラル・ケルの魔法のおかげで――」彼女は言葉を切った。その眠たげな表情に不審そうな色が浮かんできた。「忘れていたわ」呟くように彼女はつづけた。「ゆうべ、あの男たち、城壁を乗り越えてきた。叫びたて、火を放った。あたしたちはコサトラルの名を呼んだけど、魔法の力はとうとうあらわれなかった」不快な記憶を追い払うように彼女は首をふって、「でも、そんなはずないわね」と呟いた。「だって、あたしは生きているのだから。てっきり死んでしまったと思っていたのよ。まあいいわ、そんなこと！」

彼女は部屋を横切ってきてコナンの手をとり、象牙の壇のほうへ導いた。コナンはわけがわからぬままに、彼女のするがままに身をまかせた。若い娘は、眠りかけた幼児を思わせる微笑を彼に向けた。長い絹糸のようなまつ毛が、暗く煙《けぶ》った目の上に垂れている。指先で彼の黒く濃い頭髪を掻きあげているのは、これが夢の世界の出来事でないのを自分自身に確信させるためなのであろうか。

「夢だったのね」彼女はあくび混じりにいった。「みんな夢だったんだわ。いまも夢を見ているみたい。でも、どうでもいいことだわ。はっきり思い出せることはひとつもないのよ。みんな忘れてしまったわ。あたしには理解できないことが起こったのね。でも、思い出そうとすると、眠くなってくるのよ。まあ、いいわ。たいしたことじゃないもの」

「何の話だ？」コナンは落ち着きを失って問いただした。「昨夜、城壁を乗り越えてきた男たちがいるといったのか？　それはだれなんだ？」

「ユエチ族よ。とにかく、そう思ったの。煙が濛々《もうもう》と立ちこめて、なにもかも覆っていたけれど、裸の躰を血だらけにした男が、あたしの喉をつかんで、胸に短剣を突き刺したの。痛かったわ！　でも、夢だったのね。こうして見ても、傷痕が残っていないもの」

彼女はなめらかな胸をあらためていたが、やがてコナンの膝に腰を載せ、しなやかな腕を男の太い首に巻きつけると、

「どうしても思い出せないの」と黒髪の頭を彼のたくましい胸に預けて、「何もかもぼんやりと霧《きり》がかかったみたい。だけど、そんなこと問題じゃないわ。おまえは夢じゃない。おまえは強い男。いつまでもここで暮らしましょう。あたしを愛して！」

コナンはつややかに髪の光る彼女の頭をたくましい腕で抱きとめ、その赤いゆたかな唇《くちびる》に、色情

を露骨にあらわした口づけをあたえた。

「おまえは強い男」彼女はくり返した。その声がしだいに細っていく。「あたしを愛して――愛して――」眠たげな囁《ささや》きが消えていった。黒っぽい目が閉じ、長いまつ毛が官能的な頬に垂れ、柔軟な躰がコナンの腕のなかでしどけなくゆるんだ。

コナンは顔をしかめて彼女を見おろした。彼女もこの城都全体にただよっている幻影の一部と思われる。だが、その手足を指で探ると、弾力のある肉の感触が撥《は》ねかえってきて、自分が抱いているのはまごうかたなき生きた人間で、夢のなかの影でないと確信できた。眠りを妨《さまた》げないよう、コナンは象牙の壇に積んだ毛皮の上に、急いで彼女を横たえさせた。その眠りは、ただの眠りにしては深すぎた。この娘は眠り薬の常用者にちがいない。ひょっとするとクスタルの国に生い育つ黒い蓮《ロートス》のたぐいかもしれない、とコナンは推察した。

そのとき彼は異様なものを発見した。壇上の毛皮の山のなかに、みごとな斑点を散らして、金色に光っているのが一枚ある。それは巧みに作りあげた模造品ではなく、本物のけものの皮である。しかもそのけものたるや、少なくとも一千年前に絶滅しているのだ。ハイボリアの伝説に頻出する巨大な金色豹で、古代の芸術家たちが好んで題材にとりあげ、顔料と大理石でその姿かたちを写しとっている。

困惑してコナンは首をふりながら、弓なりの出口をぬけて、曲がりくねってつづく廊下に出た。屋内の全部を静寂が支配している。しかし、建物の外に音が聞こえて、彼の鋭敏な聴覚は、それが最前そこからこの家に飛びこんだ石段を登ってくる足音であるのを知った。その直後、大きな鈍い音が響いて、ぎくりとさせられた。いま出てきたばかりの部屋の床に、柔らかくはあるが重量のある物が落下したのだ。きびすを返し、曲がりくねった廊下を急いでもどり、そこの床に倒れているものを見て、思わず足を止めた。

それは人間の躰で、半身を広間のほうに、あとの半身を壁板に似せた隠し扉が開いたところに横たえていた。色の浅黒い痩身《そうしん》の男で、絹の腰布一枚の半裸身、頭は剃《そ》りこぼち、残忍そうな顔立ちだった。まるで隠し扉から出かかったところを、とつぜん死の手に襲われたように思われる。コナンは男の上に身をかがめて、死の原因を突きとめようとした。すると、この男もまたさっきの娘と同様に、深い眠りに沈んでいるだけのことだと判明した。

しかし、眠る場所になぜこのようなところを選んだのであろうか？　その理由をあれこれ思いめぐらしているあいだに、背後に物音を聞いて、コナンは身を引きしめた。何かが廊下を彼の方向に近づいてくる。すばやく前方へ目をやると、廊下は巨大な扉で終わっていた。それには鍵がかかっているかもしれない。コナンは男の躰を壁板の出入口から引きずり出して、入れかわりに自分が隠し扉のなかに飛びこみ、壁板を引いた。カチッと音がして、それがぴったり閉まると、内部はまったくの暗黒だった。しばらくそこに突っ立っていると、壁板の外を何やら足を引きずるようにして動いてくるものがある。わずかながら彼の背筋に寒けが走った。外の足音は人間のものでなく、彼がそれまでに出遭《であ》ったことのあるどんな野獣のものともちがっていた。

一瞬、足音が途切れたが、すぐに木材と金属のきしる音がかすかに聞こえた。片手で壁板を押してみて、それが内側にたわんでいるのを知った。よほどの重量のある物が、外側からそれに寄りかかっているのであろう。思わず剣を握りしめたとき、寄りかかっていたものは身を離した様子だったが、そのあとにつづく異様な呟きを聞いて、首筋の毛が逆立った。半月刀を片手にあとじさりをはじめると、踵《かかと》が階段に触れて、あやうく足を踏みはずすところだった。狭い階段が地下に向かってつづいているのである。

彼は暗闇のなかを手探りで降りていった。この先のどこかに別の出入口があるものと思われるが、手で探りあてようとしても、なかなか見つからなかった。もはや建物のなかではなく、地下深くにいると判断したちょうどそのとき、階段が終わり、水平の隧道《すいどう》に変わった。

5

静まりかえった暗黒の隧道《すいどう》を、目に見えぬ穴に落ちこむのを気づかいながら、コナンは手探りで進んだ。そしてついに足がふたたび階段にぶつかり、それを登ると、扉に行きついた。扉板に指を觸《は》わせて、金属製のつまみを発見し、操作して外に出てみると、そこは驚くばかり広大で、はるか頭上に天井のある薄暗い部屋であった。斑《まだら》に塗った壁に沿って、想像を絶した太さを持つ円柱が立ち並び、それが支える高い天井は、透《す》きとおっていると同時に暗くかすんでおり、雲の多い夜空を思わせる。この信じられぬほどの高さは、目の錯覚にすぎないのではないか。少しの光線でも外から射しこんでいたら、この暗鬱《あんうつ》な部屋のたたずまいも、よほどちがったものに見えたことであろう。

黄昏時《たそがれ》に似た薄暗がりのなかを、覆うもののない緑色の床を踏んで、コナンは進んだ。部屋全体は円形状で、一方の端に青銅製の巨大な開き扉が見えていて、それと向かいあった位置の壁ぎわに壇を据え、その上に王座が設けてある。こちらは銅製で、曲線を描く幅の広い階段によってそこに達するわけだが、コナンは階段を登りかけて、王座の上に何やらがとぐろを巻いているのに気がついた。彼は半月刀を握り直して、急いで一歩あとじさりした。

だが、その物は動く様子もないので、じっくりと見定めたうえでガラスの階段を登り、王座を見おろした。それは巨大な蛇の形で、何か翡翠《ひすい》を思わせる物質から彫り出してあるようだった。鱗《うろこ》の一枚一枚が生きているもののように逆立って、虹色にきらめく光彩も実物そのままに再現してある。楔《くさび》形をした巨大な頭が、とぐろを巻いた太い胴のあいだに半ば埋もれているので、目と顎《あご》は見えなかった。コナンの心に思いあたることがあった。明らかにこの蛇の彫像は、ヴィラエット内海の南の岸、葦《あし》の生《お》い茂る沼地に長い年月巣食《すく》っていた無気味な怪物の一匹を表現しようとしたのだ。しかし、金色の豹《ひょう》と同様に、その大蛇もこの世界から姿を消して、すでに何百年かが過ぎ去っている。コナンは以前ユエチ族の聖像小屋のなかで、これと同じ蛇の像を見たことがある。もちろん、それはいたって小さなもので、仕上げもしごく粗雑であった。そして魔術書『スケロスの書』のなかで、この蛇類についての記述を読んだことがあったが、そちらも先史時代の情報に基づくものだった。

鱗に覆われた大蛇の胴体にコナンは感嘆の声を洩らした。その太さは彼の腿《もも》ほどもあるし、長さはもちろん計り知れぬものがある。好奇心に駆られて、その上に手をおいてみて、あやうく心臓が止まりそうになった。氷のような冷ややかさに血管の血が凍りつき、短い頭髪が逆立った。彼の手の下にある物体の表面は、ガラスや金属や石材といったなめらかで壊れやすい物質でなく、弾力性に富む筋肉から成り立っていて、明らかに生き物の皮膚であったのだ。冷たく緩慢《かんまん》に流れる生命そのものが、指の下に感じとれるのである。

本能的な不快感から、思わず手を引っこめた。握りしめた半月刀が震えていた。息づまるような恐怖と嫌悪と不安のなか、彼は細心の注意を払って、あとじさりにガラスの階段を降りていった。怖いもの見たさというべきか、銅の王座にまどろむ無気味なものから目を離すことができなかった。それは鱗一枚動かす様子も見せない。

コナンは青銅の扉にたどりつき、開くかどうか試してみた。ぬるぬるする怪物といっしょに、この部屋に閉じこめられてしまったのではないか——そう考えただけで心臓が口まで飛び出し、全身に汗が噴きだした。しかし、手が触れただけで扉は造作なく開いた。彼は部屋をぬけ出し、背後の扉を閉めた。

ぬけ出たところは、各所に垂れ布をかけた高い壁がつづく広い廊下で、最前の部屋と同様、黄昏時の薄闇が垂れこめていた。その暗さのために、少し離れた場所のものは朦朧《もうろう》とかすんで、薄闇のなかから見えない蛇の群れがすべりよってくるのでないかと思われて、またしても不安に駆られるのだった。廊下の突きあたりに扉があるが、乏しい光で見るためか、数マイルも離れているとしか思われない。手近の個所の垂れ布が、そのうしろに出入口を隠している感じなので、そっとかかげてみると、果たしてそこに、上方に向かう狭い階段を見いだした。

コナンはしばらく逡巡《しゅんじゅん》していたが、いま出てきたばかりの広い部屋に、床に足を引きずるような音を聞いた。地下道に通じる壁の隠し扉の外に聞いたのと、まったく同じ物音だった。隧道をここまで尾《つ》けてきたのであろうか？　彼は垂れ布を元のように下ろすと、急いで階段を登りはじめた。

やがて曲がりくねってつづく廊下へ出ると、コナンは最初に目についた出入口に足を踏み入れた。一見、何のあてもなくさまよいつづけているようだが、彼の行動にはふたつの目的があった。奇怪なこの建物から脱出することがひとつ。いまひとつの狙いは、ネメディアの女を捜し出すことにあった。彼女は必ずや、この宮殿――あるいは寺院、あるいは何であるにせよ――この建物内のどこかに監禁されているにちがいない。ここはこの都《みやこ》の中央に所在する円屋根《まる》を持つ巨大な建物で、この都の支配者が住んでいて、捕われた婦女子が運びこまれているものとコナンは信じて疑わなかった。

彼が踏みこんだところは部屋であって、別の廊下ではなかった。それと気づいて元の廊下へ引き返そうとしたとき、片方の壁のうしろに声を聞いた。その壁には扉がなかったが、躰《からだ》をぴったり壁面に押しつけると、はっきりと声が聞こえた。氷のような寒けが、背骨伝いにゆっくりと匍《は》いのぼってきた。言葉はネメディア語だが、声は人間のものでない。深夜に聞く鐘《かね》の音《ね》のように、無気味な響きをただよわせていた。

「地獄の深淵のうちには、わしをおいて、生命はなかった。唯一の生《せい》のしるしは、わしの躰に凝《こ》り固まっておった」声が響いている。「そこには光もなく、動きもなく、音もなかった。生命ならぬ生命の衝動だけに押しやられ、導かれ、わしは地上へ向けての長い旅路をたどってきた。盲目的な衝動に駆られ、冷酷非情な生命の力に追い立てられ、果てしない上方への旅路をつづけた。幾世代、幾年月《としつき》を重ね、変わることのない暗黒の層を通りぬけ――」

鐘の音を思わせるその声に魅《み》せられて、コナンは周囲のものすべてを忘れて、その場にうずくまったままであった。そのうちに声の持つ妖《あや》しい魔力が、彼の五官を奇妙な具合に入れ替え、音が視力に作用して幻影を作りだした。いまやコナンは声を聞いているわけでなく、はるか遠くに律動的に押しよせる音の波を耳にするだけである。彼のおかれた時代、彼自身の個性を超越してどこかへ運ばれ、コサトラル・ケルと呼ばれる存在が人間に成り変わるところを目の前にしているのであった。それは幾世代か前に夜の闇と深淵を匍いのぼり、物質宇宙の素材で身を装《よそお》ったのだ。

しかし、コサトラル・ケルという怖《おそ》ろしい実体を保つには、人間の肉体はあまりにも力なく、あまりにも脆弱《ぜいじゃく》である。そこでそれは、人間の姿かたちをとっているものの、彼の肉は肉でなく、骨は骨でなく、血は血でなかった。彼は自然のすべてに反する冒瀆《ぼうとく》的な存在となった。なぜかというに、かつて生あるものの脈動を知ったことのない基本物質に、生命と思考と行動をあたえたからである。

それは神のようにこの地上を歩きまわった。いかなる武器にも傷つけられず、一世紀は、それにとって一時間と変わらなかった。その彷徨《ほうこう》のあいだに、たまたまダゴニアの島に住む原始人に行きあうと、この種族に文化と文明を授《さず》けることに興趣をおぼえた。かくて島の原始人は、この奇怪な存在の助けを借りてダゴンの都を築きあげ、そこに住みつき、このものを崇拝した。コサトラル・ケルを神と崇《あが》めて奉仕するこれらの人々もまた、地球上の暗い隅々《すみずみ》から呼び集められた異様な存在ばかりで、いわば忘れられた時代の生き残りと見るべきであった。ダゴンの都にあるコサトラル・ケルの館は、地下道で崇拝者たちの家々の全部と連結して、頭を剃《そ》った僧侶たちが、この道を通って生贄《いけにえ》を運びこんでくるのである。

しかし、長い歳月ののち、内海に臨む岸に凶悪種族が出現した。彼らはみずからユエチ族と名乗って、激しい戦争を挑《いど》んできたが、敗北を喫《きっ》して奴隷《どれい》の境涯《きょうがい》に身を落とした。そして一世代ほどのあいだを、コサトラルの祭壇の上で死んでいったのであった。

コサトラルの魔力がユエチ族の者たちに縛《いまし》めをかけていた。やがてユエチの神官、名も知れぬ種族の出身で、異様なほど痩身《そうしん》の男が、いったん曠野《こうや》のうちへ姿を消していたが、もどったときは、この世のものならぬ物質で鍛《きた》えあげた短剣を手にしていた。それは、燃えあがる矢のように閃光《せんこう》を放って夜空を飛び、はるか彼方《かなた》の谷間に落下した隕石を鍛えたものだった。奴隷たちが叛乱《はんらん》を起こした。彼らの鋸歯《きょし》状の刃を持つ三日月刀が、ダゴンの男たちを羊のように斬《き》り斃《たお》した。この世のものならぬ素材から鍛えられた短剣には、コサトラルの魔法も無力だった。赤い煙の立ちこめる街路で、殺戮《さつりく》と虐殺の絶叫が轟《とどろ》きわたるあいだに、蛇の皮を思わせる斑の色の壁に包まれ、銅の王座を据えた聖壇のある巨大な部屋の背後に位置する謎めいた円天井の部屋のなかでは、残酷な復讐《ふくしゅう》劇のうちでもっとも残酷な場面がくり広げられているのだった。

円屋根を持つ館のうちから、ユエチ族の神官がただひとり姿をあらわした。彼は宿敵を斬り斃したのではなかった。その理由は、いつ裏切るとも知れない彼自身の部下の頭に、この怪物が解き放たれるという恐怖心を植えこんでおきたいからであった。神官はコサトラルの躰を黄金の壇の上に横たえさせ、その胸に神秘の力を持つ短剣をおくことで、この世の最後の日が来るまで、意識のない仮死状態におく呪いをかけたのだ。

しかし、幾年月かが過ぎ去って、神官は死亡し、荒廃したダゴンの都の数々の塔は崩れ落ち、この物語もおぼろにかすんでいった。そしてユエチ族は、疫病と飢饉《ききん》と戦闘によって敗残の状態におちいり、いまは内海の岸に沿った地帯で、みじめな生活を送っているのであった。

神秘的な円屋根の建物だけが、時のもたらす腐朽《ふきゅう》に抵抗していたが、たまたま落雷があり、好奇心に燃える漁夫《ぎょふ》が邪神の胸から魔法の短剣をとり除いたことで、呪縛が解けるにいたった。コサトラル・ケルは起きあがって、生命をとりもどし、ふたたび強大な力を揮《ふる》いはじめた。ダゴンの都を没落以前の繁栄の姿に復帰させるのは彼の喜びだった。魔法の力を駆使し、数千年来忘れられていた廃墟《はいきょ》から多くの塔をそそり立たせ、幾千年ものあいだ埃《ほこり》になっていた都民をよみがえらせたのだ。

しかし、一度死の味を知った都民は、半ば生きているにすぎなかった。彼らの魂《たましい》の暗い片隅には、いまなお死が征服されぬままにひそんでいた。夜になるとダゴンの都の人々は動きだす。愛し、憎み、饗宴《きょうえん》を張り、ダゴンの都の没落と彼ら自身が虐殺された記憶を漠然とした夢のように思いおこす。幻影の霧《きり》のなかを動きまわり、おのれらの生存を奇妙なものに感じるが、そのよってきたる理由を問うことはしない。そして朝の太陽が昇りだすとともに、深い眠りの底に沈み、ふたたび目を醒ますのは、死に似た夜が訪れたときだけであった。

以上の事実が、垂れ布に覆われた壁のそばにうずくまったコナンの意識の前に、奇怪なパノラマのように展開していった。彼の理性は揺らいだ。確実性と正気とが一掃《いっそう》され、何やら怪《あや》しげな力を秘めた頭巾《ずきん》姿の男たちが忍び足で歩く、影濃い宇宙があとに残った。正気の世界の秩序立った法則を蹂躙《じゅうりん》して勝ち鬨《どき》をあげるに似た声が殷々《いんいん》と響きわたるにつれて、コナンの心も狂気の国へさまよいこむかと思われた。そのせつな、人間の声が響いて、コナンを現実界に引きとめた。それは身も世もなく泣きじゃくる女の声であった。

コナンはわれ知らず跳ね起きた。

6

イエフンギル公《アガ》が、葦《あし》の茂みのあいだの小舟のなかで、じりじりしながら待ちつづけていた。半刻の余が過ぎ去ったが、コナンのもどってくる様子がない。島内に隠れていると思われる娘をいまだに捜しまわっているに相違ない。しかし、もうひとつの推測が太守の胸に浮かんできた。もしコナンがこの近くに部下の戦士たちを残していれば、彼らも首領のもどりが遅いのをいぶかりだして、島内の捜索にとりかかるのでないか？　イエフンギルは漕《こ》ぎ手の男たちに声をかけた。それで軽舟《けいしゅう》は葦のあいだを離れて、断崖に刻まれた階段へとすべりよっていった。

舟のなかに六名の兵士を残し、カワリズムきっての弓の名手十名を率いて、イエフンギルは島へあがった。いずれも尖頂形《せんちょう》の冑《かぶと》に虎の皮の外衣をまとい、獅子の巣穴へ忍びよる猟人のように、矢をつがえた弓を手に、足音を立てずに木々の下を進んでいる。森全体を静寂《せいじゃく》が支配して、わずかにそれを破るものは、ときおり巨大な鸚鵡《おうむ》かと思われる緑色のものが、幅広い翼を遠雷のように鳴らして彼らの頭上を旋回《せんかい》したかとみると、目にも止まらぬ速さで木々のあいだを飛び去っていく物音だけであった。イエフンギルがすばやい身振りで一行に止まれと命じた。彼らが信じられぬ思いで凝らす視線の先には、遠方の緑のあいだにそびえている、いくつかの高塔があった。

「おお、タリムの神よ！」イエフンギルが思わず声をあげた。「海賊どもめ、廃墟を再建させおったか！　コナンのやつめ、あのなかにいるにちがいない。調べてみなくては。本土にこれほど近いところに城砦都市《じょうさいとし》を築くとは！――行くぞ！」

警戒心を新たにして、一行は木々のあいだを進んでいった。いまや目的が変わっていた。彼らはコナンを追う猟人から、海賊団の根拠地を探る密偵となったのだ。

そして一行がもつれあうつる草の径《みち》を匍《は》うように進んでいるとき、その追い求める相手は、線条細工で飾った弓矢よりもはるかに恐ろしい死の危険にさらされていた。


壁の向こうに鳴り響く声がやんだのに気づいて、コナンは全身が総毛立《そうけだ》つのを感じた。彫像のように身動きもせずに突っ立って、垂れ布で覆った扉を凝視していた。やがて、そこから恐怖の化身が出現するものと睨《にら》んでいたからだ。

部屋のなかは霧《きり》がかかったように薄暗く、見ているうちに、コナンの頭髪が逆立ちはじめた。夕闇同様の薄暗さのなかに、頭と大きな肩が浮かびあがった。足音がまったく聞こえないのに、朦朧《もうろう》とした大きな影がしだいにはっきりしてきて、いまはそれが人間の姿であるのを見てとることができた。サンダルを履《は》き、短袴《たんこ》状の衣をつけ、広幅の鮫皮《さめがわ》の帯を腰に巻いて、裾《すそ》を直線に刈りそろえた総髪《そうはつ》が黄金の輪で留めてある。コナンはこの男の巨大な肩幅を、胸の盛りあがりを、胴と手足の筋肉のうねりをみつめた。その顔には、弱さもなければ慈悲もなく、眸《ひとみ》は暗い火のかたまりだった。そしてコナンは知った。これが地獄の深淵から匍いのぼってきた太古の存在、ダゴニアの邪神コサトラル・ケルであることを。

ひとことも語られなかった。言葉を必要としなかった。コサトラルは長い両腕を拡《ひろ》げた。コナンはその下に身をかがめて、巨人の腹部に刀身《とうしん》を叩きつけた。すぐさま背後に飛びのいたが、その目は驚きの火に燃えていた。鋭い切先《きっさき》を揮《ふる》ったはずなのに、相手の力強い躰《からだ》を傷つけるどころか、鉄床《かなとこ》を叩いたかのように跳《は》ねかえってきたのだ。と、つぎの瞬間、コサトラルが、受けとめることもできぬ凄まじさで襲いかかってきた。

両者は激突した。たがいの手足がからみあい、躰と躰が激しく揉《も》みあった。一瞬のうちにコナンは身を離すことができたが、力のかぎりを尽くしたので、全身の筋肉が震えていた。相手の指がかすっただけで裂けた皮膚からは血が噴き出ている。わずかの間、躰を触れあっただけであるが、それが自然を冒瀆《ぼうとく》する狂気の権化《ごんげ》であるのを思い知らされた。人間の手であれば、こんな傷はつけられない。しかし、生命と知覚をあたえられた金属ならできる。彼が闘っている相手は、生きている鉄のかたまりでできた躰を持つ怪物なのだ。

薄暗がりのなかで、コサトラルは戦士コナンの上に覆いかぶさっていた。ひとたびこの大きな指につかまれたら、人間の肉体はふりもぎることがかなわず、握りつぶされるのが必定である。その薄暗い部屋のなかでくり広げられているのは、さながら悪夢のうちにあらわれる怪物相手の死闘だった。

役にも立たぬ剣を諦《あきら》め、コナンは重い長椅子をかかえあげると、力いっぱい怪物めがけて投げつけた。ふつうの人間なら、持ちあげられもせぬ飛び道具であった。が、コサトラルの力強い胸にぶつかると粉微塵に砕け飛んで、踏んばった巨人の足を揺るがすこともできなかった。その顔からは人間らしさが失われて、頭のまわりに燃えあがる火の円光をきらめかせ、動く塔の恰好で迫ってくる。

コナンは死にもの狂いで壁の垂れ布をまるごと引きもぎって、長椅子を投げつけたときを上まわる筋肉の力で思いきりふりまわした末《すえ》、巨人の頭の上に投げかけた。一瞬、コサトラルはたじろいで動きを止めた。まつわりつく布切れが、木や鋼鉄の持たぬ力でその行動を妨《さまた》げたのだ。その隙《すき》を見て、コナンは半月刀を引っつかむと、廊下めがけて走りだした。彼の速力をゆるめさせるものはなく、隣の部屋に走りこむと、扉を叩き閉め、かんぬきを下ろした。

そしてふりむいたとたん、ぴたりと動きを止めた。全身の血液が頭に逆流するかに思えた。絹《きぬ》のクッションの上にうずくまって、裸の肩に金色の髪を流し、恐怖の目をうつろに見開いているのが、彼の求めてやまぬ娘だったのだ。コナンは背後に迫る恐怖も忘れかけていた。そのとき何かが激しい勢いで引き裂ける音がして、彼はわれに返った。娘の躰をかかえあげて、奥の扉へ向かって走った。娘は恐怖のあまりなすすべもなく、抵抗も協力もしなかった。かすかなすすり泣きを洩らすのがやっとのようだった。

コナンは扉をあけるのに手間をかけなかった。いきなり半月刀を揮って鍵を斬り割ると、外の薄闇に朦朧と見えている階段へと急いだ。そのせつな、反対側の扉が音を立てて砕け、コサトラルの頭と肩がのぞいた。巨人の凄まじい力は、分厚い扉板を厚紙か何かのように打ち破ったのだ。

コナンは階段を駆けあがった。大柄の娘を片方の肩に載せ、赤子同様に軽々と運んでいる。階段がどこに通じているかは見当もつかない。だが、登りきると、そこはやはり扉で終わっていて、内部は円天井《まる》で円形状の部屋であった。コサトラルはすでに階段の半ばに達していた。死の風のように音を立てず、その速さは驚くべきものがあった。

部屋の壁は強固な鋼鉄で作られ、扉板も同じ材料だった。コナンはそれを閉め、大きなかんぬきを下ろした。そのとき、ある考えがひらめいた。ここはコサトラルの居室ではないのか。ここに閉じこもって眠りをとり、彼が駆使するために地獄の深淵から解放した怪物どもから身を護《まも》っているのではないだろうか。


かんぬきを下ろすか下ろさぬうちに、分厚い扉板が巨人の激しい力の前に揺れ動き、震えだした。コナンは肩をすくめた。逃げのびる道はここで終わっている。この部屋には別の出入口がなく、窓もない。空気と、霧がかかったような異様な光は、円天井の格間《ごうま》から洩れてくるにちがいなかった。半月刀の鋸歯《きょし》状の刃に手をあてがってみた。窮地に追いつめられたいま、彼はかえって冷静にもどっていた。脱出に最善を尽くし、火山のような力を揮っただけに悔《く》いはなかった。巨人が扉を破ってはいりこんできたら、刃こぼれのために役立たなくなった半月刀で、いま一度死力を尽くしての一戦を挑むだけである。勝ち目があるからではなく、闘いながら死んでいくのが彼の性格であったからだ。さしあたり、彼のほうから打って出る手はない。その冷静さは強制されたものでなく、虚勢でもないのだった。

彼が連れの娘に向けた眼差しは、この先百年も生きながらえるかのように、嘆美の色が濃いものだった。先ほど扉を閉めるにあたって、無造作に娘を床に放りだしてしまったが、彼女は膝をついて躰を起こしていて、流れるような巻き毛を機械的に掻きあげ、わずかに身に着けた布切れをととのえていた。コナンの鋭い目は、娘の見せる金色のゆたかな髪、澄みきった大きな目、乳のように白く、健康にきらめくなめらかな肌、引きしまった高まりを示す胸、そしてみごとな輪郭《りんかく》を描く臀部《でんぶ》の線を眺めるうちに賛嘆の光が強まった。

扉板が揺らぎ、かんぬきがきしむたびに、娘の口から低い叫び声が洩れた。

コナンはふりむきもしなかった。扉があとしばらくは持ちこたえるとわかっていたのだ。

「おまえが逃げだしたと聞いた。ここに隠れていることは、ユエチ族の漁師《りょうし》が教えてくれたのだ。おまえ、名前は何という？」

「オクタヴィアです」娘は機械的に答えた。そのあと指でしっかりコナンをつかみ、「おお、ミトラの神さま！　これは、悪い夢なんでしょうか？　あの男たち――浅黒い皮膚をした男たち――そのうちのひとりが、森のなかであたしをつかまえて、この場所に連れこみました。大勢であたしを、あの――あの怖《おそ》ろしい物のところへ運んできたのです。あの物があたしにいったのです――ちゃんと口をききました。あたし、頭がおかしくなったのでしょうか？　これは夢でないのでしょうか？」

コナンは扉へ目をやった。それは破城槌《はじょうづち》で叩かれているかのように、内部へ向かって膨《ふく》れあがっている。

「ちがうぞ」彼はいって聞かせた。「夢ではないのだ。蝶番《ちょうつがい》がはずれかかっている。魔物のくせに、ふつうの人間と同様に扉を打ち破らねばならぬというのもおかしな話だが、それはそれとして、やつの力そのものは悪魔のものだ」

「あなたには、あの魔物を殺すことができないの？」彼女は喘《あえ》ぎあえぎいった。「そんなに強い男なのに」

気休めに嘘をついておくには、コナンは正直すぎた。「生身の人間に殺せる相手なら、とっくに死なせている」彼は答えた。「おれはあいつの腹を幾度となくこの剣で突いてみた」

彼女の目が曇った。「そうだとしたら、あなたのほうが死なねばならないのね。そしてあたしも殺されてしまうんだわ——おお、ミトラの神さま！」彼女はいきなり狂ったように叫びたてた。コナンは彼女の両手をつかんだ。彼女がおのれの躰を傷つけるのではないかと怖《おそ》れたからだ。

「あの魔物がいったのよ、あたしをどうするつもりかって」彼女は喘ぎ声でいった。「殺して！　あいつがはいってくる前に、あなたの剣で、あたしを殺して！」

コナンは彼女を見やって、首をふった。

「おれはできるだけのことをする。あの魔物にはかなわんだろうが、その隙におまえはやつのわきをすりぬけて、階段を駆け降りろ。そうしたら断崖まで走るんだ。石段の下におれの小舟が繋《つな》いである。この館《やかた》から逃げだせたなら、やつの手を逃れられんものでもあるまい。この都《みやこ》のやつらは、ひとり残らず眠りこんでおるからな」

彼女は両手に頭を埋《うず》めた。コナンは半月刀をとりあげて、きしみの音を響かせている扉の前に立ちはだかった。仮にだれかがこの部屋に居合わせたとしたら、コナンが逃れようのない死を待っているとは見なかったであろう。その目はますます生気にあふれ、剣の柄《つか》を握りしめる手に筋肉が盛りあがっている。彼はそういう男なのだ。

巨人の怖るべき攻撃の下に、ついに蝶番がはずれ、扉板が狂ったように揺れ、いまはかんぬきひとつに支えられていた。この強固な鋼鉄の棒も、しなって曲がり、受け台からはずれかかっている。コナンはそれを魅《み》せられた者のようにみつめていた。怪物の超人的な力に羨望を感じているのであろうか。

そのとき何の前触れもなしに、攻撃が停止した。静寂のうちに、外の踊り場のあたりに別の物音が響くのをコナンは耳にした――羽搏《はばた》きの音と、真夜中の梢《こずえ》のあいだを吹きぬける風の唸《うな》りに似た囁《ささや》きの声。そのあとはまた静寂がつづいた。しかし、何か新しい気配《けはい》があった。未開の国に育った男だけが持つ研ぎすました本能だけが、それを感じとることができた。そしてコナンは目で見、耳で聞いたわけではなかったが、ダゴンの都の支配者が、もはや扉の外に立っていないのを知った。

抱き柱の鋼鉄に生じた裂け目からのぞいてみると、案《あん》の定《じょう》、階段の上には何物もいなかった。コナンは歪《ゆが》んだかんぬきをはずして、かしいでいる扉板をそっと動かしてみた。階段の途中にもコサトラルの姿はなく、はるか下のあたりで、金属製の扉の閉まる音がした。巨人が新しい残虐行為をもくろんでいるのか、それとも、さっきの囁き声に呼ばれて出ていってしまったのか、そこまでのところは知りようもなかった。しかし、コナンはその判断に時間を空費している男ではなかった。

彼はオクタヴィアを呼んだ。その声の打って変わった新しい響きに、彼女はわれ知らず跳ね起き、コナンのそばに走りよって、

「どうしたの？」と息を切らせながら訊いた。

「話している暇はない！」彼はオクタヴィアの手首をつかんで、「急ぐんだ！」行動への機会がふたた

び彼を、いつものコナンに復帰させていた。その目がきらめき、声も興奮にうわずっている。「例の短剣だ！」と小声で叫ぶと、娘の躰を引きずらんばかりにして、階段を駆け降りた。「ユエチ族の魔法の短剣！　あの円天井の部屋に残してあったにちがいない！　おれは——」だが、彼の声は急に途絶えた。心のなかにひそむ光景が、眼前にまざまざと浮かびあがったからだ。その円天井の部屋は、銅の王座のある広い部屋と繋がっている——全身から汗が噴き出してきた。そこへ達する唯一の道は、銅の王座があり、あの忌《いま》わしい物が眠っている部屋を通りぬけることにあるのだ。

だが、彼は躊躇《ちゅうちょ》しなかった。ふたりしてすばやく階段を駆け降り、小部屋をひとつ走りぬけ、もうひとつ階段をくだり、神秘の垂れ布の垂れた薄暗い廊下に達した。巨人の姿を見ることがなくてすんだ。巨大な青銅扉の前で足を止め、コナンはオクタヴィアの肩をつかみ、激しい勢いで揺すった。「よく聞くんだ！」彼は嚙みつくような勢いでいった。「おれはこの部屋にはいりこんで、扉をしっかりと閉める。おまえはこの場所を離れず、あたりの様子に注意していろ。もしコサトラルがあらわれたら、おれを呼べ。そしておれが逃げろと叫んだら、悪魔に追いかけられたつもりで走りだせ。おそらくあいつは、おまえを追いかけるだろう。この廊下のはずれにある扉をめざして走るのだ。おれはすぐに駆けつけて、おまえを助けてやれるはずだ。そのために、ユエチ族の短剣をとりに行くのだ！」

彼女は抗議の言葉を口にしようとしたが、それより早くコナンは部屋にすべり入り、扉を閉ざしてしまった。念には念を入れて、かんぬきを下ろしたが、それが外からでも動かせることまでは気づかなかった。薄闇のなかで無気味な銅の王座を捜しあてると、全身を鱗《うろこ》に覆われた例の怪物は、依然として元の場所に眠っており、その忌わしいとぐろで王座をふさいでいた。コナンは王座のうしろの扉を見て、その先が円蓋《えんがい》の部屋に通じているのを察しとった。だが、そこに達するには、聖壇に登らなければならぬ。それは王座からほんの数フィートのところにある。

緑の床を吹いて過ぎる風のほうが騒々しく聞こえるほど、コナンの忍び足は音を立てなかった。眠りこんでいる爬虫類《はちゅうるい》に目を据えたまま、彼は聖壇にたどりつき、ガラスの階段を一歩一歩登った。大蛇は動く様子もなかった。彼が扉に手を伸ばしていると……。

青銅扉のかんぬきが、ガチャンと音を立てた。コナンは呪いの言葉を洩らしかけたのを噛み殺してふりむくと、オクタヴィアが部屋にはいってきた。彼女は室内の暗さに目をみはって、周囲を見まわしている。コナンは警告の叫び声をあげるわけにもいかず、凍りついたように突っ立ったままだった。それから彼女は、コナンの影をみとめたものか、急いで聖壇へ走りよった。大きな声で、「あたしもいっしょに連れていって！　ひとりでおいていかれるのは怖いわ！」と叫びたてている。だが、引きつづいて、「あっ！」と甲高い悲鳴をあげて、両手をあげた。いまはじめて王座の上にうずくまる物に気づいたのだ。しかもその怪物が、とぐろのなかから楔形《くさび》の頭をもたげ、一ヤードもある光り輝く首を彼女のほうへ伸ばしている。

と思うと、それは流れるようななめらかな動きでとぐろをほどいて、王座からすべり出てきた。醜悪そのものの頭を、立ちすくんだ娘の方向へ向けて小刻みに上下させている。

コナンは必死の一跳躍で、彼と王座の椅子とのあいだの距離をちぢめ、全身の力をこめて半月刀を揮った。大蛇も目もくらむばかりの速さでのたうちまわり、コナンの攻撃を空中で迎え撃つや、彼の胴と手足を六巻き巻きつけた。躰を聖壇上に叩きつけられる瞬間、剣を激しく揮ったが、それも中途で食いとめられ、鱗をわずかに傷つけただけで終わった。

そのあとコナンは、ガラスの階段の上に、からみつくぬらぬらした蛇体から逃れようと焦《あせ》ったが、それはコナンの躰をねじ曲げ、押しつぶし、息の根を止めようとしてくる。彼の右腕はなお自由であったが、致命的な一撃を加えることができなかった。たとえこのような怪物でも、一撃で仕留める自信があったのだが。コナンは全身の筋肉に唸りの音をあげるかと思われるほどの力をこめ、こめかみの血管を破裂せんばかりに膨れあがらせ、両足を踏みしめると、四十フィートからの怪物の全体重にあらがって、その躰を持ちあげようと努めた。腕の筋肉が震え、盛りあがった。

一瞬、大きく踏みひろげた脚がゆらいで、肋骨《あばらぼね》が内臓に落ちこむかと感じられ、視界が暗くなった。そのあいだも頭上で半月刀を揮うのを忘れなかった。つづいてそれをふり下ろし、鱗から肉へ、そして脊椎《せきつい》まで斬《き》り裂いた。さしも凶悪な一条《ひとすじ》の太綱も、いまはまっぷたつに切断されて、断末魔の苦しみにのたうちまわっている。コナンはよろめきながら、死にもの狂いのその打撃をかわした。胸がむかつき、目がくらくらし、鼻から血がしたたっている。暗黒の霧のなかを手探りして、オクタヴィアの肩をつかむと、彼女が苦しげに喘ぐまでその躰を揺すった。

「こんどおれが、ここを動くなといったら」と彼自身喘ぎあえぎいった。「その場所を離れるんじゃないぞ！」

彼女が答えたかどうかも気づかぬほど、コナンの頭は朦朧としていた。オクタヴィアの手首をとると、勉学をなまける少女を引きずるような恰好で、いまだに床の上にとぐろを巻いている凶悪な怪物の躰を避けながら進んだ。どこか遠くで、人々のわめきたてる声を聞いた気がしたが、耳鳴りがおさまらないので、たしかなことはわからなかった。

扉を押す手に力をこめた。コサトラルが守りぬこうとするもののために、あの蛇をそなえておいたのだとしたら、危険はこれで終わったとみてよい。しかし、気をぬくのはまだ早すぎる。扉が開くと同時に、第二の怪物が襲いかかってこないものでもない。それを意識しながら扉板を押しあけると、いっそう薄暗いなか、頭上で漠然とアーチを描いているらしい天井と、鈍い光を放つ黄金のかたまりと、床石の上できらめく半月形のものしか見えなかった。

コナンは満足げな叫びを洩らし、半月状のものをつかみあげると、長居は無用と、さらなる探検を諦めた。きびすを返し、飛ぶように部屋を横切り、広い廊下へ出ると、遠くにある扉へ向かった。外気に通じているように思えたからだ。この勘は正しかった。女の連れを半ば抱きかかえ、半ば引きずるようにして、数分後には物音ひとつしない街路まで逃げのびていた。そこに人影はなかったが、西側の城壁の向こうに、人間の叫びと泣き声が聞こえていて、オクタヴィアを震えさせた。彼女を導いて、南西の城壁に近づくと、胸壁に通じる石段がすぐにみつかった。広い廊下を駆けぬけるとき、垂れ布を吊《つ》るした太い綱を手に入れておいたので、胸壁に達するが早いか、それを輪にして彼女の腰に巻きつけ、城壁の外へ下ろした。つづいて、綱の一端を銃眼に結びつけ、女のあとを追うようにしてすべり降りた。島から脱出する道はひとつだけ——西側の断崖に刻まれた石段である。叫び声と凄まじい打撃の音が聞こえていたあたりを迂回《うかい》して、彼はその方向へ急いだ。

密生した葉叢《はむら》を通りぬけるとき、オクタヴィアはそこに凶悪な危険がひそんでいるのを感じとっていた。彼女の吐く息は喘ぎと変わり、保護者に躰を押しつけた。しかし、いまはその森も静まりかえっているだけで、脅威と思われるものはひとつも見えなかった。そして森をぬけだしたとき、断崖ぎわに突っ立っている人影を見いだした。

それはイエフンギル公《アガ》であった。彼は部下たちの身に降りかかった死の運命を逃《のが》れてきたのだった。それというのも、城門から鋼鉄の巨人が突如として出現し、部下の戦士たちを叩きつぶし、肉を細切れにし、骨を打ち砕いたからである。弓兵たちの揮う剣が人の形をした怪物に当たって折れるのを見たとき、部下が闘っている敵が人間ではないことを知った。そこで彼は戦闘の場を逃れ、深い森のなかに身をひそめ、虐殺の音がやむのを待っていたのだ。それから断崖の石段まで忍び足でもどってきたが、乗船の漕ぎ手たちは、彼を待ってはいなかった。

漕ぎ手たちは悲鳴を聞いたあと、しばらくは不安な気持ちで待っていた。すると頭上の崖に怖ろしい物が姿をあらわした。全身に返り血を浴びた怪物が、勝ち誇ったように大きな腕をふりまわしている。それを見たとたん、主君のもどりを待つ気持ちなど吹っ飛んでしまった。イエフンギルが崖ぎわにたどりついたとき、その船はちょうど葦のあいだにまぎれこむところで、大声で叫んでも呼びもどすことのできぬ距離に達していた。コサトラルも姿を消していた――都へもどったか、森のなかをうろついて、虐殺を免《まぬか》れて城壁の外へ逃げた男を捜し求めているかのいずれかであろう。

イエフンギルが石段をくだって、コナンの小舟で逃げのびようと行動を起こそうとしたちょうどそのとき、コザックの首領と連れの娘が、木々のあいだから出てくるのが見えた。血を凍りつかせ、理性をほとんど吹きとばしていた最前の経験も、コザックの首領を打ち斃《たお》さんとするイエフンギルの決意を変えることはなかった。殺すつもりで出かけてきた男を目の前にして、満足感が彼の心を満たした。ヤラル汗にあたえた女がその連れと知って、意外な気持ちに打たれはしたが、そのために時間を無駄に費やす愚《ぐ》は犯さなかった。すぐさま弓を引き絞って、矢を放った。コナンは身をかがめて避けたので、矢はその背後の樹幹《じゅかん》に突き刺さった。コナンは大声に笑って、

「犬め！」と叫んだ。「きさまの矢に射たれるおれと思ってか！　ヒルカニアの鏃《やじり》で殺される命は持たぬわ！　嘘だというなら、もう一度やってみろ、トゥランの豚め！」

イエフンギルはもう一度矢を放ちはしなかった。それが彼に残された最後の矢であったのだ。代わりに半月刀を引きぬいて突進してきた。尖頂形の冑と目のつんだ鎖帷子《くさりかたびら》に自信を持っていたからである。コナンはその突進を中途で迎え撃った。両者の剣が風を切り、反《そ》りかえった刃と刃が触れあったかと見た瞬間、ふたたびさっと分かれて、またもきらめく弧を描き、目でその動きを追うときは、眩《げん》惑《わく》させられるすばやさだった。オクタヴィアには、打撃そのものは見えなかったが、半月刀が肉を斬り断つ音を耳にし、つづいてイエフンギルの躰が倒れるのを目にした。その横腹から血が噴きだしたのは、キンメリア人の鋼鉄の刃が鎖帷子を断ち切り、脊柱に食い入ったにちがいなかった。

だが、オクタヴィアの喉から悲鳴がほとばしったのは、かつての主人の死によるものではなかった。その瞬間、木々の枝を押し砕いて、コサトラル・ケルが襲いかかってきたのだ。娘は逃げることもできずにいた。膝がくずれ、芝草の上に匍いつくばった恰好で、うめきに似た叫びを洩らすだけであった。

コナンは太守の躰の上に身をかがめたまま、逃げる気配も示さなかった。血に染まった半月刀を左手に持ちかえると、ユエチ族の広刃の短剣を引きぬいた。コサトラル・ケルは、両腕を木槌《きづち》のようにかかげて、コナンの上にのしかかっていた。しかし、短剣の刃が太陽の光を受けてきらめくと、巨人は急にあとじさった。

しかし、コナンの体内の血が煮えたぎっていた。彼は突進し、三日月なりの刀身を叩きつけた。こんどはそれがはじきとばされなかった。その切先《きっさき》は、コサトラルの黒ずんだ金属の腹に、肉塊を切り裂く包丁のように食い入った。深い傷口から異様な液体が流れ出てきて、コサトラルは絶叫し、巨大な鐘の響かせる挽歌《ばんか》さながらに轟《とどろ》いた。そして怖ろしい腕をふりまわしたが、コナンは、その腕の下に死んでいった弓兵たちとはちがって、巧みに打撃を避けつつ、くり返し、またくり返し短剣の攻撃をつづけた。コサトラルは足をふらつかせ、吠えたてる怒号《どごう》は聞くも怖ろしく、金属に苦痛の舌があたえられたか、鋼鉄そのものが苦悩のあまりわめき声をあげるにいたったかと思われた。

そして怪物は、身をひるがえすと、よろめく足で森のなかへ逃げこんだ。足どりも定まらぬことから、あちこちと灌木《かんぼく》の茂みを踏みしだき、立木にぶつかっては跳《は》ねかえされる。コナンは激情に駆られて、疾風《しっぷう》のようにそのあとを追ったのだが、ようやく刃の届く距離まで追い迫ったとき、前方の木々のあいだに、ダゴンの都の城壁と高塔が浮かびあがっていた。

ここでまたコサトラルはふり返り、死にもの狂いの勢いで両方の腕をふりまわしたが、狂暴な怒りを燃えあがらせたコナンは、いささかもひるむ様子を見せなかった。追いつめた牡鹿《おじか》に襲いかかる豹《ひょう》のように、丸太のような腕をかいくぐるや、三日月なりの刀身を柄まで相手の躰に突き刺した。人間なら、心臓のある位置と思われるところであった。
コサトラルは大きくよろめき、倒れこんだ。よろめいていたときは人間の形をしていたが、倒れた躰が大地を打ったときは、まったくそれが変わっていた。人間の顔に似たものがあったところに顔がなく、金属性の手足は溶融して変化をとげ……。生きているコサトラルの前ではひるむこともなかったコナンも、死んだコサトラルには、たじろがざるを得なかった。あまりにも怖ろしい変貌を目《ま》のあたりにしたからで、コサトラル・ケルは、数千年の歳月をかけて地獄の底から匍いあがってきたときの姿にもどっていたのだ。強烈な嫌悪感に耐えかねて、コナンは顔をそむけた。ふと気がつくと、木々のあいだに光り輝いていたダゴンの都の高塔は、ひとつ残らず影を消していた。城壁、狭間《はざま》をそなえた見張り台、青銅製の巨大な城門、ビロード、黄金、象牙《ぞうげ》。黒髪の女たち、頭顱《とうろ》を剃《そ》りこぼった僧侶の群れ――そのすべてが煙のように消え失せていたのだ。それらを再生させていた人間世界の外からの知力が無に還るとともに、それらも悠久の時を塵《ちり》のままで横たわっていたときの状態にもどったのである。いまは崩壊した城壁とひび割れた敷石、粉々に砕け散った建物のあいだに、円柱の残骸だけがそびえ立っていた。かくてコナンは、見憶えのあるザプルの廃墟をふたたび眺めているのだった。

野生児であるコザックの首領は、しばらくは彫像のように突っ立っていた。人類と呼ばれるかりそめの存在と、それを餌食《えじき》にする頭巾《ずきん》姿の暗黒世界の権化とが演じる宇宙的な悲劇について、漠然と何かをつかんだ気がしたのだ。そのとき彼の名を呼ぶ怯《おび》えたような女の声を聞いて、夢から醒《さ》めたようにわれにもどった。地上に横たわる怪物の死体に目がいって、ぶるっと身を震わせてから背中を向けて、断崖に向かって歩きだした。そこにオクタヴィアが待っていた。

彼女は木々のあいだから怖々とのぞいていたが、半ば喉に詰まった声で安堵《あんど》の叫びをあげて彼を迎えた。コナンも、つかの間彼をとらえていた何とも知れぬ奇怪な幻影を払いのけて、生気あふれる以前の彼にもどった。

「あれはどこへ行ったの？」オクタヴィアは身を震わせながら訊いた。

「餌いのぼってきた地獄へ帰っていったよ」彼は明るい声で応じた。「なぜおまえは、石段を駆け降りて、おれの舟で逃げなかったんだ？」

「あんたをおき去りにして逃げるなんて――」と彼女は答えかけたが、すぐに気を変えて、ちょっとすねた調子でいい直した。「あたし、行くところなんかないわ。ヒルカニア人にみつかって、また奴隷にさせられるか、でなかったら、海賊たちの手で――」

「コザックならどうなんだ？」コナンは訊いてみた。

「あの連中が海賊たちよりましだというの？」話にならんというように、彼女は問い返した。あのような狂気じみた恐怖に耐えぬいたあとで、こうまで平静さをとりもどすことのできた彼女を目にして、コナンは感嘆の念をますます強くした。彼女の傲慢なところが気に入った。

「おまえがそう考えているのは、ゴーリの幕舎《ばくしゃ》で会ったときにわかっていた。それにしては、あのときは惜しげもなく笑顔をふるまってくれたじゃないか」

彼女は赤い唇《くちびる》を歪めて、軽蔑の気持ちをあらわし、「あのときのあたしが、あんたを好きになっていたとでも思っているの？麦酒《エール》をがぶ飲みし、肉にかぶりつく野蛮な男を前にして媚《こび》を見せなければばならぬあたしを、あたし自身がどんなに恥ずかしく思っていたことか！　あたしの主人が——いまは死骸になって、あそこに横たわっている男だわ——あの男が、ああやれと無理強いしたからよ」

「そうだったのか！」コナンは少しがっかりした様子を見せたが、すぐに朗《ほが》らかな笑い声を立てて、「そんなことはどうでもいい。とにかくいまは、おまえはおれのものだ。さあ、口づけをしてくれ」

「まあ！　何てことをいうの——」腹立たしげに彼女はいったが、いきなり躰を抱きあげられて、筋骨たくましい首領の胸に押しつけられた。彼女は若さのあふれるしなやかな躰をこわばらせて、激しく争ってみせたが、コナンは腕のなかに身もだえする見事な肉体を手に入れて悦《よろこ》びに満足して、高らかに笑いあげるだけであった。

そして造作もなく彼女のあがきを押さえつけると、持って生まれたとめどもない情熱のすべてを注いで、彼女の唇から甘美な霊酒を飲み干すのだった。やがて、あらがっていた細い腕の力がぬけ、そのまま彼の力強い首に痙攣《けいれん》したようにからみついていった。その澄んだ眸《ひとみ》に笑いかけながら、コナンはいった——

「〈自由の民〉の首領が、街で育ったトゥランの犬どもより気に入らんとはおかしいじゃないか」

オクタヴィアは黄褐色の巻き毛をふり払った。男の火のような口づけに、いまは神経が痺《しび》れきっていた。彼女は男の首筋にからめた手をほどかなかった。

「じゃあんた、太守に負けない大物だというの？」と挑《いど》むように彼女は訊いた。

コナンは大声に笑い、彼女を抱きかかえたまま、石段に向かって歩きだし、「おまえ自身で判断したらいい」と誇らしげにいった。「おれはこれからカワリズムの街を焼き払って、おまえをおれの天幕に連れていく道を照らす松明《たいまつ》にするつもりだ」

黒い予言者

The People of the Black Circle

1　王を襲う死の手

ヴェンドゥヤの国王は死の床《とこ》にあった。暑く息苦しい夜を徹して寺院の鐘《かね》が鳴り響き、法螺貝《ほらがい》の音が吼《ほ》えたてた。その轟々《ごうごう》たる響きがかすかな谺《こだま》をともなって、天井《てんじょう》に黄金板を張ったこの部屋にまで忍び入ってくる。そこではビロードの布を積み重ねた寝台の上で、ヴェンドゥヤの国王ブンダ・チャンドが臨終《いまわ》の苦しみを悶《もだ》えぬいているのだ。汗の玉が黒い皮膚の上に光り、指は金糸《きんし》織《お》りの敷布《しきぬの》を握りしめている。王はまだ年若く、槍《やり》の穂先《ほさき》に傷ついたわけでなく、毒酒にあてられたものでもない。それでいて、こめかみの血管が青い鋼索《こうさく》のように膨《ふく》れあがり、瞳孔《どうこう》が大きく拡《ひろ》がって、すでに死の手が真近に迫っているのを示している。寝台の脚もとには、数名の奴隷《どれい》女が震えわななきながら跪《ひざまず》いているのだが、そのなかに交じって、王の躰《からだ》の上にのしかからんばかりの姿勢をとり、鋭い眼差《まなざ》しで凝視をつづけているのが、王妹《デヴィ》ヤスミナ姫（デヴィは王の姉妹を呼ぶ称号で、ハワードの造語。ヒンドゥー語で女神を意味する言葉から）であり、そのかたわらに立っているのが、宮中貴族のうちでも最年長のワザム（ワザムは宰相の称号で、ハワードの造語。ヒンドゥー語で重荷を負う人を意味する言葉から）であった。

ヤスミナ姫は遠くかすかに太鼓《たいこ》の音を耳にすると、柳眉《りゅうび》を逆立て、怒りと絶望をあらわした。

「僧侶どもが太鼓を打ち鳴らしている！」と叫び声をあげ、「あの役立たずども、蛭《ひる》ほどの知恵も持たぬ男たちばかりとみえる！　お兄さまのお命が危ないのに、原因すらつかめぬとは。いまやお兄さまのお命は風前の灯火。それなのに、わたしはなすすべもなく、ここに立ちつくすばかり。お命を救えるなら、この都《みやこ》を焼き払って、何千人かの血を流してもかまわぬと思っているのに」

「これほどの苦痛に耐えられるのは、わがアヨドゥヤの全都を捜しまわっても、ひとりとして見当たるものではありませぬ、姫《デヴィ》」ワザムが答えた。「かかる毒薬は――」

「ちがう、毒薬ではない！」ヤスミナ姫が叫んだ。「お兄さまはお生まれになってこのかた、どんな狡《こう》猾《かつ》な東方の毒薬師も近よれぬように、厳重な見張りによって守護されておられました。凧《たこ》の塔の上にさらされている五つの髑髏《どくろ》がそのよい証拠で、王の毒殺を企《くわだ》てた者がいずれも失敗に終わった事実を物語っている。だれもが知るとおり、王のお食事とお飲み物は、十人の男と十人の女が毒味役を務め、五十人の兵士たちが、いまと同じに、このお部屋の周囲を固めていた。ご病気の原因は毒薬などでなく、忌《い》まわしい呪術のなせる業《わざ》――怖《おそ》ろしい黒魔術――」

ヤスミナ姫は言葉を切った。ブンダ・チャンド王の口から声が洩れたからだ。鉛《なまり》色に変わった唇《くちびる》はほとんど動かず、どんより濁った目に物を見る力が残っているとは考えられなかった。しかし、うつろに響く不明瞭な声が無気味なまでに高まって、烈風《れっぷう》の吹きすさぶ巨大な深淵越しに呼びかけているかのように聞こえた。

「ヤスミナ！　ヤスミナ！　わしの妹、どこにおる？　わしには捜し出せない！　どこもかしこもまっ暗で、強い風が吹きすさんでおるだけだ！」

「お兄さま！」ヤスミナ姫は叫んで、力の失《う》せた兄王の手を痙攣《けいれん》的に握りしめた。「わたくしはここにおります。おわかりになりませぬか――？」

しかし、兄王の顔に表情がまったく失われているのを見て、その叫びも途切れた。王の口からは、混乱したうめき声が低く洩れた。寝台の脚もとに、奴隷女たちのすすり泣きが高まり、ヤスミナ姫は心痛のあまり、おのが胸を叩かずにはいられなかった。


同じ都内の別の個所では、ひとりの男が格子作りの露台《ろだい》に立ち、長い街筋を見おろしていた。道路上のあちこちで松明《たいまつ》の毒々しい焔《ほのお》が揺らぎ、その煙のあいだに仰向《あおむ》いた黒い顔と顔と白くきらめく目が見えている。長く尾を引く嘆《なげ》きの声が、無数の群衆の口からあがっている。

露台の男は大きな肩をひと揺すりして、ふり返ると、唐草《からくさ》模様の装飾をほどこした部屋へもどっていった。長身の引きしまった体軀《たいく》を豪奢《ごうしゃ》な衣服に包んだ男である。

「王はまだ死なぬようだが、弔歌《ちょうか》がすでに聞こえておる」彼は、部屋の片隅の敷物の上に足を組んで坐《すわ》っている男に話しかけた。この男は、駱駝《らくだ》の毛で織った茶色の長衣にサンダルといった身なりで、頭に緑色のターバンを巻いている。表情は平静そのもので、眸《ひとみ》もまったくの無関心を示し、

「王が生きて夜明けの光を見ることがないのを、人民どもはみな心得ておりまする」と答えた。

最初に話しかけた男は、かなりのあいだ、探るような視線を部屋の隅の人物に向けていたが、

「おれに理解できぬのは」としゃべりだした。「なぜおまえの主人たちが攻撃を開始するのを、こうまで待たされねばならなかったかだ。いまなら殺せるようだが、それなれば、数カ月も前に殺せたはずではないか」

「あなたがたが黒魔術と呼んでおられる技術にしても、宇宙の法則に支配されておることに変わりはありませぬ」その疑問に緑色のターバンの男が答えた。「ほかの事象と同様、これらの術も各自の星の支配下にあるもので、わたくしめの主人たちとて、星の運行を変更させる力はなく、天体の現象が正しい軌道に乗るまでは、この呪法を執《と》り行なうわけにはいかなかったのです」

いいながら男は、長く伸ばした汚れた爪の指で、大理石を敷きつめた床の上に星座図を描いてみせた。

「月の位置のこのような偏向は、ヴェンドゥヤ王の身に凶事《きょうじ》が起きるのを予言するものであります。星位も混乱し、蛇座が象座にはいりこんでおり、こうした配列のあいだは、目に見えぬ守護天使たちがブンダ・チャンドの魂《たましい》から離れ去ったと見てよく、かくて未知の領域への道が開け、いったん結びつきの糸口がみつかったからには、巨大な力がその道に沿って動きだしたのです」

「結びつきの糸口だと？」相手の男は問いただした。「それは、ブンダ・チャンドの巻き毛のひと房《ふさ》のことか？」

「おおせのとおりで。およそ人間の躰《からだ》から切り離された部分は、依然としてその人間に、目に見えぬ絆《きずな》によって結びついておるものであります。アスラの神に仕える僧侶たちの口からこの事実が洩れたことで、王家の人々の爪の切り屑《くず》、毛髪、その他のものは、ことごとく燃やして灰となし、その灰を必ず隠匿《いんとく》することに定まりました。しかし、ブンダ・チャンド王に片思いをなされたコサラの王女のたっての願いで、王は思い出のしるしに長い黒髪のひと房をあたえました。そしてわれらの主人たちが、王の生命を奪うことを決意なされたとき、その手段としてまずそのひと房を盗みとったのです。それは宝石を鏤《ちりば》めた黄金の箱に収め、王女の枕の下においてありましたが、王女が眠っているあいだに、一見しただけでは気づかぬほどに酷似《こくじ》した巻き毛とすり替えておいたのです。そのあと本物の巻き毛は、隊商の駱駝の背で長い道のりをペシュカウリに運ばれ、それよりザイバル峠《とうげ》を越えて、われらの主人の手に届けられました」

「頭髪のひと房だけがか？」貴族の男は呟《つぶや》くようにしていった。

「それによって魂が肉体から引き離され、谺の響く宇宙の深淵を横切ることになりまする」敷物の上に坐りこんだ男が答えた。

そう答える男を、貴族は好奇の目で長いこと眺めていたが、

「ケムサよ、きさまは人なのか悪霊なのか」と、ようやくにしていった。「たしかに人間というやつは、ほとんどの者が見かけとはちがっておるのだな。なるほど、おれにしたところでそのひとりだ。格別、変装の術に長けておるわけでもないが、この国の貴族《クシャトリヤ》には、イラニスタンから来た王子ケリム・シャーと信じられておる。もっとも、彼らにしても何らかの意味で裏切り者だ。その半ばは、だれに仕えておるかを知らぬといってもよい。その点、おれはまだしもましかもしれぬ。トゥラン国のエズディゲルド王に仕えておるのだからな」

「そしてわたくしめは、イムシャの黒い予言者たちに仕えております」ケムサがいった。「そしてわたくしめの主人たちは、あなたさまが仕えておいでの王より偉大であります。なんとなれば、その魔術によって、エズディゲルド王が十万人の軍隊をもってしても不可能だったことを成しとげられたからです」

この家の外では、嘆き悲しむ数千人の声が、暑苦しいヴェンドゥヤの夜空に散らばる星にまで達し、法螺貝《ほらがい》が苦痛にあがく牡牛《おうし》の吠え声に似た音を響かせていた。

王宮の庭では数知れぬ松明の焔が、磨きあげた冑《かぶと》に、反《そ》りをうった半月刀に、黄金を打ち出した胴鎧《どうよろい》にきらめいていた。この大宮殿とその周囲にアヨドゥヤの貴族出身の戦士が全員集結して、各所の拱門《アーチ》はそれぞれ弓を手にした五十名の弓兵が見張りに立っていた。しかし、死は王宮内を忍び足に歩みより、何ぴともそれを制止することができなかった。

黄金の円《まる》天井の下、寝台の上に、またしても王が激烈な発作に悶《もだ》え、苦痛の叫びをあげた。それがふたたび小さく細く消えていくと、ふたたび王妹《デヴィ》が兄王の上に身をかがめた。姫の躰は震えわなないていた。死の恐怖よりもなお凄まじい邪悪の影に怯《おび》えて。

「ヤスミナ！」またしてもその声ははるか遠い、どこことも知れぬ場所から流れてくるように聞こえた。「助けてくれ！　わしは肉体から遠く離れたところにおる。魔道士どもが、風の吹きすさぶ暗闇を通してわしの魂を引きよせたのだ。やつらの狙いは、わしとわしの死にかけておる躰を繋《つな》ぐ銀の絆を断《た》ち切ることにある。やつらはわしの周囲に群がっておる。長い爪の手だ。暗闇のなかに燃える焔のように、目が赤くきらめいて……おお、妹よ！　わしを救ってくれ！　やつらの指が触れるたびに、わしの躰は火に焼かれる。わしの躰と魂を滅ぼそうとしておるのだ！　あっ！　あれは何だ？　わしの目の前に突き出されたのは？」

兄王の絶望的な悲鳴に、ヤスミナ姫もまた叫び声をほとばしらせ、苦悩にわれを忘れて王の上に身を投げかけた。王は怖《おそ》ろしい痙攣に身もだえして、歪《ゆが》んだ唇から泡を噴き出し、ねじ曲げた指の痕《あと》を妹姫の肩に残した。しかし、眸を覆った朦朧《もうろう》とした雲状のものが、煙が吹き払われるように消え去ると、目の前にいるのが妹とわかった表情で、王はその顔を見あげた。

「お兄さま！」彼女はすすり泣いた。「お兄さま――」

「急げ！」王は喘《あえ》ぎながらいった。細りつつある声だが、まだ理性が残っていた。「わしを火葬台へ運ぼうとするものの正体がわかったぞ。長い旅に出ていたわしだが、いまようやくそれを悟ったのだ。わしに魔術をかけたのは、ヒメリア山系に巣食う魔道士どもだ。やつらはわしの魂を肉体から引き離し、ある石の部屋に連れこんだ。そこでわしの生命の銀の絆を断ち切り、やつらの魔法が地獄の深淵から招きよせた邪悪な躰に、わしの魂を押しこむつもりだ。おお！　わしを引きよせておるのが感じとれるぞ！　おまえの叫びと指の力が、わしを引きもどしてくれた。しかし、長くは保《も》つまい。わしの魂は肉体にしがみついておるが、その力も弱まりつつある。急げ！――わしを殺すのだ。やつらの手にわしの魂が永遠に捕えられぬうちに！」

「できませぬ！」彼女は泣き声をあげて、みずからの裸の胸を打った。

「早くせい！　わしの命令だ！」細りゆく低い声にかつての王者の威厳を響かせて、「わしの命令に背《そむ》いたことのないおまえでないか――最後の命令になぜ従わぬ！　わしの魂をアスラの神のみもとに届けてくれ。急げ！　そうでないことには、わしは永遠の時間を闇に蠢《うごめ》く哀れな物として過ごさねばならぬ。短剣でわしを刺せ！　命令だぞ。わしを刺すのだ！」

激しく泣きじゃくりながら、ヤスミナ姫は腰帯に差した宝石を鏤めた短剣を引きぬいて、柄《つか》まで通れと王の胸に突き刺した。王は全身をこわばらせたが、やがてぐったりとなった。息絶えた唇が、怖ろしい笑みに歪んでいた。ヤスミナ姫は藺草《いぐさ》の敷物に覆われた床に身を投げだして、握りしめた拳《こぶし》で床を打った。宮殿の外では、弔鐘《ちょうしょう》と法螺貝の音が鳴り響き、僧侶たちは青銅の短剣でみずからの生命を断った。

2　高地から来た未開人

ペシュカウリの太守チャンドラ・シャンは黄金のペンをおいて、公印を捺《お》した羊皮紙に書きつけた文言を入念に読み直した。彼がこれまでの長い年月、大過《たいか》なくこの地方の統治をつづけてこられたのは、語るにしろ書くにしろ、使用する言葉の一語一語に細心の注意を怠《おこた》らなかったからである。危険が慎重さを育てあげる。暑熱《しょねつ》のヴェンドゥヤ平原がヒメリア山系の岩塊《がんかい》に変わるこの未開の土地では、用心深い人間だけが生き延びられる。西方または北方へ馬を一時間ほど走らすだけで、国境を越え、山《さん》嶽《がく》地帯に踏み入ってしまう。そこでは男たちが、短剣の掟《おきて》ひとつで生きているのだった。

太守は自室に、象嵌《ぞうがん》した黒檀《こくたん》に華麗な彫刻をほどこした机を前にして、ひとりだけでいた。夜の冷気をとり入れるために大きな窓がいっぱいに開いてあるので、満天の星の光にヒメリア山系の高峰《こうほう》が青黒く浮かびあがっている。すぐそばの胸壁《きょうへき》はひと筋の影となって見てとれるが、少し離れた個所の狭間《はざま》と銃眼とは、星空の下に暗く沈んで、それと見当をつけ得るだけである。太守の砦《とりで》は要害堅固《ようがいけんご》のもので、防護する町の城壁の外側に位置していた。壁の垂れ布を揺るがす微風が、ペシュカウリの街路からかすかな物音を運んでくる——切れ切れに聞こえる、むせび泣くような歌声や竪琴《シターン》の響き。

太守は片手を目の上にかかげて青銅ランプの光をさえぎり、唇《くちびる》を動かしながら、書きあげた文面をゆっくりと読み返していた。そのあいだも、物見櫓《ものみやぐら》の外に軍馬の蹄《ひづめ》の音が響き、通りかかる者を誰何《すいか》する衛兵の鋭い声が聞こえていたが、太守は意にも介さず、羊皮紙の上に目を凝《こ》らしていた。この書翰《しょかん》はアヨドゥヤの宮廷内に住むヴェンドゥヤ国の宰相《ワザム》に宛てたもので、次のような儀礼的な挨拶文句ではじまっていた。

宰相《さいしょう》閣下——閣下のご指示を忠実に実行し終えたことを報告いたします。牢獄《ろうごく》内の七名の山地族には厳重な監視をつけ、その一方、高地への使者を再三再四派遣し、七名の捕虜の釈放交渉に首領みずから出向いてくるように申し入れておきました。しかし、首領はいまだに腰をあげる様子もなく、使者を送りつけて、捕虜を釈放せぬときはペシュカウリの町を焼き払い、わたくしの躰《からだ》の皮で馬の鞍《くら》を作る所存などといいよこす始末であります。あの凶悪な男のこととて、これを実行に移さぬともかぎりませぬので、とりあえず槍兵《そうへい》の人数を三倍に増員いたしました。この首領はヒメリア山間のグリスタンの生まれでなく、つぎにどのような行動に出るか、まったく予測をゆるしませぬ。しかし、王妹《デヴィ》さまのご希望とあれば——

つぎの瞬間、太守は象牙《ぞうげ》の椅子から飛びあがって、拱門形《アーチ》の扉に向き直っていた。それと同時に、卓の上の飾り鞘《ざや》の半月刀を引っつかんで、近づいたのは何者かと目を凝らした。

予告もなしにはいってきたのは女性だった。かろやかな長衣の下に数知れぬ宝石をきらめかせ、すらっとした長身の肢体《したい》がしなやかで美しい。胸もとまで垂れ下がった顔覆いの薄紗《ヴェール》が、三つ編みの黄金の紐《ひも》で結び、黄金の三日月で飾った波打つ髪を隠している。薄紗《ヴェール》越しに彼女の黒い目が、驚いている太守をみつめていたが、やがて王者の威厳をもって白い手をあげ、顔の覆いものをとった。

「おお、王妹《デヴィ》さま！」太守は彼女の前に膝をついた。意外な相手の出現にあわてふためいて、その敬礼にも高官らしい荘重《そうちょう》さが欠けていた。ヤスミナ姫が身振りで立ちあがるがよいと知らせると、太守は急いで姫を象牙の椅子へ導いた。そのあいだも頭《こうべ》を低く垂れて、腰帯より上へはあげようともしなかった。しかし、彼の口を突いて出た最初の言葉は非難のそれであった。

「姫さま！　なんという無茶なことをなされます！　山地族の侵攻があいついで、国境の治安は回復する間《ま》もありませぬ。お供《とも》の兵士は大勢引き連れておいでなされたのでしょうな？」

「随行の兵士たちか？　それはもちろん大勢だが、全員ペシュカウリの町に休息させ、この砦へは、侍女のジタラひとりを連れてきた」

チャンドラ・シャン太守は恐怖のうめきを洩《も》らした。

「王妹《デヴィ》さま！　あなたさまは、危険がなんであるかをおわかりにならぬのです。この砦から馬を一時間走らせれば、すでに山地に分け入ることになります。そこは殺人と強奪を生業《なりわい》とする蛮族どもに満ち満ちていて、この砦とペシュカウリの町のあいだでさえ、婦女子はかどわかされ、男子は刺し殺されます。あなたさまの宮殿のある南方の土地とはまったくちがった場所であることをお考えにならぬと――」

「しかし、わたしは傷ひとつ負わずにここまで来たではないか」姫はいらだちを見せて、太守の言葉をさえぎった。「城門の守備兵とおまえの部屋の外に立つ衛兵にこの指輪の印璽《いんじ》を見せると、何もいわずに通してくれた。わたしを姫と気づいたわけでなく、アヨドゥヤからの密使と見たのであろうが、それはともかく、無駄に時間を費やしているときではない。

蛮族の首領は、何もいってよこさぬのか？」

「脅迫と呪詛《じゅそ》のほか、ひと言もいってまいりませぬ、王妹《デヴィ》さま。これを彼を捕える罠と見ておるのでありましょう。だからといって、彼を責めるわけにもいきませぬ。ヴェンドゥヤ国のクシャトリヤたちは、山地族との協約を反古《ほご》にすることがたびたびだったのですからな」

「なんとしてでも、その男と協約を結ばねばならぬ！」ヤスミナ姫は言葉を挟んだ。握りしめた拳《こぶし》の関節に血の気《け》が失《う》せていた。

「さて、どうなることやら」太守は首をふって、「あの七名の山地族をたまたま捕虜にしますと、わたくしは慣例《しきたり》どおり、宰相《ワザム》閣下に報告しました。そして縛《しば》り首にする用意をととのえておりますと、その者らを牢舎内にとめおき、首領と連絡をとれとのご指示でした。そのとおりの処置をとりましたが、いまも申しあげたように、首領は動く様子も見せませぬ。捕虜たちはアフグリ族でありますが、首領は西方の国から来た流れ者で、コナンと呼ばれています。首領がみずから協約の交渉に出向いてこぬときは、明朝、日の昇る時刻に、七人の捕虜を縛り首にするといってやったところです」

「でかしましたぞ！」ヤスミナ姫は大声にいった。「よくやってくれました。では、なぜこのような命令をくだしたか、その理由を説明してきかせます。兄上は――」そこで姫は口ごもって、息を止めた。太守は頭を垂れ、いまは亡き国王への哀悼《あいとう》の気持ちを示した。

「ヴェンドゥヤの国王が崩御《ほうぎょ》なされたのは、魔法によるものでした」姫はようやく言葉をつづけた。

「わたしは、王のお命をちぢめた輩《やから》を滅ぼすために、一身《いっしん》を捧げることを決意しました。王は臨終《いまわ》のきわにその手がかりをあたえてくださったので、その糸をたぐることにして、『スケロスの書』を読み、イエライの洞窟《どうくつ》に住む隠者たちに教えを乞《こ》いました。その結果、王がだれの手で、どのようにして殺《あや》められたかを知ったのです。王の敵は、イムシャの山中に巣食う黒い予言者たちです」

「おお、アスラの神よ！」チャンドラ・シャンは顔青ざめて、低く叫んだ。

それを姫の目が、短剣のように鋭く切り裂いて、「おまえは彼らが怖いのか？」といった。

「怖《おそ》れぬ者がおりましょうか」太守は答えた。「彼らは黒い悪魔です。ザイバル峠《とうげ》の奥の人跡《じんせき》まれな山間《やまあい》に棲《す》みついておる怖るべき魔道士です。しかし、古老《ころう》によれば、並みの人間の生命に干渉することは滅多にないそうですが」

「どんな理由で兄上のお生命を奪ったか、それは知らぬ」姫は答えた。「しかし、わたしは彼らを打ち滅ぼすことをアスラの祭壇で誓った！　そのためには、国境の向こうにいる男の援助を必要とする。その男の援助がないときには、クシャトリヤ戦士の軍勢もイムシャの山中にはいりこむことができませぬ」

「おおせのとおりで」チャンドラ・シャンは呟《つぶや》くような口調で、「姫さまのお言葉にまちがいはございませぬ。あの道を進むときは、一歩ごとに戦闘の覚悟がいります。あらゆる高所から毛深い山地族が岩塊を投げ下ろし、あらゆる谷間から直刀《ちょくとう》を手にした蛮族《ばんぞく》どもが襲いかかってきます。かつてトゥラン国の兵士がヒメリア山嶽《さんがく》地帯の突破を企《くわだ》てましたが、いったい何名が生きてクルスンにもどったでしょうか？　亡くなられたお兄さま、わがヴェンドゥヤ国王がユムダ河の畔《ほとり》でトゥランの大軍を打ち破ったあと、クシャトリヤの剣を逃れたごくわずかな者たちも、ふたたび国境の町セクンデラムを見ることがなかったのであります」

「だからこそ、国境を越えた地域に住む男たちを配下におかねばならぬのだ」ヤスミナ姫がいった。

「イムシャ山中への道を知る男たちを――」

「しかし、山地族は黒い予言者を怖れることはなはだしく、不吉な山塊を避けて近づこうといたしませぬ」太守が言葉を挟む。

「コナンという首領も怖れておるのか？」

「さあ、それは――」太守は口ごもっていたが、「いや、あの乱暴者には恐怖という感情がないようでありますな」と答えた。

「わたしもそのように聞いている。それが理由で、この男と取り引きせねばならぬと考えた。彼は七名の捕虜の釈放を望んでいる。その望みをかなえてやるがよい。代償は、黒い予言者たちの首だ！」

その最後の言葉をいったとき、彼女の声には火のような憎悪がこもっていた。両手を握りしめて横腹に押しつけ、頭をあげ、胸を波打たせ、その場に突っ立った彼女の姿は、激しい情熱を具現した彫像そのものであった。

太守はまたも膝をついた。このような情熱の嵐のうちにいる女は、目の見えなくなったコブラ同様、その周囲にいる者にとって、危険きわまりないものであるのを知っていたからだ。

「お考えどおりに取り計らいます、姫さま」ヤスミナ姫が平静さをとりもどしたのを見てとると、太守はふたたび立ちあがった。そして、警告の言葉を告げておくのを忘れなかった。「首領コナンがどのような行動をとるかは、われわれに予知できるものでありませぬ。山地族は性格が凶暴で、そのうえトゥランの密使どもの煽動《せんどう》によって、わが国境地帯への侵攻を企てておると信じてよい理由があります。ご承知のように、トゥラン国の軍勢はセクンデラムその他北境の町々を根城にしておりますが、山地族を征服するまでにいたっておりませぬ。エズディゲルド王は長いあいだ、邪悪な野望に燃える目で南方の沃地《よくち》をうかがっておりました。そして現時《げんじ》の彼の狙いは、わが領土内に裏切り行為を勃発《ぼっぱつ》させ、武力をもって果たしえなかったものを獲《か》ちとろうとするものにちがいありませぬ。あのコナンもエズディゲルド王の手先のひとりかとも考えられます」

「それはいずれ判明する」彼女は答えた。「彼がもし部下を愛しているのなら、明朝未明、談判のために、城門の前に姿をあらわすことであろう。わたしは今夜、この砦で過ごすことにする。ペシュカウリまでは変装してきて、随行の兵士たちは館《やかた》に入れずに、全員を町の宿に泊まらせておいた。従って、わたしがここにいるのを知っているのは、おまえだけなのだ」

「では、姫さま、これからご寝所までお供いたします」

太守は先に立って部屋を出ると、出入口を固めている衛兵を手招きした。衛兵は槍《やり》をかかげて敬礼すると、ふたりのあとにつづいた。出入口の外には、王女と同じに顔覆いの薄紗《ヴェール》をつけた侍女が待機していた。それから一行は、煙をあげる松明《たいまつ》の火に照らされながら、曲がりくねった広い廊下を寝所の部屋へ向かった。そこは訪問してきた貴賓《きひん》たち——たいていは将軍か総督たち——を宿泊させる部屋であった。王家の人々でこの砦を訪れた者はかつてなかったので、チャンドラ・シャンはこの続き部屋がヤスミナ姫のような高貴な身分の女性にふさわしいかどうかと、しきりに心を悩ませていた。ヤスミナ姫は気をきかせて、わたしの前でも寛《くつろ》いでいるがよいといってくれたが、それでも彼は、退《さ》がってよろしいといわれるのを待ちかねたように、うやうやしく一礼すると、早々《そうそう》にして引き退がった。砦の奉公人すべてが、この高貴な客人に奉仕するために招集された――ただし、太守は彼女の真の身分を明かさなかった――そして彼女の部屋の扉の前に槍兵の一隊を配置した。そのうちのひとりに、太守自身の部屋の見張りにあたっていた戦士が加わっていた。太守は緊急手配に熱中するあまり、その兵士の代役を立てるのを忘れてしまったのだった。

太守が引き退がっていくらも経《た》たぬうちに、ヤスミナ姫は話しあいたい問題が別にあったのに、いまのいままで忘れていたことにふと気づいた。イラニスタンから来た貴人ケリム・シャーの過去の行動のことである。この男はアヨドゥヤの宮廷に来訪する以前に、しばらくのあいだペシュカウリの町に住居をかまえていた。たまたま今夜、ペシュカウリの町に彼の姿を見かけたことから、この男に関する漠然とした疑惑が姫の胸に兆《きざ》した。アヨドゥヤから彼女のあとをつけてきたのではないか。賢い彼女のことで、ふたたび太守を呼びつけるようなことはせず、彼女のほうから供も連れずに、廊下を太守の部屋へ急いだ。

チャンドラ・シャンは自室へはいると、扉を閉ざして、卓へ歩みよった。書きかけの書翰をとりあげて、細かく引き裂きにかかった。しかし、それが終わらぬうちに、何か柔らかな物体が窓の外の胸壁の上に落ちたような音を聞いた。顔をあげると、そこに人影が、夜空の星にぼんやり照らされて立っていた。そしてつぎの瞬間、身軽な動作で部屋のなかに降り立った。片手にかかげた抜き身の長剣が、室内の灯火を受けてきらめいた。

「音を立てるな！」男は警告した。「声をあげたら、地獄行きだと覚悟しろよ」

太守は卓上の長剣をとりあげようとしたが、すぐにその動きを思いとどまった。相手の怪漢《かいかん》の手に一ヤードほどの長さのザイバル刀がきらめいていて、自分の躰がその山刀《さんとう》の届く距離内にあるのを知ったからだ。山地族の驚くべき敏捷《びんしょう》さを考慮に入れないのは愚劣《ぐれつ》である。

侵入者は身の丈《たけ》抜群で、その肉体は強健でしかも柔軟だった。山地族の服装をしているものの、浅黒い顔と、炯々《けいけい》と光る青い目が異人種であるのを示している。チャンドラ・シャンは、このような男を見たことがなかった。東方の国の生まれでないのは明らかで、西国から流れてきた未開人と見てまちがいなかろう。しかし、野性味あふれるその顔つきの凶猛《きょうもう》ぶりは、グリスタンの山中に棲息《せいそく》する毛深い山地族にいささかも劣るものでなかった。

「夜盗《やとう》みたいにして忍び入ってきたな」太守はようやく落ち着きをとりもどして、非難の言葉を浴びせた。声の届く範囲に護衛の兵士がいないのを思い出してはいたが、相手がそれと気づいていないかぎり、虚勢をはりつづけるのが賢明であろう。

「稜堡《りょうほ》をよじ登ってきた」侵入者はうそぶいた。「見張りの兵士が、狭間から頭を突き出しておったので、刀の柄《つか》で叩き割ってやったのさ」

「おまえがコナンか？」

「コナンでなくて、だれがこんなところへやってくる？　招かれたから来たんだぞ。談判したいことがあるから出向いてくれと使いをよこしたのはそっちじゃないか。クロムの神にかけて、約束どおり来てやったぞ！　卓から離れてろ。そうしないと、その腸《はらわた》をぬきとるぞ」

「なあに、椅子にかけようとしただけだ」

太守は答えながら、象牙の椅子を卓から引き離して、注意深くそれに腰を下ろした。コナンはせわしなく動きまわり、扉のあたりに油断のない目を配り、三フィートの長さのある山刀の刃に親指の腹をあてがっていた。彼の言動はアフグリ族のそれとちがって、東方人種の婉曲《えんきょく》さを知らず、すべてが単純直截《ちょくさい》だった。

「おれの部下が七人捕えられた」唐突に彼はいった。「身代金《みのしろきん》を申し出たが、撥《は》ねつけられた。いったい何が望みなんだ？」

「その条件を話しあいたい」チャンドラ・シャンは慎重に答えた。

「条件だと？」彼のその声には、危険な怒りの響きがあった。「どういう意味だ？　こちらは黄金を提供すると申し出ておるんだぞ」

チャンドラ・シャンは笑い声をあげて、

「黄金か。あいにくこのペシュカウリの町には、おまえなど見たこともないほど大量の黄金がたくわえてある」

「何をいうか！」コナンがいい返した。「おれは以前、クルスンの黄金細工の市場《スーク》を見たことがあるんだぞ」

「では――アフグリ族の男が見たこともないほどだ」チャンドラ・シャンがいい直した。「しかも、ヴェンドゥヤ国の財宝のうちでは、水のひとしずくにすぎん。われわれに、なんで黄金を欲しがる理由がある？　あの七名の盗賊どもを縛り首にしたほうが、われわれにとってははるかに有益なんだ」

コナンは呪詛の言葉を吐《は》き散らし、日焼けした腕の筋肉を盛りあがらせた。それにつれて長刃のザイバル刀を握った拳が震えた。

「きさまの頭を熟した瓜《うり》のように叩き割ってくれるぞ！」

山住みの男の目に青い焔《ほのお》がきらめいたが、チャンドラ・シャンは肩をすくめただけだった。もっとも、鋼鉄の刃から目を離さずにいたが。

「おまえの腕なら、造作なくわしを殺せるだろうし、そのあと城壁を乗り越えて逃げのびることも可能だろう。しかし、それでおまえの七名の部下が救《たす》かるわけではないのだぞ。わしの部下が、まちがいなく彼らを縛り首にする。彼らは、いずれもアフグリ族のうちでの頭領株だそうだな」

「それくらいわかっている」コナンは噛みつかんばかりにいった。「部族のやつらは、おれが捕虜を見殺しにするといって、狼《おおかみ》みたいに吠えたてておる。そちらの希望をわかりやすい言葉でいってもらおう。クロムの神にかけて、ほかに手段がないとわかれば、山地族の全軍を引き連れて、ペシュカウリの城門に押しよせんわけにいかんのでな！」

山刀を握りしめ、両目をぎらぎらさせて突っ立っているコナンを見て、チャンドラ・シャンは考えた。この男ならやりかねないし、その能力も充分ある。もちろん、山地族の全軍が押しよせたところで、ペシュカウリの町が陥落するとは思えぬが、周辺の田畑が戦闘で荒らされるのは望ましいことでない。

「おまえにやってもらいたい使命がある」と太守は言葉を選んで語りだした。ひとつひとつの言葉が剃刀《かみそり》の刃であるかのような慎重さだ。「それを詳しく説明すると——」

それと同時にコナンは飛びすさって、唇をまくりあげ、扉口に向き直っていた。彼の未開人の耳が、チャンドラ・シャンには聞こえない音を聞きとったのだ——扉の外に柔らかな上履《うわば》きの音がどんどん近づいてくる。つぎの瞬間、扉が勢いよく開いて、絹《きぬ》の長衣をまとった繊細な肢体の女性が、急ぎ足に部屋にはいってきた。扉を閉ざして——山男の姿を目のあたりにして、ぴたりと立ち止まった。

チャンドラ・シャンは飛びあがった。心臓が口までせりあがったかのような気持ちで、「王妹《デヴィ》さま！」と、われ知らず叫んでしまった。恐怖のあまり、一瞬分別《ふんべつ》を失ってしまったのだ。

「なに？　これが王妹《デヴィ》か！」

山男の唇からも、おうむ返しに驚きの叫びがほとばしった。情況を察知したのだろう、獰猛《どうもう》そうな青い目に激しい火のような光がきらめくのが、チャンドラ・シャンの目に映った。太守は絶望的な声をあげて、卓上の長剣を引っつかんだが、山男の動きは疾風《しっぷう》のようにすばやかった。一躍《いちやく》して、山刀の柄《つか》で太守を殴り倒し、床に匍《は》いつくばらせたかと思うと、唖然《あぜん》としているヤスミナ姫の躰をたくましい片腕で抱きかかえ、窓をめざして跳躍したのだ。チャンドラ・シャンが必死の思いで立ちあがろうとしていると、一瞬窓框《まどがまち》に立った男の姿が目に飛びこんできた。高貴な捕虜の絹スカートがはためき、白い手足がのぞいていた。コナンは勝ち誇った声をはりあげ、「さあ、これでもおれの部下を絞め殺せるか！」と叫ぶと、欄干《らんかん》を飛び越え、姿を消した。甲高い悲鳴が、太守の耳に届いた。

「衛兵！　衛兵はおらんか！」

太守もまた悲鳴をあげて、よろよろとした足どりで扉に走りよった。突き破らんばかりにしてそれをあけて、廊下に転げ出る。彼の絶叫が廊下に響きわたって、兵士たちがあちこちから駆けつけたが、割られた頭をかかえている太守を見いだして呆然《ぼうぜん》とするだけであった。

「槍騎兵を出動させろ!」チャンドラ・シャンは頭から血を流しながらもわめきたてた。「人がさらわれたぞ!」逆上していたが、真相の全部を口走ってしまわぬだけの理性は残していた。と、その言葉がぴたりと止まった。突如として外に馬の蹄の音が響き、狂気じみた悲鳴に混じって、未開人の勝利の叫びが聞こえたのだ。

太守が階段へ向かって走りだしたので、衛兵たちはわけがわからぬままに、そのあとにつづいた。砦の中庭には、常時、騎兵の一隊が即時の出動にそなえて、馬に鞍をおいて待機している。チャンドラ・シャンはこの一隊を従えて、逃走者のあとを急追した。もっとも、彼自身は頭がくらくらするので、両手で鞍にしがみついていなければならなかった。かどわかされた者の正体を明かしはせずに、王家の印璽のある指輪をはめた高貴の女性が、アフグリ族の首長によって連れ去られたとだけ説明しておいた。誘拐者の姿はすでに見えず、馬蹄《ばてい》の音も聞こえなかったが、そのたどる道は見当がついていた——砦の外からまっすぐ延びて、ザイバルの山中に通じる道である。月のない夜で、星明かりの下に、農民の小屋がおぼろに黒い影を見せている。背後で、砦の稜堡とペシュカウリの町の塔とが遠去かると、前方にヒメリア山系の岩塊が、漆黒の壁を思わせて浮かびあがってきた。

3　ケムサの魔法

砦《とりで》を支配した混乱のさなか、槍騎兵《そうきへい》の一隊が出動しているあいだに、ヤスミナ姫に随行してきた若い侍女が、巨大な拱門《アーチ》をひそかにぬけ出して、闇のなかに姿を消した。しかし、それに気づいた者はひとりもなかった。女は衣裳《いしょう》の裾《すそ》をたくしあげて、まっすぐペシュカウリの町へ向かった。ただし、公道を急ぐ代わりに、田畑をぬけ、坂を登り、柵を避け、灌漑《かんがい》用の溝を飛び越えて走った。その敏捷《びんしょう》さは、よく訓練された男子の競走選手が、白昼ひたむきに走りつづけるのに匹敵するものがあった。追手の駒《こま》の蹄《ひづめ》の音が、山地への道の彼方《かなた》に消えるころ、彼女はペシュカウリの町を囲む城壁に達していた。城門の下では守備兵たちが槍《やり》によりかかって、首を伸ばして闇をのぞきこみながら、砦があわただしいのは何事が起きたのかと話しあっていた。女はその城門へは向かわず、城壁に沿って、狭間《はざま》の上に尖塔《せんとう》の先端がのぞいている地点まで歩みよった。そこで両手を口にあてがって、異様に響く合図の言葉を低くあげた。

間髪を容れず狭間に男の頭がのぞいて、綱《つな》が一本、ゆらゆら揺れながら城壁を伝って下りてきた。彼女はそれをつかんで、先端の輪に足をかけ、手をふった。すると彼女の躰《からだ》は、垂直に切り立った石壁の面をするすると引き揚げられていった。その一瞬あと、彼女は胸壁《きょうへき》を乗り越えて、平《ひら》屋根の上に立っていた。そこは城壁に密着している建物の屋上で、はね戸をそなえた天窓《てんまど》が切ってあった。黙々と綱を巻いているのは、駱駝《らくだ》の毛で織《お》った長衣姿の男で、成熟した女を四十フィートのあいだ引き揚げたというのに、息切れひとつ示していないのだった。

「ケリム・シャーはどこにいるの?」女のほうは、長い道のりを走ってきたことから激しい息づかいで質問した。

「この家の一室で、お休みになっている。何か急ぎの知らせが?」

「コナンがヤスミナ姫を砦から盗み出して、山嶽《さんがく》地帯へ連れ去ってしまったの!」そしてそのいきさつを息をはずませながら説明した。言葉にするのももどかしげな早口だった。

ケムサは何の感情も示さずに、ターバンを巻いた頭でただうなずいて、

「さっそくケリム・シャーさまのお耳に入れよう。お喜びになるにちがいない」といった。

「待って!」若い女はそのしなやかな両腕を男の首に投げかけた。胸を大きく波打たせているのは、走りつづけた息苦しさだけではなかった。黒い眸《ひとみ》が星明かりに宝石のようにきらめいていた。顔を仰向《あおむ》けてケムサの口へ近づけたが、相手の男は抱擁をふりほどかない代わりに、返そうともしなかった。

「あのヒルカニア人には知らせないほうがいいわ!」彼女は喘《あえ》ぎながらつづけた。「この情報は、あたしたちふたりで利用するのが利口よ。太守は槍騎兵を引き連れて山嶽のなかに踏み入ったけれど、幽霊を追っかけているようなもの。それに、さらわれたのが王妹《デヴィ》だってことを、部下の兵士たちに教えるわけにいかないのよ。だから、このペシュカウリの町でも、あの砦のなかでも、この情報を知っているのは、あたしたちを除けばひとりもいないのよ!」

「それがおれたちに何の関係がある？」男はいって聞かせた。「おれはご主人からいいつかっておる。ケリム・シャーさまの援助に全力を注げと——」

「全力を注ぐなら、自分のためにすることよ！」彼女は激しく叫んだ。「首枷《くびかせ》は早いところ、ふり捨ててしまうのが利口だわ！」

「なに？——では、ご主人たちの命令を無視しろというのか？」男は息を呑んだ。そして女の両腕に抱かれている彼の躰が、氷のように冷たくなった。

「そうよ！」女は激しい感情に駆られて、男の躰を揺すり、「あんただって魔法使いのひとりじゃないの！　いつまでも奴隷《どれい》の身でいて、あんたの魔術をほかの連中の援助にだけ使うとは、どういうわけなの？　なぜあんた自身のために使わないのよ？」

「それは禁じられておる！」と悪寒《おかん》に襲われたように身を震わせて、「おれは黒い魔界の住人でない。ご主人たちの命令によって、教えてもらった術を用いているだけだ」

「でも、その術を使えることに変わりはないじゃないの！」彼女は情熱的に叫びつづけた。「お願いだから、わたしのいうとおりにして！　コナンがヤスミナ姫を連れ去ったのは、もちろん、太守の捕虜になっている七人の山地族と交換する人質にしたいからよ。だから、あの捕虜たちさえ殺してしまえば、チャンドラ・シャンには姫をとりもどす材料が失《な》くなってしまうわ。そのうえで、あたしたちふたりが山中へはいりこんで、アフグリ族から彼女をとりもどせばいいのよ。あの連中の刀が、あんたの魔術にかなうわけがないわ！　ヴェンドゥヤの王たちがためこんだ宝物が、身代金《みのしろきん》としてあたしたちのものになって——それが手にはいったら、やつらを騙《だま》して、姫をトゥランの王に売りつけるの。夢みたいな富を使って大勢の戦士を雇い入れ、コルブールを攻《せ》め落とし、山嶽地帯に侵入したトゥランの軍隊を追い払う。そうしたら南方へ大軍を派遣して、あんたとあたしが、大帝国の王と王妃になるんだわ！」

ケムサもまた大きく喘いで、彼女の抱擁のうちに木《こ》の葉《は》のように震えていた。星明かりのもとでも、その顔が青ざめ、大粒の汗が噴き出しているのが見てとれる。

「愛しているわ！」女は激しく叫んで、くねらせた躰を強く押しつけ、相手の首を絞めんばかりにして、無我夢中で男の躰を揺すった。「あんたを王にしたいの！　あんたを愛するために主人を裏切ったのよ。だからあんたも、あたしの愛に応えて、あんたの主人たちを裏切って！　黒い予言者なんかをなぜ怖《おそ》れることがあるの？　あたしたちの愛のために、もうあの連中の掟《おきて》のひとつを破っているじゃないの！　そのほかの掟もみんな破ってしまったらいいわ！　あんたはあの連中と同じくらい強いのよ！」

氷の男であっても、燃えあがる彼女の情熱の火には抵抗できるものでなかった。声にならぬ声をあげて、男は彼女を抱きしめ、その躰を弓なりにさせると、顔と目と唇《くちびる》とに口づけの雨を降らせた。

「おまえの希望どおりにしよう！」強い感動に舌がもつれた。ケムサは酔いどれ男のように躰をふらつかせた。「もちろんあの術は、教えてくれた人たちのためでなく、おれ自身に役立てることができる。それを用いて、この世界の支配者になろう。地上の王に――」

「そうなって！」女はしなやかに躰をねじって男の抱擁をぬけ出ると、その腕をつかんではね戸のほうへ導いた。「まず太守が七人のアフグリ族をヤスミナ姫と交換できないようにしないと」

それからのケムサの動きは、夢を見ている男のもののようであった。天窓から梯子《はしご》を降りると、下の部屋の寝台にケリム・シャーがぐっすり眠りこんでいた。青銅ランプの柔らかな光線さえまぶしかったのか、片腕を目の上にあてがっている。女はケムサの腕をつかんで、すばやい動作で彼女自身の喉もとをかっ切る恰好を見せた。ケムサは手をあげかけたが、すぐに表情を変えて、一歩退《さ》がり、「おれはこれまで、この人の禄《ろく》を食《は》んできた」と呟《つぶや》くようにいった。「それに、生かしておいたところで、おれたちの出世を妨《さまた》げられるものでない」

そして若い女の手を引いて、螺旋《らせん》階段に通じる扉をぬけた。ふたりの足音が静寂のなかに消えると、寝台の上のケリム・シャーはむっくり起きあがって、額《ひたい》の汗をぬぐった。剣のひと突きは怖れるに足らないが、ケムサという男そのものが、毒蛇のように無気味だった。

「屋上で計画を立てるときは、声を低くして話しあわなければならぬものだ」ケリム・シャーはひとり呟いた。「しかし、ケムサが主人たちを裏切ったとあっては、あの男だけが唯一の連絡道具であっただけに、もはややつらの援助を期待するわけにいかなくなった。これからは、おれなりの方法でやっていくことにしよう」

そして立ちあがると、急いで机に歩みより、腰帯のあいだから羊皮紙とペンをとり出して、簡潔な文章を書きつけた。

「セクンデラムの太守コスル汗どのへ。コナンと呼ぶキンメリア人が、王妹《デヴィ》ヤスミナ姫をアフグリ族の聚落《しゅうらく》へ連れ去りました。これぞ、王が長いあいだ望んでおられた姫を、われらの手に入れる絶好の機会であります。即刻、騎兵三千を派遣されたく。当方は原地民に道案内をさせ、グラシャの谷にて待ち受けます」書き終わると署名をしたが、ケリム・シャーとは似ても似つかぬ名前であった。

つづいて彼は、黄金の鳥籠《とりかご》から伝書鳩をとり出した。それから、羊皮紙を巻いて小さな円筒に入れ、黄金の針金でしっかり留めると、鳩の脚に結びつけた。そして急いで窓に走りより、夜の闇に鳩を放した。それは羽搏《はばた》きをくり返して方向を定めると、ひらめく影のように飛び去っていった。ケリム・シャーは冑《かぶと》、長剣、外套《がいとう》を引っつかんで、部屋を飛び出し、螺旋階段を駆け降りた。


ペシュカウリの牢獄《ろうごく》のある地域は、厚い石壁で町のほかの部分と隔てられていて、ひとつだけの拱門《アーチ》に鉄枠つきの一枚板の扉がはめこんであった。拱門《アーチ》の上では、かがり火の赤い焰《ほのお》が無気味な光を放ち、扉板のかたわらに、槍と楯《たて》をかかえた兵士がひとり立って――いや、うずくまっていた。

この兵士は槍に身をもたせて、大あくびをくり返していたが、急に立ちあがった。居眠りをしていたつもりはさらさらないのだが、いつのまにやら目の前に男が突っ立っている。近づいてくる足音も聞こえなかった。駱駝の毛で織った長衣を着て、緑色のターバンを巻いている。かがり火の揺らぐ光のうちで、顔は影に覆われているのだが、毒々しい光を映したその一対の眸が、驚くほどの輝きを示していた。

「何者だ?」兵士は槍を突き出して、誰何《すいか》した。「名を名乗れ!」

槍の穂先《ほさき》が胸に触れているのに、相手の男は騒ぐ様子も見せなかった。兵士の目をじっとみつめて、

「おまえの任務は何か?」と奇妙な質問をした。

「この門を守ることだ!」面喰《めんく》らった兵士は機械的に答えたが、全身が異様に強直して、彫像のよう

に突っ立ったまま、徐々に目がかすんできた。

「そうではあるまい。おまえの任務は、おれに従うことにある！　おれの目を見たからには、おまえの魂《たましい》はもはやおまえのものでない。その扉をあけろ！」

木像さながらの強直した動作で、番兵は門扉に向き直ると、腰帯に吊るした大きな鍵でこれまた大きな錠前をはずし、扉板を押しあけた。そのあとは気をつけの姿勢をとって、焦点の定まらぬ視線をまっすぐ前方に向けていた。

影のなかから女がすべり出てきて、催眠術師の腕にもどかしげに手をおくと、

「この男に馬を持ってこさせたら、ケムサ」と低い声でいった。

「その必要はない」ラクシャ（東方の魔術師を意味するハワードの造語。魔物を意味するヒンドゥー語、ラクシャサのもじり）は答えた。いくらか声を大きくして、番兵に声をかけ、「おまえの役目はこれで終わった。死ぬがよいぞ！」

兵士は夢うつつの状態にある男のように、槍の石突きを壁の基部に押しあて、鋭い穂先をおのれの肋骨《ろっこつ》のすぐ下にあてがった。それから、痛みをまったく感じないのか、それに全身の重みをゆっくりとかけていった。槍の穂先は彼の躰にめりこみ、ついには肩と肩とのあいだに突きぬけた。そして躰が槍の柄《え》に沿ってすべり落ちると、身動きひとつせずに横たわった。槍の全体が背中から突きだし、見るも忌まわしい植物がそこに生えたかのようである。

若い女はそのような兵士を病的な興味の目で見おろしていたが、やがてケムサが彼女の腕をとって、門をくぐった。内部にはもうひとつやや低い石壁がめぐらしてあって、そのあいだの狭い場所に数多くの松明《たいまつ》が燃えていた。内壁にはいくつかの拱門《アーチ》が、一定の間隔をおいて設けられていた。ひとりの

兵士がこの囲い地を行ったり来たりしており、外壁の門扉が開いたとき、ちょうどそこへ近づいてきたが、この牢獄の警備の万全なことを確信しているだけに、ケムサと若い女が拱門《アーチ》から出てくるまで怪《あや》しもうともしなかった。気がついたときはすでに遅かった。魔術師《ラクシャ》は催眠術を用いるまでの手間もかけなかった。もっとも女の目には、彼の敏捷《びんしょう》な動きが魔術としか映らなかったのだが。衛兵は威嚇《いかく》するように槍を低くかまえて、大声に警戒の叫びをあげようとした。その叫びに応じて、左右の通路の端にある衛兵詰め所から、槍兵が大勢飛び出してくる手配になっているのだ。ケムサは左手をあげると、藁《わら》でも跳ねとばすように槍の穂先を払いのけ、それと同時に右手をひるがえして、兵士の首筋を軽く撫《な》でた。すると衛兵の首が、音も立てずに前に垂れた。首の骨が折れているのだった。

ケムサはそれを見やりもせずに、まっすぐ拱門《アーチ》のひとつに向かった。そして拡《ひろ》げた片手を青銅製の大きな錠前の上にあてがうと、引き裂けんばかりの震動が生じて、扉板が内側に開いた。女が彼のあとから通りぬけながら、扉に目をやると、厚いチーク材の扉板がひび割れ、青銅のかんぬきがねじ曲がり、頑丈な蝶番《ちょうつがい》が見る影もなく砕けとんでいた。四十人の兵士たちが千ポンドの破城鎚《はじょうづち》を揮《ふる》ったにしても、これほど完全にこの堅固《けんご》な障壁を打ち破ることは不可能であろう。ケムサは自由と力を揮う機会の到来に酔い痴《し》れ、若い巨人がその偉力を誇るあまり、意味もなく筋肉を働かすように、乱暴狼藉《ろうぜき》のかぎりを尽くすのだった。

打ち破られた扉のなかは小さな中庭になっていて、かがり火の光に照らされていた。扉の反対側に鉄格子がつづいて、その一本一本を毛深い手が握り、うしろの暗闇のなかに白目がきらめいている。

ケムサはしばらくのあいだ無言で立ったまま、鉄格子の奥の暗がりをみつめていたが、そちらからも爛々《らんらん》と光る目が食い入るように彼を見返していた。やがてケムサは、片手を長衣のなかにさし入れて、ふたたびとり出すと、その手を開いた。指のあいだから、きらきら光る埃《ほこり》のようなものが敷石の上に落ちた。それが一瞬のうちに緑色の焔をあげ、中庭一帯を明るくした。そのきらめきによって、鉄格子のうしろに身動きもせずに立っている七人の男の姿が、微細な点にいたるまでくっきりと浮かびあがった。山地族のみすぼらしい衣服をまとった長身で毛深い男たち。彼らはひと言もしゃべらなかったが、目のなかには死の恐怖が燃え、毛深い指が鉄格子を握りしめている。

緑色の火は消えたが、白熱光の余映《よえい》だけが残った。ケムサの足もと、敷石の上に、柔らかな光を放つ緑の球が、息づくような脈動を示し、鉄格子のなかの山地族が目をみはって、それに視線を集めている。球は揺らいで、長く伸びはじめ、緑色に光る煙の渦になって上方に立ちのぼっていく。うねり、ねじれている形が巨大で朦朧《もうろう》とした蛇を思わせ、それがしだいに拡がり、輝くひだや渦となって波打つ。それは大きくなって、音もなく敷石の上を移動する雲となり——まっすぐ鉄格子に向かった。捕虜たちはうつろな目で、それが近づくのをみつめていたが、指に必死の力がこもって、鉄格子をがたいわせた。髭《ひげ》に覆われた唇が大きく開いているが、声は出なかった。やがて緑色の雲が鉄格子にからみついて、彼らを視野から隠した。それが霧のように鉄格子を通りぬけて、なかの人間を包み隠した。その包みこむひだの各所から、押し殺したような喘ぎがあがった。人がいきなり水中に投げこまれたら、こういう悲鳴があがるだろう。そして、それで終わりだった。

ケムサは若い女の腕に手を触れた。女は口をあけ、目を見開いたまま突っ立っていたのだが、機械的にケムサにならって背中を向けた。そのとき肩越しにちらりとふり返ると、すでに霧が薄らいでいて、鉄格子のそばに、爪先を上に向けたサンダルの足が見えた。ぼんやりとではあるが、身動きもせずに横たわっている七つの躰の輪郭が見てとれる――

「こんどは駿馬《しゅんめ》が入用だ。人間の厩舎《きゅうしゃ》で育った馬のうち、いちばん速く走るやつが」ケムサが勢いこんでいった。「夜が明ける前に、アフグリスタンへ行き着かねばならん」

4　峠道《とうげ》での闘い

ヤスミナ姫は、かどわかされたときの詳しい模様をほとんど記憶にとどめていなかった。思いもよらぬ成り行きと激しい暴力とが、彼女の頭脳を麻痺させて、旋風《つむじかぜ》さながらの出来事の連続が、混乱したままで印象に残っているだけであった。誘拐者のたくましい腕の力、そのきらめく目、そして熱い息が、彼女の肌を焼いた。窓から欄干《らんかん》に飛び、胸壁《きょうへき》から屋根へと狂気の疾走をつづけたとき、転落の恐怖が彼女を凍りつかせた。男はぐったりした彼女をたくましい肩にかついだまま、狭間《はざま》から垂らした綱《つな》を駆け降りんばかりにして降りていった――それらすべての出来事は、からみあった糸のように漠然と思い出せるだけだが、誘拐者の男のことは、より生き生きと記憶に残っている。彼女を子供同様に担《にな》い、風のように木々のあいだを走りぬけると、バルカナ産の馬に飛び乗った。馬は棹立《さおだ》ちになって鼻を鳴らした。それからの彼女は、宙を飛ぶ思いを味わわされた。馬が坂道を駆けあがるときは、石畳の道を蹄《ひづめ》が打って火花が跳《と》んだ。

しかし、頭がはっきりしてきて最初に感じたものは、凄まじい憤怒《ふんぬ》と屈辱《くつじょく》の気持ちだった。あいた口がふさがらないとはこのことだ。ヒメリア山系の南方に栄える黄金王国の統治者たちは、神に近い存在として崇《あが》められ、そして彼女は、そのヴェンドゥヤ国の王妹《デヴィ》であるのだ！　王者としての怒りの前には恐怖も影を消した。彼女は怒りの叫びをあげ、男の腕のなかで暴れだした。このヤスミナ姫ともあろうものが、山地族の首長によって馬の背に乗せられ、市場で売買される奴隷《どれい》女同様に運ばれていくとは！　しかし、男は彼女を抱いている腕の筋肉にほんの少し力を入れただけで平然としたものだった。彼女としては、生まれてはじめて経験する肉体の力による強圧だった。ほっそりとした彼女の躰《からだ》にまわされた男の腕が、鋼鉄のように感じられた。男は彼女を見おろし、にやりと笑った。星明かりで歯が白く光った。馬は全力をあげて石ころ道を疾駆《しっく》した。風になびくたてがみの上にゆるめた手綱をおき、いとも無造作に鞍《くら》にまたがっているコナンの姿は、半人半馬《セントール》の出現を思わせるものがあった。

「山嶽《さんがく》育ちの野良犬め！」彼女は喘《あえ》ぎながら叫んだ。恥辱《ちじょく》と怒り、無力を意識して、全身を震わせていた。「無礼な！――なんたる無礼！　この罪は命をもって償ってもらうぞ！　で、どこへ連れていくつもりか？」

「アフグリスタンの村へ」彼は肩越しに目をやりながら答えた。背後では、いま馬を飛ばしてきた坂道の彼方《かなた》、砦《とりで》の石壁に松明《たいまつ》の光が揺れ、そこが明るく輝いたのは、大門が開かれたのを意味している。コナンは喉の奥で笑い声をあげた。山と山とのあいだを吹きぬける風に似た響きであった。

「太守のやつめ、槍騎兵《そうきへい》の一隊を追手にさし向けたな」彼は高笑いした。「クロムの神にかけて、思う存分からかってくれるぞ！　ところで姫《デヴィ》――やつらはクシャトリヤの王女と引き換えに、七人の捕虜の命を救《たす》けてくれるだろうか？」

「おまえとおまえの部下の悪魔の子たちを縛《しば》り首にするためなら、軍勢だって派遣されるだろう」彼女は確信をこめていい放った。コナンは突風に似た笑い声をあげながら、腕のなかの彼女の位置を、より楽になるように抱き直した。しかし、それが彼女の怒りをまた新しく掻き立てて、ふたたび身もだえをはじめたが、けっきょくそれも彼を面白がらせるだけの無益な努力と思い知らされた。そのうえ、吹きつける風の力も加わって、身もだえすればするほど、彼女の軽やかな絹《きぬ》の衣服が、腹立たしいばかりに乱れる一方である。いまは彼女も、威厳を維持するには軽蔑《けいべつ》の気持ちだけをあらわに示して、あとは成り行きにまかせることだと観念し、瞋恚《しんい》の炎《ほのお》を押し殺した。

馬は峠道の入口にさしかかって、さしも気丈《きじょう》なヤスミナ姫も、怒りが畏怖にとって代わられる思いを味わった。行く手をふさぐように巨大な塁壁《るいへき》を思わせる岩塊《がんかい》が盛りあがり、黒い断崖にさらに黒い口があいている。あたかも巨人の剣が、堅固な岩壁からザイバル峠を斬《き》りとったかのようだ。その左右には数千フィートの高さの岩壁が切り立って、峠の入口が憎悪の闇に沈んでいる。コナンの目をもってしても正確に地勢を見てとることはできず、しかも夜であったが、この道は彼の熟知するところであった。星明かりのなか、背後に武器を持つ兵士の一隊が急追してくるのを知っていたので、彼は馬の速度を抑えようとしなかった。馬もまた疲労の様子を示さず、蹄の音を轟《とどろ》かせて谷底に駆け下り、急坂を駆けのぼり、低い尾根を疾走した。道の左右は脆弱《ぜいじゃく》な泥板岩《でいばんがん》で、注意を怠れば谷底へ転落する危険を孕《はら》んでいた。そして左手の岩壁の裾《すそ》に小径《こみち》が岐《わか》れている個所に到達した。

そこの暗闇のなかにザイバルの部族民が待ち伏せしていようとは、さしものコナンにも予知することができなかった。間道《かんどう》のまっ暗な入口を通りすぎたせつな、夜気《やき》を切り裂いて飛び来たった投げ槍《やり》が、猛《たけ》りきった駿馬《しゅんめ》の肩先に突き刺さった。巨大な馬は全身を震わせてけたたましくいななくと、脚を乱してつんのめり、息絶えた。しかし、コナンは投げ槍の飛来と命中を知るや、鋼鉄の発条《ばね》のもどるのに劣らぬ敏捷《びんしょう》さで行動した。

馬が倒れるより早く、コナンは王女の躰を地上の石塊に触れさせぬように高くかかげたまま、宙を飛んでいた。そして猫のように大地に降り立つと、彼女の躰を岩石の割れ目に押しこみ、ふりむきざまに山刀《さんとう》を引きぬいて、闇のなかを睨《にら》みつけた。

ヤスミナ姫は出来事の急激な経緯に頭が混乱して、何が起きたのか確信が持てなかったが、闇のなかからぼんやりした人影がひとつ飛び出してくるのが見てとれた。裸足《はだし》で岩石を踏み、ぼろ服を風にはためかせながら突進してきたかと見ると、鋼鉄の刀身がきらめいた。それと同時に迎え撃つコナンの山刀がひらめき、刀身と刀身が激突して火花が散った。受け流し、逆に打ちこみ、最後に骨の砕ける音がしたのは、コナンの長剣が相手の頭蓋を叩き割ったのだ。

コナンは飛びすさって、岩石の陰にうずくまった。外の闇に何人かの男たちが蠢《うごめ》いて、なかにひとり、大声にわめきたてている者がいる。「どうした、意気地なしども！　臆病風に吹かれたのか？　しっかりしろ。やつらをやっつけるんだ！」

コナンは驚いて闇のなかに目を凝《こ》らし、大声をあげた。

「ヤル・アフザル！　おまえだったのか？」

相手もやはり驚いた様子で、用心深く問い返してきた。

「コナンか？　おまえなのか、コナン？」

「そうだ！」キンメリア人は笑いだして、「出てこいよ、アフザル。きさまの手下とは知らなかったので、叩き斬ってしまったが」

岩石のあいだにざわめきが起きて、闇がぼんやり明るくなると、松明の焔《ほのお》が揺れながら近づいてきて、髭《ひげ》だらけの鋭い顔が暗闇のなかに浮かびあがった。松明を握っている男は、それを高くかかげて突き出し、首を伸ばして、明るくなった岩のあいだをのぞきこんだ。片手は大きな彎刀《わんとう》を握りしめている。コナンが長剣を鞘に収めて一歩進み出ると、相手は大声に歓迎の叫びをあげた。

「おお、やっぱりコナンか！　野郎ども、早く出てこい！　こいつはコナンだ！」

男たちが、ゆらいでいる松明の光の輪のなかに集まってきた——ぼろぼろの服を着《つ》け、髭だらけの顔に狼《おおかみ》のような目を光らせ、それぞれ長剣を手にしている。ヤスミナ姫はコナンの巨躰《きょたい》の陰にいるので、彼らの目につかなかったが、彼女のほうはその隠れた位置から男たちをのぞき見て、その夜はじめて氷のような恐怖を味わった。この野生の男たちは、人間というより狼に近かったからである。

「やあ、ヤル・アフザル、こんな夜中にザイバルの山道で何かの狩り物か？」コナンは荒くれ男の首長に問いかけた。相手は髭を生やした悪鬼《あっき》といった顔を笑いに崩して、

「日が暮れてからこの峠道を通るやつなんかいるとも思えんが、おれたちワズリ族は夜の鷹《たか》だからな。しかし、コナン、おまえはなんで出歩いておるんだ？」

「捕虜をひとりつかまえてきた」キンメリア人は答えた。そしてわきへ退《の》いて、すくみあがっている姫の姿を見せた。岩のあいだに長い手を伸ばし、震えている彼女を引き出す。王族としての権威は影を消していた。彼女は自分をとり囲んでいる男たちの髭面をおどおどした目でうかがいながら、身を守ってくれる力強い腕ひとつに感謝の気持ちを寄せていた。松明の焔が彼女の前に突き出されると、男

たちの輪のあいだに大きく息を呑む音が聞こえた。

「この女はおれの捕虜だぞ」コナンは警告するようにいって、光の輪のなかに見えてきた、いま斬り殺した男の足へ意味ありげな視線を投げた。「おれは彼女をアフグリスタンへ連れていくところだったが、おまえらがおれの馬を殺してしまった。しかも、クシャトリヤの追手が背後に迫っている」

「だったら、おれの村へ来ればいい」ヤル・アフザルがいいだした。「この山間《やまあい》におれたちの馬が隠してある。どんな追手にしろ、この闇夜につけてこられるものでない。いまおまえは、やつらがすぐ背後に迫っておるといったな?」

「岩石だらけの道を蹴る蹄の音が聞きとれるほどすぐ背後にだ」コナンはきびしい顔つきで答えた。即刻、行動が開始された。松明の焔が吹き消され、ぼろ着姿の人影が幽霊のように闇に溶けこんだ。コナンは両腕に姫《デヴィ》を抱きあげたが、いまは彼女も抵抗しなかった。柔らかな上履《うわば》きを履《は》いただけの華奢《きやしや》な足が石の道に傷ついて、巨大な岩壁のあいだの原初の闇のなかに、おのれの存在が無力で卑小なものと感じられたのだ。

山間の隘路《あいろ》に唸り声をあげている強風に彼女が身を震わせているのを見てとると、コナンは男たちのひとりのぼろぼろの外套《がいとう》を剝《は》ぎとって、彼女の躰を包んだ。音を立てるな、と耳もとでいい聞かせもした。山地族が鋭い耳で聞きとった蹄が岩を打つ音も彼女の聴覚にはまだ遠すぎたが、いずれにしろ怯《おび》えきったヤスミナ姫は、反抗する力をまったく失っていた。

視覚にしても、頭上にまたたくいくつかの星のほか、なにひとつ見ることができなかったが、それでも彼女は、暗闇がいっそう濃くなったことで、自分たちが峡谷へはいりこんだのを知った。周囲がざわめいているのは、落ち着かぬ馬の動きだ。低い声で簡単に打ち合わせをすますと、コナンは斬り殺した男の馬にまたがって、鞍の前輪《まえわ》に姫の躰を引き揚《あ》げた。一行は幽霊のように行動を開始し、馬の蹄の音のほか物音ひとつ立てずに、峡谷の闇の径《みち》を進んでいった。背後の峠道には、馬と男の死骸を残しておいた。半時間足らず後に砦からの追手の一隊がそれを発見して、死骸の男がワズリ族であるのを認めると、彼らなりの結論を作りあげた。

ヤスミナ姫は捕獲者の腕に温かく抱かれて、われにもあらずまどろみかけていた。石高道を駆けのぼり駆けくだる馬の歩みが、動揺の激しいものであったが、それでいて何かこう快い律動をそなえていて、それに肉体と精神の疲労が結びつき、眠りを誘ってくるのだった。彼女は時間と方向の感覚を失っていた。一行は柔らかく濃い闇のなかを進んだ。ときどき漆黒《しっこく》の塁壁のような断崖が朦朧《もうろう》とそびえ立ち、巨大な岩塊の肩にいくつかの星がまたたいている。そしてときには、足もとに千仞《せんじん》の谷が感じられるかと思うと、目がくらむばかりの高所から吹き下ろす風が、思わぬ寒気《かんき》で身を包む。しだいにそれらが夢見心地のうちに溶け入って、馬の蹄の音も鞍のきしみも、なんら脈絡のない響きと思われてきた。

姫は夢うつつのうちに、行進が止まったのを意識した。馬の背から下ろされて、数歩導かれると、躰が何か柔らかくガサガサと音を立てる物の上に横たえられ、頭の下に何か——折りたたんだ衣類であろうか——が押しこまれた。そして彼女を包んでいた外套が、注意深く躰の上に投げかけられた。つづいて、ヤル・アフザルの笑い声が聞こえてきた。

「すばらしい獲物《えもの》じゃないか、コナン。アフグリ族の首長にまったくふさわしい女だ」

「おれの女じゃないぞ」コナンのがらがら声が答えた。「この女と引き換えに、おれの配下の首領たち七人の命を買いとるんだ。世話の焼けるやつらだよ」

それが耳にはいった最後の言葉で、彼女は夢のない眠りに沈んでいった。

彼女が眠っているあいだ、武装した兵士の一隊が暗闇の山嶽地帯に馬を飛ばし、諸王国の運命は彼らの追跡ひとつにかかっていた。夜を徹して、疾駆する馬の蹄の音が闇に沈んだ峡谷と隘路に響き、冑《かぶと》と彎刀の上に星明かりがきらめいた。そしてその有様を、この山間に棲息《せいそく》する悪鬼のような原地民たちが岩壁の上からのぞき見て、何事が起きたのかと怪しんでいた。

兵士たちの馬の蹄の音が遠去かると、漆黒の闇に沈んだ山峡の口から痩せ馬にまたがった男たちの一団が姿を見せた。指揮者は体格のいい男で、冑をいただき、金糸織《きんしお》りの外套を羽織《はお》っていた。手を高くあげて、部下たちに静止を命じていたが、兵士たちが走り去ると、静かな笑い声をあげながらいった。

「やつら、道を見失ったにちがいない。でなければ、コナンがすでにアフグリの聚落《しゅうらく》に行き着いたのを知ったのか。あの聚落を攻め落とすには、かなりの大軍を必要とする。夜明けごろには槍騎兵の大部隊が、ザイバル峠道を通過することになろう」

「この山中で戦いがはじまれば、戦利品がたっぷり出るはずでさ」そのすぐ背後で、イラクザイの方言で応じる声があった。

「たしかに相当の戦利品が出る」冑の男が答えた。「しかし、とりあえずわれわれの仕事は、グラシャの谷まで出向いて、夜が明ける前にセクンデラムから出動した槍騎兵軍団が、南方さして駆けぬけていくのを待ち受けることだ」

彼は手綱をあげて、峡谷から馬を走りださせた。部下の男たちはただちにそのあとを追った——星明かりのもと、ぼろぼろの衣服をまとった三十名の亡霊の群れが。

5　黒い駿馬《しゅんめ》

ヤスミナ姫が目を醒《さ》ましたときは、太陽が高く昇っていた。彼女は驚きもせず、どこにいるのかと怪《あや》しんで、うつろな目を凝らすこともしなかった。昨夜の出来事を完全に知りぬいて、はっきりと目を醒ました。そのしなやかな手足は、長いあいだ馬の背で揺られてきたのでこわばっていた。そして引きしまった肉体に、かくも遠方まで彼女を連れ来たったたくましい腕の感触が、いまだに残っているかのように思われた。

彼女の躰《からだ》は、踏み固められた土の床に積んだ枯葉の山に羊の皮を拡げて、その上に寝かせられていた。頭の下には折りたたんだ羊の皮の上着が枕代わりにあてがってあり、躰の上はぼろぼろの外套《がいとう》で覆ってある。かなりの大きさの部屋で、四方の壁は切り出したままの岩石を積みあげ、日焼きの泥を塗り固めた、粗野ではあるが頑丈なものであった。同じ材料で作った屋根を太い梁《はり》が支え、はね戸がそこに設けてあり、梯子《はしご》が通じている。厚い壁に窓はなく、のぞき穴があけてあるだけである。たったひとつの入口には、ヴェンドゥヤの辺境地区の塔から奪ってきたにちがいない、頑丈そうな青銅の扉がはめこんである。その反対側の壁にも大きな穴があけてあるが、これには扉がなく、その代わりに何本かの太い木の枠をさしこんである。その向こうで見事な黒馬が乾草の山をつついているのが、ヤスミナ姫の目に映った。この建物は山塞《さんさい》であり、住居であり、同時に厩舎《きゅうしゃ》でもあった。

部屋の反対側の端には、山地族の女に独特な胴着とだぶだぶのズボンを着けた若い娘が、石塊《せっかい》のあいだに火を熾《おこ》して、鉄灸《てっきゅう》で肉片を焼いていた。そこの壁の床から数フィート上のところに、煤《すす》けた割れ目が入れてあって、煙の一部が流れ出ていき、残りは青い筋となって、部屋一面にただよっていた。

山地族の娘は肩越しにヤスミナ姫をちらっと見て、気丈《きじょう》そうなととのった顔を示したが、そのまま料理をつづけた。家の外で大きな声が聞こえたかと思うと、扉を足であけて、コナンが大股にはいってきた。朝の太陽を背中に浴びて、彼の姿はさらに大きく見えた。そしてヤスミナ姫は、昨夜見落としていたいくつかの細かい点に気づいた。彼の衣服は清潔で、ぼろぼろではない。飾りつきの鞘《さや》に収めた長剣を差したバカラ産の広幅の腰帯は、王族の衣裳《いしょう》にも釣り合うもので、服の下にはトゥラン国特産の鎖帷子《くさりかたびら》が光っていた。

「捕虜が目を醒ましたわよ、コナン」

ワズリ族の娘がいったが、コナンは唸《うな》り声をあげただけで、大股に火のそばに歩みよって、羊の肉を石の皿にとり分けていた。うずくまった娘は笑いながら彼を見あげて、何かぴりっとした冗談でひやかした。彼は狼《おおかみ》のような笑みを浮かべ、娘の尻の下に足指をかけると、床の上にひっくり返した。この乱暴な悪ふざけに娘はかなりの興味をおぼえたようだが、コナンはもはやふりむこうともしなかった。どこかからパンの大きなかたまりをとり出して、銅の容器に入れた葡萄酒《ぶどうしゅ》といっしょにヤスミナ姫の前に運んだ。姫は枯草の寝床から起きあがって、疑わしげにコナンをみつめていた。

「王妹《デヴィ》には粗末すぎる食事だろうが、おれたちとしては最高のものだ」彼は唸るようにいった。「とにかく、腹だけはくちくなるはずだ」

　コナンは大皿を床においた。彼女は急に空腹を意識した。何もいわずに床の上に脚を組んで坐《すわ》り、膝のあいだに大皿を引きよせて、指を使って食べはじめた。この場合、食卓用の道具となるものは指しかなかった。つまるところ、順応性というものが、真に高貴な身分にともなう試練のひとつであるのだ。コナンは両手の親指を腰帯に引っかけて、突っ立ったまま彼女を見おろしていた。西国育ちの彼は、いまだに東方の風習であるあぐらという坐り方をしたことがなかったのだ。

「ここはどこなの？」ヤスミナ姫が唐突に訊いた。

「クルムのワズリ族の首長ヤル・アフザルの家だ」コナンが答えた。「アフグリスタンはこの西方、はるか遠いところにある。おれたちはしばらく、この村落に身を隠す。クシャトリヤの軍勢が、おまえを捜してこの山中を駆けまわっている――そのうち何部隊かは、すでに山地族の手で屠《ほふ》られているはずだ」

「で、これからどうする気なの？」ヤスミナ姫がさらに訊いた。

「おまえを当分預かって、チャンドラ・シャンが、おれの配下の七人の牛泥棒との交換を承知するまで待つ」と唸るようにコナン。「ワズリ族の女たちが、もろこしの葉を搾《しぼ》ってインクを作っている。それができたら、おまえに太守への手紙を書いてもらう」

　彼女の王者としての怒りが多少なりとも復活した。計画が無残にもくつがえって、人もあろうに、支配下におこうとした男の捕虜となるとは！　それを考えると、気も狂わんばかりで、彼女は躰を震わせた。そして食べ残りの物もろともに、大皿を床に投げつけると、怒りに身をこわばらせて立ちあが

り、

「手紙などだれが書く！　わたしを太守のもとへ連れもどせ。そうでないときは、おまえの七名の部下ばかりか、さらに一千名の山地族を縛《しば》り首にしてくれる！」

ワズリ族の娘が、嘲《あざけ》るような笑い声をあげた。コナンは渋面《じゅうめん》を作った。そのとき扉が開いて、ヤル・アフザルがずかずかとはいってきた。このワズリ族の首長は、コナンに負けずに背が高く、腰まわりはさらに大きかった。しかし、肥満しすぎた傾きがあって、キンメリア人の引きしまった躰つきのそばでは、どこか鈍重に見受けられた。赤茶けた顎鬚《あごひげ》をひねりながら、意味ありげな目でワズリ族の娘を見やった。娘は急いで立ちあがって、外へ出ていった。そのあとヤル・アフザルは客人にふりむいて、

「やあ、コナン、厄介なことになったぞ」といった。「村のばか者どもが、おまえを殺して、その女の身代金をとれとおれをつつくんだ。服装を見れば、高貴の生まれだってことがひと目でわかる。せっかく手に入れた金づるをアフグリ族の犬どもに利用させることはない。あの女を守るのに危険を冒したのは、おれたちだという理屈なんだ」

「馬を一頭貸してくれ」コナンがいった。「おれは彼女を連れて、すぐ出発する」

「やめておけ！」ヤル・アフザルは大声を出した。「ヤル・アフザルともあろうものが、自分の部下を抑えられんと思っておるのか。おれに逆らったやつは、裸で追い出されるのがこの村のしきたりだ。もっとも、村のやつらはおまえを好いておらん――いや、おまえばかりじゃない。よそ者はだれでも嫌うのだ。しかし、おれは命を助けられた恩義を忘れる男じゃない。ところでコナン、おれといっしょ

に、外へ出てくれ。斥候《せっこう》にやった男が帰ってきたのだ」

コナンは腰帯を結び直して、首長のあとから外へ出た。扉が閉められたので、ヤスミナ姫はのぞき穴から外の様子をうかがった。小屋の前は平地になっていて、その向こう端に泥土《どろつち》と石で作った小屋が固まりあって並んでいる。岩石のあいだで裸の子供たちが大勢遊びたわむれ、すらっとした姿態《したい》の山地族の女たちが、それぞれの作業に忙しく立ち働いていた。

首長の小屋の正面には、ぼろぼろの服装をした毛深い男たちが、扉に顔を向けてうずくまっている。コナンとヤル・アフザルは、扉から数歩のところで立ち止まった。そこと半円を作った男たちの中間に、ひとりの男があぐらを組んで坐っている。この男は首長の姿を見ると、奇妙に喉に響くワズリなまりで話しかけた。ヤスミナ姫は王族の教養としてイラニスタン語と、その同系であるグリスタンの言語を習得していたのだが、この男の言葉は半分も理解できなかった。

「ゆうべ槍騎兵の一隊を見たというダゴザイ族の男から詳しい話を聞いてきたんでさ」斥候の男は報告した。「この男、おれたちがコナンの旦那と出遭《であ》った場所の近くで、槍騎兵と行きちがったそうで、やつらの話していることを耳にしたといってます。それによると、チャンドラ・シャンもその一隊に加わっていたようです。やつらはまず、馬が一頭死んでいるのを発見して、兵士のひとりがコナンの馬に相違ないといったのです。それにつづいてコナンに斬《き》り倒された男がみつかって、これがワズリ族であるのは、すぐにわかったようでした。このふたつから、やつらは判断をくだしたと思えるんです。つまり、コナンはここでワズリ族に斬り殺され、女を連れ去られたんだとね。それでやつらは、コナンをアフグリスタンまで追っていく予定を変更したんですが、死んでいた男がどこの村の者かわからんというわけです。おれたちは、クシャトリヤにたどられるような跡は残しませんでしたからね。そこでやつらは、その場所からいちばん近いワズリ族の村、つまりユグラの村なんですが、これを襲って焼き払い、村人を大勢殺しました。しかし、コジュール村の男たちが、闇のなかでやつらに襲いかかり、かなりの兵士を斬り殺し、太守にも手傷を負わせました。そこで生き残りは退却することになり、夜明け前にはザイバル峠《とうげ》道から姿を消しましたが、日が昇ると同時に、援軍を加えて引っ返してきて、それから昼ごろまで、山中のいたるところで小競《こぜ》りあいがつづきました。噂《うわさ》によると、ザイバル峠付近の山間地帯を一挙に掃蕩《そうとう》する目的で、大軍が集められているそうです。山地族は武器を研いで、このあたりからグラシャの谷へかけての間道《かんどう》全部に伏兵をおいているところです。それに、ケリム・シャーも山間地帯にもどってきています」

円陣のあいだから唸り声があがった。ヤスミナ姫は、このところ不信の念をいだきはじめていた男の名を聞いて、のぞき穴にいっそう身を近づけた。

「どこにおるのだ？」ヤル・アフザルが訊いた。

「そこまではダゴザイ族の男も知っていませんでした。ふもとの村のイラクザイ族の男が三十人ほど彼といっしょだったそうで、みんな馬を駆って、山の奥へ姿を消したといいます」

「イラクザイのやつらときたら、パンのかけらにありつけるとあれば、獅子のいうなりになる山犬どもだからな」とヤル・アフザルが吐き出すようにいった。「ケリム・シャーが辺境の部族のあいだで配下を募《つの》るために、馬でも買うように金貨をばらまいておるが、それにやつら、すっかり乗せられておるんだ。あのケリム・シャーという男、おれは虫が好かん。イラニスタンから来たおれたちの同族だけどな」

「いや、おまえの同族じゃないぞ」コナンがいった。「おれはあいつのことを昔から知っているが、正体はヒルカニア人で、エズディゲルド王の密偵なんだ。つかまえることができたら、生き皮を剝《は》いで、御柳《ぎょりゅう》の枝にぶら下げてやるつもりだ」

「そんなことより、問題はクシャトリヤだ！」半円を作っている男たちがわめきだした。「やつらが村に火を放って、おれたちを煙でいぶりだすのを腰を落ち着けて待っているのか？　どうせ最後には、どこのワズリの村に女がいるのか知られるんだ。おれたちは、ザイバル峠付近の村の連中とは仲が悪い。あの連中がクシャトリヤに味方するのは目に見えておるんだ」

「攻《せ》めてくるなら、来させるがいい」ヤル・アフザルはいってのけた。「この峡谷の隘路《あいろ》なら、どんな大軍だって押しとどめられる」

ひとりの男が飛び出してきて、コナンに向かって拳《こぶし》をふり立て、

「どっちにしろ、おれたちは命がけで闘うことになる。それも、この男に女の身代金《みのしろきん》を稼がせるためにだ！」と吠えたてた。「なぜおれたちは、この男のために闘わなけりゃならんのだ？」

コナンは大股に近づいて、少し躰をかがめ、毛深い顔を睨《にら》みつけた。キンメリア人は長剣をぬいていなかったが、左手に鞘をつかんで、柄《つか》がしらを意味ありげに突き出してみせ、

「おれはだれにも、おれのために闘ってくれといってはおらんぞ」と、おだやかな声でいった。「さあ、剣をぬくがいい。ぬけるものならな。キャンキャン鳴く犬め！」

ワズリの男は猫のような唸り声をあげて、あとじさりをはじめ、

「おれにちょっとでも触ってみろ。ここに集まっている五十人の仲間が、きさまをばらばらに引き裂くぞ！」と金切り声をあげた。

「なんだ、きさま！」ヤル・アフザルが、怒りで顔をまっ赤にして怒鳴りつけた。激怒のあまり頰髯《ほおひげ》を逆立て、腹を大きく波打たせている。「いつからきさま、このクルムの村の首長になった？　ワズリの人間は、ヤル・アフザルの命令に従うのか、それとも、このやくざ犬のいうなりになるのか？」

この獰猛《どうもう》な首長の前では、男もちぢみあがらずにはいられなかった。ヤル・アフザルはずかずかと歩みよって、胸ぐらをつかんで喉を絞めあげた。男の顔が紫色に変わったのを見ると、激しく大地へ叩きつけ、片手に彎刀《わんとう》を握ったまま、その近くに仁王立《におうだ》ちになった。

「おれの権威をとやかくいうやつがおるのか？」大声にわめいて、荒々しい目で半円に並ぶ戦士たちを見まわすと、だれもが不服そうな顔つきではあるが、目を伏せた。ヤル・アフザルはばか者めと呟《つぶや》きながら、剣を鞘に収めた。それは侮蔑《ぶべつ》を示す彼一流の仕種《しぐさ》だった。そのうえで倒れ伏している煽動《せんどう》者を思いきり蹴とばすと、男は悲鳴をあげた。

「谷間を先まで行って、高い所にいる見張りの者から、敵が近づいたかどうかを聞いてこい」

ヤル・アフザルの命令に、男は恐怖に身を震わせ、怒りに歯を鳴らしながら出ていった。

そのあとヤル・アフザルは髭面で唸りながら、石の上にどっかりと腰を下ろした。コナンはそのそばに立って、両脚を踏みひらき、腰帯に親指をあてがって、鋭い目で集まった戦士たちを見据えた。男たちも険しい顔つきでコナンを見返したが、ヤル・アフザルの怒りを怖《おそ》れてか、歯向かう様子は示さなかった。しかし、山の男特有のよそ者への憎悪をもって、彼を敵視する気持ちを深めたことは明ら

かだった。

「さあ、名なし犬のせがれたち、おれのいうことをよく聞くんだぞ。おれとコナンが練りあげたクシャトリヤの撃退方法だ――」牡牛《おうし》が吼《ほ》えるようなヤル・アフザルの大声が響きわたるなか、打ちのめされた男が、こそこそと円陣から離れていった。

建ち並ぶ小屋の前を男が通りかかると、彼の敗北ぶりを見ていた女たちが、いっせいに笑い声をあげて、辛辣な言葉を浴びせかけた。男は岩のあいだを通りぬけ、曲がりくねった径《みち》を急いで、渓谷《けいこく》の入口に向かった。

だが、村が見えなくなる最初の曲がり角を過ぎたところで、彼は思わず足を止め、ばかのようにあんぐりと口をあけた。このクルムの谷間には、どんなよそ者にしろ、高みで見張っている男たちの鷹のような目を避けてはいりこむことはできないはずだ。にもかかわらず、小径のかたわらの低い岩棚の上にあぐらをかいて坐っている男がいる――駱駝《らくだ》の毛で織った長衣を着て、緑色のターバンを巻いた男である。

ワズリ族の男はぽかんと口をあけながらも、手を剣の柄へやった。しかし、その瞬間、よそ者と目を見かわすと、出かかった叫びも喉で消えて、剣の柄を握った指も萎《な》えてしまった。目がどんよりと曇り、うつろになると、石像のように棒立ちとなった。

少しのあいだ静止の時間がつづいたあと、岩棚の上の男は人差し指で、岩に積もった埃《ほこり》の上に謎の記号を書いた。するとその記号の中心に――岩棚の男がおいたとも思えぬのに――輝いているものがあらわれた。きらきら光る球形のもので、磨きあげた黒玉に似ていた。緑色のターバンの男はそれを

とりあげ、投げてよこした。ワズリ族の男が機械的に受けとめると、

「それをヤル・アフザルのところへ持っていけ」といった。

ワズリ族の男は自動人形のように向きを変えて、伸ばした手に黒玉の球を捧げ、もと来た径をひっ返していった。建ち並ぶ小屋のあいだを通るとき、またしても女たちがからかいの言葉を投げたが、ふりむきもしなかった。女たちの声が耳にはいった様子もない。

岩棚の男はそのうしろを見送って、謎めいた笑みを浮かべた。岩の陰から若い女が顔を出して、感嘆の目で彼をみつめた。その目には、前夜には見られなかった恐怖の色が浮かんでいた。

「なぜ、あんなことをしたの？」

男は彼女の黒い巻き毛に愛撫《あいぶ》するように指を走らせて、

「おれの知恵に疑いを持つとは、空中飛行のせいで、まだ頭がぼんやりしているものとみえる」と大声に笑いあげ、「ヤル・アフザルが生きているかぎり、コナンはワズリ族の戦士たちに囲まれて、安全無事に隠れておられる。さしものおれにも、わざわざコナンを斬り殺し、女を彼らのところから連れ出すよりは、コナンがひとりで女を連れて逃げたところを罠にかけるほうが簡単だ。おれの犠牲者がエズドの球をクルムの首長に渡したら、ワズリ族のあいだに何が起きて、コナンの運命がどう変わるか、魔術師でなくても予知できるはずだ」

ヤル・アフザルは小屋の前で、戦闘方針について長広舌《ちょうこうぜつ》を揮《ふる》っていたが、集まった男たちを掻き分けるようにして、渓谷の見張りのところへ使いにやったはずの男がもどってきた。首長は驚いて、不機嫌を顔にあらわし、

「なんだ、きさま。見張りの報告を聞いてくるようにいいつけたはずだぞ！」と吠えたてた。「行ってもどってくるには早すぎるじゃないか！」

相手は返事もしなかった。木像のように突っ立ったまま、うつろな目で首長の顔をみつめ、片方の掌《てのひら》に載せた漆黒《しっこく》の球をさし出した。コナンはヤル・アフザルの肩越しにそれを見て、何か呟きながら、首長の腕に触れようと手を伸ばした。しかし、それより早く怒りに駆られた首長は、握り拳を揮って使いの男を殴りつけた。男は牡牛のようにその場に倒れ伏した。そして倒れるはずみに黒玉の球がその手を離れて、ヤル・アフザルの足もとに転がった。首長ははじめて見るもののように、身をかがめてそれを拾いあげた。半円に並ぶ男たちは、意識を失って倒れ伏した仲間に気をとられていたので、首長が身をかがめたのは見たが、何を大地から拾いあげたかは知らなかった。

ヤル・アフザルは背筋を伸ばすと、黒玉を眺め、腰帯のあいだにしまいこみながら、

「このばか者を小屋へ連れていけ」と命令した。「蓮《ロートス》でも食ってきたのか、死人みたいな目で、おれの顔をみつめておるだけだ。おれは――あっ、痛い！」

腰帯のほうへやった右手の内側、動きのないはずのところに、いきなり動きを感じたのだ。声もかすれて、突っ立ったまま目をみはった。握りしめた右手のなかに震えているものがある。様変わりし、蠢《うごめ》き、生きているものの動きだ。指のあいだにあるのは、もはやなめらかな輝く球ではないようだ。しかし、見る勇気もなくなっていた。舌が上顎に引っついて、手を開くこともできない。驚いた戦士たちが見守るなかで、ヤル・アフザルの目は焦点を失い、顔から血の気《け》が引いていった。それから急に、髭に覆われた口から苦悶《くもん》の叫びがほとばしり、前後に躰を大きく揺すって、右手を前に突き出し

ながら、雷に打たれたようにぶっ倒れた。うつぶせに横たわると、開いた指のあいだから蜘蛛《くも》が匍《は》い出てきた――見るも忌まわしい毛だらけの肢《あし》を生やした漆黒の怪物。その躰は黒玉のようにきらめいている。男たちは大声でわめいて、あわてふためいて後退した。そのあいだに怪物は長い肢をせわしなく動かして、岩石の割れ目に姿を消した。

戦士たちは総立ちになって、荒々しい目を光らせた。すると、わめきたてる彼らのあいだに声があがった。遠くから流れてくるようだが、それがどこだか、だれにもわからない。後日、その場に居合わせた――まだ生きている――者に訊いてみたが、だれもが自分の声でないと主張した。それでいて、全員の耳に達した命令の言葉だった。

「ヤル・アフザルは死んだぞ！　流れ者を殺してしまえ！」

その叫び声が、混乱した男たちの心をひとつにまとめあげた。疑惑、驚愕《きょうがく》、恐怖の気持ちは消失して、その代わりに血に飢えた思いが怒濤《どとう》のように湧きあがった。凄まじい叫びが大気を引き裂くと、部族の男たちは即座にその暗示に反応した。外套をはためかせ、目を血走らせ、山刀《さんとう》をかかげてまっしぐらに空《あ》き地を横切ったのだ。

コナンの行動は負けず劣らず迅速だった。妖《あや》しの声が叫んだ瞬間、小屋の扉まで飛びすさっていた。しかし、彼より先に扉近くに何人か集結していたので、コナンは片足を敷居にかけながら腰をひねって、一ヤードもある長剣の急襲を撥《は》ねのけなければならなかった。そして身をかがめて二の太刀《たち》を避けると同時に、その男の頭蓋に斬りつけ、左手の拳で第二の男を叩き倒し、第三の男の腹を突き刺した。つづいて両肩に力をこめて、閉ざした扉を押しあけにかかると、第四、第五の男の剣が、彼の耳もとの抱き柱《だきばしら》を斬り裂き、破片を飛ばした。しかし、彼の両肩の力に屈して扉が開き、コナンは部屋のなかによろけ入った。ちょうどそのとき、全身の力をこめて剣を突き出した髭だらけの山男が、はずみを喰らって頭から先にのめりこんできた。コナンは身をかがめて、その男の服のたるんだ部分を引っつかむと、鮮やかに投げとばし、押しよせる男たちの顔の前で扉を音高く叩き閉めた。その衝撃で骨の折れる音がした。コナンはすばやくかんぬきを差し終わると、電光石火でふりむいて、投げとばした男に相対《あいたい》した。男は床から跳ね起きて、狂人のような行動を開始した。

ヤスミナ姫は部屋の隅に身をちぢめて、部屋いっぱい、前後左右に飛びちがっては闘いつづけるふたりの姿を恐怖の目で見守っているのだが、ときにはふたりに踏みつぶされそうになる。打ちあう刃に火花が散り、その金属音が室内を圧し、外では暴徒たちが狼の群れのようにわめきたて、長い山刀で青銅の扉を叩く音が耳を聾《ろう》さんばかりである。しばらくは大きな岩石が扉に投げつけられていたが、そのうちに木の幹《みき》を運んできた者があって、その猛攻の前に扉板が揺らぎはじめた。ヤスミナ姫は両手で耳をふさぎ、不安の目でみつめた。屋内では怒りに燃えた暴力、屋外では嵐のような狂気。厩《うまや》のなかの駿馬が大きくいないて、棹立《さおだ》ちになり、後脚の蹄《ひづめ》で壁を蹴った。くるっと向きを変えて、横木のあいだから蹄を突き出した。ちょうどそのとき、コナンの殺人的な一撃を避けた山の男が、あとじさりして、その蹄に激突した。背骨が三カ所、枯枝のように砕けて、跳ねとばされたその躰が、頭から先にキンメリア人にぶつかった。コナンはそれをかかえてたたらを踏んだが、踏み固められた床に男と折り重なって倒れた。ヤスミナ姫は悲鳴をあげて走りよった。彼女の朦朧《もうろう》とした視野のうちでは、ふたりが相討ちをとげたように見えたのだ。彼女が走りよるより早く、コナンは死骸を撥ねのけ

て立ちあがっていた。彼女は全身を震わせながら、コナンの腕にすがりつき、

「生きていてくれたのね！　わたし——わたし、おまえが死んだのかと思ったわ！」

コナンはすばやく彼女を見おろした。青ざめて見あげている彼女の顔と、大きく見開いた黒い目を。

「なぜ震えている？」彼は強い調子で訊いた。「おれが死のうと生きようと、おまえに何の関係がある？」

王家の誇りを多少なりともとりもどし、彼女は身を引いた。王妹《デヴィ》らしく振る舞おうとする哀しい努力だった。

「外で吠え叫ぶ狼たちより、おまえのほうがまだましだからよ」と答えて、扉のほうを身振りで示した。その石の敷居が、いまやひび割れはじめていた。

「あれもいつまで持ちこたえるものでない」コナンはひとり言のようにいうと、ふりむいて、厩のほうへ走りよった。ヤスミナ姫が拳を握りしめ、息を呑んでみつめているあいだに、コナンは割れ目のはいった横木をとり除いて、荒れ狂う馬へ近づいていった。馬は彼の上に棹立ちになって大きくいななくと、蹄をあげ、目と歯をきらめかせ、耳を寝かせたが、コナンは飛びついて、たてがみをつかみ、信じられぬほどの力で馬を跪《ひざまず》かせた。暴れ馬は鼻を鳴らし、全身を震わせていたが、彼が手綱《たづな》を結び、黄金細工の鞍《くら》をおき、銀の鐙《あぶみ》をかけるあいだ、おとなしくしていた。

厩舎《きゅうしゃ》内で馬の向きを変えさせながら、コナンがヤスミナ姫に早く来るようにいうと、彼女は不安そうに馬の蹄を避けて、躰を横にしながら近よってきた。コナンは石の壁に手をあてて、壁面を探りながら早口に説明した。

「この壁には村のワズリ族さえ知らない秘密の扉がある。ヤル・アフザルが酔っていたときに見せてくれた。その扉は、小屋のうしろの峡谷の入口に通じている。やっ！」

目につかぬような突起を引っ張ると、その部分の壁全体が、油を塗った梃子《てこ》の作用で移動しはじめた。そこからのぞくと、小屋のうしろ数フィートのところに石の崖が切り立っていて、狭い谷の道の入口になっている。つぎの瞬間、コナンは鞍に飛び乗って、彼女を引き揚げ、彼の前においた。背後では、巨大な扉が生き物のようにうめいて、内部へ向かって倒れかかった。歓声が天井《てんじょう》に谺《こだま》して、入口はたちまち毛深い顔と顔、毛深い手が握った山刀であふれ返った。そのとき巨大な駿馬は壁の出口を走りぬけ、頭を低く、くつわのはみに泡を飛ばし、投げ槍のような速さで峡谷さして駆け降りていた。

この動きにワズリ族は完全に意表をつかれた。それはまた、峡谷にひそんでいた男女にとっても不意打ちだった。あまりにも急のことだったので、巨大な馬が颶風《ぐふう》に似た速さで駆けてくるのを、緑色のターバンの男は身をかわすこともできず、凶暴な蹄に踏みにじられた。若い女が悲鳴をあげた。コナンは走りぬけながらその女にちらりと目をやった——浅黒い肌のほっそりした躰に絹《きぬ》のズボンをはき、宝石入りの胸当てをして、岩壁にぴったり身を寄せていた。つぎの瞬間、黒い馬とその乗り手ふたりは、嵐に吹きとばされる泡を思わせて、山間《やまあい》の道を駆けのぼっていった。ようやく小屋の壁の秘密扉をぬけて、転がるようにして追ってきた男たちは、隘路にはいって思わぬものに出くわし、血に飢えた歓声を死と恐怖のけたたましい悲鳴に変えた。

6　黒い予言者たちの山

「こんどはどこへ行くの？」ヤスミナ姫は激しく揺れる鞍《くら》の前輪《まえわ》で身を起こそうとして、捕獲者につかまっていた。指の下のたくましい筋肉の感触を不快に思わないどころか、かすかにぞくぞくするような気持ちさえいだくのを否定できないので、その意識に恥ずかしさをおぼえた。

「アフグリスタンへ行く」コナンは答えた。「危険な道だが、この駿馬《しゅんめ》なら造作なくたどりつけるはずだ。用心しなければならんのは、おまえの味方か、いまはおれの敵となった山地族のやつらに出っくわすことだ。ヤル・アフザルが死んだいまでは、ワズリ族のやつらが追ってくるのを覚悟しなければならん。やつらの姿がいまだに背後に見えんのを、おれはむしろ不思議に思っておるのだ」

「さっき馬蹄《ばてい》にかけた男、だれかしら？」

「知らんな。見たことのない顔だが、グリスタンの男でないことはたしかだ。あんなところで、何をしていたかとなると、なおのことわからん。それに、女がひとりいっしょだった」

「そうだわね」彼女の目が翳《かげ》った。「それがわたしには理解できないの。あの娘はわたしの侍女のジタラよ。わたしを助けにきたのかしら？　そうだとすると、男のほうも味方だけれど、いまごろは、ふたりともワズリ族の捕虜にされているわね」

「そうかもしれんが、手の打ちようがない。引っ返したら、おれたちふたりとも皮剝《は》ぎにされてしまう。おれが不思議に思うのは、あんなかよわい女が、たったひとりの男と連れだっただけで、こんな山奥深くまでどうやってはいりこめたかだ――しかも男は学者らしい。着ている長衣からそう判断できる。とにかく、きょうの出来事の全部に怖《おそ》ろしく奇妙なところがある。ヤル・アフザルが殴りつけて、使いに出した男もそれだ――眠りながら歩いているみたいな恰好でもどってきた。おれはザモラの国の僧侶たちが、禁断の寺院内で怪《あや》しい祭儀を行なうのを見たことがある。そのときの祭儀の犠牲者たちが、あの男そっくりの目つきをしていた。僧侶たちが彼らの目をのぞきこんで、呪文を唱えるんだ。すると彼らは、うつろな目で動く死人のように歩きだして、命令されたとおりにやってのけるのだった。

それからおれは、あの男が手にしていたものを見た。ヤル・アフザルが拾いあげた品だが、エズドの神殿で女たちが踊るとき、身につけている大きな黒玉によく似ていた。その神殿に祀《まつ》ってあるのは、黒い石で作った蜘蛛《くも》の像だ。ヤル・アフザルが拾いあげたのは黒玉の球だけで、ほかには何にも触れなかった。それなのに、彼が死んで倒れたとき、その指のあいだから蜘蛛が匍《は》い出てきた。これがまた、ちょっと小ぶりではあるが、エズドで崇《あが》められている蜘蛛の神像とそっくりだった。不思議はまだある。ワズリ族のやつらが呆然《ぼうぜん》として突っ立っているとき、声が起きて、おれを殺せと命令した。その声が、戦士たちのあいだで起きたのでないのはたしかだ。もちろん、小屋のわきで見ていた女たちのものでもない。どうやら、上方から聞こえてきたように思われる」

ヤスミナ姫は返事もしなかった。周囲に迫る山嶽《さんがく》の屹々《きつきつ》たる稜線《りょうせん》に目をやって、思わず慄然《りつぜん》とするのだった。心を滅入《めい》らせる岩山の連なり、どんな残虐なことでも起こりうる陰鬱《いんうつ》な痩土《そうど》。暑いゆたかな南の国の平野に生まれた者を、恐怖の底へ突き落とさずにはおかぬ太古そのままの習俗。

太陽は高く昇って、猛烈な暑熱《しょねつ》を降り注いでいるのに、断続的に湧きあがる突風が、氷の峰から吹き下ろすかと思われた。彼女は一度、頭の上にひゅうひゅういう異様な音を聞いた。それは突風が立てる唸《うな》りでなかった。コナンも眉をひそめて顔をあげたので、彼としても聞き慣れない音であるのがわかった。冷え冷えと澄みきった青い空の一部が、何か目に見えぬ物質に覆われたかのように、一瞬、暗く翳《かげ》った感じだったが、その原因が何であるかは定かでなかった。コナンも無言ではあったが、長剣の鯉口《こいぐち》を切った。

ふたりを乗せた馬は、道なき道を進んでいった。その径《みち》は太陽の光も届かぬ谷底にくだり、ふたたび険《けわ》しい急坂をのぼっていく。泥板岩《でいばんがん》がゆるんでいて、ともすれば足もとが崩れそうになる。剣の刃のように細い尾根道をたどるときは、左右の谷間が青い靄《もや》に包まれて、蹄《ひづめ》の音の谺《こだま》を返してくる。

太陽が天頂を通り過ぎたころ、さらに細い小径が曲がりくねりながら、切り立った岩山のあいだにはいりこんでいる地点に達した。コナンはそこで馬の首を南方に向けて、従来の道とほぼ直角の方向へ進みだした。

「この小径をたどると、ガルザイ族の村に行きつく」コナンが説明した。「で、村の女たちが水を汲みに、途中にある泉までやってくる。おまえは新しい衣服が必要だからな」

ヤスミナ姫は自分の薄物を見おろし、彼の言葉にうなずいた。金糸《きんし》入りの上履《うわば》きはぼろぼろだし、上着と絹《きぬ》の下着も糸屑《いとくず》同様で、衣服ともいえない状態である。ペシュカウリの街路用に作られた装束は、ヒメリア山系内の岩山にふさわしいものではなかったのだ。

小径の折れ曲がった個所まで来ると、コナンは馬から下りて、ヤスミナ姫を助け下ろし、そこに待機した。しばらくすると、彼女には何も聞こえないのに、コナンがうなずいて、

「女がやってくる」といった。姫はとつぜん不安に襲われて、男の腕をつかんだ。

「まさか――その女を殺すのでは？」

「女は殺さんことにしている」コナンは唸るようにいった。「山の女のうちには牝狼《めすおおかみ》みたいなのがいるが、それでも、殺しはせん」と冗談のようにいってから、にやりと笑って、「クロムの神にかけて、着ているものを買いとるのさ！　これくらいでどうかな？」

彼はひと握りの金貨を示し、いちばん大きな金貨以外を元にもどした。姫は大いにほっとして、うなずいてみせた。このような土地を棲処《すみか》にしている男たちとしては、殺し殺されるのが日常茶飯事《さはんじ》なのであろう。女が斬《き》り殺される現場を目撃することになるのかと考えて、彼女の躰《からだ》は総毛立《そうけだ》っていたのだ。

やがて小径の曲がり角から、ひとりの女があらわれた――ガルザイ族の娘で、すらっとした長身が若木《わかぎ》のようにみずみずしく、大きなひさごをかかえている。ふたりの姿を見ると、驚いて立ち止まり、ひさごをとり落とした。駆けだそうとするかのように躰を揺らしたが、逃げるにしては相手との距離が近すぎるのに気づいたのであろう。身動きもせずに突っ立ったまま、恐怖と好奇心の入り混じった表情でふたりをみつめていた。

コナンは金貨を見せて、

「この女におまえの着物を譲《ゆず》ってくれたら、この金貨をくれてやる」といった。

反応は即座だった。娘は驚きと喜びに顔いっぱいに笑みを浮かべて、上品ぶった因襲《いんしゅう》を軽蔑《けいべつ》する山地族の女らしく、さっそく身に着けているものを脱ぎはじめた。刺繍《ししゅう》をした袖なし胴着、だぶだぶのズボン、広袖の肌着と全部きれいに脱ぎ捨てると、サンダルまでいっしょにして、ひとつに束《たば》ね、コナンの前にさし出した。コナンはそれを、驚きの目をみはっている王妹《デヴィ》に手渡し、

「岩の陰で、これに着替えるがいい」といった。その気遣いが、彼が生まれついての山男でないのを示していた。「いま着ている服はひとまとめにして、持って出てくることだ」

「お金!」山の娘は両手を突き出して、急《せ》かすようにいった。「約束の金貨!」

コナンは金貨を投げあたえた。娘は受けとって、歯で噛《か》んでみてから、髪のあいだへ突っこんだ。そして身をかがめてひさごをとりあげ、小径をくだっていった。どうやらこの娘、着ているものに執着がないのと同じに、裸身の恥ずかしさも問題にしていないようである。コナンがいらだちながら待つあいだに、王女は甘やかされた生活で、いまはじめて自分ひとりで服を着た。彼女が岩のうしろから出てくると、コナンは驚いて声をあげた。そしてその青い目に嘆美の火を無遠慮に燃やしたのを見て、彼女は感情の奇妙な高ぶりを味わった。恥じらいと当惑、しかし、かつて経験したことのない虚栄心への刺激であった。コナンと目が合ったり、その腕に抱かれたりしたときにおぼえた胸のうずきと同じ思いである。彼は厚い手を彼女の肩にあてがって、ふりむかせると、あらゆる角度から貪《むさぼ》るように彼女を眺めた。

「これは驚いた!」コナンはいった。「あの煙みたいな神秘的な長衣を着ていたときは、ひどくとり澄

ました感じで、星のように遠いところの人間みたいに思われたが、いまは肉体に温かい血が通《かよ》ってい
るひとりの女だ！　岩の陰へはいっていったのはヴェンドゥヤ国の王妹《デヴィ》だったが、出てきたおまえは
山の娘——ただし、ザイバル地方の女の千倍も美しい！　おまえは女神だった——いまは生身の女
だ！」
彼は彼女の腰を大きな音を立てて叩いた。そして彼女は、それが心からの讃嘆の表現にすぎないと
知って、腹立たしい気持ちを抱かなかった。たしかに衣服を変えたことが、彼女の性格に変化をおよ
ぼしたかのようである。これまで抑えつけてきた感情と官能とが、いまは彼女の支配権を握り、脱ぎ
捨てた王女当時の衣服が、足枷《あしかせ》か手枷であったように思われた。
しかし、コナンは嘆賞の言葉をくり返すあいだにも、危険の気配が周囲にただよっているのを忘れ
ていなかった。ザイバルの地域を遠去かるにつれて、クシャトリヤの軍勢に遭遇する怖れは少なくな
る。その一方で、彼はこの逃避行のあいだ、復讐《ふくしゅう》に燃えるクルムのワズリ族の接近を告げる物音に、
ずっと耳を澄ましていた。
コナンは王女を助けて馬に乗せ、つづいておのれも鞍にまたがると、ふたたび手綱《たづな》を引き絞って馬
首を西方へ向けた。彼女から受けとった以前の衣服は断崖から放り投げ、一千フィート下の谷底に落
とした。
「なぜあんなことをするの？」ヤスミナ姫がいった。「さっきの娘にあたえればよかったのに」
「ペシュカウリの槍騎兵《そうきへい》が、この山間《やまあい》一帯の捜索にあたっている。それを山地族が待ち伏せし、曲が
り角ごとに掠奪《りゃくだつ》しているにちがいない。槍騎兵隊はその仕返しに、目につくかぎりの村々を破壊して

いるはずだ。その矛先《ほこさき》を、いつ何時、西方へ向けないともかぎらん。もしも王女の衣服を身に着けている娘を発見したら、拷問して口を割らせ、おれたちの向かった先を突きとめることになる」

「あの娘、どうしているかしら？」

「村へもどって、見知らぬ男に衣服を剝ぎとられ、強姦されたというだろう。そこで村の男たちが、おれたちのあとを追ってくる。しかし、娘はまず水を汲みに行かねばならん。ひさごをいっぱいにしないで村へ帰ったら、鞭打《むちう》たれるしきたりだからだ。娘が水を汲んでるあいだに、こちらはずっと進んでしまう。追いつくことはとうてい無理だ。日が落ちるまでには、アフグリスタンとの国境を越えられるだろう」

「このあたりには径もないし、人間が住んでいる形跡もないわ」姫がいった。「ヒメリア山系のなかでも、格別、無人の地域なのね。ガルザイ族の娘に会った場所からこちらは、人間の通りそうな径を見ないじゃないの」

返事の代わりに、コナンは北西の方向を指さした。そこには、岩山のあいだにひときわ高い峰がのぞいている。

「あれがイムシャだ」コナンがいった。「どの山地族も、あの山からできるだけ離れた場所に村を作ろうとしている」

ヤスミナ姫は全身をこわばらせて、注意を集中し、

「イムシャ！」と低い声でくり返した。「黒い予言者たちの山！」

「世間ではそう呼んでいる」コナンは答えた。「おれとしても、こんなに近づいたのははじめてだ。山

間をうろついているクシャトリヤの軍勢を避けて、北方の道を選んだからこのあたりを通ることになった。クルムからアフグリスタンに向かう本道は、ここからずっと南にある」

ヤスミナ姫は目を凝らして、はるか遠方の高峰をみつめた。爪が薔薇色の掌《てのひら》に食いこんでいる。

「ここからイムシャまでの距離は、どのくらいあるかしら？」

「きょう一日、そして丸々ひと晩かかる」答えてから、彼はにやりと笑って、「行ってみたいのか？クロムの神にかけて、あれはふつうの人間の近づく場所でない。山の男たちがそう語っている」

「みんな力を合わせて、あそこに棲《す》んでいる悪魔たちを討《う》ち滅ぼしてしまえばよいのに」

「魔道士を剣でやっつけることはできぬ。いずれにせよ、やつらは人間には害をおよぼさん。人間のほうから余計な手出しをしないかぎりはだ。おれはやつらの姿を見たことがないが、見たという男たちから話を聞いた。日の落ちるときか日の昇るときに、岩山のあいだにある塔に姿を見せるそうだ——黒衣を着た長身の男たちで、無言をつづけていたという」

「おまえでも、彼らと闘うのは怖ろしいのかしら？」

「おれが？」その考えは、彼にははじめてのもののようで、「やつらがおれを襲えば、どっちが死ぬか、命を賭けて闘ってみせる。しかし、おれはやつらと何のかかわりもない。おれがこの山中に住みついたのは、配下の人間を集めるためで、魔道士と争いを起こすためではない」

ヤスミナ姫はすぐには答えなかった。高峰を敵対する人間であるかのようにみつめるうちに、またしても怒りと憎悪がその胸に湧きあがってきた。そして新しい感情が、ぼんやりした形をとりはじめた。彼女が練っていた計画では、いま彼女を腕に抱いて運んでいくこの男をイムシャの魔道士たちと闘わすつもりだった。ひょっとしたら、彼女の目的を果たすには、計画していた方法とは別のやり方があるかもしれない。この野生の男が彼女を見る目つきに特殊な感情が息づきだしたのを、彼女が見誤るわけがなかった。女の細い白い手が運命の糸を操るときは、王国でさえ滅亡するではないか——と、彼女は急に身をこわばらせて指さした。

「あれを見て！」

遠い高峰の上に異様な形の雲がかかっている。くすんだ緋色《ひいろ》で、輝く金色の筋が走っている。この雲は回転していた。回転につれて収縮し、いつか陽光のきらめく紡錘《ぼうすい》状のものになると、雪をいただいた山巓《さんてん》を不意に離れ、華《はな》やかな色の羽毛のように虚空《こくう》を浮揚《ふよう》し、やがては紺碧《こんぺき》の空の彼方《かなた》に消えていった。

「何だったのかしら？」大きな岩が高峰への視野をさえぎったとき、姫は不安に駆られて訊いた。目に残る奇怪な現象が、その美しさにもかかわらず、彼女の心を騒がせた。

「山の男たちがイムシャの絨毯《じゅうたん》と呼んでいるものだ、それがどういう意味であるにしろ」コナンが答えた。「いまのと同じ緋色の雲が山頂にかかると、山地族のやつら五百人ほどが、悪魔に尻をつつかれたみたいに、先を争って洞窟や岩の陰へ逃げこむのを見たことがある。しかし、あれはいったい——」

馬は剣で斬り裂いたような狭い径を通りぬけ、左右の断崖のあいだから広い岩棚の上に出た。片側には岩山の傾斜面が連なり、反対側は絶壁が谷底深く落ちこんでいる。あるとも見えぬ径がこの岩棚の上を走り、ところどころ岩肩にさえぎられては、はるか下方にふたたびあらわれる。長い長いくだり道がつづいているのだ。断崖に挟まれた径が岩棚の上に開けたせつな、黒い駿馬がとつぜん立ち止まり、大きく鼻を鳴らした。コナンはいらだち、馬の歩みを急きたてたが、馬は首を上下にふり、鼻を鳴らし、全身を緊張に震えさせるばかりで、そこに目に見えぬ障壁があるかのように、ひと足も進もうとしないのだった。

コナンは罵声《ばせい》をあげて鞍から飛び降り、ヤスミナ姫を助けおろした。そして目に見えぬ妨害物にぶつかるのを予期するように片手を前方に突き出して、足を踏みだした。しかし、彼を妨《さまた》げるものは何もなかった。それでいて馬を導こうと試みると、それは甲高《かんだか》くいないないて、あとじさりをつづけるのだった。そのときヤスミナ姫が悲鳴をあげた。コナンはふりむくと同時に、山刀《さんとう》の柄《つか》に手をやっていた。

コナンも姫も見ていなかったが、とにかくそこに、駱駝《らくだ》の毛の上着に緑色のターバンの男が、腕組みをして立っていた。コナンはその男の顔を見て、思わずあっと叫んだ。ワズリ族の聚落《しゅうらく》を出はずれたところの渓谷《けいこく》で、彼の奔馬《ほんば》が踏み殺したはずの男ではないか。

「きさまは何者だ?」

男は答えなかった。大きく見開いた目を一点に据え、それが異様なきらめきを示し、磁石のようにコナンの眸《ひとみ》を惹《ひ》きつけている。

ケムサの呪術は、東方の国のほとんどの魔法がそうであるように、催眠の術を基礎にしている。それというのも、これら東方の諸国には、長い世紀を通じて催眠術師の活躍する舞台が用意されてきたからで、その住民はこの妖術の実在と威力を固く信じて生き、そして死んでいった。だれもが信じ、体験することで、目には見えぬが強固な土壌が築きあげられ、その土地の伝統のうちに育った各個人は、この呪術の前には何の力もない存在だった。

しかし、コナンは東方の国の子でなかった。その伝統は、彼にとって何の意味もない。彼はまったく異質の雰囲気で人と成った男なのだ。催眠の術などキンメリアでは神話ですらなく、東方の住民たちを催眠術師のとりことする伝承は、彼のものでなかった。

ケムサが自分に仕掛けようとしている術にコナンは気づいていた。しかし、その無気味な力の衝撃を感じはするものの、漠然とした刺激にすぎなかった。いうなれば服にからみついた蜘蛛の糸のようなもので、引っ張ればちぎれてしまう程度のものだ。

相手の敵意と黒い魔術に気づいた瞬間、コナンは長剣を引きぬき、山の獅子のすばやさで突進していた。

しかし、催眠だけがケムサの魔術のすべてではなかった。緑色のターバンの男は、ヤスミナ姫には目にも止まらぬ俊敏な動きで——それともこれは幻術であろうか——臓腑《ぞうふ》を貫くはずの強烈な剣の突きを鮮やかにかわし、鋭い刃先は、横腹とふりあげた腕のあいだで空《くう》を切ったにすぎなかった。それと同時にケムサの手が開いて、コナンの太い猪首《いくび》に触れた。見守っているヤスミナ姫の目には軽く撫《な》でただけと映ったが、キンメリア人の躰は斬り倒された牡牛《おうし》のように大地に沈んだ。

しかし、コナンは死んでいなかった。倒れるにあたって左手ですばやく身を支え、右手の剣をケムサの脚に叩きつけていた。その凄まじい一撃を、魔術師《ラクシャ》は魔術師らしくもなく背後に飛びのいて避けた。そのときヤスミナ姫が鋭い叫び声をあげた。女がひとり、岩のあいだからすべり出てきて、ケムサに近づくのが見えたのだ。それが侍女のジタラと知ると、王妹《デヴィ》は声をかけようとしたが、侍女の美しい顔にはっきりした悪意を見て、出かかった言葉も喉もとで消えた。

コナンはよろめきながら立ちあがろうとしたが、首筋を襲った強烈な打撃に意識が朦朧《もうろう》として、全身が震えていた。アトランティス大陸が海底に沈む以前に忘れられた妖《あや》しの術で、彼ほどのたくましさに恵まれぬ男であれば、首の骨が枯れた小枝のようにへし折れていたであろう。ケムサはコナンの様子を用心深く見守っていた。その慎重さは、彼の自信がわずかながら動揺しているあらわれであった。先ほどクルムの村落裏の渓谷で、血に狂ったワズリ族の山刀に囲まれたとき、魔術師《ラクシャ》は彼自身の術の威力を余すところなく味わった。しかし、キンメリア人の抵抗に遭って、新たに生まれた自信のほどもいささか動揺しだしたにちがいなかった。魔術の進歩は成功の上に立つもので、失敗を基礎にするのではない。

ケムサは片手をあげて、二、三歩進み出た――と、つぎの瞬間、凍りついたように立ち止まった。頭をのけぞらせ、目を見開き、手をあげたままでいる。コナンもそれにつられて相手の視線を追った。女ふたり――震えている馬のそばにちぢこまっている姫と、ケムサのかたわらの若い女もまったく同じ動作をした。

岩山の斜面を伝って、緋色の雲が先細りの形で渦巻きながら舞い下りてくる。ちょうどそれは、塵《ちり》のかたまりが突風を受けて、きらきら光りながら回転しているかに見える。ケムサの浅黒い顔が土色に変わって、ふりあげていた手がわなわなと震えだし、ついにはだらりと垂れ下がった。そのかたわらの若い女が、彼の変化に気がついて、不審そうに男を見た。

緋色の雲は岩山の斜面を離れ、長い弧を描きながら降下して、岩棚の上、コナンとケムサの中間に着地した。魔術師《ラクシャ》は首を絞められるようなうめき声をあげて、ジタラをうながしあとじさった。そのあいだも両手を突き出して、落下した雲から身を守る恰好をとっている。

緋色の雲は、その先端からめくるめく光輝を発し、独楽《こま》のように激しい旋回をつづけることでしばし平衡《へいこう》を保った。と見ると、こんどは何の予告もなしに、泡がはぜるように消え失せた。岩棚の上に四人の男が立っていた。信じられぬ奇跡であるが、しかし、事実だった。彼ら四人は幽霊でなく、幻影でもなかった。頭髪を剃《そ》りこぼち、踵《かかと》まで届く黒衣をまとった長身の男たちで、禿鷹《はげたか》を思わせる顔立ちである。両手を広幅の袖に隠し、無言で突っ立ったまま、剃りあげた頭をいっせいに上下させた。彼らが目を向けているのはケムサだが、その男たちの背後にいるコナンまでが、全身の血が凍る思いを味わった。立ちあがり、音を立てないように後退すると、背中に触れた駿馬の肩が震えているのが感じとれた。ヤスミナ姫が彼の腕にすがりついた。口をきく者はひとりもいない。沈黙が屍衣《しい》のように垂れこめた。

黒い長衣の四人が、揃ってケムサを凝視している。禿鷹を思わせる顔が微動もせずに、目は静思の色をたたえたままだ。しかし、ケムサは瘧《おこり》を患《わずら》った男のように全身をわななかせている。両脚を岩の上で踏みひらき、ふくらはぎの筋肉を緊張させ、力競《くら》べでもしている恰好で、その浅黒い顔からは滝の汗がしたたり落ちる。右手で茶色の長衣の下の何かを握りしめているのだが、よほど力をこめているのか、血の気が失《う》せて、その手が白く見える。左手はジタラの肩におかれ、溺《おぼ》れる男がつかむかのように、その肩を必死につかんでいる。爪が肉に食い入っているのだが、彼女は身動きもしなければ、痛みを訴えるのも忘れているのだった。

コナンはその荒くれた人生において何百という戦闘を目撃してきたが、このような闘いは見たことがなかった。四つの魔界の意志が、力においては劣るものの、同じくらい悪魔的な敵対する意志に懲罰をくだそうとしているのだ。しかし、彼はその凄惨《せいさん》な闘争の凶悪な性質を漠然と感じとっているにすぎなかった。ケムサは以前の主人たちに追いつめられて、岩壁にぴったり貼りつきながらも、最後の力をふり絞り、持てるかぎりの魔術の知識を尽くして――それは、徒弟《とてい》と従者《じゅうしゃ》としての長い苦しい年月のあいだに、この主人たちから教えられたものであった――自分の命を救うために闘っていた。

彼は自分で考えていたより強かった。自分の魔術を自分自身のために、自分の意志によって使用した経験が、意外なほど多くたくわえられていた力を引き出させてくれた。それに加えて、凄まじい恐怖と絶望感が、気力を超えた気力を奮い立たせた。邪力を持つ目に見据えられて足もとがよろめいたが、一歩も退《さ》がらなかった。激しい苦痛に顔が歪《ゆが》み、血のような汗がしたたった。手足が責め木にかけられたようにねじ曲がった。それは魂の闘いだった。百万年のあいだ、人類に禁じられていた知識を持つ忌まわしい頭脳の、そして地獄の深淵に突入し、影を生む暗黒の星群を探査した精神の争いだった。

ヤスミナ姫は、コナンよりもこの闘いの性質を理解していた。なぜケムサがいま足場にしている岩ですら極微の原子に粉砕しかねない地獄の意志からの集中攻撃に耐えられるのか――その理由がぼんやりとわかった。その原因は、彼が絶望から生まれる力で肩先をつかんでいる若い女にある。その若い女が、心霊放射の波に打たれ、よろめいている男の魂《たましい》を支える錨《いかり》になっているのだ。男の弱さが、いまその強さとなっていた。女への愛情が、凶暴かつ邪悪であったとはいえ、彼をなお人間界に結びつける絆となっていた。それは彼の意志を現世にとどめる力となり、人間ならぬ敵には断ち切れない鎖となった。少なくとも、ケムサの場合は断ち切れなかった。

四人の敵は、ケムサより先にそれを悟った。そしてなかのひとりが、視線を魔術師《ラクシャ》からジタラに移した。そこには闘争がなかった。若い女はちぢみあがり、旱魃《かんばつ》の日に木《こ》の葉《は》が萎《しお》れるように力を失っていった。そして抵抗の力もなく、男がそれに気づくより早く、愛人の腕から身を離した。つづいて、見るも怖ろしいことが起きた。責め苛《さいな》む四人の相手に顔を向けたまま、彼女が断崖のほうへあとじさりをはじめたのだ。見開いた目に光が失せて、灯火を吹き消されたランプの黒光りするガラスのようにうつろだった。ケムサはうめき声をあげて、よろめきながら彼女を追い、仕掛けられた罠におちいった。分裂した彼の心は、能力に隔《へだた》りのあるこの闘いを維持できなかった。彼は敗北し、彼らの手にある一本の藁《わら》しべになった。若い女は自動人形のように、うしろへうしろへと退がっていく。そしてケムサは、酔漢のようによろめきながらそのあとを追う。両手をさし伸べ、苦痛のうめきを洩らし、死んだ者の歩みに似た重い足の運びだった。

断崖の縁に達すると、彼女はそこに踵《かかと》をかけたまま、こわばった身を立ち止まらせた。いまやケムサは膝をついて、涙声を出しながらにじりよっていく。彼女の手をつかみ、破滅の淵《ふち》から引きもどそうというのだ。そして無骨な指が彼女の手に触れる寸前、魔道士のひとりが笑い声を立てた。まるで地獄の青銅の鐘《かね》が、いきなり鳴りわたったかのように。若い女は急によろめいて、この残虐な出来事の最後の仕上げとして、その目のなかに理性と知力がよみがえり、つづいてそれが恐怖のひらめきに変わった。彼女は悲鳴をあげ、愛人のさし出す手を引っつかんだが、躰を支えることがかなわず、悲痛な絶叫を残して、まっさかさまに谷底へ落ちていった。

ケムサは断崖の縁に身を投げだして、何をいおうとするのか唇《くちびる》を動かしながら、険しい目で谷底をのぞきこんでいた。それからくるりとふり返ると、いまは人間の光をたたえていない目で、長いあいだ加虐者《かぎゃくしゃ》たちをみつめていた。と、つぎの瞬間、岩を砕《くだ》くばかりの叫びをあげ、よろよろと立ちあがったかと見ると、片手に山刀をふりかざして、彼らめがけて突進していった。

魔術師《ラクシャ》のひとりが進み出て、足で大地をとんと踏んだ。とたんにがらがらという音がして、たちまちそれが轟然《ごうぜん》たる地鳴りの音に高まった。足が踏んだ堅固《けんご》な岩に亀裂が生じて、見る見るうちに拡《ひろ》がっていった。と思うと、耳を聾《ろう》するばかりの轟音とともに、岩棚全体が崩壊した。最後に見えたのは、両腕を高く伸ばしたケムサの姿で、断崖を雪崩《なだ》れ落ちる地すべりの轟音のうちに谷底へ消えていった。

四人の魔道士は、新しくできた断崖の縁を考え深げにみつめていたが、急にふりむいた。コナンは大地の激しい震動に足をすくわれて投げだされていたが、躰を起こし、ヤスミナ姫を助け起こそうとしていた。彼の動きはひどく鈍かった。頭脳の働きも同様で、靄がかかったようにはっきりしない。何はともあれ、王妹《デヴィ》を黒馬に乗せて、疾風のような速さでこの場を立ち退かねばならないとわかっているのに、原因不明のけだるさが全身を圧して、思考も行動も意のままにならなかった。

いま、魔道士たちは彼のほうに顔を向け、両の手を高くかかげている。それは見るも奇怪な光景だった。四人の男の輪郭が薄れ、霧のようにかすれていく。それと同時に足もとから赤い煙が立ちのぼって、彼らの姿を押し包んだかと見ると、激しくそれが回転しだして、目もくらむばかりに光り輝く緋色の雲となった。ヤスミナ姫が悲鳴をあげた。馬も苦痛に喘《あえ》ぐ女のようにいないた。王妹《デヴィ》の躰が彼の腕から引き離された。コナンは無我夢中で長剣をふりまわしたが、突風のように急激な打撃を受けて、岩の上に叩きつけられた。朦朧とした視野のうちに、先尖《とが》りの緋色の雲が岩山の斜面をのぼっていくのが見えた。ヤスミナ姫は消えていた。黒衣をまとった四人の男も同様だった。岩棚の上には、怖れおののく馬だけが、彼といっしょにとり残された。

7 イムシャへ

霧が強風に吹き払われるように、コナンの頭にからみついた蜘蛛《くも》の糸が消えていった。彼がひと声呪いの言葉を吐いて鞍《くら》に飛び乗ると、黒馬は大きくいなないて、後脚で突っ立った。コナンは岩山の急斜面を見あげてためらっていたが、ついに意を決して、谷間へくだる道をとることにした。これが元来進んでいた方向で、ケムサの妖術に足止めされたのである。しかし、こんどは慎重な歩みではなかった。手綱《たづな》をゆるめると、馬は電光のような速さで走りだした。体力のすべてを消費することで、この場の恐怖を忘れ去ろうと願っているかのようである。岩棚を横切り、岩塊《がんかい》を迂回《うかい》し、急斜面を縫っている狭い径《みち》を、首の骨も折れんばかりの速力で駆け降りていった。径はうねりくねりながらつづき、地層の各段階を歴然と示す絶壁が、いつ果てるともなく延びている。一度、はるか下方に、先刻の地崩れの痕《あと》がちらりと眺められた——断崖の裾《すそ》に、砕けた岩石の残骸が山のように盛りあがっているのだ。

渓谷《けいこく》の床まではまだかなりの距離があるが、彼の馬はようやく天然の土手道のように突き出ている尾根に到達した。その上に立つと、左右の側面がほとんど垂直に落ちこんでいるので、これからたどらねばならぬ径の全容を見通すことができた。それはかなり先のところで尾根からはずれ、馬蹄《ばてい》形に大きく迂回し、ふたたび左側の谷底にもどってくる。そこがこの渓谷の河床《かわどこ》だった。そこまでの道程は数マイルをくだらない。コナンは呪いの言葉を吐いたが、径はこれひとつしかないのである。この急斜面を馬に駆け降りさせるのは、不可能を命じることであり、首の骨を折ることなく河床に到達できるのは、翼を持つ鳥だけだ。

かくてコナンは、疲れた馬を駆りたてて尾根の径を進ませた。やがて下方から蹄《ひづめ》の音が聞こえてきた。手綱を引き絞って、崖縁《ふち》へ馬を寄せ、尾根の裾に沿ってつづいている干《ひ》あがった河床をのぞきこむと、そこに雑多な服装をした騎馬軍団を見た——半ば野生の馬にまたがった髭面《ひげづら》の男たちがおよそ五百名、おのおの手に長剣をふりかざしている。コナンはわれ知らず、絶壁の上から躰《からだ》を乗り出して、三百フィート下方を行進している彼らに声をかけた。

その声を聞きつけるや、五百の髭面がいっせいに手綱を引いて馬の歩みを止め、彼のほうをふりあおいだ。たちまち峡谷内を怒号《どごう》が満たした。コナンは無駄な言葉を省《はぶ》いて、「おれはゴールへ向かうところだった！」と大声に説明した。「まさかこの径で、おまえたちと行き遭うとは考えてもみなかったからだ。その痩《や》せ馬に鞭打《むちう》って、出せるかぎりの速力でおれについてこい！向かう先はイムシャ。そこで——」

「何をいうか、裏切り者め！」コナンの顔に、氷水を浴びせる叫びが返ってきた。

「なんといった？」二の句が継げずに、彼は目を怒らせて男たちを睨《にら》みつけた。男たちも憤怒《ふんぬ》に顔を歪《ゆが》め、握りしめた山刀《さんとう》をふりまわし、荒々しい目で見返してきた。

「裏切り者といったんだ！」男たちは大声にわめきたてた。「七人の首長たちは、ペシュカウリのどこに捕えられている?」

「太守の牢獄のはずだ」

コナンの返事に対して、血に飢えた叫びが何百という喉からほとばしった。つづいて剣をふりまわし、口々にわめきだしたので、何をいおうとしているのかコナンには理解できなかった。そこで牡牛《おうし》のような大声で、ひとまず騒音を鎮めておいてから、

「これはいったい、どうしたわけなんだ? だれかひとりがしゃべれ。そうでないことには、何をいってるのか、さっぱりわからんぞ!」

長老らしい痩せた男が、その役を買って出た。前置きの言葉代わりに、彎刀《わんとう》をふりまわしてから、非難の叫びを投げかける。

「おれたちは仲間を救い出すために、ペシュカウリの町を攻撃することに決めた。それをおまえは許そうとしなかった!」

「そうだとも。許すわけがないじゃないか」コナンは怒りながらもいって聞かせた。「あの城壁を打ち破るのは、並たいていのことでない。たとえ打ち破ったにしても、おまえらが牢獄にたどりつく前に、捕虜は縛《しば》り首にされてしまうんだ」

「そういって、おまえはひとりで太守のところへ出かけていった。取り引きをするために!」アフグリ族の長老は、口から泡を吹きながらわめいた。

「それがどうした?」

「七人の首長たちはどうした?」長老は彎刀を頭上にふりまわして、きらきら光る環を描きながら吠

えたてた。「どうなったと思う？　死んだんだぞ！」

「なんだと？」コナンは驚愕《きょうがく》のあまり、馬から転げ落ちかけた。

「そうだ、死んだんだ！」五百の血に飢えた声がいっせいに叫んだ。長老は両腕をふりまわして、ふたたび全員の声を代表する立場にもどり、「しかも縛り首にされたんじゃない！」と叫びたてた。「その死にざまを隣の牢にいたワズリ族が見ておったのだが、太守は魔道士を遣《つか》わして、その術で殺させたのだ！」

「嘘に決まってる」コナンはいった。「太守がそんな真似をするわけがない。おれは昨夜、太守と話しあって——」

この説明はまずかった。たちまち非難の叫びがあがり、憎悪の声があたりの空気を引き裂いた。

「そうだ！　おまえは自分ひとりで太守のところへ出かけた。そしておれたちを裏切った。それは嘘なんかじゃない。このワズリ族は、魔道士が侵入するとき壊した扉から逃げ出したんだが、ザイバル峠《とうげ》でおれたちの斥候《せっこう》に出っくわして、そのときの模様を詳しく話して聞かせた。この斥候たちは、おまえがもどってこないので、わざわざ捜しに出しておいた連中で、ワズリ族の話を聞くと、大急ぎでゴールへ引っ返した。そこでおれたちは、馬に鞍をおき、剣をとって駆けつけてきたんだ！」

「何をするために？」コナンが語気を強めて訊いた。

「仲間の復讐だ！」彼らは吠えたてた。「クシャトリヤのやつらを皆殺しにしてくれる！　兄弟たち、血祭りにまず、裏切り者を殺すんだ！」

コナンの周囲に矢が飛来しだした。彼は鐙《あぶみ》の上に立ちあがって、喧騒《けんそう》のあいだにも男たちを説得しようと努めたが、やがて怒りと侮蔑《ぶべつ》と嫌悪感の入り混じった叫びをあげ、くるりと馬首を転じて、もと来た道を引っ返しはじめた。脚下ではアフグリ族が口々に怒号を浴びせかけながら突進をはじめた。しかし、憤怒のあまり、コナンが馬を進めている高みに達するには、河床を渉《わた》り、大きく迂回し、尾根までの曲がりくねった小径を登りつめねばならぬのを忘れていた。それに気づいて、あわてて引き返した頃には、絶縁をいいわたされた元の首領コナンは、尾根が絶壁と合《ごう》する地点に達しかけていた。

崖まで来ると、そこまで降りてきた径をたどることなく、それとは反対の方向に、断層に沿って道ともいえぬ径があるのを見いだして、あえてそれへ馬を乗り入れた。駿馬《しゅんめ》は足場を求めてあがき、苦しんでいたが、いくらも進まぬうちに鼻を鳴らしてあとずさった。行く手に横たわっているものがあったからだ。見おろすと、人間の形はしているが、骨が砕《くだ》け、肉は裂け、血にまみれた一個の肉塊《にくかい》としかいいようのないものが、破片と変わった歯をきしらせて、わけのわからぬ言葉を口走っている。

どのような方法によったものかは、その陰惨な運命を司《つかさど》る暗黒の神々でなければ知るよしもないが、魔術師《ラクシャ》ケムサはあの怖《おそ》るべき落石の堆積《たいせき》の下から、粉砕された自己の肉体を引き出して、急傾斜の山腹をこの地点まで匍《は》いのぼってきたのだった。

自分にも理解できない衝動に駆られて、コナンは馬を下り、この凄惨《せいさん》な形を眺めた。これがいま目の前に横たわっている事実そのものが、自然の法則に反する奇跡であるが、魔術師《ラクシャ》は血まみれの頭をあげ、さし迫る死の苦痛のうちに目を据えて彼をみつめ、コナンであるのを認めた。

「やつら、どこへ行った?」絞め殺される鴉《からす》の鳴き声のようで、人間の喉から出たとはとうてい考えられなかった。

去った」

「イムシャの邪悪の城へもどっていった」コナンは怒りを声にあらわして、「王妹《デヴィ》もいっしょに連れ

「おれは追う！」と男は低い声で、「そのあとを追う！ やつらはジタラを殺した。仕返しに殺してやる――侍者《じしゃ》たち、黒い仲間の四人、魔王自身――みんな殺してやる！ 殺さんでおくものか、やつら全員を！」

彼は岩を手がかりにして、砕けた躰を立ちあがらせようとした。しかし、不撓不屈《ふとうふくつ》の意志をもってしても、その無惨な肉塊に生気《せいき》を呼びもどすことは不可能だった。砕けた骨を引き裂けた筋肉と腱によって、かろうじてつなぎとめているだけの姿なのだ。

「やつらのあとを追え！」ケムサは血の泡を吹き出しながら叫んだ。「追ってくれ！」

「いわれんでも、その気でいる」コナンが答えた。「そのためにアフグリ族を呼び集めに行ったが、彼らはおれに背いた。おれひとりでイムシャへ向かうところだ。仮に、くそ忌々《いまいま》しいあの山を素手で突き崩さなければならぬにしても、必ずヤスミナ姫をとりもどしてみせる。王妹《デヴィ》がこちらの手にあるかぎり、太守がおれの配下を処刑することはあるまいと考えていた。ところが、太守は殺してしまったらしい。その報いにあいつの首はもらいうける。こうなっては王妹《デヴィ》も人質としての役には立たないが、しかし――」

「イジルの呪いが彼らの上に落ちんことを！」ケムサは苦しい息の下から叫んだ。「行け！ おれはもう長くない。ああ、待て――おれの腰帯を持っていけ」

彼は、その潰《つぶ》れた手で引き裂けた長衣を探ろうとした。コナンは、相手が渡そうとしている品に気

づいて、身をかがめ、ケムサの血まみれの腰から奇妙な外観の帯を引きぬいた。

「深淵を渡るときは、金色の筋に沿って行け」ケムサが指示をあたえた。「この帯を腰に巻くのを忘れるな。スティギアの神官から奪いとったもので、おれは役立てるのに失敗したが、必ずおまえを救ってくれるはずだ。四個の黄金の柘榴《ざくろ》といっしょに水晶球を破壊しろ。魔王の変身に気をつけるんだぞ――おれはジタラのもとへ行く――彼女が地獄で待っている――おお、古代の魔道士スケロスよ、御身のみもとへ！」こうして彼は死んでいった。

コナンは腰帯を眺めた。毛を織《お》って作った品だが、馬の毛ではなかった。女の黒髪を編んだものにちがいない。太い網目に、かつて見たことのない小さな宝石がいくつかはめこんであった。留《と》め金も異様な造りで、黄金の蛇の頭を象《かたど》った平べったい楔《くさび》形のもの、それに奇怪な技術で鱗《うろこ》が刻まれていた。それを手にしたとたん、激しい戦慄《せんりつ》がコナンの全身を走り、彼はそれを谷底へ投げ捨てるつもりでふりむいた。が、そこで躊躇《ちゅうちょ》して、けっきょく腰にまわし、バカラ産の広幅帯の下に締めた。それからコナンは馬にまたがり、前進をつづけた。

太陽が岩山の背後に隠れて、彼が登攀《とうはん》をつづける山径《やまみち》は夜の影に沈みだした。そそり立つ断崖絶壁の投げかける巨大な影が、暗青色の外衣のように足もとの尾根から谷底まで覆い包んだ。山巓《さんてん》はだいぶ近づいてきた。突出した岩石の肩をまわろうとして、前方に蹄の音を聞いた。彼は引き返さなかった。じつをいうと、道幅が狭すぎて、駿馬はその巨体をひるがえすことができなかったのだ。岩石の突出部をまわりきると、そこは山径の幅がある程度広くなっていた。威嚇《いかく》する何人かの男たちの声々が彼の耳を貫いたが、コナンの駿馬が怯《おび》えあがった相手方の馬を岩壁に押しつけて、コナンはその乗り手の腕を鋼鉄の指で握りしめ、ふりかぶった剣を空中に静止させた。

「ケリム・シャーか！」コナンは低い声でいった。その目に宿る赤いきらめきが毒々しかった。トゥランの男は争おうとしなかった。剣をかかげる相手の腕をコナンの指がつかんだまま、ふたりは胸と胸を突きあわせんばかりにして、馬にまたがっていた。ケリム・シャーの背後には、痩せた馬に乗ったイラクザイ族の痩せた男たちが、一列に連なっていた。それぞれの手に長剣または弓矢を持って、狼《おおかみ》のように目を光らせているのだが、狭い径のすぐそばに千仞《せんじん》の谷が口をあけていることから、うかつな動きに出るときは、どんな危険が生じるかもしれないのを承知しているのだった。

「王妹《デヴィ》はどこにいる？」ケリム・シャーが訊いた。

「それがヒルカニアの犬に何の関係がある？」コナンは歯をむき出して答えた。

「おまえが彼女を連れ去ったのはわかっている」ケリム・シャーはつづけていった。「おれは手なずけておいた山地族の一隊を率いて、北方さして追跡した。ところが、シャリザー峠で敵の待ち伏せに出遭って、部下の大部分を殺された。残ったおれたちは、山犬のように山間地帯を荒らしまわって、ようやく追手を打ち払うと、進路を西方に転じて、アミル・ジャハン峠をめざした。そしてけさ、そこらの山径をさまよっているワズリ族の男に出遭ったのだ。この男は完全に狂っていて、やがて死んでいったが、わめきちらす支離滅裂な言葉のうちから多くのことを知ることができた。その男は、アフグリ族の首領とそいつが捕虜にしたクシャトリヤの娘をクルムの村の裏山まで追いつめた一団の、たったひとりの生き残りなんだ。それにまたこの男は、緑色のターバンを巻いた男のことをしきりと話しておった。このターバン男は、アフグリ族の首領の男の馬に踏《ふ》みつぶされたのだが、そのあと、追いかけてきたワズリ族の戦士たちと戦闘になった。すると、何か奇怪な手を用いて、野火がイナゴの群れを一掃するように、彼ら山地族を薙《な》ぎ倒してしまったという。

ワズリ族の男が、どうやってその場から逃げ出せたものかは、本人自身にもはっきりしないくらいで、おれにわかるわけがない。だが、そいつが口走るたわごとのうちから、高貴な身分のヴェンドゥヤ女を捕虜にしてクルムの村に隠れていたのが、ゴールのコナンであるのが判明した。そこでおれたちは、退路の見当をつけて山間地帯へ馬を進めた。その途中で、まっ裸でひさごの水を運んでいるガラザイ族の娘をみつけた。様子をきくと、アフグリ族の首領の服装をしたよそ者の大男に着ているものを奪いとられたと話してくれた。男は連れていたヴェンドゥヤの女にその娘の着物をあたえ、西方へ去っていったと教えた」

ケリム・シャーは、それ以上の説明は必要あるまいと考え、そこで口をつぐんだが、セクンデラムからの援軍と落ちあう目的で馬を進めていたところ、敵意を持つ部族に道をさえぎられたのだった。シャリザー峠をぬけてグラシャ渓谷へ出る道は、アミル・ジャハン峠の道よりは遠まわりであるが、後者はアフグリ族の土地の一部を横切ることになるので、援軍といっしょでないかぎり、避けないことには危険だった。しかし、シャリザー峠を封鎖されたので、その禁断の道をとらざるを得なかった。ところが、途中で、コナンとその捕虜がアフグリスタンへもどりついていないことを聞きこんだ。そこで彼は、山中でキンメリア人に追いつくかもしれぬとの期待から、ふたたび南方に進路を変え、しゃにむにこの山径に馬を走らせてきたのだった。

「といったわけで」ケリム・シャーはいった。「王妹《デヴィ》の居場所を教えたほうが身のためだぞ。おれたちは人数において優っているし――」

「きさまの部下の犬どもが、ひとりでも矢をつがえてみろ。きさまを谷底へ投げこんでやる」コナンは自信をもっていい放った。「どっちにしろ、おれを殺したところで、きさまの得になるわけでもあるまい。おれのあとを五百人のアフグリ族が追ってくるところで、きさまたちに先手を打たれたと知ったら、きさまたちの皮を生きたまま剝ぐことだろうよ。とにかく、王妹《デヴィ》はおれといっしょでない。イムシャの黒い予言者たちに連れ去られてしまったんだ」

「タリムの神にかけて！」ケリム・シャーははじめて平静さを失って、小声でいった。「ケムサのやつは――」

「ケムサは死んだ」コナンが唸《うな》るようにいった。「やつの主人たちが、地すべりによって地獄へ送りこんだ。さあ道をあけろ、本来ならば、ここできさまを叩き殺してやるところだが、いまはその暇がない。イムシャへ急がねばならんからだ」

「おれもいっしょに行く」トゥランの男が、とつぜん叫んだ。

コナンは笑って、「ヒルカニアの犬よ、おれがきさまを信用すると思っておるのか？」

「信用してくれと頼んでなんかおらん」ケリム・シャーはいい返した。「おれもおまえも、王妹《デヴィ》を欲しがっておる。おれが欲しがる理由は、おまえも承知しておる。エズディゲルド王が、彼女の王国を版図《はんと》に加え、彼女を後宮に入れたい希望をお持ちだ。一方おれは、草原地帯でコザックの首領だったころのおまえを知っている。だから、おまえの望みが、国を丸ごと掠奪《りゃくだつ》するという大それたものであることがわかる。おまえはヤスミナ姫を餌《えさ》にして、ヴェンドゥヤ国から莫大な身代金《みのしろきん》を強請《ゆす》りとるつもりなんだろう。そこで、どうだ、無駄なことは考えずに、とりあえずおれたちで力を合わせて、黒い予言者どもの手から王妹《デヴィ》を救いだす努力をしてみようじゃないか。成功して、まだ命があったら、どちらが彼女を手に入れるか、そのとき闘って決めたらいい」

コナンは少しのあいだ目を鋭くして相手をみつめていたが、やがてうなずいて、トゥランの男の腕を離した。

「承知した。で、きさまの部下はどうする？」

ケリム・シャーはふり返って、沈黙をつづけているイラクザイ族に顔を向けて、簡潔な言葉で説明した。

「このアフグリ族の首領とおれは、魔道士たちと闘うためにイムシャの山に向かう。おまえたち、おれといっしょに来るか、それとも、この場所にとどまって、この男を追ってくるアフグリ族の手で生きながら皮を剝がれるか？」

彼らは宿命論者的な暗い目で、ケリム・シャーの顔を見た。彼らの命運は尽きており、彼らもそれを知っていた――シャリザー峠で、待ち伏せしていたダゴザイ族のヒュンヒュン唸る矢に追い返されたときから、そのことはずっとわかっていた。ザイバル峠より低い地域の住人である彼らは、高山地帯の種族とのあいだに血みどろの報復合戦をいやというほどくり返してきていた。悪賢いトゥラン人の案内なしでは、岩山の径を闘いぬき、国境の村までもどりつくには、人数が少なすぎるのを承知していたのだ。彼らはすでに死を覚悟していた。そういうわけで、死んだ者だけにできる返事をした。

「おぬしらといっしょに行くよ。そして、イムシャの山で死ぬことにしよう」

「クロムの神の名において、そうと決まったら、急いで出発だ」コナンが大声でいった。青い谷間に夕闇が深まってくるのを見て、彼は焦りをおぼえていた。「おれの狼どもが追いつくまでには、まだ何時間もかかることだろうが、それにしても、だいぶ時間を無駄にした」

ケリム・シャーは剣を鞘《さや》に収め、コナンの黒馬と崖とのあいだから自分の馬を後退させ、慎重にまわれ右させた。じきに部下の兵士たちも、隘路《あいろ》の許すかぎりの早さで一列縦隊となっていた。一行はやがて山頂に達した。そこは、ケムサがキンメリア人と王妹《デヴィ》の足を止めさせた地点から一マイルほど東にあたっていた。山間《やまあい》を棲処《すみか》とする男たちにとっても危険きわまりない行路で、だからこそコナンは、ヤスミナ姫を連れていたときはこの道を避けたのであるが、コナンを追っていたケリム・シャーのほうは、コナンがこの道をとると考えて、馬を飛ばしてきたのである。一行の馬が最後の崖縁を無事に通り過ぎたときは、さしものコナンも安堵《あんど》の息を吐いた。それからの彼らは、闇に沈んだ神秘の地域に、幻の騎士のような形で馬を進ませた。鎧《よろい》の革が柔らかくきしみ、鋼鉄の音がかすかに鳴って、彼らの通り過ぎることを知らせていたが、やがて前方に一本の草木もない黒い山肌が、深閑とした星明かりの下にふたたび姿をあらわした。

8　ヤスミナ姫を襲う恐怖

ヤスミナ姫は、ひと声悲鳴をあげるあいだに深紅《しんく》の旋風《つむじかぜ》に巻きこまれて、凄まじい力で保護者の腕から引き離されてしまった。事実、彼女は一度しか声をあげられなかった。悲鳴をくり返すには息がつづかなかったからである。目が見えなくなり、耳が潰れ、声が出なくなり、最後には襲いかかる空気の流れの激しさに、気が遠くなる思いを味わった。めくるめくばかりの高所を五体も痺《しび》れる速度で運ばれていく意識に、本来の感覚を失い、狂気に近く印象が混乱して、眩暈《めまい》と忘却の底へ沈んでいった。

やがて彼女は意識をとりもどしたが、感覚の混乱の名残《なごり》からぬけ出ることができず、悲鳴をあげ、まっさかさまに落下していくのを防ごうとして、何かにしがみつかずにはいられなかった。彼女の指がつかんだものは柔らかな布地であって、それが彼女に安定感覚をあたえてくれたのだ。彼女は自分のおかれた情況を知ることができた。

黒いビロードに覆われた壇の上に横たわっているのだ。壇は薄暗い巨大な部屋にあって、周囲の壁には綴《つづ》れ織《お》りが垂れ、その黒ずんだ布地に龍の匍《は》っている姿が、見る者をぞっとさせる鮮やかさで描き出されている。影が揺れているのは、高い天井《てんじょう》からかすかに光線が射しているのであろうか、部屋の隅々には、幻影を引き起こす闇がひそんでいる。どちらの壁にも扉はおろか、窓も切ってない。あるにしても、暗色の綴れ織りによって隠されているのであろう。わずかにただよっている薄明かりがどこから洩《も》れてくるのか、ヤスミナ姫にはたしかなことはわからなかった。この巨大な部屋は、神秘と、影と、影に包まれた物の形の領域だった。その物の形が動いたとも思えないのに、漠然とした恐怖をともなって、彼女の心に侵入してくるのだった。

しかし、彼女の視線は、触れることのできる物体に惹《ひ》きつけられていた。数フィート離れたところにもうひとつ、いくらか小型の黒玉でできた壇があり、その上に男がひとり、足を組んで坐《すわ》っていて、瞑想《めいそう》的な目で彼女をみつめている。金糸《きんし》で縁《ふち》どったビロードの黒衣に躰《からだ》の輪郭を包み隠し、両手を袖のなかに組んでいる。ビロードの縁なし帽を頭に載せ、冷静で沈着そうな顔は美しいとさえいえた。柔らかな光をたたえた目は、わずかに釣りあがっている。彼女の意識が回復したのを知っても、筋一本動かさなければ、顔色ひとつ変えなかった。

ヤスミナ姫はしなやかな背骨を伝って氷のしずくがしたたり落ちる思いを味わった。肘をついて起きあがり、不安の目で怪《あや》しの男を凝視し、

「おまえ、だれなの？」と訊いた。声が、われにもなく弱々しかった。

「わしはイムシャの主権者だ」その声はゆたかで、寺院の鐘《かね》の音《ね》のように朗々と響いた。

「なぜわたしを連れてきたの？」彼女はなおも詰問した。

「おまえはわしに会いたかったのではないのか？」

「おまえが黒い予言者のひとりなら——会う気だったわ！」彼女は危険を承知のうえで答えた。どっ

ちみちこの相手には、人の心を読みとる力がそなわっているにちがいないと考えたからだ。

男のあげるおだやかな笑い声に、またしても彼女の背筋を悪寒《おかん》が走った。

「山地育ちの未開人たちを煽動《せんどう》して、わしらに反抗させるのがおまえの狙いだった。相手もあろうに、イムシャの予言者たちに！」と彼は笑って、「姫よ、わしはそれをおまえの心に読みとった。おまえの弱い人間の心は、憎悪と復讐《ふくしゅう》の小さな夢に満ち満ちておる」

「おまえはわたしの兄を殺した！」こみあがる怒りの潮《しお》が恐怖の心に打ち勝った。彼女は両の拳《こぶし》を握りしめ、そのしなやかな躰をこわばらせて、「なんのために兄の生命を奪った？　兄は、一度もおまえたちに害を加えたことがない。僧侶たちの言葉によると、黒い予言者たちは人間界の問題にはかかわりあわぬとか。なぜヴェンドゥヤの王の命を奪った？」

「予言者の胸中にあることが、通常の人間の頭脳で理解できようか」イムシャの主権者は静かな口調で答えた。「わしの弟子《でし》の何人かが、トゥランの国の神殿内で、タリム神の祭司たちをその背後から操《あやつ》っておるのだが、国王エズディゲルドのために尽力《じんりょく》してくれと切《せつ》に懇願してきたのだ。わしはわし自身の理由から同意してやった。その理由の説明は無用であろう。おまえたちの哀れな知力で、わしの神秘な理由が理解できるものでない」

「兄を殺したことがわかれば、そのほかのことは聞くまでもない！」悲しみと怒りの涙に声が震えた。膝をついて躰を起こし、ぎらぎらする目で相手を睨《にら》んだ。その瞬間の彼女は、牝豹《めひょう》と同じに柔軟で強靭《きょうじん》、危険そのものの存在だった。

「エズディゲルドがそれを望んだからだ」とイムシャの主権者はうなずいて、平静にいった。「わしは気まぐれで、しばらく彼の野望を満たしてやることにしたのだ」

「エズディゲルドはおまえの家来か？」ヤスミナ姫は、声の調子が変わらぬように気を遣いながら問いただした。彼女は膝がしらに硬いものが触れているのを感じていた。壇に敷いたビロード布のひだのあいだに、左右対称形の何かがあるのだ。彼女はそれとなく躰の位置を変えて、ひだの下に手をさし入れた。

「つまらぬことをいうな。あの男は寺院の庭で僧侶の食べ残りを舐《な》めておる犬にすぎぬ」

イムシャの主権者はいい返したが、ヤスミナ姫のひそかな動作には気づいた様子がなかった。彼女の指はビロード布の下を探って、短剣の黄金の柄《つか》を握りしめた。そして、目に勝利の色が浮かんでくるのを見られまいと、顔をそむけた。

「エズディゲルドにも飽いた」主権者は説明した。「わしの興味はほかのことに向かっておる——おお！」

ヤスミナ姫が激しい叫びとともに、密林の豹のように跳《と》びかかって、必殺の刃《やいば》を突き出したのだ。と、つぎの瞬間、彼女は足をすべらせて床に倒れ、そこにうずくまったまま壇上の男を見あげた。相手は身動きひとつするでなく、謎めいた微笑も変えることがなかった。ヤスミナ姫は震えながらも目をみはって、ふりあげた手をみつめた。握っているものは短剣でなく金色の蓮《はす》の茎《くき》で、押しつぶされた花が、傷ついて茎の先にうなだれていた。

彼女はそれが毒蛇か何かであるように投げ捨てると、責め苛《さいな》む相手からできるだけ遠のこうとして、彼女自身の壇に匍いもどった。少なくとも魔道士の足もとにひれ伏しているよりは、そのほうが王族としての威厳が保てるからだ。そして仕返しを予想して、不安の目で相手をみつめた。

しかし、主権者は動かなかった。

「宇宙の鍵を握る者にとって、あらゆる物質は同一である」彼は謎めいた言葉を呟《つぶや》いた。「その秘密を知る者にとって、不変なものなどひとつもない。意志のおもむくがままに、名もなき者の家々の庭に鋼鉄の花が咲き、月光を浴びて花の剣がきらめく」

「おまえは悪魔だ!」ヤスミナ姫がすすり泣きながらいった。

「わしはそのようなものでない!」主権者は笑い声をあげ、「遠い昔、この惑星の上に生まれ、かつてはふつうの人間であった。永劫《えいごう》の時を重ねて修業を積んだが、だからといって人間の属性を失ったわけでない。黒い術を習得した人間は、悪魔より偉大であり、たとえばわしだが、人間として生まれながらも、魔界の支配者の地位に達しておる。おまえもすでに魔界の者たちの働きを見たはずだ。わしが、いかなるはるか遠い領域からあの者らを呼び寄せたか、魔力を帯びた水晶球と黄金の蛇の群れによって、いかなる破滅からあの者らを守っておるのか、それを聞いたらおまえの魂《たましい》など吹き飛んでしまうぞ。

しかし、彼らを支配し得るのは、このわしだけだ。ケムサは愚かにもこの地位に達し得られるものと思いあがった——哀れな愚か者め、物質界の扉を打ち破り、情婦までをともない、山から山へと飛びまわりおった! あのまま放置しておくときは、わしと互角《ごかく》に闘う力を身につける怖《おそ》れがあった」

そこでふたたび、彼は笑い声をあげて、「そしてヤスミナ、おまえもまた哀れなばか者だ! 毛むくじゃらの山の首長ごときを煽動して、このイムシャを襲わせようと企《たくら》むとは! そのおまえが、かえって彼の手に落ちたのは、笑いださずにおられん皮肉といえよう。思いついておれば、このわしがそう仕組んでおったほどだ。とにかく、わしはおまえの小児《しょうに》同様の心を読みとることができる。女としての魅力をもって、彼を誘惑することによって、おまえの目的を果たそうと考えておるな。愚かしきことを考える女だが、見るに値《あたい》する容貌をそなえておる。そこで、わしの奴隷《どれい》にすることに決めたが、これもわしの気まぐれにすぎぬ」

その言葉に、誇り高き王家の娘は恥辱《ちじょく》と怒りに身を震わせて喘《あえ》いだ。

「そんなことを許してなるか！」

彼の嘲笑《ちょうしょう》が鞭《むち》のように彼女の裸の肩を打った。

「王者が、道を觝う虫けら一匹踏みつぶすにためらうことがあると思うか？　よいか、おまえの王者の誇りなど、わしの目には風に吹かれる一本の藁《わら》しべにすぎぬのだぞ。地獄の女王たちの口づけを数多く知っておるわしにとってはだ！　わしに背いた男がどのような最期をとげたかを知らぬわけでもあるまい！」

怯《おび》え、怖れ、ヤスミナ姫はビロードに覆われた壇の上にうずくまった。部屋はいよいよ暗く翳《かげ》り、妖《あや》しの影が色濃く、男の顔立ちがおぼろに変わるとともに、その声に新しく命令の響きがあらわれてきた。

「おまえのいいなりになるわたしでない！」彼女の声は、恐怖に震えながらも決意のほどを示していた。

「いや、いいなりになる」相手もまた怖ろしいまでの自信で応じた。「不安と苦痛がそれを教えるだろう。恐怖と苦悶《くもん》でおまえを鞭打ってやる。そうすれば、いずれは忍耐力の限界に達して、温められた蠟《ろう》のように、わしの手のなかでわしの望むとおりの形をとることになる。いかなる生身の女も経験したことのないいきびしい躾《しつけ》が必ずやものをいい、わしの命令はすべて神々の変わることのない意志と思われるはずだ。その手はじめに、おまえの誇りをくじいておこう。これからおまえは、過ぎ去った歳月をさかのぼって、この世以前の自分の姿を見てくることになるのだ。それ、イル・ラ・コサ！」

その言葉と同時に、影の深いその部屋が、恐怖に見開いたヤスミナ姫の目の前でぐるぐる回転しはじめた。彼女の頭髪が逆立ち、舌が上顎に貼《う》りついた。どこかで銅鑼《どら》が、不吉な響きを立てている。垂れ布の上の龍が青い火と燃えあがって、消え失せた。壇上の男は輪郭もわからぬ影となった。薄明かりが退《しりぞ》いて、手に触れるばかりの濃い闇が柔らかく沈み、何か異様な脈動が感じられる。もはや壇上の男は見えなかった。いや、彼ばかりか、彼女には何も見ることができず、壁と天井が果てしなく引き退《さ》がっていく奇怪な感覚におののいていた。

やがて闇のなかのどこかに、蛍《ほたる》の放つ光に似たきらめきが、いまはかすかながら、せわしなく、しかし律動的にまたたきだした。それがしだいに黄金色の球に成長し、まっ白く強烈に光り輝いたかと見ると、突如破裂し、闇の部屋一面に白い火花の雨が降り注いだ。隅々の影を照らし出すまでにはいたらなかったが、中央の床に黒い筒状のものが上方に向けて伸びているのが、まぶたの裏の残像のように見られた。ヤスミナ姫が呆然《ぼうぜん》と見守るうちに、それが拡《ひろ》がりを増し、形をとりはじめた。茎と広い葉があらわれ、つづいて大輪の黒い花が、毒々しい色彩で咲き、ビロードの敷物にしがみつくヤスミナ姫の上にそびえ立った。微妙な香気《こうき》が部屋の空気を浸しだした。彼女の眼前で生長をとげ、その怖ろしい姿をあらわしたのは、キタイの国の人跡未踏の密林に花開く黒い蓮《ロートス》であった。

広い葉のざわめきが、邪悪の生命の息吹《いぶ》きを伝えている。花は意識を持つもののように、しなやかな茎の先端で彼女のほうに曲がり、蛇が頭をふるのに似たうなずきをくり返している。ねばりつくような漆黒《しっこく》の闇に、常軌を逸したことに、黒い巨大な花弁《かべん》が朦朧《もうろう》と浮きあがり、麻薬のような香りで彼女の頭をくらくらさせる。壇から退って逃れようとすると、それが信じられぬ角度に傾いたかと思われ、彼女は壇にしがみついた。恐怖の悲鳴をあげて、ビロードの敷物にすがりついたが、その指は無情にも引き離された。すべての正気と安定性が崩れ落ち、消え失せるのが感じられた。彼女は知覚力を有した小刻みに震える一原子となり、轟音《ごうおん》をあげる氷のように冷たい暗黒の虚空《こくう》を烈風《れっぷう》に吹き飛ばされていく。かすかにまたたくその生命の火も、嵐の前の蠟燭《ろうそく》の光と同じように、いまにも吹き消されそうであった。

つづいて盲目的な衝動と運動の時が訪れた。現在の彼女の姿である原子が、幾百万もの他の原子とかき混ぜられ、結合させられた。これらの原子のそれぞれが、やがては実在に発展する生命の萌芽《ほうが》で、これに形成力が作用すると、彼女はふたたび意識を持つ個体となって出現し、永遠に果てることのない輪廻《りんね》の道程に復帰するのだ。

恐怖の濃霧のなかに、彼女は前世の存在をすべて生き直し、変転する時代を通じて彼女の自我を宿した肉体のすべてをふたたび認識し、またその形をとった。彼女の背後から悠久の過去へと延びている輪廻《りんね》の道を歩くのは、長く、うんざりするような苦行であり、ふたたび足を痛めることになった。真《ま》闇《やみ》に包まれた時の黎明《れいめい》の彼方《かなた》で、彼女は獲物を漁《あさ》る猛獣の牙《きば》を怖れて、原始時代の密林に震えながらうずくまっていた。毛皮をまとった彼女が、稲作の水田に腰まで漬かり、ぎゃあぎゃあわめきたてる水鳥と貴重な穀物をめぐって争っていた。牡牛《おうし》に先の尖《とが》った棒を引かせて頑固に硬い土地を耕《たがや》したり、農民の小屋の片隅で、終日、織機《しょっき》の上にかがみこんでいたりした。

彼女は城壁をめぐらした都市が炎上するのを見た。殺戮《さつりく》者に追われて、悲鳴をあげて逃げまどうこともあった。焼けただれた熱砂の上で、裸にされ、血を流し、奴隷監督の鞭に駆り立てられもした。疼《うず》く肌につかみかかる熱く激しい手の感触や、獣欲の前での恥辱と苦痛を知り、皮膚に食い入る鞭の下に悲鳴をあげ、拷問台の上でうめきを洩らした。断頭台に押しつけられて恐怖に狂い、抵抗しぬいたときさえあったのだ。

彼女は出産の苦しみと裏切られた愛の苦さを知った。要するに彼女は、永劫の歳月を通じて、男が女を苛《さいな》む非行と邪悪と獣性に苦しみ、女が女を悩ます悪意と怨讐《おんしゅう》のすべてに耐えぬいた。そしてその間、王妹《デヴィ》の身分に生まれついた意識が、激しい鞭打ちとなって彼女を悩ませつづけた。前世におけるさまざまな女としての人生を再体験したが、それでいて自分がヤスミナ姫であるのを知っていた。この意識は、つぎつぎと生まれ変わるときの陣痛《じんつう》のうちにも失くなることがなかった。鞭の下に餇いつくばる半裸の奴隷女であると同時に、誇り高きヴェンドゥヤの王妹《デヴィ》だった。それは奴隷女としての苦しみを味わわすだけにとどまらず、ヤスミナ姫の誇りによって、鞭を灼熱《しゃくねつ》の焼きごてと感じさせるのだった。

飛びちがう混沌《こんとん》のうちに、数十数百の人生が苦痛と恥辱の重荷を負ったまま継起して、ついには彼女も耐えきれず、われにもなくあげる彼女自身の悲鳴を遠くかすかに耳にした。長く尾を引き、幾世代にわたって谺《こだま》する悲鳴だった。

と思うと、彼女は神秘の部屋のビロード布に覆われた壇の上で目が醒《さ》めた。

おぼろげな灰色の光のなかに、彼女はふたたびもうひとつの壇と、その上に坐っている長衣の人物を見た。頭巾《ずきん》をかぶった頭《こうべ》を垂れ、高い肩が薄暗がりに浮かびあがっているが、細かなところまでは見てとれない。だが、ビロードの縁なし帽が頭巾に変わっているのが、彼女を漠然と不安にさせた。なおも目を凝《こ》らして眺めていると、わけのわからぬ恐怖で舌が口のなかで凍りつき、口蓋に貼りついた――いま黒玉の壇の上に無言で坐っている男は、イムシャの主権者ではないような気がしてならないのだ。

するとその人影が身動きして、立ちあがると、彼女に近よってきた。彼女の上に身をかがめ、広幅の黒衣の袖から長い腕を伸ばして彼女の腰を抱いた。その手の痩《や》せた硬さに驚いて、彼女は無言で抵抗した。顔をそむけても、頭巾をかぶった顔が接近してくる。彼女は恐怖と嫌悪から、再三再四、悲鳴をくり返した。骨ばった腕が彼女のしなやかな躰を抱きしめ、頭巾の下から死と腐敗の顔がのぞいた――朽《く》ち崩れた髑髏《どくろ》を腐りかけた羊皮紙で包んだような顔が。もう一度、彼女の口から悲鳴がほとばしった。そして歯をむき出しにした髑髏の顎が彼女の唇《くちびる》に近づくと、ついに意識を失った。

9　魔道士の城

太陽はすでに雪をいただいたヒメリア山系の高峰《こうほう》の上に昇っていた。いま、その長い傾斜面の裾《すそ》に騎馬の一団が馬を止めて、上方を見あげている。はるか高所、急勾配《こうばい》の山腹に石造《いしづく》りの塔が危うげな形でそそり立っている。その後上方、イムシャの山巓《さんてん》を覆う雪のはじまるあたりに、巨大な砦《とりで》を囲む城壁が連なっている。この光景のすべてに非現実的な感触が色濃かった――幻想的な城塞《じょうさい》に達する紫色の斜面、遠方から見るときは玩具《おもちゃ》のような印象をあたえる城櫓《しろやぐら》、そしてその上方には、紺碧《こんぺき》の空を背景に、きらめく白雪に包まれた高峰の頂《いただき》。

「ここで馬を降りよう」コナンがいった。「この急傾斜では徒歩のほうが安全だ。それに、馬は疲れきっている」

彼は黒馬から飛び降りた。その馬は四肢《しし》を踏んばって、首《こうべ》を垂れていた。夜を徹しての強行軍のうえに、鞍袋《くらぶくろ》から乏しい食糧をかじるのが精一杯で、馬には休息も必要最小限度でしかあたえられなかったのだ。

「いちばん手前に見える塔は、黒い予言者の侍者《じしゃ》たちが守っている」コナンが説明した。「少なくとも、山地族はそう噂《うわさ》している。主人たちの番犬連中――魔法の修業が初期の段階のやつらだ。やつらとしても、おれたちがこの斜面をよじ登るのを手をこまぬいて見ているわけではあるまい」

ケリム・シャーは山上を見あげ、つづいて視線を移して、はるばるたどってきた脚下《きゃっか》の山径《やまみち》を見おろした。イムシャの山腹をかなりの高みにまで登ってきて、低い峰と岩山の広大な拡《ひろ》がりが眼下に展開している。迷路に似た山間《やまあい》の径に軍勢の動きを示す気配は見えぬかと、トゥランの男は目を凝らした。しかし、さいわいなことに、それは杞憂《きゆう》にすぎなかった。アフグリ族の追手は、夜のうちに、彼らの首領の跡《あと》を見失ってしまったにちがいない。

「では、出発だ」

一行は疲れた馬を御柳《ぎょりゅう》の木立に繋《つな》ぐと、何もいわずに急勾配の山腹をよじ登りはじめた。遮蔽物はひとつもなく、むき出しの斜面に岩石が散在しているが、人間の躰《からだ》を隠すほどの大きさはない。しかしそれが、別個のものを隠していた。

一行が五十歩と進まぬうちに、岩塊《がんかい》のうしろから唸《うな》り声をあげながら飛び出してきたものがあった。集団を作って、山間の村々を荒らしまわる痩《や》せた野犬の一匹で、目を赤く光らせ、口から泡を吹き出している。一行の先頭にはコナンが立っていたが、野犬は彼を襲わず、その横を駆けぬけると、ケリム・シャーに躍りかかった。トゥラン人は飛びのいて避けた。巨大な野犬は身をひるがえして、その背後のイラクザイ族に嚙《か》みついた。男は悲鳴とともに腕をふりあげたが、野犬の牙《きば》が彼を引きすえ、腕を引き裂いていた。そのつぎの瞬間、五、六人のイラクザイ族の彎刀《わんとう》が、いっせいに野犬に斬りかかった。しかし、凶猛《きょうもう》なけものは、文字どおり躰をばらばらにされても、攻撃する相手に嚙みつく努力をやめようとしなかった。

ケリム・シャーは、兵士の血を噴いている腕に包帯をしてやって、目を細くして男の顔をみつめたが、やがて何もいわずにそばを離れた。そしてコナンと肩を並べて、無言のうちに登攀《とうはん》を再開した。しばらくすると、ケリム・シャーが呟《つぶや》くようにいった。「こんな場所で、村の犬を見るとはおかしな話だ」

「食べ残しにありつけるわけでもないのにな」コナンも唸るようにいった。

ふたりともふり返って、傷ついた男を見た。このイラクザイ族の兵士は、仲間の者たちに助けられて、喘《あえ》ぎあえぎ登攀をつづけていた。陽に灼《や》けた顔に玉の汗が光り、苦痛をこらえるあまり、歯をむき出している。ふたりの首領は、ふたたび前方の小塔へ目をやった。

眠気を誘う静寂が、この山地一帯を覆っていた。眼前の小塔にしろ、その背後にある異様なピラミッド形の建物にしろ、命あるものの気配はまったくなかった。それでも彼らは、噴火口の縁《ふち》を歩くときのように気を引きしめて、ひたすら登りつづけた。ケリム・シャーは弓を肩から下ろしていた。それはトゥラン製の豪弓《ごうきゅう》で、五百歩離れた場所からでも相手を射とめるだけの力がある。部下のイラクザイ族の弓は、もっと軽量であるだけに射殺力が劣りはするが、彼らもそれを点検しはじめていた。

まだ塔からの弓箭《きゅうせん》の射程範囲に達していないのに、何の予告もなしに、大空から飛び来たったものがあった。耳もとをかすめて過ぎたので、コナンは凄まじい翼の音によろめいた。しかし、倒れたのはイラクザイ族のひとりだった。切り裂かれた頸《けい》動脈から血を噴き出している。襲いかかったのは一羽の鷹《たか》で、半月刀のような嘴《くちばし》から血をしたたらせ、研《と》ぎすました鋼鉄の翼を羽搏《はばた》かせて、ふたたび中天高く舞いあがった。時をおかずケリム・シャーの豪弓が唸りを発した。猛禽《もうきん》は測鉛《そくえん》のように急落下してきたが、地上に達する前に姿が消えていた。

コナンは身をかがめて、急襲の犠牲者をのぞいてみたが、すでにこと切れたあとだった。だれも口をきかなかった。鷹はもちろん猛禽の尤《ゆう》なるものだが、人類を襲う習慣があるとは聞いたこともない。しかし、それをあげつらったところではじまらぬ。未開のイラクザイ族の心を宿命論的な諦念《ていねん》が支配していたが、やがては激しい怒りが無気力な思いに打ち勝って、その毛深い手で弓に矢をつがえ、復讐《ふくしゅう》心にぎらつく目で前方の塔を睨《にら》み据えた。それが沈黙をつづけているのは、愚弄《ぐろう》のあらわれにすぎぬのだ。

しかし、つぎの攻撃は迅速に開始され、正面からぶつかってきた。全部の者の目に映った――塔の壁から白い煙のかたまりが吹き出て、山腹の斜面を匍《は》うようにして近づいてくる。ひきつづき第二、第三と、同じ煙のかたまりが。ふわふわした毛糸の玉のようで、危険なものとは思えなかったが、第一のそれが接近してきたとき、コナンはすばやく飛びすさって触れるのを避けた。彼のすぐ背後にいたイラクザイ族のひとりが、手にした剣を突き出して、不安定なこのかたまりに斬りつけた。その瞬間、鋭い爆音が山腹を揺るがし、めくるめくばかりの焔《ほのお》が燃えあがった。それと同時に白い煙のかたまりは消えて、好奇心の強すぎた兵士の躰が、まっ黒に焼け焦《こ》げた骨の堆積《たいせき》に変わっていた。骨の手が象牙《ぞうげ》でできた柄《つか》をいまだに握っているが、刀身は消えていた――怖《おそ》ろしい熱で溶解してしまったのだ。それでいて、この犠牲者から手の届く距離にいた者でも、とつぜん燃えあがった焔に目がくらみ、半ば視力を失っただけで、格別の被害は受けなかった。

「鋼鉄が触れると爆発するのだ」コナンが大声に注意をあたえた。「気をつけろ――ほら、また来たぞ！」

　上方の斜面は、波を打って押しよせる煙の雲に覆われていた。ケリム・シャーが弓を引き絞って、かたまりめがけて矢を射こむと、矢に触れたひとつひとつが紅蓮《ぐれん》の焔を燃えあがらせ、水の泡がはぜるように消えていく。イラクザイ族の兵士たちも彼の例にならい、それにつづく数分間、山腹は雷鳴さながらの爆音が轟《とどろ》き、電光がひらめき、焔の驟雨《しゅうう》が降り注いだ。この弾幕射撃がおさまったとき、射手《しゃしゅ》たちの矢筒には数本の矢が残っているだけであった。

　彼らは押し黙ったまま、焼けただれた土を踏んで登攀を再開した。ところどころに顔を出していた裸の岩塊は、いまの悪魔的な爆発によって残らず溶岩と変わっていた。

　やがて、沈黙を守りつづける塔からの矢が届く範囲にはいったと見ると、隊形を横に展開させた。神経を張りつめ、いずれは見舞うであろうはずの敵襲にそなえた。

　塔の上に一個だけ人影が出現して、十フィートもある青銅の角笛《つのぶえ》を口にあてがった。その甲高《かんだか》い音が、谺《こだま》をともなって山腹に響きわたるさまは、最後の審判の日の喇叭《らっぱ》の音を思わせた。そして恐怖に満ちたその響きに応じるように、彼ら侵攻軍の足もとの土地が震えだし、轟音《ごうおん》が大波のように、地下深くから湧きあがってくるのだった。

　イラクザイ族の男たちは、揺れ動く斜面で酔っ払ったようによろめき、悲鳴をあげた。コナンは目をぎらつかせ、長剣を片手に、塔の壁に設けてある扉をめざし、向こう見ずとも見える勢いでまっしぐらに駆けのぼっていった。彼の頭上では巨大な角笛が吠えつづけ、凶暴な嘲《あざけ》りを表現した。そのときケリム・シャーが豪弓を引き絞って、矢を放った。

トゥランの射手だけがよくする手ぎわだった。角笛の響きがぴたっと止まって、その場所からけたたましい叫びが鋭くあがった。と見るうちに、塔の上の緑衣の男が、胸に突き刺さった矢の長い柄《え》を握りしめ、胸壁《きょうへき》越しに転落していった。巨大な角笛は狭間《はざま》にぶつかって、かろうじてそこにとどまった。もうひとり、緑衣の男が恐怖に駆られてわめきながら飛び出してきて、それをつかもうとした。ふたたびトゥランの男の豪弓が唸り、ふたたび死のうめき声がそれに応えた。この男は転落するにさいして肘を角笛に突きあてたので、それは胸壁から転げ落ち、はるか下方の岩にあたって砕け散った。

コナンは凄まじい速さで斜面を駆けあがり、角笛の転げ落ちた音の谺が消えぬうちに扉に斬りかかっていた。と、いきなり蛮族としての本能がよみがえって、扉の前から飛び退《の》いたところへ、融解した鉛《なまり》が滝となって頭上から落ちてきた。しかし、つぎの瞬間、怒りを二倍にしたコナンは元の位置に引っ返し、扉板を乱打していた。敵が通常の武器を用いだした事実が、彼をいっそう元気づけた。魔道士の弟子《でし》の魔術には限度があって、その能力が尽きはてたにちがいなかった。ケリム・シャーも斜面を駆けのぼってきた。配下の山地族も三日月なりの隊形をとって、そのあとに従っていた。走りながら放つ矢が、塔の壁を撃ち、あるいは弧を描いて胸壁を越えた。

厚いチーク材の扉板もキンメリア人の強打の前にひび割れ、彼は用心しながら内部をのぞきこんだ。そこは円形の部屋で、螺旋《らせん》状の階段が上方に通じている。反対側の扉があけ放たれて、外の傾斜地が眺められる——そして緑衣の男たちが五、六名、背中を見せて全速力で退却していくところであった。

コナンは大声に叫んで塔の内部に一歩踏みこんだが、こんども生まれつきの用心深さですぐさま背後へ身を引いた。その瞬間、いま彼が立った床をめがけて、天井《てんじょう》から巨大な岩石が落下してきた。従う者たちに声をかけて、彼は塔の外壁を迂回《うかい》して走った。

魔道士の弟子たちは、最初の防御線を放棄して撤退したのだ。コナンが塔の背面に達したときは、緑衣の男たちが山腹を潰走《かいそう》していくところだった。コナンは、血の渇望に息をはずませながら追跡に移った。そのうしろでケリム・シャーもイラクザイ族も全力をあげて追走する。敵の逃走を見た山地族は、その一時《いっとき》の勝利にいつもの宿命観を忘れて、狼のような歓声をあげているのだった。

塔が立っている場所は狭い台地の低いほうの突端《とったん》で、この台地はゆるい登り勾配で上方に向かっているのだが、数百ヤード先の地点で、山の下のほうからは見えなかった大地の亀裂に急に落ちこんでいる。魔道士の弟子たちは、この亀裂のなかへためらうことなく飛びこんだと見え、台地の端に緑衣がはためき、その姿を消すところが、追跡するコナンたちの目に映った。

ややあって、追跡者たちもまたその地点に立っていた。大地の亀裂と見たのは、黒い予言者たちの城塞にめぐらした巨大な濠《ほり》で、切り立った断崖の峡谷《きょうこく》が、目の届くかぎり左右に延びている。幅がおよそ四百ヤード、深さは五百フィートのこの空濠《からぼり》が、山をぐるりととり巻いているものと思われた。そしてその内部には、縁《へり》から縁まで、異様な光を帯びた透明な霧がきらめいていた。

見おろして、コナンは唸った。はるか下方の磨きあげた銀板のように光っている谷底を緑衣の男たちが横切っていく。その輪郭が揺れ動いて、深海の底のもののように判然としない。彼らは一列縦隊となって、向こう側の壁に向かって進んでいた。

ケリム・シャーは豪弓に矢をつがえて、下向きに射かけた。しかし、その矢は濠を満たした霧のなかにはいると、とたんに勢いと方向を失って、進路を大きくそれてしまった。

「やつらが降りていったのだから、おれたちにも降りられんわけがない！」コナンが大声にいった。一方ケリム・シャーは唖然《あぜん》とした顔で、矢の飛んだあとを見守っていた。「降り口はたしかこのあたりと見たが――」

目を凝らしてのぞきこむと、はるか眼下、峡谷の底を横切って、金色の糸のようにきらめいているものが見える。緑衣の男たちはその糸の上をたどっている様子で、それを見てとったとき、とつぜんコナンの心にケムサの謎の言葉がよみがえった――「金色の筋に沿って行け！」断崖の縁にしゃがみこんでいる彼の手の下に、それがみつかった――崖縁に露出した鉱脈が、金色の光輝《こうき》を放つ細い筋となって銀色の谷底へとつづいている。そして、いままでは異様に反射する光線に邪魔されて見てとれなかったが、別のものがみつかった。この金色の筋には手がかり足がかりになる刻み目がついていて、急傾斜の崖を降りていくのを助けているのだ。

「これがやつらの降りていった径だ」彼はケリム・シャーにいって聞かせた。「やつらは空中を飛行できるほどの術者ではないのだ！　おれたちもこの径を伝っていけば――」

そのときだった。狂犬に噛みつかれた男が怖ろしい叫びをあげ、歯を噛み鳴らし、泡を吹き出し、ケリム・シャーめがけて飛びかかった。トゥランの男は猫のようなすばやさで立ちあがると、横に飛びのいた。狂った男は勢いあまって、崖の縁からまっ逆さまに転げ落ちていった。ほかの男たちも崖縁に走りよって、驚きの目をみはって、そのあとをみつめた。狂った男は測鉛のように墜落するかわりに、薔薇色の霧に躰を浮かせ、深い水のなかに沈んでいくかのように徐々に落下していくのだった。泳ごうとするかのように、手足をしきりに動かして、顔は紫色に変わり、表情が狂気を超えた苦痛に歪《ゆが》んでいる。そして最後に、躰が銀色の谷底に行き着くと、そのまま動かなくなった。

「これは死の谷だな」ケリム・シャーは呟いて、足もとにきらめいている薔薇色の霧から身を避けた。

「どうしたらいい、コナン？」

「前進だ！」コナンはきびしい表情で答えた。「魔道士の弟子たちにしても、人間であることに変わりはない。この霧がやつらを殺すことがないとしたら、おれを殺すこともできんはずだ」

革帯をたくしあげたとたんに、ケムサがあたえてくれた腰帯に手が触れた。コナンは顔をしかめたが、すぐに凄まじい微笑を浮かべた。なぜこれを忘れていたのか。三度、死の手が襲いかかりはしたが、それは彼を避けて、ほかの犠牲者を血祭りにあげたではないか。

魔道士の弟子たちは、向こう側の断崖にたどりついていて、それをよじ登っていくのが大きな緑色の蠅のように眺められる。コナンは崖の径に足を踏みだして、用心しながら降りはじめた。薔薇色の霧がくるぶしを浸《ひた》し、降りるにつれて、躰の上方へのぼってくる。膝に達し、太腿《ふともも》におよび、腰から腋《わき》の下にいたり、湿った夜に濃い霧に出遭《であ》った気持ちだった。ついにはそれが顎《あご》まで浸すと、さすがの彼もたじろいだが、思いきって頭をなかに突っこんだ。たちまち息が止まった。空気がまったく遮断されて、肋骨《ろっこつ》が内臓に落ちこむのが感じられた。彼は狂気のようにあがいて、死にもの狂いで浮かびあがろうとした。頭が霧の上に出ると、大きく息をして、空気をいっぱいに呑みこんだ。

ケリム・シャーが身をすりよせて話しかけてきたが、コナンには聞こえなかったし、聞こうともしなかった。キンメリア人の心は、死に臨《のぞ》んだケムサの告げた言葉を頑強に守って黄金の筋を探ってみた。果たして、降りるあいだに、足がその筋からはずれていたのだった。崖の傾斜面には足がかりの刻み目が何列もある。彼は筋の真上に躰をおき、いまいちど降りはじめた。薔薇色の霧が彼を呑みこみ、またしても頭がその下にはいったが、こんどは依然として純粋な空気を吸っていた。頭上では、仲間の者が驚愕《きょうがく》の目をみはって、彼の動きを眺めているが、それもきらめく霧に隔《へだ》てられておぼろにかすんでいる。彼は手をふって、あとにつづくように合図をし、仲間が命令どおりに動くかどうかを見定める間も惜しんで急速に降りていった。

ケリム・シャーは何もいわずに剣を鞘《さや》に収め、コナンのあとを追った。イラクザイ族も、谷底にひそむ危険よりもこの地点にとり残される恐怖のほうが大きいので、あわてふためきあとにつづいた。キンメリア人の行動を見ていたので、各人が黄金の筋を踏みはずさぬようにしていた。

斜面を降りきって峡谷の底に行き着くと、黄金の筋をたどって、綱渡り師のような恰好で輝く平地を進んだ。あたかも目に見えぬ隧道《すいどう》を進むかのようで、そこには新鮮な空気が自由に流通し、上方と左右から死の手が迫っているのが感じられるが、彼らの躰に触れることはないのだった。

反対側の断崖も同じような斜面で、そこを黄金の筋が上方に向かっている。これをたどって緑衣の男たちは姿を消したのだ。コナンの一行も神経を緊張させて、同じ径をよじ登った。断崖の上には、大きな岩が牙のように突き出ていて、その背後に何が待ちかまえているかわからぬのだが。

待ちかまえていたのは、先ほどの緑衣の男たちだった。手に手に短剣をふりかざしている。おそらくそこが、彼らの後退しうる限界なのであろう。コナンの腰に巻いてあるスティギアの帯が、彼らの魔力を弱いものにして、かくも速《すみ》やかに消尽させたのかもしれない。失敗したときは死の運命あるのみとの知識が、彼らに必死の反撃を行なわせたのであろう。いま彼らは目をぎらつかせ、地上の武器に最後の望みを託し、短剣をきらめかせて岩のあいだから躍り出たのであった。

断崖に牙のように突き出た岩のあいだの戦闘は、魔術の腕くらべでなく、剣を揮《ふる》っての争いだった。本物の鋼鉄が嚙みあい、本物の血がほとばしり、隆々たる筋肉の腕が唸って、わななく肉を断ち切り、倒れ伏した男たちは、激闘をつづける者の足に踏みにじられた。

イラクザイ族のひとりが、岩のあいだで血をほとばしらせて死んでいったが、魔道士の弟子たちのほうは全滅した——あるいは斬り倒され、あるいは手足を切断され、あるいは崖の縁から突き落とされ、はるか下方に銀色に光っている谷底へゆっくりと落下していった。

やがて勝利者たちは、血と汗を目からふるい落として、たがいに顔を見あわせた。コナンとケリム・シャー、それにイラクザイ族の四人が生き残った。

彼らは、断崖の縁に鋸《のこぎり》の歯のような線を見せている岩石のあいだに立った。その地点から先は、細い径がゆるやかな勾配で上方に向かい、末は幅の広い石段に達している。この石段は硬玉《こうぎょく》らしい緑色の物質を切り出したもので、幅は百フィートもあろうか。段の数は六つである。石段を登りつめたところは広い舞台、あるいは屋根のない回廊といったもので、やはり磨きあげた硬玉で築かれている。その上に、いくつもの層を重ねて、黒い予言者たちの城がそびえ立っているのだった。いうなれば、この山全体が硬玉から成り立っていて、城はその一部を切り出したかに見受けられる。建築様式は完全無欠のものだが、装飾は皆無《かいむ》だった。数多くの片開き窓には鉄格子がはめられ、内側から垂れ幕がかかっている。友好的であるにせよ、敵意を持つにせよ、そこには人間の住んでいるしるしはなかった。

彼らは無言で小径を登った。大蛇の巣を踏む男の慎重さだった。イラクザイ族はむっつりと押し黙り、心ならずも地獄への道を歩かされる男の顔つきである。ケリム・シャーにしても押し黙っていることに変わりはない。コナンひとりだけが、これから開始される攻撃にむしろ奮い立ち、これが旧来の思考と行動を根底からくつがえし、定着した世の伝統に空前絶後の侵害をあたえることになるのを意識していないかに思われた。東方の国の生まれでないだけに、悪魔や魔道士といったものにいささかも畏怖《いふ》の気持ちを持たず、人間の敵を相手にするのと同様に、きわめて現実的に闘うことができるのだ。

彼は光り輝く石段を登り、緑の広い回廊をまっすぐ横切り、黄金で縁どったチーク材の扉に向かった。城は巨大なピラミッド状の建物で、幾重にも層を重ねてそびえ立っているが、彼は上層を一度ふりあおいだだけだった。扉から把手《とって》のように突き出ている青銅製の尖《とが》ったものに手を伸ばし――そして触れかけた直前、にやりと笑って、伸ばした手を引っこめた。それは蛇の形をとって、頭を弓なりにもたげている。コナンは疑惑を感じたのだ。それを握ったとたんに、青銅製と見ていた蛇の頭に凶悪な生命が宿るのではないかと。

剣を揮ってそれを扉から斬り落とすと、ガラス状の床にぶつかって、金属性の音を立てたが、彼はなお警戒の気持ちをゆるめなかった。剣の先で跳《は》ねのけておいてから、あらためて扉と相対《あいたい》した。塔内を完全な静寂が支配していた。はるか脚下に、この高地の斜面が谷底まで見透《みとお》せ、末は紫色の靄《もや》に沈んでいる。右と左にそびえ立つ山嶽《さんがく》は雪をかぶった頂が陽光にきらめき、その上の紺碧《こんぺき》の空を舞う一羽の禿鷹《はげたか》が、黒い点のように見えている。しかし、そびえ立つ壮麗な塔の根元、黄金の縁取りをした扉の前に立つ男たちだけが生命を持つもので、しかもそれが、めくるめくばかりの高所である緑硬石の回廊の上では、あまりにも微小で頼りなげに見受けられた。

雪片を含んだ風が山巓から吹きつけて、彼らの衣服をはためかせた。コナンの長剣がチーク材の扉板を斬り裂くたびに、谺が大きく反響した。彼はくり返し扉に斬りつけ、磨きあげた板と金属製の帯を同時に切断していった。それを寸断同然の状態に変えると、コナンは狼のような油断のなさで内部の様子をうかがった。広大な部屋で、光沢のある石の壁には壁掛けがなく、切りはめ模様の床にも敷物は見られず、家具らしいものといっては、いくつかの四角い黒檀《こくたん》の床几《しょうぎ》と、黒い石の壇だけであった。部屋のなかに人影はない。反対側の壁に、もうひとつ扉があった。

「外に見張りをひとり残しておくがいいぞ」コナンはケリム・シャーに注意をあたえた。「おれは踏みこんでみる」

ケリム・シャーの命令を受けた部下の男が、弓を手に回廊の中央へもどっていった。コナンは大股に塔内へ足を踏み入れ、ケリム・シャーとイラクザイ族三人がそのあとにつづいた。見張りの男は唾《つば》を吐いて、髭《ひげ》のなかの口で何か呟いていたが、急に全身をこわばらせた。嘲るような笑い声が、低くではあるが耳に達したからだ。

顔をあげると、塔の上の階に黒衣姿の長身の男が立っていた。彼は見おろしながら、髪を剃《そ》り落とした頭をわずかに上下させて、その態度全体で嘲笑《ちょうしょう》と悪意をあらわしている。イラクザイ族の男は電光のようなすばやさで弓を引き絞り、矢を放った。矢は狙いあやまたず、黒衣の胸を正確にとらえた。しかし、嘲りの微笑は少しも変わらず、黒い予言者は矢を引きぬいて、射手めがけて投げ返した。武器として投げたわけではなかったが、その動作には侮《あなど》りの色が濃く示されていた。イラクザイ族は身をかわして、本能的に腕を伸ばし、回転して飛んできた矢の柄をつかんだ。

それと同時に彼は悲鳴をあげた。手のなかで木製の矢柄《やがら》が急に蠢《うごめ》いたのだ。固いはずの矢の柄が、融《と》けださんばかりにしなやかなものと変わった。あわてて投げ捨てようとしたが、すでに遅かった。身をよじっている蛇を素手で握っているのだった。それはすでに彼の手首に巻きつき、楔《くさび》形の首をもたげて、たくましい二の腕に飛びかかった。男はもう一度悲鳴をあげ、大きく目を見開いた。顔が紫色に変わるとともに、激しい痙攣《けいれん》で膝をつき、そのまま動かなくなった。

塔内の男たちは、最初の悲鳴でふりむいた。コナンは打ち破った扉口へ急いで駆けよったが、何かに妨《さまた》げられて立ちどまった。うしろにいる男たちの目には、彼がただの空気に向かって力をこめているように映った。しかし、彼自身にも何も見えぬところに、なめらかで固い物が感じとれて、扉のあった場所に水晶の板が下ろされているのがわかった。それを通して、ガラス状の回廊にイラクザイ族が身動きもせずに横たわっているのが見える。その腕にふつうの矢が突き刺さっていた。当然ながら、上の階層にいる男は見えなかった。

コナンは長剣をふりあげふり下ろした。見ている男たちは啞然とした。長剣が空中に受けとめられて、金属性の大きな音を立てたからだ。鋼鉄の刀が強固な物質に打ちあたったことはたしかだった。コナンはそれ以上無益な努力を払わなかった。伝説に名高いアミル・クルムの名刀をもってしても、目に見えぬこの幕を打ち砕くことは不可能なのだ。

コナンはこの事情を短い言葉でケリム・シャーに説明した。トゥラン人は肩をすくめて、

「出口をふさがれたとあれば、他の出口を見いださねばなるまい。いい換えれば、前進あるのみとい

うことだな」

キンメリア人は唸り声をあげ、向きを変えると、大股に部屋を横切って反対側の扉へ向かった。それが地獄への入口であるのも承知の上だった。そして長剣をふりあげて、扉板に叩きつけた。するとそれは、まるでそれ自体の力によるもののように、音も立てずに開いた。その向こうは巨大な広間で、ガラス状の円柱が高い天井に伸びている。扉口から百フィートほどの個所に緑硬石の階段があって、ピラミッドの側面のような形でこの建物の最上層までつづいている。階段を登りつめたところに何があるかは、もとより見当のつくことでない。しかし、コナンが立っている場所と、きらきら光る階段とのあいだに、黒玉の祭壇が異様な形を見せている。黄金色の大蛇が四匹、この祭壇に尾を巻きつけて、楔形の鎌首《かまくび》をもたげ、神話にある財宝の守護者のように東西南北の方向を睨み据えている。しかし、祭壇の上には、弓なりになった首のあいだに水晶球が一個おいてあるだけ——水晶球のなかは煙のようなものに満たされて、そこに黄金の柘榴《ざくろ》が四個浮かんでいた。

その光景が、コナンの心におぼろげな記憶をよみがえらせた。しかし、コナンは祭壇にそれ以上の注意を向けなかった。階段の途中、裾に近いところに、四人の黒衣の男が立っていたからだ。彼らが降りてくるのを見ていたわけでなく、いつともなしにそこに出現したのだ。長身瘦軀《ちょうしんそうく》の男たちで、手足をゆったりした黒衣に隠し、禿鷹のような頭を揃って上下させている。

そのひとりが腕を高くかかげると、袖がずり落ちて、手があらわれた——それはしかし、人間の手といえるものでなかった。コナンは意志に反して、踏み出した足を止めた。またしても怪奇な力に遭遇したのだ。それはケムサの魔術とも微妙な相違があるものと思われる。彼には進むことができないばかりか、心のどこかで、許されることならこのまま引っ返したいと感じていた。ほかの男たちも同様に足を止めたが、これは彼以上の無力感に襲われて、前進と後退の双方とも不可能だった。

手をあげた予言者は、イラクザイ族のひとりをさし招いた。招かれた男は、夢うつつの境地にあるように、見開いた目を据え、剣を持つ手をだらりと垂らして、予言者のほうへ歩いていく。コナンのそばを通り過ぎるのを、キンメリア人は手を伸ばして引き止めようとした。コナンの力はこの男をはるかに上まわり、ふだんであれば、素手でその背骨をへし折ることができた。しかし、いま彼のたくましい腕は、一本の藁《わら》のように無造作に払いのけられた。イラクザイ族の男は、機械的なぎくしゃくした歩調で階段のほうへ近づいてゆく。その下に達すると、こわばった躰で膝をついて剣をさし出し、首をさし伸べた。予言者は剣を受けとり、ふりあげ、ふり下ろした。それは電光のようにきらめき、イラクザイ族の首は肩から転げ落ち、黒大理石の床にあたって大きな音を立てた。切り裂かれた血管から血が弓なりにほとばしったかと見ると、躰がくずおれ、両手を拡げて倒れた。

人間のものならぬ手がふたたびかかげられ、招いた。すると第二のイラクザイ族が、ぎごちない歩みで死の階段へ近づいていった。凄惨《せいさん》な劇がふたたび演じられ、またひとつ首のない死骸が、第一のそれのかたわらに横たわった。

三人目のイラクザイ族が足音も高くコナンのわきをすりぬけて、おのれの死へ向かってゆく。キンメリア人はこめかみの血管を膨《ふく》らませ、彼をとらえている目に見えぬ壁を打ち破ろうと必死の努力をつづけていたが、味方してくれる力があるのに不意に気づいた。これもまた目に見えないのだが、彼の身のまわりに蠢いている。何の予告もなしにひらめいたものだが、あまりにも力強く、コナンはこの直感を疑うことができなかった。彼は無意識のうちに左手をバカラ産の幅広の帯の下にさしこみ、スティギアの腰帯を握りしめた。それに触れるが早いか、麻痺していた五体に新しい力の波がみなぎってくるのが感じられ、生きぬこうとする意志が白熱の火となって脈動し、燃えあがる怒りの激しさと釣りあった。

三人目のイラクザイ族は、すでに首無し死体と変わっていた。そして、あのおぞましい指がまたしてもたげられたとき、目に見えぬ壁が引き裂けるのをコナンは感じとった。われ知らず唇《くちびる》から激しい叫びをほとばしらせ、こらえにこらえていた憎悪が爆発したかのように、凄まじい勢いで突進していった。左手は魔術師の帯を、溺《おぼ》れかかった男が流れただよう丸太にすがりつくように握りしめ、長剣は右手に光を放っていた。階段の上の四人の男は身じろぎもせずに、落ち着き払ったまま、皮肉な目でコナンの動きを見守っている。驚きを感じているのかもしれないが、それと示すような真似はしなかった。コナンは、長剣が届く範囲にはいったら何が起きるのかを考えようとしなかった。こめかみに血が脈打ち、目の前に緋色《ひいろ》の霧がかかってゆらめいた。殺戮《さつりく》の衝動――長剣を叩きつけ、肉と骨とを断ち割り、血と臓腑《ぞうふ》にまみれた刃をねじってくれようとの思いに駆られていた。

あと十数歩足を運べば、嘲笑を浮かべた悪魔たちが立つ階段に達することができる。息を深く吸いこむと、まっ赤な怒りがさらに燃えあがり、突進に勢いが加わって、四匹の金色の蛇がとり巻く祭壇のわきを駆けぬけた。そのとき、彼の心に電光のようにひらめくものがあった。ケムサの謎めいた言葉『水晶球を打ち砕け！』が、いま聞くように、耳もとに生き生きとよみがえったのだ。

この心のひらめきへの反応は、意志とはほとんど無関係といってよく、その後の彼の行動は自然発生的な衝動によるもので、さしも偉大な世紀の魔道士であっても彼の意向を読みとり、それを妨げるだけの時間はなかったであろう。彼はまっしぐらに突き進んでゆくと、猫のような柔軟さで身をひるがえし、水晶球に長剣を叩きつけた。その瞬間、空気を震動させて、凄まじい轟音が鳴り響いた——それがどこから生じたか、祭壇か、階段か、それとも水晶球そのものからか、コナン自身にもわかりかねた。しゅうしゅういう音が彼の耳を満たし、四匹の金色の蛇が不意に凶悪な生命力で躰をうねらせ、彼をめがけて襲いかかってきた。しかし、コナンの動きには猛《たけ》り狂った猛虎《もうこ》のすばやさがあった。剣を回転させて、巨大な胴を波打たせて襲来する大蛇に斬りつけておいて、返す刃で水晶球をめった打ちにした。ついにそれは、落雷のような轟音とともに破裂して、きらめく破片が雨のように黒大理石の上に降り注いだ。それと同時に四個の黄金の柘榴が、あたかも幽閉《ゆうへい》から解放されたもののように、高い天井に向かって飛びあがり、消えてしまった。

けものじみた狂気の叫びが、巨大な広間に響きわたって、階段上の黒衣の四人が身もだえをはじめた。痙攣に全身をくねらせ、土気色《つちけ》に変わった唇から泡を吹き出し、人間の声とは思われぬ咆哮《ほうこう》をしだいに高まらせていたが、最後には身をこわばらせ、静かに横たわった。コナンが見るまでもなく、死んでいたのだ。コナンは祭壇に目をやり、水晶球の破片を見た。四匹の金色の蛇は頭を斬り落とされたものの、依然として祭壇の周囲に巻きついている。しかし、もはや鈍い光を放つ金属の躰に生命力は蠢いていないのだった。

ケリム・シャーは、膝をついた姿勢からのろのろと立ちあがるところだった。何か目に見えぬ力によって打ち倒されていたのだ。しきりに首をふっているのは、耳鳴りをふり払おうとしているにちがいない。

「おまえが剣を揮ったとき、怖ろしい物音がしたな。数千枚の水晶板が一度に砕《くだ》けて、城いっぱいに崩れ落ちたかと思った。魔道士どもの魂《たましい》は、あの水晶球のなかに封じこめられていたのかもしれないぞ――おや！　あいつはだれだ？」

ケリム・シャーが剣の先端で階段を指したので、コナンはさっとふりむいた。

階段の頂に、新しい人物が立っている。やはり黒い長衣をまとっているが、これはビロード地で、豪《ごう》奢《しゃ》な刺繍《ししゅう》がほどこしてあり、頭には同じくビロードの縁なし帽をかぶっている。顔は冷静そのもので、美しいとさえいえるのだった。

「きさまは何者だ？」コナンは男を睨みあげ、長剣を握り直しながら問いただした。

「わしはイムシャの主権者だ！」その声は寺院の鐘《かね》のように澄んだ音を立てたが、そこには残忍な冷笑の響きがこもっていた。

「ヤスミナ姫はどこにいる？」とケリム・シャーが語気を強めて訊いた。

イムシャの主権者は声をあげて笑い、

「それがきさまに何のかかわりがある、死人《しびと》よ。こうも速やかにわしの力を忘れるとは、呆《あき》れたばか者だ！　力を借りた恩があるのに、剣をとってわしに刃向かうとは、憎みてもあまりあるやつだ。その心臓を引きぬいてくれるぞ、ケリム・シャー！」

男は片手をさし伸べて、何かを受けとる仕種《しぐさ》をした。するとトゥラン人は、肉体の苦痛に悶《もだ》えるように鋭い悲鳴をあげた。酔った男の恰好でよろめいたと見ると、骨が砕け、筋肉の引きちぎられる音がして、鎖帷子《くさりかたびら》がはじけ飛び、胸が破裂し、鮮血の雨が降り注いだ。そして醜《みにく》く開いたその割れ目から、血をしたたらせた赤いものが飛び出ると、空中を走って、さし伸べた男の掌《てのひら》に、磁石に引かれる鉄片のようにぴったりと収まった。トゥラン人の躰は床に崩れ伏して、動かなくなった。イムシャの主権者は高らかに笑って、掌の上のものをコナンの足もとに投げてよこした——いまなおぴくぴく震えている人間の心臓であった。

呪いの言葉を大声にわめくと、コナンは階段へ突き進んだ。階段を駆けのぼる途中、怖ろしい力の波動に迎撃されたが、ケムサの腰帯を握りしめることで全身に力がみなぎり、死の恐怖を上まわる憎悪に駆りたてられた。空気が鋼鉄色にきらめく靄に包まれたが、彼は頭を下げ、左腕で顔を覆い、右手の長剣を低くかまえた姿勢で、波間を泳ぐようにして突進をつづけた。半ば目がくらんでいたが、肘を曲げたあいだから階段上の予言者の姿をうかがうと、憎むべきその輪郭が、掻き乱された水のなかの光のように揺れ動いている。

コナンは理解を超えた妖《あや》しい力に全身をねじ曲げられ、引き裂かれる思いを味わった。だが、外からの力に駆りたてられ、魔道士の力と自分自身の苦痛にもかかわらず、上方へ、前方へと、突き進まずにはいられなかった。

ついに彼は階段の頂に到達して、イムシャの主権者の顔が目の前、鋼鉄色の霧のなかに浮かんでいるのを見た。その謎めいた目に異様な恐怖の影が射している。霧が大波のように押しよせるのをかいくぐって、コナンの長剣が生きているもののように突きあげられ、その鋭い切先《きっさき》が相手の黒衣を斬り裂いた。男は低い叫びをあげて飛びのいた。と思うと、コナンの見ている前で、煙のように掻き消えた——ただ単純に、泡がはぜるように消え失せて、何か長々とうねりくねるものが、踊り場から右と左につづいている小階段のひとつを登っていくのだった。

コナンはそのあとを追って、左手の小階段を駆けあがった。その階段をすばやく登っていくのをいま見たものの正体は不明であったが、狂戦士の怒りが、意識の奥から囁《ささや》きかける嫌悪と恐怖の感情を呑みこんでしまったのだ。

小階段の上は広い廊下だった。敷物のない床と壁掛けのない壁は、磨きあげた硬玉で作られている。この廊下を長々とうねる何かが匍い進んで、垂れ布を下ろした戸口のなかにはいりこんだ。たちまちその部屋に、けたたましい悲鳴があがった。その声が、飛ぶようにして急ぐコナンの足に翼をあたえ、彼は垂れ布を押しのけると、頭から部屋のなかに飛びこんだ。

恐怖に満ちた光景が展開していた。ヤスミナ姫が、ビロードに覆われた壇の向こう端にうずくまって、嫌悪と恐怖の悲鳴のうちにも、攻撃を防ぐように片方の腕をあげている。そして彼女の前には、巨大な蛇がとぐろを巻いて、黒光りのする凶悪な鎌首を左右に揺すっているのだ。コナンは一瞬、息を呑んだが、長剣を大蛇に投げつけた。

たちまち怪物は向きを変え、丈《たけ》高く伸びた草むらを吹きぬける突風の凄まじさで、コナンめがけて襲いかかった。その首筋にコナンの長剣が揺れている。切先が一フィートほど突きぬけて、こちら側には柄と刀身の幅広い部分が見えているが、大蛇はひるむ気配もなく、いっそう猛《たけ》り狂っているだけに思われた。巨大な頭が高く伸び、向かいあって立つコナンの上に覆いかぶさったかと見ると、毒液をしたたらせる口をかっと開いて、かぶりついてきた。しかし、コナンは腰帯に挟《はさ》んだ短剣を引きぬき、襲いかかる頭を下から突きあげた。その切先が下顎を貫き、上顎に突き刺さって、口をぴったり閉じあわせた。つぎの瞬間、巨大な胴がキンメリア人にからみついた。これこそ、牙を使えなくなった毒蛇の最後の攻撃方法なのだ。

コナンの左腕は、骨も砕くばかりの強力なとぐろに押さえつけられたが、右腕はなお自由だった。彼は両脚を踏んばってねじ倒されるのを防ぎつつ、手を伸ばして、大蛇の首を貫いている長剣の柄をつかむと、血の雨を降らしながらそれを引きぬいた。大蛇は、爬虫類《はちゅうるい》の知力以上のものでコナンの意図《いと》を察しとったかのように、身をうねらせ、からまりあい、そのとぐろのうちに彼の右腕を捕えようとした。しかし、長剣は電光のすばやさでふりあげ、ふり下ろされ、巨大な蛇の胴を半ば切り裂いていた。

コナンはさらに一撃を加えようとしたが、とぐろが急にゆるんで彼から離れ、怪物はその躰を引きずるようにして床を匍った。むごたらしい傷口からおびただしい血が噴き出している。コナンはそのあとを追って飛びかかり、ふたたび長剣をふり下ろした。しかし、その激烈な強振も、こんどはむなしく空《くう》を切った。大蛇は身をうねらせて彼から離れ、平たい頭の先を白檀の衝立《ついたて》に突きあてた。衝立の一部分が内側へ開くと、血を噴く大樽《おおだる》のような巨躰《きょたい》が、その隙間《すきま》を通って消えていった。

コナンは寸刻《すんこく》をおかず衝立を攻撃した。長剣を二、三回揮うと、衝立は破れて、その向こうは薄暗い小部屋になっていた。そこに怪物がとぐろを巻いているわけでなく、大理石の床に血糊《ちのり》があり、血まみれの筋が謎めいた拱門《アーチ》形の扉に伸びている。その痕《あと》は人間の裸足《はだし》のものであり――

「コナン!」キンメリア人が室内をふり返ったちょうどそのとき、ヴェンドゥヤの王妹《デヴィ》が走りよってきて、彼の腕のなかに身を投げかけた。そして恐怖と感謝と安心感から、狂ったように彼の首にしがみつくのだった。

これまでの出来事によって、コナン自身の野生の血が極度に煮えたぎっていた。彼は、別のときであれば彼女がたじろいだはずの力でひしと抱きしめ、唇を激しく押しつけた。彼女は拒《こば》まなかった。王妹《デヴィ》はただの女性に変わっていた。目を閉じて、男の熱い、無法ともいえる口づけに身も心も溺れさせ、彼女自身の情熱の渇《かわ》きを癒《いや》しているのだった。男が息をつくために口を離すと、彼女は男の激しい力の前に喘《あえ》いでいた。男はそのたくましい腕のなかにぐったり身を預けている彼女の姿を見おろしていた。

「助けに来てくれるのはわかっていたわ」彼女は細い声でいった。「こんな悪魔の巣に、わたしを捨てておくわけがないと知っていたのよ」

その言葉を耳にして、コナンは自分たちがおかれた情況を不意に思い出した。彼は顔をあげて、耳を澄ました。静寂がイムシャの城を支配している。しかし、その静寂は敵意を孕《はら》んだものであった。隅々に危険がひそみ、ありとあらゆる垂れ布のあいだから、目に見えぬ目がのぞいている。

「いまのうちに立ち退《の》くべきだ」コナンは低い声でいった。「おれの剣は、どんな猛獣でも殺すことができる――人間はもちろんのことだ――しかし、魔道士は十の生命を持っている。いまの魔物にしたたか手傷を負わせてやったことはたしかだが、ああして逃げ去ったからには、どこかの魔法の源《みなもと》から、また新しく毒を吸いあげようとしているにちがいない」

彼は姫を小児《しょうに》のように軽々と抱きあげると、光沢を放つ硬玉の廊下へ出て、階段をくだった。油断なく目をみはって、どんな小さな音でも聞き洩らすまいと、耳をそばだてている。

「わたし、この城の主人に会ったわ」姫は彼にしがみつき、身を震わせながら囁いた。「その男、わたしの意志をくじこうとして魔法をかけたの。いちばん怖ろしかったのは、朽《く》ちかけた死骸の腕に抱かれたときよ――わたし、そのときに気を失って、死んだように横たわっていたのよ。どれくらいの時間かわからないわ。意識をとりもどしたすぐあとに、階下で闘っている物音を聞いたの。それから叫び声を。すると、あの怖ろしい蛇が、垂れ布を押しあげてすべりこんできたのだわ――ああ！」彼女は恐怖の記憶に身を震わせた。「それが幻術の作りだしたものではなく、本物の大蛇で、わたしの命をとりにきたのだと、なぜかわかったのよ」

「とにかく、あれは幻影ではない」コナンは謎めいた答をした。「あいつはおのれの敗北を知って、おまえを救《たす》け出させるより、殺してしまうほうを選んだのだ」

「あいつってだれのことなの？」彼女は不安げに訊いた。と思うと、またも悲鳴をあげ、いっそう強くコナンにしがみついた。質問したことさえ忘れていた。というのは、階段の下にいくつかの死体を見たからだ。それは黒い予言者たちの亡骸《なきがら》で、見て気持ちのよいものでない。顔を歪め、躰を引きつらせ、おぞましい手足を白日《はくじつ》のもとにさらしているのだ。それを目の前にして、ヤスミナ姫は土気色に変わり、その顔をコナンの力強い肩に押しつけて隠したのだった。

10　ヤスミナ姫とコナン

コナンは急ぎ足に広間とそのつぎの部屋を通りぬけ、外の回廊に出る扉に油断なく近づいていった。すると、床に飛散した水晶の破片がきらきらと光を放っていた。扉口を覆っていた透明の板が粉々に砕《くだ》かれているのを見て、コナンは水晶球を打ち砕いたときの凄まじい音響を思い出した。あの瞬間、城内のいたる個所を覆っていた水晶板が、残らず粉砕されたにちがいなかった。いま彼の心に漠然とした本能によるものか、秘教的な伝承の記憶がよみがえった。それは黒い魔界の住人と黄金の柘榴《ざくろ》との怪奇な結びつきであった。首筋の毛が逆立つ思いで、彼はその記憶を急いで心から追い払った。

緑色硬玉《こうぎょく》の回廊の上に立って、コナンは安堵《あんど》感からほっと吐息を洩らした。前途にはなお横切らねばならぬ霧の峡谷《きょうこく》が控えているが、とにもかくにも太陽の下に白く輝く山巓《さんてん》と、遠くはるか、青い靄《もや》のなかに裾《すそ》を沈めている長い斜面を見ることができたのだ。

イラクザイ族の男の死骸は、倒れた場所にそのまま横たわっていて、ガラスのようになめらかな回廊上の汚点に見えた。コナンは曲がりくねった小径《こみち》を大股にくだりながら、太陽の位置に気づいて驚いた。それはいまだに天頂を過ぎていなかった。黒い予言者たちの城に突入してから、数時間は過ぎていると思われたのに。

彼は急がねばならぬと考えた。たんなる盲目的な恐怖感でなく、危険への本能が背後に迫るものを感じとっているのだった。ヤスミナ姫へは何もいわなかった。彼女は黒髪の頭をコナンの盛りあがった胸に預け、その鋼鉄の腕にしっかりと抱かれていることに深い満足感を味わっていた。大地の亀裂に達すると、コナンは瞬時足を止めて、眉間《みけん》に皺《しわ》を寄せて谷底を見おろした。峡谷内に躍っている霧は、もはや薔薇色にきらめいていなかった。それはおぼろに煙《けぶ》って、傷ついた男の内部にかすかにまたたく生命の潮に似て、薄暗くただよっている。そのときコナンは漠然と考えた。魔術者たちの呪術は、一般人の動作と俳優のそれとの関係以上に、魔術者自身の在《あ》り方に結びついているのではないかと。

しかし、はるか下方では、鈍い銀色の谷底に金色の筋が走っているのがくっきりと見えていた。コナンはヤスミナ姫の躰《からだ》を肩にかつぐようにし、彼女がおとなしくその位置に収まると、傾斜面を降りはじめた。急いで斜面を降り、谺《こだま》のする峡谷の底を足早に横断した。これは時間との競争だ、と彼は確信していた。生き延びられるかどうかは、ひとえに傷ついた城の主人が生命力を回復させ、ふたたび魔術を使いだす以前にこの怖ろしい亀裂を渡りきることにかかっているのだと。

彼は努力に努力を重ねて、反対側の斜面を登りきり、ようやくにして亀裂の上に行きつくと、安堵の息を大きくついて、ヤスミナ姫を地に立たせた。

「ここからは歩いてくれ」コナンは彼女にいった。「あとはずっとくだり道だ」

姫は、亀裂の向こう側できらめいているピラミッド形の建物にちらっと目をやった。それは雪をかぶった斜面を背にしてそびえ立ち、滅びることのない邪悪の城砦《じょうさい》のように静まりかえっていた。

「イムシャの黒い予言者たちを征服したなんて、あなたはどんな魔術を使ったの、ゴールのコナン？」ヤスミナ姫はそのしなやかな腰を男のたくましい腕に託して、くだり勾配《こうばい》の小径《こみち》をたどりゆくあいだに訊いた。

「あれはみんな、死に臨《のぞ》んだケムサがあたえてくれた帯のおかげなんだ」コナンは説明した。「そう、おれはここへ来る途中、やつに出遭《であ》った。もらった腰帯は、あとで落ち着いたら見せてやってもよいが、ずいぶんと奇妙な品だ。ある種の魔術には弱いが、ものによっては強い効き目がある。それに上等の剣は、いつだって呪文と同じくらい役に立つ」

「でも、その腰帯が、暗黒界の支配者を征服する助けになったとしたら」彼女はいい募った。「なぜケムサを救ってやれなかったのかしら？」

コナンは首をふって、「そいつはわからん。だれにもわからんだろう。だが、ケムサは以前、あのイムシャの主権者の奴隷《どれい》だった。その経歴が、腰帯の魔力を弱めたのかもしれん。主権者の力は、ケムサに対するほどおれを押さえつけることができなかった。しかし、まだいまのところ、あいつを征服したとはいいきれん。やつは退却したが、その最期《さいご》を見届けたわけではない。いまのうちに、できるだけやつの棲処《すみか》から遠去かりたいのだ」

かくて彼は、御柳《ぎょりゅう》に馬を繋《つな》いでおいた地点にたどりついてほっとひと息つくとともに、手早く全部の馬を解き放して、黒い駿馬《しゅんめ》にまたがり、姫を鞍《くら》の前壷《まえつぼ》に乗せた。休息に元気をとりもどしたほかの馬も、残らずあとに従った。

「これからどこへ？」彼女はたずねた。「アフグリスタンなの？」

「それはあとのことだ！」コナンはきびしい表情に変わって、「だれかが――たぶん太守だと思うが――おれの配下の七人の首長を殺した。まぬけ揃いのおれの部下は、この殺害におれがひと役買ったものと思いこんでいる。その疑いを晴らさんことには、おれは傷を負った山犬同様に狩りたてられる」

「だったら、わたしはどうなるの？　首長たちが死んでしまったいまでは、人質の役に立たないわけね。首長たちの復讐《ふくしゅう》のために、わたしを殺すつもり？」

その言葉に、コナンはきらきら光る目で彼女を見おろし、声をあげて笑った。

「殺す気がないのなら、ふたりいっしょに、国境を越えたらいいわ。それならアフグリ族から襲われることもなくてすむし――」

「そのかわり、ヴェンドゥヤの絞首台が待っている」

「わたしはヴェンドゥヤの女王よ」ヤスミナ姫は彼女の身分を思い出させようと、王者の威厳を声にこめていった。「わたしの命を救ってくれた者、兄の仇《かたき》を多少なりとも討ってくれた者は、当然、その報賞を受けるはずだわ」

しかし、その言葉は彼女の意志に背いて傲慢な調子に響いたものか、コナンは不機嫌を露骨に示して、

「その褒美《ほうび》は、都会育ちの犬どもにくれてやるがいい、お姫さまよ！　おまえが平原の女王なら、おれは山地の首領だ。国境近くへなど、連れていってやるものか！」

「でも、それでおまえの身は安全になるのに――」彼女は当惑のうちにもいいかけた。

「そしておまえは、ふたたび王妹《デヴィ》になる」コナンがさえぎって、「おれは、それがいやなんだ。いまの

ままのおまえがいい——おれの鞍の前壺《まえつぼ》に乗っている、肉と血でできた、ただの女が」

「でも、いつまでもわたしを引き留《と》めておけるものでないわ！」彼女は叫んだ。「そんなことができたら——」

「できるかできぬか、見ておるがいい！」彼はきびしくいい放った。

「でも、身代金《みのしろきん》は望みどおりに払ってあげるから——」

「身代金なんぞ悪魔にくれてやれ！」彼は荒々しい口調でいって、彼女のしなやかな腰にまわした腕をきつくした。「ヴェンドゥヤ王国が何をよこそうと、それはおれの望むものの半分の値《あたい》もない。おれが欲しいのはおまえだけだ。おまえを手に入れるためなら、生命を賭けてもいいと考えているおれだ。廷臣どもがおまえをとりもどす気なら、ザイバル峠《とうげ》まで出向いてきて、おれと一合戦することだ」

「そんなことをいっても、いまのおまえには部下がひとりもいないじゃないの！」彼女はいい募った。「おまえは追われている身よ！　どうやって命を守るつもり？　ましてや、わたしの命を」

「おれにはまだ山の仲間がいる」コナンは答えた。「クラクザイ族の首長がそれで、おれがアフグリ族のやつらと話をつけるあいだ、この首長がおまえを守ってくれる。アフグリ族があくまでもおれを受け入れぬようなら、クロムの神にかけて、おまえを連れて北方へ馬を走らせ、草原地帯のコザックに身を投じる。おれは南方へ出てくる以前、〈自由の仲間たち〉の首領だった。おまえをザポロスカ河地方の女王にしてやる！」

「断わるわ！」彼女は叫んだ。「わたしをつかまえておくなんて——」

「この考えが気に入らんのなら、なぜ、ああもやすやす唇《くちびる》を許した？」

「女王だって人間だわ」彼女は顔を赤らめて答えた。「でも、女王の身として、わたしの王国のことを考えないわけにいかないのよ。よその国なんかへ連れていかないで。わたしといっしょにヴェンドゥヤへもどって！」

「おれをヴェンドゥヤの王にしてくれるのか？」コナンは言葉に皮肉をこめていった。

「それにはいろいろ慣習があって――」ヤスミナ姫は口ごもった。コナンは高らかに笑って、

「なるほど。文明国にはうるさい慣習があって、おまえの思うようにさせてくれんというのだな。どうせおまえは、どこかの平原の国の王、皺くちゃな老いぼれといっしょになる定めだ。おれはおまえの唇から盗んだいくつかの口づけを思い出にするだけにして、おれ自身の道を行くことにする」

「何といわれても、わたしはわたしの王国へもどるわ！」彼女は同じ言葉をくり返すだけであった。

「何のために？」コナンは腹が立ってきた様子で、「その柔らかな尻を黄金の玉座《ぎょくざ》ですり減らし、ビロードの衿《えり》をつけたばか者どものお世辞を聞くためか？　そんなことのどこがいい？　よく聞けよ。おれは未開人ばかりが住むキンメリアの高地で生まれ、傭兵、海賊、コザックの掠奪《りゃくだつ》部隊と、何百という荒仕事を経験してきた。国から国と渡り歩き、戦役に加わり、女を愛し、掠奪した。これだけのことをどこの国の王がやってのけた？

　おれは軍勢を集め、南方の諸王国を掠奪しようとグリスタンへやってきた――掠奪する国のうちには、おまえのヴェンドゥヤも含まれているのだぞ。まず手はじめにアフグリ族の首領になった。説得が効《こう》を奏せば、あと一年のうちに十二の部族を配下におくことができる。だが、それが駄目なら、ふ

たたび草原地帯へとって返し、コザックを引き連れ、トゥランの辺境地域を荒らしまわる。おまえはいっしょに来るんだ。ヴェンドゥヤ王国なんか悪魔にくれてやれ。おまえの人民どもは、おまえの生まれる前から、自分たちの身を守りぬいてきたんだぞ」

彼女はコナンの腕に抱かれて、顔を見あげた。そして男の言葉に動かされる気持ちを感じた。彼同様に、無法で向こう見ずな行動に出てみたい衝動が湧きあがったが、一千世代にわたる統治者の家に生まれた重圧が、その心にのしかかってくるのをどうしようもないのであった。

「できないわ！　わたしにはできないわ！」彼女は力なくくり返した。

「選《え》り好みできると思っているのか」彼はいい聞かせた。「おまえの——おや、あれは何だ？」

イムシャの山を離れて数マイル、彼らの馬の歩みは、ふたつの深い谷を隔《へだ》てる尾根の上をたどっていた。嶮《けん》岨《そ》な道が高みにさしかかったところで、右手の谷間を見おろすと、激しい戦闘が進行中で、ふたりの耳からあらゆる物音を吹き払う強風を貫いて、鋼鉄の剣を打ちあわせる響きと、雷鳴のような駒《こま》の蹄《ひづめ》の音が、はるか眼下から聞こえてくるのだった。

長槍《ちょうそう》の穂先《ほさき》と尖《とが》った冑《かぶと》に陽光がきらめき、鎖帷子《くさりかたびら》に身を固めた三千名の槍騎兵《そうきへい》が、ぼろぼろの服装で頭にターバンを巻いた騎馬の一団を追走していくところだった。後者は隊伍を乱し、狼《おおかみ》のようなわめき声をあげて、すでに潰走《かいそう》の状態にあった。

「トゥラン軍だ！」コナンがいった。「セクンデラムからの部隊だな。こんな場所でいったい何をしているのだろう？」

「追われている男たちは何者なの？」ヤスミナ姫が訊いた。「退却しながらずいぶん頑強に抵抗しているけれど、人数にあれだけ差があっては、勝ち味なんかありはしないわ」

「あの五百名は、おれの配下のアフグリ族だ」コナンはなおも谷底をのぞきこみ、うめくような声でいった。「まんまと敵の罠に引っかかった。そしてやつらも、それを知らぬわけではない」

事実、谷の奥は袋小路になっていた。左右の断崖が迫って細い峡道となり、それを通りぬけたところで、円形の小さな平地が開けているだけのこと。周囲には垂直の絶壁が切り立っていて、どこにも出口はない。

矢の雨と剣の唸《うな》りが、ターバンを巻いた山地族をこの峡道へと追いたてていく。彼らとしてもほかに径がないので、不利と承知しながら、この方向に退路を求めているにすぎない。冑をいただいた槍騎兵隊は、急追してはいるものの、無謀な攻撃をさし控えている。絶体絶命の窮地に立った山地族の怒りを知っているからで、獲物を逃げ道のない罠に追いこんだことも承知しているのだ。トゥラン軍はこの山男たちをアフグリ族と見ぬいていたので、生きたまま捕虜にするのが狙いだった。彼らが心に抱く目的のためには、人質が必要なのである。

トゥラン軍の隊長は、果敢《かかん》な決断と行動力の持ち主だった。グラシャの渓谷《けいこく》に到着して、道案内の男も密偵たちも待ち受けていないのを知ると、この地方の地理についての彼自身の知識を頼りに前進を決行した。セクンデラムを出撃して以来、いたるところで戦闘をくり返しての行軍だった。撃破された山地族の戦士たちは、岩山の陰の村々で傷の手当に怠《おこた》りないはずである。従って、彼にしろ、部下の槍騎兵隊にしろ、生きてふたたびセクンデラムの城門をくぐることがあるとは考えられなかった。傷が癒《い》えて立ち直った山地族が、後方を遮断するにちがいないからである。しかし、彼はあたえられた命令を遂行すべく決意していた――彼の使命は、いかなる犠牲を払ってもアフグリ族の手からヤスミナ姫を奪いとり、セクンデラムへ連れもどれ。仮に失敗した場合は、戦死するに先立って、姫の首を斬《き》り落とせというにあった。

もちろん、そのような経緯を、尾根から見おろしているふたりが知るわけがなかった。しかし、コナンはいらだちを見せ、

「なぜやつらは、罠に落ちるようなばかな真似をしたのだろう?」と、だれにいうともなく呟《つぶや》いた。「こんな場所で何をしていたのかはわかる――犬どもめ、おれの行方を捜しておったのだ! そのために、あらゆる峡谷をつつきまわり、そのあげく、敵軍に封じこめられる羽目になった。ばかな連中だ! あの峡道で食いとめるつもりらしいが、いつまでも持ちこたえられるものでない。トゥラン軍は、やつらを奥の平地へ押しこめて、あとでゆっくり皆殺しにするつもりだろう」

脚下《きゃっか》の戦闘の音が、しだいに激しさを加えてくる。アフグリ族は、鎖帷子に身をよろった槍騎兵を相手に必死の防戦に努めている。道幅の狭さから、敵軍が全兵力を傾注できないのが頼みの綱である。

コナンは顔を曇らせ、剣の柄《つか》に手をやったまま落ち着きなく動きまわっていたが、とうとうぶっきらぼうにこういった。

「王妹《デヴィ》よ、おれはあいつらのところへ行かねばならん。隠れ場所を捜してやるから、おれがもどるまで動くんじゃないぞ。おまえはさっき、おまえの王国の人民どものことを口にした――それなら、あの毛深い男たちを自分の子供同様に考えるとまではいわんが、とにもかくにも、おれの配下であることにちがいはない。首長が手下を見捨てるわけにいかん。たとえ向こうが先に見捨てたにしてもだ。あ

の連中は、おれを追い出す権利があると考えていた――冗談じゃない。追い出されてなんかやるものか！　おれはまだアフグリ族の首領なんだ。いまそれを証明してやる！　その気になれば、あの峡道へだって徒歩で降りていかれるのだ」

「で、わたしはどうなるの？」彼女は訊いた。「おまえの手で無理やりヴェンドゥヤの国から引き離されて、この山奥まで連れてこられたのよ。そのわたしをおき去りにして、おまえひとり谷底へ降りて行き、無駄に生命を捨ててしまうというの」

コナンは思い乱れて、こめかみの血管が膨《ふく》れあがった。

「おまえのいうとおりだ」と彼は力なくいった。「おまえをどうしたものかは、クロムの神だけがご存じだ」

彼女が少しだけ首をまわした。その美しい顔に異様な表情が浮かんできた。と、つぎの瞬間――「聞いて！」と大声でいった。「あれを聞いて！」

遠くかすかに喇叭《らっぱ》の音がする。ふたりは左手の深い谷へ目をやって、反対側に鋼鉄のきらめきを見た。長槍と磨きあげた冑を陽光に輝かせ、長い兵列が谷の径を近づきつつあるのだ。

「ヴェンドゥヤの槍騎兵隊だわ！」ヤスミナ姫は歓喜の叫びをあげた。「こんな遠くからだって、見誤るはずないわ！」

「数千の大軍だな」コナンは低い声でいった。「クシャトリヤの軍勢が、こんな山奥まではいりこんでくることは、久しくなかったはずだが」

「わたしを捜しにきたのだわ！」彼女は叫びつづけた。「おまえの馬を貸して！　わたしの戦士たちのところまで乗って行くから！　この尾根の左手はそれほど嶮岨な断崖でもないから、谷底まで降りていかれる。おまえは山地族のところへ行って、もう少し持ちこたえさせて。わたしは槍騎兵隊を導いて谷の入口でトゥラン勢に襲いかかるわ！　挟み撃ちにしてやるのよ！　さあ、急いで、コナン！　おまえだって、自分ひとりの野望のために、部下を犠牲にする考えはないんでしょう？」

草原地帯や冬の森林への灼《や》けるような飢餓が、コナンの目に浮かんでは消えた。しかし、彼は首をふって、馬から飛び降り、手綱《たづな》を彼女の手にあたえた。

「おまえの勝ちだ！」彼は唸るようにいった。「急いで行くがいい！」

ヤスミナ姫は馬の向きを変えて、左手の斜面を駆け降りていった。コナンは尾根の上を俊敏に走って、熾烈《しれつ》な戦闘が行なわれている峡道の真上に達し、切り立った絶壁を猿《ましら》のようにくだりはじめた。突き出た岩とわずかな亀裂を足がかりに、ようやくにして谷底にすべり落ちると、狭い谷の入口でくり広げられている乱戦のなかに飛びこんでいった。周囲では刀槍が戞々《かつかつ》と鳴り響き、軍馬が棹立《さおだ》ちになって、敵を踏みつぶそうとし、血に染まるターバンのあいだで冑の羽根飾りが上下していた。

谷底へ降りるが早いか、コナンは狼のようにおめいて、騎馬武者の金筋入りの手綱を引っつかむと、ふり下ろす半月刀《はんげつとう》を避けながら、乗り手の腹めがけて長剣を突きあげた。つぎの瞬間、馬上の人となった彼は、アフグリ族に向かって大声に命令をくだしていた。彼らは暫時《ざんじ》、唖然《あぜん》とした顔で彼をみつめた。が、彼の長剣が敵兵を斬り断ちはじめたのを見ると、何もいわずに彼を受け入れ、戦闘に復帰した。刀身が嚙みあい、血がほとばしる地獄図のなかでは、問答を交わしている余裕はないのだった。

尖った冑をいただき、金小札《こざね》の胴鎧《どうよろい》を着用した騎馬武者の一団が峡道の口に殺到して、槍を突き出し、剣を揮《ふる》って攻めたてている。狭い谷あいの道は、人と馬とで身動きもできぬ状態なのだ。戦士たちは胸と胸とぶつけあい、短めの剣で突き刺し、長剣を揮える余地が一瞬でも生じれば、必殺の念をこめて斬りかかるのだった。一度打ち倒されると、起きあがるより早く馬の蹄に踏みにじられてしまう。ここでは重量と膂力《りょりょく》だけがものをいった。そしてアフグリ族の首領は十人分の働きをした。このようなときには、慣れ親しんだ習慣が人に勇気をあたえるものである。そしてコナンが先頭に立って奮戦するのを見慣れていた戦士たちは、彼に不信を抱きながらも、百万の味方を得た思いだった。

しかし、兵力の差も大きくものをいう。騎馬武者隊を先頭に立てたトゥラン軍は、山刀を揮う男たちを追いたてて、しだいに峡道の奥へ侵入してくる。アフグリ族は累々《るいるい》たる死骸を残してじりじりと後退し、それをトゥランの軍馬が踏みつぶして進撃をつづける。コナンは悪鬼《あっき》のように斬りまくっていたが、背筋に水を浴びせられるような疑惑を感じていた――ヤスミナ姫は約束を守るだろうか？　彼女の軍隊といっしょになると、そのまま馬首を南方に向け、彼と彼の部下を死地におき去りにするのでないか。

しかし、必死の闘いが数世紀もつづいたかと思われたとき、ついに峡道の外、渓谷のなかに、刀槍の唸りと殺戮《さつりく》の叫びを圧して、新しい響きがあがったのだ。喇叭の音に岩壁を揺るがし、馬の蹄の音を雷鳴のように轟《とどろ》かせ、ヴェンドゥヤの槍騎兵五千の大軍が、セクンデラムの侵攻軍に襲いかかっていったのである。

思わぬ急襲にトゥランの兵団は寸断され、各部隊の連繋を失い、渓谷のなか一面に四散した。またたく間に大波が峡道から退いて、あとには、敵味方の入り混じった混戦の渦が残った。騎馬の男たちが、一対一で、あるいは小人数同士で身をひるがえし、斬り結ぶ。そしてトゥラン軍の隊長が、あるクシャトリヤの槍騎兵の槍に胸板を貫かれて馬から落ちると、尖った冑をかぶった部下の騎兵たちは、いっせいに馬首をめぐらし、後部から押しよせる新手《あらて》の大軍のあいだに血路《けつろ》を見いだそうと、狂気の拍車で馬を駆り立てた。敵軍が敗走しだしたと見るや、ヴェンドゥヤ軍はその兵力を渓谷内いっぱいに展開して、容赦なき掃蕩《そうとう》作戦に移行し、渓谷の入口近くから尾根の上へかけての斜面を、逃走兵と追撃部隊が駆けめぐった。アフグリ族の男たちはとり残された形になったが、とりあえず馬に飛び乗り、峡道から走り出た。予想もしていなかった援軍の到来にとまどいながらも、追放した首領の復帰を無条件で受け入れたのと同様に、何の疑念も抱くことなく、敗走する敵兵の蹂躙《じゅうりん》に狂奔《きょうほん》するのだった。

太陽が遠い岩山の彼方《かなた》に沈みつつあった。コナンは衣服を斬り裂かれ、その下の鎖帷子に浴びた鮮血が固まりかけていた。柄まで血のこびりついた長剣の先端から血をしたたらせながら、累々たる死骸の山を踏んで、ヤスミナ姫が観戦している地点へ近づいていった。そこは切り立った絶壁の上、尾根の頂《いただき》に近いあたりで、彼女は馬にまたがり、貴族たちに囲まれていた。

「約束を守ってくれたな、姫！」コナンは大声にいった。「それにしても、峡道のなかで援軍の到着を待ち受けているあいだ、ずいぶん骨を折らされた――あっ、危ない！」

蒼穹《そうきゅう》から巨大な禿鷹《はげたか》が急降下して、翼をはためかせたかと見ると、並居る貴族たちは馬から薙《な》ぎ落とされて、大地に匍《は》いつくばった。

半月刀にも似た嘴《くちばし》が、王妹《デヴィ》の柔らかな首を狙って襲いかかった。しかし、コナンはさらにすばやかった——走りよって、猛虎《もうこ》さながらに跳躍し、血のしたたる長剣を強烈に突きあげたのだ。禿鷹は人間そっくりの悲鳴をあげ、横ざまに傾き、一千フィートの断崖を谷底の岩場と河川まで転げ落ちていった。落下するにあたって、黒い翼で空を切っていく様子が、猛禽《もうきん》の姿というより、黒衣の男が広幅の袖を拡げているところを思わせた。

コナンは血に染まった長剣を握ったまま、ヤスミナ姫をふりむいた。青い目が煙り、筋肉の盛りあがった腕と腿《もも》の傷口から血をしたたらせている。

「おまえは王妹《デヴィ》にもどった」コナンはいって、山の娘の衣服の上に黄金の留め金つきの薄紗《ヴェール》を羽織った彼女に冷笑の目を向け、周囲の騎士たちを怖《おそ》れる様子もなく、「礼の言葉だけはいわせてもらおう。おれとおれの部下三百五十人ほどの命を救ってくれたんだからな。彼らもいまでは、少なくともおれが裏切り者でないのを納得した。つまりおまえが、征服のための闘いの指揮権をおれの手にもどしてくれたのだ」

「おまえにはまだ借りがあるわ」姫もまた黒く輝く目を彼に向けていった。「わたしの身代金、黄金一万枚を支払うつもりよ——」

彼は荒々しい仕種《しぐさ》でいらだつ気持ちを示したあと、長剣の血を揮って、鞘に収め、両手の血を鎖帷子でぬぐった。

「支払ってもらわんでも、そのうちに、おれなりの方法でとりたてる。アヨドゥヤの宮殿で頂戴する。五万人の部下を引き連れて、支払額が公正かどうか拝見しに行くつもりさ」

ヤスミナ姫は笑って、馬の手綱を引き絞り、「では、わたしは十万の軍勢を率いて、ユムダ河の岸で迎え撃つとするわ！」

　コナンの目が、賞讃と感嘆の光にきらめいた。そして、二、三歩あとに退《さ》がると、彼女同様、王者の威厳をこめた仕種で片手をあげ、彼女の前途の開けていることを示した。

忍びよる影

The Slithering Shadow

I

沙漠《さばく》は熱波の下にきらめいていた。果てしなく拡《ひろ》がる炎熱の砂地を見わたして、キンメリア人コナンはその力強い手の甲を、われ知らず乾ききった唇《くちびる》にあてがった。いま彼は、砂地のただなかに青銅像のように突っ立っている。絹《きぬ》の腰布ひとつを身に着けているだけだが、殺人的な太陽の光にも動じる様子がない。腰布の上に黄金の締め金のついた幅広の革帯を締め、細刃《ほそは》の長剣と広刃《ひろは》の短剣を吊るしている。均整のとれた手と足のそこかしこに、生々しい傷痕がはっきり見てとれる。

彼の足もとには、女がひとり跪《ひざまず》いていた。白い腕を彼の膝にからめ、それに金髪の頭をもたせかけ、その白い肌が、コナンの赤銅色に日焼けした手足ときわだった対照を示している。衿《えり》を大きくあけた袖なしの絹の短上衣《チュニック》。腰をきりっと締めたところは、そのしなやかな姿態《したい》を覆うというより目立たせているに近かった。

コナンはしきりとまばたき、首をふった。強烈な陽光に目がくらむ思いだった。腰帯から小型の水筒をはずして、ふってみたが、かすかな音しか立たないのを知って眉をひそめた。

女は疲れ切った躰《からだ》を動かして、消え入るような声でいった。

「ああ、コナン！　わたしたち、ここで死ぬのね！　喉の渇きでもう死ぬわ！」

キンメリア人は言葉にならぬうめき声をあげた。顎《あご》を突き出し、荒々しいそぶりで周囲の砂地を見まわしている。やつれた黒い垂れ髪の下で、青く煙《けぶ》る目が険しい光を帯び、この荒涼たる沙漠を、手に触れることのできる敵であるかのように睨《にら》み据えているのだった。

彼は腰をかがめて、水筒を女の口にあてがい、

「飲むがいい、ナタラ。ただし、おれがそこまでといったらやめるんだぞ」と命じた。

女はいくどか息をつきながら、飲みつづけた。コナンはそこまでといわなかった。水筒を空にしてしまって、はじめて彼女は知った。コナンは、残り少ない用意の水をわざと全部飲ませてくれたのだ、と。

彼女の目から涙があふれ出た。「まあ！　コナン」彼女は両手をもみ絞って、すすり泣きをしながらいった。「どうして止めなかったの？　みんな飲んでしまったわ。気がつかないで――あんたの分がなくなっちゃったわ！」

「黙ってろ！」コナンは叱《しか》った。「泣いたりして、躰の力を無駄にするんじゃない」

そして身を起こすと、水筒を遠くへ投げやった。

「どうしてそんなことをするの？」彼女はまたも泣き声を出した。

コナンは答えなかった。身動きもせずに突っ立ったまま、細刃の長剣の柄《つか》をゆっくり握りしめた。女

を見るわけでもなく、その鋭い視線は、地平線を紫色にかすませている異様な靄《もや》の奥を探っているかに見えた。

キンメリア人コナンは未開の土地に生まれて育っただけに、生きることへの本能的な欲求が人一倍激しかった。しかし、いまは人生行路の終わりに行きついたことを覚悟していた。耐久力が限界に達したとまではいわないが、水分の皆無なこのような沙漠をあと一日たどり歩くときは、非情な太陽の下に昏倒《こんとう》すること疑いない。女にいたっては、すでに疲労困憊《こんぱい》の極《きょく》にあった。この苦痛にいつまでも直面しているよりも、剣を一閃《いっせん》させて苦痛をとり除いてやるのが最上の方法であろう。彼女の渇きは一時的に癒《い》やされたが、それはいつわりの慈悲であって、けっきょくは彼女を精神錯乱に導き、死ぬまで安息が訪れないことになるのではないか。コナンはおもむろに剣の鞘《さや》を払おうとした。

そのせつな、彼は急に手を止めて躰をこわばらせた。遠く、南の地平線のあたりに何かがきらめいているのが、熱波を通して眺められたのだ。

最初はそれを幻影かと見た。沙漠に迷いこんだ人間をあざむき、嘲弄《ちょうろう》し、狂気に陥《おとしい》れる蜃気楼《しんきろう》の一種かと。彼は手をかざしてぎらぎらする陽光をさえぎり、目を凝《こ》らして、きらめく城壁のなかにそびえ立つ大小の尖塔《せんとう》を見分けた。凝視をつづけて、幻影が薄れて消え去るのを待った。ナタラもすすり泣くのをやめて、膝をついて立ちあがり、彼の視線を追った。

「あれ、都市のようね、コナン」希望を抱くには絶望感が大きすぎたのか、彼女は囁《ささや》くような声でいった。「それとも、ただの蜃気楼かしら？」

キンメリア人はしばらくのあいだ返事をしなかった。目の開閉をくり返し、視線をそらし、またもどす動作をつづけていた。しかし、都市は依然として、最初に見いだした地点に眺められた。

「実際のものか、幻にすぎんのか、何ともいえぬが、行ってみるだけの価値がある」

彼は細刃の長剣を鞘に収め、腰をかがめると、その力強い腕でナタラを軽々と抱きあげた。小児《しように》を扱う態度である。彼女はそれを弱い力で拒《こば》んで、

「抱いてくれなくてもいいのよ、コナン」と訴えるようにいった。「あなたが疲れてしまうだけ――あたし、ひとりで歩けるわ」

「このあたりは石が多い」彼は答えた。「そんなサンダルじゃ、じきに破れてしまうさ」と柔らかい緑色の履《は》き物にちらっと目をやって、「それに、あの都市に行き着こうと思ったら、ぐずぐずしていられん。このほうが時間の節約になる」

生き延びられるかもしれぬ希望が、キンメリア人の鋼鉄の筋肉に新しく活力と弾性をあたえてくれた。彼は旅立ったばかりの男のように、大股に砂地を進みだした。未開人のなかの未開人、野性の血にあふれた生命力と耐久力こそ彼のものであり、文明世界の人間なれば、まちがいなく死滅したであろうところに活路を見いだし得たのである。

コナンとこの若い女が、コナン自身の知るかぎりでは、アルムリック公子の軍隊のうちの唯一の生残者だった。コト王国のこの公子は、諸国のあぶれ者を糾合《きゆうごう》して叛乱《はんらん》を起こしたが、闘い利あらず一敗地にまみれると、公子の混成軍団はシェム族の国々を砂嵐のように席巻《せつけん》し、スティギア国の辺境地帯を血に染めた。しかし、それがスティギア国の軍隊に追撃される結果を招き、クシュの黒人王国内に逃げこんだものの、最後は南方の沙漠の縁で殲滅《せんめつ》される運命に終わった。コナンはこれを大きな急

流の流れになぞらえていた。それは南に向かうにつれて、しだいに川幅をちぢめ、ついには沙漠の砂のあいだに干《ひ》あがってしまったのだ。混成軍団の兵士は、傭兵、犯罪追放者、ならず者、無法者たちの集まりであったが、いまや彼らの骨が、コト国の高地から沙漠の砂丘へかけて散乱している有様だった。

沙漠の罠に落ちた敗残部隊をスティギアとクシュ両国の連合軍が急襲して、最後の殺戮《さつりく》を行なったとき、コナンはかろうじて血路《けつろ》を開き、ナタラとふたり、一頭の駱駝《らくだ》で逃げ延びることができた。背後には敵の大軍がひしめいていたので、残された道は南方の沙漠地帯があるだけで、ふたりは危険に満ちたこの深淵に突入しなければならなかった。

ナタラはブリトゥニア生まれの若い娘で、これをコナンが猥雑《わいざつ》なシェムの都邑《とゆう》の奴隷市《どれいいち》で見いだし、おのれのものとした。ナタラ自身は何もいわなかったが、彼女の新しい立場は、シェムの奴隷市で売られるハイボリア諸国の女にとってもっとも恵まれたものといってよく、彼女は感謝して受け入れた。かくてナタラは、アルムリック公子の軍団の呪われた運命に巻きこまれることになったのだ。

ふたりは沙漠地帯に逃げこんだ数日間、スティギア軍の騎兵部隊にこんな遠くまで追跡された。ようやくふり切ることができたが、あともどりしようとはしなかった。水を求めて先へ先へと進み、ついには駱駝が斃《たお》れた。それからのふたりは徒歩で沙漠をたどり、この数日は辛苦《しんく》の連続だった。コナンは最大の努力でナタラをかばった。そして彼女は、兵士といっしょの宿営生活の経験から、ふつうの女以上の体力と我慢強さを身につけていたものの、それにも限界があって、いまはくずおれ倒れる寸前の状態だった。

太陽が、きびしい暑熱《しょねつ》をコナンのもつれた黒い総髪《そうはつ》に浴びせかけた。眩暈《めまい》と吐き気の波が脳内に迫《せ》りあがってきたが、彼は歯を食いしばって揺るぎない歩みをつづけていた。都邑が現実のもので、蜃気楼ではないとの確信があった。しかし、そこに何を見いだすかとなると、まったく見当がつかなかった。住民は敵意を示すかもしれない。そのときは闘うだけのことだ。この場合、ほかに何を望めようか。

太陽が西に傾きかけたころ、ふたりはようやく巨大な城門にたどりつき、そこの日陰でひと息つくことができた。コナンはナタラを立たせて、痺《しび》れた腕を伸ばした。彼らの頭上三十フィートほどの高さにそびえ立つ城壁は、緑色のなめらかな物質で築かれていて、ガラスに似た光輝《こうき》を放っていた。誰《すい》何《か》されるのを予期しながら、コナンは胸壁《きょうへき》をうかがったが、人影はなかった。いらいらして大声に呼ばわり、長剣の柄で城門を叩いてみても、空虚な谺《こだま》が嘲《あざけ》るように返ってくるだけであった。ナタラは静寂に怯《おび》えて、コナンにぴったり寄り添った。彼は門扉《もんぴ》を押してみてから、ひと足さがって長剣を引きぬいた。すると門扉が音もなく内側へ開いた。ナタラが叫び声を押し殺して、

「見て、コナン!」

城門のすぐ内側に、人間の躰が横たわっていた。コナンは鋭い目で見やってから、視線をその後方に移した。そこは大きな広場で、中庭のような恰好をとり、周囲を拱門形《アーチ》の戸口をそなえた家々がとり巻いている。城壁と同じ緑色の物質を材料とした堂々たる建築ばかりで、そのどれもが円蓋《えんがい》と尖塔を輝かせている。そこには人の住んでいる気配がまったくなかった。広場の中央に切り石を井桁《いげた》に組

みあげた井戸があり、それを見たコナンは、乾いた砂埃《すなぼこり》で口が覆われているのをいまさらながら意識して、心が躍った。ナタラの手首をつかんで城都《じょうと》内に引き入れ、門扉を閉ざした。

「死んでるのかしら？」彼女は震えながら、門のそばに倒れ伏した男を指さして、小さな声で訊いた。それは背が高くたくましい体軀《たいく》で、男盛りの年齢と見受けられた。皮膚が黄色く、目がわずかに釣りあがっていることのほかは、ハイボリア人種というに近かった。紫色の絹布《けんぷ》の短上衣《チュニック》を着て、編みあげのサンダルを履き、金襴《きんらん》の鞘に収めた短剣を腰帯に吊っている。肌に触れてみると、氷のように冷えきって、生命のしるしはなかった。

「傷は全然ない」キンメリア人は唸《うな》るようにいった。「だが、死んでいるという点では、スティギア人の矢を四十本も受けたアルムリックとまったく同じさ。クロムの神の名にかけて、あの井戸を調べよう！　水があるなら、さっそく飲みたい。他人の生き死には、そのあとで問題にすればよい」

井戸に水はあった。しかし、飲むことができなかった。水面は井桁から五十フィートも下で、汲《く》みあげる容器がないのだ。コナンは口汚く呪いの言葉を吐いた。目の前にしながら触れることもできないとは、気が狂うばかりの思いだった。何か方法がないものかと周囲を見まわしたとき、ナタラが悲鳴をあげて、彼はくるりと身をひるがえした。

死んだと見ていた男が、まぎれもない生気を目にきらめかせ、ぎらりと光る短剣を手に飛びかかってきたのだ。さすがのコナンも驚きの叫び声を洩らしたが、この出来事の判断に時間を費やす愚《ぐ》は犯さなかった。長剣を引きぬき、襲いかかる攻撃者を迎え撃つと、その骨と肉とを断《た》ち斬《き》っていた。首が敷石の上に転がり、躰が酔った男のようによろめき、切断された頸《けい》動脈から血が弓なりに跳《と》ぶと、それは重い音を立てて倒れた。

コナンは死体を見おろして、低い声で悪態をついた。

「これでたしかにくたばったが、数分前にもまちがいなく死んでおった。とんだ化け物屋敷に迷いこんでしまったぞ」

ナタラは両手で目を覆って、闘いの光景を見るのを避けていたのだが、指のあいだからのぞいてみて、恐怖に全身を震わせた。

「ああ、コナン、あたしたち、町の人たちから仕返しに殺されるんじゃなくて？」

「そうかもしれんが」彼は唸るように答えた。「おれがこいつの首を刎《は》ねなかったら、こっちが殺されるところだった」

コナンは周囲の家々の緑色の壁にぽっかりと開いている拱門《アーチ》形の戸口に目をやった。人の動く気配はなく、何の物音も聞こえなかった。

「見られた様子はない」彼は呟《つぶや》いた。「証拠の死骸さえ隠してしまえば――」

剣帯を片手でつかんで生気のぬけた胴体を持ちあげ、もう一方の手で首の長髪を握り、見るも忌まわしい遺骸を引きずるようにして井戸まで運び、

「どうせこの水は飲むことができんのだから」と腹立たしげにいった。「他のだれにも飲めんようにしてやる。こんな井戸、くそくらえだ！」彼はまず胴体を縁石越しに投げ落とし、つづいて首を放りこんだ。はるか下方で、鈍い水音がした。

「敷石に血がついてるわ」ナタラが小声で注意した。

「すぐに水にありつけないと、また新しく血を流すことになる」キンメリア人はわめくようにいった。元来短気な彼の忍耐力は、ほとんど底を突きかけていた。ナタラは恐怖のあまり喉の渇きも飢えも忘れていたが、コナンはそうでなかったのだ。

「あの家のどれかにはいってみよう。そのうちだれかに出っくわすはずだ」

「だめよ、コナン！」彼女は泣き声を出して、できるだけコナンに躰を押しつけ、「怖いわ！　ここは幽霊と死人の都《みやこ》よ！　沙漠へもどりましょう。こんな怖い思いをするくらいなら、沙漠で死んだほうがましだわ！」

「沙漠へもどるのは、この町のやつらから城壁の外へ放り出されてからでいい」彼は噛みつくようにいった。「この都のどこかに必ず水がある。たとえ町の住民を皆殺しにする羽目になっても、捜し出さずにおくものか」

「でも、殺した人間が生き返ってきたら、どうする気？」と声をひそめてナタラ。

「そのときは、生き返らなくなるまで殺しつづけるまでだ！」コナンはいい放った。「さあ、ついてこい！　別にどの戸口からはいってもかまわんだろう。おれのうしろにぴったりくっついて、おれが合図をするまで離れるんじゃないぞ」


彼女は小声で、わかったと答えて、コナンのあとから歩きだした。くっつきすぎているので、ときどき彼の踵《かかと》を踏んで、コナンを苛立たせた。すでに夕闇が下りて、奇怪な都は紫色の影に包まれていた。あけ放したままの戸口へはいると、そこは広い部屋で、周囲の壁に奇妙な図柄を織り出したビロードの壁掛けがかけてある。床、壁、天井《てんじょう》、どれもみな緑色のガラス状の石材が用いてあり、壁面には黄金の浮き彫り装飾がほどこしてあった。毛皮と繻子《しゅす》のクッションが床に散在している。出入口がいくつかあって、それぞれつぎの部屋に導かれる。ふたりは多くの部屋を通りぬけたが、どれもみな、そっくり同じものであった。だれにも出遭《であ》わなかった。しかし、キンメリア人は疑わしげにいった。

「つい先ほどまでだれかがいたことはたしかだ。寝椅子に暖かみが残っているのは、人間の躰に触れていたからだ。絹のクッションに、尻の痕《あと》がついているじゃないか。それに、かすかではあるが、香水の匂いもただよっている」

事実、非現実的で異様な雰囲気が、建物内のいたる個所に立ちこめていた。静まりかえった薄暗い部屋部屋を通りぬけていくのは、阿片《あへん》による夢のなかをさまよっている感じである。明かりのない部屋は避けて通らぬことにした。ある部屋は、ぼうっとおぼろに明るんで見えるが、おそらくその柔らかい光は、幻想的な意匠で壁にはめこまれた宝石が放っているものであろう。このようなおぼろに明るい部屋のひとつを通りすぎたとき、急にナタラが声をあげて、連れの男の腕を強く引いた。コナンは呪いの言葉を吐き、襲いかかる敵を予期して、すばやくふり返った。しかし、驚いたことに、そこにはだれもいなかった。

「何をするんだ」彼は叱りつけた。「もういちど剣を持つほうの腕にしがみついたら、おまえの生き皮を剝《は》いでやる。おれの喉が掻き斬られるところを見たいのか？　いったいなんで大声を出した？」

「あれを見て」彼女は身を震わせながら指さした。

コナンは思わず唸った。磨きあげた黒檀《こくたん》の卓の上に、黄金製の食器が載せてある。食物や飲み物が収めてあるらしい。室内に人の気配はなかった。

「まあ、どんなやつのために用意されたものか知らんが」とコナンは低い声でいった。「今夜のところは、よそで食事をしてもらうとしよう」

「食べてもいいのかしら、コナン?」若い女は心配そうにいった。「食べているところをみつかったら、あたしたち——」

「リル・アン・マン・ナム・マク・リル!」とコナンは呪文らしいものを唱えながら、彼女の首筋をつかむと、四の五のいわせず、卓の一端の金鍍金《きんめっき》の椅子に坐《すわ》らせ、「腹がすいて死にかけておるのに、文句をいうばかはないぞ。さあ、食え!」

彼自身も卓の反対側の椅子に坐り、翡翠《ひすい》の大酒杯をとりあげると、ひと息で飲みほした。葡萄酒《ぶどうしゅ》に似た深紅《しんく》の液体で、はじめて味わう独特の風味があったが、羊皮紙のようにかさかさに乾いた喉には、天国の飲料とも思える甘美《かんび》さであった。渇きが癒やされると、たぐい希《まれ》な食欲で目の前の食べ物の攻撃に移った。それもまた見たこともない異国の果実と、名も知らぬけものの肉である。食器は精巧な細工をほどこしたものだし、ナイフとフォークも黄金製だが、コナンはそれには目もくれず、五本の指で骨つき肉をつかみ、強靭《きょうじん》な歯で食いちぎった。キンメリア人の食卓作法はいつもこうしたものなのだ。連れの女は文明国の出身だけにもう少し品のよい食べ方をしているが、がつがつしていることには変わりがない。コナンはふと、この食物には毒が仕込んであるかもしれないぞと考えたが、その考えにしても、彼の食欲を減殺《げんさい》するまでにはいたらなかった。餓死するよりは毒で死ぬほうがましだというわけである。

腹がくちくなると、コナンは満足げに大きな息を吐いて、椅子の背に身をもたせた。沈黙をつづけるこの都に住民が現存していることは、この新鮮な食物によっても明らかである。ひょっとすると、そこらの暗い片隅に思わぬ敵がひそんでいることも考えられる。しかし、豪胆《ごうたん》なコナンは少しも動じる様子がなく、彼自身の戦闘能力に確信をいだいているにちがいなかった。眠気をもよおしてきたので、かたわらの寝椅子に躰を伸ばし、ひと眠りしようかと考えた。

ナタラはそうでなかった。彼女も飢えと渇きから回復していたが、睡眠をとりたい気持ちは感じなかった。その可愛《かわい》い目を大きく見開いて、出入口のあたりにおずおずと視線を走らせた。その向こうには、未知の世界が拡がっているのだ。奇怪な建物内の沈黙の謎が、彼女の心を不安で怯えさせた。部屋や食卓までが、最初見たときよりも大きく感じられ、荒っぽい仕方とはいえ、身を護《まも》っていてくれる男との距離がありすぎるように思われた。急いで立ちあがると、彼女は食卓をまわって、コナンの膝の上に席を移した。そして壁に開いているいくつかの出入口を不安げにうかがった。向こう側の部屋には、明かりの射しているものも、そうでないのもあって、彼女が長くみつめていたのは、明かりのない部屋であった。

「あたしたち、食べたいだけ食べ、飲みたいだけ飲んで、休みも充分とったわ」と彼女がいいだした。「もうこの町から出ましょう、コナン。ここは呪われた場所よ。あたしには、それが感じとれるわ」

「まだいまのところ、おれたちに危害を加えるものはあらわれていないぞ」

コナンがしゃべりだしたとき、柔らかだが無気味な衣《きぬ》ずれの音がした。彼はナタラを膝から押しのけ、豹《ひょう》の身のこなしのすばやさで立ちあがった。同時に長剣の鞘を払って、音が聞こえてきたと思われる出入口に向き直った。しかし、音がくり返して聞こえないので、足音を立てぬようにその方向に進みだした。ナタラもそのあとにつづいたが、心臓が喉まで飛びあがった気持ちだった。彼が忍びよる危険を感知していることは明らかで、たくましい肩のあいだに首を沈め、半ば匍《は》うような恰好で進んでいく様子は、獲物《えもの》に忍びよる猛虎《もうこ》を思わせる。しかも、音を立てない点でも虎と変わらないのだ。

出入口で彼が足を止めた。その肩越しにナタラはおそるおそるのぞいてみたが、その部屋には灯火がなく、彼女たちの部屋からの光が流れこみ、それはもうひとつ先の部屋まで達していた。その部屋に壇があって、男がひとり横たわっている。柔らかい光に浮かびあがっているのを見ると、先ほどコナンが城門のそばで首を刎ねた男と瓜ふたつで、ちがっているのは服装がより豪奢《ごうしゃ》な点だけであり、飾りの宝石が無気味な光にきらめいていた。死んでいるのだろうか？　それとも、眠っているだけなのか？　またも不吉な音がかすかに聞こえてきた。だれかが垂れ布を押しのけたような音。コナンはしがみつくナタラを引っ張って、あとじさりした。悲鳴をあげかけた彼女の口を手でふさぐのが、かろうじて間に合った。

現在立っている位置からでは、もはや壇を見ることはできないが、そのうしろの壁に映る影は眺められた。そしていま、もうひとつの影が壁を横切っていく。形をなさない大きな染《し》みのような影。それを見て、コナンは髪の毛が逆立つのを感じた。歪《ゆが》んで見えるのであろうが、人間であるにせよ、けものであるにせよ、このような影を投げるものはかつて見たことがなかった。コナンは好奇心に駆り立てられたが、何かの本能がその場から動くことを押しとどめた。呆然《ぼうぜん》と目をみはっているナタラの速い息づかいが耳立つだけで、ほかにこの場の張りつめた沈黙を破る音はなかった。巨大な影が壇のそれを呑みこんだ。そのあとしばらくは、それひとつがなめらかな壁面を覆っていた。やがてその影は徐々に後退して、ふたたび壇の影が壁にくっきり浮かびあがった。しかし、その上にはもはや眠っていた男の姿がなかった。

ナタラの喉から病的に興奮した声がほとばしりかけた。コナンはそれをさせまいと、彼女の躰を激しく揺すった。気がつくと、彼自身の血管も氷のように冷たくなっていた。相手が人間なら怖《おそ》れることはない。理解できるものなら、いかに凄まじくあろうとも、その分厚い胸をいささかも震わすことはない。だが、これは彼の知識の限界を超えたものであった。

しかし、しばらくすると、好奇心が不安な気持ちを征服した。彼はまたしても灯《ひ》のない部屋に足を踏み入れた。油断なく身がまえながら、壇の部屋をのぞきこむと、人の姿は見られなかった。壇にしても、その上に寝ていた宝石で身を飾った男がいなくなっていることを除けば、最初に見たのと少しの変わりもない。ただ絹の覆い布に血のしたたった痕がひとつ、大きな紅玉のように光っていた。ナタラはそれを見て、喉にからんだ喘《あえ》ぎ声をあげた。こんどはコナンも叱らなかった。彼本人が、またも恐怖の氷の手を感じたからだ。さっきは壇の上に男が横になっていた。何物かがこの部屋に忍び入って、彼を運び去った。それが何であるかは考えもつかなかった。ただ、この薄暗い部屋のなかには、超自然の恐怖の妖気が垂れこめているのだった。

いままでは彼も、この建物から逃げ出す気持ちになっていた。ナタラの手をとって、引っ返しかけたが、急に足を止めた。これまで通り過ぎてきた部屋部屋のどこかに、またしても足音を聞いたからだ。

人間の足音である。それも裸足《はだし》か柔らかな上履《うわば》きでなければ、あのような音には響かぬはずだ。コナンは狼《おおかみ》のぬけ目なさですばやく道を変えた。その方向へ進めば、近づいてくるように思える足音の主と出遭うのを避けて、中庭へ出られるものと信じていた。

しかし、新しい方向をとって最初の部屋を横切りきらぬうちに、絹の垂れ布がざわざわと鳴って、彼らをぴたりと立ち止まらせた。垂れ布の奥の場所に、彼らをみつめている男の姿があったのだ。

これもまた、いままでに出遭ったふたりの男と瓜ふたつであった。長身でととのった体軀、紫色の衣服を着《つ》け、宝石入りの革帯を締めている。琥珀《こはく》色の眸《ひとみ》には、驚きの色も敵意もなく、黒い蓮《ロートス》の実を食して憂《うれ》いを忘れた男に似て、夢見るような表情である。腰の短剣に手をやるでもなく、しばらく突っ立ったままでいてから、おもむろにしゃべりだした。何か気のない口調で、その言語も聞き手に理解できるものでなかった。

そこでコナンがスティギア語を口にしてみると、奇怪な男は同じ国の言葉で応じた。「おまえはだれか？」

「おれはコナンというキンメリア人だ」未開人は答えた。「この女はブリトゥニア生まれのナタラ。で、ここは何という都だ？」

男はすぐには答えなかった。夢見るような目でナタラをしばらくみつめていてから、ゆっくりした口調で、「美しいものをずいぶん多く見てきたつもりだが、これはまた珍奇な美をそなえておる。おお、黄金の巻き毛の女よ。遠い夢の国から来たのであろうが、おまえの国はどこか？　アンダルラか、トラか、それとも、さいはての国クトか？」

「こいつはどんな狂気にとり憑《つ》かれておるのだ？」キンメリア人は、この男の言葉と態度にいらいらしてきて、吐き捨てるようにいった。

　相手はコナンを見ようともしなかった。

「おれはこれまで、もっと華麗な美を夢見てきた」と呟くような口調でしゃべりつづけ、「闇夜のように漆黒《しっこく》の髪を持つしなやかな女、計り知れぬ神秘の色をただよわせた黒い眸。しかし、おまえの肌は牛の乳《ちち》のように白く、おまえの目は夜明けのように澄み、そしておまえの躰には、蜂蜜《はちみつ》を思わせる新鮮さと甘美さがそなわっている。おれの寝椅子に来るがよい、可愛い夢の女よ！」

　そして男は進みよって、ナタラに手を伸ばした。その手をコナンが、腕も砕けんばかりの力で払いのけた。男はよろめいて、痺れた腕を押さえ、目を曇らせて、

「なんという乱暴な幽霊だ」と小声でいった。「きさま、野蛮人だな。命令だ！――立ち去れ！　消え失《う》せろ！　消えてなくなるんだ！」

「なくなるのはきさまの頭だ。その肩のあいだから、消してやるぞ！」怒りに燃えたキンメリア人は、細刃の長剣を引きぬいてわめきたてた。「これが客を迎えるきさまたちのやり方か？　クロムの神にかけて、この垂れ布の全部を血で染めてくれるぞ！」

　男の目から夢を見ているような色が消えて、当惑の表情に変わった。

「トグにかけて！」彼は叫んだ。「おまえらは現実世界の人間なのか！　どこからここへはいりこんだ！　何者なのだ？　このクスタルの都に何の用があった？」

「おれたちは沙漠からやってきた」コナンは唸り声で答えた。「日暮れ時、この都にたどりついたが、

久しいあいだ腹に何も入れてなかったので、だれかのために用意してあった食い物を頂戴《ちょうだい》してしまった。あいにくと支払えるような金を持っておらん。おれの国では、飢えで死にかけておる人間には食物を無料で恵んでいるものだが、おまえらみたいな文明人は代償を求めるにちがいない——出遭ったやつらは、みんなそうだった。おれたちは何も悪いことはしておらんし、ちょうど町から出て行こうとしているところだった。クロムの神にかけて、この場所は気に食わん、死んだ男が起きあがり、眠っていた男が、影に呑まれて消え失せるようなところだからな！」

その最後の言葉に相手の男は激しい驚きを示して、黄色い顔を灰色に変えた。

「なんといった？　影？　影に呑まれたといったようだな？」

「そうだ」キンメリア人は用心しながら答えた。「おれにもよくはわからんが、壇の上に眠っていた男が連れ去られて、あとに血の痕だけが残っていた」

「おまえは見たのか？　その目で見たのか？」男は躰を木の葉《こは》のように震わせて、かすれた甲高《かんだか》い声でいった。

「壇の上に眠っている男と、そいつを呑みこんだ影だけだがな」コナンは答えた。

その言葉が相手にあたえた効果は驚くべきものであった。怖ろしい叫びをあげて、男はふりむくと、部屋を飛び出していった。無我夢中で扉に二、三度、躰をぶつけたが、どうやら姿勢を立て直して、いくつかの部屋を駆けぬけていった。その間ずっと声のかぎりに叫びをあげつづけた。コナンは啞然《あぜん》とした表情でその後ろ姿を見送っていた。若い女も身を震わせて、巨漢の腕をつかんでいた。逃げていく男の姿は見えなくなったが、怖ろしい悲鳴だけは聞こえている。距離が隔《へだ》たるにつれて小さくなったが、高い円天井《まるてんじょう》に谺してはっきりと響いてくる。そして、急にいちだんとけたたましく響いて、ぴたっと途絶《とだ》え、あとは深い沈黙が支配した。

「なんだ、あのざまは?」

コナンは片手で額《ひたい》の汗を拭ったが、その手は震えていないわけではなかった。

「ここはたしかに狂人の都だ! 早く逃げ出そう。ぐずぐずしていると、また気ちがいに出っくわすぞ!」

「みんな悪夢よ!」ナタラが泣きだしそうな声でいった。「あたしたち死んだのよ! 沙漠で死んで地獄に堕《お》ちたの! こうしているあたしとあんたは、躰を離れた幽霊なんだわ――あっ、痛い!」

その叫びは、彼女の頬をコナンの平手《ひらて》打ちが見舞ったからだ。

「ひっぱたかれて痛いと感じたからには、肉体を遊離した幽霊ではないはずだ」とコナンは声をあげて笑った。このように手荒い諧謔《かいぎゃく》ぶりを時ならぬときに発揮するのが、コナンの性癖《せいへき》なのだ。「おれたちはまちがいなく生きている。ただし、悪魔が出没するこんな場所でいつまでもうろうろしておると、いつ地獄へ引きずりこまれるかわかったものでない。さあ、急ぐんだ!」

ふたりは脱出行に移ったが、部屋をひとつしか通り過ぎないうちに、またしても立ち止まらざるを得なくなった。だれかが、あるいは何ものかが近づいてくるのだ。ふたりはその足音が聞こえてくる出入口に向かって立ち、得体《えたい》の知れぬものの出現を待ち受けた。コナンは鼻孔を膨らませ、目を鋭くした。馥郁《ふくいく》たる香りが、かすかではあるが匂ってくる。この建物にはじめて足を踏み入れたとき、嗅ぎとったのと同じ匂いである。出入口に人影が立ったのを見て、コナンは口のなかであっと叫んだ。ナタラも赤い唇《くちびる》をぽかんとあけたままだ。

それはたおやかな女性で、彼女もまた、びっくりしたような表情でふたりの男女をみつめていた。背が高く、女神を思わせる優美な姿態で、宝石を鏤《ちりば》めた細い帯を締めている。つややかした漆黒の髪が象牙《ぞうげ》色の肌の白さをきわだたせ、暗い翳《かげ》を含んだ長いまつ毛に覆われた黒い眸が、肉感的な深い神秘を沈めている。あまりの美しさに、コナンは思わず息を呑んだ。ナタラも目をみはってみつめている。このように美しい女をキンメリア人はかつて見たことがなかった。顔立ちからするとスティギア人だが、コナンの知っているスティギア女とちがって、浅黒い肌の代わりに、雪花石膏《アラバスター》を連想させる白い手足の持ち主だった。

しかし、彼女が音楽的なゆたかな声でしゃべりだしたのは、スティギア語であった。

「おまえはだれ？　このクスタルの都に何の用があってきたの？　そこにいる娘は？」

「おまえこそ何者だ？」コナンはそっけなく問い返した。質問の連続に早くもうんざりしてきたのだ。

「わたしはスティギアのタリス」女は答えた。「この都にはいりこむとは、おまえたち、気が狂いましたか？」

「おれたちもそんなふうに考えていたところだ」コナンは唸るように答えた。「クロムの神にかけて、正気の人間なら、こんな場所に来るわけがないからな。この都のやつらは気ちがいばかりだ。おれたちは、沙漠で飢えと渇きに死にかけていた。ようやくこの都にたどりつくと、最初に見かけた死んだ男が、いきなり背後からおれを突き刺そうとした。それから、このばかでかい宮殿みたいな建物にはいりこんだところ、人っ子ひとりおらんじゃないか。酒と料理の支度《したく》がしてあるのをみつけたが、食事をとる連中の姿を見かけない。しかもそのあと大きな影があらわれて、眠っている男を呑みこんでしまった——」いいながら鋭い目で女の様子をうかがうと、彼女もまたわずかではあるが顔色を変えた。「おや、逃げださないのか？」

「どうして逃げださなくてはいけないの？」いまの彼女は、明らかに自制心をとりもどしていた。

「おまえが気でもふれたように吠えたてて、数知れぬ部屋部屋を走りぬけ、飛び出していくものと、てっきり思っていた。さっき出っくわした男に影の話をしてやったら、そんな真似をしたからな」

彼女はほっそりした象牙色の肩をすくめて、「それなのね、さっきわたしが聞いた声は。だれにしろ運命は定まっているもので、鼠取りにかかった鼠のようにわめきたてるのは愚《おろ》かなことです。もしトグがわたしを欲《ほっ》しているのなら、なんとしてでも手に入れてしまうに決まっています」

「トグというのは？」とコナンが不審げに問いただした。

彼女はしばらく、そんなことを知らないのかというような表情でキンメリア人をみつめていた。ナタラは嫉妬をおぼえ、顔に血をのぼらせて、小さな赤い唇を噛《か》んだ。

「その長椅子に腰かけなさい。話して聞かせます。しかし、その前に、おまえがどこのだれなのか、それを聞かせてもらいます」

「おれはキンメリアのコナン。これはブリトゥニアの娘で、ナタラという。おれたちふたりは、クシュの国境地帯で打ち破られた軍勢の生き残りなんだ。その長椅子にかけろといわれたが、そいつばかりは断りたい。うしろから黒い影が襲いかかるかもしれんからな」

すると彼女は、軽やかで音楽的な笑い声を立てた。彼女自身、長椅子に腰を下ろしてみせ、計算ずみの何気なさでしなやかな足を伸ばすと、

「気を楽にしなさい」と忠告するようにいった。「トグがおまえを望めば、どこにいようと、必ず捕えてしまいます。おまえの話にあった男は、悲鳴をあげて駆けだしていったものの、最後にひと声大きく叫んだだけで、あとは以前の静けさにもどったのでありませんか？　それはその男が逆上のあまり、逃げだすつもりがあべこべに相手の手に飛びこんでしまったからです。だれにしたところで、運命の手から免《まぬか》れることはできないものです」

コナンはどうとでもとれる唸り声を洩らしたが、長椅子の端に腰を下ろした。しかし、細刃の長剣を膝の上において、油断なく室内に目を配っていた。ナタラはコナンに寄り添い、嫉妬心もあらわに男にしがみつくと、脚を曲げて横坐りした。そして疑いと怒りの目で謎の女をみつめた。官能的な魅力に満ちたこの美女の前では、砂埃に汚れたおのれの姿が、あまりにも貧相《ひんそう》に、みすぼらしいものに映るのがわかっていたし、肉感的な美女の黒い眸が、赤銅色に日焼けした巨漢の躰を舐《な》めるようにみつめているのを見逃すこともできなかった。

「で、この都はどういったもので、どういう連中が住んでいるのだ？」コナンは質問をつづけた。

「ここはクスタルという古い都で、はじめてこれを創《つく》った人たちは、長い放浪の末にオアシスを発見して、建設の地と定めました。その人たちが東方の国から移ってきたのはわかっているけれど、遠い昔のことなので、子孫でさえその正確な年代を忘れてしまったのです」

「住民はいくらも残っておらんようだな。どの建物も空き家《あや》と見た」

「いえ、おまえが考えるほど少なくはない。じつはこの都全体がひとつの大きな宮殿で、城壁内の建物はみな、たがいに密接に連絡されています。その部屋部屋を何時間ものあいだ歩きまわったところで、ひとりの姿も見かけずに終わるかもしれませぬ。しかしまた、何百もの住人に出遭うこともありえます」

「どういうわけで？」コナンは無気味な気持ちを感じてきた。魔術の匂いがぷんぷんして、落ち着かなくなったのだ。

「この都の人たちは、一日の大半を眠って過ごしています。夢を見ている時間が、彼らにとっては、目《め》醒《ざ》めているときと同様に大切で、その時間こそ、ここの住民の現実生活なのです。おまえも黒い蓮《ロートス》のことを聞いているでしょう。この城壁内の地下坑《こう》に、それが生《お》い育っています。長い歳月をかけて改良を重ねたことから、いまではその汁が、死をもたらすかわりに、豪華で幻想的な夢をあたえてくれます。人々は、甘美な夢を楽しむことにほとんどの時間をあてているのです。移り気でとりとめのない無計画な生活。夢を見て、目が醒めると、お酒と食事と交情。そしてまた夢を見る。何をはじめても、やりかけで放りだし、黒い蓮《ロートス》の眠りに沈んでいく。おまえが見いだした料理にしても、だれかが目を醒まし、激しい空腹をおぼえ食事の支度をしたものの、すぐに忘れて、またも夢見る眠りにはいってしまったと思われます」

「料理の材料はどこから手に入れるんだ？」コナンは彼女の長話をさえぎった。「都城《とじょう》の外には畑も葡萄園も見かけなかった。城壁のなかに、果樹園とか食糧用の家畜《かちく》の囲い場とかがあるのか？」

彼女は首をふって答えた。「この都の住民は、基本的な元素から食糧を作り出しています。夢の花の汁に酔っているときは別として、全住民が優秀な科学者なのです。沙漠にこれだけの城都を築いた祖先の血を引いて、いまでは妖《あや》しい情熱の奴隷になったとはいえ、太古以来の偉大な知識のいくつかを残しているのです。たとえば、この宮殿内の光源がそれで、あれはラジウムと結合した宝石によるものです。宝石を親指でこするると明るくなり、反対の方向にこすれば照明は消えます。これなどは、あの人たちの持つ科学知識の一例ですけど、惜しいことにその大部分は忘れられてしまいました。つまり、この都の全住民が、目醒めているときの生活にはほんのわずかの関心しか持たず、人生のほとんどを、死んだも同然な眠りのうちに送っているのです」

「じゃ、城門のそばに転がっていた死人は――」とコナンがいいかけると、

「眠っていただけのことです。黒い蓮《ロートス》による眠りは死と同じで、生理機能がすべて停止して、生命のしるしは少しも見られません。そのような状態にいるあいだ、魂《たましい》は肉体を離れて、思うがままに風変わりな別世界を歩きまわります。城門の男がその好例で、この都の人たちの無責任ぶりをよく示していますす。彼は城門の守備兵で、その役目は外敵が沙漠を越えて攻め入ってくるのを――そんなことは、かつて一度もなかったことですが――厳重に見張ることにあります。その役目も捨てて眠っていたのでしょうが、その男にかぎらず、この城門の各所におかれている衛兵たちも、みんな揃ってぐっすり寝こんでいるとみてまちがいないのです」

コナンはしばらく考えていたが、

「で、現在、住民たちはどこにいる?」と訊いた。

「城内のあちらこちらに散らばって眠りこんでいます。寝椅子、絹張りの長椅子、クッションのある

小部屋、毛皮で覆った壇の上――いたるところで、光り輝く夢の薄紗《ヴェール》に包まれているのです」

コナンは盛りあがった肩のあいだで皮膚が引きつるのを感じた。豪奢な壁布に飾られた宮殿内のそこかしこに数百人の男女が死んだように横たわり、何を見るでもなく、うつろな目を天井に向けているところは、想像するだけでも身震いが出る気持ちだった。そこで彼は話題を転じて、

「音も立てずに忍びよって、壇の上の男を運び去ったのは何ものなんだ？」

タリスの象牙色の手足に震えが走った。

「それがトグで、太古以来のクスタルの神。この都の中央、地下の神殿内に棲《す》んでいます。昔からずっとクスタルに棲んでいるのです。建設者たちといっしょに移ってきたのか、都城が完成してから姿をあらわしたのか、知っている者もありませんが、クスタルの人たちの崇拝を受けています。この神も大部分の時間を地下で眠っていますが、空腹をおぼえると、秘密の回廊をぬけて薄暗い部屋から部屋へと忍び歩き、獲物《えもの》を求めます。トグの忍び歩きのはじまる時刻はまったく不規則で、そのときはだれであろうと身の安全を守ることはできません」

ナタラは恐怖の叫びをあげて、保護者のそばから引き離されるのにあらがうかのように、コナンの首にしがみついた。

「クロムの神よ！」コナンは思わず口走った。「この都のやつらは、怪物に襲われるのも承知のうえで眠りこんでいるというのか！」

「トグが空腹になるのは、滅多にあることでありません。それにどんな神でも生贄《いけにえ》を要求するものです。子供のころに見たことですが、わたしの生まれたスティギアでは、だれもが祭司たちの影に怯え

て暮らしていました。その手によって、いつ聖壇へ連れていかれるかがわかっていないからです。でも、祭司たちの手で神々の生贄にされるのも、神みずからが生贄を捜しにくるのも、同じことではないでしょうか」

「おれの国ではそんな習《なら》わしはない」コナンはうめくようにいった。「ナタラの国だってそうだ。ハイボリアの人間は、彼らの神のミトラに人身御供を捧げるようなことはせん。おれの国の連中だって――クロムの神にかけて、祭司に聖壇へ連れこまれるキンメリア人なんかひとりだっているものか！　そんな真似をしたら、必ずそこに血が流される。祭司の考えてるのとはちがった血が！」

「未開人にかぎって、そのようなことをいいます」とタリスは笑った。しかし、その澄んだ目には、明るいきらめきが浮かんできた。「トグはとても古い神なので、とても怖ろしいところがあるのです」

「ここのやつらは阿呆《あほう》か英雄にちがいない」コナンが唸るようにいった。「目が醒めたら、トグとかいう神の腹のなかだと知りながら、おとなしく横たわってばかな夢を楽しんでいる」

彼女は笑った。「ほかのことは知っていないのです。何世代ものあいだ、トグはここの人たちを餌食《えじき》にしてきました。クスタルの人口が、数千から数百に落ちた原因のひとつはそこにあります。あと何世代かしたら、クスタル人は根絶やしになるでしょう。そうしたらトグは、新しい食糧を求めて世の中へ出て行くか、遠い昔に彼が出てきた地下の国へ引っこむかしなければなりません。

人々は最後の運命を知っています。でも、みんながみんな宿命論者で、運命に逆らったり、逃亡を企《くわだ》てたりする力はありません。ここ百年ほどのあいだに、城壁が見えないほど遠いところまで行った者はひとりもいないのです。南へ向かって一日の行程のところにオアシスがあります――わたしはそれを、彼らの祖先が羊皮紙に書き残した古い地図で知りました——でも、この三世代のあいだに、そこを訪れたクスタル人はひとりもありません。古地図の示すところだと、さらに一日の行程の場所に肥沃《ひよく》な緑地が拡がっているはずですけれど、そこを探険してみる人はなおさらいませんでした。ここの人々は急速に滅びつつある種族でして、蓮《ロートス》の汁のもたらす夢に溺《おぼ》れ、目の醒めている時間を金色の酒に酔って過ごしています。このお酒が、傷を癒やし、寿命《じゅみょう》を延ばし、逸楽《いつらく》に飽いた道楽者に新しい活気をあたえているのです。

それでもあの人たちは、この生き方を変えようとしないで、彼らの神を怖れながら、その崇拝をつづけています。トグが宮殿内を歩きまわっていると聞かされた男が、どんな狂乱状態におちいったか、おまえもその目で見たことでしょう。都内の男女がひとり残らず悲鳴をあげたり、髪の毛を掻きむしったりしながら、半狂乱の体《てい》で城門から逃げだすのを見たことがあります。城壁の外で身をすくめ、籤《くじ》びきをして、トグの色欲《しきよく》と食欲を満足させるため、ぐるぐる巻きにされて、拱門《アーチ》に放りこまれる者を決めるのです。いま全員をまどろみから目醒めさせ、トグがあらわれたことを知らせたら、身を震わせて泣き叫び、城門の外へ飛び出して行くにちがいないのです」

「おお、コナン！」ついにはナタラも狂気のような叫びをあげた。「あたしたちも逃げだしたほうがいいわ！」

「少し待て」コナンはナタラの言葉を押さえて、燃える眸をタリスの象牙色の手足に据え、「おまえは何者だ、スティギアの女よ？　こんなところで何をしている？」

「わたしは娘のころ、この都へ連れてこられました」彼女は答えて、ビロードの布で覆った長椅子の背にしなやかな躰をもたせかけ、黒髪の頭のうしろで細い指を組みあわせた。「肌の色が、そこにいる金髪娘と同じに白いのでわかるように、わたしは王家の娘で、平民の女ではありません。謀反《むほん》を起こした公子の手でかどわかされたのです。彼はみずからの国を打ち立てる土地を捜して、クシュ人の弓兵部隊を率いて南方の荒野に進出しました。彼と部下の戦士は沙漠で全滅の憂き目を見ましたが、そのうちのひとりが、絶命する前にわたしを駱駝に乗せ、付き添って歩いてくれました。が、ついには歩きながら倒れて死んでいきました。それからは駱駝だけが沙漠をさまよいつづけ、わたしは飢えと渇きから譫妄《せんもう》状態におちいって、意識をとりもどしたときは、この都のなかにいました。その日、夜が明けたとき、城壁からかなりの距離のところに駱駝が一頭倒れ死んでいて、そばにわたしが意識を失っているのを都の人々が発見したのだといいます。彼らは外に出て、わたしを城都内に連れこみ、奇跡的な力のある黄金色の酒で、わたしの息を吹きかえさせてくれたのです。もっとも、都の人たちが城壁から遠く離れた場所まであえて救出にきてくれたのは、ひとえにわたしを女と認めたからでしょう。

当然のことながら、この都の人たち――ことに男はわたしに興味をおぼえた様子で、わたしが彼らの言語をしゃべれないのに、わたしの言葉をすぐに習い覚えました。それほど知力に優れた種族で、こちらがクスタル語を覚えこむ数倍の速さで、スティギア語を理解してしまったのです。でも、言葉以上にわたしというものに関心を持ち、蓮《ロートス》の夢を少しのあいだ忘れていられる唯一のものがわたしでありまして、いまだにその状態がつづいているのです」

彼女は皮肉な笑い声をあげ、大胆な目を意味ありげにコナンに向けると、

「もちろん、女たちはわたしに嫉妬を感じています」と平静な口調を変えずにつづけた。「女たちもやはり黄色い肌ですが、それはそれなりに美しくありますけれど、男たち同様、夢のなかに生きているようなもので、男たちには頼りなく感じられるにちがいありません。つまり、男たちがわたしに魅力を感じるのは、わたしの美しさばかりでなく、わたしの現実的なところに惹《ひ》きつけられているものと見てよさそうです。わたしは夢のなかの女ではありません。蓮《ロートス》の夢を知らないわけではありませんが、現世的な感情と欲望をそなえた正常な女です。その点、月の光に浮かされたような目の、肌の黄色な女たちには、およびもつかぬ魅力があるもののようです。

といったわけで、いまのうちにその長剣でそこにいる娘の喉を掻っ切ることを勧めておきます。クスタルの男たちが目を醒ましたら、必ず彼女を捕えます。そして想像したこともないような辛《つら》い思いをさせるにちがいありません。わたしはそれに耐えぬきましたが、この娘には苛酷《かこく》すぎるのではないでしょうか。わたしはルクスルの娘で、十五の夏を見る前に、黒い女神デルケトの神殿に送られ、数々の秘儀を教えこまれました。だからといってクスタルでの最初の数年を、快楽のうちに過ごしたわけではありません。デルケトの女祭司たちの夢にもおよばぬほど、ここの住民はいろいろなことを忘れ去っているのでした。要するにあの人たちは、官能上の喜びを楽しんでいるだけで、夢を見ているときも目醒めているときも、正常人の理解を超えた東方風の陶酔《とうすい》に満ちた生活を送っているのです」

「呆《あき》れたやつらだ。頽廃《たいはい》の極みか！」コナンは唸り声でいった。

「わたしもそれをいいたいのです」タリスもけだるげにほほえみながら応じた。

「なんにせよ」コナンはいいきった。「時間を無駄にしているだけだ。正常の人間の暮らすところでないのがわかった。ばか者どもが目を醒ます前に、あるいはトグが餌食にしようと襲ってくる前に、逃げだしたほうが利口のようだ。沙漠のほうがよっぽどましだと思われる」

タリスの話に全身の血を凍らせていたナタラは、急いで同意の気持ちをあらわした。彼女のスティギア語の知識は、しゃべるとなると片言《かたこと》程度だが、相手のいうことは充分理解できた。コナンは彼女を抱き寄せながら立ちあがり、

「この都をぬけ出るいちばんの近道を教えてくれ」と唸るようにいった。「さっそく退散することにする」しかし、彼の視線はスティギア女のほっそりした手足と、象牙色の乳房の上にぐずついていた。

タリスはその目つきを見逃さなかった。謎めいた微笑とともに、怠惰な大猫のようなしなやかさで立ちあがって、

「わたしが案内してあげます」と先に立って歩きだした。そのしなやかな姿態と、落ち着きはらった優雅な動きが、コナンの目を惹きつけているのを明らかに意識している。ふたりがはいりこんだ道とはまったくちがった方向へ歩いていくが、コナンの心に疑惑が湧きあがる以前に、象牙の浮き彫りで飾った広い部屋で足を止め、そこの象牙の床の中央に噴きだしている小さな泉を指さして、

「おまえ、この水で顔を洗ったらどう?」とナタラにいった。「砂埃に汚れているし、髪も埃だらけよ」

スティギア女の言葉にこめられた嘲《あざけ》りの響きを聞きとって、ナタラは憤然と顔色を変えた。しかし、けっきょくはタリスの言葉に従うことにした。沙漠の太陽と風とに、どんなにみじめな容貌になって

いるかが、急に気になりだしたからである――彼女の民族の女は、その肌の白さゆえに高名なのだ。泉のかたわらに跪《ひざまず》いて、髪を搔きあげ、短上衣《チュニック》を腰まで引き下ろし、顔から白い腕、肩のあたりまで洗いはじめた。

「クロムの神にかけて！」コナンは舌打ちをした。「女というやつは、悪魔に尻をつつかれていながら、顔かたちが気になりだすと、動こうともしなくなる。いいかげんにしとけよ。どうせこの都が見えなくなる前に、また砂だらけになるに決まってるんだ。それからタリス、ほんの少しでいいが、食い物と飲み物を恵んでくれたら、一生、恩に着るんだが」

返事の代わりに、タリスは男に身をもたせかけ、その白い腕を男の赤銅色の肩にかけると、すんなりした裸のわき腹を彼の太腿に押しつけた。ふわりと拡がった頭髪の匂いが、彼の鼻孔をくすぐった。「沙漠へ出ていくことはないじゃないの」彼女は熱心に囁きかけた。「この都にとどまって！　クスタルでの生き方は、わたしが教えてあげる。わたしが必ず守ってあげる。そして愛してあげる！　おまえはほんとうの意味で生きている男。夢を見て、目醒めては溜息《ためいき》をつき、また眠って夢を見る。そんな月のなかに住んでいるような腑《ふ》ぬけ男たちに、うんざりしているわたしなの。火のように激しい情熱を持った大地の男に恋焦がれていたところよ。おまえの力強い目のきらめきが、わたしの胸のなかで心臓を躍らせる。鋼鉄のようなおまえの腕の筋肉に触れると、わたしの心がわくわくしてくる。

この都にとどまって！　おまえをクスタルの王にしてあげる！　古代の秘儀の全部を見せ、風変りな悦楽を味わわせてあげる！　わたしは――」と両腕を投げかけて彼の首を抱き、爪先立ちをして、震える躰をコナンに押しつけた。と、タリスの象牙色の肩越しにナタラの姿がコナンの目にはいった。

彼女はそれに気づいて躰を洗うのをやめた。そして濡れた髪を掻きあげ、つぶらな目をみはり、驚きのあまり赤い唇を大きく開いたところだった。コナンは当惑のうめき声をあげて、まつわりつくタリスの腕をふりほどき、たくましい腕で彼女を突きのけた。タリスはすばやくブリトゥニア娘を見やると、何か思いついた様子で、謎めいた微笑とともにその美しい顔でうなずいた。

ナタラは目を怒らせ、唇を尖《とが》らせて立ちあがると、急いで短上衣《チュニック》に肌を収めた。コナンも呪いの言葉を呟いていた。生命を賭けての傭兵稼業から身を起こした彼のことで、一夫一婦主義など頭にない男であったが、この場合、持って生まれた律義さがものをいって、ナタラを守ってやりたい気持ちが全面的に心を占めていた。

タリスはそれ以上の求愛をつづけずに、細い手でふたりをさし招くと、ふたたび先に立って部屋を横切りだした。しかし、垂れ布に覆われた壁ぎわまで来ると、急に立ち止まった。コナンはそれを見て、彼女の耳が何か聞きとったのかと思った。例の怪物が、深夜の宮殿内を忍び歩いているのかもしれない。彼の全身の皮膚が総毛立《そうけだ》った。

「何か聞こえたのか?」

「そこの出入口を見て」彼女は指さしていった。

コナンは剣の柄へ手をやりながら、ふりむいた。しかし、目の前には、拱門形《アーチ》の出入口が開いているだけで、何ものの姿もなかった。そのとき、背後にかすかながら揉《も》みあう音と、半ば喉に詰まったような喘ぎ声を聞いた。あわててふり返ると、タリスとナタラの姿が消えていた。壁の垂れ布が、いったんかかげられたかのように、元の位置に下りるところだった。そして狼狽《ろうばい》した彼が呆然《ぼうぜん》と突っ立っていると、垂れ布に覆われた壁の向こうに押し殺された悲鳴があがった。ブリトゥニア女の声である。

2

タリスにいわれてコナンが反対側の出入口をふりむいたとき、ナタラは彼のすぐ背後にスティギア女と並んで立っていた。コナンが背中を向けた瞬間、タリスは豹《ひょう》のようなすばやさで、手をナタラの口にあてがい、彼女があげようとした悲鳴を封じた。それと同時に、もう一方の腕を金髪女のしなやかな腰にまわし、彼女をかかえたまま、壁ぎわまでさがった。タリスの肩が垂れ布越しに壁へ突きあたると、それは退くように思えた。壁の一部が内側に開いて、垂れ布のうしろに割れ目が生じ、コナンがふりむいたときは、すでに捕虜もろとも壁の奥にすべりこんだあとだった。

秘密の扉が元どおり閉まると、内部はまったくの暗闇である。タリスは何かを手探りするために一瞬立ち止まった。どうやら、かんぬきを差そうとしているらしい。その仕事をするためにナタラの口から手が離れたとたん、ブリトゥニア女が声をかぎりに悲鳴をあげた。タリスは冷ややかに笑いを洩らすだけで、その声が闇のなかに、毒を仕込んだ蜂蜜《はちみつ》のように響いた。

「わめきたいだけわめくがいい、愚か者よ。おまえの生命をちぢめるだけだから」

その言葉にナタラは悲鳴をやめて、全身を震わせながらうずくまり、

「なぜこんなことをするの？」と泣き声でいった。「あたしをどうするつもり？」

「この廊下をもう少し先まで連れていく」タリスが答えた。「そして遅かれ早かれ、おまえを求めてく

るものの手に引き渡す」

「あ、あ、あ、あ！」ナタラのすすり泣きが、恐怖の叫びに高まった。「どうしてあたしをそんなひどい目に遭わせるの？　あたしは何もしてないのに！」

「わたしはあの男が欲しい。それをおまえが邪魔している。彼もわたしを欲《ほっ》しているのに——わたしには、彼の目の色を読みとることができる。おまえさえいなければ、あの男は喜んでこの都《みやこ》にとどまり、クスタルの王になる。おまえがいなくなれば、彼はわたしの言葉に従う」

「コナンはおまえの喉を斬《き》り裂くわ」ナタラは自信をもって答えた。タリスよりはコナンの心を知っているのだった。

「どちらになるか、いずれはわかることだけど」スティギア女も男を支配するみずからの力への自信から冷静に応じた。「あいにく、彼がわたしを刺し殺すか、それともわたしに口づけするかをおまえが知ることはないのよ。なぜって、暗闇に棲《す》むものの花嫁になる運命なんだから。さあ、いっしょにおいで！」

　ナタラは恐怖のあまり半狂乱の状態で、野獣のように暴れたが、まったく無意味の抵抗だった。タリスは女とも思えぬ力でナタラの躰《からだ》をかかえあげると、子供を扱うように軽々と暗闇の廊下を運んでいった。ナタラはスティギア女の無気味な言葉を思い出して、ふたたび悲鳴をあげようとはしなかった。聞こえるものは、絶望的なナタラの喘《あえ》ぎと、タリスの嘲《あざけ》るような淫《みだ》らな笑い声だけであった。やがて闇のなかにふりまわしていたブリトゥニア女の手に触れるものがあった——宝石を鏤《ちりば》めたタリスの腰帯から突き出ている短剣の宝石入りの柄《つか》がしらだ。ナタラはそれを引きぬくと、かよわい力をふり絞って、闇雲に相手を突き刺した。

タリスの口から悲鳴がほとばしった。猫が殺されるときのような苦痛と怒りの叫びだ。彼女がよろめいたはずみに、その腕のあいだからナタラの躰が、なめらかな石の床にすべり落ちて、柔らかな手足を傷つけた。すぐに起きあがると、いちばん近い壁へ急ぎ、それにぴったり身を寄せて、大きく喘ぎ、震えながら立った。タリスの姿は見えないが、息づかいを聞くことはできた。スティギア女が死にきっていないのはたしかで、呪いの言葉を吐きつづけている。その怒りの凄まじさに、ナタラは骨が溶け、血が凍りつく思いに襲われた。

「小悪魔め、どこへ行った？」タリスは喘いで、「この指がもういちど触れたら、そのときは——」と恋の競争相手にあたえずにはおかぬ傷害の数々をわめきつづけた。それを聞くうちに、ナタラは肉体的な不快感に襲われた。このスティギア女の口から飛び出す言葉は、アキロニアの娼婦《しょうふ》でさえ顔を赤らめずにはいられぬものであった。

闇のなかに、タリスが手探りで動きまわっているのが聞きとれたが、やがて明かりがぱっと灯った。タリスがこの暗闇に包まれた廊下の何を怖《おそ》れていたにせよ、それが怒りに負けたのは明白だった。明かりはクスタルの壁を飾るラジウムに結合した宝石が発している。タリスの手がそれをこすったので、いまや彼女は、ほかの部屋が発するのとは異なった赤味を帯びた光を浴びて立っている。片手で横腹を押さえ、その指のあいだから血がしたたっているのだが、弱ったり、ひどく傷ついたりした様子もなく、悪鬼《あっき》のように目をきらめかせている。それを見たナタラは、わずかに残っていた勇気が潮《しお》の引くように引いていくのを感じた。無気味な光に浮かびあがったスティギア女は、その美しい顔を地獄

れはスティギア女を火のように怒らせるのに充分だった。

た。短剣の刃はタリスの腰帯の宝石に邪魔されて、皮膚の表面をかすめただけだったのだ。しかし、そ

らした血をじれったげにふり払った。その動作でナタラは、恋仇《こいがたき》がたいして傷ついていないのを知っ

の情熱に醜《みにく》く引きつらせ、豹さながらの歩みで前進してくる。傷ついた横腹から手を離して、指を濡

ていった。

「その短剣をこちらへおよこし!」彼女は歯ぎしりして、立ちすくんでいるブリトゥニア娘に近づい

ナタラは勝ち目のあるうちに闘わねばならぬと知っていたが、悲しいかな、勇気を奮い起こすこと

ができなかった。暗闇と暴力と、これまでの出来事の恐怖とが、戦士とはおよそほど遠い彼女の精神

と肉体を完全な虚脱状態においていた。その力の失せた指のあいだからタリスは短剣を引きもぎり、か

たわらに投げやると、

「牝犬《めすいぬ》め!」と歯ぎしりしながら、両手で激しく平手打《ひらてう》ちをくわせ、「この廊下を引きずっていってト

グの顎《あぎと》に投げこむ前に、その血を少し流してくれる! よくもこのわたしを短剣で刺したね――その

大胆な所業にどんな報《むく》いがあるものか、思い知らせてやる!」

タリスはナタラの髪をつかむと、少しの距離を引きずっていった。そこは明かりの届く範囲の端で、

男の背丈ほどの高さの壁面に金属性の環がついていて、それから絹《きぬ》の綱《つな》が下がっていた。ナタラは悪

夢を見ているように感じていたが、短上衣《チュニック》がまず剝ぎとられ、つづいて両の手首を引っ張られ、金属

の環に縛《しば》りつけられた。生まれたときのままの裸で、爪先がかろうじて床に触れている。首をひねっ

て見ると、タリスが環のそばに吊るしてある宝石入りの柄《え》のついた笞《むち》をはずすところだった。絹の紐《ひも》を七つ縒《よ》りにしたもので、革の鞭《むち》よりはしなやかでいて強靭《きょうじん》だった。

復讐《ふくしゅう》の満足感を示す叫びとともに、タリスは腕をうしろに引いた。つぎの瞬間、笞が激しくナタラの腰に飛んだ。苛《さいな》まれた娘は苦悶《くもん》の叫びをあげ、手首を捕えている環の下に身をよじった。いまは悲鳴が招きよせる危険の存在も頭になかった。タリスもそれを忘れていた。ひと笞ごとに苦痛の悲鳴があがった。ナタラは以前にもシェムの奴隷《どれい》市場で笞で打たれた経験がある。しかし、これにくらべれば問題でなく、絹の紐を縒りあわせた笞の破壊力の強烈さは、彼女の想像をはるかに超え、樺《かば》の枝または革を用いた鞭がもたらす苦痛の比でなかった。しばらくのあいだ、それが毒々しい唸《うな》りをあげて、空気を切った。

やがてはナタラも、涙に汚れた顔を肩越しに向けて、憐《あわ》れみを乞《こ》おうとした。しかし、何かがその叫びを凍りつかせ、その美しい目のうちの苦痛を麻痺した恐怖に変わらせた。

その表情の急変に気づいて、タリスはふりあげていた手をそのままに、猫のような敏捷《びんしょう》さでふりむいた。が、遅すぎたのだ！　両腕をかかげ、よろめきながら、その唇《くちびる》から怖ろしい悲鳴をほとばしらせた。ナタラはしばらく呆然《ぼうぜん》とみつめていた。形も定かでない巨大な黒い影が拡《ひろ》がって、恐怖に彩《いろど》られたタリスの白い姿がくっきりと浮かびあがった。と見るうちに、白い姿は足をすくわれ、それを呑みこんだ黒い影が後退しはじめ、あとは薄暗い光の輪のなかに、ナタラひとりが環に吊るされたまま、恐怖に半ば失神した状態でとり残された。

黒い影から何やら異様な、血を凍らせるような音が聞こえてきた。タリスの声で、狂ったように赦《ゆる》しを求めているが、答える声はなく、スティギア女の喘ぎの声のほかは、完全な静寂が支配している。その声もとつぜん苦悶の叫びに高まったかと思うと、つづいてけたたましい笑い声があがり、それにすすり泣きが加わった。それもしだいに弱まって痙攣《けいれん》的な喘ぎとなり、じきにそれもやんで、あとは秘密の廊下を以前にも増して怖ろしい沈黙が閉じこめた。

ナタラは恐怖に胸をむかつかせながらも、左右に身をねじって、黒い影がタリスを運び去った方向をおそるおそるのぞいてみた。そこには何もなかったが、目に見えぬ危険を感じとることができた。それは彼女が理解する以上に凶悪なものと思われて、狂気の潮が襲ってくるのと闘わなければならなかった。肉体ばかりか魂《たましい》までおびやかしてやまぬこの恐怖の前では、すりむけた手首や肉体の痛みなど問題でないのだった。

彼女はなおも目を凝《こ》らして、薄暗い明かりの輪の向こうに拡がる闇を緊張のうちに見つづけた。そして唇から低い叫びを洩らした。闇が形をとりだしたのだ。何か巨大な嵩《かさ》ばったものが、無のうちから出現してくる。薄明かりに浮かびあがったのは、不恰好な大きな頭である。少なくとも彼女には頭と見えた。といっても、まともな意味での動物のそれとはひどくかけ離れている。ヒキガエルに似た顔を見たが、これもまた悪夢のなかの鏡に浮かぶ亡霊のように、おぼろげで不たしかなものである。ぼうと明るんでいるところが目であろうが、それが彼女を見てまばたきをくり返し、そのこの世ならぬ情欲の底深さに彼女は身震いした。胴体のあたりは判然としない。全体の輪郭が絶えず動揺して、見ているうちにも微妙な変化を示している。しかし、そのもの自体は疑いもなく実体で、ただの幻影で

ないことは明らかだった。

しだいにそれが近づいてくる。だが、のたくり歩いているのか、飛んでいるのか、匍《は》っているのか、その移動方法は完全にナタラの理解を超えていた。いまはそれが影から離れた別個の存在になっているが、どのような性質のものか、彼女にはなお正体がつかめなかった。ラジウム宝石が放つ光では、通常の生物を照らし出すようにははっきりと浮かびあがらせることができない。考えられぬことだが、これは光を受けつけぬ存在かもしれない。彼女のちぢみあがった肉体に触れるほどの近くに達しているのに、細部はいまだに不明瞭で、薄暗い影に包まれて、はっきりと見てとれるのは、まばたきをするヒキガエルに似た巨大な顔だけである。要するにそれは視界にぼやけて映るもので、通常の光線によっては照らし出すことも消散させることも不可能な影のような黒い染《し》みなのだ。

彼女は自分の気が狂ったものと判断した。それが下から見あげているのか、頭の上にのしかかっているのか、見定めることができない状態であったからだ。事実、吐き気をもよおさせる不快なその顔が、足もとの影のなかにまたたいているようでもあり、計り知れぬ高所にあって、彼女を見おろしているのかとも思われる。だが、変化しやすいその性質が何であれ、強固な実体であることに疑いはない――彼女の視力がそう確認したにしても、上下いずれの位置に立っているのか不明という奇怪な現象は否定できなかった。触手に似た黒いものが、裸の皮膚を匍いまわるのを感じて、彼女は悲鳴をあげた。それは温かくも冷たくもなく、ざらざらしてもいなければ、なめらかでもない。彼女がこれまでに経験しているどの感触ともちがっていて、夢見たこともない恐怖と羞恥《しゅうち》をおぼえさせる愛撫《あいぶ》だった。生命の底知れぬ深淵に溜まった汚穢《おわい》に芽生《めば》えた卑猥《ひわい》で淫らなものが、彼女を宇宙的な汚物の海に溺《おぼ》れさせようとするのか。その瞬間、彼女は悟った。この存在があらわす生《せい》の形態は、およそけものののものではないことを。

ナタラはわれを忘れて悲鳴をあげはじめた。怪物が彼女を引っ張って、がむしゃらに金属の環から引き離しにかかったからだ。そのとき彼女と怪物の頭上で何かが割れる音がした。そしてその何かが空《くう》を切って落下し、石の床を打った。

3

コナンがふりむいたとき、垂れ布が元の状態に垂れ下がろうとして、その奥からナタラの押し殺された悲鳴が聞こえた。彼は怒りを燃えあがらせ、全身を壁にぶつけると、ふつうの男なら骨が砕けたであろうほどの勢いで跳《は》ね返された。垂れ布をもぎとると、装飾のない壁面らしきものがあらわれた。彼は長剣をふりあげ、大理石も貫けとばかり、怒りの剣を突き刺そうとした。そのとき急にがやがやと騒がしい音を耳にして、血走った目を背後へやった。

二十人ほどの男が、短剣を手に立っていた。いずれも皮膚の黄色い男たちで、紫色の短上衣《チュニック》を着《つ》けている。コナンがふりむくと同時に、敵意に満ちた叫びをあげて襲いかかってきた。コナンは、彼らの誤解を解く気持ちを失っていた。愛する女の姿が消えたのに逆上して、本来の蛮族にもどっていたのであった。

血の渇きを癒《い》やせることに満足して、牡牛のような喉で唸り声をあげながら、コナンは跳躍した。第一の攻撃者は、その短剣が相手に届く前に、風を切る長剣に頭蓋を断ち割られ、脳漿《のうしょう》を噴き出させながら倒れかけた。コナンは猫のように身をひるがえし、ふり下された相手の手首を返す刃で捕えると、その手は短剣を握ったまま空《くう》を飛んで、赤い血しぶきを飛散させた。しかし、コナンは停止も躊躇《ちゅうちょ》もしなかった。豹《ひょう》のように身をひねって、黄色の剣士ふたりに空を切らせると、目標を失った短剣のひとつが、仲間の男の胸を貫いた。

この失敗に狼狽《ろうばい》の叫びがあがった。コナンは短く笑い声をあげて横に飛びのき、風を切る刃を避けると、もうひとりのクスタル人の防御をかいくぐって斬りつけた。その歌う刃のあとを追ってまっ赤な血が噴出し、腹を断ち割られた男は絶叫してくずおれた。

クスタルの戦士たちは狂った狼のように吠えたてた。戦闘に慣れない彼らの動きは滑稽なほど緩慢《かんまん》で、完璧な戦闘のための頭脳と、それに結びついた鋼鉄の筋肉にだけ可能な敏捷《びんしょう》さを誇る猛虎《もうこ》のような未開人に立ち向かえるわけもなく、ぶざまな動作をくり返すばかりだった。もがき、あがき、つまずき、味方同士ぶつかりあい、剣の動きも速すぎて、無駄に空を切るにすぎない。一方コナンは、少しも静止していることがなく、同一の場所に一瞬もとどまっていない。跳躍し、横っ飛びに身を避け、旋回し、躰《からだ》をひねり、相手の剣の狙いを絶えず誤らせ、その間、反《そ》りを打った彼の長剣に死の歌を奏《かな》でさせた。

その失敗にもかかわらず、クスタルの戦士たちは勇気を欠いていなかった。叫び声をあげながら、彼の周囲に群がって攻撃をつづけ、しかも、いくつかの拱門《アーチ》形の出入口から新手《あらて》の戦士が続々と押しよせてくる。時ならぬ騒ぎに眠りを醒《さ》まされた男たちが戦闘に加わるのである。

コナンはこめかみに負った傷から血を流しながら、血のしたたる長剣を横薙《な》ぎに揮《ふる》って、一瞬だけ身のまわりから敵兵を遠ざけると、すばやく室内を見まわし、脱出の道を求めた。ちょうどそのとき、垂れ布のひとつが引かれて、その向こうに狭い階段がのぞかれた。その上に豪奢《ごうしゃ》な衣服をまとったひとりの男が立っていた。ぼんやりした目をまたたいているのは、いま目醒めたばかりで、眠りの粉を完全にふり落としていないのであろう。コナンがそれを見たのと、行動を起こしたのとは、まったく同じ瞬間だった。

虎のように跳躍すると、短剣の輪をかいくぐって階段に走りよった。戦士たちは口々にわめきながら、あとを追った。大理石の階段の前で三人の男がコナンと対峙《たいじ》し、彼は鋼鉄の刃を敵の剣に叩きつけた。耳を聾《ろう》する金属音があがり、狂乱の一瞬、四本の剣が夏の稲妻のように切り結んだ。と、三人が分かれて、コナンは階段へ飛びあがった。殺到する敵の男たちは、階段の前でもがいている三人を踏み越えた。ひとりは脳髄の混ざりあった血だまりのなかにうつぶせに横たわり、ひとりは斬り裂かれた喉からどす黒い血を噴き出させ、両手を突っぱって起きあがろうとしている。そして三人目の男は、斬り落とされた腕の深紅に染まった根元を押さえて、死にかけた犬のように吠えたてている。

コナンが駆けあがってくるのを見ると、大理石の階段上の男は夢から醒めたように躰を揺すって、剣を引きぬいた。それはラジウム宝石の光を浴びて、氷のようにきらめいた。そして駆けのぼってくる蛮族めがけて突き下ろした。しかし、切先《きっさき》が喉もとに唸った瞬間、コナンは身をかがめたので、背中の皮膚を傷つけたにとどまった。つぎの瞬間、コナンは身を起こすや、全身の力を力強い肩に集中し、肉を切る大包丁を揮うように長剣を突きあげていた。

剣は柄《つか》もとまで相手の腹に突き刺さったが、頭からの突進にはずみがついていたので、彼は踏みとどまることができず、階段上の男の躰に激突した。敵は大きくよろめいたが、コナンも壁ぎわまで跳ね返された。腿《もも》の付け根から胸板《むないた》にかけて斬り裂かれた相手の躰は、階段をまっ逆さまに転げ落ち、駆けのぼってくる戦士たちにぶち当たると、彼らを巻き添えにして、血まみれの臓腑《ぞうふ》をさらけ出したまま、さらに下方へ転落をつづけた。

コナンは頭がくらくらして、少しのあいだ壁に身をもたせ、階段の下を眺めていたが、やがて気をとり直し、剣の血をふるい落とすと、階段を駆けあがっていった。

上階の部屋に行きついたが、室内を見まわすまでもなく、まったくの無人だった。背後から聞こえてくる追手の声に激しい恐れと怒りがこもっていることから、いま殺した人物が高貴の身分——おそらくはこの幻想的な都城《とじょう》の王であろうと推察された。

コナンは何の目算もなく、足の向くままに走った。少しでも早くナタラの所在を捜しあてなければならぬ。彼女に危機が迫り、彼の救助を必要としていることは疑いない。しかし、いくら心が焦《あせ》っても、クスタルの戦士全員に追われている身は、走りまわって彼らの追跡を避け、運を恃《たの》んで彼女を捜し出すだけである。階上の薄暗い部屋部屋のなかで、彼はたちまち方向感覚を失った。それが理由で、最後にはこともあろうに、敵が雪崩こみつつある部屋にはいりこんでしまったのだ。

彼らは復讐《ふくしゅう》の叫びをあげて、襲いかかってきた。彼は舌打ちをして身をひるがえすと、いま来た道をたどって逃げだした。しかし、彼自身が来た道と思いこんだだけで、逃げこんだところは特別きらびやかに飾りたてた部屋で、またも道を誤ったとすぐに気がついた。階段を登りつめてからこちら、彼が通りぬけてきた部屋はみな無人だったが、ここには住人がいて、彼がはいりこむと、悲鳴をあげて立ちあがったのだ。

それは黄色い肌の女で、宝石の腕輪のほかはまったくの裸身で、目をみはって彼を眺めた。それだけを見てとったところで、女が片手をあげ、壁に垂れ下がっている絹《きぬ》の紐《ひも》を引っ張った。と、つぎの瞬間、コナンの足もとの床がすべって口をあけ、鋼鉄の筋肉と俊敏な頭脳を働かせる余裕もなく、彼の躰は暗く深い穴へ落下していった。

奈落《ならく》の底までというほどでもなかったが、鋼鉄の発条《ばね》と鯨《くじら》の髭《ひげ》でできていないかぎり、脚の骨を折るに充分な落下距離であった。

しかし、コナンの手は本能的に長剣の柄を握りしめ、もう一方の手と両脚を発条代わりに用いて、猫さながらの柔軟さで着地した。牙《きば》をむき出した山猫のような形相《ぎょうそう》で立ちあがったとき、耳慣れた声が叫ぶのを聞いた。垂れかかる乱髪の下からのぞいてみると、ナタラの白い裸身が、地獄の深淵にのみ生《お》い育つ夢魔を思わせる、奇怪な黒い影に抱きすくめられ、その淫《みだ》らな腕のあいだで身もだえしているのであった。

その凶悪な姿だけを見たのであれば、さしものキンメリア人も立ちすくんで動くこともできなかったであろう。しかし、彼のナタラと並んでいる光景を目にして、憤怒《ふんぬ》の赤い波が脳裡《のうり》に打ちよせ、彼は深紅の霧のなかで、怪物めがけて斬りかかった。

それは女を離して、攻撃者に向き直った。キンメリア人は狂ったように長剣を揮い、空気を斬り裂き、黒くねばつく巨大な影を断ち割った。切先は石の床にあたって音を立て、青い火花を飛ばした。予期したほどの手応えがなかったことから、勢いあまった彼は膝をついた。ふたたび跳ね起きたとき、怪しい黒い影が彼の上にのしかかっていた。

それはねばりつく黒雲のように彼の上にそそり立ち、身のまわりに波打ち、包み入れ、呑みこもうとするかに見えた。彼は狂ったように長剣をふりまわし、再三再四、斬り裂き、突き刺した。怪物の血かと思われるねばっこい液体で全身がずぶ濡れになったが、相手の力はいささかも衰える様子がなかった。

これで果たして相手の手足を斬り落としているのか、それともこの巨大な胴体は、斬り裂く刃のあとから、すぐにまた癒着《ゆちゃく》してしまうのか、彼にはその判断さえつきかねた。激しい戦闘の末、躰が前後によろめき、凶悪な怪物ひとつでなく、その集合体と闘っている錯覚に襲われた。どうやらそれは、嚙みつき、引っかき、叩きつけ、打ちかかる動作の全部を同時にやってのけると思われる。牙と鉤爪《かぎづめ》で肉を引き裂きにかかり、しなやかでいて鉄のように硬い紐状のものを手足と胴にからみつかせる。そして何よりも無気味なのは、サソリの尾の針に似たものが肩から背中や胸に打ちかかり、皮膚を引き裂き、液体の火のような毒汁を血管に注ぎこもうとすることだった。

キンメリア人と影とは争ううちに光の輪から転げ出て、まったくの闇のなかで闘った。一度、コナンの歯が野獣さながら敵の躰に食い入ったが、鉄のような顎のあいだで、生きたゴムに似たその物質がぐにゃぐにゃ蠢動《しゅんどう》する感触に、吐き気をもよおさずにはいられなかった。

颶風《ぐふう》のような戦闘のあいだに、人と怪物は暗闇の隧道《すいどう》を奥へ奥へと転がっていった。コナンも果てしなくつづく激闘に目がくらみ、歯のあいだから喘《あえ》ぎの息を洩らしていた。頭の上にはヒキガエルに似た巨大な顔が、それ自体の発するかと思える無気味な光に朦朧《もうろう》と浮かびあがっている。コナンは弱りかけた力をふり絞って、半ば呪詛《じゅそ》、半ば苦痛の叫びとともにその顔めがけて長剣を突きあげた。それは凶悪な顔の下のどこかに鍔《つば》もとまで突き刺さった。たちまち巨大な胴体が痙攣《けいれん》に波打って、キンメリア人の全身をあらかた覆い包んだ。それは火山の噴火の激しさで、しばらく収縮と膨脹とをくり返していたが、背後にのけぞると、気ちがいじみた速さで暗闇の廊下を転げるようにして後退しはじめた。長剣が柄まで突き刺さって、引きぬくことができぬことから、コナンは傷つき、打ちのめされながらも、長剣の柄にしがみついたまま引きずられていった。そのあいだも左手の短剣を揮って、波打つ相手の巨躰《きょたい》を切り裂き、突き刺しつづけた。

怪物は全身を異様な燐光《りんこう》できらめかせ、その光輝《こうき》がコナンの目をくらませていたが、不意にその巨躰が怒濤《どとう》のように大きくうねったかと見ると、コナンの躰から離れて落下した。長剣もおのずと巨躰をぬけ出て、柄を握ったコナンの手に残った。その手と腕が空中に垂れ、はるか眼下では光り輝く怪物の躰が、流星のような速さで落下していく。コナンがかすむ目で眺めると、彼の横たわっているところは、ぬらぬらした縁石で囲った大きな円井戸のへりであった。彼はそこに横たわったまま、光り輝く巨躰がしだいに小さくなり、ついには、はるか下方に暗く光っている水面に消え去るのを見守っていた。どうやらその水面が、怪物を迎えるために盛りあがってきたかに思われた。その暗い深みに妖魔の火が、つかの間、最後のきらめきを見せ、やがて消えた。コナンは、音ひとつない底知れぬ深淵の闇をのぞきこんだまま、立ちあがることも忘れていた。

4

手首に食いこむ絹《きぬ》の紐《ひも》に吊るされたまま、ナタラは光の輪の外の闇に目を凝《こ》らした。舌が上顎《うわあご》に貼りついて、声も出なかった。コナンは怪物との死闘をつづけながら、闇のなかに姿を消した。そのあと彼女の緊張した耳に届くものは、未開人の喘《あえ》ぎ、揉《も》みあう肉体の激突する音、強烈な打ちあいの響きだけであった。それもいつか静まって、いまの彼女は頭がくらくらして、意識が半ば失《う》せかけていた。

足音が聞こえて、彼女を失神状態から呼びもどした。闇のなかからコナンが姿をあらわしたのだ。それを見て彼女の喉から甲高《かんだか》い叫びがあがり、円天井《まるてんじょう》の隧道《すいどう》に谺《こだま》した。コナンの受けた打撃は、見る者を慄然《りつぜん》とさせるものがあった。ひと足ごとに血をしたたらせ、顔の皮膚がすりむけ、棍棒《こんぼう》で殴られたように腫れあがり、唇《くちびる》は潰れ、頭に負った傷口から出る血に顔一面が覆われている。太腿《ふともも》、ふくらはぎ、二の腕と、いたるところに深い傷が口をあけ、手足や胴の打傷は、石の床に叩きつけられた痕《あと》であろうか。しかし、もっとも重い傷は、肩と背中と胸の上半分にあった。肉が裂け、腫れあがり、皮膚が剝《は》がれて垂れ下がっているところは、鉄線の鞭《むち》で打たれていたかに見える。

「ああ、コナン!」彼女は泣き声でいった。「いったい何があったの?」

彼は息を吐くのも苦しく、口がきけなかった。しかし、打ち砕《くだ》かれた唇を無気味な笑いと見える形に歪《ゆが》めて、近づいてきた。胸毛の濃い胸が汗と血で光り、息をするたびに大きく盛りあがる。緩慢《かんまん》な足の運びでようやく彼女のそばに歩みより、手首の紐を断《た》ち切ると、思わずよろめき、壁にもたれかかって、震える脚を踏みひらいた。彼女は手首の紐を断ち切ってもらって、その場に匍《は》いつくばっていたが、急いで起きあがり、激しく泣きじゃくりながら狂ったように彼を抱きしめた。

「ああ、コナン、なんてひどい傷。このままだと死んでしまうわ！　どうしたらいいかしら？」

「まあ落ち着け」彼は喘ぎながらいった。「地獄からやってきた悪魔を相手に闘ったんだ。無事な躰《からだ》でもどってこられるわけがない！」

「悪魔はどこへ行ったの？」と彼女は低い声で、「あんた、あいつを殺したの？」

「さあな。あいつは井戸のなかへ落ちていった。血だらけで、ずたずたの状態にしてやったが、剣の力で息の根を止められる相手かどうかは、まったくわからんのだ」

「背中の傷がひどいわ」彼女は両手を揉んで、泣き声を出した。

「やつの触手でさんざん殴られた」と渋面《じゅうめん》を作りながら、躰を動かしてみて、「それが針金みたいに肌を切り裂き、毒汁を注ぎこむんで、躰が焼ける感じだった。だけど、いちばん苦しめられたのは、締めつける力のもの凄さで、息が止まるかと思ったよ。大蛇よりも始末の悪いやつだった。ひょっとすると、おれの臓腑《ぞうふ》の半分は潰れているかもしれんぞ」

「あたしたち、どうなるのかしら？」彼女は心配そうにいった。

コナンは天井を見あげた。落とし戸はぴたっと閉まっていて、その上の物音はいっさい聞こえてこない。

「前に見た壁の隠し扉からぬけ出ることは無理だろう。あの部屋は死人の山なので、戦士たちが見張っているにちがいない。おれがこの上の床から転落したときに、死んだものと思いこんでいるのか。それとも、この隧道まで追ってくるだけの勇気がないのか。とにかく、その壁からラジウム宝石をとりはずしてくれ。おれはこの隧道を手探りでもどってくる途中、拱門形《アーチ》の口がほかの隧道に通じているのを感じとった。最初にみつかった口にはいりこんでみるとしよう。それがつぎの穴に落ちこむだけのことか、青空の下へ出られる結果になるか、すべて運まかせだ。こんなところで、白骨になるのを待っているわけにはいかん」

ナタラはうなずいて、壁の宝石をとりはずした。左手には点のように小さな光、右手には血のしたたる長剣を引っ提げて、コナンは隧道を歩きはじめた。こわばった躰を引きずるようにして、動物的な活力がわずかに足を運ばせている。血走った目をうつろに見開いて、ときどきわれ知らず、腫れあがった唇を舐《な》めている。ナタラはそれを見て、彼の苦痛の激しさを知った。しかし、彼は曠野《こうや》育ちの克己心《こっきしん》で愚痴《ぐち》ひとつこぼさなかった。

やがて、おぼつかない光が黒い入口を照らしだして、コナンはそのなかにはいっていった。ナタラはそこにどんな怖《おそ》ろしいものがひそんでいるかと、不安に身をすくめたが、宝石の光に浮かびあがったこの隧道も、いままでたどってきたものと変わりなかった。

どこまで奥深く歩み入ったか、ナタラには見当もつかなかったが、長い階段があって、それを登りきると、黄金のかんぬきを差した石の扉の前に立った。

彼女はためらって、コナンへ目をやった。彼の足もとがふらふらするので、手にした光が壁に投げかける幻想的な影が、前後に大きく揺れている。

「その扉をあけてみろ」彼は苦しい息の下からいった。「クスタルのやつらが、おれたちが出てくるのを待ちかまえているはずだ。待ちぼうけに終わらせるのも可哀《かわい》そうというものだ。クロムの神にかけて、おれみたいな生贄《いけにえ》を手に入れるのは、この都はじまって以来のことだろうからな!」

彼が錯乱しかけているのは明らかだった。扉の向こうからは、何の物音も聞こえてこない。ナタラは彼の血に染んだ手からラジウム宝石を受けとって、かんぬきをはずし、扉板を内側へ開いた。そこは金襴《きんらん》の垂れ布の裏側だった。それを引きのけて、胸をどきどきさせながら内部をのぞいてみると、無人の部屋で、床の中央に泉が噴きだしていて、銀色の水しぶきをあげていた。

コナンは彼女の裸の肩を強く押さえて、

「どいていろ、ナタラ」と低い声でいった。「いよいよ、剣の饗宴《きょうえん》がはじまるんだ」

「だれもいないわよ」彼女は答えた。「でも、水があって——」

「音が聞こえる」と彼は黒く変色した唇を舐めて、「死ぬ前に飲んでおきたい」

どうやら目が見えなくなっているらしい。彼女は血に汚れたコナンの手をとって、石の扉を通りぬけさせた。そして黄色い顔の戦士たちが飛び出してくるのを気遣いながら、忍び足で泉に近よっていった。

「おれが見張っているから、飲むがいい」

「いいえ、あたしの喉は渇いていないのよ。それよりあんた、泉のそばに横になったら? 傷口を洗ってあげるわ」

「クスタルのやつらはあらわれんのか？」彼はしきりと腕で目をこすっている。視力を妨《さまた》げる目のかすみをとりのけるつもりのようだ。

「そんな様子はないわ。静まりかえっていて」

コナンは手探りで泉のふちに膝をつくと、噴きだしている水口に顔を押しつけて、透明な水を飲みはじめた。いくら飲んでも飲み足りぬといった様子である。顔をあげたときには血走った目に正気がもどっていた。そしてナタラが勧めるままに、そのたくましい躰を大理石の床に横たえた。もちろん長剣を握りしめたまま、絶えず出入口に目を配っている。ナタラは傷口を洗って、深い傷には絹の垂れ布から引き裂いた布切れで包帯をした。背中の傷は、彼女を慄然とさせた。皮膚がすっかり色を変えて、すりむけた個所が、黒、青、気色の悪い黄色と斑《まだら》になっている。傷の手当をしているあいだ、彼女は当面の問題の解決策を必死に考えていた。いつまでもこの部屋にとどまっていたら、けっきょくは発見されてしまう。クスタルの男たちが、いまだに自分たちを追って宮殿内の捜索をつづけているのか、それとも眠りにもどったのか、そこまでの判断はつきかねたからだ。

傷の手当をすませて、顔をあげたとたんに、彼女の全身の血が凍りついた。部屋の奥まった個所を半ば覆っている垂れ布の下に、手の幅ほどの黄色い肌を見かけたのだ。

コナンには何もいわずに短剣をとりあげて立ちあがり、忍び足に部屋を横切った。胸が痛いほど鳴って息が詰まりそうであったが、慎重に垂れ布を押しのけた。そこに寝壇があって、裸身の女が横たわっていた。黄色い肌をした若い女で、死んだように眠っている。その手のそばに、風変わりな黄金色の液体を満たした翡翠《ひすい》の壺《つぼ》がおいてあった。ナタラはそれを見て、これこそタリスの話にある神の飲み物、頽廃《たいはい》の底に沈んだクスタル人に生命力をあたえる霊液と考えた。そこで仰臥《ぎょうが》している女の胸に短剣を突きつけながら、その躰越しに壺をつかんだ。若い女は目を醒《さ》ます様子もなかった。

壺を握りしめると、ナタラは悟った。この若い女から目を醒まして警告を発する力を奪ってしまえば、自分たちふたりにとって安全の度合いが高まるのだ、と。しかし、静かに息づいている娘の胸にキンメリア人の短剣を突き刺すまでの気持ちになれなかった。そしてけっきょく垂れ布を元のように垂らして、コナンの横たわっているところへもどった。彼は寝かされたままの状態で、まだ完全には意識を回復していないように見えた。

彼女は身をかがめて、壺の飲み口をコナンの唇にあてがった。彼ははじめ無意識のうちに飲んでいたが、急に関心を示した。驚いたことに上体を起こすと、彼女の手から壺を引きもぎった。その顔をあげたときには、目が澄んで、正常にもどっていた。顔のやつれがほとんど見られず、声も精神錯乱者のたわごとに近いものではなくなっていた。

「クロムの神にかけて！　これをどこで手に入れた？」

彼女は指さして、「あそこの奥まった場所よ。そこに黄色い肌の娘が眠っているの」

コナンはまたも金色の液体に口をあてがって、

「驚いたな」と太い息を吐きながらいった。「おれの血管に新しい生命力が流れこんで、野火《のび》みたいに拡《ひろ》がっていくのが感じられる。たしかにこれは生命の霊液だ！」

彼は立ちあがって、長剣をとりあげた。

「早いうちに隧道にもどったほうがいいわね」とナタラが不安そうにいった。「いつまでもこの部屋にいたら、みつけ出されてしまうわ。あそこなら、その傷が癒《い》えるまで隠れていられるし——」

「おれはいやだ！　鼠じゃあるまいし、あんな暗い穴に隠れていられるか。悪魔の都《みやこ》は、少しでも早く立ち退《の》くことだ。邪魔するやつは叩き殺してやるさ」

「だって、そんなひどい怪我では！」彼女は泣き声でいった。

「その傷も、いまは痛みが感じられない」コナンは答えた。「この酒がまがい物の力をあたえてくれたのかもしれんが、痛みもなければ、力の衰《おとろ》えも忘れたみたいだ」

そして急に何かを思いついたように、彼は部屋を横切って、ナタラが気づいていなかった窓に歩みよった。彼女も彼の肩越しに窓の外をのぞいた。ひんやりしたそよ風が、彼女のもつれた髪をなぶった。頭上には星を鏤《ちりば》めた黒ビロードの空、目の下には広漠たる砂地が果てしなく拡がっている。

「タリスがいってたが、この都全体がひとつの大きな宮殿だそうだ」とコナンがしゃべりだした。「そうだとしたら、いくつかの部屋は、城壁の上に見張り塔の役目で作られていることになる。この部屋がそれだ。おれたちは好運に恵まれたってわけだ」

「何をいいだしたの？」彼女は心配そうにふり返って、視線を走らせた。

「そこの象牙《ぞうげ》の卓の上に水晶の壺がおいてある」コナンは答えた。「その壺に水を満たし、首に布切れを巻きつけて、ぶら下げられるようにしてくれ。そのあいだ、おれはこの垂れ布を引き裂いておく」

ナタラは理由を訊かずに、命じられたとおりの行動をとった。仕事を終わってふりむくと、コナンはせわしそうに垂れ布を引き裂いた絹地を綯《な》いあわせて、長い綱《つな》を作っていた。そして、その一方の端を、どっしりした象牙の卓の脚に結びつけた。

「あの沙漠《さばく》におれたちの運を賭ける。タリスの話だと、南に向かって一日の行程のところにオアシスがあって、その先には緑地が拡がっているそうだ。オアシスにたどりつけば、傷が癒えるまで休んでいることができる。この酒は魔法みたいで、少し前までは死人も同然だったおれも、いまではどんなことでもやってのけられそうだ。絹地が余ったから、おまえの着るものを作るがいい」

ナタラは自分が裸なのを忘れていた。だからといって、気がとがめることもなかったが、繊細な肌を沙漠の太陽から護《まも》る必要はある。彼女がそのしなやかな躰に絹地をぐるぐる巻きつけているあいだ、コナンは窓に向かって、それを保護する黄金製の桟をいとも無造作にもぎとった。それから絹の綱の一端をナタラの腰に巻き、両手でしっかり握っていろと注意してから、彼女の躰を窓の外に持ち出し、三十数フィート下の大地へと吊り下ろした。彼女が綱からぬけ出るのを待って、それを引き揚げると、水の壺と酒の壺とを結びつけて、彼女のそばに下ろした。そして最後には、彼自身が両手を交互に用いて、もの凄い速さですべり降りた。

彼がかたわらに立ったのを見て、ナタラはほっとしたように吐息《といき》を洩らした。巨大な城壁の下にこのふたりだけが立っていた。頭上に青白い星がきらめき、周囲には不毛の沙漠が拡がっている。これから先、どのような危険に出遭《であ》うものかわからなかったが、ナタラの心は歓《よろこ》びの歌をうたっていた。ようやくにして、妖異に満ちた非現実の都を脱出できたからである。

「あいつらも、いずれはこの綱をみつけるだろう」貴重なふたつの壺を肩から提げて、すりむけた肉に触れる痛みに顔をしかめ、コナンは呟《つぶや》くようにいった。「おれたちのあとを追ってくるとも考えられるが、タリスの言葉が正しいとしたら、それもどうやら疑わしい。そっちが南だな」と赤銅色に日焼けしたたくましい腕で進路を示し、「あの方向をたどれば、オアシスに行き着くはずだ。さあ、出かけよう！」

いつにない思いやりを見せて彼女の手をとり、コナンは砂地へ踏み入っていった。大股の歩みであるが、連れの女の短い脚に歩幅を合わせるのを忘れていない。背後をふりむくことはしなかった。そこに静まりかえった都が、妖《あや》しい夢のうちに沈んで、亡霊のような姿を見せているはずだが。

「コナン」かなりの時間が過ぎてから、ナタラが思いきったようにいった。「あの怪物を打ち負かして隧道をもどってくるとき、見たんじゃない？――タリスの何かを？」

コナンは首をふって、「隧道はまっ暗だったが、何もなかったようだ」

彼女は身震いして、「あたし、あの女にひどい目に遭わされたの――でも、可哀そうな人だと思っているわ」

「あの呪われた都では、たいした歓迎を受けたものだ」彼は唸《うな》るようにいった。それから辛辣《しんらつ》な冗談を飛ばす余裕がもどったのか、「なんにしろ、おれたちの訪問が、やつらの記憶に長く残ることはまちがいない。大理石の床に、洗い流すのがたいへんなほどの血と臓腑と脳味噌が飛び散ったんだからな。それにやつらの神だが、かりに生きてるとしても、おれ以上の重い傷を負っている。どっちみち、おれたちの被害はたいしたことがなくてすんだ。おれの顔は肉ひき器にかけられたみたいだが、酒があり、水があり、人間の住める土地にたどりつける見こみがある。それなのに、なんでおまえは不機嫌そうな顔つきで――」

「みんなあんたが悪いのよ」彼女はコナンの言葉をさえぎった。「スティギアの牝猫にうっとり見とれて、無駄に時間を費やしたばっかりに――」

「クロムの神とその眷属《けんぞく》にかけて、ばかばかしい！」コナンはののしった。「女ってやつは、世界が大洋の波に呑みこまれるときでも、やきもちのほうが先らしいな。そんな邪推《じゃすい》は悪魔にくれてやれ！　いつおれがスティギア女にいいよった？　つまりは、あの女もただの人間だったってことだ！」

黒魔の泉

The Pool of the Black One

よし知る者はなくとも、世の創《はじ》めよりこのかた、
西へ向かいて船出せし船は数かぎりなし。
心ある者は、絹《きぬ》の衣《ころも》をまといしスケロスが、
死の手もて書き記したるところを読め。
そして、風の運びくる漂着物にて、
帰り来《こ》ぬ船の運命《さだめ》を知れ――
西海の涯《はて》をめざして帆を張りし船の運命を。

I

コルダヴァ生まれのサンチャは優美な欠伸《あくび》をして、肥《ふと》り肉《じし》の躰《からだ》をしなやかに伸ばした。いま彼女は、武装商船の船尾楼甲板《ろうかんぱん》の上、貂《てん》の毛皮の縁取りをした絹の敷物に長々と身を横たえていた。上甲板と中甲板から水夫たちが焼きつくような視線を向けているのを、彼女はもとより承知のうえだった。腰

のまわりを覆うだけの絹布《けんぷ》では、豊満なその姿態《したい》を隠しきれるものでないのを、だれよりも彼女自身が心得ているのである。水平線に金色の円盤が頭をもたげている。それが中天に昇って、目にぎらつく光を浴びせてくる前にもうひと眠り愉《たの》しもうと、彼女は水夫たちの視線の下に、ふてぶてしい笑いさえ浮かべて寝そべっているのだった。

だが、その瞬間、彼女の耳に達した音があった。船材のきしみでなく、帆綱《ほづな》の唸《うな》りでなく、船腹にぶつかる波の音ともちがっている。彼女は半身を起こして、手摺《てす》りに目をやった。すると驚いたことに、それを乗り越えて、全身から水をしたたらせた男が姿をあらわした。サンチャは黒っぽい目をみはって、赤い唇《くちびる》をぽかんとあけた。見たこともない男である。大きな肩から太い腕へかけて、水が小川のように流れ落ちている。身に着けているものは、冴《さ》えた緋色《ひいろ》の絹の半ズボン、黄金の留め具をつけた広幅の腰帯、それが支えている鞘《さや》入りの剣と、全部が全部びしょ濡れだった。手摺りのところに立ったその姿は、昇り来る太陽の光を背後に受けて、巨大な青銅像を思わせるものがあり、黒く垂れた総髪《そうはつ》を指で掻きあげながら、青く輝く目で彼女をみつめている。

「だれなの？」サンチャはきいた。「どこから来たの？」

男は身振りで、周囲全面に拡《ひろ》がる大海を示した。そのあいだ、目を彼女のしなやかな肢体《したい》に据えたままでいる。

「海からあがってきたのね。するとおまえ、人魚なの？」賛美には慣れているものの、臆面もなく正面から見据えられて、サンチャはどぎまぎして訊いてみた。

その質問に男が答えぬうちに、船板を足早に踏む音がして、武装商船の主が剣の柄《つか》を握りしめて見慣れぬ男を睨《にら》みつけた。

「おまえ、何者だ？」詰問《きつもん》の声に敵意がこもっている。

「おれはコナン」男は平然と答えた。サンチャは耳をそばだてた。ジンガラ語がこんな口調でしゃべられるのを聞いたことがない。

「どうやっておれの船に乗りこんだ？」船長の声は疑惑に尖《とが》っている。

「泳いできた」

「泳いでだと！」船長は怒って叫んだ。「犬め、おれをからかうのか？　ここは陸地を遠く離れておる。どこから泳いでこられる？」

コナンは日焼けしたたくましい腕で、昇りつつある太陽の光が金色の帯をきらめかせている東の水平線を示し、

「水平線の向こうの群島からだ」

「な、なんだと？」相手の目に好奇の色がいっそう強くあらわれた。黒い眉毛がとがめるような目にかぶさり、薄い唇が不快そうにいった。

「するときさま、バラカの犬のひとりか」

かすかな笑みが、コナンの唇に浮かんだ。

「で、おれがだれだか知っておるのか？」船長の質問がつづいた。

「この船の名が〈ならず者〉号とあった。してみると、おまえはザポラヴォだ」

「そのとおり！」自分の名を知られていたことが、船長の虚栄心を満足させた。彼はコナンと同様に

長身だが、やや痩《や》せぎすの体格で、前反《ぞ》りの冑《かぶと》の下の浅黒い凶悪な顔が猛禽《もうきん》を連想させることから、海の鷹《ホーク》の異名で呼ばれていた。鎧《よろい》と戦衣はジンガラの貴族にならった絢爛《けんらん》豪華なもので、剣の柄から片時も手を離さなかった。

コナンを見るザポラヴォの目は冷ややかなものであった。いまにはじまったことでないが、ジンガラ国のやくざ者と、その南の沖合いに点在するバラカ群島を根拠地とする無法者とは、たがいに敵視しあっていた。後者はアルゴス出身の水夫たちを中心に、世界各地の船乗りを交えた集団で、大洋を航行する船舶を襲うばかりでなく、ときにはジンガラ国の海岸地帯の都邑《とゆう》を掠奪《りゃくだつ》する。一方、ジンガラの無法者集団は同じ所業を行なうものの、その生業《なりわい》に箔《はく》をつけるため、〈自由な掠奪者〉の群れと自称する一方、バラカの男たちを海賊と呼びならわしていた。これは往々にして見られる現象で、彼らが最初でもなく、最後でもないのである。

剣の柄をもてあそび、招きもしない訪問者を睨《ね》めつけているあいだ、これらの考えがザポラヴォの胸を過ぎていった。コナンのほうは何を考えているのか、まったく顔にあらわさず、平然と腕を組んだまま、そこが自分の船であるかのように、唇に微笑を浮かべ、相手を見返しているのだった。

「こんなところで、何をしておる?」〈自由な掠奪者〉がとつぜん訊いた。

「昨夜、月の出前に、おれたちの集結基地であるトルターへの港を脱出せねばならぬ羽目になった」コナンは答えた。「水漏れのする小舟で逃《のが》れ出たのだが、櫂《かい》を操るのと、水を汲《く》み出すのでひと晩じゅう忙しかった。ちょうど夜明けごろ、この船の帆を見かけたので、哀れな小舟は沈むにまかせて、ぬき手を切って泳ぎだした」

「このあたりには鮫《さめ》が多いぞ」ザポラヴォは唸るような声を出したが、相手がたくましい肩をすくめただけなので、むっとさせられた。中甲板のあたりへ目をやると、水夫たちが熱心な顔つきで聴《き》き耳を立てている。いまここでひと声号令をかければ、彼らが剣を引きぬき、この楼甲板へ駆けあがってくる。どれほどの戦士か知らぬが、こんな若僧のひとりぐらい造作なく叩きのめすのは疑いない。

「見も知らぬ放浪者が海から打ちあげられるたびに、いちいち面倒をみていられるか」ザポラヴォの顔つきと態度は、その言葉以上に侮蔑《ぶべつ》がこもっていた。

「どんな船長でも、優れた水夫は喉から手が出るくらい欲しいものだ」相手の男は怒りもせずに答えた。ザポラヴォは不機嫌な顔になったが、その言葉にまちがいはない。しばらくためらったあと、そうすることにした。それによって彼の船と地位と女と、生命までを失うことになった。だが、もちろん彼に未来が見通せるわけがなく、彼にとってコナンは海が打ちあげた無法者のひとりにすぎなかった。好かない男と見たが、腹が立つほどのこともない。自信満々のところが気に入らぬが、その態度は傲慢《ごうまん》というわけでもないのだった。

「食《く》い扶持《ぶち》だけの働きはするんだぞ」海の鷹はつっけんどんにいった。「船尾楼からさっさと降りろ。それから、忘れるんじゃないぞ。この船内では、おれのいうことが唯一の掟《おきて》なんだ」

微笑がコナンの薄い唇に拡がったようであった。躊躇《ちゅうちょ》することなく、といって急ぐわけでもなく、コナンはふりむいて、中甲板へ降りていった。サンチャへは目もくれなかった。男ふたりの短い会話のあいだ、熱心な目で見守り、聴き耳を立てていた彼女であったのに。

中甲板へ降りると、たちまちコナンは水夫たちにとり囲まれた。全員がジンガラ人だった。タールにまみれた絹布《けんぷ》を腰に巻いただけの半裸体で、耳飾りと短剣の柄に宝石をきらめかせている。新参者をいじめて楽しむのが、水夫仲間の古くからのしきたりで、この試練によって、今後の地位が決定されるのだ。船尾楼の上のザポラヴォは、すでに侵入者の存在を忘れたかに見えたが、サンチャは興味の目で熱心にみつめていた。このような情景は目新しいものでなく、残酷で、おそらくは血みどろの責《せ》め苛《さいな》みが開始されるのを知っていたからだ。

しかし、コナンの経験は、彼女の知識をはるかに上まわっていた。中甲板に降り立ち、獰猛《どうもう》な顔つきの男たちが押しよせてくるのを目にすると、コナンは口もとをほころばせた。立ち止まり、何を考えているのかわからない目で、とり囲んだ男たちを見まわした。動揺している様子は少しもなかった。こうしたことには、ある種の掟があるものである。もし彼が船長に打ちかかるような態度を示せば、総がかりで喉笛にくらいつく水夫たちでありながら、試練の場にかぎって、ひとりの男を選び出し、これに公平な闘いを挑《いど》む機会をあたえてくれるのだ。

選ばれた男が進み出た——筋骨《きんこつ》たくましい壮漢《そうかん》で、緋色の帯をターバン代わりに頭に巻いている。尖った顎《あご》を突き出し、傷痕《きずあと》のある顔が信じられぬほど凶悪に見え、目つきと動きが傲慢そのものだった。そのいじめぶりも本人と同様、粗野《そや》で、がさつで、芸もなく一本調子である。

「バラカの男だと?」彼は嘲笑《ちょうしょう》した。「あの島のやつらは、人間の代わりに犬を育てあげるそうだな。おれたちの仲間は、やつらに唾《つば》を吐きかけることにしておる——こんな具合にだ!」

そしてコナンの顔に唾を吐きかけ、剣の柄に手をやった。

バラカの男の動きは、目にも止まらぬすばやさだった。大鎚《おおつち》のような拳《こぶし》が、凄まじい勢いで相手の顎に炸裂《さくれつ》し、跳ね飛ばされたジンガラ人の躰は、手摺りのわきでくずおれた。

コナンはほかの男たちに向き直った。煙《けぶ》ったような青い目がきらめいているほかは、少しも態度が変わっていない。しかし、彼へのしごきは、はじまりと同様とつぜん終わっていた。海の男たちが仲間の男を抱き起こしてみると、砕《くだ》けた顎が垂れ下がって、頭が不自然にぐらっと揺れた。

「ミトラの神にかけて、首の骨が折れちまった！」黒髭《くろひげ》を生やした海のごろつきが驚いて叫んだ。

「おまえたち〈自由な掠奪者〉とやらは、骨のもろい種族なんだな」コナンは嘲笑《あざわら》って、「バラカの島の男は、この程度の叩かれようなど、何とも感じやしないぞ。こんどは剣で斬《き》りあうか？　おや、向かってくるのはひとりもいないのか？　では、これで終わりとしよう。おれたちはつまり、友だちってわけだ」

各自が口々にコナンの言葉を肯定した。筋骨たくましい何本かの腕が死人の躰をかかえあげ、手摺り越しに海中に投げこんだ。それが沈むや否や、水面を切って鮫の群れが集まってきた。コナンは高らかに笑って、大きな猫が躰を伸ばすような恰好で力強い両腕を拡げ、そのついでに上甲板へ目をやった。そこではサンチャが手摺りから身を乗り出し、赤い唇を少し開き、黒い目に興味の火を燃やして見おろしていた。背後に太陽がきらめいているので、絹の軽衣を透《す》かして、しなやかな肢体がくっきりと見てとれる。その上にしかめ面をしたザポラヴォの影が落ちて、ほっそりした彼女の肩に頑丈な手がおかれた。船長は意味ありげに、きびしい視線を中甲板の男に注いだ。コナンはその目を見返して、自分だけにわかる冗談を聞いたように、にやりと笑ってみせた。

ザポラヴォは、独裁者にありがちな過誤《かご》を犯した。船尾楼にただひとり、絶対的な権力者として立っていることが、下にいる男を過小評価する結果を招いたのだ。コナンを殺す機会があったのに、彼自身の暗鬱《あんうつ》な思索《しさく》に心を奪われていたことから、その機会を見過ごしてしまった。足もとであくせくと働きつづける犬どものうちに、いつの日か彼の脅威になる男がひそんでいようとは、想像もつかぬことであったのだ。ザポラヴォにかぎらず、長いあいだ権力者の座を占めて、多くの敵を踏みつけてきた男は、無意識のうちに、非力《ひりき》な競争者の企《たくら》みなど怖《おそ》れることはなく、自分の力がはるかに上だと過信するものである。

実際、コナンの態度には、気にしなければならぬものはなかった。水夫仲間に溶けこんで、同じ生活を楽しんでいた。船乗りとしての優れた腕と、仲間のだれもがかつて見たことのない強力な男であるのを立証してみせた。三人分の仕事をやすやすとやってのけ、危険で過重な作業のとき、まっ先に飛び出すのは彼と決まっていた。だれもが彼を信頼しはじめた。水夫たちの仲間喧嘩に加わったことがなく、彼に喧嘩を仕掛ける者もいなくなった。賭博がはじまると、腰帯と短剣の鞘を賭け、勝負に勝って彼らの剣や金銭を手に入れると、笑いながら返してやった。水夫たちはおのずから、彼を仲間の頭領株と見るようになった。なぜコナンがバラカの島を逃げ出す羽目になったか、その事情を彼自身の口から聞いたわけではないが、あの凶暴な海賊団からも追放されかねない、血なまぐさい所業のできる男とわかってくると、むしろ尊敬の思いが深まってくるのだった。それでいてコナンは、ザポラヴォにも水夫たちにも、終始変わらず慇懃《いんぎん》な態度で接し、傲慢または卑屈《ひくつ》なそぶりなど見せたことがなかった。

もっとも鈍《にぶ》い男でも、このふたりの人物のいちじるしい相違には、驚かずにいられなかった。片方は厳格で寡黙《かもく》、常に暗鬱な表情をたたえている船長、片方は大声に笑い、十数カ国の言葉で淫《みだ》らな唄をがなりたて、大酒家《たいしゅか》らしく麦酒《エール》をあおり、明日のことなど考えたこともない――ように見える――海賊あがりである。

もしザポラヴォが、たとえ無意識のうちにせよ、平水夫風情《ふぜい》の男と自分が比較されているのを知ったら、驚きと怒りで口もきけなかったにちがいない。しかし、彼はもっぱら年齢とともに暗さときびしさを深めてきた物思いと、漠然ながら壮大華麗な夢にのめりこみ、彼の快楽はすべてそうであるのか、若い情婦《じょうふ》にほろ苦い悦《よろこ》びを見いだすだけであった。

そしてサンチャの目は、この黒髪を垂らした巨漢に惹《ひ》かれていった。作業でも遊びでも、仲間のだれよりも優った男。彼は彼女に話しかけたこともなかったが、彼女をみつめる目の色には、見まちがうはずのないものがあった。サンチャとしてはそれに気づかぬわけがなく、この男との火遊びに踏みきったものかと考えはじめた。

彼女がコルダヴァの宮殿を離れてから、それほど長い年月が過ぎたわけでないが、かつての生活とのあいだには世界が一転したといえるほどの変化が生じていた。サンチャはコルダヴァの大公の娘で、甘やかされて育ったものだが、ある日、大洋に軽帆船を走らせて楽しんでいるところをザポラヴォ配下の狼《おおかみ》どもが急襲して、火を発した船上から泣き叫ぶ彼女をさらってきたのだった。それからは、海賊の首領の情婦としての生活を味わわされたが、曲げても折れないしなやかさを持つおかげで、ほかの女なら死んでしまうところを青春の強靭《きょうじん》さで生き延びてきた。そしていまでは、このような生き方に歓《よろこ》びを見いだしているとさえいえるのであった。

その生活は夢のように不たしかなものであり、戦闘、掠奪、殺人、逃走とつづく海賊のそれとは鋭い対照を示していた。ザポラヴォの火のような夢想が、凡百の海賊が送る生活よりも不たしかなものとしたのだ。次に何を計画しているかは、彼ひとりが知るだけで、いまもその船は、海図にある沿岸地帯を遠く離れて、巨浪《おおなみ》のうねる未知の大洋へ乗り出していくのだった。どんな船乗りも怖れて避けるところ、この世の創《はじ》まり以来、乗り出した船がないこともないが、いずれも永遠に姿を消している。既知の島嶼《とうしょ》はみな背後に退《しりぞ》き、来る日も来る日も無限に拡がる青海原《あおうなばら》を見るだけであった。ここでは何の獲物も見いだせぬ——掠奪すべき都《みやこ》も、炎上させる船舶も存在しないのだ。水夫たちはその不安を、容赦ない首領の耳にはいらぬように囁《ささや》きあった。そしてその首領は、昼も夜も陰鬱な威厳のうちに船尾楼を歩きまわり、あるいは古い海図や黄色く変わった地図をのぞきこみ、あるいはまた紙魚《しみ》の食った羊皮紙の崩れかかった書物に目を通していた。ときどきサンチャを相手に、彼女には荒々しいと思われる口調で、失われた大陸とか伝説的な島々の話をはじめることもあった。それらの島々は、名も知れぬ深海が青い泡を噴きあげているところに太古以来の眠りをつづけ、悠久の昔、前人類の王者たちが集積した秘宝を、角《つの》のある龍が守護しているという。

サンチャはすらっと伸びた膝を抱いて、聞き入っていた。しかし、それは恰好だけで、思いは最初から気むずかしい男の言葉を離れて、赤銅色に日焼けした壮漢の上に飛んでいた。彼はいまも、海の風さながらに力強い原初の笑い声をあげている。

うんざりするほど単調な数十日の航海をつづけたあと、ようやく西方に陸地の影が見えてきた。夜が明けるころ浅い入り江に錨《いかり》を下ろすと、白い帯のように連なる砂浜の向こうに柔らかな草の斜面が拡がり、緑の木立まで伸びている。そよ風が新鮮な草木と香料の香りを運んでくる。ようやく陸地を踏める喜びに、サンチャは手を打って歓声をあげた。しかし、ザポラヴォから、おまえは船内にとどまって、迎えをよこすまで待っておれといい渡されて、笑顔は膨れ面に変わった。ザポラヴォはこの命令の理由を説明しなかった。そこで彼女は、これもまたザポラヴォの胸にひそむ気まぐれ悪魔のせいだと解釈した。それがときどき、理由もなしに彼女をいじめにかかるのだった。

といったわけで、サンチャは不機嫌な顔つきで船尾楼をぶらぶらしながら、男たちの乗った短艇が、静かな水面を陸へ向かっていくのを眺めていた。水面は朝の陽光にきらめいて、翡翠《ひすい》を溶かしたような色を見せている。男たちは砂浜に集結して、用心深く短剣をかまえ、周囲の気配をうかがい、何人かの斥候《せっこう》が、砂浜の先の木立のあいだに散らばっていった。そのうちにコナンがいた。赤銅色の長身と、敏捷《びんしょう》な身のこなしがひときわ目立って、見誤りであるわけがない。水夫たちの話だと、彼は文明国の生まれでなく、極北の灰色に煙る丘陵に住む蛮族キンメリア人であるという。この種族は南方の近隣諸国に侵略をくり返し、脅威となっているのだが、コナンがやはりそれで、蛮族特有の超生命力が、荒くれ男の群れに交じっても、彼らとは隔絶した存在にするのだった。

周囲の静寂を乱す気配がないので、海賊どもは安心したものか、彼らの声が海岸に谺《こだま》するようになった。集結態勢を解いて砂浜に沿って散らばり、果実捜しをはじめた。サンチャのいる甲板からも、樹幹《じゅかん》をよじ登る彼らの姿が見てとれ、口に唾があふれてきた。彼女は小さな足でじだんだを踏み、海賊どもとの共同生活のうちにおのずと覚えこんだ下卑《げび》た言葉で罵《ののし》った。

海岸の男たちは首尾よく果実を手に入れて、さっそく貪《むさぼ》りはじめた。何という名か知らぬが、金色の皮を持ったのがとりわけ甘美《かんび》だった。しかし、ザポラヴォは果実を捜しもせず、口をつけようともしなかった。斥候たちがもどってきて、この付近には人もけものも姿を見せぬと報告すると、ザポラヴォは突っ立ったまま、内陸のほう、緑の斜面が奥深く連なっているあたりをじっとみつめた。それから何ごとか短い言葉を吐いて、剣帯《けんたい》を締め直すと、大股に木立のなかへはいっていった。手下のひとりが、独《ひと》り歩きは危険だからといさめたが、その返事は口に受けた強烈な拳の一撃だった。ザポラヴォには、彼ひとりで行こうとする理由があった。この島が本当に、神秘に満ちた『スケロスの書』に記された島であるかどうか確かめたかったのだ。古代の賢者たちの記すところによれば、ここには象形文字を刻んだ黄金に埋まった地下窖《ぐら》がいくつかあって、それぞれ異形の怪物に護《まも》られているとのことである。もしそのとおりだとしたら、その事実を彼ひとりの胸に秘め、この知識をだれとも――とりわけ部下の連中とは――分けあいたくないのだった。

サンチャが船尾楼から熱心に見守るうちに、ザポラヴォが要塞のように生《お》い茂っている葉叢《はむら》の奥に姿を消した。まもなくバラカ海賊のコナンがふり返って、砂浜のあちこちに散らばっている仲間へちらっと視線を流してから、ザポラヴォと同じ方向へ走り去り、同じように木立の奥へ姿を消した。

サンチャは好奇心を燃やし、ふたりの男のもどりを待ったが、ついにあらわれる様子がなかった。海の男たちはすることもなく浜辺をぶらつき、なかには内陸に足を延ばす者もあったが、多くは日陰に寝そべって、ひと眠りすることにした。時が過ぎるにつれて、サンチャはじりじりしだした。船尾楼の上には日よけの天幕が張ってあったにもかかわらず、陽射《ひざ》しが強くなってきた。ここは暑く、静かで、眠りに引きこまれるほど退屈だった。青い浅瀬を数ヤード隔《へだ》てたところには、木々に縁どられた砂浜の涼《すず》しい日陰があり、木立の点在する草地がさし招いている。そのうえ、ザポラヴォとコナンの謎の行動が、彼女をしきりと誘惑した。

無慈悲な主人のいいつけに背いたら、どんな罰がくだるかを、いやというほど知っているだけに、彼女はなおしばらく、どうしたものかと逡巡《しゅんじゅん》していた。しかし、けっきょくはこの冒険が、ザポラヴォの叱責《しっせき》の鞭《むち》を甘《あま》んじて受けるに足る価値があると考え、怖れるのをやめて軽衣と革のサンダルを脱ぎ、生まれたままの姿で甲板に立った。手摺りを乗り越え、鎖に伝わり、水中にすべりこむと、海岸めざして泳ぎだした。砂浜に立って、足の指をくすぐる砂の感触を味わいながら、水夫たちの姿を求めたが、はるか遠くを歩きまわっている数人を除けば、大部分の者は木立の下に寝そべって、金色の果実を握ったまま、ぐっすり眠りこんでいた。夜が明けていくらも経《た》たぬのに、どうしてこのように熟睡できるのか、不思議に思われるくらいだった。

彼女は白砂《はくさ》の連なりを横切って、影の深い木立のなかへはいっていった。声をかける者はひとりもいなかった。木立は不規則な集団を作って、そのあいだに牧場《まきば》に似た斜面が拡がっている。内陸へ向かい、ザポラヴォがとったと思われる方向へ進むと、目をみはるばかりに美しい緑一色の眺望が開けてきた。青草を敷きつめたゆるやかな起伏がつづき、ところどころに木立を点在させ、谷間も芝草が一面に埋めつくしている。それぞれの地点が、そしてまた全体としての眺めが渾然《こんぜん》と融合し、果てしない拡がりと局部的な限定を同時に示し、なんとも奇妙な風景だった。そしてそれらすべての上に、魔法か夢を思わせる深い静寂が覆いかぶさっているのである。

ひとつの斜面を登ってゆくと、とつぜん彼女は、高い木立に囲まれた平地に出た。そしてそこで、夢見るような幻想的な気分が一挙に吹きとんだ。踏みにじられ、赤く血に染まった草の上に横たわっているものを見たからだ。彼女は思わず悲鳴をあげて、背後へ飛びすさった。しかし、思い直して目を見開き、震える足でおずおずと近よっていった。

芝草の上に横たわって、いまは見えぬ目を上方に向けているのはザポラヴォだった。胸に大きな傷が口をあけ、動く力の失くなった手のそばに剣が転がっていた。どうやら海の鷹は、最後の急襲を仕損じたものらしい。

いうまでもないことだが、サンチャは何の感情も持たずに主《あるじ》の死骸をみつめた。彼を愛する理由はことさらにないのだが、少なくとも、最初に抱かれた男の死体を目にした女が覚えて然《しか》るべき感慨には襲われた。泣いたわけでなく、その必要も感じないのだが、強い身震いにとらえられ、しばし全身の血が凍りつくかと思い、ヒステリーの波が襲ってくるのに抵抗した。

彼女は周囲を見まわして、会いたいと思う男の姿を求めたが、目にはいるものは、葉の生い茂った喬木《きょうぼく》の連なりと、その先に拡がる緑の斜面だけであった。〈自由な掠奪者〉たちの頭目を斬り倒した男は、自分自身も深手を負って、躰を引きずりながら逃げ去ったのであろうか。しかしそこには、血の痕が残っていなかった。

不審の表情で、彼女は周囲の木立を見やり、風が動かしたとも思えぬのに翡翠色の葉がそよぐ音を聞いて、身をこわばらせた。葉の深みを眺めながら、木立に近づいて、「コナンなの？」と声をかけた。その声は、急に深さを増した静寂のうちに、異様なほど小さく響いた。

得体の知れない恐怖に見舞われて、膝が震えだした。

「コナン！」彼女は必死に叫んだ。「あたしよ――サンチャよ！　どこにいるの？　お願い、早く出てきて！　コナン――」

彼女は口ごもった。信じられぬような恐怖に茶色の目がみはられ、赤い唇から意味のわからぬ叫びが洩れた。手肢が痺《しび》れ、少しでも早く逃げださねばならぬのに、動くこともできず、言葉にならぬ悲鳴をあげるだけであった。

2

ザポラヴォがただひとり木立の奥へ歩み入るのを見て、コナンは待ちに待った機会が到来したのを知った。金色の果実を口にせず、水夫仲間のばか騒ぎにも加わらず、もっぱらその注意を海賊の頭目の行動に集中させていた。水夫たちは頭目の気まぐれに慣らされていたので、ザポラヴォひとりがこの未知の――おそらくは危険がひそんでいると思われる――緑の島の探険に出かけたのを見ても、格別驚いた様子もなく、すぐにまた各自の楽しみにもどっていった。従って、コナンが豹《ひょう》のような忍び足で首領のあとを追ったのに、だれひとり気づく者はいなかった。

コナンは、水夫仲間でのおのれの地位を過小評価していたわけではない。しかし、戦闘と掠奪《りゃくだつ》を重ね、首領と死を賭《と》しての決闘を行なう権利を確保したとまではいかなかった。空漠《くうばく》たる海洋の上では、〈自由な掠奪者〉の掟《おきて》に従って、彼自身の力倆《りきりょう》を発揮する機会が訪れずに終わったのだ。もし彼があからさまに首領を攻撃するときは、水夫たちは一団となって彼に立ち向かうはずである。しかし、彼らの知らぬうちにザポラヴォを殺してしまえば、指導者を失ったこの連中が、死んだ男へいつまでも忠誠心を持ちつづけるとは考えられない。これら狼《おおかみ》同様な無法者の集団では、生きている者だけがものをいうのである。

かくてコナンは剣を手に、野望を胸に燃やしつつ、ザポラヴォのあとを追い、斜面の上の平地に達した。そこは喬木《きょうぼく》の群れに囲まれていて、樹幹《じゅかん》のあいだに緑に覆われた斜面が連なり、ついには青く煙《けぶ》る空に溶けこんでいる風景が眺められる。この林間の空《あ》き地の中央で、ザポラヴォは追跡者に気づいて、剣の柄《つか》に手をやりながらふり返った。

海賊の首領はわめいた。

「犬め、なんであとをつけてきた？」

「訊くまでもあるまい」

コナンは嘲笑《あざわら》って、足早にかつての頭目に歩みよった。唇《くちびる》には微笑を浮かべているが、その青い目に凶暴なきらめきが躍っていた。

ザポラヴォは、呪いの言葉を吐くと同時に剣を引きぬいた。怖《おそ》れを知らぬバラカの男も、自分の剣を青い焔《ほのお》のように頭上にふりまわしながら、正面から立ち向かってきて、剣と剣とのあいだに火花が飛んだ。

ザポラヴォは海戦はもちろんのこと、陸上の闘いにおいても百戦錬磨《れんま》の古強者《ふるつわもの》で、世界広しといえども、彼ほどに剣技の深奥《しんおう》をきわめた男はいないといってよかった。しかし、文明世界の彼方《かなた》、未開の国の山野で人となった男と剣をあわせるのは、これがはじめての経験だった。文明人が相手のときは、速さといい、力といい、並ぶ者のない剣技の持ち主であったとしても、コナンの戦闘方法は正統的なものでなく、森林狼同然の、何ものにもとらわれぬ本能的な動きを示すのだった。このような原初の火に似た戦法に遭《あ》っては、精緻《せいち》な剣の技術はかえって無力で、豹の急襲を人間相手の拳法で受けとめるようなものである。

ザポラヴォは、かつて経験したことのない激闘をつづけ、電光のように頭上にひらめく剣を受け流すのに最後の力をふり絞った。しかし、絶望的な死闘のうちに、剣の柄をしたたか打ち叩かれ、その凄まじい一撃に腕全体が痺《しび》れるのを感じた。それにつづいて、寸刻の間もおかぬ強烈な突きが襲い、鋭い切先《きっさき》が鎖帷子《くさりかたびら》と肋骨《ろっこつ》とを紙片のように引き裂いて、心臓を貫いた。ザポラヴォは瞬間、唇を苦痛に震わせ、顔全体を醜悪《しゅうあく》な形相《ぎょうそう》に変えたが、ひと声も発せず、地に倒れる前に息が絶えていた。踏みにじられた草の上、倒れ伏した死骸の付近に血痕《けっこん》が飛び散って、粉砕された紅玉《こうぎょく》のように陽光にきらめいていた。

コナンは剣の血をふるい落とすと、大きな猫のように躰《からだ》を伸ばして、勝利の喜びを率直に示す笑みをこぼした——が、つぎの瞬間、身をこわばらせた。満足げな表情を驚きのそれに変えて、不審そうに前方を凝視し、剣を提《さ》げたまま、彫像のように突っ立ったのだ。

コナンが息の根を止めた強敵から顔をあげて、周囲の木立と、その向こうに拡《ひろ》がる風景を眺めやったとき、おかしなものが目に止まった。何とも知れぬ不思議なものである。かなり先のところに、緑の丘が丸く、なだらかな盛りあがりを見せているのだが、その斜面を丈《たけ》高い黒い裸身が、やはり裸身の白い人影を肩にかついで、ぴょんぴょん跳《は》ねるような恰好で走ってゆく。そのおかしなものは、あらわれたときのすばやさで消えてしまった。見ていたコナンは驚きの声を洩らした。

海賊はあたりを見まわし、やってきたほうにちらっと不安げな視線を投げると、罵声《ばせい》を発した。さすがの彼もとまどった。いささかながら――彼のような鋼鉄の神経の持ち主には、適切な用語でないかもしれぬが――狼狽《ろうばい》の気味であったのだ。異国風とはいえ、まぎれもない現実の世界に、何ともとりとめのない夢魔《むま》にも似た幻想の影がはいりこんでいる。それでいてコナンは、おのれの目も正気も疑うことはできなかった。いかに奇怪に映ったにせよ、黒い人影が白い捕虜を背に、目の前を横切って走り去ったことは、厳然たる事実なのだ。もっとも、黒い人影は不自然なほど背が高かった。

コナンは疑わしげに首をふりながら、不可思議なものが見えた方向に歩きだした。思慮のある行動でないかもしれぬが、好奇心にうながされて、その行動に踏みきらざるを得なかったのである。

芝草が一面に拡がり、灌木《かんぼく》の茂みが点在する斜面をいくつとなく登り降りして、コナンは進みつづけた。全体としての地形は登り勾配《こうばい》であるものの、同じようにゆるやかな起伏がつづいている。丸みを帯びた山肩や、浅い下り坂は、いつ果てるともなく連なっているようだった。しかし、ついに彼は、この孤島での最高の地点と思われる頂《いただき》に達した。そこに緑色に輝く壁に囲まれた塔が立っていた。その場所に立つまで、彼の鋭い視力をもってしても見てとることができなかったのは、完全に緑の風景に溶けこんでいたからであろう。

　彼はしばらく剣の柄をいじりながら躊躇《ちゅうちょ》していたが、好奇心の虫につつかれるのに抗しきれず、意を決して近づいていった。曲線を描いてつづく壁に拱門《アーチ》状の高い出入口があるのだが、扉もなければ、人影も見られない。用心しながらのぞきこんでみると、なかは広い中庭のようで、絨毯《じゅうたん》を敷きつめたように芝草が生えている。それを緑色の半透明の物質を用いた内壁がぐるっととり巻き、この内壁にも、さまざまの形状の入口が設《もう》けてある。コナンはいつでも剣を引きぬける態勢を保ち、足音を立てぬように気を配りつつ、任意に選んだ入口から足を踏み入れると、そこにも同じような中庭があった。内壁の向こうに、異様な形をした尖塔《せんとう》群が眺められ、そのうちのひとつが、いま彼が立つ中庭に突き出るような恰好で建ち、壁の一方に沿った幅広の階段が通じている。彼はこの階段を登っていった。これが現実なのか、それとも黒い蓮《ロートス》のもたらす夢のうちにいるのかと疑いながら。

　階段を登りきると壁から張り出した棚、あるいは露台《ろだい》といえるところに出た。ここに立つと、塔の群れの様子がさらに詳細に見てとれたが、彼には何の意味も持たなかった。これは通常の人間の建てるものではない――そう悟って彼は不安を感じた。建物の構造にも配置にも、均整を保った調和があるが、正気の人間の頭が産むところとはまったく異質な狂気の調和である。都《みやこ》のつもりか城砦《じょうさい》であるのかはわからぬが、見てとれるかぎりでは、数多くの庭が――それも大部分は円形で――それぞれの壁に包まれ、あけ放したままの出入口でたがいに連絡し、明らかにその全部が、この中央の奇怪な塔の群れを囲繞《いにょう》しているものと見受けられる。

　これらの塔の群れから目を転じ、コナンは他の方向へ顔を向けたが、そのとたんに新しい衝撃に襲われて、急いで露台の手摺《てす》り壁の陰に身をひそめ、驚きの目を凝らした。

露台が向こう側の壁より高いので、隣の中庭を壁越しに見おろすことができる。そこはやはり芝草で覆われているが、曲線を描いた内壁の内側は、これまで見てきたなめらかなものとは相違して、線状の出っ張りが長々と走り、そこに得体の知れぬ小さな物体がずらりと並んでいるようだった。

しかし、コナンは内壁をいつまでも眺めてはいなかった。中庭の中央にある暗緑色の泉と、それを囲んでうずくまっている一団の生き物に注意を奪われたからだ。この生き物たちは黒い肌の裸身をさらし、形は人間に似ているが、そのいちばん小柄なものでも、立ちあがったときは、長身の彼よりも肩から上だけ高いかと思われた。たくましさよりひょろ長いところが目につくが、みごとに均整のとれた体格で、異常なほどの長身であるのを除けば、いびつな感じはまったくなかった。しかし、これだけ離れた場所から見ていても、コナンは彼らの容貌の底にひそむ悪魔的なものを見てとっていた。

中央に、裸の若者が立ちすくんでいる。怯《おび》えあがった顔を見ると、海賊船〈ならず者〉号のいちばん年若い水夫だった。とすると、先ほど緑の斜面を運ばれていった捕虜は、この若者だったのだ。あのときコナンは、争う音を聞かなかった。いま見ても、長身族のなめらかな漆黒《しっこく》の手足に血痕や傷痕のついている様子はない。おそらくこの若者は、仲間と離れて島の内部に歩み入ったところを、待ち伏せしていた黒い男に捕えられたのであろう。コナンは胸のうちに、この生き物を黒い男たちと呼んでいた。ほかに適当な用語を見いだせないからで、黒檀《こくたん》同様の漆黒の肌をした長身の彼らが、〈人間〉とは完全に異なる存在であるのを、コナンは本能的に察知していた。

何の音も聞こえてこなかった。黒い男たちはうなずきあい、身振り手振りで意志を通じあっていて、口をきく様子は――少なくとも声に出しては――まったくなかった。立ちすくんだ若者の正面にしゃがみこんだ男が、笛に似たものを手にしていた。その品を口にあてて、吹き鳴らしているようだが、コナンには音が聞こえなかった。しかし、ジンガラの若者は、それを聞いたか感じたかして、さらにすくみあがった。痛みをおぼえたように躰を震わせ、手足をよじった。それが律動的な動きと変わり、しだいに速まり、最後には激しい痙攣《けいれん》となった。規則的にくり返される痙攣に似た動き。若者は踊りだした。蛇使いの横笛の調べにつれておのずと踊りだしたコブラを思わせ、この踊りには、喜びに満ちた忘我《ぼうが》の状態といったものはいっさい見られなかった。たしかに、われを忘れた状態ではあるが、見るからに総毛《そうけ》立《だ》つ感じで、喜びの陶酔《とうすい》とは反対の極《きょく》にある。いうなれば、音のない笛の調べが、淫《みだ》らな指で若者の内奥《ないおう》の魂《たましい》をつかみ、残忍な拷問により、秘密の色情をむりやり絞り出しているかに見える。卑猥《ひわい》な動き、淫蕩《いんとう》な発作――痙攣による肉欲の排泄《はいせつ》、快楽をともなわぬ欲望、色情に重なりあった苦痛――裸にされた魂の暗く隠された秘密の全部がさらけ出されていた。

嫌悪感に身を凍らせ、吐き気に躰を震わせながら、コナンはその光景を見守っていた。彼は森林狼同様に、俗世の塵《ちり》にまみれたことのない男だが、頽廃《たいはい》した文明社会の倒錯《とうさく》した秘密に無知ではなかった。淫靡《いんび》なザモラの国の諸都市を渡り歩き、呪われた都シャディザールの女を知っていた。しかし、ここではたんなる人類の堕落を超えた宇宙的な邪悪を――生命の樹の歪《ゆが》んだ枝が、人間の理解の領域外に伸びているのを感じとった。彼に衝撃をあたえたものは、苦痛に満ちた曲芸を演じている哀れな若者の姿でなく、人間の魂の奥深くひそむ暗い秘密を明るみに引き出し、悪夢のなかでも許されぬ醜怪な心を露出させては楽しんでいる黒い生き物たちの宇宙的な淫猥さであった。

とつぜん黒い拷問者が笛をおいて、身をくねらせて踊っている白い若者の前に突っ立った。そして乱暴な手つきで、若者の首と腹をつかみ、逆さにして頭から先に緑の泉のなかへ突っこんだ。裸の躰が緑色の水のなかで白くきらめくのが、コナンの目に映った。一方、黒い巨人は捕虜を水面下深くに保っていた。すると、ほかの黒い男たちのあいだに、落ち着きのない動きが生じた。コナンは急いで露台の手摺り壁の陰に身を隠し、姿を見られるのを怖れて、頭をあげなかった。

しばらくすると、好奇心に打ち負けて、彼はふたたび用心深くのぞき見た。一列になった黒い男たちが、隣の中庭へはいって行くところだった。彼らのひとりが、奥のほうの出っ張りの上に何かをおこうとしている。それは若者を責め苛《さいな》んでいた男で、ほかの魔人たちよりいちだんと長身であり、宝石入りの頭飾りで装《よそお》っていた。ジンガラ人の若者は、すでに影も形もなかった。長身の魔人は仲間のあとを追い、全員揃って、コナンがこの恐怖の城にはいりこむのに使った拱門《アーチ》から出ていった。向かう先は緑の斜面で、やはりコナンがたどってきた方向である。魔人たちは武器を持っているわけでないが、〈自由な掠奪者〉たちを襲撃する意図で出動したのは明白だった。

何も知らぬ海賊たちに身に迫る危険を知らせねばならぬが、コナンはその前に、若者の運命を確かめておきたかった。静寂を乱す物音はなく、塔も中庭も、彼自身を除いては、まったくの無人と見てよいのであった。

コナンはすばやく階段を降りた。中庭を横切り、拱門《アーチ》を通って、黒魔たちが出ていったばかりの中庭へはいりこんだ。ここまで来ると、縞模様《しまもよう》のはいった壁を詳しく見ることができた。狭い出っ張りが帯状に走って、明らかに硬い岩石を切り出したものである。そしてこの出っ張り——棚と呼ぶべきか——の上に、何千という数の灰色がかった小さな像が並べてあった。人間の掌《てのひら》ほどの大きさで、人間の形をあらわしているのだが、精巧をきわめた細工ぶりであり、それぞれの像にジンガラ人、アルゴス人、オピル人、さてはクシュの海賊たちと、各種族の典型的な特徴が明確にあらわれていた。最後にあげたクシュ人のそれは、実際のモデルがそうであるように、まっ黒な色をしている。ものいわず、見る力も持たぬそれらの像を眺めるうちに、コナンは漠然とした不安を感じてきた。心を騒がす原因が、その迫真性にあるのは疑いない。コナンは手を触れて入念に観察してみたが、どんな物質を用いてあるのか判定しかねた。石化した骨のような手ざわりだが、このような土地に、これほど豊富に化石が埋もれているとは、想像もできぬことなのだ。

彼に見憶えのある種族の特徴をあらわした像は、ことごとく上段に集めてあって、下段に並んでいるのは、はじめて見る顔立ちのものばかりであった。これはおそらく彫刻家の想像によったものか、遠い昔に絶滅して、いまは忘れ去られた種族の風貌を写しているのであろう。

コナンはいらだち気味に頭をふって、泉のほうへ向き直った。円形の中庭には物を隠せる場所はないのだが、若者の躰は見当たらなかった。してみると、それは泉の底に沈んだままであるにちがいない。

緑色の水を静かにたたえている泉に近づいて、微光を放つ水面をのぞきこんだ。厚い緑色のガラスを透して見るように、曇りはないが、異常に幻惑的な感じをあたえる。さして大きなものでなく、やはり円形で、井戸のように緑色の硬玉《こうぎょく》で縁取りがしてある。見おろすと、丸くなった底が眺められたが、その深さのほどは判定しかねた。ただ、見かけ以上に深いことはたしかで、見おろしているうちに、深淵《しんえん》をのぞいたときのような激しい眩暈《めまい》を感じてきた。これほど深い水底を人間の視力が見通せるものであろうか。だが、たしかにそれが目に映っている。計り知れぬほど深く、幻想的な影を沈めているのに、なおかつ底を見ることができるのだ。かすかに光るものが翡翠《ひすい》色の深みに見えたように思えるときもあったが、その点は確信が持てなかった。いずれにせよ、微光を放つ水のほか、この泉には何もないのが明らかだった。

そうだとすると、無残にも泉のなかに沈められた若者はどこへ行ったのか？　コナンは剣の柄に手をかけて立ちあがり、もう一度、中庭を見まわした。その視線が、壁の出っ張りの上の段の一個所に停止した。先ほど黒い巨人が何かをおくのを見たところである——コナンの赤銅色の肌に、冷たい汗が急に噴き出してきた。

ためらいながらも、磁石に引きつけられるように、コナンはちらちら光る壁に近づいていった。口にするのも怖ろしすぎる疑惑に呆然《ぼうぜん》としながら、彼は棚の上に新しくおかれた像を見あげた。精巧に刻みあげた顔が、まぎれもなくそれを示している。石と同様、動くこともなく、矮人《わいじん》のように小さなものだが、見まちがえであるわけがない。ジンガラの若者が、見る力のない目で彼をみつめている。コナンは魂の底まで揺すぶられて、思わずあとじさった。痺れた手に剣を提げたまま、口をあけ、人間の心には測ることもできぬ底知れぬ恐怖に思いいたって、呆然と立ちすくむばかりだった。

しかし、事実は明白で、棚に並ぶ矮小な像の秘密は解けた。もっとも、この秘密の背後には、さらに邪悪で、さらに奇怪な生き物の謎があるのだ。

3

コナンはめくるめくような考えに沈んで、いつまでもその場を動かなかった。どれほどの時間が経過したのであろうか。とつぜん悲鳴があがって、はっとわれに返った。それは女の悲鳴で、しだいに大きく聞こえてくる。どうやら声の主は、こちらへ運ばれてくるらしい。だれの声であるかに気づくと、コナンの麻痺《まひ》状態は消しとんだ。

すばやく跳躍すると、コナンは狭い出っ張りの上に飛びあがり、多くの像を蹴とばして、足を据える場所を作った。つづいてのひと跳びで壁の縁《ふち》に手をかけ、その向こうをのぞいてみた。それは外側の壁で、この城の周囲に拡《ひろ》がる緑の草地が眺められた。

青草の生《お》い茂る平地を、黒い巨人が大股に横切ってくる。身もだえする捕虜を片腕でかかえているが、暴れる子供を大人が扱うように、いともやすやすと運んでいる。捕虜はサンチャだった。乱れた黒髪が小さな波を打って垂れ下がり、オリーヴ色の肌が捕獲者の光沢《こうたく》のある黒檀《こくたん》色ときわだった対照を示している。彼女が身もだえし、泣き叫ぶのも知らぬ顔で、捕獲者は外壁の拱門《アーチ》へ近づいてくるのだった。

その姿が門のなかに消えたのを見届けると、コナンはすぐさま壁から飛び降りて、隣の中庭とのあいだの拱門《アーチ》をくぐりぬけた。そこにうずくまって様子をうかがううちに、暴れる捕虜をかかえた黒い巨人が、泉のある中庭にはいってきた。コナンはいまはじめて、奇怪な生き物の細部まで見ることができた。

近くで見れば、その躰《からだ》と手足の驚くばかりの均整ぶりが、なおのこと印象的に感じられた。黒檀の皮膚の下に、長く丸い筋肉が波状に走り、人間の手足など何の苦もなく引き裂けるはずである。指の爪が野獣の鉤爪《かぎづめ》のように発達して、さらに強力な武器になっている。黒檀を刻んだかと思われる顔は仮面のように表情を変えないが、黄褐色の目はきらめきを増すと、金色の光を放ちだす。しかし、顔は人間のものでなかった。どの線にも、どの面にも邪悪が――たんなる人間の邪悪を超えた邪悪が、はっきりと印されている。これは人間とちがう――人間ではありえない。神を冒瀆《ぼうとく》して創《つく》られたものたちの蠢《うごめ》く穴蔵から生じた命――進化の過程を逆行した生き物なのだ。

黒い巨人はサンチャの躰を草地の上に投げおろした。彼女はそこに腹這《はらば》いになったまま、苦痛と恐怖で泣きつづけていた。巨人のほうも何か落ち着かぬ様子で、ちらっと周囲に目を配った。その視線が壁に向かって、出っ張りの上の小像群が蹴倒されているのを見いだすと、黄褐色の眸《ひとみ》を鋭くした。急いで身をかがめ、捕虜の首と片方の脚をつかんで抱きあげると、勢いこんだ様子で緑色の泉に向かって歩きだした。コナンも拱門《アーチ》の陰からすべり出て、死の風のように芝草の庭を走った。

黒い巨人はふり返った。赤銅色の肌の男が突進してくるのを見るや、目に焔《ほのお》を燃えあがらせた。驚きのあまり、一瞬、残忍な手がゆるんで、サンチャの躰が草の上に落ちた。爪の長い手がつかみかかってきたが、コナンはそれをかいくぐり、剣を巨人の下腹に叩きこんだ。血がほとばしって、黒い魔人の躰は巨木が倒れるように崩れ落ちた。つぎの瞬間、コナンは首筋を抱きしめられた。サンチャが飛び起き、救われた歓《よろこ》びと恐怖の入り混じった叫びをあげて、しがみついてきたのだ。

コナンは、半狂乱の彼女を舌打ちしながら押しのけたが、敵はすでに息絶えていた。黄褐色の目が曇って、長い漆黒《しっこく》の手足は痙攣《けいれん》を止めていた。

「ああ、コナン」サンチャはなおもしがみつき、泣きじゃくりながら、「あたしたち、どうなるの？この怪物は何なの？　ここはきっと地獄よ。あれは悪魔だったし――」

「そうだとしたら、地獄は新しい悪魔を必要とするわけだな」とバラカの男はにやりと笑って、「それにしても、こいつはどうやっておまえをつかまえた？　船が乗っとられてしまったのか？」

「知らないわ」彼女は涙を拭きとろうと腰へ手をやったが、何も身に着けていないのを思い出した。「あたし、陸へあがったの。あんたがザポラヴォのあとを追うのを見たからよ。あたし、ふたりのあとを追ったわ。で、ザポラヴォをみつけたの――あれ、あんたのやったこと？」

「ほかにだれがいる？」彼は唸《うな》り声をあげて、「それから、どうした？」

「木立のなかに、何かが動いているのを見たの」彼女は身震いして、「あんたかと思って、呼んでみたわ。そうしたら、枝のあいだに、この黒い化け物が猿みたいにうずくまって、あたしを見おろしているじゃないの。悪夢を見ているみたいに、走ることもできなくて、悲鳴をあげるのがやっとだったわ。すると、これが木の上から降りてきて、あたしをつかまえたの――ああ、ああ！」彼女は顔を覆い、まだ生々しい恐怖の記憶にあらためて全身を震わせた。

「こんな場所は、少しでも早く逃げだすことだ」とコナンは彼女の手首をつかんで、「行くぞ、水夫たちに知らせてやらねば――」

「あたしが森にはいったとき、みんなは海岸で眠りこんでいたわ」

「眠っていた?」コナンは思わずわめいた。「な、なんというのんきなやつらだ——」

「あっ、あれを聞いて!」サンチャは凍りついた。青ざめた顔に恐怖が走った。

「聞こえた!」コナンが答えた。「うめき声だ! ちょっと待て!」

彼はまたも壁の出っ張りに飛びあがって、外の様子をうかがったが、サンチャも驚くような怒りの声を発した。黒い男たちがもどってきたのだ。しかもこんどはひとりでなく、手ぶらでもないのである。各自がそれぞれ、ぐったりした人間の躰をかかえており、なかにはふたりかかえているのもいる。捕虜は〈自由な掠奪者《りゃくだつ》〉たちで、黒い巨人の腕のなかに、ときおりわずかに身もだえするのを除けば、死人も同様の状態だった。剣はとりあげられていたが、着ているものはそのままだった。黒い男のひとりが腕いっぱいにかかえこんでいるのが、鞘《さや》に収めた水夫たちの剣である。ときどき水夫たちの口から、酔って眠った男の呟《つぶや》きに似た声が洩れる。

罠にかかった狼《おおかみ》のような形相《ぎょうそう》で、コナンは周囲を見まわした。この泉の中庭に通じる拱門《アーチ》は三つある。黒い男たちの一団が出ていったのは東側のそれであったから、やはりそこからもどってくるのであろう。コナンがはいってきたのは、南側の拱門《アーチ》で、先ほど身を隠したのが西側のものだが、あのときの彼には、その先に何があるかを確かめておく余裕がなかった。この城の設計に無知であるにかかわらず、即刻、行動に踏みきる必要が迫っていた。

コナンは壁から飛び降りると、大急ぎで小像を元のようにおき直し、犠牲者の死骸を引きずっていって、泉のなかへ投げこんだ。それはたちまち沈んで、みるみるうちに収縮し、石のように硬くなった——はっきりとそれが見えて、コナンはちぢみあがった。彼は身震いしながら、あわてて背を向けた。

そしてサンチャの腕をつかみ、南側の拱門《アーチ》へ引っ張っていった。そのあいだにサンチャは、何がはじまるのかとしきりに聞きたがった。

「水夫たちをさらって、やつらがもどってきた」コナンは早口に答えた。「いまのところ計画は立っていないが、どこかに隠れて、様子を見よう。泉をのぞきこまれたらおしまいだが、そうでなければ、おれたちがいることには気がつくまい」

「だけど、草に血が流れているのをみつけるわ！」

「なあに、仲間のだれかがこぼしたものと思うさ。とにかく、ここはひとまず身を隠して、あとは運を天にまかせたほうがいい」

ふたりは、先ほどコナンが、若者の苦しめられるさまを見守っていた中庭へはいりこんだ。そしてサンチャを急《せ》きたてて、南側の壁に通じている階段を登らせ、露台《ろだい》の手摺《てす》りの陰にうずくまらせた。貧弱な隠れ場所だが、それが彼らにできる最上の方法だった。


ふたりが隠れ場所に落ち着くとほとんど同時に、黒い男たちの一団が中庭にはいってきた。階段を踏む足音が響いて、コナンは身をこわばらせ、剣の柄《つか》を握りしめた。しかし、黒魔たちは南西に開いた拱門《アーチ》を通りぬけていった。そのあと、どさっという音やうめき声がたてつづけに聞こえてきたのは、巨人たちが犠牲者を草地の上に投げ下ろしているのであろう。サンチャがヒステリックな笑い声を洩らしたので、コナンはあわてて彼女の口を押さえ、居所を知られる前にその音を封じた。

ややあって、下の草地に多くの足音が響くのを聞いたが、すぐにまた静寂にもどった。壁越しにのぞいてみると、中庭は空になっていた。黒い男たちはもう一度、隣の中庭の泉のまわりに集結して、腹這いの姿勢をとっている。芝草の上から硬玉《こうぎょく》の井桁《いげた》にかけて、おびただしい血が流れているのも、いっこうに気にならないらしい。明らかに血痕《けっこん》は、彼らにとって異常なものではないのだ。それにまた泉のなかをのぞく様子もなかった。いまの彼らは、奇怪な秘密会議に専心《せんしん》没頭している。長身の黒魔がまたしても黄金の笛を吹き、仲間たちは黒檀の彫像のように、身動きもせずに聞き入っていた。

コナンはサンチャの手をとって、階段を静かに下りていった。身をかがめて、壁越しに頭を見られぬように気を遣った。サンチャも仕方なしに、こわごわながらそのあとにつづき、泉の中庭へ開いている拱門《アーチ》を恐怖の目で眺めていた。といっても、その位置からでは、泉にしろ、それをとり巻く魔人たちにしろ、見ることができなかった。階段の下にはジンガラの水夫たちの剣が転がっていた。先ほど聞いた金属性の音は、この武器を投げ下ろしたものだったのだ。

コナンはサンチャの手を引いて、南西の拱門《アーチ》に向かった。足音を殺して草地を横切り、その先の中庭にはいった。そこに〈自由な掠奪者〉たちが、無造作に積みあげられた山の形で横たわっていた。口《くち》髭《ひげ》が逆立ち、耳飾りが光っている。ときどき身動きをしたり、うめき声を洩らしたりする者がある。コナンがその上にかがみこむと、サンチャもそばに跪《ひざまず》いて、腿《もも》に手をおき、躰を乗り出し、

「甘ったるいにおいがするけど、何かしら?」と気になるように訊いた。「この連中の息がにおうみたい」

「こいつらが食った果実のせいだろう」コナンは静かに答えた。「おれは以前にも、このにおいを嗅《か》いだ覚えがある。黒い蓮《ロートス》に似たようなもので、それが深い眠りに引き入れるんだ。クロムの神にかけ

て、やっと目を醒《さ》ましかけた様子だが、あいにく丸腰だ。黒い悪魔どもは、例の魔法をかけはじめるまで、そう長くは待っておるまい。剣がなく、目が醒めきらぬ状態で、こいつら、生き延びる機会があるだろうか？」

彼は一瞬、眉根《まゆね》を寄せた真剣な表情で考えこんだ。それから、サンチャのオリーヴ色の肩をぐっとつかんだので、彼女は思わずひるんだ。

「いいか、よく聞くんだぞ！　おれが黒い魔物たちを城の別の部分へおびきだし、何かに忙しがらせておく。そのあいだにおまえは、このばか者どもを揺り起こし、剣を運んできてやれ——それで闘う機会をあたえてやるんだ。おまえにできるか？」

「あたし——あたし——わからないわ！」彼女は口ごもって恐怖に身を震わせ、何をいっているのか、自分でもわからない有様だった。

コナンは舌打ちをして、彼女の首筋に垂れた髪をつかんで揺すった。視界が揺れて、目の前の壁が朦朧《もうろう》とかすんで見えたほどの激しさだった。

「おまえはやらねばならんのだ！」叱《しか》るように彼が叫んだ。「それが、おれたちに残されている唯一の助かる道だ！」

「やってみるわ、できるだけのことを！」と喘《あえ》ぎながら彼女が答えると、コナンは賞讃の言葉とともに、励《はげ》ましの平手打《ひらて》《う》ちを彼女の背にあたえた。それもまた猛烈なもので、サンチャは前にのめったが、彼はそのまま走り去った。

ほどなくしてコナンは、泉の中庭に開いた拱門《アーチ》の陰に身をひそめて、敵の様子を偵察していた。黒い巨人の一団は泉のまわりに腹這いになったままだが、そろそろいらだちが見えはじめている。目を醒ましかけた海賊どもが横たわっている中庭から、彼らのうめき声がしだいに高まって、支離滅裂なたわごとが混じりだしてきた。コナンは筋肉を引きしめて、獲物《えもの》を狙う豹《ひょう》の姿勢をとり、呼吸を軽くととのえた。

宝石を飾った巨人が立ちあがって、笛を唇《くちびる》から離した——その瞬間、コナンは猛虎《もうこ》さながらの跳躍で、黒魔の群れへ飛びこんでいった。そして跳びはねて獲物に襲いかかる虎さながら、コナンは跳躍して斬りかかった。驚き騒ぐ彼らに防御のための手をあげる間もあたえず、剣を三回揮《ふる》うと、ふたたび大きく跳躍して、草地を横切り走りだした。あとには頭蓋を断《た》ち割られた三人の黒い魔人が匍《は》いつくばっていた。

しかし、巨人たちは無防備のところに不意打ちを食らったものの、手傷を負わなかった連中は、すばやく態勢を立て直した。コナンが西側の拱門《アーチ》を走りぬけてゆくのを見ると、すぐさまそのあとを追った。脚が長いだけに、驚くばかりの速力だ。とはいえ、コナンには、その気になりさえすれば追いつかれずにすむだけの自信があった。しかし、彼の狙いはほかにあった。サンチャがジンガラの男たちを目醒めさせて、剣をあてがうまでの時間稼ぎに、できるだけ長く魔人の群れを引きまわしておかねばならぬのだ。

だが、西側の拱門《アーチ》をぬけて、その先の中庭に走りこんだとたんに、コナンは思わずあっと叫んだ。この中庭はこれまで見てきたのとちがって、円形の代わりに八角形で、彼が走りこんだ拱門《アーチ》が唯一の出入口だったのだ。

ふりむくと、黒魔の全員があとを追ってきていた。近づくにつれ、一部の者が拱門《アーチ》に集結し、残りの連中が左右に大きく展開している。コナンは彼らに顔を向けた姿勢で、北側の壁へ向かってじりじりと後退した。相手は彼を包みこむ形で、半円の陣形を徐々に狭《せば》めてくる。コナンは後退をつづけながらも、しだいに歩みを遅くして、追跡者たちとの間隔があきすぎないように気を遣っている。黒い巨人たちとしても、三日月なりの隊列の先端をまわりこまれる怖《おそ》れがあるので、警戒線をちぢめるわけにいかなかった。

コナンは狼のように冷徹な目で、油断なく相手をうかがっていた。そして、突如、電光がひらめくような速さで行動に移った。三日月なりの敵の陣形の中央めがけて突進したのだ。行く手をさえぎった巨人が胸骨のまんなかを叩き割られて昏倒《こんとう》し、その左右の黒魔どもが、あわてて打ち倒された仲間の救援に走りよったとき、すでにコナンは敵の半円陣形を突破していた。拱門《アーチ》に集結した一団が、彼の襲撃にそなえて身がまえていたが、コナンはそちらへ向かうことなく、ふり返って、自分を狩り立てようとする者たちを眺めていた。あくまでも平静な目で、恐怖の色はまったくなかった。

こんどは彼らも、陣形を延ばしすぎて層を薄くする愚《ぐ》は犯さなかった。死にもの狂いの相手に対し、戦力を分散するのがいかに危険であるかを思い知らされたのだ。そこで一団となり、堅固《けんご》な隊形を崩さず、慎重に気を配りながら迫ってきた。

コナンもまた承知していた。長い爪を伸ばした筋肉と骨のかたまりとまっ正面から激突したのでは、勝負は一挙に決着してしまう。いったんあの集団のなかに引きこまれ、あの長い爪とけたはずれの体重にものをいわされたら、原初の凶暴性をこめた奮闘にしても、けっきょくは徒労に終わるだけである。コナンは壁のあたりにちらっと目をやり、その西側の隅に棚のような突起があるのを見てとった。何のためのものかわからぬが、彼の目的にかなっている。その隅へ向かってあとじさりをはじめると、巨人たちも追い迫ってくる。彼らは彼らで、その隅へコナンを追いつめる考えでいるようだ。そしてコナンは、巨人たちが彼を、自分たちより下級な存在、精神的に劣等《れっとう》なものと見ているのに気づいた。それならいっそう結構。敵手の力を過小評価するほど危険なことはないのだ。

いまや彼と壁との距離は数ヤードにすぎなかった。そして黒い男たちは、足を速めて接近してくる。彼がこの情況に気づくに先立ち、片隅に追いつめてしまう考えなのは明らかだ。出入口を固めていた一団も部署を離れて、先鋒《せんぽう》軍に加わろうとしている。巨人たちは前こごみの姿勢で、金色に光る地獄の火を目に燃やし、白い歯をむき出している。長い爪の手をふりあげているのは、追いつめられた男の必死の反撃を防ぐため、最後の凶暴な動きを予期してのものであった。しかし、相手の動きは彼らの意表を突くものだった。

コナンは剣をふりあげて、一歩前へ進み出たが、つぎの瞬間身をひるがえして、壁に向かって走りだした。そして鋼鉄の筋肉を急速に屈伸《くっしん》させ、空中高く飛びあがると、腕を伸ばして、壁の突起に指をかけた。とたんにがらがらと音がして、張り出した棚が崩れ、彼はまっ逆さまに中庭へ落下した。

彼はしたたか背中を打ちつけた。芝草が生い茂っていなかったら、いかに弾力に富んだその筋骨であろうと、折れていただろう。コナンはすぐさま大きな猫のように飛び起きて、敵の巨人たちと相対《あいたい》した。それまで彼の目のうちに躍っていた無謀な冒険を愉《たの》しむ影は消え去って、青白く光る憎悪の火が燃えあがった。髪が逆立ち、薄い唇が唸りを発している。一瞬にして情況が、危険を喜ぶ豪胆《ごうたん》な遊びから生死を賭《と》しての戦闘に変じ、蛮族コナンの凶暴な本能が、荒々しい怒りをともなって反応していた。

このめまぐるしい展開に、黒い男たちは一瞬その動きを止めたが、すぐさま襲いかかって、コナンを引きすえた。だが、そのとき、静寂を破って叫び声があがった。黒い巨人たちはふりむいて、海のならず者の一団が、拱門《アーチ》のところに群がっているのを見た。海賊どもは酒に酔ったようによろめき、とりとめのない罵言《ばげん》を吐きちらしている。混乱した頭のまま、手に手に剣を引っつかみ、ここまで突進してきたもので、何がどうなっているか呑みこめないとはいえ、その凶暴性はいささかも減じていなかった。

巨人たちが驚きに目をみはるなか、コナンは鋭く叫んで、電光のようなすばやさで斬《き》って入った。その剣の下に、巨人たちは熟れた小麦のように薙《な》ぎ倒された。一方、ジンガラ人の一団は、もつれる舌で怒りの叫びをあげ、よろよろしながら中庭を横切り、巨大な敵めがけて血に飢えた凶悪さで襲いかかった。彼らはいまだに頭が朦朧としていた。麻薬の眠りから呼びもどされ、サンチャが狂ったように自分たちの躰を揺すり、剣を握らせているのを感じた。何かの行動に急きたてている彼女の言葉を聞いた。その言葉の趣旨は理解できなかったが、いまここで異様な生き物の姿を見、血が流れているのを知っただけで、彼らをいきり立たせるのに充分なものがあった。

たちまち中庭は戦場となり、やがて家畜を屠《ほふ》る場に似てきた。ジンガラ人の一団は、足をよろめかせながらも、剣を力強く効果的に揮うことは可能だった。大声にわめき、致命的なものは別として、手傷など忘れたように無我夢中の奮戦ぶりである。人数は黒魔の群れをはるかに上まわっていた。しかし、けっして生《なま》やさしい相手でない。襲撃者を威圧する長身のうえ、獰猛《どうもう》な爪と歯を使って人間どもの喉を引き裂き、握りしめた拳《こぶし》を揮って頭蓋を叩き割る。敏捷《びんしょう》さでは海賊軍が優っているはずだが、乱戦のうちではそれも役立たず、大多数の者は眠りから完全に醒めていないので、ふり下ろされる拳の打撃を避けることもできなかった。彼らは野獣のように盲目的な凶暴さで闘いぬき、相手を殺すに熱中しすぎて、おのれを見舞う打撃を避けるのを忘れていた。斬りつける剣の響きは肉を切る大包丁のそれに似て、怒声《どせい》、罵声、絶叫は耳を聾《ろう》するばかりであった。

サンチャは拱門《アーチ》のなかで身をちぢめ、凄まじい騒音に呆然《ぼうぜん》としていた。渦巻く混沌《こんとん》のうちに鋼鉄の刃がひらめき、腕が上下し、引きつった顔があらわれては消え、緊張した躰がぶつかっては跳ねとび、あるいはからみあって、狂った悪魔の踊りを踊っている――そんな光景を目のあたりにして、めくるめく思いだった。

一瞬、戦闘の場の一断面が、血の背景に描かれた黒い銅版画のように浮かびあがった。ジンガラの水夫のひとりが、頭皮が剝《は》がれて前に垂れ下がっているので、盲目状態のまま、両足を踏んばり、柄をも通れと長剣を黒い巨人の腹に突き刺したところである。打ちかかったとき海賊のあげた唸り声がはっきりと聞こえ、黒い巨人の黄褐色の目が、とつぜん苦痛に飛び出すのを見た。血と臓腑《ぞうふ》が、突き刺さった剣の上に噴き出してきた。瀕死《ひんし》の黒魔が剣の刃を素手《すで》でつかんで引っ張ると、水夫は愚かにも闇雲に引っ張り返した。と思うとジンガラ人の頭に漆黒の腕がからみつき、黒い膝が、猛烈な力で背中のなかほどを強圧した。水夫の頭は怖ろしい角度に折り曲げられ、太い木の枝の折れるような音が、乱闘の騒音を圧して響いた。打ち勝った巨人は、犠牲者の死体を大地に向かって叩きつけた。そのとき一条の青白い光が、巨人の背後からその肩口へ、右から左へ鋭く走った。巨人はよろめいて、その首がだらりと前へかしぎ、それから地響き打って倒れ伏した。

サンチャは胸がむかついてきた。喉が詰まり、腹のなかのものを吐き出してしまいたかった。この光景からできるだけ遠くへ逃げだしたかったが、足がいうことをきいてくれず、目を閉じるのさえ不可能だった。事実、彼女は大きく目を見開き、嫌悪感にさいなまれ、胸をむかむかさせながらも、血みどろの光景から目を離すことができなかった。このような経験は、異常な魅力を持っているものなのだ。それはとにかく、この場の激戦情景は、彼女がこれまでに見てきた港都《こうと》の掠奪や海上戦における人間同士の闘いをはるかに凌駕《りょうが》して凄惨《せいさん》をきわめたものだった。そのとき彼女は、コナンの姿を見た。

仲間の水夫たちとのあいだを巨人たちの集団にさえぎられたコナンは、黒い腕と巨躰の波にとり囲まれ、引きずり倒されていた。巨人たちは彼を踏みつぶし、少しでも早く息の根を止めようと焦るのだが、コナンは倒れるにあたって、巨人のひとりを道連れにし、その下に潜りこんで攻撃を防いだ。黒い集団はバラカの男を蹴とばし、苦しみもだえる仲間を引き離すのに懸命だった。しかし、コナンの強靭《きょうじん》な歯が黒い男の喉に食い入り、死にかけた防護楯《たて》に頑強にしがみついているのだった。

ジンガラ人の来襲が、巨人たちの攻撃の力を弱めた。コナンは死体を撥《は》ねのけると、全身に血を浴びた凄絶《せいぜつ》な姿で立ちあがった。ふたたび魔人たちが、黒い巨大な影のように襲いかかって、凶暴な打撃が風を切って唸った。しかし、血に狂った豹さながらのコナンは、打ち下ろす拳を避け、つかみかかる腕をかいくぐり、そのつど剣をひらめかせて、血しぶきをほとばしらせた。彼自身も、通常の男であればこと切れたであろうような手傷を三人分も受けていたが、牡牛《おうし》のような生命力はいささかの衰えも見せていなかった。

コナンのあげる闘いの声が、混乱した殺戮《さつりく》の場に響きわたるや、それを聞きつけたジンガラの水夫たちは、怪物相手の闘いにとまどいがちだったところ、ふたたび生気をとりもどし、剣を揮う力を倍加させた。かくて肉を断ち、骨を砕く剣の音が、苦痛のうめきと怒りの叫びを圧するにいたった。

黒い魔人たちのあいだに動揺の色が見え、出口へ向かって逃げだす者が出はじめた。サンチャは悲鳴をあげて、隣の中庭に駆けこんだ。狭い拱門《アーチ》は、逃れようとする黒魔たちでぎっしり詰まった。ジンガラの水夫軍は追い打ちをかけて、勝利の歓声とともに敵の背中へ剣を突き立てた。拱門《アーチ》付近は畜殺場と変わり、生き残った黒い巨人たちは、算を乱して逃走に移った。

つづいて追撃戦が開始された。芝草の生い茂る中庭を横切り、微光のきらめく階段を駆けあがり、幻想的な塔の傾斜した屋根を越え、場合によっては壁の笠石の上を渡りながら、巨人たちはひと足ごとに血をしたたらせて逃げのびようと焦るのだが、容赦ない追跡者の群れが、狼のような激しさで急追してくる。逃げ道を失ったやつらは、ふり返って必死の逆襲に転じ、水夫たちの何人かが生命を落とした。しかし、掃蕩《そうとう》戦の結果は常に同じだった。手足を断ち切られた黒い巨躰が草地の上に蠢き、あるいは胸壁や塔の屋根から投げ落とされるのだった。

サンチャは泉のある中庭に身を隠して、恐怖に震えながらうずくまっていた。壁の外側に鋭い叫び声があがり、草地を踏み鳴らす音が響いたかとみると、拱門《アーチ》から血に染まった黒い人影が飛びこんできた。宝石の頭飾りをつけた巨人の頭目だった。追手の一団が追いすがると、泉の縁まできた黒い魔人はふり返った。その手は、戦闘中に死んでいった水夫がとり落とした剣を握っていた。ジンガラ人のひとりが無謀な突進で近づくと、黒魔は扱いつけぬ武器を揮った。水夫は頭蓋骨を断ち割られて、大地に倒れた。だが、あまりにも無器用な一撃だったので、巨人の剣は柄もとから砕け飛んだ。

巨人の頭目は、手もとに残った剣の柄を拱門《アーチ》に押しよせてきた水夫たちめがけて投げつけると、仮面に似た無表情の顔を憎悪に痙攣させて、泉に向かって走りよった。拱門《アーチ》の男たちを掻き分けて、コナンが駆けつけてきた。その凄まじい突進に、足もとの芝草が飛び散った。

しかし、巨人は大きな両腕を左右に開き、人間のものならぬ咆哮《ほうこう》をあげた――この戦闘のあいだに、およそ黒魔たちの口が発した唯一の音だった。それは怖ろしい憎悪をこめて蒼穹《そうきゅう》にまで響きわたり、地獄の深淵から聞こえてくる吼え声かと思われた。その音にジンガラ人はひるんで、躊躇《ちゅうちょ》の色を示した。しかし、コナンは足を止めることなく、無言のまま必殺の突進をつづけ、泉の縁に身がまえている漆黒の魔人へ迫っていった。

コナンが血のしたたる剣を揮って斬りかかると、黒魔は身をひるがえして、泉の上に飛びあがった。不思議やその姿は空中高くとどまって、落下してくる様子がなかった。と見るうちに、大地を揺るがす轟音《ごうおん》とともに、緑色の水が湧き立ち上昇して、緑の噴煙のように黒い魔人の躰を覆い包んだ。

猛烈な突きを入れたコナンは、危うく泉に飛びこむところを、かろうじて縁桁《ふちげた》で踏みとどまった。そして後方へ飛びすさり、両腕を大きくふりまわして、仲間の水夫たちを押し返した。いまや泉が、間《かん》欠泉《けっせん》を思わせる勢いで緑の水を噴きあげている。その水柱が、耳を聾する轟音とともに、いよいよ高く伸びあがり、飛沫《しぶき》をとばす先端を巨大な泡の冠《かんむり》に見せている。

コナンは仲間を拱門《アーチ》の外へ逃れさせようと、剣の腹で叩きながら追い立てた。水の噴出する轟音が、彼らの行動力を奪い去ったかのように思われた。サンチャも全身が麻痺したようにぼんやり突っ立ったまま、恐怖の目を見開いて、湧き立つ水の柱をみつめている。それを見たコナンは、轟く水音を切り裂くばかりの大声で叱りつけ、彼女を茫然《ぼうぜん》自失の状態から呼び醒ました。彼女は両腕をさし伸べて、走りよってきた。コナンは彼女を片腕で抱きかかえ、急いで中庭から走り出た。

外の世界へ通じている中庭に、生き残った水夫たちが集まっていた。いずれも疲れはて、傷つき、血に染まり、服はぼろぼろの恰好で、馬鹿になったように口をあけたまま、ぐらぐら揺らぎながら蒼穹へ伸びてゆく水の柱を眺めている。白い筋の走った緑色の水の柱は、泡立つ先端が基部の三倍はあり、いまにも奔流《ほんりゅう》となって崩れ落ちそうに見えながら、依然として上空へ向かって噴出をつづけている。

コナンは血だらけで半裸の男たちをすばやく見まわして、あまりにも人数が少ないのに呪いの言葉を吐いた。この緊迫した情況も忘れたように、海賊のひとりの首筋をつかむと、傷口から血が吹きとんだほどの激しさで揺すって、

「残りのやつらはどこにいるんだ?」と耳もとに吠えたてた。

「これで全部だ!」轟音にかぶさって答えがもどってきた。「あとはみんな、黒い化け物どもに殺されて――」

「そうだったのか！」コナンは嘆いたが、すぐに相手を外の世界に通じる拱門《アーチ》へ押しやるようにして、「早く逃げだせ！　ぐずぐずしてると、あの噴水が破裂して——」

「おれたちみんな、溺れ死ぬのか！」〈自由な掠奪者〉もよろよろした足どりで拱門《アーチ》へ急ぎながら叫んだ。

「溺れるんならまだいいが」コナンはわめきつづけた。「小さな化石に変わってしまうんだ！　早く、逃げろ！　急ぐんだぞ！」

コナンは外壁の拱門《アーチ》に向かって走りだした。轟々と唸りながら頭上にそそり立つ緑の水柱を見やる一方、落伍者はないかと周囲に目を配った。血に渇《かつ》えた奮戦をつづけたあげく、凄まじい轟音に驚かされて、ジンガラ人のなかには夢見る男のような足どりで歩いている者もいる。コナンは彼らを急きたてるのだが、その方法はいたって単純なものだった。足のはかどらぬ男たちの首筋をつかまえて、激しくこづき、門から押し出す。そのうえで力いっぱい尻を蹴とばし、犠牲者の祖先に関して辛辣な意見を述べて、追い打ちをかけるのだ。サンチャは彼といっしょに残りたいというそぶりを示したが、コナンはすがりつく腕をふり払い、荒々しい叱責《しっせき》の言葉を浴びせたほか、彼女の尻にも激しい平手打ちを加えて、城外の高地へ向けて追いやった。

コナンが拱門《アーチ》のもとを離れたのは、生き残った者がひとり残らず城を逃げ出し、平坦な牧地を横切りだすのを見届けてからだった。そのとき、轟音とともに中天《ちゅうてん》高く噴きあげて、城内の塔の群れを低いものに見せている水の柱へもう一度ちらっと目をやって、ようやく彼も名状しがたい恐怖の城を退去することにした。

ジンガラの男たちは、すでに高地の縁を越え、斜面を走り降りているところだった。サンチャだけが、縁の向こう側にある最初の斜面の上でコナンを待ち受けていた。彼はそこでいったん足を止め、ふり返って城の方角を見た。多くの塔を圧するように、頂《いただき》に白い花を開いた緑色の巨柱が、天に向かってそびえ立ち、轟音を四方に響かせている。その瞬間、天空を引き裂くばかりの大音響とともに、翡《ひ》翠《すい》の緑と雪の白さを持つ水の巨柱が崩れ落ち、その凄まじい奔流に塔の群れも城壁も呑みこまれた。

コナンはサンチャの手をつかんで、全速力で走りだした。斜面につぐ斜面が彼らの前に起伏し、背後では押しよせる水音が轟いている。肩越しにちらっと見ると、幅広い緑の帯が、上下しながら斜面を乗り越えてくる。緑色の巨大な蛇のような奔流が、それ以上に幅を拡げることも狭《せば》めることもなく、谷へくだり、丘を越えて迫ってくるのだ。方向を変えず、一直線の進路をとっているのは、まさしく、彼らのあとを追っているしるしだ。

それに気づくと、コナンはいっそうの耐久力を奮い起こした。サンチャが疲労のあまりよろめいて膝をつき、絶望のうめきを洩らすと、すぐさま抱き起こし、大きな肩に担《かつ》いで、ふたたび走りつづけた。さすがの彼も胸が激しく上下し、膝がしらががくがくし、食いしばった歯のあいだを洩れる息も大きな喘ぎに変わった。よろめきがちに走りながら、前方へ目をやると、さし迫る恐怖の性質を知った水夫たちが、喘ぎあえぎ、最後の努力をふり絞って逃げてゆく。

とつぜん、コナンの視野のうちに大洋が浮かびあがり、朦朧とした視線の先に、元のままの姿で碇《てい》泊《はく》している海賊船〈ならず者〉号がとらえられた。男たちはわれがちに何艘《そう》かの短艇に雪崩《なだれ》こんだ。サンチャもそれにつづいたが、これは舟底に横たわったまま、躰を動かす力もなくなっていた。しかし、

コナンは耳のなかで血流が轟音をあげ、目の前の世界がまっ赤に揺れているものの、喘いでいる水夫たちを叱咤《しった》して、ともども櫂《かい》を握った。

疲労の末、心臓が破裂しそうな状態ながら、男たちは母船めざして漕《こ》ぎつづけた。海岸に連なる木立を押し破って、緑の流れがあらわれた。大木の群れが、樹幹《じゅかん》を切り倒されたかのように薙ぎ倒され、翡翠色の奔流に沈むと、一瞬のうちに消え失せる。緑の流れは砂浜を浸《ひた》して海中に流れこみ、青い波がひときわ緑の濃い無気味な色に染めあげられた。

理由のわからぬ本能的な恐怖が海賊どもをとらえ、疲れきった躰と朦朧とした頭を駆り立てて、死にもの狂いの努力を払わせた。怖れているものの正体は判然としないが、緑一色の忌まわしい水流の帯が、肉体と魂を破滅におとしいれるものであることはわかった。コナンにもそれはわかった。だからこそ、幅広い帯が波間にすべりこみ、海中に流れこんでも形状と進路を変えずにこちらへ向かってくるのを見たとたん、残った力を最後の最後までふり絞ったのだ。あまりの激しさに、手にした櫂が音を立てて折れたほどだった。

だが、彼らの短艇の舳先《へさき》が、〈ならず者〉号の舷側《げんそく》にぶつかった。水夫たちは錨《いかり》の鎖を伝って母船によじ登り、短艇は波間にただようにまかせた。いまは死人同様なサンチャの躰は、コナンの幅広い肩に担ぎあげられて、無造作に甲板に投げ出された。一方バラカの男は、生き残った水夫たちに喘ぎ声で指示を飛ばし、彼自身は舵輪《だりん》を握った。島での出来事のあいだ、コナンは当然のことのように指揮者の立場で命令をくだしていて、水夫たちも本能的に彼の指揮どおりに行動していた。彼らは酔い痴《し》れた男と同様の千鳥足で歩きまわり、機械的に帆綱《ほづな》や帆桁《ほげた》をいじりまわした。錨の鎖が断ち切られ、水しぶきをあげて水中に没し、大小幾多の帆が折からの風を孕《はら》み、〈ならず者〉号は小刻みに船体を震わせだし、つづいて威風堂々と沖合へ向かって走りだした。コナンは海岸の方向をふり返った。奇怪な水流の帯が、濃緑色の焔の舌のように海中を追ってきているが、〈ならず者〉号の竜骨《りゅうこつ》とのあいだに、櫂一本の距離をおいたところで前進を止め、それ以上近づいてくる様子がなかった。緑の焔の舌端《ぜったん》から視線をうしろへ走らすと、切れ目もなくつづく緑の帯が白い砂浜を横切り、いくつかの斜面を越え、末は薄青くかすむあたりに消えている。

バラカの男ははじめてほっと息をついて、必死に働いている水夫たちに笑いかけた。サンチャは彼のそばに立って、興奮からの涙が頬を伝って落ちるにまかせている。コナンの血に濡れた半ズボンは引きちぎられ、腰帯と剣の鞘は失《な》くなって、剣だけがかたわらの甲板上に突き立ててあるが、それも刃こぼれがいちじるしく、血糊《ちのり》がすでに固まっている。黒い総髪《そうはつ》にも血が厚くこびりついて、片方の耳が半ばちぎれかけ、腕、脚、胸、肩と、肉体のいたるところに豹に襲われたような嚙み痕や、引っかかれた痕が残っている。それでいて彼は、満面に笑みをたたえ、力強い足を踏んばり、たくましい腕を余すところなく用いて、舵輪を操作しているのだった。

「これからどうするの？」サンチャが口ごもりながら訊いた。

「海から海を経《へ》めぐって、海賊稼業に精を出すんだ！」彼は大声に笑って、「いまは傷だらけの水夫どもが、ほんのわずかいるだけだが、船を動かすのに難渋《なんじゅう》するわけでもないし、港々で補充ができる。さあ、サンチャ、おれに口づけをしてくれ」

「まあ！　口づけを？」彼女は素っ頓狂な叫び声をあげた。「あんたって人は、こんな大変なときに口づけのことなんか考えているの？」

彼の笑い声が、帆の唸りと帆綱のきしみを圧《あっ》して響きわたった。そして力強い腕で彼女を抱きあげると、その赤い唇に大きな音をたてて口づけして、

「おれが考えているのは、生きることだけだ！」と吼えたてるようにいった。「死んだ者は死んだ者、過ぎ去ったことは、いまさらどうなるものでない！　いまおれは、船と、闘う水夫たちと、葡萄酒《ぶどうしゅ》のような唇を持つ女を手に入れた。おれが欲しがっていたのは、それで全部なんだ！　野郎ども、傷の手当がすんだら、酒樽《さかだる》の鏡をぶち破るがいい。これからはおまえらが、この船を存分に働かすんだ。その前にせいぜい歌って、踊っておけ！　空っぽの海など糞《くそ》くらえだ！　おれたちの向かう先は、肥《こ》え太った港都があって、掠奪に値する商船がひしめいている海なんだからな！」

資料編

トムバルクの太鼓（梗概）

アキロニア西部の名門貴族、ヴァレルス家の男子であるアマルリックは、スティギア南部に拡《ひろ》がる荒涼とした沙漠《さばく》のなか、椰子《やし》に囲まれたとある泉のそばで休んでいた。仲間がふたりおり、いずれも山賊の一員である。彼らはガナタ族――シェム人と混血した黒人種族であった。アマルリックと行動をともにしているガナタ族の名前は、ゴビルとサイドゥ。おりしも日が暮れるところで、乾燥させた棗《なつめ》椰子《やし》の実をかじって粗末《そまつ》な食事をとろうとしていると、三人目のガナタ族が馬に乗ってやってきた――獰猛《どうもう》さと剣の腕前で名高い黒人の巨漢《きょかん》、ティルタンである。彼は鞍《くら》の前橋《ぜんきょう》に気絶した白人の娘を乗せていた。稀少な沙漠の羚羊《かもしか》を狩りに出たところ、疲れと渇きで昏倒《こんとう》した娘にぶつかったのである。

ティルタンは泉のかたわらに娘を投げだし、生気《せいき》をよみがえらせにかかる。ゴビルとサイドゥはアマルリックを見張った。娘を助けようとするのを警戒しているのだ。しかし、彼は無関心を装《よそお》い、ティルタンのあと、つぎはどちらが娘を抱くのかとふたりに問いかけた。それをきっかけに口論がはじまると、アマルリックは二個の骰子《さいころ》を投げて、娘を賭けて勝負すればいいと教えた。彼らが骰子の上にかがみこんだとたん、アマルリックは剣を引きぬき、ゴビルの頭を断《た》ち割った。たちまちサイドゥが彼に襲いかかり、ティルタンは娘を放りだして、見るも怖《おそ》ろしい半月刀を鞘走《さやばし》らせながら、アマルリックのもとへ駆けよった。アマルリックはとっさに身をひねり、サイドゥを楯《たて》にして剣を突き刺させると、負傷した男をティルタンの腕のなかに突き飛ばし、巨漢に武者《むしゃ》ぶりつく。ティルタンはアマルリックを地面に押し倒し、首を絞めながらその躰《からだ》を持ちあげ、ふたたび投げ落とした。そして剣を拾い、相手の首を斬《き》り落とそうと立ちあがった。しかし、アマルリックのもとへ走りよったとき、ほどけた腰帯につまずいて、ばったりと倒れ伏した。そのはずみに手から剣が飛びだし、アマルリックはその剣を引っつかむと、ティルタンの頭を斬り飛ばした。つぎの瞬間、彼はよろめき、失神してしまう。意識をとりもどすと、娘が彼の顔に水をかけていた。彼女のしゃべる言葉はコト語に近いものであり、おたがいに意思が通じる。娘によれば、名前はリッサ。美しい娘で、白い柔肌《やわはだ》、スミレ色の目、波打つ黒髪の持ち主である。彼女の無邪気《むじゃき》さに若い傭兵は恥じ入り、娘を強姦《ごうかん》する意図を捨てる。彼が仲間と闘ったのは、自分を助けるためだったと娘が信じこんでいたからだ。その幻想を裏切らないようにしよう、とアマルリックは心に決める。リッサによれば、彼女ははるか南東に位置するガザルの都《みやこ》の住人であり、徒歩でガザルから逃げてきたのだという。水が底を突き、気が遠くなったちょうどそのとき、ティルタンに見つかったのである。アマルリックは彼女を駱駝《らくだ》に乗せ、自分は馬にまたがった——ほかの騎獣《きじゅう》は、闘いのさなかに繋《つな》ぎ綱《づな》を引きちぎって、沙漠の奥へ逃げ去っていたのだ——そして夜明け（原文はdawnで、ハワードの勘ちがいだが、そのままとする）にはガザルに近づいていた。驚いたことに、都は廃墟《はいきょ》の連なりで、例外は南東の隅にそびえる塔のみ。アマルリックがそのことを口にすると、リッサは青ざめ、塔の話はしないでくれと懇願《こんがん》した。住民は夢見がちで、親切な種族であり、実践《じっせん》的な感覚に欠け、詩と白昼夢をことのほか好んでいると判明した。人数は多くない。彼らは滅びかけた種族だった。遠い昔に沙漠へやってきて、オアシスの近くに都を築いたのだ——教養ある、学者肌の種族で、争いごとを好まない。獰猛で凶暴な放浪民の襲撃を受けたことは絶えてない。なぜかというに、それらの民《たみ》が迷信的な畏怖《いふ》にとらわれた目でガザルを眺め、南東にそびえる塔にひそんでいるものを崇《あが》めているからだ。アマルリックはリッサに自分の身の上を語る——自分はジンガラのザパヨ・ダ・コヴァ王子の指揮するアルゴス傭兵隊の一員であった。船に乗ってクシュ沿岸を南下し、スティギア南部で上陸して、そちらからスティギア王国への侵入を図《はか》り、北から侵入したコトの軍勢との挟《はさ》み撃ちを狙っていた。ところが、コトが裏切ってスティギアと和睦《わぼく》したため、南の軍勢は罠にかけられた。海岸への退路が遮断されているのを知り、軍勢は東に血路《けつろ》を開こうとした。シェムの諸王国のどれかに達しようとしたのだ。しかし、軍勢は沙漠で全滅の憂《う》き目にあった。自分は巨漢のキンメリア人である僚友《りょうゆう》のコナンとともに脱出したが、異様な服装をした未開人らしき褐色の肌の騎馬集団に襲われ、コナンは斬り倒された。自分は夜陰《やいん》にまぎれて逃げのび、飢えと渇きに苛《さいな》まれながら沙漠をさまよった末に、ガナタ族の禿鷹《はげたか》三人に出遭《であ》ったのだ、と。アマルリックがガザルの都を包む非現実感を指摘すると、リッサは、よどみきった境遇から逃げだし、外の世界を見たいのだ、と子供っぽくはあるが切実な自分の願望について語った。彼女は子供のような自然さでアマルリックに身を預け、ふたりは星明かりだけに照らされた部屋のなか、絹《きぬ》張りの寝椅子の上に並んで横たわった。やがて近くの建物から怖《おそ》ろしい叫び声があがった。アマルリックは調べに行こうとするが、リッサが震えながら彼にしがみつき、孤高の塔の秘密を語って聞かせた。そこには超自然の怪物が棲《す》んでおり、ときおり市中へ降りてきては、住民のひとりを食い殺すのだ。怪物の正体はリッサも知らない。だが、日暮れにコウモリの群れが塔から飛びだしていき、夜明け前にもどって来る。そして、謎めいた塔に運びこまれる犠牲者が悲鳴をあげるのだ。それを聞いてアマルリックは落ち着きを失う。その怪物の正体に心当たりがあったのだ。すなわち、黒人諸族に根を張る、ある種の宗派が崇拝する神秘的な神である。彼はリッサをうながして、夜明け前に都を逃げだすことにする――ガザルの住民は、闘うことも逃げることもできないところまで気力を奪われ、手をこまぬいているしかないのだ――ちょうど催眠術にかかった人間のように。若きアキロニア人は、それが真相だと推察したのだった。彼が騎獣の用意に行き、もどってきたとき、リッサの怖ろしい絶叫が響きわたった。部屋に駆けこむと、もぬけの殻《から》。彼女は怪物につかまったにちがいない。彼は塔へ駆けつけ、階段を登る。上階の部屋には白人の男が立っていた。異様な美しさをそなえた男である。アマルリックが、邪教と敵対する宗派に属すクシュ人の老神官に教えこまれた古代の呪文を思い出し、それを唱えると、魔物は人間の形をとったまま、姿を変えられなくなる。つづいて凄惨《せいさん》な闘いがはじまり、アマルリックは魔物の心臓に剣を突き刺した。断末魔の魔物が、復讐を求めて凄まじい叫びをあげた。すると空中から応《こた》える声が降ってきた。と、魔物がおぞましい変貌をとげ、アマルリックは恐怖のあまりその場を逃げだした。階段を降りきったところでリッサに出会う。彼女は、獲物《えもの》の人間を引きずって回廊を進む怪物の姿をちらりと目にして震えあがり、恐慌におちいって部屋を逃げだし、姿を隠していたのである。そして恋人が自分を捜しに塔へ行ったのを悟り、運命を分かちあいに来たのであった。彼はリッサをつかの間抱きしめてから、騎獣を繋いだところまで連れていった。ふたりが都を出たのは夜明け。リッサは駱駝に乗り、アマルリックは馬に乗っていた。眠れる都をふり返ると、そこに動物はまったくいないはずだが、七人の騎馬武者が走りだしてきた——痩《や》せこけた黒馬に乗った黒衣の男たち——ふたりを追いかけてくるのだ。ふたりは恐慌におちいる。なぜなら、騎手たちが人間でないのを知っていたからだ。ふたりは終日、騎獣を無慈悲に駆り立てて西へ向かう。めざすは遠い海岸である。水はみつからず、日没直前に馬が疲労の極《きょく》に達した。その間ずっと、黒衣の者たちは容赦《ようしゃ》なく追いかけてきた。そして夕闇が落ちるころ、急速に距離を詰めにかかった。アマルリックは彼らの正体を知っていた。塔の怪物が死に際に放った叫びによって地獄の深淵《しんえん》から召喚された食屍鬼《しょくしき》なのだ。闇が募り、追手がみるみる迫ってくる。コウモリの形をした影が月を覆い隠し、ふたりを狩りたてる者たちの放つ納骨堂の悪臭が逃亡者たちの鼻に届いた。不意に駱駝が何かにつまずいて倒れ、悪鬼《あっき》たちが迫ってきた。リッサが金切り声をあげた。とそのとき、蹄《ひづめ》の音が轟《とどろ》き、凄まじい雄叫《おたけ》びがあがって、悪鬼たちが追い散らされた。騎馬武者の一団がまっしぐらに突撃してきたのである。その首領が馬を下り、精根尽き果てた若者と娘にかがみこんだ。そのとき月が顔を出し、男は耳慣れた声で悪態をつく。なんと、キンメリア人コナンではないか。天幕が張られ、逃亡者たちは食べ物と飲み物をあたえられる。キンメリア人の仲間は、彼とアマルリックを襲った未開人らしき褐色の肌をした男たちだった。彼らはトムバルクの騎士。トムバルクというのは、半神話的な沙漠の都市で、その歴代の王は南東沙漠の部族民と、草原地帯の黒人種族を服属させてきた。コナンの話によると、彼は頭を打って気を失い、トムバルクの王の観覧に供《きょう》するため、その遠い都まで運ばれた。王は昔からふたりいる。もっとも、ひとりはたいてい飾り物にすぎないが。王たちの面前に引き出された彼は、死ぬまで拷問される運命にあった。そこで末期《まつご》の酒を所望し、王たちを口汚く罵《ののし》った。その悪口雑言《あっこうぞうごん》に、王たちの片割れが興味をそそられ、居眠りから醒《さ》めた。彼は大《だい》兵《ひょうひまん》肥満の黒人で、もう片方は、ゼーベーという名の痩せた褐色の肌の男である。黒人はコナンをまじまじと見て、彼をアムラ、すなわち獅子と呼んで挨拶した。黒人の名前はサクベ。西海岸からやってきた冒険者で、コナンが沿岸を荒しまわる海賊であったころ、親交を結んだ人物だった。彼がトムバルクの王のひとりになったのは、黒人住民の支持のおかげであると同時に、狂信的な神官、アスキアの策謀のおかげでもあった。この神官は、ゼーベー側の神官、ダウラに優《まさ》る権力の地位に昇っていたのである。サクベは即座にコナンを解放し、騎兵隊の指揮官という高い地位に就《つ》けた——ちなみに、先代の指揮官、コルドフォは毒殺される憂き目に遭った。トムバルクは四分五裂の状態にある——ゼーベーと褐色の肌の神官たち、ゼーベーとサクベの双方を憎んでいるコルドフォの親族、サクベとその支持者たち。その支持者のなかでもっとも有力なのが、ほかならぬコナン自身だ。コナンはこれだけのことをアマルリックに話して聞かせると、翌日トムバルクに向かって出立《しゅったつ》した。コナンが遠出してきたのは、この土地からガナタ族の盗賊を駆逐《くちく》するためであった。三日後に彼らはトムバルクに到着した。多くの泉が湧くオアシスのかたわら、沙漠の砂上に築かれた風変わりな都市である。それは多くの言葉が話される都市でもあった。都の建立《こんりゅう》者でもある支配階級は、好戦的な褐色人種で、アパキ族の末裔《まつえい》。これはシェム系の部族であり、数百年前に沙漠へ進出してきて、土着の黒人種族と混血した。配下の部族には、ティブ（黒人とスティギアの血の入りまじった沙漠の種族）、バギルミ、マンディンゴ、ドンゴラ、ボルヌなど、南方の草原地帯に居住する黒人諸族が含まれる。彼らがトムバルクに到着したとき、アパキ族の神官ダウラが、アスキアの手で怖ろしい死刑に処せられるところだった。アパキ族は憤激《ふんげき》するが、黒い臣民の決然とした反抗の前になすすべがない。しかも、彼らに戦争の技術を教えこんだのは、ほかならぬ自分たちなのである。かつてはたぐい稀な勇気と活力と政治手腕の持ち主だったサクベは、ぶくぶくに太った肉塊《にくかい》に成り果てており、もっぱらの関心は女と酒だけという体《てい》たらく。コナンは彼と骰子で遊び、大酒を食らい、ゼーベーを完全に排除しようと持ちかける。キンメリア人の望みは、みずからがトムバルクの王となることなのだ。かくしてアスキアは、ゼーベーを弾劾《だんがい》するよう説得され、それにつづく血で血を洗う内乱で、アパキ族は敗北を喫し、ゼーベーは騎士たちとともに都から遁走《とんそう》した。コナンはサクベのかたわらに席を占めるが、さらにその上を狙っていた。都の実権を握っているのは黒人種であり、その上に立つようになったからである。一方、アスキアはアマルリックに疑いをいだいており、ついには自分が神官を務める宗派の崇拝する神を手にかけた廉《かど》で彼を糾弾《きゅうだん》し、彼とリッサを拷問にかけろと要求した。コナンは拒否し、キンメリア人のいいなりになっているサクベも彼の肩を持つ。するとアスキアがサクベに背き、怖るべき魔術を用いて彼を殺害する。サクベが殺されたいま、黒人たちが自分と友人たちを引き裂きに来るのを悟ったコナンは、アマルリックに声をかけ、混乱した戦士たちのあいだに血路を開く。三人が必死の思いで外壁にたどりついたとき、ゼーベーと配下のアパキ族が都を襲撃し、血と猛火の修羅場《しゅらば》のなかで、トムバルクは滅亡に向かう。一方コナン、アマルリック、リッサの三人は沙漠へ逃げのびるのだった。

トムバルクの太鼓（草稿）

I

日没の空の下に沙漠《さばく》が赤味を帯びた琥珀《こはく》色に染まるころ、水の湧き出ている穴のそばに三人の男がうずくまっていた。ひとりはアマルリックと呼ばれる白人、あとのふたりはガナタ族で、鉄線のように引きしまった黒い躰《からだ》をぼろぼろの短上衣《チュニック》で覆っていた。ふたりの名はゴビルとサイドゥ。水の湧き出る穴のかたわらにしゃがんでいるところは、禿鷹《はげたか》を連想させた。

その近くでは、一頭の駱駝《らくだ》が胃の腑《ふ》のなかのものを音を立てて反芻《はんすう》し、疲れきった馬が二頭、草一本生えていない砂地にむなしく鼻面をこすりつけていた。男たちは浮かぬ顔つきで、乾燥させた棗椰《なつめや》子《し》の実をかじっている。黒い肌のふたりは顎《あご》を動かすのに夢中だったが、白人はときどき茜《あかね》色に暮れなずむ空と、急激に暗さを深めている単調な砂の拡《ひろ》がりに目をやっていた。従って、騎馬《きば》の男が近づくのを最初にみつけたのは彼だった。騎馬の男はそばまで来ると、手綱《たづな》を引き絞った。馬は棹立《さおだ》ちになって止まった。

乗り手は身の丈《たけ》抜群の巨漢《きょかん》で、ここにいるふたりのガナタ族よりもさらに黒い皮膚を持ち、厚い唇《くちびる》と獅子鼻が黒人の血の濃く混じっているのを教えていた。だぶだぶの絹地《きぬじ》のズボンの裾《すそ》をくるぶしのところで括《くく》り、太い腹に広幅の帯を幾重《いくえ》にも巻きつけ、この腰帯に、五人や六人の敵ならひと薙《な》ぎに倒せる広刃《ひろは》の半月刀が吊るしてある。この男こそ、半月刀を使わせてはガナタきっての名手として、沙漠地帯の黒い皮膚の男たちのあいだに名の高いティルタンであった。

鞍《くら》の上にぐったりした姿を横たえている人があった。いや、ぶら下がっているというべきであろう。ガナタ族のふたりはその青白い肢体《したい》を見て、あっと口のなかで叫んだ。ティルタンの鞍の前橋《ぜんきょう》にぶら下がっているのは、白人の娘だったのだ。顔をうつぶせにしているので、ほどけた黒髪が鐙《あぶみ》のあたりまで垂れ下がり、先のほうが波打っている。黒い巨漢は白い歯を見せて、にやっと笑うと、無造作に白い捕虜を砂地の上に投げ下ろした。失神している娘は、そこに横たわったまま身動きもしない。ゴビルとサイドゥは本能的にアマルリックの顔を見た。ティルタンも鞍の上から彼をみつめている。三人の黒人とひとりの白人。白人の女の登場が、この場の雰囲気に微妙な変化をもたらした。

この緊迫感に無関心と見えたのは、アマルリックひとりのようである。心ここにあらずの体で黄色い巻き毛を掻きあげながら、娘のぐったりした姿をぼんやりと眺めている。ほんの一瞬、彼の灰色の眸《ひとみ》がきらっと光ったとしても、黒人たちはそれに気がつかなかった。

ティルタンは馬から飛び降りて、手綱をアマルリックに投げやり、小ばかにしたような口調で、

「この馬を繋《つな》いでおけ」と、いった。「ジルの神にかけて、沙漠の羚羊《かもしか》はみつけそこなったが、代わりにこの小娘を拾った。この女、沙漠をふらふら歩いておって、おれの目の前でぶっ倒れた。たぶん、疲

れと渇きで気を失ったんだろう。さあ、ジャッカルども、そこをどけ。女に水をくれてやるんだ」

黒い巨漢は、若い女を水の湧き出る穴のそばまで引きずっていった。顔と手を洗ってやってから、乾ききったその唇《くちびる》に水のしずくを垂らしはじめると、女はじきにうめき声を洩らして、わずかに躰を動かした。ゴビルとサイドゥは膝をかかえた恰好で、ティルタンのたくましい肩越しに彼女の肢体を見守っていた。アマルリックは少し離れた位置に立って、関心を持つ様子も示さなかった。

「気がついたらしいぞ」ゴビルがいった。

サイドゥは何もいわずに、われ知らず厚い唇を舐《な》めた。動物めいた仕種《しぐさ》だった。

アマルリックは横たわっている女に目をやって、破れたサンダルから艶やかな黒髪へと、冷静な視線を走らせた。彼女の肉体を覆っているのは、絹の短衣と腰帯だけで、両腕、首筋、胸の一部をさらけ出し、スカートにしても、膝の上数センチのものであり、露出している部分に、ガナタ族の焼きつくような視線が注がれている。柔らかな躰の線と白い肌とが、まだ幼さを残しているが、胸の盛りあがりはすでに女だった。

アマルリックは肩を揺すって、

「ティルタンのつぎはだれの番だ?」と、ぽつりといった。他人事《ひとごと》のような口調である。

痩《や》せたガナタ族ふたりが、この質問に彼を見て、血走った目を飛び出させ、つづいて彼ら同士顔を見かわした。急に競争意識が火花を飛ばしはじめた。

「争うんじゃないぞ」アマルリックはたしなめておいて、「骰子《さいころ》を投げて決めればいい」と、ちぎれた短上衣《チュニック》の下を探って、二個の骰子を投げてやった。ゴビルがそれを、鉤爪のような手で受けとって、

「承知した」と答えた。「骰子を投げて――ティルタンのつぎは、賭けに勝った者だ！」

アマルリックは黒い巨漢をちらっと眺めた。ティルタンは依然として捕虜の女の上にかがみこんで、疲労の極《きょく》にあるその肉体に生気《せいき》をよみがえらそうと懸命だった。やがて長いまつ毛に覆われた女のまぶたが開いて、スミレ色の眸が、淫《みだ》らな笑いを浮かべてのぞきこんでいる黒い顔をとまどいがちに見あげた。ティルタンの厚い唇が歓喜の叫びを洩らし、腰に吊るした酒の筒をもぎとると、彼女の口にあてがった。それを機械的に飲みながら、彼女は周囲を見まわした。アマルリックはあわてて女の視線を避けた。三人の黒人に彼女ひとりが白人――三人とも手ごわい敵である。

ゴビルとサイドゥは骰子の上にかがみこんだ。サイドゥがつかんで、その拳《こぶし》に幸運を祈る息を吹きかけ、ひとふりしてから投げた。禿鷹のような顔ふたつが見守るうちに、骰子は仄暗《ほのぐら》い明かりのなかで転がった。つづいてアマルリックが同じくかがみこんだが、骰子を投げるかわりに、剣を引きぬいていた。そして切先《きっさき》が太い首筋を刎《は》ね、喉笛を断ち割った。ゴビルの首は皮膚一枚でぶら下がったかと見ると、血しぶきとともに、骰子の向こうへ転げ落ちた。

同時にサイドゥが、沙漠の男特有の敏捷《びんしょう》さで跳ね起き、殺戮《さつりく》者の頭めがけて猛烈な勢いで斬りかかった。アマルリックは、かかげていた剣でその一撃をかろうじて受けとめた。唸りをあげる半月刀が、直刀を白人の頭まで押しこみ、彼をよろめかせた。アマルリックは剣を放りだすと、両腕をサイドゥの腰にまわして、狭くて半月刀が役に立たない場所まで強引に引きずっていった。沙漠の男のぼろ着の下で、細い躰は鋼鉄を縒《よ》りあわせたようだった。

ティルタンは即座に事情を了解した。大声をあげて女の躰を放り出し、躰を起こすと、長大な半月刀をふりかざし、闘いつづける両者のあいだに、牡牛《おうし》さながらの獰猛《どうもう》さで割ってはいった。アマルリックはそれと知って、全身が凍りつく思いに襲われた。サイドゥは前後左右に動きまわって、なんとか彎刀《わんとう》にものをいわせようと焦るのだが、場所の狭隘《きょうあい》さはいかんともしがたかった。ふたりは砂地に足をとられ、躰をぶつけあった。アマルリックのサンダルが、ガナタ族の裸足《はだし》の甲をしたたかに踏み、骨の砕ける感触があった。サイドゥは大きくわめいて、痙攣《けいれん》的に突進した。アマルリックはその勢いを利して、うしろざまに躰を投げた。そしてふたりいっしょに、酔漢《すいかん》のようによろめいたとき、ティルタンの巨躰《きょたい》が肩から先に突き当たってきた。同時に鋼鉄の刀身がアマルリックの腕をかすめ、力あまって切先がサイドゥの躰に深く食い入った。ガナタ族はひとたまりもなく苦悶《くもん》の叫びをあげると、アマルリックに抱きつかれたまま、ぴくっぴくっと痙攣しながらくずおれていった。ティルタンは憤怒《ふんぬ》の咆哮《ほうこう》をあげ、死人を足蹴《あしげ》にし、半月刀をふりかざした。またしてもアマルリックは全身が総毛《そうけ》立ったが、大刀がふり下ろされるに先立って、黒い巨漢の腰にしがみついた。

黒人の血を混じえた相手の膂力《りょりょく》の凄まじさに、絶望感が心を走った。ティルタンはサイドゥよりも頭が働いた。ひと声おめいて、彎刀を投げ捨て、両手でアマルリックの喉首を引っつかんだのだ。太くて黒い十本の指が、鋼鉄の力強さで締めあげてくる。その把握をふり払おうともがくうちに、ガナタ族の巨躰が千斤《せんきん》の重みでのしかかってきて、ついにアマルリックはその場に押しつぶされた。体格で劣る男は、犬の顎にくわえられた鼠同様の恰好で揺すぶられた。顔を猛烈に砂地にすりつけられた。目の前の赤い霧のなかに、怒り狂った黒人の顔が白い歯をきらめかせ、凶悪な憎悪に厚い唇を歪《ゆが》めている。太い漆黒の喉から野獣の唸りのような声が洩れた。

「あの女を独《ひと》り占めにしたいんだな、白い犬め！」ガナタ族は憤怒と情欲のあまり、狂ったように叫んだ。「首をねじ切ってくれるぞ！　喉首を引きちぎってやる！　そうだ、おれの半月刀で、首を斬《き》り落とし、あの女に口づけさせてやろう！」

ティルタンは凶悪な怒りに駆られて、なおひとしきり白人の頭を固い砂地にこすりつけたあと、その躰を持ちあげてから投げ落とした。黒人は身を起こして、鋼鉄でできた幅広の三日月のような半月刀が砂地に転がっている場所に走りよった。猿《ましら》のように身をかがめ、すばやく拾いあげると、高々とふりかざし、大声にわめきながら、引っ返してきた。アマルリックは手荒い扱いに頭がふらふらするばかりか、吐き気さえもよおしていたが、のろのろと立ちあがって迎え撃った。

闘いのあいだにティルタンの腰帯がほどけて、いまは端を足もとに引きずっていた。彼自身それにつまずいて、頭からつんのめり、両腕をついて身を支えた。そのはずみに半月刀が手を離れて飛んだ。

アマルリックは電撃を浴びたように半月刀を拾いあげると、よろめきながらも反撃に出た。沙漠が右へ左へと揺れ動く。目の前は暗かったが、ティルタンの顔が不意に青ざめるのが見えた。口をぽかんとあけ、白目をむき出し、片手片膝を地についたまま、黒人は動くこともできずにいる。そのとき半月刀がふり下ろされ、黒い巨漢の円い剃《そ》りあげた頭から顎へかけて刃が食いこみ、その途中でガキッという胸の悪くなる音を立てて止まった。黒い顔に赤い線が走り、それが拡がってふたつに割れるのが、アマルリックの目にぼんやりと映った。と、影が濃くなり、彼は急に押しよせてきた暗闇に呑みこまれた。

冷たく柔らかい何かが、アマルリックの顔をこすりつづけている。彼はいまだに目がくらんだままだが、手を伸ばして、温かくて弾力があるものをつかんだ。しばらくして、ようやく視力をとりもどすと、つやつやした黒髪の下の卵なりの顔がのぞきこんでいた。赤いゆたかな唇、濃いスミレ色の目、雪花石膏《アラバスター》のように白い喉を夢うつつにみつめ、そのひとつひとつの細部まで見分けようとする。やがて彼ははっと気づいた。その幻《まぼろし》の唇から音楽的な優しい声が洩れているのだ。意味は理解できないが、どこか聞きおぼえのある言葉だ。そのあいだも小さな白い手が、濡れた絹の布切れで、ずきずきする彼の頭と顔を静かにぬぐっている。アマルリックはくらくらする頭で坐《すわ》り直した。

夜になっていた。空に星がきらめいている。駱駝はまだ胃のなかのものを音を立てて咀嚼《そしゃく》しており、馬が休みなしにいななきつづける。あまり離れていないところに、脳味噌を浮かべた血だまりができて、頭蓋を断ち割られた黒人の死体が横たわっている。アマルリックは顔をあげて、女を見た。彼女は彼のかたわらに膝をついて、彼の知らぬ品のよい言葉でしゃべりつづけている。頭のなかの霧のようにもやもやしたものが消えていくと、彼女の言葉がわかりかけてきた。ずっと以前に覚えたことがあり、話したこともあるのだが、いまは忘れたに近いもので、コト王国の南部に住む有識者階級が使用する言語だった。

「おまえは——だれ——なんだ?」女の小さな手を固い胼胝《たこ》のできた指で握りしめたまま、彼はもつれる舌で訊いた。

「わたしはリッサ」女はためらいもなく答えた。その声が、小川の流れのようになめらかに響いた。

「気がついてくれて、ほっとしたわ。死んでしまったのじゃないかと、心配していたのよ」

「もう少しで、死ぬところだった」醜く匍《は》いつくばったティルタンの死体を眺めながら、彼は答えた。

女は青ざめるばかりで、死体へは目を向けようともしない。手も震え、心臓の激しい鼓動が聞きとれるくらいだった。

「怖《おそ》ろしかったわ」リッサは口ごもった。「悪夢を見ているみたい。怒り狂って——打ちあって——血が——」

「もっと怖ろしいことになったかもしれんのだ」アマルリックは不機嫌にいった。

女は彼の語気の変化を、そのつど敏感に感じとれる様子で、急いで自由なほうの手をおずおずと男の腕に触れさせて、

「怒らせるつもりでいったのじゃなくてよ。見ず知らずの女のために、生命《いのち》がけで闘うなんて、並の男にできることでないわ。あなたは、本で読んだ騎士みたいに気高《けだか》いお人よ」

アマルリックはちらっと彼女を見た。その澄んだ大きな目が、いまの言葉に嘘がないのを示していた。彼はあとをつづけるつもりだったのを、気持ちを変えて別のことをいった。

「沙漠なんかで何をしていた?」

「わたし、ガザルから来たの」彼女は答えた。「逃げだしてきたのよ。あんな都《みやこ》に暮らしているのが、たまらなくいやになって。でも、沙漠って、暑くて、淋《さび》しくて、見えるものは砂ばかり。砂と——ぎらぎら光る蒼《あお》い空。踏んでいる砂が火のようで、サンダルをすぐに履きつぶしてしまったわ。喉が渇いて、水筒が空になって——わたし、ガザルに帰りたくなったの。でも、どこを見ても砂ばかりで、どっちの方角へ行けばいいのかわからない。怖くなって、ガザルのあると思った方向へ走りだしたの。それから先はよく憶えていないわ。たぶん、もう走れなくなるまで走って、それから気を失って、熱

い砂の上にかなりのあいだ倒れていたのね。でも、やっと気がついて起きあがり、ふらふらしながら歩きだしたわ。すると大きな声で呼んでいるので、顔をあげると、黒い馬に乗った黒い肌の男が近づいてくるの。それでまた意識を失って、こんど気がついたときは、その黒い男の膝に頭を載せられて、お酒を飲まされていたわ。それからあの怒鳴りあいと闘いがはじまって——」と身を震わせ、「騒ぎがおさまったので篇いよってみると、あなたが死んだみたいに倒れているので、なんとか意識を回復させようと——」

「なぜだ？」

彼女は当惑した顔つきで、「なぜって——あなたのひどい怪我を見たら、だれだってそうするわ。それに黒人たちからわたしを守るために闘ってくれたんですもの。ガザルの人たちの話だと、黒い肌の男たちは悪人ばかりで、力のない者を見ると、傷つけずにはいられないんですって」

「黒人だって、全部が全部、悪人とはかぎらんさ」アマルリックは呟《つぶや》くようにいった。「で、そのガザルとは、どこにあるんだ？」

「ここから、たいして遠くはないはずよ」彼女は答えた。「わたしが歩いたのは、ちょうど一日だから——でも、倒れたあとは、ここまで黒人の手で運ばれたので、その距離がはっきりしないけど。そうね、あの男に声をかけられたのが、日の落ちかけたときだから、やっぱり、そう遠くはないはずよ」

「方向は？」

「わからないわ。都を出たときは、東へ向かって歩きだしたの」

「都といったな」彼は呟いた。「ここから一日の行程のところに、都があるのか？　おれはまた、千マイルほどのあいだは沙漠しかないと思っていた」

「ガザルは沙漠のなかにあるの」彼女が答えた。「オアシスの椰子の林に囲まれて」

アマルリックは女を押しのけて、立ちあがった。が、そのとたんに、痛いと叫んで、喉に手をやった。そこの皮膚がすりむけたうえに、引き裂けている。三人の黒人を順々に見ていったが、どれも完全に息絶えている。それをひとりずつ、少し離れた沙漠のなかへ引きずっていった。どこかでジャッカルが吠えはじめた。水の畔《ほとり》にもどると、女がおとなしくうずくまっていた。駱駝のほかはティルタンの黒馬が残っているだけで、彼は思わず罵声《ばせい》を発した。あとの馬は、人間どもの闘争のあいだに、繋ぎ綱を引きちぎって逃げ去っていた。

アマルリックは女のそばへもどって、乾燥した棗椰子の実のひと握りをさし出した。彼女が夢中で食べるのを拳で顎を支えて見守るうちに、いらいらしてきた様子で、

「なぜガザルを逃げだした?」と、とつぜん訊いた。「おまえ、奴隷《どれい》か?」

「ガザルには奴隷なんかいないわ」彼女は答えた。「いやになったのよ、住んでいるのが——明けても暮れても同じような日がつづいて。その単調なことに飽き飽きしてしまったの、外の世界が見たくなったってわけ。あなたは、どこの国から来たの?」

「おれはアキロニアの西部、丘陵地帯で生まれた男だ」

彼女は子供が喜んだときのように手を打って、

「知っているわ、その国! 地図で見たことがあるのよ。ハイボリアでもいちばん西の土地ね。王さまはエペウス鍛冶《かじ》王というのでしょう?」

アマルリックとしては、これほど驚いたことがなかった。顔をあげて、美しい女をみつめ、

「エペウスだ？　おかしなことをいうな。エペウスは九百年も昔に死んでいる。いまの王の名はヴィレルスという」

「そうそう、そうだわね」彼女はきまり悪そうな顔をして、「ばかなことをいってしまったわ。エペウスはもちろん、九百年前の王さま、あなたのいうとおりよ。でも、もっと話して——世界のことを、みんな聞きたいわ！」

「そいつは注文が大きすぎるな」アマルリックは当惑したように答えた。「おまえ、旅に出たことがないのか？」

「ガザルの城壁の外へ出たのは、こんどがはじめてなの」

彼の視線は女の白い胸の高まりに据えられていた。いまのところ彼女の冒険に興味はなく、ガザルが地獄であったとしても、彼としてはかまわなかった。

あとの言葉をつづけようとしたが、思い直して彼女の躰をいきなり抱いた。抵抗を予期して、腕に力がはいった。しかし、彼女は争おうともせずに、その柔らかな躰を彼の膝の上に横たえさせた。彼を見あげる目に驚きの色はあったが、怖れている様子はなく、新しい遊戯を期待する小児《しょうに》のような表情だった。その目でみつめられて、アマルリックのほうが狼狽《ろうばい》した。悲鳴をあげ、泣きわめき、あらがい、あるいは心得顔《こころえ》に笑ってみせるのなら扱いようもあるのだが。

「ミトラの神にかけて、おまえは何者なんだ？」彼はわざと荒々しい口調で訊いた。「太陽に頭をやられたわけでも、おれをからかっているわけでもなさそうだ。言葉づかいからしても、無知で粗野《そや》な、た

だの田舎《いなか》娘とも思われない。それでいて、世間のことをまるで知らぬとはおかしな話だな」

「わたしはガザルの娘よ」彼女は力なく答えた。「あの都を見さえすれば、その理由がわかってもらえるわ」

彼女を砂地に下ろして立ちあがると、彼は馬の鞍から毛布を運んできて、彼女の上にかけ、「眠ったほうがいいぜ、リッサ」といった。感情が争いあって、声が荒々しかった。「夜が明けたら、ガザルを見に行くことにする」

明け方、ふたりは西へ向かって出発した。アマルリックは彼女を駱駝の背に乗せて、躰の平衡《へいこう》を保つにはどうしたらよいかを教えた。駱駝がいかなるものであるかを知らないらしく、両手でしがみついている様子が、またしても若いアキロニア人を驚かせた。沙漠に生まれて育った娘が駱駝に乗った経験がなく、前夜ティルタンに運ばれるまでは、馬の背にまたがったことがないとは。アマルリックは彼女のために、外衣らしきものをこしらえてやった。彼女は疑問も持たず、その布地がだれのものであったのかを尋ねることもなく、いわれるままに体を覆った。彼がしてやることは、理由を訊かずに、無条件に感謝するだけで、なにごとも受け入れるのだ。

途中、彼女はまたしても子供のように外の世界の話をせがんだ。

「知っているわ、アキロニアって国、この沙漠からはずいぶん遠いところにあるのね。あいだにスティギアだの、シェム人の国々だの、そのほかいろいろの国があって——でも、あなた、どうしてこんな遠くまで出てきたの？」

彼はしばらく何もいわずに馬を進めていた。片手は駱駝を導く綱を握りしめて、

「アルゴスとスティギアが戦争状態にあった」と、とつぜんしゃべりだした。「コトがこれに巻きこまれた。コト人はスティギアを挟撃《きょうげき》する作戦を主張した。アルゴスの傭兵を中心にした軍団が、船で海岸沿いに南方へ向かう。同時にコトの軍勢が、陸路でスティギアへ攻め入るという狙いだ。おれはアルゴスの傭兵部隊に属していた。スティギアの船団に出遭《であ》って、これを打ち破り、スティギアの海都ケミへ追いやった。この港に上陸して、掠奪《りゃくだつ》をすませたあと、ステュクス河の流れに沿って進撃すればよかったんだ。ところが、おれたちの指揮官はおそろしく慎重だった。ジンガラのザパヨ・ダ・コヴァ王子だ。そこでおれたちの船団はさらに南方へ針路をとり、密林に覆われたクシュの海岸まで航行した。そこに上陸して、船を碇泊《ていはく》させたまま、軍団はスティギアとクシュの国境沿いに東方へ進撃し、村々を焼き、掠奪をつづけた。おれたちの作戦は、途中のある地点で北方へ進路を変え、スティギア国の中心部へ侵入し、そこで北方から南下してくるコトの軍団と合流することにあった。そうしたら、情報がはいって、おれたちは裏切られたのを知った。コトのやつらがスティギアと単独媾和《こうわ》を結んでしまったんだ。スティギア軍は南方に向かい、おれたちを迎え撃った。一方、おれたちの海岸への退路は、すでに別の軍団によって遮断されていた。

思わぬ形勢に逆上したザパヨ王子は、狂気に近い無謀な行動に出た。スティギアの国境地帯をぬけて、シェムの諸王国のうち、東方にあるどこかの国に達しようというのだ。しかし、北方からの軍勢に追いつかれて、おれたちはこれを迎え撃つことになった。その日いちにち闘って、敵軍を追い払った。やつらは算を乱して、根拠地へ逃げもどった。しかし、その翌日、こんどは西方から新手《あらて》の軍勢が迫ってきた。ふたつの大軍に挟撃されて、おれたちの部隊は全滅した。完膚《かんぷ》なきまでに叩きのめされ、打ち滅ぼされたんだ。生きて逃げのびた兵はいくらもいない。だが、おれは夜になるのを待って、傭兵仲間のコナンといっしょに敵兵の囲みを脱した。このコナンというのは、キンメリア生まれの男で、牡牛のような力の持ち主だ。

おれたちふたりは、沙漠を南方へ向かった。ほかの方角はどこも敵兵の目が光っているからだ。コナンは以前、この地方にいたことがあるので、生き延びる望みがないわけでもないと考えていた。どんどん南へ進んでいくと、果たしてオアシスがみつかった。しかし、スティギアの騎兵部隊が追ってきたので、また逃げだした。オアシスからオアシスへと、飢えと渇きに苦しみながら逃げつづけて、ついに、ぎらぎら輝く太陽と、果てしなく拡がる砂の波しかない名も知らぬ土地にはいりこんでしまった。馬は疲れてよろめくし、おれたちも目の前が朦朧《もうろう》として、夢うつつの状態だった。するとある夜、遠くに火の影をみつけた。敵か味方かわからぬが、一《いち》か八《ばち》かで馬を近づけると、たちまち矢の雨が降りそそいだ。コナンの馬に矢が当たり、棹立ちになって、乗り手は転げ落ちた。起きあがらなかったところを見ると、首の骨が小枝みたいに折れたのだろう。おれの馬も死んだが、運よくおれだけは助かって、闇にまぎれて逃げのびた。そのとき、ちらっと見たところだと、やつらは痩せて背の高い褐色の皮膚の男たちで、未開人らしい異様な服装だった。

それからのおれは、徒歩で沙漠をさまよいつづけたあげく、昨日おまえが見た三人の禿鷹どもに出遭った。この山犬どもはガナタ族といって、黒人にいろいろな血が混じり、曠野《こうや》の盗賊稼業で暮らしを立てている部族なんだ。おれが殺されなかったのは、ひとえにやつらの欲しがるものをなにひとつ持っていなかったからだ。その後ひと月のあいだ、おれは彼らといっしょに沙漠地帯をうろつきまわり、盗みで生きてきた。それというのも、ほかに動きようがなかったからだ」

「そんな暮らし方があるとは知らなかったわ」彼女は呟くようにいった。「外の世界には戦争だとか何だとか、むごたらしいことがいっぱいあると話にだけは聞いていても、夢のなかの出来事みたいに思っていたのよ。でも、いまのあなたの話で、裏切りや闘いを目の前に見ているような気持ちになったわ」

「ガザルの都は、敵に襲われたことがないのか?」

彼女は首をふって、「旅人はガザルのずっと遠くを通るの。わたしもときどき、黒い点が線みたいに繋がったものが地平線を移動していくのを見たことがあるわ。老人たちが戦場に向かう軍隊だと教えてくれたけれど、ガザルへは近づくことがなかったわ」

アマルリックは漠然とだが、不安を感じてきた。この沙漠は、一見無人の地域のようだが、地上でもっとも凶悪な部族がいくつも存在しているのだ。ガナタ族ははるか東方まで勢力を拡げ、仮面をかぶったティブ族は、さらに南へ行ったところに住みついているはずである。そして南西のどこかに、トムバルクと呼ばれる半ば伝説的な王国があって、古代人そのままの蛮族に支配されていると聞いた。そのような未開の土地の中央に、戦争が何であるかを知らぬ都がまったくの孤立状態で存在しているとは、常識で考えられることではないのである。

彼は沙漠を見まわして、奇異な思いに襲われた。この娘は、太陽の照射で頭が狂ってしまったのではないか? それとも悪霊が女の形をとって、彼を地獄へ誘い入れるため、この沙漠に出現したのであろうか? しかし、駱駝の背に子供のようにしがみついている彼女を見ると、そのような考えは消散しないわけにいかなかった。そうは思っても、すぐにまた疑いが兆してくる。おれは魔法にかけられたのか？　これは彼女の呪文に魅せられた結果でないのか？

ふたりは着実に西の方向をたどり、正午ごろ、棗椰子の実を食べ、水筒の水を飲むほか、休息もとらなかった。休止の時間には、灼熱《しゃくねつ》の太陽の直射を避けるために、剣と鞘《さや》と鞍に敷く毛皮で、アマルリックがまにあわせの天幕を作りあげた。彼女は駱駝の背に激しく揺られてきたので、疲れきって身動きもできず、両腕で抱き下ろしてやる必要があった。アマルリックはその柔らかな肢体の感触に、情熱の火で全身を灼《や》かれ、仮の天幕の陰に運び入れる前に、酔い痴《し》れたように立ちつくすだけであった。

彼女は澄んだ目でまっすぐ彼をみつめ、その若い肉体をおとなしく彼にゆだねている。アマルリックは怒りに近い気持ちをいだいた。まるで彼女を害するものなど、どこにもないかのようである。無邪気なまでに信頼を寄せられて、彼は恥とやり場のない憤りに身を責められるのだった。

いまの彼は、棗椰子の実を口にしてもその味すら感じられず、火と燃える眸で、若さあふれるしなやかな肉体をあますところなく見てとりたい思いでいっぱいだった。彼女のほうは、子供のようにその激しい気持ちを知らぬげだった。駱駝の背に乗せようと抱きあげると、彼女は本能的に男の首に両腕をまわした。アマルリックは身震いした。だが、彼はリッサを駱駝に乗せ、ふたりはまたも旅路に就くのだった。

日が西に傾きかけるころ、リッサは前方を指さして叫んだ。「見えてきたわ！　あれがガザルの塔よ！」

見ると、地平線のはるか彼方《かなた》に、大小の尖塔《せんとう》が翡翠《ひすい》色にかすんで蒼い空にそびえ立っている。リッサがそばにいないことには、蜃気楼《しんきろう》のいたずらと思いこんだにちがいない。アマルリックは、好奇心に駆られてリッサに視線を走らせた。帰郷したというのに、彼女は格別うれしそうな顔も見せず、吐《と》息《いき》をついて、細い肩を落としていた。

近づくにつれて、細かな部分が視野にはいってきた。砂の上に築かれた城壁が、林立する尖塔群をとり囲んでいる。そしてアマルリックの見たところ、城壁のここかしこが崩れ落ち、塔の多くも荒廃が激しかった。屋根は傾き、胸壁《きょうへき》が破れて口をあけ、尖塔のいくつかは崩壊の寸前にある。またしても彼は不安に襲われた。これから馬を乗り入れる先は死の都で、そこへ導く女の正体は吸血鬼ではなかろうか？　しかし、すばやくリッサへ目をやって、その疑念をふり払った。どんな悪鬼《あっき》であろうと、このように純真な娘にとり憑《つ》けるものではあるまい。彼女も憂《うれ》いに翳《かげ》った目で彼を見た。何か問いたげな様子であったが、すぐにその目を沙漠へそらした。けっきょく彼女は、太い吐息を洩らして、宿命論的な諦念《ていねん》にうながされたかのように、城壁の方向へ向き直った。

いまや、翡翠色の城壁の崩れた個所から、城内を歩いている人々の姿が見てとれる。アマルリックとリッサは、城内の幅広い街路にたどりついたが、すれちがう者があってても声をかけてこようともしない。沈みゆく陽の光を浴びた街の姿は、沙漠から見た以上に荒廃の度が激しかった。雑草が道路に生《お》い茂り、敷石をひび割れさせ、小さな広場を埋めつくしている。庭園にしても同じ状態の瓦礫《がれき》の山である。

円蓋はひび割れ変色し、玄関には扉がない。いたるところ、廃墟《はいきょ》に移りつつある状態だが、ひとつだけ破壊の手を免《まぬが》れた尖塔があった。赤色にきらめく円筒状の高塔で、城内の南東の隅にそびえ立ち、瓦礫のあいだに光り輝いている。

アマルリックはそれを指さして、

「あの塔だけはほかのものとちがって、破損の度が少ないが、どうしてなんだ?」と訊いてみた。リッサは、顔色を変えて震えだし、痙攣的に彼の手をつかみ、

「あの塔のことは口にしないで!」と声を低めていった。「見てもいけないし——考えてもいけないのよ!」

アマルリックは顔をしかめた。彼女の言葉の異様な響きが、たちまち塔の外観を謎の翳に包み、廃墟のあいだから鎌首をもたげている蛇の姿に変えた。

若いアキロニア人は油断のない目で周囲を見まわした。もともと彼は、ガザルの住人たちが、友好的な態度で迎えてくれるとは考えていなかった。閑《ひま》をもてあましたような顔つきで、多くの人々が街路を歩いている。彼らが足を止めて、視線を浴びせてくるたびに、アマルリックの肌に理由のわからぬ粟《あわ》が生じた。いずれも親切そうな男女ばかりで、その顔つきもおだやかなものであったが、あまりにも無表情で、少しの関心も持っていないかに思われる。近よって話しかけるでもなく、剣を帯びた騎馬の男が沙漠からこの都にはいりこむことが、彼らにとっては日常茶飯事なのであろうか。しかし、アマルリックはそうとは考えなかった。ガザルの人々がかくも無造作に彼を受け入れるところに、彼の胸の不安を掻き立てる何かがあった。

リッサは彼らを呼びとめて、アマルリックを紹介した。かわいい子供か何かのように、彼の手を持ちあげて、「この人、アキロニアのアマルリック。わたしを黒い皮膚の男から救《たす》けだし、連れもどしてくれたのよ」

人々のあいだから歓迎の言葉が低く洩れ、何人かが歩みよって、握手を求めてきた。アマルリックとしては、これほど柔和《にゅうわ》で温かみのある顔に出遭ったのは、はじめての経験だった。目もおだやかで優しく、怖れや驚きのかけらも見られぬが、それでいて鈍重《どんじゅう》な牡牛の目ともちがう。むしろ、夢に生きている人たちの目というのが、もっとも適切な評語であろう。

彼らの視線を受けとめるだけで、アマルリックは非現実感のとりことなった。話しかけてくる言葉も耳にはいらず、彼の心はこの異様な情景に完全に魅《み》せられた。もの静かに夢を見ているような人々が、絹の短上衣《チュニック》とサンダル姿で、何の目的もなしに廃墟の街を歩きまわっている。ここは蓮《ロートス》の実の汁に酔った夢想の楽園か？　ただ、赤色にきらめく不吉な塔ひとつが、不協和音を奏《かな》でている。

彼らのうち、なめらかで皺《しわ》のない顔のくせに頭髪が銀色に変わっている男が口を出した。「アキロニアだと？　たしかあの国は、外敵の侵略を受けたはずだ。攻め入ったのはネメディアのブラゴラス王の軍勢だと聞いたが、戦争の結果はどうなったかな？」

「撃退した」アマルリックは簡潔に答えたが、身震いを抑えきれなかった。ブラゴラス王が槍騎兵団を率いてアキロニアの辺境地帯に侵攻したときから、九百年は過ぎ去っているのだ。

質問者はそれ以上のことは突っこんで訊かず、人々は歩み去った。リッサが手を引っ張ったので、ふりむいて、彼女の顔を見た。幻想と夢の領域内にはいりこんでしまったが、柔らかくてしかも引きしまった彼女の肉体を見ることで、臆測の波に押し流されるのを防ぎとめた。彼女は夢でない。まさしく現実なのだ。その肉体は蜜か乳酪《にゅうらく》のように甘美《かんび》である。

「では、ひと休みして、食事をしましょう」

「あいつらはどうする？」アマルリックは一応異議を唱えてみた。「あの連中に、これまでの経過を説明しておかなくてよいのか？」

「興味を持つような人たちじゃないわ」彼女は答えた。「最初のところを少し聞くだけで歩き去ってしまうに決まっているの。わたしがいなくなったことだって、気がついていないと思うわ。行きましょう！」

アマルリックは、馬と駱駝を塀に囲まれた中庭へ導いた。そこには丈《たけ》高い草が繁茂《はんも》して、壊れかけた噴水からにじみ出る水が、大理石の水槽へ流れこんでいた。馬と駱駝をそこに繋いでから、リッサのあとについて家へ向かった。彼女は彼の手をとって中庭を横切り、拱門《アーチ》状の入口から屋内へはいった。すでに夜になっていて、満天の星屑《ほしくず》が、崩れかけた尖塔群を照らし出していた。リッサは案内知った様子で、暗い部屋をつぎつぎと通りぬけてゆく。アマルリックは彼女の小さな手の導きを頼りに、手探りであとにつづいた。それは心地よい経験とはいえなかった。塵《ちり》と腐朽《ふきゅう》の臭いが濃い闇のなかにただよっていて、足で踏むものは砕けた敷石であり、ときにすり切れた絨毯《じゅうたん》である。やがて格子造りの戸口に手が触れた。そのとき破損した屋根の隙間《すきま》から星明かりが降り注いで、戸口の向こうが曲がりくねってつづく廊下であるのが見てとれた。廊下には朽ちかけた壁掛けが飾られている。かすかな風がその壁掛けを揺るがして、魔女の囁《ささや》きに似た音を立て、彼の首筋の毛を逆立たせた。

ふたりのたどりついたところは、あけ放した窓から星明かりが射しこむだけの薄暗い部屋だった。リッサは彼の手を離して、しばらくそこを探していたが、ガラスの珠《たま》をとり出した。おぼつかない明るさだが、金色の光を放つそれを大理石の卓の上におくと、絹張りの寝椅子を指さして、腰かけるようにとアマルリックに勧《すす》めた。そのあと部屋の隅まで歩みよって、金色の葡萄酒《ぶどうしゅ》をたたえた壺と、名も知らぬ食糧を盛った皿とを運んできた。棗椰子の実だけはそれとわかるのだが、そのほかの果実と野菜ははじめて見る種類のもので、味が淡白すぎて、アマルリックの舌には適さなかった。葡萄酒は芳醇《ほうじゅん》そのもので、しかも頭に来る気配はさらさらなかった。

リッサは彼と向かいあった大理石の椅子に腰かけて、しとやかに食糧を口にしはじめた。

「ここはどういう場所だ？」彼は語気を強めて質問した。「おまえはここの連中に似ている――それでいて、どこかちがったところもある」

「わたしは先祖の人たちにそっくりなんですって」リッサは答えた。「この先祖というのが、ずっと昔に沙漠にはいりこんで、大きなオアシスを中心にこの都を建てたそうなの。オアシスといっても、じつは泉が連なっているにすぎなかったのだけど。建設に必要な石材は、そのころ廃墟に変わっていたもっと古い都から運んできて――その廃都に満足な姿で残っていた唯一の建物が」と声を落として、星明かりに縁どられた窓へ不安そうな目をやりながら、「さっき見た赤い塔なの。そのころから、人は住んでいなかったそうよ。

この先祖の人たちはガザリ族と呼ばれて、沙漠へ来るまでは、コトの国の南部に住んでいたの。賢いうえに学があるので、全世界に知られていたそうよ。ところが、コトの国では久しい以前から禁じられていたミトラ神の崇拝を復活させたいといいだしたばかりに、王の怒りを買って、国外へ追放される結果になったの。そこでこの人たち――大半が僧侶、学者、教師、科学者なんだけど――シェム族の奴隷を連れ、南方へ移動していったってわけなの。

彼らは沙漠のまんなかにこのガザルの都を創ったんだけど、完成とほとんど同時にシェム人の奴隷が叛乱《はんらん》を起こして、沙漠に逃げこみ、そこの蛮族と混ざりあってしまったの。虐待《ぎゃくたい》されてたわけでもないのに、夜のあいだに流れてきた風説に怯《おび》えて、狂ったみたいにこの都から沙漠に逃れたんだというわ。

わたしたちの先祖はここに住みついて、手にはいる材料から食糧とお酒を作りあげることに成功したの。この人たちの学問は、奇跡みたいにすばらしかったのね。奴隷が逃げだすにあたって、都にいた駱駝から馬、驢馬《ろば》にいたるまで残らず連れていってしまったので、外の世界との連絡をまったく絶たれてしまったらしいわ。ガザルには、部屋がいくつもいっぱいになるほど、地図だの書物だの記録だのが残っているけど、そのいちばん新しいのでも九百年も昔のものなのよ。つまり、コト王国を追放されたときに持って出たものなのね。そのとき以来、外の世界からこのガザルに足を踏み入れた者はひとりもなくて、住んでいる人たちも、しだいに数が少なくなり、人間としての情熱も欲望も忘れ、夢を見て暮らしているように変わってしまったのよ。だから街が廃墟みたいになっても、修理しようと考える者も出てこないし、危険が迫っても、逃げることも闘うこともできなかったんだわ」

「それは、どういうことだ？」彼は背筋を冷たい風が吹きぬけるのを感じた。果てしなくつづく暗い廊下に、朽ちた壁掛けがさらさらと鳴って、彼の心に漠然とした恐怖を呼び起こすのだった。

「危険が――」彼女は息を止め、身震いしてみせてから、彼女は首をふって立ちあがると、大理石の卓をまわって、アマルリックに近づき、両手を彼の肩においた。恐怖にうるんだその目が、きらきらと光っている。それを見て、アマルリックの喉がごくりと鳴った。抑えきれない思慕《しぼ》の念がこみあげてくる。アマルリックは本能的に片腕を伸ばして、たおやかな女性の腰を抱いた。彼女は震えていた。

「きつく抱いて！」彼女は叫んだ。「わたし怖いの！　あなたみたいな人を長いあいだ待ちこがれていたのよ。この都の人たちは、忘れられた街をうろつく死人ばかり――でも、わたしはちがうわ。生きているわ。熱い血が躰に通《かよ》っているので、生きた人生を味わいたくて、飢えと渇きに死ぬような気持ち――外の世界のことを知っているわけでないけど、静まりかえった街と、半壊れの家、何を考えているのかわからない人たちに我慢ができないのよ。ここを逃げ出したのも、理由はそこにあるの。人間らしい生活に憧れて――」

彼女は男の腕のなかでとめどなくすすり泣いていた。頭髪が彼の顔にかかって、かぐわしい匂いが彼の心を揺すった。リッサは引きしまった躰をぴったり寄せて、膝に抱かれ、両腕を彼の首にからみつかせていた。盛りあがった胸を彼の胸に押しつけ、唇を彼の唇に重ねてきた。その目に、唇に、頰に、髪、喉、胸にと、アマルリックは熱い口づけの雨を降らせ、彼女の嗚咽《おえつ》を激しい喘《あえ》ぎに変わらせた。だからといって彼の情熱は、凌辱《りょうじょく》者の暴力的なものでなく、激情の波に圧倒されている彼女を鎮静させる力があった。激しい愛撫《あいぶ》のうちに、匍いまわる彼の指が、金色の光の珠に触れて床に落とし、その灯を消して、あとは窓から射しこむ星明かりだけであった。

絹布《けんぷ》を重ねた寝椅子の上、アマルリックの腕に抱かれて、リッサは胸の悩みを打ちあけ、夢と希望と憧れを囁きつづけた――子供らしい、感傷的で、怖ろしくもある幻想であった。

「おまえを連れて、この都を立ち退《の》く」彼は呟くようにいった。「明日だ。おまえのいうとおり、ガザルは死者の都だ。これからのおれたちは、外の生きた世界を求めるとしよう。きびしく、苦しく、残酷とも思える世界かもしれん。だが、生きたまま死んでいるようなこの都よりはましだろう」

夜の静寂を破って、苦痛と恐怖と絶望の叫びが聞こえた。その悲痛な響きに、アマルリックの肌に冷たい汗がにじみ出た。彼は寝椅子から飛び起きようとしたが、リッサが必死にしがみついて、「だめ、だめよ！」と狂ったように押しとどめた。「行ってはだめ！　ここを動いちゃだめよ！」

「しかし、あれは人が殺されるときの声だ！」

アマルリックは叫びながら、剣を引きよせた。悲鳴は道路に面した庭から聞こえてきて、何かを引き裂くような異様な音が混じっている。それがますます甲高《かんだか》くなり、絶望と苦悶が耐えがたいまでに高まったが、やがて悲しいすすり泣きに変わっていった。

「拷問台で死んでいく男たちの声を聞いたことがあるが、いまの叫びがそれとそっくりだった」アマルリックは恐怖に身を震わせながら呟いた。「いったい何の仕業だろう？」

リッサは恐怖のあまり半狂乱で激しく躰を震わせていた。心臓の激しい鼓動が、アマルリックにも感じとれる。

「あれがさっきいったこの都の恐怖よ！」彼女は声をひそめて、「赤い塔に棲《す》む怪物。いつのことだかわからないくらい遠い昔から赤い塔に棲みついていて、一時は姿を消していたこともあったけど、ガザルの都ができあがると、またあの塔にもどってきたの。人間を餌食《えじき》にしているのよ。塔からコウモリが飛んで行くわ。出遭った者は生きて帰れないので、どんな恰好なのか、それさえわからなくて、神かもしれないし、悪魔かもしれないわ。奴隷が逃げだしたのも、沙漠の男たちがこの都に近づかないのも、みんなあれがいるからで、ずいぶん大勢の人間が、あの怖ろしいもののお腹にはいってしまったの。そのうちに全部の人間が食べられてしまって、このガザルはだれもいない都に変わるはずだわ。わたしたちの祖先がみつけた廃墟というのが、やっぱり同じ運命に見舞われた都だったのね」

「なぜ住民は食い殺されるのを知って、この都にとどまっているのだ？」

「なぜだかわからないわ。ただ、ぼんやり夢を見て……」

「催眠状態にあるのか」アマルリックは呟くようにいった。「それに加えて頽廃《たいはい》。おれはそれを彼らの目に見た。悪魔が彼らをそのような状態にしてしまったにちがいない。ミトラの神にかけて、なんという怖ろしい秘術だ！」

リッサは彼の胸に顔を押しつけ、いよいよきつくすがりついた。

「だが、これからどうする？」彼は不安そうにいった。

「何もすることはないわ。あなたの剣だって役に立たないだろうし。たぶんあれは、わたしたちに害を加えないわ。今夜の餌食は手に入れたんですもの。わたしたちはこのようにして、畜殺者のところへ運ばれる羊みたいに、おとなしく待っているだけなの」

「待ってなどいられるものか！」アマルリックはいきり立って叫んだ。「夜が明けるのを待つのもいやだ。今夜のうちに出発する。食糧と飲み物を用意してくれ。おれは馬と駱駝を前庭に引き出しておく。そこで落ちあおう！」

魔物はすでに今夜の餌食を手に入れてしまったので、少しのあいだならリッサをひとり残しておいても危険はあるまい、というのがアマルリックの考えだった。しかし、曲がりくねった廊下とまっ暗な部屋部屋を手探りで進んでいくと、壁掛けが揺れて無気味な音を立て、背筋の凍る思いだった。馬と駱駝を繋いでおいた庭へたどりつくと、彼らも不安げに躰を寄せあっていた。馬は心細い様子でいないて、鼻面をこすりつけてきた。あたかも静まりかえった夜の闇にひそむ危険を感じとっているかのように。

アキロニア人は鞍と手綱の用意をすますと、馬と駱駝を導いて、道路に面した狭い木戸から急いで外へ出た。数分後、彼は星の光を浴びた前庭に立った。そこへ出た瞬間、けたたましい悲鳴があがって愕然《がくぜん》とした。それは夜の大気を震わせて響いてきた。リッサを残しておいた部屋からと思われた。救けを求めるその叫びに、彼は大声に応じて剣を引きぬき、中庭を走りぬけ、窓から室内へ飛びこんだ。金色の珠がふたたび燃えて、部屋の隅々に黒い影を投げている。床には寝椅子の絹布が散乱し、大理石の卓もひっくり返っているが、だれの姿も見られなかった。

気落ちしたアマルリックは思わずよろめいて、大理石の卓に身を支えた。しかし、薄暗い灯が目の前にちらちらするのを見ると、また新しく怒りの火に焼かれた。赤い塔の魔物の仕業だ！　生贄《いけにえ》をさらっていったのだ！

彼はふたたび中庭へ飛び降りて、通りを捜し、塔をめざして走りだした。それは星空の下に、不吉な光を放ってそびえ立っている。道はまっすぐ走っていないが、彼は一直線に、静まりかえった暗い建物のあいだをぬけ、丈高い雑草が夜風に揺れる中庭を横切り、ひたむきに突進した。

やがて前方に、赤い塔を囲む廃墟が見えてきた。そこは、この都のどこよりも荒廃の度がいちじるしく、誰も住んでいないことが明らかだった。どの建物も崩壊に近い状態で、その中央に、無気味な赤さをたたえた塔が、納骨堂に花開く毒の花のような姿を見せている。

塔に行きつくには、廃墟を横切る必要があった。彼はいささかの躊躇《ちゅうちょ》も見せずに暗闇に飛びこみ、扉を手探りした。みつかると、剣を前にかまえて、怖れる色もなく踏みこんだ。そして幻想的な夢のなかで見る光景が、そこに展開しているのを知った。目の前に長い廊下が延びているのが、邪悪な感じの薄明かりのうちに見てとれる。黒い壁面には、身の毛のよだつような異様な図柄の綴《つづ》れ織《お》りが下がっている。そのはるか奥に、遠去かりつつあるものの姿を見た——白い裸身を前こごみにして、何かを引きずっている。その様子に彼を慄然《りつぜん》とさせるものがあったが、やがて彼の視野から消えて、それと同時に無気味な光も消えた。アマルリックは音もない暗闇に立ちつくしていた。何も見えず、何も聞こえず、前こごみの姿勢で暗く長い廊下を遠去かっていった白い裸身だけを考えていた。それが引きずっていたのは、疑いもなく、ぐったりした人間の躰であった。

アマルリックは手探りで廊下を進んだ。漠然とした記憶が頭に浮かんできた。ひとつは、黒人呪術師の髑髏《どくろ》を重ねて山にした無気味な小屋に消えかかっていた火のこと——ひとつは、廃墟と化した都に残る緋色《ひいろ》の館に住む神の話——そしてまたひとつは、陰湿な密林地帯や暗鬱《あんうつ》な大河沿いに黒い信者を集めている奇怪な神。そしてまた、夜のざわめきが静まり、河岸に並ぶ獅子が咆哮をやめ、羊歯《しだ》が風にすれあう音さえ止まったとき、畏怖《いふ》の響きをもって彼の耳に囁かれたことのある呪文のこと。それらの記憶が、つぎつぎとよみがえった。

オラム・オンガ——暗闇の廊下を吹きぬける風がそう囁いた。オラム・オンガ——忍び足に進む廊下に積もった塵がそう囁いた。肌が汗に濡れ、手にした剣が震えた。邪神の館に忍びこんだことで、恐怖の骨ばった手が彼をつかんだ。邪神の館――その言葉の戦慄が彼の心を満たした。太古以来の不安、原始人が味わった戦慄が、遠い種族的記憶となって彼の上に凝集し、人の世のものならぬ宇宙的恐怖に胸が悪くなった。暗黒の屋内深くはいりこむにつれて、人間の弱さが感じられて、押しつぶされる気持ちだったのだ。ここは邪神の棲処《すみか》である。

彼の周囲がぼうっと明るんできたが、ものの形を識別するにはいたらない。しかし、それで塔自体に近づいたことを知った。つぎの瞬間、戸口をくぐって、奇妙に広い階段を踏んだ。登るにつれて、またしても彼の心に盲目的な憤《いきどお》りが燃えあがった。これこそ、人類に禍《わざわ》いする宇宙の邪力に対する最後の防御である。彼はそれで恐怖を忘れ、いきりたつようにして濃い闇のなかを一段一段登って、ついに、金色の奇怪な光が輝いている部屋にたどりついた。

アマルリックの目の前に、白い裸身の者が立っていた。アマルリックの足が止まって、舌が上顎に貼りついた。白い裸身の男は、雪花石膏《アラバスター》のように純白な胸に力強い腕を組んで、彼をみつめている。顔立ちは古典的で、彫りが深く、人間離れした美しさである。しかし、その目は光り輝く火の玉であり、人間の顔にはまっているものとは似ても似つかない。地獄の業火《ごうか》の凍りついたものというべきだが、アマルリックはそこに異様に暗い翳りを見てとっていた。

すると、その男の姿が揺れだして、輪郭が朦朧と薄れてきた。アキロニア人は必死の努力で沈黙の絆を破り、秘法の呪文を口走った。その奇怪な言葉が沈黙を切り裂くと、白い巨人は動きを止めて、凍りついた。そしてふたたび、金色の背景の前に輪郭が明瞭になった。

「動こうとしても動けんぞ！」アマルリックは必死に叫びたてた。「その人間の形を変えられんように、呪文で縛りあげてやったのだ。黒い呪術師の言葉に嘘はなかった！　彼が教えてくれた呪文は、みごとに功を奏したのだ！　参ったか、オラム・オンガ——おれの胸に喰《くら》いつくことでこの呪縛を破るまでは、きさまもおれ同様の人間としての力しか持てぬのだ！」

相手は黒い旋風《つむじかぜ》のような吼《ほ》え声をあげて、突進してきた。アマルリックはすばやく飛び退《の》いたが、相手はなおも旋風を上まわる力でつかみかかろうとする。彼とすれちがうときに、長い爪の指を拡げて、彼の短上衣《チュニック》をとらえ、腐った布切れのように引きちぎった。しかし、アマルリックは、恐怖感から人間以上の敏捷な動きで身をひるがえすと、剣をその背中に突き刺した。切先《きっさき》が広い胸から一フィート近く突きぬけた。

苦痛の咆哮が塔をゆるがした。怪物はくるりと向き直って、突進してきた。だが、アマルリックはふたたび飛び退くと、階段を壇上へと駆けのぼった。そこでふりむくと、大理石の床几《しょうぎ》を持ちあげ、階段を追ってくる魔物の頭上に投げ下ろした。巨大な飛び道具が顔面に激突して、魔物は階段から転げ落ちた。それは血みどろの凄まじい顔で起きあがると、またも階段を登りだした。アマルリックは絶望のうちにも全身の力をふり絞り、うめき声とともに硬玉《こうぎょく》製の長椅子を持ちあげ、投げ下ろした。

このように大きな品をまともに受けては、さしもの怪物オラム・オンガもひとたまりもなく、階段をまっ逆さまに転げ落ち、大理石の破片が血の海に浮いている場所に横たわった。なおも最後の努力で、両手をついて躰を起こすと、目をぎらつかせながら、血だらけの首をのけぞらせ、怖ろしい叫びをあげた。アマルリックは慄然として、その地獄の悲鳴から身を引いた。すると、すぐさま反応が、あった。塔の上の空中から、やはり悪鬼の叫びのような声が、かすかな谺《こだま》となって返ってきたのだ。と、つぎの瞬間、血の染んだ大理石の破片のあいだで、叩きつぶされた白い巨人の躰から生気がぬけていった。アマルリックは、クシュの神々のひと柱がもはやいなくなったことを知った。そう悟ると同時に、盲目的で理不尽な戦慄に襲われた。

恐怖の霧に包まれて彼は階段を駆け下りた。床に転がって、宙を睨《にら》んでいるものから遠去かりたかったのだ。神聖を穢《けが》されて愕然とした夜が、彼に向かって叫び立てているようであった。勝利に酔ってもいいところなのに、理性は宇宙的恐怖の洪水に呑みこまれた。

塔の階下へ降りかけて、アマルリックは思わず足を止めた。暗闇の階段をリッサが登ってきたのだ。彼女は白い腕をさし伸べたが、その目に恐怖をたたえていた。

「アマルリック！」それは一生忘れられないような叫びだった。彼は押しつぶさんばかりに彼女を抱きしめた。

「わたし、あれを見たの」彼女は涙声でいった――「死人を引きずって、廊下を進んでくるのを。わたしは悲鳴をあげて逃げだし、もどってきてみたところで、あなたが大声にわめき立てるのを聞いたの。それであなたが、わたしを救い出そうとこの赤い塔へ向かったのを知って――」

「おれと運命を分かちあいに、ここまでやってきたわけか」彼の声は感動で震えていた。

それから彼女は、恐怖に身を震わせながらも、激しい好奇心に駆られて、アマルリックの背後をのぞきこもうとした。彼は急いで彼女の目を覆い、ふりむかせた。血に染んだ床に横たわるそれは、女の見るべきものでない。リッサを半ば担《かつ》ぐようにして、影の深い階段を運び下ろしながら、肩越しに背後へ目をやると、散乱した大理石の破片のあいだに、もはや白い裸身の姿は横たわっていなかった。

オラム・オンガをとらえた呪文は、生きた人間の形にあるときに効果を持つもので、死人に変わったいまでは、足止めをしておく力もないのであろう。一瞬、盲目的な恐怖に全身が痺《しび》れたが、ありったけの力をふり絞り、リッサをうながして闇の階段を駆け降り、暗い廃墟を走りぬけた。

街路に達するまで足をゆるめようともしなかった。そこでは駱駝と馬がたがいに寄り添っていた。急いでリッサを駱駝にまたがらせ、彼自身は黒馬に飛び乗った。引き綱を手にとり、一直線に破れた城壁に向かう。数分後の彼は、思いきり息を吸い、吐き出していた。沙漠の大気が彼の熱した血を冷やし、頽廃の臭いと凶悪な太古の澱《おり》から自由になることができたのだ。

鞍の前橋《ぜんきょう》には、水を入れた小さな革袋が吊るしてあった。食糧はなく、剣も赤い塔の床に残してきた。手を触れる気になれなかったのだ。食糧を用意せず、武器を持たずに沙漠に向かったのであるが、あとにしてきた都の恐怖に較《くら》べれば、危険はなお少ないものと思われた。

無言のまま、彼らは南方へ向かった。その方角のどこかに、水の湧き出ている穴があるはずだ。夜がしらじら明けるころ、砂山の頂《いただき》に立って、ガザルを見返ると、明け方の薄桃色の光を浴びた現実とは思えぬ姿が眺められた。アマルリックは躰をこわばらせ、リッサがあっと叫んだ。城壁の崩れ落ちた個所から、七人の騎馬武者が走りだしてきたのだ。馬はいずれも黒馬で、乗り手も全員、頭から足の先まで黒装束《しょうぞく》である。ガザルの都に馬はいないはずだ。恐怖がアマルリックを襲った。彼は向きを変え、沙漠を急いで逃げだした。

太陽が昇るにつれて、赤くなり、金色になり、ついには白熱の光をきらめかす火の玉となった。逃亡者たちは、炎熱と疲労でふらふらになり、ぎらぎらと照りつける陽光に目をくらませながら、しゃにむに進みつづけた。ときどき水で唇を濡らすだけで、ひたすら砂の上を走りつづけたが、七つの黒い点は、終始変わらぬ歩調で追ってくる。夕暮れが近づいて、まっ赤な色の太陽が沙漠の縁に沈みかけた。アマルリックの胸を冷たい手がつかんだ。追手が距離を詰めてきていたのだ。ついに夜の闇が落ちて、黒い騎士たちも迫ってきた。アマルリックはリッサに目をやった。と同時に、彼の唇からうめき声がほとばしった。彼の馬が何かにつまずいて倒れたのだ。すでに太陽は沈んでいて、月も突如としてコウモリの形をした影に覆い隠された。完全な闇の世界に、星だけが赤くまたたいている。アマルリックは、疾風《しっぷう》が吹きつけるようなざわめきを背後に聞いた。夜の闇を貫くようにして、黒い大きな影が、異様な光を放ちながら突き進んでくるのだ。

「急げ、リッサ!」彼は絶望的な叫びをあげた。「逃げのびてくれ——やつらがつかまえようとしているのは、おれだけなんだ!」

返事の代わりに、彼女は駱駝の背からすべり降りて、彼に腕を投げかけた。

「あなたといっしょに死ぬわ!」

七つの黒い影が、星空の下に大きく浮かびあがって、疾風《しっぷう》のように追い迫ってくる。黒い頭巾《ずきん》の下に妖《あや》しい火の玉が輝き、肉のない顎の骨が奇怪な音を立てている。とそのとき、思わぬ現象が生じた。馬が一頭出現して、アマルリックと馬のわきをすりぬけたのだ。この世のものとも思われぬ暗闇のなかで、その巨体がぼんやりと浮かびあがって見える。その正体不明の駿馬《しゅんめ》が、追い迫ってくる黒い影のあいだに躍りこむと同時に、馬体のぶつかりあう音がした。馬が狂ったようにいななき、どことも知れぬ異国の言葉で、牡牛さながらにわめき立てる者があった。その怒声に応じて、夜の闇のどこかで喊声《かんせい》があがった。

しばらくは猛烈な戦闘が行なわれた。蹄《ひづめ》の音が轟《とどろ》き、剣が激しく打ちあわされ、そのあいだ最前の怒号の男が大声にわめきつづけた。やがて雲が破れて月が顔を出し、奇怪な修羅場を照らし出した。大きな馬にまたがった男が、縦横に馬を走らせ、剣を揮《ふる》って、何もない大気をひたすら薙《な》ぎはらっている。それにつづく騎馬の一隊が、彼と同じに反《そ》りを打った彎刀を月光にきらめかせて奮戦している。砂丘の上に七つの黒い影が消え失せるところで、黒い外套《がいとう》だけが、コウモリの翼のようにはためいていた。

アマルリックは沙漠の男たちにとり囲まれた。馬から飛び降りると、彼のまわりに集まってきたのだ。節《ふし》くれだった腕で彼をはがい締めにし、鷹《たか》に似た褐色の顔で激しい罵声を浴びせてくる。リッサが悲鳴をあげた。すると攻撃者たちの囲みが左右に割れて、大きな馬にまたがって奮戦していた男が近よってきた。鞍の上から身を乗り出して、アマルリックをまじまじと眺めていたが、

「こいつは驚いた！」と大声でいった。「アキロニアのアマルリックじゃないか！」

「コナンか！」アマルリックも、意外な相手に驚いて叫んだ。「コナン！　生きていたのか！」

「見てのとおり、立派に生きておる」相手は答えた。「クロムの神にかけて、この沙漠に棲む悪魔すべてにひと晩じゅう追われていたような顔をしてるな。追ってきたのは何者なんだ？　おれは、沙漠に設けた幕舎《ばくしゃ》のまわりを敵がひそんでおらんかと、馬に乗って警戒にあたっていた。すると月の光が、急に蠟燭《ろうそく》の火が消えるように薄れて、同時に馬の蹄の音を聞いた。おれはさっそく音の方向へ馬を走らせた。そして、クロムの神にかけて、何が起きたのかわからぬうちに、あの悪魔どものなかにはいり

こんでしまったのだ。事情はともかく、剣を引きぬき、やつらを斬り倒してやった。暗闇のなかに、やつらの目が、焔《ほのお》のように燃えておった！　剣の切先がたしかにやつらを斬りつけたはずだのに、月が雲間から出てみると、全員が風のように消え失せた。いったいあいつらは、人間なのか悪鬼なのか？」

「地獄から匍いあがってきた食屍鬼の群れだ」アマルリックが震えながら答えた。「それ以上のことは訊いてくれるな。詳しい説明のできぬこともあるものだ」

コナンはそれ以上の質問をしなかった。格別、不思議そうな顔も見せようとしない。彼はもともと夜の悪魔、亡霊、妖精、地霊といったものの存在を固く信じて疑わない男なのだ。

「おまえはあいかわらずだな。沙漠のなかでも女を手に入れておる」とリッサへ目をやりながらコナンがいった。彼女はアマルリックのそばににじりよって、周囲を囲む荒くれ男たちを怖ろしそうにちらちらと見ながら、彼の胸にすがりついている。

「酒だ！」コナンは大声で命じた。「酒の袋を持ってこい！」そして、さし出された革袋をアマルリックの手に渡して、「女にひと口あてがって、残りはおまえが飲むがよい。そうしたら、おまえを馬に乗せて、幕舎へ連れていってやる。そこで腹を満たして、ひと眠りするんだな。その手配をしてやるぞ」

美々《びび》しい馬衣で飾り立てた馬が連れてこられた。後脚で立ちあがり、跳ねとび、勇《いさ》みたっている。コナンの部下が手を貸して、鞍の上に乗せてくれた。つづいてリッサも同じ鞍の上に身をおくと、見るからにたくましい半裸体で褐色の皮膚をした男たちに囲まれて、南方へ移動を開始した。コナンが先頭で駒を進め、鼻歌を歌っている。傭兵の騎馬歌である。

「あの男、だれなの？」リッサは愛人の首に両腕をまわして、小さな声で訊いた。アマルリックは彼女を自分の前に坐らせて、その躰を抱いていた。

「コナンというキンメリア人だ」アマルリックも低い声で説明した。「おれは闘いに敗れたあと、あの男とふたりで沙漠をさまよった。いま彼の部下になっている連中が、彼を馬から叩き落とした。つづいて槍（原文はspearsで、前の記述と矛盾するが、そのままとする）が彼の上に雨と降ったので、死んだものと思いこみ、彼を残して逃げのびた。ところが、こうして再会したばかりか、彼は敵のはずの男たちに命令して、どうやら彼らの尊敬を受けているようだ」

「怖ろしい男なのね」

彼女が小声でいうと、アマルリックは笑って、

「白人の未開人種を見たことのないおまえだから、そう思うのも無理はない。たしかにコナンは放浪者で掠奪者で、しかも殺人者だ。しかし、彼なりの倫理感を持っている。あの男を怖れる必要はないんだよ」

アマルリック自身の内心は、その言葉に確信をいだいていなかった。ある意味で彼は友情に背いたといえる。キンメリア人が沙漠の砂の上に意識を失って倒れているのを見捨てて、自分ひとり逃げのびたのだ。コナンが生きているとは知らなかったからだが、疑念に責められるのはいかんともしがたかった。未開人の凶暴な性質に加えて、現在の仲間たちの意向に忠実であれば、いまこのキンメリア人が、どんな凶暴な所業に出ないものでもない。コナンは剣に生きる男である。もしもリッサを欲《ほっ》する気持ちを起こしたらと考えただけで、アマルリックは身震いを抑えきれないのだった。

その後、戦士たちの幕舎で食事をすますと、アマルリックはコナンの天幕の前で焚火《たきび》のそばに坐り

こんだ。リッサは絹の外套に身を包んで、巻き毛の頭を彼の膝に預け、うたた寝をはじめた。焚火の光が、彼と向かいあったコナンの顔に躍って、光と影とを交錯させていた。

「あの男たちは何者だ？」アキロニアの若者が質問した。

「トムバルクの騎士たちさ」キンメリア人が答えた。

「トムバルク！」アマルリックは驚いて叫んだ。「するとあれは、ただの伝説ではなかったのか！」

「いうまでもない」コナンはうなずいてみせ、「馬が倒れて、おれは転げ落ち、頭を打って気を失った。意識をとりもどしたときは、やつらによって、手足をがんじがらめに縛りあげられておった。それがおれを怒らせた。即座にその縄を引きちぎってやった。だが、おれが引きちぎるより早く、やつらがまた縛りあげる。どうあがいても、片手さえ自由にならんのだ。しかし、それによって、おれの力がどんなに強いかが、彼らにもわかってきた——」

アマルリックはひと言も挟まずに、コナンの顔をみつめていた。このキンメリア人は、ティルタンにも劣らぬ巨軀《きょく》であるうえに、あの黒い巨漢が持つ無用の贅肉《ぜいにく》から免れている。彼の力をもってすれば、ガナタ族の首など、素手でねじ切ることもできるであろう。

「そこで彼らは、おれをその場で殺す代わりに、彼らの都へ連れもどることに決めた」コナンは言葉をつづけた。「おれみたいな男は、拷問で苦しめながら、長い時間をかけて死なせるほうが面白いと考えたのだな。そこでおれを、鞍のない裸馬の背にくくりつけて、トムバルクに帰っていった。

トムバルクには、王がふたりいる。おれはふたりの王の面前に引き出された。ひとりの王はゼーベーという名で、褐色の肌をした痩身《そうしん》の男だ。もうひとりは肥《こ》え太った黒人で、象牙《ぞうげ》の玉座《ぎょくざ》の上でまどろんでいた。連中の話す方言は、少しだけならわかった。海岸に住む西マンディンゴ族の言葉とよく似ていたからだ。ゼーベー王は褐色の皮膚をしたダウラと呼ぶ神官に、おれをどう処置したものかと質問した。ダウラは羊の骨の骰子を投げて占ってから、ジルの神の祭壇の前で生き皮を剥《は》ぐのがよいと答えた。みんな喜んで、歓声をあげた。その大声に黒人の王が目を醒ましました。

おれはダウラに唾《つば》を吐きつけ、罵《ののし》ってやった。ふたりの王にも同じことをした。そして生き皮を剥ぎたければ、それもよし。しかし、処刑にとりかかるまえに、葡萄酒を腹いっぱい飲ませろと要求して、そのあとで、盗賊、卑怯者、淫売《いんばい》のせがれと、洗いざらいの悪口でやつらを罵った。

その悪口雑言《あっこうぞうごん》に黒い皮膚の王が坐り直して、おれの顔をみつめた。それから立ちあがって、大声に叫んだ。「やあ、こいつは獅子《アムラ》だ！」その声でわかったんだ――この男は黒い海岸地方に住むスバ族で、サクベという名の太った冒険者だ、と。おれがあの海岸沿いに海賊稼業で暮らしていた当時、ずいぶん親しくつきあっていた仲だが、彼の商売は、象牙、砂金、奴隷の取り引きで、やり口は相当あくどく、悪魔を騙《だま》して目の玉を引きぬくといったところだった。こいつがおれと知ると、玉座から駆け降りて、喜びのあまりおれを抱きしめた。あの野郎、鼻の曲がりそうな臭いをしておった。そして彼自身の手でおれの縛《いまし》めを解いたのはもちろんのことだ。それにつづいて、これは獅子《アムラ》という渾名《あだな》を持つ友人で、危害を加えるやつはおれが許さんといい放った。それから何やかやうるさい議論がはじまった。ゼーベー王と神官のダウラがあくまでも皮剝ぎの刑を主張したからだ。しかし、サクベが彼の神官アスキアを呼ぶと、黒い海岸の呪術師が、蛇の皮の服に羽根と鈴を飾ったいでたちであらわれた。まるっきり悪魔の息子という恰好だ、そういうものがいればの話だがな。

このアスキアが、飛び跳ねるような恰好でしばらく呪文を唱えつづけたあげく、サクベこそは黒い神アジュジョの選びたまいし王だと宣言した。するとトムバルクの黒い種族がいっせいに歓声をあげて、ゼーベー王はやむをえず身を引いた。

というのも、トムバルクでは黒い種族に実権があるのだ。何世紀かの昔、シェム系のアパキ族が、沙漠地帯に南下してきて、トムバルク王国を創立した。この種族が沙漠地帯の土着黒人族と交わった結果、褐色の皮膚で頭髪のちぢれていない種族が生じた。もちろん黒人族よりは色が白い。これがトムバルクの支配階級だが、人数が少ないこともあって、アパキ族の王と並んで土着の黒人からも王が立つ習わしになっている。

アパキ族は南西の沙漠の遊牧民と、そのまた南方に横たわる草原地帯に住む黒人を征服して、配下におさめた。たとえば、騎士のほとんどはティブ族といって、スティギア人と黒人の混血だ。

ところで、いまはサクベが、アスキアを通じて、トムバルクの事実上の支配者なんだ。アパキ族の守護神はジルだが、黒人族は黒い神アジュジョとその眷族《けんぞく》を崇拝している。アスキアがサクベといっしょにトムバルクへやってきて、アパキ族の神官どもに禁圧されていたアジュジョ神崇拝を復活させた。アスキアは黒い魔術を使うことができる。この魔術の力でアパキ族の神官どもの妖術を打ち負かした。黒人族は大喜びで、これぞ黒い神々が彼らに送ってくれた予言者だと、歓呼してアスキアを迎えたわけだ。といったことから、いまではゼーベーとダウラの組み合わせは、サクベとアスキアの前に影の薄い存在となったのだ。

さて、おれがサクベの旧友だと知って、アスキアはおれの擁護に努め、そのおかげでおれは黒人族の支持を受ける結果になった。騎兵隊の指揮官にコルドフォという男がいたが、サクべはこいつを毒殺して、その地位におれを据えた。これは黒人族を喜ばせたが、そのかわりアパキ族を怒らせた。

おまえもトムバルクが気に入るはずだ！　おれたちみたいな男には、掠奪し放題の土地なんだ！　勢力のある党派がいくつもあって、たがいに相手をやっつけようと、陰謀と策略に明け暮れしておる。居酒屋や街頭で喧嘩口論の絶えたことがなく、暗殺、襲撃、死刑の連続だ。女、黄金、酒——傭兵稼業の男の望むものがふんだんにある！　しかもおれは高い地位にあって、権力を握っておる！　クロムの神にかけて、アマルリック、おまえは最上の時機にめぐりあったんだぞ！　おや、どうしたんだ？　うれしそうな顔をしないじゃないか。喜ばせてやろうと思ったのに」

「やあ、悪かったな、コナン」アマルリックはいった。「何分《なにぶん》いまは疲れていて、ひと眠りしたい気持ちが先に立ち、ほかのことまで頭がまわらんのだ」

事実、いまアキロニア人の頭にあるものは、黄金でなく、女でなく、陰謀でなく、彼の膝を枕にうとうとしているリッサの身の上ばかりだった。コナンの話にあるような陰謀と殺戮の渦中に愛する女性を引き入れるのは、考えるだけでも不愉快なことである。アマルリックの心に、彼自身も知らぬうちに、微妙な変化が生じていた。

槍と牙

穴居人の物語

ア＝エアは洞穴の入口のそばにうずくまり、感嘆の目でガ＝ノルを見守っていた。ガ＝ノル本人はもちろんのこと、ガ＝ノルのしていることに興味津々だったのだ。ガ＝ノルのほうはといえば、自分の仕事に没頭するあまり、彼女には気づきもしなかった。洞穴の壁のへこみに差してある松明《たいまつ》が、広々とした洞窟をぼんやりと照らしだしていて、その光のもとでガ＝ノルは、苦心して壁に絵を描いているのだった。燧石《すいせき》のかけらで輪廓をざっと刻んでから、黄土の塗料に先端を浸した小枝で絵画を完成させる。できあがったものは、粗雑ではあるが、表現のために苦闘する真の芸術的才能の証拠だった。

彼が描こうとしたのはマンモスだった。若いア＝エアの目は、驚きと賛嘆の念で丸くなった。すてきだわ！　あのけものに脚が一本欠けていて、尻尾がないのがなんだっていうの？　批評に当たる者は、純然たる野蛮状態からぬけ出そうともがいている部族民であり、彼らにとってガ＝ノルは巨匠そのものだった。

とはいえ、ア＝エアがガ＝ノルの洞穴のわきに生えた貧弱な灌木《かんぼく》の茂みに身をひそめているのは、マンモスの写生画を鑑賞するためではなかった。彼女は芸術家に好意をいだいていたが、絵を賞賛する気持ちよりも、芸術家の見た目に惹かれる気持ちのほうがはるかに強かった。じっさい、ガ＝ノルは見苦しくなかった。身の丈は六フィートを優に超え、痩せぎすだが、肩はたくましく、腰は引きしまっており、闘う男の躰《からだ》つきだ。両手両足はすらりと長く、ちらちら光る松明の明かりに横顔をくっきりと浮きあがらせているその顔は、秀でた額が知性を感じさせ、たてがみのような砂色の髪が頭を覆っている。

ア＝エア自身もたいへん見目麗しかった。目と同じように黒い髪は、さざ波を打って、ほっそりした肩にかかっている。頬を染める黄土の刺青《いれずみ》もない。連れ合いがまだいないからだ。

娘と若者は、ふたりとも偉大なクロマニヨン人という種族の完璧な見本だった。いずこからともなくやってきて、野獣と獣人に対して覇を唱え、力ずくで君臨した種族である。

ア＝エアはそわそわと周囲に視線を走らせた。通念に反して、未開人のあいだでは慣習と禁忌が厳格に守られており、強制力に富んでいるのだ。

種族が原始的であればあるほど、慣習は不寛容になる。悪徳と放縦が横行しているかもしれないが、悪徳にふけっているところを見せれば、疎《うと》まれ、軽蔑されるのだ。従って、もしア＝エアが連れ合いのいない若者の洞穴近くに隠れているところを見つかれば、恥知らずの女として告発され、公衆の面前で鞭打たれるのはまちがいない。

きちんと手順を踏むなら、ア＝エアは慎み深い乙女を演じるべきであり、ひょっとすると、若い芸術家の関心を、さりげない形で巧みに掻き立てられるかもしれない。若者がその気になれば、そのあと粗雑な恋の歌と葦笛《あしぶえ》の音楽という手段で公然たる求愛がつづくだろう。そのあとは彼女の両親との物々交換、それから——結婚だ。あるいは、恋人が裕福なら、求愛を省くかもしれない。

しかし、若いア＝エアは進歩を体現する存在だった。ひそかに流し目を送っても、芸術に打ちこんでいる青年の注意を惹くことはできなかったので、彼を勝ちとる方法をなにか見つけるつもりで、ひそかに見張るという型破りな方法をとったのだ。

ガ＝ノルは完成した作品から向きなおり、伸びをして、洞穴の入口のほうにちらっと目をやった。怯えた兎さながら、ア＝エアは首を引っこめて、走り去った。

洞穴から出てくると、ガ＝ノルは洞穴の外の軟らかな黒土に、ほっそりした小さな足跡がついているのを目にしてとまどった。

ア＝エアは澄まし顔で自分の洞穴のほうへ歩いていった。それは、ほかの洞穴の大部分と並んで、ガ＝ノルの洞穴から少し離れたところにあった。歩くうちに、族長の洞穴の前で興奮してしゃべっている戦士の一団に気がついた。

ただの娘は男たちの評議に首を突っこんではならないのだが、ア＝エアは好奇心を抑えきれず、叱責されるのを覚悟で忍び寄った。「足跡」と「グル＝ナ」（人＝猿）という言葉が聞こえた。

グル＝ナの足跡が、洞穴から遠くない森のなかで見つかったのだ。

「グル＝ナ」は洞穴に住む人々にとって、憎悪と恐怖を意味する言葉だった。というのも、部族民が「グル＝ナ」、つまり人＝猿と呼ぶ生き物は、別の時代に生まれた毛むくじゃらの怪物、獣人ネアンデルタールであるからだ。マンモスや虎よりも怖《おそ》ろしいそいつらは、クロマニヨン人が到来して、激烈な闘いを仕掛けるまでは、森を支配していた。怪力をそなえ、知恵はまわらず、残虐でけものじみていて、人喰いのそいつらは、部族民に嫌悪と恐怖の念を掻き立てた——人喰い鬼や小鬼、人狼や獣人の物語を介して時代を超えて伝えられた恐怖を。

当時の彼らは数を減らしており、狡猾《こうかつ》さを増していた。もはや吠え猛りながら闘いに飛びこんでいくことはせず、かわりにずる賢くなり、ますます怖ろしくなり、森をこそこそと歩きまわった。とりわけ怖ろしい野獣であり、そのけものじみた心のなかで、自分たちを最高の狩り場から駆逐した人間たちへの憎しみをたぎらせていた。

かつてクロマニヨン人は彼らを追跡し、虐殺した。やがて彼らは渋々と深い森の奥へと退いた。しかし、彼らを怖れる気持ちは部族民から消えずに残り、女がひとりで密林にはいることはなかった。ときどき子供が森にはいり、ときどき帰ってこなかった。捜索隊は身の毛もよだつ饗宴《きょうえん》の跡を見つけた。野獣の足跡ではないのに、人間の足跡でもない足跡がついていた。

そうすると狩猟隊が出動し、怪物を狩るのだった。闘いになり、怪物が殺されるときもあれば、狩猟隊の前から逃げだし、狩猟隊があえて追ってこない森の奥深くへ逃げこむときもあった。一度、追跡に夢中になった狩猟隊が、逃げるグル＝ナを深い森の奥まで追いかけ、張り出した枝が陽光をさえぎっている深い峡谷で、多数のネアンデルタール人に襲われたことがあった。

そういうわけで、森へはいる者はもういないのだった。

ア＝エアは首をめぐらし、森にさっと視線を走らせた。その奥深くのどこかに獣人がひそんでいる。奸智《かんち》に長《た》けた貪欲そうな目を憎悪と悪意にぎらつかせ、見るも忌まわしい姿で。

だれかが彼女の行く手をさえぎった。族長の相談役の息子、カ＝ナヌだった。

彼女は肩をすくめて身を引いた。カ＝ナヌが好きではなかったし、彼のことが怖かった。彼は嘲《あざけ》るような調子で彼女に求愛していた。まるでただの暇つぶしでそうしていて、とにかく、いつでも好きなときに彼女を手に入れられるかのように。カ＝ナヌが彼女の手首をつかんだ。

「顔をそむけないでくれ、麗しき乙女よ」彼はいった。「あなたの奴隷、カ＝ナヌです」

「放してちょうだい」彼女は答えた。「泉へ水汲みに行かないといけないの」

「それなら、いっしょに行こう、喜びの月よ、きみがけものに襲われないように」

そして彼女の抗議にもかかわらず、彼はそうした。

「近くにグル＝ナがいる」彼がいかめしい口調で告げた。「連れ合いのいない乙女であっても、男が同行して守るのは当然だ。そしておれはカ＝ナヌ」口調を変えていい添える。「あまりおれに逆らうな。さもないと、服従というものを教えるぞ」

ア＝エアは、その男の無慈悲な性質を多少は知っていた。部族の娘の多くは、カ＝ナヌに好意の眼差しを向ける。ガ＝ノルにもまして大柄で、背が高く、向こう見ずで冷酷なりに顔立ちがととのっているからだ。しかし、ア＝エアはガ＝ノルを愛しており、カ＝ナヌを怖れていた。怖くてたまらないので、彼にいい寄られても、あまり抵抗できずにいた。ガ＝ノルは女に関心がないとしても、優しく接することで知られている。いっぽうカ＝ナヌは、これもまた進歩を体現しているわけだが、女をものにしたことを自慢し、優しいとはいえない流儀で女に力を揮《ふる》うのだった。

やはり野獣よりもカ＝ナヌのほうを怖れるべきだった。洞穴からちょうど見えないところにある泉まで来ると、彼女を抱きしめたからだ。

「ア＝エア」彼は囁《ささや》き声でいった。「おれの小さなカモシカよ、とうとうおれのものにしたぞ。おれからは逃げられん」

彼女は身をもがき、懇願したが、無駄骨だった。カ＝ナヌはたくましい腕で彼女を抱きかかえ、大股に森へはいっていった。

彼女は死にもの狂いで逃げようとし、彼を思いとどまらせようとした。

「あたしはあんたに逆らえるほど強くないけど、部族のみんなの前で告発してやるわ」

「おまえはおれを告発したりしないさ、カモシカちゃん」彼がいい、その冷酷な顔つきに別の、もっと不吉でさえある意図を彼女は読みとった。

カ＝ナヌは彼女を抱いて、ひたすら森の奥へ進んでいき、とある林間の空き地のまんなかで足を止めた。狩人の本能が警告を発したのだ。

正面に立ち並ぶ木々から、身の毛のよだつ怪物が落ちてきた。毛むくじゃらで、いびつで、忌まわしいものが。

ア＝エアの悲鳴が何度も森に谺《こだま》するなか、化け物はカ＝ナヌに近づいてきた。唇を青ざめさせ、震えあがったカ＝ナヌは、ア＝エアを地面に落として、彼女に逃げろといった。それから短剣と斧をぬいて、進み出た。

ネアンデルタール人は、がに股の短い脚で突進してきた。躰じゅうが毛に覆われ、目鼻立ちは、グロテスクながら人間らしいところがあるせいで、大猿よりもおぞましかった。ぺしゃんこで、外向きに開いている鼻孔、後退している顎、額と呼べるほどのものはなく、怖ろしく長く太い腕が、傾斜した、信じられないほどたくましい肩からぶら下がっている。怯えた娘にとって、怪物は悪魔そのものに思えた。その猿に似た頭は、カ＝ナヌの肩に届くか届かないかだが、それでも体重では百ポンド近く戦士を上まわっているにちがいない。

そいつが突進する野牛のようにやって来ると、カ＝ナヌは大胆にも正面から迎え撃った。燧石の斧と黒曜石の短剣を突きだし、斬りかかったが、斧はおもちゃのように撥ねのけられ、短剣を握った腕は、ネアンデルタール人のいびつな手のなかで枯れ枝のようにへし折れた。相談役の息子が地面からさらいあげられ、空中へふり飛ばされるのが、娘の目に映った。彼は林間の空き地の端まで吹っ飛び、怪物がそれを追って跳躍し、カ＝ナヌの手足を引きちぎった。

それからネアンデルタール人は彼女に注意を向けた。その忌まわしい目に新たな表情が浮かび、そいつは忌まわしくも血に汚れた大きな毛むくじゃらの両手を彼女のほうに伸ばしながら、彼女に向かってのしのしと歩きはじめた。

逃げることもできず、彼女は恐怖と不安で頭をくらくらさせて横たわっていた。そして怪物が彼女を引きよせ、その目をのぞきこんだ。そいつは彼女を肩にかつぐと、立木のあいだをよたよたと歩み去った。そして半ば失神した娘は、そいつのねぐらへ連れていかれるのだと悟った。救《たす》けに来る者がいないところへ。

ガ＝ノルは水を飲みに泉へ向かった。自分より前に来たふたり組のかすかな足跡にぼんやりと気がついた。ふたりが引き返していないことにも、ぼんやりと気がついた。

それぞれの足跡にはきわだった特徴があった。男のそれはカ＝ナヌのものだと知れた。もうひとつの足跡は、ガ＝ノルの洞穴の前についていたものと同じだった。彼はぼんやりと首をひねった。絵を描くことを除けば、ガ＝ノルのやることは万事がその調子だった。

そのあと、泉では、娘の足跡は途絶えたが、男のそれは密林に向かい、前よりも深く印されていることに気づいた。つまり、カ＝ナヌが娘を抱いて運んでいるのだ。

ガ＝ノルは愚かではなかった。男が娘を抱きかかえて森へはいるのは、よからぬ目的のためだと知っていた。もし娘が進んで行くつもりであれば、抱きかかえられてはいないはずだ。

いまガ＝ノルは（これもまた進歩を体現しているわけだが）、自分にかかわりのないことに首を突っこむ気になった。別の男だったら、相談役の息子に手出しをすればろくなことにならないと考えて、肩をすくめ、そのまま行ってしまったかもしれない。だが、ガ＝ノルは滅多に関心をいだかないが、いったん関心が掻き立てられたら、ものごとを最後まで見届ける性分だった。それよりなにより、戦士として名を馳《は》せているわけではないものの、彼はだれも怖れなかった。

それゆえ、斧と短剣をさした腰帯をゆるめ、槍を握りなおすと、足跡をたどりはじめた。

ネアンデルタール人は、ひたすら森の奥へとア＝エアを運んでいった。森は静まりかえり、邪気に満ちており、しじまを破る鳥も虫もいなかった。頭上にかぶさった樹々から洩れてくる光もなかった。音を立てない肉厚の足で、ネアンデルタール人は先を急ぎつづけた。

けものたちは彼の行く手からこそこそと退いた。一度、大きな錦蛇が、ずるずる匍《は》いながら密林をやってきたので、ネアンデルタール人は、その巨躰にしては驚くべき速さで樹上に難を避けた。とはいえ、ア＝エアにもまして樹上ではくつろげないようだった。

一度か二度、娘は自分をつかまえたのと同じような怪物をちらりと見かけた。そいつらが、彼女の種族が漠然と定めた境界線をはるかに越えているのは一目瞭然だった。ほかのネアンデルタール人はア＝エアたちを避けた。彼らが野獣と同じように暮らしているのは明白で、団結するのは共通の敵を相手にするときだけ。当時は頻繁にあることではなく、クロマニヨン人が彼らとの闘争に勝ちをおさめた理由はそこにあった。

そいつは彼女を小さな谷へ、そして外からの光でぼんやりと照らされている小さな洞穴へ運んでいった。洞穴の床へ乱暴に彼女を放りだす。彼女は怖ろしさのあまり立ちあがれず、そこに横たわった。

怪物が、森の悪魔さながらに彼女をみつめた。猿ならわけのわからないことを話しかけてくるものだが、それさえしない。ネアンデルタール人には、どんな形であれ、言語というものがないのだ。

そいつはなにかの肉を彼女にさしだした——もちろん、火は通っていない。彼女の心は恐怖でくらくらした。それがクロマニヨン人の子供の腕だとわかったのだ。彼女が食べようとしないと見ると、そいつは大きな牙で肉を引き裂き、自分で貪《むさぼ》り食った。

そいつは大きな手で彼女の躰を挟み、痣《あざ》ができるまで彼女の柔らかな肉体を締めつけた。ざらざらした指で彼女の髪を梳《す》き、彼女を痛がらせているとわかると、悪鬼めいた喜びをおぼえたようだった。麗しい虜囚を苦しめて悪魔的な愉悦に浸ろうというのか、彼女の髪をひとつかみむしりとった。ア＝エアは歯を食いしばり、最初のときとはちがって、悲鳴をあげないようにした。じきにそいつは彼女を傷つけるのをやめた。

彼女のまとっている豹皮が、そいつの気にさわったらしい。豹はそいつの生まれながらの敵なのだ。そいつは彼女から皮を剝ぎとって、ずたずたに引きちぎった。

いっぽうガ＝ノルは急いで森をぬけていた。いまは疾走しており、その顔は悪魔の仮面だった。血塗られた林間の空き地に行き当たり、そこから延びている怪物の足跡を見つけていたからだ。

そして峡谷の洞穴のなかでは、ネアンデルタール人がア＝エアに手を伸ばした。

そいつが突進してきたとき、彼女は跳びすさった。そいつは彼女を隅に追いつめたが、彼女はその腕をかいくぐって、横っ跳びに逃げた。そいつは依然として彼女と洞穴の外との中間にいた。

そいつのわきをすりぬけないかぎり、追いつめられて、つかまるだろう。そういうわけで、彼女は横へ跳ぶふりをした。ネアンデルタール人がそちらへ向かうと、彼女は猫なみの敏捷《びんしょう》な動きで反対方向へ跳び、そいつのわきを走りぬけて、峡谷へ出た。

そいつは唸り声をあげて追いかけてきた。彼女の足の下で石が転がり、彼女は頭から倒れこんだ。身を起こす暇もなく、ネアンデルタール人の手に肩をつかまれた。洞穴のなかへ引きずられていくあいだ、彼女は半狂乱で金切り声をあげた。救出される望みはなく、野獣につかまった女の絶叫にすぎなかった。

ガ＝ノルがその絶叫を耳にしたのは、弾むような足どりで峡谷にはいったときだった。彼はすばやく、だが用心深く洞穴に近づいた。なかをのぞくと、猛り狂った赤いものが目に飛びこんできた。洞穴のぼんやりした明かりを浴びて、大きなネアンデルタール人が突っ立ち、いやしげな目を敵に据えている。毛深く、血に汚れていて、見るも忌まわしい姿だ。いっぽう、その足もとに、ネアンデルタール人の血に染まった手に長い髪をつかまれて、ア＝エアが毛むくじゃらの怪物とは対照的な白い、柔らかな躰を横たわらせていた。

ネアンデルタール人が吼え、捕虜を放すと、突進してきた。ガ＝ノルはそいつを迎え撃った。体力では獣人にかなわないので、跳びすさって、洞穴から出た。彼の槍がくり出され、腕を貫かれた怪物が咆哮《ほうこう》した。戦士はふたたび跳びすさって、槍を引きぬき、うずくまった。またしてもネアンデルタール人が突進し、またしても戦士は跳びすさって、槍をくり出した。こんどは毛むくじゃらの大きな胸を狙って。こうして彼らは闘った。速さと知恵が、野獣の体力と残虐さに対抗した。

一度、怪物の大きな腕がガ＝ノルの肩に打ちかかり、彼を十フィートあまりも吹っ飛ばした。ガ＝ノルのそちらの腕は、しばらくのあいだ使いものにならなくなった。ネアンデルタール人は彼を追って跳躍したが、ガ＝ノルは横へ身を投げて、ぱっと立ちあがった。彼の槍は何度も血の筋を引いたが、怪物を激怒させただけのようだった。

とそのとき、戦士がそうと知る前に、峡谷の壁が背中につき、ア＝エアが悲鳴をあげると同時に、怪物が突っこんできた。槍が手からもぎとられ、彼は敵につかまった。太い腕が首と肩にからみついて、大きな牙が喉を狙ってきた。彼は敵の後退した顎の下に肘を突き入れ、自由の利くほうの手でおぞましい顔を何度も殴った。ふつうの人間だったら倒れていたはずの打撃だったが、獣人ネアンデルタール は気にもとめないようだった。

ガ＝ノルは意識が遠のくのを感じた。怖ろしい腕が彼を締めあげていて、いまにも首が折れそうだ。敵の肩越しに、大きな石を持って近づいてくる娘が見え、彼は下がれと身ぶりで伝えようとした。

渾身《こんしん》の力をふり絞り、怪物の腕越しに手を伸ばして、斧を探り当てる。だが、躰同士が密着しすぎていて、引きぬくことができない。ネアンデルタール人は、枯れ枝を折るように敵をへし折って、ばらばらにしようとした。だが、ガ＝ノルの肘が顎の下にめりこんでいるので、相手を引きよせれば引きよせるほど、肘が毛深い喉に食いこむのだ。じきにそいつはその事実を悟り、ガ＝ノルをふり飛ばした。それと同時に、戦士が斧をぬき、絶望から生まれた憤怒をこめて打ちかかると、怪物の頭を断ち割った。

ガ＝ノルはしばらく足もとをふらつかせながら敵を見おろしていたが、やがて腕のなかに柔らかなものを感じ、見ると、間近に美しい顔があった。

「ガ＝ノル！」ア＝エアが囁き声でいい、ガ＝ノルは娘をひしと抱きしめた。

「おれは闘った、これから手もとに置いておくもののために」と彼はいった。

こうして、人さらいの腕に抱かれて森の奥へ行った娘は、恋人にして連れ合いの腕に抱かれて帰ってきたのである。

闇の種族

　おれはリチャード・ブレントを殺すために、ダゴンの洞窟へとやってきた。大木が左右にそびえる仄暗《ほのぐら》い道を進むあいだ、おれの気分は荒涼とした原始の風景とぴったり一致した。ダゴンの洞窟へつづく道は、年がら年じゅう闇に包まれている。というのも、太い枝と分厚い葉が陽射しをさえぎっているからだ。そしていま、おれ自身の魂が暗然としているせいで、暗がりは自然な状態よりも不吉で、陰鬱《いんうつ》に思えた。

　さほど遠くないところで、高い崖にゆっくりと打ちよせる波音がしていたが、深いオークの森に阻まれて、海そのものは見えなかった。周囲の暗闇と沈鬱そのものの雰囲気に暗澹《あんたん》たる魂をつかまれながら、古木の枝の下を通り過ぎ——狭い林間の空き地に出ると、目の前に古い洞窟の入口が見えた。おれは立ち止まり、洞窟の外部と、静まりかえったオークの仄暗い木立にざっと視線を走らせた。

　憎んでも飽き足りない男は、まだ来ていない！　冷酷なもくろみを実行するのに間に合ったのだ。一瞬、決意がぐらついたが、すぐにエレノア・ブランドの芳しい香り、波打つ黄金《こがね》色の髪と、海のように絶えず変化し、謎めいている深い灰色の瞳の幻影が、大波のように押しよせてきた。おれは拳の関節が白くなるまで両手を握りしめ、その重みで上着のポケットをたわめている、凶悪な短銃身のリヴォルヴァーに本能的に触れた。

リチャード・ブレントさえいなかったら、おれはもうこの女を勝ちとっていたはずだ。彼女を自分のものにしたくて、おれの目醒めている時間は煩悶《はんもん》の連続となり、眠りは拷問となっていた。彼女はどちらを愛しているのだろう？　彼女は口にしようとしない。自分でもわからないのではなかろうか。おれたちの片方がいなくなれば、もう片方に心を向けるだろう、おれはそう思った。そして彼女のために――そしておれ自身のために、ものごとを単純にするつもりだった。おれの恋敵である金髪のイギリス人がこういうのを、たまたま小耳に挟んだのだ。つまり、人里離れたダゴンの洞窟を探検がてら見てくるつもりだ――ひとりきりで、と。

おれは根っからの犯罪者ではない。きびしい風土で生まれ育ち、人生の大半を僻遠《へきえん》の地で過ごしてきた。そこで人は――かなうものなら――欲しいものを好き放題に手に入れるし、慈悲という美徳は知られていないも同然だ。しかし、寝ても醒めても懊悩《おうのう》がつづくので、リチャード・ブレントの命を奪うほかなくなった。おれは苛烈で、暴力的な人生を送ってきたのかもしれない。恋に身を焦がすと、それも獰猛《どうもう》で暴力的なものになった。ことがエレノア・ブランドへの愛とリチャード・ブレントへの憎しみにおよぶと、完全には正気でなかったのかもしれない。ほかの情況だったら、おれは喜んであいつを友人と呼んだだろう――澄んだ目をして、痩せぎすながらたくましく、すらりとした長身の青年だ。しかし、やつはおれの恋路の邪魔をしていた。だから死なねばならないのだ。

洞窟の薄闇に足を踏み入れ、立ち止まった。ダゴンの洞窟を訪ねるのははじめてだったが、高いアーチを描く天井、なめらかな石の壁、塵《ちり》の積もった床をみつめるうちに、おかしな話だが、なんとなく見憶えがある気がしてきたのだ。そのとらえどころのない感覚を特定できないので、肩をすくめた。おれが生まれ、子供時代を過ごしたアメリカ南西部の山嶽地帯に見られる洞窟と似ているので、そんな気がしたにちがいない。

それでも、こういう洞穴を見たことがないのは承知していた。その整然とした外見は、それが天然の洞窟ではなく、はるかな昔に堅固な岩をくりぬいたものだという伝承を生んだ。掘ったのは、英国の伝説に登場する先史時代の存在、謎めいた矮人《わいじん》族の小さな手だという。このあたり一帯は、古い民話の宝庫だった。

地元の住民は主にケルト系だ。サクソン人の侵略者は、ここまで勢力を伸ばさなかったので、長い定住の歴史を誇るこの地方では、イギリスのほかのどこよりも、伝説は遠い過去にまでさかのぼる――そう、サクソン人の到来以前どころか、ローマ人の到来より前に当たる遠い過去、さらには土着のブリトン人が黒髪のアイルランド人海賊と闘っていた、信じられないほど古い時代にまで。

もちろん、矮人族は民話の一部となっている。伝説によれば、この洞窟は、征服者ケルト人に対する彼らの最後の砦《とりで》のひとつで、とうの昔に崩落したか、ふさがれるかした失われたトンネルによって、丘陵を蜂の巣状にうがった地下道のネットワークと繋《つな》がれているのだという。こうしたとりとめのない連想が、もっと冷酷な想念と胸のうちで漠然と競いあっているうちに、おれは洞窟の外側の部屋を通りぬけ、狭いトンネルにはいった。先人たちの記述によって、もっと大きな部屋に繋がっていることをおれは知っていた。

トンネルのなかは暗かったが、石壁に刻まれた謎めいた線刻の、摩耗しかけた朧《おぼろ》な輪郭を見分けられないほどではなかった。思いきって懐中電灯のスイッチを入れ、じっくりと調べてみた。ぼんやりとしていても、その異常で胸をむかつかせる特徴には嫌悪感をもよおした。たしかに、このグロテスクで卑猥《ひわい》なものを彫りつけたのは、おれたちの知る人間の鋳型で作られた人間ではない。

矮人族——ずんぐりしたモンゴロイドの原住種族に関して、人類学者の唱える説は正しいのだろうか。進化の度合いが低すぎるので、かろうじて人間と呼べる程度だが、それでいて、厭《いと》わしいものとはいえ、はっきりした独自の文化を所有していたという。学説によれば、彼らは侵略種族を前にして姿を消し、山鬼《トロール》、妖精《エルフ》、矮人《ドワーフ》、魔女といったアーリア伝説すべての基礎を形作った。はじめから洞穴に住んでいたこの原住種族は、侵略者の前にどんどん丘陵の洞窟へと撤退していき、ついにはすっかり姿を消した。ただし、民話の描きだす途方もない情景が正しいなら、丘陵のはるかな地下にある失われた深い裂け目に、彼らの子孫が、消え去った時代の忌まわしい生き残りとして、いまも生息しているという。

おれは電灯を消して、トンネルを通りぬけ、自然の業にしては左右対称すぎるように思える出入口のようなものへはいった。視線の先には、外側の部屋よりは少し低いところに位置する広大な薄暗い洞窟があり、見憶えがあるという異様な感覚にふたたび身を震わせた。短い階段がトンネルから洞窟の床へ延びている——ふつうの人間の足には小さすぎる段が、堅い岩に刻まれているのだ。まるで長年にわたり使われたかのように、そのへりはすっかり摩耗していた。おれは階段をくだりはじめ——いきなり足がすべった。つぎに起きることが本能的にわかった——それは見憶えがあるという奇妙な感覚と関係があった——だが、体勢を立て直すことはできなかった。おれはまっ逆さまに階段を転げ落ち、石床に激突して、目の前がまっ暗になった……。

意識がゆっくりともどってきて、頭がズキズキしたが、なにがなにやらわからず、途方に暮れるばかりだった。片手をあげて頭に当てると、血がこびりついているのがわかった。一撃を食らったか、転落したかだろうが、情況がさっぱり呑みこめず、頭のなかはまったくの空白だった。ここがどこで、自分がだれなのかがわからない。仄暗い明かりに目をしばたたきながら、周囲を見まわすと、ここが塵の積もる幅広い洞窟だとわかった。トンネルらしきものへ通じている短い階段を降りきったところに立っているのだ。呆然としながら四角く切りそろえた黒い総髪に手を走らせ、たくましい裸の手足と力強い胴体に視線をさまよわせる。ぼんやりと気づいたのだが、おれは革のサンダルを履き、腰帯のようなものを締めていて、その帯には空っぽの鞘《さや》がぶら下がっていた。

そのとき足もとに転がっているものが目にはいり、かがんで拾いあげた。それは重い鉄の剣で、幅広の刃は黒っぽく汚れていた。本能的に指を柄《つか》に巻きつけると、長く使いこんできたらしく、しっくりと手になじんだ。と、いきなり記憶がよみがえり、おれは笑い声をあげた。頭から墜落したくらいでなにもかも忘れるとは、このおれ、掠奪《りゃくだつ》者コナンも焼きがまわったものだ。そう、いまやなにもかも思い出した。ブリトン人を掠奪していたのだ。おれたちはエアラン（アイルランドのこと）と呼ばれる島から、松明《たいまつ》と剣で武装して、彼らの沿岸を絶えず襲っている。その日も、おれたち黒髪のゲール人は、背の低い長船に乗って、ある沿岸の村を急襲し、つづく颶風《ぐふう》のような戦闘のなかで、ブリトン人はついに頑強な抵抗を諦め、戦士も女子供も、オークの森の深い影のなかへ撤退した。つまり、おれたちが滅多に追いかけていかない場所まで。

だが、おれは追いかけた。敵ながら欲しくてたまらない娘がいたからだ。しなやかで、すらりとした若い女で、波打つ黄金色の髪と、海のように絶えず変化する、謎めいた深い灰色の目の持ち主だ。名前はタメラ――そう、おれはよく知っていた。両種族のあいだには戦争と同じように交易もあり、稀な休戦の時期に、おれは平和な訪問者としてブリトン人の村に行ったことがあるからだ。

彼女が牝鹿《めじか》のすばやさで走っていくと、その白い半裸の躰《からだ》が樹々のあいだに見え隠れし、おれは激情に駆られて息を喘《あえ》がせながら、そのあとを追った。ひねこびたオークの暗い影の下を彼女は逃げていき、おれはぴたりとついていった。いっぽう、はるか後方では、殺戮の叫喚と剣戟《けんげき》の響きがやんだ。そのあと、おれたちは静寂のなかを走った。例外は、彼女の苦しげな、すばやい息づかいだけ。そしておれが彼女のすぐうしろまで迫ったとき、狭い林間の空き地に飛びだし、目の前には陰鬱な口をあけた洞窟があった。おれがたくましい手で、なびいている彼女の黄金色の髪をつかまえると、彼女は絶望の泣き声をあげてしゃがみこんだ。とそのとき、ある叫び声が彼女の泣き声に重なり、くるっとふりむくと、ひょろりとした若いブリトン人が、死にもの狂いになっているのか、目をぎらつかせて、樹々のあいだから躍り出た。

「ヴェルトリクス！」娘が泣き声でいい、その声が嗚咽《おえつ》で途切れた。するとおれの心に獰猛な怒りが湧きあがってきた。その若者が彼女の恋人だと知っていたからだ。

「森へ逃げろ、タメラ！」若者が叫び、豹のように跳びかかってきた。頭のまわりでふりまわしている青銅の斧が、閃光《せんこう》を発する車輪のようだ。と、つぎの瞬間、金属の打ちあわされる音と、戦闘の激しい息づかいが響きわたった。

そのブリトン人は、背丈はおれと変わらなかったが、おれが筋骨隆々であるの対してしなやかだった。筋力だけならおれのほうに分があるので、やつはじきに守勢に立たされ、おれの重い剣の斬撃を斧で受け流すのが精一杯になった。おれは鍛冶屋が金床を打つように、やつの斧を打ちつづけ、容赦なく押しこんで、ひたすらやつを後退させた。やつの胸が大きく波打ち、息が苦しげな喘ぎとなり、唸りをあげるおれの剣に皮膚を切られた頭、胸、太腿《ふともも》から血がしたたり、その命は風前の灯だった。おれが斬撃に倍の力をこめ、やつが身をかがめて、嵐に翻弄される若木のように、その下で躰を揺らしたとき、娘の叫び声が聞こえた――

「ヴェルトリクス！　ヴェルトリクス！　洞穴よ！　洞穴のなかへ！」

おれの斬撃よりも怖ろしいものへの恐怖で、やつの顔が青ざめるのが見えた。

「そこはだめだ！」やつが喘ぎ声でいった。「きれいに死ぬほうがましだ！　イルマリネンの名において、タメラ、森へ逃げこんで、おまえだけでも救《たす》かれ！」

「あなたを置いてはいけない！」彼女は叫んだ。「洞穴よ！　それしか望みはない！」

彼女の白いほっそりした躰が、飛ぶようにおれたちのわきをかすめ、洞窟のなかに姿を消した。絶望の叫びをあげて、若者が死にもの狂いの一撃をくり出し、おれの頭蓋を断ち割りそうになった。その一撃をかろうじて受け流したおれがよろめくと同時に、やつが跳びすさり、娘のあとから洞窟へ飛びこんで、薄闇のなかへ姿を消した。

おれは冷酷なゲールの神々すべてを引き合いに出した怒号を響かせ、向こう見ずにもふたりを追った。入口のわきにブリトン人がひそんでいて、洞穴に飛びこんだとたん、頭をかち割られたとしたら——そんな考えは浮かびもしなかった。しかし、さっと視線を走らせると、部屋は空っぽで、奥の壁にあいた暗い出入口をぬけて、白いほっそりしたものが消えるところだった。

おれは洞窟を走りぬけて、いきなり立ち止まった。入口の薄闇から斧が飛びだしてきて、おれの黒髪の頭すれすれのところで唸りをあげたのだ。おれはとっさに後退した。いまやヴェルトリクスのほうが優勢だった。やつは地下道の狭い入口に立っているので、おれがやつのもとへ行こうとすれば、すさまじい斧の打撃に身をさらさないわけにはいかないのだ。

憤怒のあまり泡を吹きそうだった。そして戦士のうしろの濃い闇のなかに、ほっそりした白い躰が見えるので、頭に血が昇った。おれは凶暴に、だが慎重に攻めてかかり、敵に向かって激しく突きをくり出し、相手の打撃から身を引いた。やつをおびき出して突進させ、それをかわして、相手が体勢を立て直せないうちに突き刺したいところだ。開けた場所なら、純然たる膂力《りょりょく》と重い斬撃で打ち倒せるのだが、ここでは切っ先しか使えず、不利は否めない。おれの好みは常に刃のほうだった。しかし、おれはへこたれなかった。とどめを刺せないとしても、やつをトンネルに釘づけにしているあいだは、やつも娘もおれから逃げられないのだ。

娘が行動に出たのは、この事実を察したからにちがいない。というのも、外へ通じる道を捜してくる、と彼女がヴェルトリクスにいい、暗闇の奥へ進むなという大声の制止をふり切って向きを変えると、すばやくトンネルを走って薄闇のなかに姿を消したからだ。おれの怒りは啞然《あぜん》とするほど大きくなり、彼女が脱出の手立てを見つける前に、なんとかして敵を倒すのだという決意で頭が割れそうになった。

とそのとき、すさまじい絶叫が洞窟に谺《こだま》し、ヴェルトリクスが死に見舞われた男のように悲鳴をあげた。薄闇のなかでその顔は蒼白だった。まるでおれやおれの剣のことなど忘れたかのように、やつはくるりと身をひるがえし、タメラの名を絶叫しながら、狂人のようにトンネルを駆けていった。はるか彼方から、まるで大地の内奥から伝わってくるかのように、彼女の叫ぶ返事が聞こえたように思えた。それはシューシューいう奇妙な叫びと混じりあっていて、おれは得体の知れない、だが本能的な恐怖に激しく打たれた。それから静寂が降り、それを破るのはヴェルトリクスの狂乱した叫びだけだったが、それも大地の奥深くへ遠のいていった。

気をとり直して、トンネルに駆けこみ、ブリトン人が娘を追って走ったのと同じくらいあと先考えずに、やつを猛然と追いかけた。自分の名誉のためにいうが、たとえ赤い手をした掠奪者であっても、恋敵を背中から斬り倒すつもりだったわけではなく、どんな怖ろしい災厄がタメラを見舞ったのかを知りたい一心だった。

走っているうちにぼんやりと気づいたのだが、トンネルの側面には奇っ怪な絵がなぐり描きされていた。そして、これが怖ろしい〈夜の子供たちの洞窟〉にちがいない、と不意に悟って背筋が寒くなった。身の毛のよだつその話は、狭い海を渡って、ゲール人の耳にも届いていた。タメラはおれを怖れるあまり、彼女の同胞が忌み嫌う洞窟の奥へと駆り立てられたにちがいない。その話によれば、ピクト人やブリトン人が到来する前にこの地に住んでいて、彼らの前から丘陵の知られざる洞窟へと逃げこんだ、気味の悪い種族の生き残りが、そこにひそんでいるという。

前方でトンネルが広い部屋に通じていて、ヴェルトリクスの白い躰が薄闇のなかで一瞬きらめき、おれが踏破してきたばかりのトンネルの出口とは反対側の地下道の入口らしきもののなかへ消えるのが見えた。直後に裂帛《れっぱく》の気合いと渾身の力をこめた打撃の音があがり、半狂乱になった娘の悲鳴と、蛇が立てるようなシューシューいう音と混じりあって、おれの髪を逆立たせた。その瞬間、おれは全速力でトンネルから飛びだし、洞窟の床がトンネルより数フィート下にあることに気づいたが、あとの祭りだった。おれの飛ぶような足は小さな階段を踏みそこね、おれは堅い石の床に激しく叩きつけられた。

すべての記憶がよみがえったいま、おれは痛む頭をさすりながら、薄闇のなかに立ち、広大な部屋越しに、あの黒々として謎めいた地下道を怖々《こわごわ》とみつめていた。タメラと恋人はそのなかに姿を消したのだ。そしていまは、棺《ひつぎ》に掛ける布のように沈黙が垂れこめていた。おれは剣の柄を握りしめ、静まりかえった大きな洞窟を慎重に突っ切って、地下道をのぞきこんだ。おれの目に映ったのは、いっそう濃い闇だけだった。おれは闇を必死に見透かそうとしながら地下道にはいり、石床についた幅広い濡れた染みに足をすべらせたとたん、こぼれたばかりの血の生臭いにおいがツンと鼻をついた。だれか、あるいはなにかがここで命を落としたのだ。若いブリトン人か、やつを襲った正体不明のもののどちらかが。

おれはそこで迷った。先祖から受け継いだゲール人の超自然への恐怖が、おれの原始的な魂のなかに湧きあがってきたのだ。きびすを返し、この呪われた迷路から澄んだ陽光のなかへ歩み出て、清潔な青い海まで行くことはできる。そこでは、ブリトン人を掠奪したあと、仲間たちがいらいらとおれを待っているに相違ない。なぜこの気味悪い鼠の巣で命を危険にさらすような真似をする？　洞窟に出没するのはいったいどんな生き物なのか、ブリトン人に〈夜の子供たち〉と呼ばれるのは何者なのか、それを知りたいという好奇心は強かった。しかし、その暗いトンネルの先へとおれを駆り立てたのは、黄金色の髪をした娘への愛だった——そしておれなりに愛しているからこそ、彼女をおれの島のねぐらへ連れていったとしたら、優しく接するつもりだった。

おれは剣をかまえて、地下道を忍び足で歩いていった。〈夜の子供たち〉がどんな生き物なのかは見当もつかないが、ブリトン人の話によれば、およそ人間離れした性質を持つものらしい。

進むにつれ、暗黒が周囲に迫ってきて、やがておれは漆黒の闇のなかを歩いていた。前方を探っていた左手が、奇妙な彫刻をほどこした出入口にぶつかり、その瞬間、おれのかたわらでなにかが毒蛇のようにシューシューいい、おれの太腿に激しく斬りつけてきた。おれは猛然と反撃し、まぐれ当たりが命中した手応えがあり、なにかがおれの足もとに倒れて息絶えた。暗闇のなかでなにを殺したのかわからなかったが、とにかく人間のたぐいであるにちがいない。なぜなら、おれの太腿の浅い傷は、牙や鉤爪によるものではなく、なんらかの刃物につけられたものだったからだ。そしておれは恐怖で冷や汗をかいていた。神のみぞ知るその化け物のシューシューいう声が、これまで耳にしたことのある、どんな人間の言葉にも似ていなかったからだ。

そしていま、前方の闇のなかで、その音がふたたびあがった。それに混じってズルズルと匍《は》うおぞましい音が聞こえ、まるでおびただしい数の爬虫類が近づいてきているかのようだった。おれは手探りで見つけた入口にすばやく踏みこみ、またしても墜落しそうになった。というのも、入口の向こう側は別の水平の地下道ではなく、矮小な階段に通じていて、おれはその上で激しく手足をばたつかせたからだ。

体勢を立て直すと、縦穴の側面を手で探りながら躰を支え、慎重に進みつづけた。大地の内奥そのものへ降りていくように思えたが、引き返しはしなかった。はるか下方に、得体の知れない、かすかな光がちらりと見えた。おれはしゃにむに進みつづけ、縦穴がつぎの大きな丸天井の部屋へ通じている地点に行き当たった。そして愕然《がくぜん》として身をすくめた。

部屋の中央に気味の悪い黒い祭壇が据えてあった。燐《りん》のようなものが全体にこすりつけてあるので、鈍い光を放っていて、影の濃い洞窟を半ば照らしだしている。そのうしろには、人間の髑髏《どくろ》でできた台座に載って、神秘的な象形文字の刻まれている謎めいた黒い物体がそびえていた。〈黒い碑《いしぶみ》〉だ！ブリトン人によれば、途方もなく古い〈碑〉であり、〈夜の子供たち〉がその前でぬかずき、身の毛もよだつ礼拝の儀式を執り行なうが、その起源は忌まわしいほど遠い過去の黒い霧のなかに失われているという。伝説によれば、かつてはストーンヘンジと呼ばれる、あの奇怪な一本石《モノリス》の環のなかに立っていたのだそうだ。その信者たちが、ピクト人の弓の前に籾殻《もみがら》のように追い散らされる前の話である。しかし、おれは身震いしながら、おざなりな一瞥《いちべつ》をくれただけだった。生皮の紐で縛られた人間がふたり、光を放つ黒い祭壇の上に横たわっていたのだ。ひとりはタメラ。もうひとりはヴェルトリクスで、血に汚れ、服が乱れていた。乾いた血のこびりついたやつの斧が、祭壇のそばに転がっていた。そして光を放つ石の前に、怖ろしいものがうずくまっていた。

食屍鬼《グール》めいた原住民を目にしたことはなかったが、そいつの正体がわかったので、おれは身を震わせた。ある種の人間だが、進化の度合いが低すぎて、その歪《ゆが》んだ人間性は、その獣性にもましておぞましかった。

直立しても身の丈は五フィートに達しないだろう。胴体はいびつに骨張っていて、頭は不釣り合いなほど大きい。細くうねった髪が、四角い人間離れした顔に垂れていて、ねじれた唇から黄色い牙がむき出しになり、ぺしゃんこの鼻は横に拡がって、大きな黄色い目は釣りあがっている。その生き物は、暗闇でも猫のように目が見えるにちがいない。薄暗い洞窟のなかを何百年もこそこそ歩きまわってきたせいで、その種族には人間離れした怖ろしい特質がそなわっていた。しかし、なにより胸をむかつかせる特徴は皮膚だった。鱗のようで、黄色く、斑点があり、蛇の皮のようだ。本物の蛇皮でできた帯を痩せた腰に巻きつけ、鉤爪の生えた手で石の穂先のついた短い槍と、研磨した燧石《すいせき》でできた見るからに剣呑《けんのん》な棍棒を握っている。

そいつは捕虜を眺めて悦に入っていたので、おれがこっそり降りてきた音を聞かなかったにちがいない。縦穴の暗がりでためらっていると、はるか頭上でガサガサという不快な音が低くあがって、血管の血が凍りついた。〈子供たち〉が背後で縦穴を匍いおりてきているのだ。これでは挟み撃ちに遭ってしまう。その部屋にほかにも出入口があるとわかったので、おれは行動に移った。望みがあるとしたら、ヴェルトリクスと力を合わせることだけだと悟ったのだ。おれたちは敵同士だが、同じ鋳型から作られた人間であり、この筆舌に尽くしがたい怪物たちの巣に囚われているのだから。

縦穴から踏みだすと、祭壇のかたわらの怖ろしいものが、ぐいっと頭をもたげて、正面からおれを睨んだ。そいつが跳ね起きると同時に、おれも跳びかかり、そいつは血を噴きだしながらくずおれた。おれの重い剣が、その爬虫類めいた心臓を斬り裂いたのだ。しかし、絶命のまぎわに、そいつは忌まわしい金切り声でなにかいい、その怒号が縦穴のはるか上方まで谺していった。おれは大急ぎでヴェルトリクスの縛《いまし》めを切り、彼を引きずり立たせた。そしてタメラのほうを向くと、絶体絶命の窮地にあって、彼女はおれから身をすくめる代わりに、恐怖でこぼれ落ちそうになった目で懇願するようにおれを見あげた。ヴェルトリクスは言葉で時間を無駄にはしなかった。成り行きで力を合わせることになったのを悟ったのだろう。やつが斧をつかみあげると同時に、おれは娘を解放した。

「縦穴を登るわけにはいかない」やつは早口に説明した。「すぐに群れ全体に襲われる。出口を捜しているときにタメラがつかまり、追いかけたおれは、多勢に無勢でやられてしまった。おれたちは腐った肉が散らばっているところをここまで引きずられてきた――生贄《いけにえ》をつかまえたと、巣穴じゅうに触れまわっていたにちがいない。いったい何人の同胞が夜中にさらわれ、あの祭壇の上で命を落としたのか、イルマリネンだけがご存じだ。とにかく、あのトンネルのどれかに賭けるしかない――行き先はすべて地獄だとしてもだ！　ついてこい！」

タメラの手をつかむと、やつはいちばん近いトンネルへ脱兎のごとく駆けこみ、おれがそのあとを追った。地下道の曲がり角で視界がふさがれる前にちらっと部屋をふり返ると、吐き気をもよおすものの群れが縦穴から流れ出ているところだった。トンネルは急な上り勾配になっており、行く手に灰色の光線が忽然《こつぜん》とあらわれた。しかし、つぎの瞬間、おれたちの希望の叫びは、苦い失望の呪詛《じゅそ》に変わった。なるほど、丸天井の裂け目から陽光が射しこんでいる。だが、その裂け目は、手の届かないはるか頭上にあるのだ。背後では群れが大喜びで吼えていた。と、おれは立ち止まり、

「逃げられるものなら、おまえたちは逃げろ」と唸り声でいった。「おれはここでやつらを迎え撃つ。やつらは闇のなかでも見えるが、おれには見えん。とにかく、ここならやつらが見える。行け！」

しかし、ヴェルトリクスも立ち止まった。

「鼠みたいに狩られて、破滅に追いこまれるなんてご免だ。逃げ道はどこにもない。おれたちにも人間らしく運命に立ち向かわせてくれ」

タメラが手をもみ絞りながら悲鳴をあげたが、恋人にしがみついた。

「女といっしょにおれのうしろに立て」と唸り声でおれがいった。「おれが倒れたら、女の頭をその斧で叩き割って、生け捕りにされないようにしろ。そうしたら、できるだけ高くおまえの命を売ってやれ。おれたちの仇《かたき》をとってくれる者はいないんだからな」

彼の鋭い目が、正面からおれの目と合った。

「掠奪者よ、おれたちはちがう神を崇めているが、すべての神は勇敢な男を愛しておられる。ひょっとしたら、また会えるかもしれん、暗闇の彼方でな」
「短いつきあいだったが、さらばだ、ブリトン人！」おれは唸り声でいい、おれたちの右手が鋼鉄のようにがっちりと握りあった。
「短いつきあいだったが、さらばだ、ゲール人！」

そしておれがふりむくと同時に、忌まわしいものの群れがトンネルを突きぬけてきて、薄暗い明かりのなかにあふれだした。飛ぶように走る悪夢めいたものが、蛇のような髪をなびかせ、唇を泡で斑《まだら》に染め、目をぎらつかせている。おれは雄叫びをあげて、やつらを迎え撃つために飛びだし、おれの重い剣が歌って、歯をむき出した頭が肩から吹っ飛び、血の噴水のアーチを架けた。やつらは波のように押しよせてきて、おれの種族にそなわった戦闘の狂気がおれを呑みこんだ。おれは狂ったけもののように闘い、ひと太刀揮《ふる》うたびに骨と肉を断ち割り、血を深紅の雨のように降り注がせた。

と、やつらが殺到してきて、おれが大人数の重みに負けて倒れたそのとき、獰猛な叫びが喧噪《けんそう》を斬り裂き、ヴェルトリクスの斧がおれの頭上で歌って、血と脳漿《のうしょう》を水のように撒き散らした。圧力がゆるみ、おれは足の下でもだえている躰を踏みつけながら、よろよろと立ちあがった。

「うしろに階段がある！」ブリトン人が叫んでいた。「壁の陰にあって見えにくかったんだ！　陽射しのところまで通じているはずだ！　登れ、イルマリネンの御名において！」

そういうわけで、おれたちは闘いながら一インチまた一インチと後退した。害獣どもは血に飢えた悪魔のように闘い、斃《たお》された者たちの死体を乗り越えて金切り声をあげ、斬りかかってきた。おれたちはふたりとも一歩ごとに血を流しながら、縦穴の入口にたどりついた。タメラはすでにそのなかにはいっていた。

悪鬼そのものの叫び声をあげながら、〈子供たち〉が押しよせてきて、おれたちを引き倒そうとした。縦穴はさっきまでの地下道ほど明るくはなく、登るにつれて暗さが増したが、敵は正面から来るしかなくなった。神々にかけて、おれたちはやつらを殺しまくり、ついにはめった斬りにされた死骸が階段に散らばり、〈子供たち〉が狂った狼のように泡を吹いたのだ！　そのとき、不意にやつらが闘いをやめ、階段を駆けおりていった。

「いったいなにがはじまるんだ？」ヴェルトリクスが喘ぎ声でいい、目から血の混じった汗をふり払った。

「縦穴を登れ、早く！」おれは荒い息をしながらいった。「やつらは別の階段を登って、上から襲ってくるつもりだ！」

そういうわけで、おれたちが足をすべらせたり、つまずいたりしながら、その呪われた階段を駆け登り、縦穴に通じる一本の黒いトンネルを走りぬけたとき、はるか前方で身の毛もよだつ遠吠えがあがった。つぎの瞬間、おれたちは縦穴から曲がりくねった地下道に出た。そこは上から射しこむ、ぼんやりした灰色の光に仄明るく照らされていた。そして大地の内奥のどこかから、勢いよく流れる水の轟音が聞こえるように思えた。おれたちは地下道を歩きはじめた。そのとたん、重量のあるものがおれの肩にぶつかり、おれは頭から倒れこんだ。そして棍棒が二度、三度とおれの頭に叩きつけられ、鈍い赤色をした苦痛の閃光が脳裡《のうり》を横切った。おれは渾身《こんしん》の力で襲撃者を引き倒して、組み伏せ、そいつの喉を素手で引き裂いた。そいつはおれの腕に牙を食いこませたまま絶命した。

ふらふらしながら立ちあがると、タメラとヴェルトリクスは視界から消えていた。おれは彼らから少し遅れていたので、おれの肩に悪鬼が跳びかかったとは知らずに、ふたりは走りつづけたのだ。おれがまだすぐうしろにいる、と思っているにちがいない。おれは十段あまり登って、立ち止まった。地下道が枝分かれしていて、仲間がどちらの道を行ったのか、わからなかったのだ。当てずっぽうで左側の枝道にはいり、薄闇のなか、よろよろと歩きつづけた。疲労と出血で躰が弱っていて、受けた打撃のせいで眩暈《めまい》と吐き気がした。タメラへの思いだけが、頑固におれを進ませつづけた。いまや見えない奔流の水音がはっきりと聞こえた。

ここが地下深くでないことは、頭上のどこかから洩れてくる仄暗い光から明らかだったので、いまにも別の階段に行き当たるだろうと予想していた。だが、いざそうなったとき、暗澹《あんたん》たる絶望におちいって立ちすくんだ。階段は上りではなく、下りだったのだ。はるか後方のどこかから、群れの咆哮《ほうこう》がかすかに聞こえてきて、おれは漆黒の闇のなかへ突き進んだ。とうとう階段が尽きると、目が見えないまま進んでいった。脱出の希望は跡形もなく消えており、いま望むのは、タメラをみつけ——彼女と恋人が脱出路をみつけていないとしたらだが——彼女といっしょに死ぬことだけだった。勢いよく流れる水の轟音は、いまや頭上にあり、トンネルはぬるぬるしていて、湿っていた。水のしずくがポタポタと頭に落ちてきて、川の下を通っているのだとわかった。

やがて石に刻まれた階段にふたたび突き当たったが、これは上へ延びていた。おれはこわばった傷口が許すかぎりの速さで登っていった――ふつうの人間なら命を落としているほど躰を酷使していた。ひたすら登っていくと、堅固な岩にできた裂け目を通して、いきなり陽光が炸裂《さくれつ》した。おれはまばゆい陽射しのなかに出た。そこは激流を見おろす岩棚の上で、その川は屹立《きつりつ》する断崖に挟まれて怖ろしい速さで流れていた。おれが立っている岩棚は、断崖の頂のそばにあった。腕を伸ばせば届くところに身の安全がある。だが、おれはためらった。黄金色の髪をした娘への愛が強すぎて、彼女をみつけるという狂った希望をいだいて、あの黒いトンネルを引き返そうとした。そのとき、おれははっとした。

川を挟んで正面にある断崖にも裂け目が見え、おれが立っているのとよく似た岩棚が張り出していたが、もっと長さがあった。その昔は、なんらかの原始的な橋がふたつの岩棚を繋げていたにちがいない――おそらく川底の下にトンネルが掘られる前だろう。見ているうちに、ふたつの人影がそちらの岩棚にあらわれ出た――ひとりは傷だらけで、土埃にまみれ、足を引きずり、血に濡れた斧を握っている。もうひとりはほっそりしていて、白く、女らしい躰つきだ。

ヴェルトリクスとタメラだ！　ふたりは分岐点で別の枝道をとり、おれと同じようにトンネルの裂け目をたどって出てきたにちがいない。ただし、おれは左側のトンネルにはいり、川底の下をくぐったのだが。そしていま、ふたりが進退きわまっているのがわかった。あちら側の崖は、川のこちら側より五十フィートも高くそびえているうえに、垂直に切り立っているので、蜘蛛でさえよじ登れるのかどうか怪しいところだ。岩棚から逃げる道はふたつしかない。悪鬼の出没するトンネルを引き返すか、はるか下で荒れ狂う川までまっしぐらに落ちるかだ。

ヴェルトリクスが切り立った崖を見あげ、それから見おろして、絶望のあまり首をふるのが見えた。タメラがやつの首に両腕をからめ、激流のせいでふたりの声は聞こえなかったものの、ふたりがほほえみ、それからいっしょに岩棚の端まで行くのが目に映った。そして岩の裂け目から、不浄な爬虫類が暗闇からくねり出てくるように、見るも忌まわしいものの群れがあふれ出てきて、夜行性の生き物さながら、陽射しに目をしばたたいた。おれは無力感にさいなまれて、爪の下から血がしたたるまで剣の柄を握りしめた。なぜその群れは、あのふたりではなくおれを追いかけてこなかったのだ？

〈子供たち〉が一瞬ためらううちに、ふたりのブリトン人が彼らと向かいあった。それからヴェルトリクスが笑い声をあげ、はるか下方の激流へ斧を投げこみ、ふり返ると、これを最後とタメラをひしと抱きしめた。ふたりは揃って遠くへ跳び、腕をからめあったまま、まっすぐに落ちていき、ふたりを迎えるために跳びあがったかに思える、狂ったように泡立つ水にぶつかり、姿を消した。そして逆巻く川は、目も見えず耳も聞こえない怪物のように、谺を返す崖に沿って轟々と流れつづけた。

一瞬、おれは凍りついたように立ちつくし、それから夢中歩行する男のように向きを変え、頭上の崖のへりに手をかけて、弱々しく躰を引き揚げ、へりを乗り越え、崖の上に立った。はるか下方を流れる川の轟音が、ぼんやりした夢のように聞こえていた。

おれは足もとをふらつかせ、めまいに襲われながらズキズキと痛む頭をかかえた。そこには乾いた血がこびりついていた。狂おしい目で周囲を睨みまわす。おれは崖を登ったのだ――いや、クロムの神の雷《いかずち》にかけて、まだ洞窟のなかにいる！　剣に手を伸ばすと――

霧が晴れていき、くらくらしながらも周囲に目を凝らして、いまいる時間と空間を特定しようとした。おれが立っているのは、転落した階段を降りきったところだった。掠奪者コナンだったおれは、ジョン・オブライエンにもどっていた。あのグロテスクな幕間劇は、すべて夢だったのだろうか？　ただの夢が、あれほど鮮明に見えるものだろうか？　夢のなかでさえ、人はしばしば夢を見ているのだと気づくものだ。しかし、掠奪者コナンは、自分以外の存在をまったく認識していなかった。さらにいえば、生きている人間のように自分の過去を記憶していた。もっとも、ジョン・オブライエンの目醒めた心のなかで、その記憶は塵と霧のなかに薄れていったが。しかし、〈子供たちの洞窟〉におけるコナンの冒険は、ジョン・オブライエンの心にくっきりと刻まれていた。

薄暗い部屋を挟んで、ヴェルトリクスが娘を追いかけていったトンネルの入口のほうに視線を走らせる。だが、目を凝らしても無駄で、見えるのはのっぺりした洞窟の壁だけだった。おれは部屋を突っ切り、懐中電灯のスイッチを入れた――転落しても奇跡的に壊れなかったのだ――そして壁沿いに手を觸わせた。

はっ！　おれは感電したようにぎくりとした。入口があったはずのまさにその場所で、材質のちがいを指が探りあてたのだ。壁のほかの部分よりもザラザラした個所がある。それはかなり近代の職人技と見てまちがいなかった。トンネルはふさがれているのだ。

渾身の力で押してみると、その部分はいまにも崩れそうに思えた。おれは後退し、ひとつ深呼吸をすると、太い筋肉の力すべてを動員して、全体重をかけた。脆《もろ》く、朽ちかけていた壁は、轟音とともに崩れ落ちて、おれは降り注ぐ石と落下する石材の雨を突きぬけた。

あわてて立ちあがると、鋭い叫びが洩れた。そこはトンネルのなかで、こんどは見憶えのあるという感覚はまちがえようがなかった。不浄な〈子供たち〉がタメラを引きずっていったとき、ここでヴェルトリクスが最初にやつらと出会い、いまおれが立っているここの床は、血まみれになっていたのだ。

おれは没我状態にある男のように地下道を歩いていった。まもなく左手の出入口に行き当たるはずだ——ほら、あった、奇妙な彫刻のほどこされた門が。その入口で、おれは闇のなか、おれのかたわらで起きあがった見えないものを殺したのだ。一瞬、躰が震えた。この人里離れた洞窟に、あの不浄な種族の生き残りが、まだひそんでいるということはあり得るだろうか？

出入口をぬけると、小さな段が堅固な石に刻まれた、くだり勾配の長い縦穴を電灯が照らしだした。掠奪者コナンは手探りしながらこれを降りていった。そしておれ、ジョン・オブライエンは、その前世の記憶が漠然とした幻で頭をいっぱいにする状態で、これを降りていった。行く手に明滅する光はなかったが、その昔に知った大きな薄暗い部屋にはいり、無気味な黒い祭壇が電灯の輝きを受けて黒々と浮かびあがるのを見て、ぶるっと身を震わせた。いまはそこで身もだえしている縛られた人間もおらず、その前にうずくまって、にたにたと笑っている怖ろしいものもいない。古代エジプトが時の曙《あけぼの》から生まれる前に、未知の種族がその前でぬかずいていたという〈黒い碑〉を支える髑髏のピラミッドもない。髑髏の山が忌まわしいものを支えていた場所に、塵がうずたかく積もっているばかりだ。いや、あれは夢ではなかった。おれはジョン・オブライエンだが、あの前世では掠奪者コナンであり、あの無気味な幕間劇は、おれがふたたび体験した現実のひとこまなのだ。

行く手を電灯で照らしながら、おれたちが逃げこんだトンネルにはいると、頭上から射しこむ灰色の光線が見えた――あの失われた別の時代とまったく同じように。ここでブリトン人とおれ、コナンは追いつめられて反撃したのだ。高い丸天井にできた古い裂け目から目を転じ、階段を捜した。あった、壁の陰に半ば隠れている。

悠久の昔、おぞましいものの群れが足もとでシューシューいい、泡を吹いているなか、ヴェルトリクスとおれがどれほど苦労して登ったのかを思い出しながら、おれは階段を登った。あんぐりと口をあけた暗い入口に近づくうちに、ふと気がつくと、恐怖で躰がこわばっていた。この入口を通って、やつらの群れがおれたちを切り刻みにきたのだ。灰明るく照らされた下の地下道にはいったとき、電灯を消しておいたので、いまは階段に通じる漆黒の井戸をちらっとのぞきこむ形だった。そして悲鳴をあげてあとじさり、すり減った段の上であやうく足をすべらせるところだった。薄闇のなかで冷や汗をかきながら、電灯のスイッチを入れ、リヴォルヴァーをかまえて、謎めいた開口部の奥に光線を向けた。

見えたのは、小さな縦穴状のトンネルのむき出しになった周壁だけで、おれは引きつった笑い声をあげた。想像力が暴走していた。てっきり忌まわしい黄色い目が、暗闇からこちらを睨んでいて、匍いずるものが、トンネルをこそこそと逃げていったと思ったのだ。こんな想像に動揺するとは、なんと愚かなことか。〈子供たち〉はここらの洞窟から消えて久しいのだ。人間よりも蛇に近い、名状しがたくもおぞましい種族である彼らは、何百年も前に忘却の奥へと消えていったのだ。大地が闇に包まれていた曙の時代に餌いだしてきた忘却の奥へと。

縦穴から曲がりくねった地下道へ出た。往時の記憶どおり、こちらのほうが明るかった。ここで暗がりにひそんでいたものが、おれの背中に飛びかかり、いっぽう仲間たちは、なにも知らずに走りつづけたのだ。あれほどの深手を負ったあとも進みつづけたとは、コナンはなんと野獣じみた男であったことか！　そう、あの時代、すべての男は鉄でできていたのだ。

トンネルが分岐している地点に行き当たり、前回と同様に左手の枝道をとると、くだりの縦穴に行き当たった。川の轟音に耳を澄ましながらくだったが、なにも聞こえてこなかった。ふたたび暗黒が縦穴を包みこんだので、またしても懐中電灯に頼るしかなくなった。そうしなければ、足をすべらせて、墜落死をとげることになる。なにしろ、足もとのたしかさに関しては、おれ、ジョン・オブライエンは、かつてのおれ、掠奪者コナンとは雲泥の差で、虎なみの力強さや敏捷《びんしょう》さとも無縁なのだ。

ほどなくして湿った下の階層にぶつかり、ここが川底の下だと示す湿気をまたしても感じたが、勢いよく流れる水音は聞こえなかった。なるほど、遠い古代にどんな激流が轟音をあげながら海へ流れこんでいたにしろ、今日《こんにち》の丘陵地帯には、あれほどの量の水はない――おれはそれを知っていた。足を止め、懐中電灯であたりを照らす。そこは広大なトンネルで、天井はさほど高くないが、幅は大きかった。もっと小さなトンネルが、そこから何本も枝分かれしていて、丘陵を蜂の巣のようにうがっているネットワークには驚くばかりだった。

大地のはるか下にある、その暗く、天井の低い地下道の醸しだす陰鬱な雰囲気は、どうにもいいあらわしがたい。言語に絶するほど古いという圧倒的な感覚が、あたり一面に垂れこめていた。矮人族は、なぜこの謎めいた地下室を掘りぬいたのだろう、それはどの暗黒時代のことだったのだろう？　これらの洞窟は、押しよせる人間の潮から逃げこむ最後の避難所だったのだろうか、それとも、記憶にない時代からつづく城砦《じょうさい》だったのだろうか？　おれは途方に暮れて首をふった。おれが見た〈子供たち〉は野獣と変わらなかった。それでも、現代の技師にも至難の業であるだろうに、これらのトンネルや地下室を掘りぬいてみせたのだ。たとえ生まれつきの性質ではじめた仕事を完成させたにすぎなくても、矮小な原住種族にしては、やはり偉業というべきだろう。

そのとき、この薄暗いトンネルで思いのほか長い時間を過ごしていることに気づいて愕然とし、コナンが登った階段を捜しはじめた。それをみつけて、登っていくと、不意にまばゆい陽射しが縦穴を満たしたので、またしても安堵《あんど》の吐息を深々と洩らした。岩棚に出ると、いまは風化して、絶壁の出っ張りとさして変わらないまでに小さくなっていた。そして、狭い渓谷の断崖のあいだに閉じこめられた怪物のように吼え猛《たけ》っていた大河が、悠久の時の経過とともに縮小し、ついにははるか眼下の小さな水流――川原石のあいだをちょろちょろと流れて海へ向かう小川――でしかなくなったのが見てとれた。

そう、大地の表面は変化する。川は膨らんだり、しぼんだりするし、山は隆起し、崩落する。湖は干上がり、大陸の地形は変わる。だが、大地の下では、失われた謎めいた手の作りあげたものが、流れゆく〈時〉の手に触れられずにまどろんでいる。そう、彼らの作りあげたものは。だが、あのトンネルを掘りぬいたのは、いったいどんな手だったのか？　彼らもまた丘陵の内懐にひそんでいるのだろうか？

どのくらいのあいだそこに立ち、とりとめのない想念を追っていたのかはわからない。だが、風化して崩れかけている反対側の岩棚にふと視線を向けると、背後の入口に思わず引っこんだ。ふたつの人影が岩棚に出てきて、それがリチャード・ブレントとエレノア・ブランドだとわかって息を呑んだ。洞窟までやってきた理由をいま思い出し、本能的にポケットのなかのリヴォルヴァーを手探りした。ふたりはこちらを見なかった。だが、おれにはふたりが見え、声もはっきりと聞こえた。岩棚のあいだで轟音をあげる激流が、いまはないからだ。

「とにかく、エレノア」ブレントがいっていた。「ぼくといっしょに来る気になってくれてよかった。昔話のいうとおり、隠れたトンネルが洞窟から延びているだなんて、だれが本気にするだろう？　それにしても、壁のあの部分はどうして崩れたんだろう？　ぼくらが外側の洞穴にはいったちょうどそのとき、ガラガラという音が聞こえたような気がしたんだ。浮浪者かなにかが洞窟の奥のほうにいて、あれを壊してなかにはいったんだろうか？」

「わからないわ」彼女は答えた。「憶えているのは――ああ、わからない。まるで前にここへ来たことがあるか、夢に見たことがあるような気がする。遠い悪夢みたいに、かすかに憶えている気がするの、身の毛のよだつ怪物がすぐうしろに迫っていて、この暗い地下道を走って走って、いつまでも走りぬけたのを……」

「ぼくもいたのかい?」ブレントが冗談めかしてたずねた。

「ええ、それにジョンも」彼女は答えた。「でも、あなたはリチャード・ブレントじゃなかったし、ジョンはジョン・オブライエンじゃなかった。そう、わたしもエレノア・ブランドじゃなかった。ああ、すごく漠然としていて、口じゃいいあらわせないわ。もやもやと霧がかかっているみたいで、身の毛がよだつほど怖ろしいの」

「わかるよ、ほんの少しだけど」意外にも彼がいった。「壁が崩れて、古いトンネルがあらわれていた場所に行き当たってからずっと、この場所に見憶えがある気がしてならないんだ。恐怖があり、危険があり、戦闘があった——それに愛も」

彼は岩棚のへりに近より、峡谷を見おろした。するとエレノアが不意に鋭い叫び声をあげ、発作的に彼にしがみついた。

「やめて、リチャード、やめて! 抱いて、ああ、わたしをきつく抱いて!」

彼はエレノアを抱きかかえた。

「おやおや、エレノア、いったいどうしたっていうんだ?」

「なんでもないわ」彼女は口ごもったが、ますます彼にしがみつき、その躰が震えているのがわかった。「おかしな感じがしただけ——まるですごい高さから落ちているみたいに、めまいがして、怖くてたまらなくなったの。崖っぷちには近よらないで。ディック、怖ろしくてならないから」

「近よらないよ」彼は答え、彼女をさらに抱きよせると、ためらいがちに言葉をつづけた。「エレノア、長いあいだ訊きたかったことがある――いやはや、遠まわしにいえればいいんだが、ぼくにはできそうにない。きみを愛している、エレノア。ずっと前から愛していた。きみも知っているはずだ。でも、きみがぼくを愛していないのなら、身を引いて、もうきみを煩わせない。頼むから、どちらなのか教えてくれ。もうこれ以上は耐えられないから。ぼくなのか、それともアメリカ人なのか？」

「あなたよ、ディック」彼女は答えて、ブレントの肩に顔を隠した。「ずっとあなただった、自分でも知らなかったけれど。ジョン・オブライエンのことはとても大切に思っているわ。自分が本当に愛しているのがどちらなのか、自分でもわからなかった。でも、きょう、あの怖ろしいトンネルをぬけて、あの身の毛もよだつ階段を登ったとき、そしていまさっき、どういうわけか、わたしたちが岩棚から落ちていると思ったとき、あなたを愛しているのだと悟ったの――ずっとあなたを愛していた、いまとはちがうたくさんの人生を通じて。ずっとずっと昔からよ！」

ふたりの唇が出会い、彼女の黄金色の頭がブレントの肩に伏せるのが見えた。おれの唇はカラカラになり、心臓は冷たくなった。それでも、魂は安らかだった。ふたりはおたがいのものだ。悠久の昔、ふたりは生きて、愛した。そして、その愛ゆえに災難に遭い、命を落とした。そしておれ、コナンがふたりをその運命に追いやったのだ。

ふたりが腕をからめて、絶壁の裂け目のほうを向くのが見えた。そのときタメラ――つまりエレノア――の金切り声が聞こえた。ふたりとも飛びすさるのが見えた。そして裂け目から怖ろしいものがくねり出てきた。見るも厭《いと》わしく、頭がおかしくなりそうなものが、澄んだ陽光のなかで目をしばたたいている。そう、おれは昔からそれを知っていた――忘れられた時代の置き土産。大地の暗闇と失われた過去から、そいつが自分のものをとり返そうと、忌まわしい躰をくねらせながら出てきたのだ。

　はじめから厭わしかった種族に、三千年の退化がなにをもたらすか、それがわかって身震いが出た。そしてそいつの同類、生きつづけている怪物は世界にただ一匹だと本能的にわかった。そいつが何百年にわたって、湿った地下のねぐらの軟泥のなかでのたうっていたのかは、神さまだけがご存じだ。〈子供たち〉は姿を消してしまう前に、人間と似たところをすっかり失い、爬虫類の生き方で生きていたにちがいない。この化け物は、ほかのなにより大蛇に似ていたが、退化した脚と、鉤爪のついた細長い腕がついていた。そいつは腹這いになって動いていて、斑点の散った唇をまくりあげて、針のような牙をむき出していた。その牙からは毒がしたたっているように感じられた。そいつはシューシューと音を立てながら、見るも忌まわしい長い首に載ったおぞましい頭をもたげ、いっぽう黄色い釣りあがった目は、地中の黒いねぐらで生まれた恐怖のすべてをたたえてぎらついていた。

　その目だったのだ、先ほど階段に通じる暗いトンネルからおれを睨んだのは。どういうわけか、その生き物はおれから逃げた。懐中電灯の明かりが怖かったからかもしれない。当然ながら、洞窟に残っているのはそいつだけだということになる。そうでなければ、おれは暗闇のなかで襲われていた。そいつがいなければ、トンネルを安全に行き来できるわけだ。

　いま、その爬虫類めいたものは、身をくねらせながら、岩棚の上で進退きわまっている人間たちに向かっていた。ブレントがエレノアを背後に押しやり、顔面を蒼白にして、できるだけ彼女を守ろうとした。そしておれは、かつてのおれ、掠奪者コナンが遠い昔にその恋人たちに負った負債を、このおれ、ジョン・オブライエンが返せることを無言で感謝した。

怪物がさらに鎌首をもたげ、ブレントは冷たい勇気をふり絞り、素手で迎え撃とうと跳躍した。すばやく狙いをつけて、おれは一発だけ撃った。そびえ立つ断崖のあいだを、銃声が最後の審判の日の雷鳴のように谺して、世にも怖ろしいものは、おぞましい人間の叫びをあげ、大きくよろめくと、前のめりになり、傷ついた大蛇のように身をくねらせ、のたうたせながら、傾斜した岩棚から転げ落ち、はるか眼下の岩場まで錘《おもり》のように落ちていった。

キンメリア

一九三二年二月、テキサス州ミッションにての作。フレデリクスバーグ近郊の丘陵地帯で、冬の雨にけぶる風景を見た思い出に寄せて。

ロバート・E・ハワード

憶えている
陰鬱《いんうつ》な丘の斜面を覆いつくす暗い森、
灰色の雲が重く垂れこめて作る不変の拱門《アーチ》、
音もなく流れる黒ずんだ小川、
峠を吹きわたる寂寥《せきりょう》たる風を。

見わたすかぎり、山また山、
斜面に重なる斜面、それぞれに被さる鬱蒼《うっそう》とした森、

われらが荒涼たる地の眺め。さすれば、峨々《がが》たる山巓《さんてん》に登り
視線を凝らせば、その仄暗い目に映るのは
涯《はて》しなくつづく景観ばかり――山また山、
斜面に重なる斜面、兄弟と同じ頭巾を被った山稜《さんりょう》の群れ。

この暗鬱な土地にあるのは、見たところ
太陽を忌み嫌う風と雲と夢ばかり、
侘びしい風にそよぐ葉の落ちた枝ばかり。
小《お》暗い森があらゆるものにのしかかり、
稀に顔を出す仄暗い太陽も輝かず
人の影を短く落とすばかり。人呼んで
キンメリア、闇と深き夜の国。

悠久の昔、はるか彼方で
わたしには、いまは忘れた呼び名があった。
燧石《すいせき》を穂先にした槍と斧は夢のごとく、
狩りと戦《いくさ》は影のごとし。思い出すのは
あの陰鬱な土地の静寂のみ。

山の端に永久《とこしえ》に重なった雲、
涯しなくつづく仄暗い森。
キンメリア、闇と夜の国。

ああ、影深き丘で生まれたわが魂よ、
太陽を忌み嫌う雲と風と幻の申し子よ、
灰色ずくめの幻の衣裳でわたしを包む
この遺産がついに絶えるまで、いくつの死を
重ねることになるのか？　わが心を探れば、見つかるのは
キンメリア、闇と夜の国。

ハイボリア時代の諸民族に関する覚え書き

アキロニア人。　これはおおむね純血種族だが、南部ではジンガラ人との接触によって混血が進み、西部と北部では――はるかに小規模であるものの――ボッソニア人との混血が進んでいる。ハイボリア人の諸王国の最西端に位置するアキロニアは、開拓地の伝統を遵守しており、これに匹敵するものは、さらに古い歴史を誇るヒューペルボリアと辺境王国のみである。そのもっとも重要な属州は、南のポイタイン、北のグンデルランド、南東のアッタルスである。アキロニア人は長身の種族で、平均身長は五フィート十と四分の三インチ。概《がい》して痩身《そうしん》の傾向があった。もっとも、最後の数世代では、都市居住者が肥満の傾向を見せていたが。肌の色は、もっぱら出身地によって千差万別だった。かくしてグンデルランドの住民が、一様《いちよう》に黄褐色の髪と灰色の目を持つのに対し、ポイタインの住民は、隣人であるジンガラ人と同じように、ほぼ例外なく黒い髪と黒い眸《ひとみ》の持ち主だった。おおむね長頭の傾向を示したが、ボッソニアとの国境地帯に住む少数の農民は例外であり、その型《タイプ》は後進種族との混血によって変化をこうむっていた。そして王国のそちこちに点在する文明度の低い地域には、出自の知れぬ原住種族の生き残りがいまなお存在し、周囲の人口に吸収されかけていた。アッタラスの人々は、商業と文化の先進地であることを誇ったが、アキロニアの文明水準そのものが、全体として他国の羨望《せんぼう》の的《まと》であった。彼らの言語は、ほかのハイボリア諸語とよく似ており、彼らの主神はミトラである。その国力の絶頂期に、彼らの宗教は想像力に豊む洗練されたものとなった。人身供犠《じんしんくぎ》は執《と》り行なわれなかった。戦争にはもっぱら龍騎《りゅうき》兵、すなわち重武装の騎士を主力とした。矛《ほこ》兵と槍《そう》兵は主にグンデルマン族であり、いっぽう弓兵はボッソニア辺境地帯の出身だった。

グンデルマン族。グンデルランドはかつて独立公国であったが、征服ではなく合意のもとに、より大きなアキロニア王国に併合された。その住民は、みずからを生粋《きっすい》のアキロニア人とみなしたことはなく、大王国の没落後、グンデルランドは数世代にわたり、独立公国という元の状態に復して存続した。彼らの風習は、アキロニア人のそれよりも粗野で素朴なハイボリア風のものであり、文明度の進んだ南の隣人たちの風習への譲歩は、もっぱら素朴なボリのかわりにミトラ神を崇《あが》めるという形をとった——とはいえ、アキロニアが衰退すると、ボリ神崇拝に復したのだが。彼らは、ヒューペルボリア人についで長身を誇るハイボリア人種族だった。優秀な兵士であり、遠くまで放浪する性向《せいこう》があった。グンデルランド人傭兵は、ハイボリア諸王国の軍勢、さらにはザモラやシェム人の有力王国の軍勢につきものであった。

キンメリア人。この民族は古代アトランティス人の末裔《まつえい》であるが、彼ら自身はみずからの出自を知らず、遠い祖先がおちいった猿人の段階から独力で進化してきた。長身で膂力《りょりょく》に優れた種族であり、平均身長は六フィート。黒い髪と、青ないし灰色の目を持っていた。長頭で、肌は浅黒かったが、ジンガラ人、ザモラ人、ピクト人ほど黒くはなかった。野蛮で好戦的であり、征服の憂き目《うめ》を見たことはなかった。もっとも、ハイボリア時代の末に、南下する北方人種《ノルド》によって故地《こち》を追われたのだが。陰《いん》鬱《うつ》で、ふさぎがちな種族であり、その神はクロムとその眷属《けんぞく》である。人身供犠は執り行なわなかった。神々は人間の運命に無関心だと信じていたからである。もっぱら徒歩《かち》で闘い、東、北、南の隣国へ攻め入っては、掠奪《りゃくだつ》を行なった。

野蛮と文明――ハワードのラヴクラフト宛書翰より

一九三二年八月九日ごろ

いつもながら、ローマ人とギリシャ人に関する御高説を興味深く拝読しました。この時代と人々について、あなたほど鋭く真に迫った洞察を行なえる者はいないでしょう。じっさい、歴史書のたぐいをひもとくよりは、あなたの書かれたものを読むほうが、はるかに多くの知識と喜びを得られます。ふつうなら、埃《ほこり》をかぶって、じっと動かずにいると思われるものに、あなたは生気を吹きこみます。小生はギリシャ史とローマ史を学ぼうとしてきましたが、それは退屈で、往々にして理解不能だと判明しました。彼らの視点が理解できないからです。神人時代のアカイア人には興味をそそられますし、程度は劣るとはいえ、共和制初期のローマ人にも興味を惹《ひ》かれます。つまり、こういって良ければ、彼らが苦闘する部族国家であった時代に。しかし、その興味はすぐに薄れていきます。それらの時代に興味深いものが欠けているからではなく、小生自身の気質に欠陥があるからです。高度に文明化した民族や国や時代には――この国や時代を含めて――いっこうに興味を惹かれません。小生の興味を惹きつけてやまないのは――どんな民族であれ――野蛮状態を脱しようとしている、あるいはまだ脱していないときの民族なのです。彼らを理解し、彼らについて理知的に書くことができるように思えます。しかし、彼らが文明に向かって進歩するにつれ、小生の理解力は弱まりはじめ、ついにはすっかり消え失せて、気がつけば彼らの流儀や思考や野望は、ちんぷんかんぷんになっているのです。従って、小生がいちばん興味を惹かれ、讃辞を惜しまないのは、中国とインドを征服したモンゴル人の第一世代です。しかし、数世代のち、被征服民の文明に適応を果たすと、彼らにはこれっぽっちも興味が湧かなくなります。小生の歴史研究は、時代から時代へ、絶えず新たな野蛮人を捜し求めることでした。

一九三二年九月から十月ごろ

いつもながら、ギリシャ＝ローマ世界に関する御高説を興味深く拝読しました。文化的な環境と伝統のほうが、概して血筋よりも強いという点には賛同します。ローマ化したガリア人が好例といえましょう。そして今日のアメリカでも、多くの移民が第二世代か第三世代までにすっかりアメリカ化して、先住の人々と混じりあい、この国と民族に適応して、その一部となったように思えます。まるで彼らの祖先がメイフラワー号に乗ってきたかのように。もちろん、後者には例外がたくさんありますが、大筋の議論に影響をあたえるものではありません。

小生自身としては、好きな場所に住めるという条件で、何百年も時をさかのぼり、前の時代にいきなり運ばれるとしたら、当然ながら、できるかぎり文明化した国を選ぶでしょう。そうでなければなりません。小生はつねに平穏で守られた生活を送ってきたので、野蛮状態には対処できないでしょうから。従って、身を守るために、シリアよりはエジプトを選ぶでしょう（そうでなければ、本能に導かれてシリアを選んだはずです）。スペインやトラキアよりはギリシャを、ガリアやブリテンやゲルマンよりはローマを選ぶでしょう。個人的な必要に迫られて、できるかぎり保護された文明社会に溶けこもうとし、彼らの法律と慣習に従うでしょう。そして必要とあらば、彼らと肩を並べて、小生と同じ血を引く粗野な民族と闘うでしょう。

その一方で、ほかの暮らしや環境を知らずに前の時代に生まれ変わり、育つのだとしたら、アイルランド西部の丘陵地帯か、ゲルマンの森か、ロシア南部の大草原《ステップ》に建つ掘っ立て小屋に生まれることを選ぶでしょう。痩せこけた貪欲で非情な人間に育つこと、野蛮な神々を崇拝し、野蛮人の不毛な生活を送ること――それは、それ以外のものを味わったことのない野蛮人にとって、非情でも不毛でもありません。小生は年老いた正真正銘の開拓者と言葉を交わしたことがありますが、彼らは現代人には耐えがたく思え、軟弱な人間なら命を落としただろう艱難辛苦《かんなんしんく》を認めながらも、けっきょくこういうのです――自分にとってその生活は、この新しい局面よりも満ち足りていて、活気があり、充実したものだった、と。もちろん、こうした男たちは、変化する情況に適応できていないのがふつうです。しかし、それ以外のものを知らない男に知識人にとって、開拓民の生活は耐えがたいものでしょう。

とって、そういう生活は興趣に富んだものなのです。

一九三二年十一月二日ごろ

その言葉（文明のこと）で想起するのは、過去に生まれ変わるならどこを選ぶかという問題について小生が述べた意見に関するわれわれの議論です。野蛮が文明に優っていた、と小生はいったわけではありません。全体としての世界にとって、たとえ堕落した形態であっても、文明のほうが全体としての人類にとってはましであるのはまちがいありません。小生は野蛮というものに牧歌的なものを見ておりません――小生の知り得たかぎりでは、それは残忍で、血なまぐさく、獰猛《どうもう》で、愛のない状態でした。どの民族であれ、野蛮人を神に似た自然の申し子、摩訶《まか》不思議な叡智《えいち》をそなえ、韻を踏んだ台詞《せりふ》を朗々と謳《うた》いあげる偉丈夫として描くことには我慢なりません。ばかばかしいにもほどがあります！　小生の頭にある野蛮人は、まったくの別物です。彼は偉丈夫でもなければ、威厳に満ちてもいませんでした。獰猛で、執念深く、粗暴で、しばしば卑劣でした。漠然とした恐怖にとり憑《つ》かれていました。異様きわまる理由で身の毛のよだつ罪を犯しました。民族としては、文明人がたびたび見せる断固たる勇気をめったに示しませんでした。子供っぽく、逆上しやすく、血に飢えていて、信用なりませんでした。個人としては、族長とまじない師《シャーマン》の影のもとに生きており、そのどちらかの気まぐれや、夢や、風に舞う木の葉のせいで、血まみれの最期をとげることもありました。宗教はたいてい凶運と幻影から成っており、神々は忌まわしく怖《おそ》ろしいものでした。神々は彼に身体の毀損やわが子の殺戮《さつりく》を命じ、彼は素朴すぎて文明人には理解できない怖れから従いました。生活はしばしばタブーでがんじがらめになっており、鋭い剣の刃のあいだを震えながら歩くようなものでした。文明人が理解するような精神的自由はなく、氏族と部族と族長に隷属しているので、個人的な自由もあってなきがごとしでした。夢と幻影が彼にとり憑き、狂気に追いやりました。原始生活の単純さですか？　小生にいわせれば、野蛮人のかかえる問題は、それなりの流儀で、現代人のかかえる問題と同じくらい複雑でした――ひょっとすると、もっと複雑だったかもしれません。彼の人生を動かすものはもっぱら――自分のにしろ、他人のにしろ――気まぐれでした。戦《いくさ》のとき彼は不安定でした。木の葉が舞うだけで、血の渇きに興奮して勝ち目のない闘いに飛びこんでいったり、勝利を目前にして半狂乱で逃げだしたりすることがありました。しかし、豹のようにしなやかで強靭《きょうじん》であり、肉体的な力を存分に揮《ふる》う喜びを満喫していました。昼と夜が彼の書物であり、走るもの、歩くもの、匍《は》うもの、飛ぶもののすべてをそこに読みとりました。木と草と苔むした岩と鳥とけものと雲は、彼にとって生きており、親族の一部でした。風が彼の髪をなびかせ、彼は肉眼で太陽を直視しました。しばしば飢餓に襲われましたが、饗宴《きょうえん》を張るときは旺盛な食欲を発揮し、食べ物の汁と強い飲み物は、彼の味覚には刺激的な旨酒でした。ああ、どうにもうまくいえません。小生の見方に共感してくれる人にはお目にかかったことがありませんし、お目にかかりたいとも思いません。それでかまわないのです。いまはそういう生活に飛びこみはしません。そういう生存様式には適していないので、小生にとっては生き地獄になるでしょう。しかし、重ねて申しあげますが、ほかの生活を知らずに生まれて育つ生存様式を、いまとは別に選ぶとしたら、先ほど描きだそうとした生存様式を選ぶでしょう。ここで述べた文明と野蛮の相対的な長所に疑問の余地はありません。それを選ぶのは、小生の個人的な意見と選択にすぎません。

一九三二年十二月ごろ

野蛮と文明に関して、文明人がいきなり野蛮な生活に放りこまれたら、耐えがたいと判明するにちがいありません。しかし、そのような状態に生まれた者は、人生に欠けているものがあるとは感じません。白人到来以前のインディアンが、ウイスキーの欠乏や必要性を感じなかったのと、あるいは煙草というものを知る前に、ヨーロッパ人が煙草の欠乏を感じなかったのと同じです。ウイスキーと煙草は人工的な刺激物であり、嗜好《しこう》を意図的に発達させていなければ、なくてもかまわないものです。文明に付随するほかの多くのものが同じです。いまわれわれは、それなしではやっていけませんが、発見したり発達させたりしていなければ、そのほうが良かったでしょう。野蛮人のあいだでシャーマンか吟遊詩人に成ることについていえば——未開人に交じって暮らすなら、いちばん成りたくないものがそれらです。その思考や方法がどれほど空想的で野蛮なものであろうと、その部族と時代においては、シャーマンが文明人にいちばん近い存在であることは明白です。それゆえ彼は、漠然とですが、頭の上にある（「上」という言葉を使うのは議論のためです。「進歩」が一段階あがることにほかならない、とは必ずしもいい切れません）景色をかいま見ることができ、学識が欠けているのを自覚することができます——ええ、まちがいなく、非常に漠然とでしょうが。それでも彼は、シャーマンの夢を真実として受け入れ、疑問も憂慮もいだかない族長や狩人や勇者が悩まされたことのない焦燥や漠然とした衝動に心を掻き乱されるのです。従って、シャーマンの状態は、未開人のあいだに放りこまれた文明人の状態をかすかながらも反映しています。シャーマンの気質が、その証拠であるように思えます。白、黒、黄、赤と肌の色を問わず、魔女を狩りだす者、ヴードゥーの呪術師、オーディンの司祭、シャーマンは、たいてい陰鬱《いんうつ》で、心に影をかかえており、暗がりでむやみに手探りしていたように思えます。これに対して戦士や一般の部族民は、生活のきびしい肉体的状況が許すかぎり、往々にして陽気な人殺しであり、血と殺戮にも平然として、大いに食らい、鯨飲し、子作りをし、殺し、最後には身の毛もよだつ形で死をとげました――抽象的な問題に頭を悩ませることはなく、人生を目いっぱいに生きたのです――現代人にはどれほど浅く思えようと、彼にとっては充実した人生を。そうです。吟遊詩人やシャーマンにはなりたくありません。野蛮人であるならば、完全な野蛮人になりたいと思います。良く発達しているものの、野蛮な面だけが発達している者に。未開状態と芽生えつつある自意識の混在する半世界の、いびつな住人にはなりたくありません。文明社会に住む人間が、もっとも文明化したときのほうが幸福であるように、野蛮人は完全に野蛮であるときのほうが幸福なのです。

一九三三年五月六日ごろ

「文明」と「野蛮」について多くを語ってきました。文明とはいったいなんでしょう？　どこで野蛮が終わり、どこで文明がはじまるのでしょう？　自分たちは史上ただひとつの真正な文明の所有者である、とうぬぼれるわけにはいきません。エジプト、バビロニア、ギリシャ、ローマ――それぞれの文明が、多くの点でわれわれに優っていました。われわれの文明が、多くの点でそれらに優っているのとまったく同じように。野蛮とはなんでしょう？　ギリシャ人はペルシャ人を野蛮人と呼びましたが、ペルシャ人は彼らなりの独特の流儀で、ギリシャ人と同じくらい高度な発展をとげていました。ローマ人はガリアとゲルマンの部族民を野蛮人と呼びましたが、これらの民族は、勇気、名誉、誠実さにおいて後期ローマ人に優っていました。ブリテン島のブリテン＝ローマ文明を滅ぼしたサクソン人は野蛮人と呼ばれましたが、彼らに追いだされた「文明」人よりも武装に優れ、鍛錬を積み、戦争や航海の術に精通していました。この同じサクソン人とフランク人が、のちにヴァイキングを野蛮人と呼びました。それでもヴァイキングは、史上最高の船を造り、以前の船乗りのだれよりも航海術に精通し、雄渾《ゆうこん》さと美しさでは比類なき詩的なサガを創りだし、いまも消えていない探検と冒険の気風を世界に吹きこみました。野蛮な生活の魅力は文明という観点ぬきには存在し得ない、とあなたはおっしゃいます。それでも（ヴァイキングを野蛮人と呼ぶならば）その観点ぬきでも、彼らが自分たちの生活に満足していたとはお考えにならないのでしょうか？　サガには自己賛美、「鯨の道」の賞賛、掠《りゃく》奪《だつ》の栄光が満ちています。彼らは愚鈍な無骨者、ただのうすのろなのでしょうか？　その点に同意はできかねます。赤毛のエリック、幸運のレイフ、ロロ、ヘンギスト――彼らが原初の夜の浮きかすを闇雲に手探りする、弱々しい海月《くらげ》のような生き物であったはずがありません。彼らは生き生きしていました。突き刺し、焼き払い、〈生〉でぞくぞくしていました――たしかに、野卑で、粗雑で、暴力的な生であったでしょう。しかし、それでも〈生〉であり、人間の知的な面が生んだ最高の成果に匹敵する価値がありました。デイヴィー・クロケット、サム・ヒューストン、ビッグフット・ウォーレスは死んだ組織のかたまりで、軟泥を掻き分けてのろのろと進んだのでしょうか。人間が学習と黙想以外の活動的な生を送るからといって、首から上が死んでいるということにはなりません。労働者がいなかったら、学者は窮地におちいるでしょう。

一九三三年五月から六月ごろ

重ねて申しあげますが、野蛮状態を理想化するつもりはありません――留意していただきたいのですが、小生が話題にしているのはアメリカの開拓民ではなく、ガリア人やゴール人なのです。アメリカの開拓民は野蛮人ではありませんでした。高度に特殊化した類型にすぎません。小生の頭にある野蛮人は、特に輝かしいものではありません。あなたはご自分が現代を理想化しているのを否定されますが、同時に野蛮を理想化しているといって小生を非難されます。それでも、小生は、あなたが文明に対してなさっていることを野蛮に対して行なっているにすぎません。つまり、長所、あるいは小生が長所と考えるものを指摘することです。当然ながら、短所を強調してはいません。あなたも文明の短所を強調してはおられません。わざわざ自分に反論する者はいないのです。

しかしながら、小生が文明の苦しみを誇張しているとすれば（それは小生の想像力に対するお世辞です。千二百万人にのぼる失業者の窮状を考えてみてください。彼らの状態をガリア人やゴート人のせいにするわけにはいきません）あなたのほうもゲルマンの野蛮人の苦しみを誇張しがちです。そもそも、辛酸を舐めているあなたの野蛮人は、野蛮人ではまったくなく、異質で野蛮な環境に放りこまれた二十世紀の学者なのです。あなたは現代の基準で野蛮な時代を考え、判断するという過ちを犯されています。要するに、その時代を真の姿で――この時代とはなんの繋がりもない単一体として――見る代わりに、今世紀のかけらをそれに投影されているのです。さらにいえば、あなたはゴート族の野蛮人とアシャンティ族の未開人やパプアのブッシュマンを区別されていないように思えます。あなたの描かれるガリア人やゴート人の状態は、狂人に支配されたダオメーや奴隷海岸の血塗られた宮廷のほうにふさわしいのです。人間の苦しみとはなんでしょう？　ゲルマンの野蛮人には宿怨や部族の戦争がありました。われわれにはストライキ、児童労働、搾取工場、失業、ギャングの支配がありました。そして部族戦争で命を失うゲルマン人の数が、文明社会で自動車や機械に潰される者の数より多かったのかどうか、小生は疑問に思います。この時代の基準で前の時代の人々を判断し、この時代の人々が前の時代に放りこまれたらそうなるからといって、彼ら全員がみじめで悲惨な境遇にあったと結論づけるのは、きわめて危険ではないでしょうか。その時代のほうが現在よりも苦しみが少なかったと主張しているわけではありません。ゲルマンの野蛮人は、現代人と同じくらい（あるいは、もっと）人生の苦難に耐えて、乗り越えるようにできていたと主張しているだけです。戦争は野蛮の遺物にすぎない、とあなたはおっしゃいます。その説によれば、現代の戦争を計画し、開始するのは、知的な水準からいえばもっとも文明化されていない者たちということになります。とはいえ、われわれの戦争を引き起こすのは、日雇い労働者、カウボーイ、賞金稼ぎのボクサー、ソーダ売り、農夫など蔑視された者たちであるということを事実が証明するとは思えません。小生にわかるかぎりでは、戦争を計画し、開始して遂行するのは文明で最高のタイプとされる男たち――議員、政治家、国王、金融界の大立て者、外交官です。あなたがおっしゃるように、戦争の原因を文明に求めるのがばかげているのなら、この体制の欠陥すべてを野蛮状態の存続のせいにするのも、同じくらいばかげているように思えます。もし現在の文明がそれほど多くの羨《うらや》むべき美点をそなえているのなら、どうして世情がこれほど不穏なのでしょう？　なぜだれもが幸福ではないのでしょう？　なぜ千二百万人が職にあぶれ、餓死すれすれの状態にあるのでしょう？　現状と同じくらい、ゴート人としてうまくやっていけると思うと述べるとき、小生は掛け値なしの信念を吐露しているにすぎません。おそらく、千年後の人々は、われわれがゴート人よりはるかに「進んでいる」ように、われわれよりはるかに進んでいるでしょう。しかし、その事実を知ったからといって、現代人が悩み苦しむとは思えません。同様に、民族として千年後の人々ほど「進んで」いなかったからといって、ゴート人が悩み苦しんだとも思えません。彼らは、われわれと同じくらい幸福だったと信じます。

一九三三年九月ごろ

お手紙のつぎの段落は、文明と野蛮に関するわれわれの議論に関連しているのだと愚考します。野蛮状態につきものの苦しみを見くびるつもりはありません。野蛮な生活は地獄でした。しかし、現代の生活もそうなのです。どんな時代の、どんな生活もそうなのです。すべての狂気、錯乱、悲嘆、疾病、社会的混乱、社会的不正が文明の所産だといっているわけではありません。文明を自称する体制のもとに、それらが存在するといっているだけです。そして小生が短い人生で（魂が病むほどたっぷりと）見聞きしてきた苦しみのすべてが、犠牲者に適切な文明が欠けていたことに起因する、あるいは開拓地の伝統のもとで苦しんでいる地域に住んでいたことの結果であるとは思いません。たとえばペンシルヴェニアにおける最近のストライキ暴動や、コネチカットにおける搾取工場スキャンダルはどうなります？　それを開拓地の伝統のせいにするわけにはいきません。そして少なくとも新聞によれば、東洋でも西洋と同じように人々は自殺し、正気を失い、たいてい不快な時を過ごしているのです。

ゲルマンの野蛮人の状態についてちょっと考察してみましょう。どちらの意見に与《くみ》するにしろ、距離のせいで完全に正しい視点は得られないのですから、できるかぎりの範囲でということになりますが。あなたの非難は（審美的な発展が欠けていたことを別にすれば）、あなたが「肉体の健全さに対する侵害」と呼ばれるものにもっぱら向けられています。その健全さというものが、またしても、常に神聖視されるわけではないのです。ある条件のもとでは、自分で守らないかぎり、肉体の健全さを保つ権利など人にはないとさえいえるかもしれません。現代の政府は、戦時において個人の生命や身体に対する権利を無効にする特権を有しています。原始的なゲルマン人やガリア人が戦場におもむくとき、現代の兵士が出征の途に就くときよりも熱意にあふれ、闘う理由があり、個人的、物質的な見返りが保証されていました。軽度の身体損壊についていえば、ゲルマン人が儀式的な避妊手術や去勢を行なっていたかどうかはわかりません。ほかの民族は確実にそうしていましたし――場所によっては、いまだにそうしているのですが。たしかに、ある程度の人身供犠《じんしんくぎ》は実践されていました。しかし、その点では文明化したローマ人も無実ではありません。そして大いに疑問に思うのですが、彼らの神々に捧げられた男女の数は、現代の鉱山や工場で不具になったり、命を落としたりする者の数を上まわっていたのでしょうか。狂気、疾病、頽廃が、現代人の場合と同じように、ライン川沿いの部族のあいだに蔓延《まんえん》していたとも思いません。なるほど、飢餓はありました。しかし、絶えざる栄養失調状態のもとで、ゲルマン人ほど肉体的に頑健で精神的に活発だった民族はありません。性病がきわめて稀《まれ》であったことは明白であり、まったく知られてさえいなかったかもしれません。少なくとも、いちばん原始的な部族においては。戦争に目を転じましょう。ゲルマン人は、どういう理由で戦地におもむいたのでしょう？　真実をわざわざ確かめるまでもなく、現代人が往々にしてそう考えるように、たんに血に飢えていたからでしょうか？　エードゥアルト・ハイク教授を引用します――「彼らの望みは、良質な耕作地に定住地を確保することにあった。これは必要不可欠な条件だった」。彼らの西進と南進は、目的のない襲撃、血に飢えた掠奪といった性質のものではなく、慎ましい暮らしのできる場所を見つけようとした結果にすぎないことは明白です。最初の猿人が氷河を前にして南へ漂泊して以来、現在の日本人の満州流入にいたるまで、人間を突き動かしてきたのと同じ動機です――後者の動きに関しては、日本人の存続に必要であるから、完全に容認するとあなたご自身が明言されています。ならば、もっと肥沃な土地に住む隣人をゲルマン人が殺戮したからといって、なぜ満州や朝鮮を侵略した日本人や、アメリカ大陸を侵略したアングロ・サクソン人よりも卑劣だと誹《そし》られなければならないのでしょう？　ゲルマン人を移動させ、ついにはすでに生存の権利を失っていた文明を蹂躙《じゅうりん》させたのは、きびしい生活の状態でした。文明化した中国人がフン族を移動させると、こんどはフン族が東チュートン人を追いだしにかかり――この民族の玉突きのなかで、ロンバルディア人、ヴァンダル人、フランク人、サクソン人、ゴート人は、腐敗した文明の朽ちかけた境界線を越えるのでなければ、どこへ行けばよかったのでしょう？　そのような戦争には苦しみがありました。戦争に苦しみはつきものです。野蛮人が文明化した敵にもたらした破壊は、多くの文明化した民族が敗北した野蛮人にもたらしたもの――たとえば、スペイン人がアステカとインカにもたらしたそれ――より小さいものでした。シリアとアルジェリアにおけるフランス統治の内幕を暴露した記事を読めば、文明が野蛮な臣民をどう扱うかが良くわかります。おそらくローマ化した人々がゲルマン人に虐げられたとしても、ゲルマン人自身とスラヴ人がフン族、アヴァール族、ブルガリア人に虐げられたほどではなかったでしょう。じつをいえば、人口の大多数が迫り来る大集団に抵抗することさえ拒否したことから、彼らが文明化したローマ人の統治下ですでに辛酸を舐めており、いかなる変化も現状よりましと考えていたことがうかがえます。ヴァンダル人はあっさりとアフリカを手に入れました。じっさい、抵抗したのは現地のローマ人守備隊と、キュレネからフランスまで、あらゆる支配者と争っていた未開のベルベル人部族民だけでした。ヴァンダル人は、腐敗したローマ人統治者よりはましとみなされたらしく、アリウス主義（キリストの神性を否認）への改宗という不幸な情況がなければ、おそらくなんの障害にも遭わずに、土着のアフリカ人と混じりあったでしょう。ハインリッヒ・シュルツ教授によるならば、ヴァンダル人、アラン人、スエーヴィー人の混成集団がスペインを侵略し、ローマの官僚制度を打倒したあと、ローマ人総督の同盟者として西ゴート人がやってきたことは、地元民の目には救出者の帰還とは映りませんでした。事実、大勢の地元民がスエーヴィー人に味方して闘い、彼らが敗れると、故郷を捨て、スエーヴィー人とともに山地へ逃げたのです。ローマ化したスペインの人々が、野蛮人の侵略を純然たる呪いとはみなさず、ローマの権威の復活を純然たる天恵ともみなさなかったことは歴然としています。さらにいえば、個人の自由という理想は、当時でさえ、特定の怠惰なロマン主義者の夢にかぎられてはいませんでした。しかし、野蛮人の頭には（アングロ・サクソン人は例外かもしれませんが）ローマ人やローマの体制を完全に滅ぼすという意図は、明確な形ではなかったと思われます。ブリテンにおいてさえ、サクソン人が残虐に見えるのは、同じくらい残虐な抵抗に遭った結果だと判明するかもしれません。ブリトン人は征服されるくらいなら、絶滅の憂き目に遭うほかなかったのです。野蛮人が戦時において残虐であり、破壊的であり、多くの場合は血に飢えていただけということを否定するわけではありません。野蛮人による腐敗した文明の打倒は、必ずしも文明人による野蛮人の打倒や文明国による他国の征服よりも悲劇的で血塗られたものではない、と指摘したいだけなのです。ゲルマン人の征服は、アレクサンドロスのテーバイ劫掠《ごうりゃく》や、ローマのカルタゴ覆滅や、先の戦争におけるベルギーの戦災よりも破壊的で残忍なわけではありません。すべての戦争が忌まわしいのです。そしてローマの打倒と、それに付随した出来事が、あなたならゲルマン人の野蛮な生活の基準と呼ばれそうなものを表しているわけではない、ということは認めなければなりません。その降って湧いたような民族のぶつかり合いは、少なくとも現代の不況と同じくらい異常な事態でした。さもなければ、膨張はもっとゆるやかに進んだでしょう。そのような膨張は数世紀にわたってつづいており、異なる部族が衝突するたびに戦役と騒乱が生じていました。しかし、障壁がいきなり破れた原因は、小生にわかるかぎりでは、トルコ系フン族の西進です。それはいったん棚にあげて、野蛮人のあいだの苦しみ（彼らに虐殺され、打倒された文明化した民族のそれではなく）という問題にふたたび目を向ければ、彼らの苦しみが現代人の苦しみよりも大きかった、とは必ずしもいい切れません。彼らは肉体的には巨人でした。疾病は稀で、食べ物は――常に豊富ではなかったとしても――少なくとも必要を満たしており、彼らがなんでも消化できたことは明白です。戦《いくさ》を愛するがゆえに自分たち同士で闘うときもありましたが、必要に迫られて闘うほうが多かったでしょう。しかし、闘うことを楽しんだので、つらくはありませんでした。彼らの宗教は暴力的な死を要求したので、やはりつらくありませんでした。彼らが数と重要性を大幅に増したという事実だけで、彼らの生活が苦しみと痛みの連続ではなかったことがわかります。きびしすぎる条件のもとでは、民族は発展できません。シベリアのむさくるしいヤクート族と西アジアのオスマン族をくらべるといいでしょう――同じ血を引く人々ですが、異なる条件のもとで発展したのです。ゲルマン人に芸術的な価値が欠けていたという点についていえば――現代の芸術家が現代的な手法で自己表現をして得る満足よりも、ゲルマンの吟唱詩人や吟遊詩人が伝説を語り、サガを創作して歌って得た満足のほうが小さかったとは思いません。彼らのあいだの誠実な芸術家の割合が、現在のそれよりもはるかに小さかったとも思っていません。真の芸術家の数が、いつの時代も多くないことは、あなたもお認めになるでしょう。それで疑問がひとつ湧いてきます――もし現代の情況が芸術作品と芸術表現にとってそれほど啓発的であり、あなたがおっしゃるように、おびただしい数の人々が審美的な喜びをおぼえ、発展させることができるなら、なぜこの時代は本物の価値をそなえた文学者を数えるほどしか生みだしていないのでしょう？　どの芸術の分野であれ、本物の巨匠を数えるほどしか生みだしていないのでしょう？　一二五〇年から一五〇〇年にかけてのフィレンツェの黄金時代とイングランドのエリザベス朝は、価値ある芸術家を輩出し、その数はこの時代が生みだしている数をたしかに上まわっていました。そして彼らについて読んだ記述からすると、十五世紀と十六世紀のイタリア人とイギリス人は、彼らなりの流儀と風習において、少なくとも現代のテキサス人と同じくらい「野蛮」でした。少なくとも小生は、中世のイタリア、それをいうならイングランドにいるよりも、テキサスにいたほうが――メキシコ戦争やインディアン戦争のさなかであっても――安心していられるでしょう。そして昔から理解していたことですが、安心していられることは文明の条件であり、証拠のひとつなのです。これはまた別の問題です――野蛮はいったいいつの時代に終わり、文明はいつはじまるのでしょう？　もしアメリカの西部が文明化しているとみなされないのなら、数世紀前のヨーロッパの国々は、なぜ文明化していたとみなされるのでしょう？　当時の最高の国々では、アメリカのどこかで常態化していた以上に、残酷な行為、無知、不正、不寛容がはびこっていたのです。

一九三四年一月ごろ

野蛮と文明の件ですが、野蛮な状態よりも文明のもとにあるほうが、人々の苦しみは大きいと主張するつもりはありませんでした。文明人が野蛮人と同じ状態で暮らすことを強いられたら、文明人のほうが野蛮人より苦しむだろうといおうとしただけです。あなたがほのめかされているらしいことには異論があります。つまり、文明化された生活そのものは、苦しみに通じる情況を生みださないという点です。搾取工場やストライキや不況や非衛生的な住居やゲットーをゴート人やヴァンダル人のせいにはできません。こうしたものは「文明化」していないのだ、とあなたはおっしゃるかもしれませんし、そのとおりかもしれません。にもかかわらず、それらは安定した文明的生活とみなすよう教えられてきたものの特徴であり、アメリカの開拓地にもチュートンの野蛮人のあいだにも存在しませんでした。この不況で苦しんでいる者の数は非常に少ない、とあなたはおっしゃいます。それには同意できません。この規模の国にあってさえ、一千万人あまりの失業者は些細《ささい》な問題とはいえません。そして、たとえ失業者に分類されていなくても、耐えがたい窮境にある者が何百万人もいるのです。

疾病と事故について。医療研究が多大な恩恵をもたらしてくれたことについては、まったく異論がありません。それは、小生が現代生活に認める長所のひとつです。しかし、民族が弱体化することも忘れてはなりません。ゲルマンの野蛮人のあいだでどのくらい病気が蔓延していたのかは知りませんが、疫病で数千人単位の命が奪われていたのはまちがいありません。しかし、彼らのほうが、われわれ現代人よりも多くの抵抗力をそなえていたこともたしかなのです。そうでなければ――われわれと同じ病気にかかり、彼らの疫病にもかかって、現代人と同様にスタミナに欠けていたとしたら、ひとり残らず死んでいたでしょう。アーリア民族というものは存在しなかったでしょう。小生が彼らのたくましさを判断する基準は、アメリカの開拓民です。彼らのあいだで病気は稀でした。川沿いの土地や低地ではチフスとマラリアにかかり、マラリアの死亡率はかなり高いものでしたし、チフスやコレラの流行で多くの人命が失われることもありました。しかし、彼らは本質的に健康的な人々でした。小生の親類の何人かが住んでいたアーカンソーの低地でさえ、チフスかマラリア以外の病気で死ぬ者は滅多にいませんでした。さらに西へ行ったところ、たとえばこのあたりの高地では、病死者の数はあまりにも少ないので、人口の何パーセントが病死するかをあなたに伝えても、信じてもらえそうにありません。よそと比べれば、ここはまだ健康な土地ですが、昔とはくらべものになりません。自分がなにをいっているかは承知しています。小生は生まれてからずっと、疾病が増大するのを見てきました。医療従事者は疾病の増加と歩調を合わせねばならず、たくましさの喪失と思《おぼ》しきものの埋め合わせをしなければなりませんでした。チュートン人の国々における弱者の苦しみについていえば――多くの虚弱者が生まれたのかどうか、小生には疑問です。開拓地では滅多に生まれなかったのを知っています。ゲルマンの虚弱者は早いうちに命を落としたのではないでしょうか？　著名な科学者が、虚弱者を存命させることの妥当性に疑問を呈し、科学が必要と認めるなら、そのような虚弱者の出生に反対するだけではなく、そのように生まれた者を根絶してはどうかとほのめかした記事を読んだのは、そう昔のことではありません。文明人の科学者が、民族の人為的な浄化を考慮して良いのなら、同じ手順に従っていたと思われる野蛮人をどうして責められるでしょう？　文明化していたスパルタ人はどうでしょう？　虚弱者を出生時に始末しなかったでしょうか？

事故に関しては、暴力的な死をとげる者の割合は、ゲルマン人のほうが現代人よりも大きかったことはまちがいありません。とはいえ、小生が指摘したのは、彼らがそれを苦しみとはみなさなかったということです。それは彼らの宗教の一部でした。あなたは機械化された生活の死傷者を過小評価しておられると思います。統計によれば、一九三三年の一年間だけで八万九千五百の人命が事故で失われ、死にはいたらなかったものの、手足を失うなど躰《からだ》に重大な障害を負った者は八百五十万にのぼりました。これに報告されていない負傷者を数百、ひょっとしたら数千加えられます。自動車事故だけで三万五百人が命を落としました。じっさい、事故の大多数はなんらかの形で機械と関連していました。現代生活にひそむ危険が、野蛮な生活にひそむそれよりも大きい、といっているのではありません。工業化された生活にひそむ危険は、現代人が危険の連続だとみなしているらしい開拓地の日常生活にひそむそれよりも大きいことを統計が示している、といっているのです。小生は農業地帯で暮らしたこともあり、工業化された地域で暮らしたこともあります。ですから断言できるのですが、たとえば、もっとも工業化が進んだ時期にこの国で死亡したり不具になったりした者の数は、もっとも未開だったころの開拓期にそうなった者の数とはくらべものにならないほど大きかったのです。

小生の論点は、あなたがゲルマンの野蛮人の発達をじっさいより低く見積もる――人類という階梯《かいてい》のあまりにも低いところにおく――一方で、現代人の苦しみの実態を見くびっておられるということです。小生がゲルマンの部族民を賞賛するのは、彼らが梯子《はしご》の最下段にいるからではありません（あなたはそうお考えのようですが）。彼らが発達していないから賞賛するわけではないのです。彼らはあなたが認められたよりもはるかに高度な発達をとげていたと信じますし、ローマの平民や、中世の自作農《ヨーマン》や、現代ヨーロッパの農民や、アメリカの小作農の生活よりも（小生が彼らのあいだに生まれていたとしたら、小生の気質にとって）生活に満足がいくところまで発展していたと信じます。ベオウルフやサガの歌い手たち、龍船の建造者やトールとオーディンとヴァルハラの創り手たち、小生が写真で見たことのある剣や鎧を鍛造した者たち――彼らがじつは、あなたが描きだされたような愚鈍で、みじめで、発育不全の生き物であり、腹を満たす以外の感情を持っていなかったとは信じられません。そういうぼんくらどもが、どうしたらあなたの誇ってやまない文明の父になれたでしょう？　ギリシャとローマの遺産は、そのたくましさがどうであれ、肥沃な土壌に落ちてよみがえったのです。小生がゲルマンの部族民に讃辞を送るとき、未開状態を称揚しているとはかぎりません。ゴート人に讃辞を送るからといって、必ずしもオーストラリアの原住民やボルネオの海賊の慣習を支持しているわけではないのです。

一九三四年十二月ごろ

野蛮と文明に関して、この論争の発端において小生はこう申しあげました。すなわち、文明という形態は、堕落した形態であっても、全体としての人類には野蛮状態よりましであることはまちがいない、と。たとえば、あなたが文明人としてよりも野蛮人としてのほうが満足する、と主張したのではありません。たいていの人間が満足する、と主張したのでもありません。自分はローマ人よりゴート人でありたかったといったにすぎません。そして本気でそう思っているのです。あなたは小生がそうでないことを証明にかかり――証明できていません。あなたのなされた証明は、あなたや、たいていの人間が文明の一員であるほうが幸福だということです。それには異を唱えません。小生が申しあげたのは、その当時に暮らすとしたら、小生はローマ人であるよりはゴート人であるほうを選ぶということにすぎません。あなたは小生をロマン主義者だ、当時の実情を知らない、ゴート人を理想化しているといって非難されてきました。しかし、その非難に根拠があることを証明されていません。小生ががに股であることを否定され、たいていの人間ががに股ではないという事実を証明として提出されるようなものです。それゆえ小生が自分のブーツを履く代わりに、ふつうの人間用のブーツにがに股を押しこんだほうが幸福だと断言されるようなものなのです。

一九三五年七月二十五日ごろ

小生が「勇敢でないのは文明人だけだと主張している」というご意見に関していえば、正確とはいいかねます。小生はゴート人やフン族をはじめとする野蛮人部族に旺盛な騎士道精神がそなわっていたと述べたことはありません。ゴート人が、犠牲者の年齢や性別にかかわらず虐殺し、強姦し、掠奪したことは重々承知しています。とはいえ、自分たちの虐殺と強姦と掠奪は芸術と進歩と文明を守るためのものだった、という主張はしませんでした。その点が現代の「文明」人とは異なっています。「高貴な野蛮人」という用語の使用にこめられた言外の意味をわざわざ否定するつもりはありません。良くご存じのように、小生はどんな民族に触れるさいにも、その用語を使ったことはありません。

しかし、この文脈でゴート人その他について議論するのは的はずれです。小生は騎士道精神に関する所感のなかで彼らに触れたことはありませんし、彼らが俎上《そじょう》に載せられる理由もわかりません。過去の議論において小生が彼らを擁護し、ローマ人を批判したことがいまだに尾を引いているというのなら、おかしなことです。小生があなたのローマ人の友よりも自分の北欧人の祖先のほうを好むことは、許しがたい冒瀆《ぼうとく》であるようですし、この件に関するあなたの腹立ちが、実質的にわれわれの論議すべてにはいりこみ、小生が表明するあらゆる好みと意見に対するあなたの態度に影響して――場合によっては歪めて――います。あなたが小生と小生の考えに加えるあらゆる攻撃には、小生が異端に走ったという記憶が混入しているのです。

解説

中村融

《愛蔵版　英雄コナン全集》第二巻をお届けする。

あらためて記せば、本全集はアメリカの作家ロバート・E・ハワードが一九三〇年代に生みだし、いまではヒロイック・ファンタシーと呼ばれているジャンルの礎《いしずえ》を築いた作品群を集成したものだ。主人公である蛮人コナンの冒険を年齢順にまとめて、その一代記として読めるようにしてある。十代後半から二十代前半の時期を範囲とした前巻を承けて、本巻は二十代後半から三十代前半の時期をあつかっている。世界各地で経験を積み、貫禄のついてきたコナンの活躍を楽しんでもらいたい。

前巻の解説では、本全集の編集方針の説明を兼ねて、《コナン》シリーズの出版史について触れたので、今回は《コナン》シリーズが生まれるにいたった経緯について書いてみたい。

《コナン》シリーズのはじまりについて、作者自身はつぎのように述べている――

「精霊その他の力が現実に存在して、物語作者にインスピレーションをあたえているとの考え。ぼくはかならずしも、このような考えを信じるものではありませんが――どのような考えにしろ、無条件に拒《しりぞ》けてしまう態度はぼくの採らぬところで――ときには、過去現在の、あるいは未来の、何か不思議な正体不明の力が、生きている人々の思考と行動とを通じて作用する場合があるのではないかと考えることがあります。このような現象が、コナン・シリーズの最初の数編を書いているときに生じました。数カ月にわたって、アイディアがまったく枯渇《こかつ》し、売り物になるような一編も書きあげずにいたところ、とつぜんぼくの心のなかに、なんの努力もしないのに、コナンという主人公が大きな姿で浮かびあがってきたのです。それからというものは、物語の流れが、ペンの先端から――より正確には、タイプライターのキーからですが――ほとばしりつづけ、ぼくは創作しつつあるというより、遠い昔の出来事を、そのまま伝えていればよいように思われました。エピソードの上にエピソードが、いとも迅速に重なりあって、遅れずについてゆくのに苦しむような気持ち。その数週間、ぼくはコナンの冒険を書きつづけることのほかは、何ひとつしないで過ごしました。この人物が完全にぼくの心を捉えて、彼の事跡を記述する以外の行動を、すべて締め出していたのです」(一九三三年十二月十四日付、クラーク・アシュトン・スミス宛の手紙。宇野利泰訳)

しかし、ことはそれほど単純ではない。シリーズ第一作「不死鳥の剣」(本全集第四巻に収録)が、キング・カルという別のヒーローを主人公にした旧作を改稿したものであった事実が示すように、なんの下地もなくコナンの物語が生まれたわけではないのだ。ロバート・E・ハワードの創作活動をふり返れば、《コナン》シリーズが誕生するまでの軌跡がはっきりと見てとれる。それはハワードが数多《あまた》のヒーローを創造する過程であり、歴史冒険小説と怪奇幻想小説を融合させようと試行錯誤をくり返した過程でもあった。《コナン》シリーズは、それらの試みの集大成として生まれたのである。とはいえ、コナン以外のヒーローが活躍する物語は、残念ながら本邦ではあまり知られていないので、その紹介を織り交ぜながら、ハワードの足跡をたどってみよう。

ロバート・E・ハワードの文学的嗜好は、もともと歴史冒険小説と怪奇幻想小説に大きくかたむいていた。その証拠に、ハワードがあるところで列挙した好きな作家の名前を書き写せば、「A・コナン・ドイル、ジャック・ロンドン、マーク・トゥエイン、サックス・ローマー、ジェフリー・ファーノル、タルボット・マンディ、ハロルド・ラム、R・W・チェンバーズ、ライダー・ハガード、キプリング、サー・ウォルター・スコット、レイン＝プール、ジム・タリー、アンブローズ・ビアス、アーサー・マッケン、エドガー・アラン・ポオ、H・P・ラヴクラフト」となる。

ちなみに、コナン・ドイルについては、シャーロック・ホームズの生みの親としてではなく、『白衣の騎士団』をはじめとする歴史冒険小説の書き手として、R・W・チェンバーズについては、わが国で考えられているような怪奇小説作家としてではなく、南北戦争を背景にした小説の書き手として評価していたようだ。このリストにエドガー・ライス・バローズとラファエル・サバチニの名を加えれば、ハワードの文学的祖先については、ほぼ網羅したことになるだろう。

このうちわが国では知られていないが、ハワードに重大な影響をあたえた作家として、ハロルド・ラムとタルボット・マンディの名を特筆しておこう。前者はアレクサンドロス大王やチンギス・ハンを主人公にした歴史冒険小説で絶大な人気を博した作家、後者は古代ローマ帝国を舞台にした歴史冒険小説や、チベットなどの中央アジアを舞台にした秘境冒険小説で人気を集めた作家である。ふたりともハワードが少年時代から愛読していた名門パルプ雑誌〈アドヴェンチャー〉の看板作家であり、その作風はハワードにそのまま引き継がれている。つまり、エキゾチックな異境を舞台に、筋骨たくましいヒーローがところ狭しと活躍する物語である。

したがって、ハワードは純粋な歴史冒険小説や、純粋な怪奇幻想小説をものすいっぽう、早いうちから歴史冒険小説と怪奇幻想小説の融合——すなわち、〈剣と魔法《ソード・アンド・ソーサリー》〉——を試み、そのなかで強烈な個性を持ったヒーローを活躍させようとしてきた。

その嚆矢に関して、従来は〈ウィアード・テールズ〉一九二八年八月号に発表された《ソロモン・ケイン》シリーズ第一作「血まみれの影」（〈ハヤカワ・ミステリマガジン〉二〇〇六年八月号所収）だとされてきた。発表順からすればそう見えるし、それを疑う材料もなかった。しかし、近年の研究で《キング・カル》シリーズのほうが先だったことが判明している。そのあたりの事情について、順を追って説明しよう。

ハワードは少年時代から作家を志し、一九二一年、つまり十四、五歳のときからパルプ雑誌に小説の投稿をはじめた。最初に売れた作品は、一九二三年創刊の怪奇小説誌〈ウィアード・テールズ〉に投じた「槍と牙」で、一九二四年の十一月に採用通知が届き、翌年七月号に掲載された。

この短篇は十九世紀から連綿とつづく「原始人もの」のひとつだが、一九二二年から二三年にかけて書かれたと考えられる習作群のなかに同系統の作品が存在する。タ＝アンのアム＝ラをめぐる詩や草稿がそれで、「タ＝アン」は地名、「アム＝ラ」は人名である。面白いのは、この原始人がアトランティス大陸に住んでいること。ハワードは、イギリスの民俗学者ルイス・スペンサーが唱えた「ヨーロッパに突如として登場したクロマニヨン人はアトランティス人の末裔であり、水没の運命を免れた者たちである」という説を信じていたらしい。ただし、アトランティスに高度な文明が栄えていたわけではなく、原始人としては高い水準にあったにすぎないと考えていたようだ。ともあれ、クロマニヨン人とアトランティスは、ハワードのなかでこのように結びついていた。

これら一連の草稿のなかに、カルという名の若者が登場する無題の掌編があった（ハワードの死後に"Exile of Atlantis"という題名がつけられた）。カルは出自不明の野生児で、虎や狼に交じって暮らしていたところをアム＝ラの部族に拾われたのだが、旧弊な暮らしに我慢がならず、ついには部族の掟を破って逃亡する。その前に敵対する強国への憧れを語り、「ヴァルシア！　魅惑の地！　いつか偉大なる〈驚異の都〉を目にしてやる」と誓ったあと、どこかの文明国で「カル王万歳！」と歓呼の声を浴びる夢を見る。

固有名詞を見ればわかるとおり、《キング・カル》シリーズの萌芽がここにあることはまちがいない。だが、この作品は「原始人もの」の亜種であり、剣の要素が欠落しているし、アトランティスという設定をのぞけば魔法の要素も欠けている。ハワード流〈剣と魔法〉の誕生までは、いましばらく待たねばならなかった。

——余談だが、「アム＝ラ」（Am-ra）という人名は、のちに綴りを変えてコナンの異名「アムラ」（Amra）となった。では、話をもどして——

一九二七年八月、駆け出し作家のハワードは悪戦苦闘をつづけていた。プロの作家としてデビューは果たしたものの、〈ウィアード・テールズ〉以外のパルプ誌には門前払いを食わされつづけ、頼みの綱の〈ウィアード・テールズ〉は原稿料が安いうえに、支払いは採用時ではなく掲載時、しかも掲載がいつになるかさっぱりわからないという体たらくだった。この時点でハワードの作品は、前記デビュー作をふくめて五作が採用され、そのうち四作が掲載されていた。

このときハワードは「影の王国」（アトリエサード『失われた者たちの谷』［二〇一五］他所収）という作品の改稿にとり組んでいた。じつは一九二六年の八月ごろに書きかけたものの、すぐに行き詰まって放りだしていたものを数カ月前に完成させたのだが、出来映えに満足がいかず、ふたたび書きなおしていたのだった。

主人公カルは、未開の地アトランティスから文明国ヴァルシアへ流れてきた野蛮人であり、傭兵の身分から王位にまで昇りつめた英雄である。そのカル王が、同じ蛮族出身で、のちに親友となるピクト人ブルールと力を合わせ、ヴァルシア王宮に隠然と勢力を張った蛇人間の陰謀を挫くというのが物語の骨子。と書けばおわかりのように、タ＝アンのアム＝ラをめぐる習作のひとつから派生した作品だ。ただし、主役はアム＝ラからカル王に、舞台はアトランティスから超古代王国ヴァルシアに変わっていた。つまり、「原始人もの」ではなく、架空の古代文明を背景した英雄譚に変わっていたのだ。しかも、邪悪な魔法を野蛮人の剣が打ち破るという構図もできあがっていた。要するに歴史冒険小説（剣）と怪奇幻想小説（魔法）が融合したのである。

原稿は九月にはいって仕上がり、早速〈ウィアード・テールズ〉に送付すると、めでたく採用されたばかりか、ハワードにとっては望外の百ドルという稿料が提示された。これは、当時ハワードがアルバイトをしていた郵便局の給料二カ月半分に相当する。ただし、掲載はだいぶ遅れて、一九二九年八月号となった（そのため、あとから書いた作品が先に発表されるという事態を招いた）。

この成功に気をよくしたハワードは、すぐさま続篇にとりかかった。五、六篇が書かれたようだが、採用されたのは一篇だけ。シリーズ第二作となった「ツザン・トゥーンの鏡」（〈SFマガジン〉一九七一年十月増刊号所収）は、カル王が魔法の鏡に見入って自己を失いかける物語で、〈ウィアード・テールズ〉一九二九年九月号に掲載された。

ハワードは一九三〇年までシリーズを書き継いだが、すべて未発表に終わった。理由のひとつは〈ウィアード・テールズ〉の編集長ファーンズワース・ライトのお眼鏡にかなわず、掲載を断られたため。もうひとつは、原稿料が安いうえに支払いが遅い〈ウィアード・テールズ〉に愛想をつかし、ハワードがこのシリーズを〈アーゴシー〉や〈アドヴェンチャー〉といった一流パルプ雑誌に投稿しようとしたため。そのせいか、このシリーズはあとになればなるほど超自然の要素が抑え気味になり、架空の国を舞台にした宮廷劇の趣《おもむき》が強くなる。さらに特徴的なのは、カル王が現実と幻想の相克、あるいは文明や歴史の重みといった哲学的な問題につねに頭を悩ませている点。したがって、作品の雰囲気は暗鬱で夢幻的なものになりがちだ。

もっとも、この設定から《コナン》シリーズまではあと一歩であり、カル王にしても原《プロト》コナンと見てまちがいない。じっさい、ハワードはのちに擬似歴史文書「ハイボリア時代」（本全集第一巻に収録）を著して、カル王の生きた世界を《コナン》シリーズの前史としてとりこみ、カル王とコナンが同じ血を引いている可能性を暗示した。前述の二作のほか、小説が八篇（うち一篇は後述《ブラン・マク・モーン》シリーズにもふくまれる）、詩が一篇、未完成の断片が三篇ある。

つぎにハワードが手を染めたのは、冒険小説が売り物のパルプ雑誌〈アーゴシー〉に狙いを定めた"Solomon Kane"という作品だった。十六世紀イギリスの清教徒ソロモン・ケインが、短銃と剣を手にヨーロッパからアフリカの奥地へはいりこみ、残虐非道の盗賊と奇怪な呪術師を滅ぼすという物語だ。ソロモン・ケインは自分でも理解しきれない衝動につき動かされて悪と闘う人物であり、黒ずくめの服をまとった長身痩躯の陰気な男として造形されている（ちなみに、ハワードがソロモン・ケインという人物を創造したのは、ハイスクール時代にさかのぼるという）。

しかし、一九二八年二月に不採用通知が届き、ハワードは返却された原稿をそのまま〈ウィアード・テールズ〉に送った。編集長ライトは喜んで採用したが、題名を「血まみれの影」に変更した。この作品は同誌一九二八年八月号の誌面を飾った。

さいわい同作は好評を博し、つぎつぎと続篇が書かれて、ソロモン・ケインはアフリカの奥地やイギリスの片田舎で吸血鬼、生ける死人、凶悪な翼人、アトランティスの生き残りなどと闘った。〈ウィアード・テールズ〉誌上に掲載された七篇のほかに、ハワードの生前には未発表に終わった小説三篇、詩三篇、未完成の断片三篇がある。前記第一作のほか「死霊の丘」（青心社文庫『ウィアード2』［一九九〇］他所収）、「夜の魔翼」（新紀元社『幻想と怪奇11』［二〇二二］他所収）、「同志の刃」（洋泉社『ゴースト・ハンターズ完全読本』［二〇一八］所収）の三篇が邦訳されている。

つぎにハワードは歴史をさかのぼり、古代民族の闘争を題材にした〈剣と魔法〉の物語を紡ごうとした。舞台は三世紀初頭、ローマ帝国の侵攻を受けるブリテン島。ヒーローは、ローマに抵抗する蛮族ピクトの王ブラン・マク・モーンである。このシリーズにおけるピクト人は、ケルト人以前にスコットランドに住んでいた勇猛な民族ということになっている（ハワードのピクト人の捉えかたは、そのときどきで大きく変化した）。ハワードは、早くも一九二六年にブラン・マク・モーンの登場する作品を書きあげていたが、この作品"Men of Shadows"は、擬似歴史のたんなる記述であって、物語になっていないという理由でファーンズワース・ライトに突き返されていた。だが、ハワードは四年ぶりにブラン・マク・モーンの世界に立ち返り、こんどはすさまじい剣戟と魔術に彩られた作品を生みだした。

まずブラン・マク・モーンが古代の英雄カル王を魔術で呼びだし、ともにローマ軍と闘う物語「闇の帝王」が〈ウィアード・テールズ〉一九三〇年十一月号に掲載された（〈幻想文学〉十九号［一九八七］所収）。つづいて「暗黒の男」（アトリエサード『失われた者たちの谷』［二〇一五］所収）が同誌一九三一年十二月号に発表されたが、これはハワードの別のヒーロー、ターロー・オブライエンが活躍するシリーズとの相乗り作品であり、時代は八百年後。ブランはピクト人の崇める神となっている。いっぽう、同誌一九三二年十一月号に掲載された「大地の妖蛆」（創元推理文庫『黒の碑』［一九九一］他所収）は、圧倒的に強大なローマ軍と闘うため、地下の魔物を解き放とうとするブランの苦闘を描いた作品であり、その夢魔的な迫力のゆえ、ハワードの最高傑作に推す声も多い。とはいえ、このシリーズは非常に数がすくなく、ほかにはハワードの生前は未発表に終わった詩が二篇と、断片や梗概が遺されているのみである。このシリーズには、アーサー・マッケンの影響が色濃いことも指摘しておこう。

つぎにハワードが創造したのは、十一世紀ごろのアイルランドを舞台に、ケルトの血を引く無法者ターロー・オブライエンが、ヴァイキングやサクソン人を相手に闘う物語だった。第一作は前述の「暗黒の男」だが、なぜか第二作「バル・サゴスの神々」（新紀元社『幻想と怪奇11』［二〇二二］所収）のほうがひと足早く〈ウィアード・テールズ〉一九三一年十月号に掲載された。こちらは主人公と相棒が、奇怪な宗教カルトに遭遇する話。このシリーズも数がすくなく、未完の草稿や断片が三つずつあるにとどまる（これらは後世の作家が補完して発表した）。

《ブラン・マク・モーン》や《ターロー・オブライエン》のシリーズが短命に終わったのは、歴史上の時代を舞台に〈剣と魔法〉の物語を紡ぐことにハワードが限界を感じたからだろう。ハワードは、ふたたび空想上の古代世界を舞台とした〈剣と魔法〉の物語を志向するようになる。と同時に、ピクト人とケルト文化をめぐる一連の思索から、ひとりのヒーローが姿をあらわしかけていた。その名をコナンという。

コナンとは、ケルト系にはめずらしくない名前で、たとえばコナン・ドイルがその代表格。アイルランドの血が流れていることを誇り、みずからを最後のケルト人と自負していたハワードにとって、その名はおのれの分身にふさわしいものだった。

ハワードの作品のなかで、最初にコナンの名前が登場するのは、〈ストレンジ・テールズ〉一九三二年六月号に掲載された「闇の種族」という短篇である。これは輪廻転生をテーマにした作品で、当時ハワードが深い関心を寄せていた「前世の記憶」をモチーフにしている。つまり、作中で現代人ジョン・オブライエンが前世を思いだすのだが、その前世の分身がブリトン人と闘った古代のゲール人「掠奪者コナン」なのだ。そしてこの「四角く切りそろえた黒い総髪」をそなえた筋骨たくましい蛮人は、「クロムの神」にかけて悪態をつくのである。

この作品の第一稿が書かれたのは、一九三一年十一月。そのすこしあとハワードは、テキサス州南部を旅行した。このとき生まれたのが、「一九三二年二月、テキサス州ミッションにての作。フレデリクスバーグ近郊の丘陵地帯で、冬の雨にけぶる風景を見た思い出に寄せて」というコメントが付された詩「キンメリア」だった。

キンメリアとは、古代ギリシア人が極西の地にあると想像した常闇《とこやみ》の国のことだが、ハワードはプルタルコスの『英雄伝』からこの地のイメージを得ていたものと思《おぼ》しい。というのも、プルタルコスはキンブリー人をケルト系と誤解したうえでキンメリア人と結びつけ、彼らは陽光の滅多に射さない暗鬱な森の地に暮らしていると述べているからだ。しかも、ハワードはこのイメージを、赤ん坊のころに過ごした土地ダーク・ヴァレーの陰鬱な森の風景と重ねあわせていた。

留意すべきは、この詩が「**憶えている**」という一節ではじまることだ。つまり、「闇の種族」と同じく「前世の記憶」という形式を踏んでいると考えられるのだ。ちなみにハワードは、父親の影響で輪廻転生を本気で信じていたという。この「憶えている」の意味は、意外に重大なのかもしれない。「闇の種族」と「キンメリア」の共通点はそれだけではない。「闇の種族」は一人称の作品であり、語り手はアメリカ南西部で子供時代を過ごしたアイルランド系のアメリカ人。すなわち、ハワードと同じ素性の持ち主だ。とすれば、「闇の種族」と「キンメリア」がハワードのなかで重なりあっても不思議ではない。ならば、掠奪者コナンという蛮人のイメージと、キンメリアという常闇の国のイメージが結びついて、キンメリア人コナンが生まれたのではないだろうか。

その傍証といえそうなのが、同人誌〈ファンタシー・マガジン〉一九三五年七月号にハワードが寄せた自伝的スケッチのなかの一節だ——

「数年前、リオ・グランデ南部のとある国境の町に逗留していたとき、コナンがぼくの心のなかにポンと浮かびあがってきた。意識的なプロセスで彼を創造したわけではない。彼は成長しきった姿で忘却の淵からただ歩み出てきて、その冒険の英雄譚《サガ》をぼくに記録させたのだ」

つまり、「キンメリア」という詩が書かれたのとコナンが生まれたのは、まさに同じとき、一九三二年二月の旅行中だったのである。

旅行から帰ったハワードは、のちにハイボリア時代として知られる空想上の世界を創りはじめた。それは、古代ローマや十字軍時代のオリエントをはじめとして、さまざまな歴史上の時代が並立する便利なパッチワークとして機能することになる。ハワードは神話・伝説や歴史に関する広範な知識を活かして、この世界創造に熱中した（ただし、それがエッセイ「ハイボリア時代」の規模までふくれあがるのは、まだ先の話である）。そして同年三月、一九二九年に書きあげたものの、売れ口のなかった《キング・カル》シリーズの一篇「わが法典はこの斧なり！」（本全集第四巻に収録）の改稿にとり組んだ。

こうして生まれたのが、アキロニアの玉座についているキンメリア出身の蛮人コナンを主人公とする「不死鳥の剣」だった。《コナン》シリーズの記念すべき第一作である。この作品は本全集第四巻に収録されるので、くわしい内容に立ち入るのは避けるが、サブプロットが完全に書き換えられ、怪奇幻想味が数段ましているうえに、宇宙論的スケールを獲得していることは指摘しておこう。つまり、カル王の若い臣下と奴隷娘の恋物語が、魔術師同士を通した正邪の闘いに変わっているのだ。この点においてハワードは、私淑するＨ・Ｐ・ラヴクラフトの影響を如実に示している。

ともあれ、歴史冒険小説と怪奇幻想小説の融合というハワードの試みは、ここにおいてついに完成を見た。このあとの経緯は別の機会にゆずるとして、ハワードの言葉をもうひとつ紹介しておこう――

「〈リアリズム〉なる文学用語をコナンに結びつけるのは、気まぐれすぎて不合理に聞こえるかもしれませんが、実際のところ――その超人的な冒険は別として――彼はぼくが創造したもっともリアリスチックな人物です。コナンは要するに、ぼくの知っている多くの人の結合であって、そのシリーズの最初の一編を書くにあたって、すでに彼が、ぼくの心のうちに、完全な姿をもっていたことも、そこに理由があるものと考えます。ぼくの潜在意識の下にひそんでいたある種のメカニズムが、この強烈な個性となって具現したのでありましょう。すなわち、ぼくの接触した拳闘選手、ギャング、密輸業者、石油業界のボス、賭博者、そして善良なる労働者、そのすべてが合成されて、キンメリア人コナンと呼ばれる人物が創造されたのです」（一九三五年七月二十三日付、クラーク・アシュトン・スミス宛の手紙。宇野利泰訳）

あらゆる意味で、《コナン》シリーズはハワードという作家の集大成だったのである。

それでは収録作品について簡単に触れておく。特記されているもの以外は、宇野利泰氏の訳文に中村が手を入れたものである。

◉「**ザムボウラの影**」"**Shadows in Zamboula**"

ハワードがつけた題名は"The Man-Eaters of Zamboula"だった。一九三五年三月ごろに書かれた作品。執筆順では二十番目、発表順では十五番目にあたる。中東風の舞台設定は、当時ハワードが書いていた秘境冒険小説《カービー・オドンネル》シリーズや《エル・ボラク》シリーズとの共通点が多い。

初出は〈ウィアード・テールズ〉一九三五年十一月号。マーガレット・ブランデージの描く表紙は、コブラの踊りを強要される舞姫ザビビを題材にしていた。

◉「**鋼鉄の悪魔**」"**The Devil in Iron**"

ハワードは一九三二年三月に《コナン》シリーズ第一作「不死鳥の剣」を書きあげると、湧きあがる創作衝動を抑えられず、とり憑かれたように蛮人コナンの物語を書き継いだ。しかし、執筆順で十二番目にあたる「消え失せた女たちの谷」(本全集第一巻に収録)を書いたところで、その狂熱もおさまる。これが一九三三年二月ごろの話だが、その後「象の塔」や「黒い怪獣」といった秀作がようやく陽の目を見てシリーズの評判が高まると、八カ月ぶりにシリーズの執筆を再開した。

本篇がその再開第一作で、一九三三年十月ごろに書かれた。執筆順では十三番目、発表順では十番目にあたる。内容が「月下の影」(本全集第一巻に収録)の焼き直しであるのは、肩慣らしの意味があったのだろう。初出は〈ウィアード・テールズ〉一九三四年八月号。表紙絵では、マーガレット・

ブランデージがめずらしくコナンを描いている。

◉「**黒い予言者**」"**The People of the Black Circle**"

一九三四年一月に書かれた作品。執筆順では十四番目、発表順では十一番目にあたる。初出は〈ウィアード・テールズ〉一九三四年九月〜十一月号（三回連載）。連載初回はマーガレット・ブランデージの描く表紙絵の題材となった。

《コナン》シリーズ初の連載作品であり、ハワードの力の入れようは並たいていではなく、通常は編集者の担当する「前回までの粗筋」二回分も自分で書いているほど。じっさい出来映えはすばらしく、シリーズ屈指の好篇となっている。

余談だが、本篇に出てくる地名クルスン（Khurusun）は、「鋼鉄の悪魔」に出てくる地名コルスン（Khorusun）と同一の場所を示すと思われる。だが、ハワードが書いたとおりに翻訳するという方針に則って、あえて原文のままとした。

◉「**忍びよる影**」"**The Slithering Shadow**"

ハワードがつけた題名は"Xuthal of the Dusk"だった。一九三二年十一月ごろに書かれた作品。執筆順では九番目、発表順では五番目にあたる。初出は〈ウィアード・テールズ〉一九三三年九月号。マーガレット・ブランデージの描くナタラとタリスが表紙を飾った。
この作品を執筆したころには、シリーズのパターン化が進んでおり、ハワードは表紙絵の栄誉を勝ちとる秘訣をつかんでいた。すなわち、半裸の美女が嗜虐的な脅威にさらされる場面を書きこんでおくこと。ハワードの狙いは、まんまとあたったわけだ。
ちなみに、《コナン》シリーズの記念すべき初邦訳は、〈ハヤカワ・ミステリマガジン〉一九六九年四月号に「逸楽郷の幻影」（小菅正夫訳）の題名で掲載された本篇と、〈SFマガジン〉同年同月号に「月下の怪影」（川口正吉訳）の題名で掲載された「月下の影」の二作だった。

◉「黒魔の泉」"The Pool of the Black One"

一九三二年十二月ごろに書かれた作品。執筆順では十番目、発表順では六番目にあたる。初出は〈ウィアード・テールズ〉一九三三年十月号。

〈資料編〉

◉「トムバルクの太鼓（梗概）」"Untitled synopsis"　中村融訳

もともとは無題の梗概。一九三四年三月なかばに書かれたものと推測される。同人誌〈クロムレック〉三号（一九八八）に初出。時系列順では「忍びよる影」と「黒魔の泉」のあいだに位置するとされている。

◉「**トムバルクの太鼓**（**草稿**）」**“Drums of Tombalku (draft)”**

もともとは無題の草稿。ハワードの梗概に基づいて、L・スプレイグ・ディ・キャンプが補完し、題名をつけてランサー版《コナン》シリーズ第五巻『コナンと黒い予言者』（一九六八。邦訳は創元推理文庫［一九七三］）に発表した。オリジナル・ヴァージョンは、グラント版 *The Pool of the Black One* (1986) に初出。

ハワードは、シリーズがマンネリにおちいるのを防ぐため、たびたび実験的な作品に手を染めた。すなわち、コナンが副主人公にまわる作品である。その成功例は第一巻収録の「魔女誕生」や第三巻収録の「黒河を越えて」に見られるが、本篇はその嚆矢と考えられる。とはいえ、プロットが「忍びよる影」と似すぎているので放棄されたのだろう。余談だが、この直前にハワードはE・R・バローズ流のSF『魔境惑星アルムリック』（雑誌掲載一九三九。邦訳はハヤカワ文庫SF［一九七二］）を書きかけて放棄している。

◉「**槍と牙**」**“Spear and Fang”**　**中村融訳**

ハワードが十八歳のときに書いたデビュー作。クロマニヨン人の生活を描いた作品といえば、H・

G・ウェルズやジャック・ロンドンの諸作がすぐに思い浮かぶが、若きハワードに直接の影響をあたえたのは、ポール・L・アンダースンという、いまは忘れられた作家が一九二〇年代初頭に〈アーゴシー〉に寄せた一連の作品らしい。ともあれ、この原始人の主人公が、キング・カルやコナンの原型であることはまちがいない。本篇は〈ウィアード・テールズ〉一九二五年七月号に掲載された。本邦初訳である。

◉「**闇の種族**」**"People of the Dark"**　**中村融訳**

ハワードの作品中に「コナン」という名前がはじめて登場した作品。その詳細についてはすでに記したので、ここではくり返さない。初出は〈ストレンジ・テールズ〉一九三二年六月号。同誌は〈ウィアード・テールズ〉の競合誌として期待されたが、短命に終わった。二種類の既訳があるが、雑誌掲載時のテキストに基づいた新訳でお目にかける。

◉「**キンメリア**」**"Cimmeria"**　**中村融訳**

〈ウィアード・テールズ〉の同僚作家、エミール・ペタヤへの書翰（一九三四年十二月十七日付）に付されていた詩。研究誌〈ザ・ハワード・コレクター〉一九六五年冬号で公開された。

◉「ハイボリア時代の諸民族に関する覚え書き」“Notes on Various Peoples of the Hyborian Age”　中村融訳

一九三二年三月に書かれたと思われる創作メモ。ザ・ロバート・E・ハワード・ユナイテッド・プレス・アソシエーションというファン・グループが、別の創作メモと合わせて公刊し、リー・N・ファルコナー編の研究書 *A Gazetteer of the Hyborian World of Conan and an Ethnogeographical Dictionary of Principal Peoples of the Era*（1977）に再録された。

◉「野蛮と文明――ハワードのラヴクラフト宛書翰より」　中村融訳

一九三〇年六月、ハワードは尊敬する先輩作家H・P・ラヴクラフトと文通をはじめた。十六歳年上のラヴクラフトは、ハワードにとってはじめての師匠といえる存在であり、ラヴクラフトもハワードを「二丁拳銃のボブ」と呼んでかわいがった。文通はハワードが自殺をとげる一九三六年までつづき、残された書翰は膨大な量にのぼる。これらは現在 *The Collected Letters of Robert E. Howard* 全三巻（二〇〇七〜二〇〇八）で読める。

「野蛮と文明の対立」という問題は、ふたりの議論がとりわけ白熱した話題であり、《コナン》シリーズの背景にある哲学を理解するうえで好個の材料となっているので、筆者がその一部を抜粋して訳出した（題名も筆者による）。そのさい、イギリスの出版社ワンダリング・スターから出たハワード傑作集*The Ultimate Triumph*（1999）におさめられた"Barbarism vs Civilization（Letters to Lovecraft）"を参考にしたことは明記しておく。

最後にお断りしておくが、本書は筆者が以前創元推理文庫から上梓した《新訂版コナン全集》第二巻『魔女誕生』（二〇〇六）と第三巻『黒い予言者』（二〇〇七）を再編集し、新たな資料を加えたものであり、本稿も前記二書に付された解説を大幅に改稿したものである。

それでは《愛蔵版　英雄コナン全集》第三巻の解説でまたお目にかかりましょう。

二〇二二年八月

付記

前巻の解説で、収録作「館のうちの凶漢たち」に関して、これを題材にしたフランク・フラゼッタの表紙絵のイメージが、コナン映画第一作『コナン・ザ・グレート』（一九八二）に採り入れられたと書いたが、正しくは第二作『キング・オブ・デストロイヤー　コナンＰＡＲＴ２』（一九八四）だった。ここにお詫びして訂正する。

本書『愛蔵版 英雄コナン全集』は、左記《新訂版コナン全集》全六巻（東京創元社）を基に再編集したものです。

新訂版コナン全集1　黒い海岸の女王（二〇〇六）
新訂版コナン全集2　魔女誕生（二〇〇六）
新訂版コナン全集3　黒い予言者（二〇〇七）
新訂版コナン全集4　黒河を越えて（二〇〇七）
新訂版コナン全集5　真紅の城砦（二〇〇九）
新訂版コナン全集6　龍の刻（二〇一三）

今日の人権意識に照らして不適切と思われる表現や語句につきましては、発表時の時代的背景を考慮し、作品を尊重する立場から、原文を逸脱することなく翻訳・収録しておりますことを、ご了承下さい。（編集部）

愛蔵版 英雄コナン全集2 征服篇

2022年11月1日 初版発行

著者　ロバート・E・ハワード

訳者　宇野利泰・中村融

協力　牧原勝志（『幻想と怪奇』編集室）

発行人　福本皇祐
発行所　株式会社 新紀元社
〒101-0054 東京都千代田区神田錦町1-7
錦町一丁目ビル2F
Tel.03-3219-0921／Fax.03-3219-0922
http://www.shinkigensha.co.jp/
郵便振替　00110-4-27618

装画・挿絵　寺田克也
装幀　坂野公一（welle design）

印刷・製本：中央精版印刷株式会社

ISBN978-4-7753-1885-0
定価はカバーに表示してあります。
Printed in Japan

COMPLETE CONAN

COLLECTOR'S EDITION 2

THE CONQUEROR OF WORLDS

BY ROBERT E. HOWARD